和語言 馬、車輪

The Horse, the Wheel and Language:

How Bronze-Age Riders from the
Eurasian Steppes Shaped the Modern World

歐亞草原的騎馬者
如何形塑古代文明與現代世界

David W. Anthony

大衛·安東尼————著 賴芊曄————譯

目次

當世界史由車輪轉動

—— 吳曉筠（國立故宮博物院器物處研究員）

　　我初次接觸並開始追蹤美國哈特威克學院（Hartwick College）人類學教授大衛・安東尼（David W. Anthony），是讀到他在一九九一年發表於《古物》(*Antiquity*) 上，分析烏克蘭德雷耶夫卡遺址（西元前四二〇〇至三七〇〇年）馬齒磨損痕的文章。他提出這些磨損痕很可能是馬銜造成的。如果真是如此，那麼這便可以說這是世界上最早的馴化馬匹。套上馬銜的馬在此後數千年伴著人類奔馳、征戰、炫耀的歷史就此展開。但這一研究引起學術界對馬匹馴化年代的激烈討論，正反觀點蜂擁而起。二〇〇九年，哈薩克北部銅石並用時代波泰遺址（西元前三七〇〇至三〇〇〇年）出土的馬齒被確認為最早的馴馬遺存，這一爭論似乎平靜了一陣子。[1]最近幾年，科學家以波泰馬出發，通過基因組的對比分析，提出了現在生活於俄羅斯、蒙古及新疆準噶爾一帶的普氏野馬不是野馬，而是五五〇〇年前波泰馴化馬的後裔。並且，通過數量不少的古

1　Outram, A. K. et al. The earliest horse harnessing and milking. *Science* 323, Issue 5919 (2009), 1332-1335.

代、現代馬的基因組對比，呈現馬在馴化後，作為最強而有效的交通及戰爭工具，隨著歐亞間的大規模交流，經歷了複雜的轉變分化，成就了今日馬匹多元的生理及地域特徵。[2] 但這一研究結果又衍伸出一列的問題。若是一直被視為原生野馬的普氏野馬是波泰馴馬的後裔，那麼遍布在世界各地馬場、馬廄裡的馬，難道與截然不同的普氏野馬同源？因此，就在幾個月前，又有學者試著推翻波泰馬齒上的磨損痕與馬銜有關，而其與現代普氏野馬的關係，更表示現在以及歷史上的馴馬來自他處。[3] 顯然，馬匹馴化的故事又在重新撰寫中。

安東尼教授追索馬匹馴化問題，連動的是探索另一個富有悠久歷史、牽涉面更廣的學術爭辯，即印歐語系是怎麼出現的？這一問題約在一七八○年代由在印度生活的英國語言學及東方學學者威廉・瓊斯爵士（Sir William Jones）提出。他發現在廣大的歐亞大陸，印度梵文與英文、希臘文等等歐洲語言在某些詞彙（例如Mother）的發音上有極高的共性，應屬於同一個語言家族，有同一個源頭。自此，探索印歐語系的結構、發展，甚至是探源，便成為歐洲語言學及東方學研究中的悠久議題，至今已將近兩百五十年。

這些饒富興味、吸引無數學者投入的問題，並不專屬於晦澀的學術領域。當我們輕鬆搭乘飛機、火車在歐洲愉快旅行時，我們聽到的英語、德語、波蘭語、俄語，甚至是隔壁乘客聊天使用的印度語，都帶著印歐語系的前身—原始印歐語的 DNA。今天，以印歐語系語言為母語的人口占了歐亞大陸的一半以上，若再加上自小學

2　Gaunitz, C. et al. Ancient genomes revisit the ancestry of domestic and Przewalski's horses. *Science* 360, Issue 6384 (2018), 111-114.

3　Taylor, W.T. T. and Barrón-Ortiz, C. I. Rethinking the evidence for early horse domestication at Botai. *Sci Rep* 11, 7440 (2021). https://doi.org/10.1038/s41598-021-86832-9

習英文或是學習其他印歐語系語言的人數，其影響範圍更是廣大。今日的飛機、高鐵雖不再依靠車輪，但這些都是人類數千年來對高速交通工具渴求下促成的結果；另一方面，不論技術如何進步，馴養的馬匹血統及擁有的汽車廠牌、性能（例如馬力），甚至是輪框樣式的選擇，仍是社會身分、財富、高貴與品味的指標。這些攸關交通方式、語言訴說，甚至社會結構的發展，如何經由數千年人群流動、學習模仿，在廣闊的歐亞大陸開枝散葉，進而塑造出今日世界的樣貌，與我們每個人都息息相關。

二十世紀，考古學成為探討原始印歐語起源的利器。但一開始，主要的考古資料不是沒有公布，就是以英語以外的語言撰寫，再加上政治因素，使得研究推進困難。幸運的是，隨著近年來歐亞草原考古發現的陸續刊布與譯介，國際合作發掘盛行，更全面、細緻的通過考古學研究探索原始印歐語的發展似乎成為可能。安東尼教授二〇〇七年以英文出版《馬、車輪和語言：歐亞草原的騎馬者如何形塑古代文明與現代世界》，即是他廣泛整合考古資料及二十餘年來研究成果的一部集成之作。

如果說，語言學者可以通過詞彙比較分析，建構出印歐語系發展的架構，以及不同語言之間的親戚關係，那麼，這些語言最初的使用者是誰？是使用這種語言的一群人隨著移民將之傳播出去？還是生活在不同地方的人，經過外來者學習到這種語言，進而成為這一語系的一分子？安東尼教授的解決途徑是通過歐亞大陸考古學文化的發展，通過語言及物質文化前線（frontiers）的概念，挑戰現在以劍橋大學科林‧倫福儒（Colin Renfrew）教授為主的原始印歐語原鄉在安那托利亞高原的說法，將原始印歐語追溯至歐亞草原西部黑海與裏海北邊的東歐大草原一帶的銅石並用時代及青銅時代。

此書結構分為兩大部分、十七章：〈第一部：語言與考古學〉

（第一至六章）及〈第二部：歐亞大草原的序幕〉（第七至十七章）。前半部著重於語言學，後半部則以考古學為中心，提供了東歐大草原從新石器時代、銅石並用時代至青銅時代文化發展及後續擴張至阿爾泰、天山山脈的一個綜述性的框架，挖掘語言學與考古學的可能交集，開闊的展現作者個人的研究觀點。將語言學與考古學巧妙結合，動態追索原始印歐語的發源地及散播模式，並論證他所服膺的墳塚理論（Kurgan theory），即原始印歐語的擴張與考古所見東歐大草原青銅時代的墳塚文化（Kurgan Culture）具有對應關係。此書甫出版即獲得廣大迴響，並於二〇一〇年榮獲美國考古學會頒發年度最佳著作的獎項。雖然學術上的老問題仍存在許多爭議，但如著名印歐語學者詹姆斯・帕特里克・馬洛利（James P. Mallory）教授對此書的評價：「本書通過檢驗最相關的語言學議題及綜觀性的考古學材料，試圖解決關於印歐語系起源上長久存在的問題。就我所知，沒有哪一本書在探索印歐語系原鄉的問題上能與之相比。」其重要性及代表性可見一斑。

神話訴說的身世：
如何以有形的考古印證無形的語言？

在文字出現之前，印歐語系經歷了很長的口傳過程。因此，傳承自遠古的詩歌傳說便成為重要的依據。兩百多年來語言學者沉浸於兩部由口傳神話轉化而來的宗教文本：印度梵語《梨俱吠陀》（ṛgveda）和波斯經典《阿維斯陀》（Avesta），試圖藉之探索原始印歐語的樣貌。

本書採用神話傳說對應考古發現的作法是危險又迷人的部分。〈第一部：語言與考古學〉，描述了印歐語創世神話的一些主要構成要素：天神、雙子與牛，以及隨之而來生生不息的祭祀。迷人的

神話語言朦朧記錄著牛隻引進大草原時，對狩獵採集的生活及經濟型態帶來的巨大影響。畜養牛隻可提供更穩定的肉食、骨髓及乳源等營養來源，也提供了更強健的畜力。為保護如此重要的資產，加強了社會分化，推進了宗教祭祀。牛成為了神，權力的擁有者成為了祭司。對表現權力的裝飾品、財富、精緻的武器、可視的儀式及墓葬的需求越來越強，刺激著對外來物品及原物料的渴望，區域分化以及以誓詞加強人與神及人與人之間的權利與義務關係逐漸形成。如作者引述《梨俱吠陀》中人向神獻祭馬匹時的誓言，「讓這匹賽馬為我們帶來好牛好馬、男孩和所有的豐富財富。」兩者間存在著忠誠和庇護的契約關係。另一個迷人的例子來自第十六章。《梨俱吠陀》中印度教的中心神祇因陀羅，在之後的《阿維斯陀》中被視為次等的惡魔。作者解釋這種反差可能反映了當時北方草原人群對南方文明的態度。

安東尼教授更進一步試圖將《梨俱吠陀》所描寫的祭牲儀式與烏拉爾山的考古發現對應。這種明確的對應關係或許還有待商榷，但這是作者在本書所致力證明的論點之一。在以有形的考古印證無形的語言上，作者在第四章以相當篇幅討論西元前四○○○至三五○○年原始印歐語車輪及四輪車詞彙，以及時代更晚的梵文及波斯神話中提及的馬及戰車，應是更確實的交集點。

馬戰車的發明是由文明到野蠻，抑或相反？

使用原始印歐語的人群是如何因為開發了馬的性能及改良了輪子，將自身的語言、鑄造技術、陶器製作及審美，逐步推向居住在廣闊地域的人群，最後將不同地區的人群由個別的點，連結成一個互動網？本書〈第二部：歐亞大草原的序幕〉即由考古發現給出了清楚的發展脈絡。

最初作為肉品、奶源的馬，在青銅時代東歐大草原人群的潛能開發下，翻轉成尊貴動物的契機，很可能是從人們騎上馬背開始。由馬來控管牛羊牧群的效率遠高於人力，馬的耐力及速度均遠高於牛或其他的牲畜，騎馬改變了人類每日可移動的空間範圍。對馬的性能開發、利用，極大的改變了人類的生活型態，這也是為什麼考古學家們執著於尋找馬匹馴化及馬銜證據的原因。

　　西元前四千紀前段，從近東城市學來的一種車子，改變了東歐大草原上的生活景觀。帶有板狀輪子的四輪車模型開始出現在高加索山脈北部的邁科普文化中。隨之發展而來的顏那亞文化運用這種四輪車，並將之直接隨葬於墳塚中。西元前三三〇〇至三一〇〇年間的草原景觀可能是，牧民愜意地騎在馬背上驅趕著牲畜，不遠處是牛拉著帶有結實木板大車輪的四輪車，像是帳棚車一樣沉重卻安穩，載著全部的家當，隨著季節展開移居生活。人員、牲畜及財產機動性的提升，使牧民得以利用更多的土地，也促進社會發展出人群間互利共生的賓主關係（guest-host relationship）。這些人群死後被埋葬在一座座墳丘中，形成了草原上的獨特景觀。而隨著不同地域人群的結盟與分化，作者提出原始印歐語也隨之擴張，不斷分裂、衍生出多樣的方言。

　　這樣的遊牧、結盟、擴散特徵非常符合一般認知的草原牧民形象。由高等文明區輸入技術及財富觀念，更是天經地義。因此，有很長的一段時間，甚至到了今日，仍有許多人認為是近東城市文明發明了馬拉輕型戰車，或是認為草原馬具是模仿自邁錫尼希臘文化。不過，由考古發現看來，這一技術革新發生在約西元前兩千年的烏拉爾山一帶。大約三十年前，俄國考古學者以出版形式公布了目前所知年代最早的馬戰車，翻轉了傳統的觀點。在辛塔什塔遺址的一座墓葬中，明確發現了兩個以輻條及輪框構成的輻輪印痕。與之前使用的實心木板車輪相比，輻輪輕巧許多，製作方式也更為精

細。與之搭配的是窄小、僅供一至二人站立空間的車廂，而車的動力是兩匹馬。馬的嘴角處發現了內側帶有釘齒的馬鑣。這種馬具的功能是將馬銜固定在馬轡頭上。馬鑣的出現一方面暗示了馬銜的存在，另一方面則表示一種有別於其他地區的系駕法。與這種輕型車同時發現的物品有長矛及箭頭，說明這種馬車是用於作戰。將馬的速度與耐力與輕量雙輻輪車完美結合，絕對是草原帶給世界的重要貢獻。隨著馬戰車的出現，戰爭的型態改變，草原上築有高牆、壕溝的內向式防禦堡壘一座座建立了起來。為了競爭鑄造兵器所需的金屬礦藏，激起了嚴峻的保衛戰。另一方面，金屬礦等原物料的流通，也加速了區域貿易網絡的密度。在敵對狀態的戰爭及突襲掠奪之外，更多是以和平交流、貿易的方式與中亞、近東及其他地區的商人、村鎮及城市密切接觸。馬匹以及之後到來的輕型雙輪馬戰車以新奇事物之姿，進入了近東、西亞、中亞、南亞，成為當地的戰爭利器以及身分象徵。

安東尼教授提出的歐亞語系擴張模式，是由裏海、黑海北側的東歐大草原，向東到烏拉爾山，深入中亞，並進入南亞。這一地理空間與人群飛速串連的物質表現，是西元前兩千紀青銅時代晚期橫向分布於歐亞草原的斯魯布納亞文化及安德羅諾沃文化。以最初出現雙輪馬戰車的烏拉爾山為界，斯魯布納亞文化向西延伸到黑海北邊的聶伯河；安德羅諾沃文化則向東延伸，順著阿爾泰山，一路到天山山脈一帶。大量的考古遺址都發現了相近的兵器及工具類型。這兩個由辛塔什塔文化發展而來的文化，將整個歐亞草原統合起來，把東西兩端的強大文明區塊連結在一起，使整個歐亞大陸成為空前的交流網絡。作者將歐亞草原視為橋樑，正如他在書中所指出的，「中國的商王和希臘的邁錫尼諸王分處古代世界的兩端，同時駕馭著馬戰車，並擁有與歐亞大草原青銅時代晚期牧民相同的技術。」

這些互不相識的文明主體共同使用著源自歐亞草原的創造發明，是一個很有意思的現象。這時候的歐亞草原世界沒有文字，這些交流史都掩蓋在東西方有文字的文明主體的論述中。在東方，車子的發明者被認為是夏王朝來自東夷的奚仲。對於古典文明影響甚鉅的冶金術，在文獻中並未被視為重要發明，其最初的狀態似乎僅是以禹鑄九鼎的傳說帶過。而歐亞草原東部的人群又是如何看待、接受這些居住在黃河流域的人群，並從與他們的交流中獲取養分？都是未來值得進一步探索的問題。

並非置身事外的漢語

閱讀這部著作，讓人想起詹姆斯・帕特里克・馬洛利教授及漢學家梅維恆（Victor H. Mair）教授於二〇〇〇年出版、同樣具有爭議性的名著《塔里木的木乃伊：古代中國與來自西方的人群之謎》（*The Tarim Mummies: Ancient China and the Mystery of the Earliest Peoples from the West*）。[4]《塔里木的木乃伊》從歐亞草原東端的新疆木乃伊以及已消亡的吐火羅語，試圖探討印歐語系在東方的發展與流向，可以為本書故事的終結——安德羅諾沃文化擴及新疆，提供一個後續發展的銜接。《塔里木的木乃伊》的作者提出，商王朝接受了草原的作戰工具及模式的同時，也借用了原始印歐語輪子的發音，將之用於漢字的「車」上。[5]在字形上，商代甲骨文對「車」字的象形表現也如著名漢學家夏含夷（Edward L. Shaughnessy）教授所指出的，與歐亞草原東端南西伯利亞地區的

4　Mallory, J. P. and Mair, V. H. *The Tarim Mummies: Ancient China and the Mystery of the Earliest Peoples from the West*. London: Thames &Hudson, 2000.

5　Mallory, J. P. and Mair, V. H. *The Tarim Mummies: Ancient China and the Mystery of the Earliest Peoples from the West*. London: Thames &Hudson, 2000, 326.

古代岩畫馬車幾近一致。[6]這些，以及早已引進的草原合範鑄銅技術，都說明著使用原始印歐語的人群在語言及文化上對黃河流域青銅文化的影響。

張騫通西域打開的絲綢之路豈是「鑿空」？考古發現已表明，舶來品或具有草原風格的物品在漢代以前已十分常見，反之亦然。如本書所呈現的，歐亞大交流早在距今四千多年前便以超乎想像的方式漸次展開。雖然原始印歐語起源、傳布及變異的研究仍觀點紛呈，本書將原始印歐語如何影響世界的討論，直接上推至西元前五千年，從東歐大草原上的人們開始養牛牧馬、鑄造銅器，談論他們的羊毛、車子，從一開始緩步成長，到西元前兩千紀的猛爆式貿易交流網絡。作者抽絲剝繭，以語言學及考古學證據溯源，從根本改變文明與野蠻的優劣觀、畜牧與農業的分隔線、遊牧與定居的二分法等等充滿成見的認知方式。由此展開的壯闊歷史圖景，令人讀來大呼過癮！

在我們熱衷於全球化議題的同時，不妨藉由本書將時間段直接拉到最遠，檢視語言、馬及車輪如何成為有效的推進力，將世界串聯在一起，應會對我們再次檢視世界史上人類的區域連動關係，不論是流行的古今絲綢之路或海洋絲綢之路，全球化乃至去全球化，都能有所回應，帶來深刻的價值。

---

6 Shaughnessy, E. L. Historical perspectives on the introduction of the chariot into China. *Harvard Journal of Asiatic Studies*, 48.1 (1988): 201-205.

第一部

———

語言與考古學

Part One

Language
and Archaeology

第一章

母語的
承諾與政治

The Promise and Politics of the Mother Tongue

祖先

當你攬鏡自照時，印入眼簾的不僅僅是自我的臉龐，而是一整座博物館。就某種意義來說，我們的臉是自己的，但也可以說這張臉是從父母、祖父母、曾祖父母、曾曾祖父母……繼承而來的種種特徵所湊成的一張拼貼畫。不管是否喜愛自己的嘴唇和眼眉，這些都不僅僅是自身的、也都是祖先的特徵；就算他們已經作古了千年，其碎片仍然在我們的身體裡鼓動著。即使是像平衡感、音樂能力、在人群中的羞怯感，或者是疾病易感性這類複雜的特質，都曾經存在過。我們無時無刻不承載著過去，而且不僅僅是在自己體內。過去也存活於我們的習俗中，包括我們說話的方式。「過去」是我們一直戴著的無形鏡片，我們透過這副鏡片感知世界，世界也透過這副鏡片感知我們。我們永遠是站在祖先的肩膀上，不管我們是否願意垂眼承認他們曾經存在。

大多數人通常對祖先知之甚少，往往連名字都不知道，這實在令人困窘。每個人都有四位曾祖母，這些女性和我們在基因上十分

接近，每當注視自己的倒影，都能看到她們臉龐、皮膚、頭髮當中的元素。這些曾祖母們在結婚前都有著各自的本姓，但我們也許連一個都想不起來。夠幸運的話，我們可能會在族譜或文獻中發現她們的名字，可惜戰禍、遷徙、紀錄受損等因素，都讓這對多數美國人來說不過是奢望。我們的四位曾祖母皆有過完整的人生和家庭，我們絕大多數的人格特質都是由她們傳下來的，但我們卻徹底丟失了這些連名字都叫不出來的先祖。又有多少人能料想得到，接下來區區不過三代，自己的後代就會將我們忘得一乾二淨，連名字都記不住？

　　生活在仍然由家庭、擴散式親族（extended kin）與村落組成的傳統社會中，人們往往更能意識到自己與祖先的深厚淵源，甚至還能感受到祖先靈魂和精神的力量。馬達加斯加農村的薩菲馬尼立族（Zafimaniry）婦女，從她們的母親與阿姨那兒學到如何在帽子上編織複雜的圖案。這些圖案在不同村莊之間有著明顯區別。某個村莊中的婦女向人類學家牟里斯・布洛赫（Maurice Bloch）說，這些設計是「祖先傳下來的珍珠」。就算是再普通不過的薩菲馬尼立族房屋，都被視為其建造者的靈魂所宿之處。[1]在現代消費文化的思維當中，多半已找不到這種對先人力量的虔信。我們所處的現代世界依賴消費經濟，需要不斷接納新事物。然而，透過考古學、歷史、族譜和祈禱儀式所累積的豐富資料，讓我們能夠更加貼近對先人的認識。

　　考古學是認識前人的人性和重要性的一種方式，同時也是理解我們自身的人性。這是唯一一門探究往昔日常生活紋理（daily texture）的學科——雖然未曾有人書寫過這些紋理，但這才是絕大多數生命所過的生活。縱然考古學家已經從那些無聲的史前遺骨中得到了許多驚人的細節，但是對於這種沒有留下想法、話語或姓名等文字紀錄的人群，我們的所知十分有限。

有沒有辦法能克服這些限制，復原史前人類究竟如何生活，以及至關重要的價值觀和信仰？他們是否在其他媒介中留下過任何蛛絲馬跡？許多語言學家都確信，這個媒介就是我們每天使用的語言。我們的語言當中包含大量的「語言化石」，來自於古代語言使用者所遺留的痕跡。教師說這些「化石」充滿著各種「不規則」的語言形式，而我們往往是不加思索地就這麼學會了。我們都知道，英語的過去式（past tense）通常是在動詞字尾加上 t 或 ed（例：kick-kicked, miss-missed），或者改變某些動詞的詞幹（stem）中間的母音（vowel）（例：run-ran, sing-sang）。然而，通常沒有人會跟我們說，這種母音變化，其實是古老、原始的語言形式。事實上，藉由改變動詞詞幹中的母音來形成過去式，在大約五千年前是很常見的。儘管如此，知道這些仍無法讓我們知道當時人們的想法。

　　我們今時今日所用的字彙，真的是五千年前人類語言的化石嗎？一部字彙表將能夠闡釋過去歷史中許多晦澀難懂的部分。正如語言學家愛德華・沙皮爾（Edward Sapir）所言，「一種語言的完整字彙表，確實可被視為一個社會所關注的所有思想、興趣和日常事務的商品清單（complex inventory）」[2] 實際上，目前已經重建出一個完整的字彙表，屬於五千年前人們所使用的一種語言。這個語言便是現代英語的祖先，也是許多現代和古代語言的祖先。所有源自這個母語的語言都屬於一個語系，即「印歐語系」。今天印歐語系的使用者約有三十億人，遠遠多於其他任何語系的使用者。而印歐語系的母語，也就是「原始印歐語」（Proto-Indo-European）的研究至今已有大約兩百年的歷史。然而在這兩個世紀中，印歐語的各個研究面向幾乎都存在著分歧與爭論。

　　不過，熱烈的爭論總是帶來解決問題的希望。本書或許有機會解答「原始印歐語」的核心課題，即「原鄉」（homeland）的問

題——是誰使用、在哪使用，以及何時使用原始印歐語。這個問題讓幾個世代的考古學家和語言學家爭論不休，許多人懷疑尋找「原鄉」是否有其必要性。過往的國族主義者和獨裁者堅持「原鄉」起源於他們的國家，並且屬於他們自身的優越「種族」。但是，今時今日的印歐語言學家正試圖改進研究方法，並且有了新的發現。他們重建原始印歐語字彙中成千上萬個語詞的基本結構和涵義——這樣的研究本身就是驚人的壯舉。分析這些語詞有助於描繪出使用這種語言的人群的思想、價值觀、在乎的事物、家庭關係和宗教信仰。但我們得先確定他們生活的地點和時間。如果我們能將原始印歐語的字彙與特定的考古遺跡相結合，便有機會掙脫考古知識的一般性限制，並且更加豐富我們對這些特定祖先的認識。

我與許多學者的觀點相同，都認為原始印歐語的「原鄉」位於黑海和裏海以北的大草原，也就是在今天的烏克蘭、俄羅斯的南方地區。草原上新的考古發現極為豐富，讓「原鄉」起源於大草原的說法比過去更有說服力。

印歐語言的「原鄉」位於大草原上，這點為什麼如此重要？要想明白，就需要一腳踏入既複雜又迷人的草原考古世界。「草原」（Steppe）在俄羅斯農業國家的語言中，意指「荒地」（wasteland）。類似北美中西部的大草原——被遼闊天空所籠罩的一大片單調草原海洋。連綿不絕的草原地帶，從西方的東歐（草原帶結束於烏克蘭的敖德薩〔Odessa〕和羅馬尼亞的布加勒斯特〔Bucharest〕之間）一直延伸到中國北方的萬里長城，亦可說是一條橫跨歐亞大陸中心七千公里不斷的乾旱走廊。數千年來，這片巨大的草原強而有力地阻隔了思想和技術的傳播。如同北美的大草原，這樣的環境十分不利於徒步旅行的人群。而且，就像在北美一樣，打通草原通道的關鍵是馬，再配合歐亞草原上普遍馴養的綿羊、牛等放牧牲口，讓草原上的「草」可以加工、轉變成對人類有用的產品。最後，騎馬和

放牧牛羊的人群獲得了車輪，接下來不管在哪裡，都能跟著自己的牲口走，並能使用沉重的馬車來運送他們的帳篷和物資。只有在馬被馴化、且發明了有蓋四輪馬車之後，中國和歐洲的史前社會才有可能模糊地意識到彼此的存在，並且結束彼此的隔絕狀態。同時，這兩種運輸革新也使得歐亞大草原人群的生活變得可預測且富有生產力。歐亞大草原的打通——從一道對人類極不友善的生態屏障轉型成跨大陸交流的走廊——永遠改變了歐亞大陸的歷史發展方向，並且，本書主張，這更深深影響了印歐語系的第一次擴張過程。

語言學家與沙文主義者

一七八六年，一位在印度的英國法官威廉·瓊斯爵士（Sir William Jones, 1746-1794）在一段著名的演講中提出了「印歐語系假說」。在此之前，瓊斯就已經名滿天下，他在十五年前（一七七一年）發表《波斯語文法》（*Grammar of the Persian Language*），這是首部講授古波斯列王時代語言的英文指南，這讓瓊斯在二十五歲時，就贏得了歐洲最受尊敬的語言學家美名，並且由他翻譯的中世紀波斯詩歌啟發了拜倫、雪萊，以及歐洲的浪漫主義運動。瓊斯以威爾斯的訴訟律師（barrister）發跡，受人敬重，之後擔任通訊記者、家庭教師，並與英國的一些權貴交好。三十七歲時，他被任命為孟加拉首座最高法院的三名法官之一。加爾各答（Calcutta）對當代的英格蘭人來說是神話般的異國，而瓊斯在加爾各答的落腳，是皇家政府開始向這個至關重要但不可靠的商人殖民地課稅的序曲。瓊斯除了要規範英格蘭商人的逾矩暴行，還得規範印度人民的權利和義務。

但就算英格蘭商人或多或少還承認他的法定權威，印度人所服從的是行之有年的古老印度法律體系，印度的法律學者——或稱作

「班智達」（pandits，英語 pundit〔博學之人〕的字源），習慣在法庭上援引此一法律。英格蘭法官無法判定班智達所援引的法律是否確實存在。梵文是印度法律文字的古老語言，如同拉丁文是英格蘭法律的語言。若想整合這兩個法律體系，這位新任的最高法院大法官必須學習梵文——這位大法官就是威廉・瓊斯。他前往納迪亞（Nadiya）古老的印度大學求學，買了間度假小屋，找到一位德高望重且願意傳授的班智達（其名為 Rāmalocana），從此埋首於印度典籍之中。當中包括《吠陀經》（Vedas），其構成了印度教，是此一古老宗教的根源。《梨俱吠陀》（Rig Veda）是吠陀經典中最古老的典籍，遠在佛陀的年代之前就已經寫成，有著兩千多年的歷史，但沒有人確切知道它存在了多久。細讀梵語文字時，瓊斯不僅比諸波斯文和英文，更比諸於拉丁文和希臘文（十八世紀大學教育的主流）、他學過的哥德文（Gothic，最古老的日耳曼語文形式），當然也沒忘了年少時期學過的威爾斯語（源自於凱爾特方言）。一七八六年，抵達加爾各答的三年後，瓊斯第三度在孟加拉亞洲協會（Asiatic Society of Bengal）上發表年度演說，並提出了驚人的結論，而此一結論早在他第一次發表演說時就已經成形。當中最關鍵的幾句話，如今每一本歷史語言學的教科書導言都會引用（標點符號由作者所加）：

　　先不說其有多古老，梵文的結構妙不可言：比希臘文完美、較拉丁文豐饒，且比諸兩者都精緻非常。然而，無論是動詞的字根，還是文法的結構，希臘文和拉丁文都與梵文有千絲萬縷的聯繫；此聯繫之深厚，絕不可能出自偶然，因此沒有哪個語言學者可以在研究這三種語言之餘，卻不相信它們系出同源，即使這些來源可能不復存在。

瓊斯的結論是，梵文和歐洲文明的經典語言，即希臘文與拉丁文，出自同一源頭。他還補充，波斯、凱爾特和日耳曼語可能屬於同一語系。對此結論，歐洲學者無不震驚。長久以來被視為是亞洲異國象徵的印度人，居然是歐洲人失散已久的堂兄弟。要是希臘文、拉丁文與梵文是親戚，由同一個古老的母語（parent language）傳承下來，那這個語言該是什麼？哪裡有說過這種語言？由哪些人說？又是在哪個歷史情境之下，它所孕育出的子附屬語言（daughter tongues）成為從蘇格蘭到印度的主導語言（dominant language）？

　　這些問題在日耳曼地區引發的迴響尤其熱烈，在當地，人們對日耳曼語歷史和日耳曼傳統根源的濃厚興趣，正逐漸茁壯成浪漫主義運動。浪漫主義者試圖屏棄啟蒙運動不自然的冰冷邏輯，回歸到單純、真實生活的根本，而此種生活源於直接經驗和社群。托馬斯·曼（Thomas Mann, 1875-1955）曾說過一位浪漫主義哲學家（施萊格〔Schlegel, 1772-1829〕）的思想太過受理性汙染，因此是個貧窮的浪漫主義者。要說威廉·瓊斯激發了此運動，其實很諷刺，因為他的觀點與此運動完全背道而馳，他說：「人之種族……若無德行，就沒有長久的幸福，若無自由，就沒有積極的道德，若缺乏理性的知識，就沒有穩固的自由。」[3] 但瓊斯所激發的，是對古代語言的研究，而古代語言在強調真實經驗的浪漫主義理論中有著非常重要的影響。一七八〇年代，赫德（J. G. Herder, 1744-1803）提出了一個理論：這個語言創造了人類賦予世界意義的類別和區辨。這個理論之後由洪堡（von Humboldt, 1769-1859）發展、二十世紀時由維根斯坦（Wittgenstein, 1889-1951）加以闡述。因此，每種特定的語言都會孕育並陷進封閉的社會社群之中，或說是「民間」，其核心對外人來說毫無意義。赫德和洪堡將語言看成是形塑社群和國族認同的模具。格林兄弟（The brothers Grimm）一邊出外採集

「真實」的日耳曼民間故事,一邊研究日耳曼語,以追求語言和民俗文化(folk culture)息息相關的浪漫主義信念。在此種情境之下,神秘的母語「原始印歐語」不僅被看作一種語言,更被視為是西方文明初始階段的文化坩堝。

達爾文(Charles Darwin, 1809-1882)的《物種源始》(*The Origin of Species*)於一八五九年出版之後,浪漫主義者主張語言是國族認同的決定因素,並且與進化論和生物學的新觀念相結合。作為一種科學理論的「自然選擇說」(Natural selection)被國族主義者濫用,將之用來合理化為什麼有些種族或「人民」統治其他人,而且有些種族或「人民」比其他人「適應」得更好。雖然達爾文從未將他的適者生存和「自然選擇說」應用於種族或語言等模糊實體上,但這無法阻止缺乏科學知識的機會主義者的聯想——將「適應」得沒那麼好的種族,視為遺傳缺陷的源頭,野蠻的存積可能會汙染並削弱「適應」良好種族的優勢。這種偽科學(pseudo-science)和浪漫主義的有毒混合物很快建立了自己的新意識形態。將語言、文化和達爾文對種族的闡述加以捆綁之後,北歐人進一步將之拿來解釋這些自我恭維的研究,即優越的「生物—精神—語言學」本質。他們的著作和演講鼓勵人們將自己視為歷史悠久的「生物—語言國族」的一員,因而得以受到歐洲新興民族國家的官方教育系統和媒體的大力鼓吹。強制威爾斯人(包括威廉·瓊斯爵士)講英語、不列塔尼人(Bretons)講法語的政策,便起因於新興國家的政治家訴諸古老而「純粹」的國族遺產。原始印歐語的古代言說者很快就被塑造成這種「種族—語言—國族」刻板印象的遙遠祖先。[4]

原始印歐語——語言學的難題——成為「原始印歐人」(the Proto-Indo-Europeans),一個具有自身心理狀態和性格的生物群體:「一個體態纖細、身材高大、膚色白皙、金髮的種族,優於

所有其他人種，生性冷靜而堅毅、努力進取、智力卓絕，多半擁有理想的世界觀和人生觀。」[5] 因為最古老的梵語和波斯語宗教典籍《梨俱吠陀》和《阿維斯陀》（Avesta）的作者，自稱雅利安人（Aryans），他們遂開始挪用「雅利安」（Aryan）之名，這些雅利安人生活在今天的伊朗並向東擴散至阿富汗—巴基斯坦—印度地區。「雅利安」一詞應僅限於用在印歐語系的印度—伊朗分支。然而，《吠陀》是十九世紀新發現的史料，有著神祕的魅力，而在維多利亞時代的客廳裡，雅利安之名很快就超出了其真正的語言和地理範圍。美國暢銷書──麥迪遜・格蘭特的《偉大種族的消逝》（The Passing of the Great Race, 1916）──惡狠狠地警告美國人說，他們優越的「雅利安」血統正因為與「低等人種」的外來移民雜交混種，因此日漸衰弱（他指的是早先美國十三個殖民地中的不列顛—蘇格蘭—愛爾蘭—德國拓荒者）。他認為的「低等人種」是波蘭、捷克、義大利，以及猶太人，然而，這些人使用的都是印歐語（以其文法和構詞學來說，主要是猶太人使用的意第緒語〔Yiddish〕屬於日耳曼語系）。[6]

《梨俱吠陀》本身便揭示了「雅利安」這個語詞傳出伊朗和印度次大陸後所產生的意義差距：一些學者在《梨俱吠陀》當中，找到了一些段落，似乎將吠陀時期的雅利安人說成是占領旁遮普邦（Punjab）的入侵者。[7] 但是，他們打哪兒來？此後便開始了尋找「雅利安人原鄉」的狂熱。威廉・瓊斯爵士把這個「原鄉」擺在伊朗。十九世紀初期流行將喜馬拉雅山脈當作解答，但其他地方很快也成為熱烈討論的主題。業餘愛好者和專家一股腦兒地投入搜索，人人都希望證明孕育雅利安人的是自己的民族。在二十世紀的第二個十年，德國學者古斯塔夫・柯辛納（Gustav Kossinna, 1858-1931）企圖在考古學的基礎上，證明雅利安人的原鄉位於歐洲北部──意思是位於德國。柯辛納畫出了「印度—日耳曼」雅利安人

的史前遷徙路線，整齊劃一的黑色箭頭從他假定的雅利安人原鄉向東、西、南方橫掃。不出三十年，軍隊便跟著史前歷史學者的筆鋒而來。[8]

印歐民族源頭的問題，打從一開始就遭到政治化。它捲進了國族主義和沙文主義的理念裡，扶植了雅利安種族優越感的凶殘幻想。事實上，資助此種考古發掘的正是納粹黨衛軍。直到今時今日，印歐民族的過去持續受到理念和狂熱崇拜的操縱。在推動女神運動（Goddess movement）的著作（瑪利亞・金布塔斯〔Marija Gimbutas, 1921-1994〕的《女神的文明》〔*Civilization of the Goddess*〕及理安・埃斯勒〔Riane Eisler, 1937-〕的《聖杯與劍》〔*The Chalice and the Blade*〕）當中，古代的「印歐人」在其「考古劇」（archaeological drama）中的角色並非金髮勇士，而是作為父權、好戰的入侵者，摧毀了女性和平與美麗的史前烏托邦世界。在俄羅斯，一些現代國族主義政治團體和新異教運動的推廣者（neo-Pagan movement）聲稱他們自己 —— 也就是斯拉夫人 —— 與古代的「雅利安人」有著直接的連繫。在美國，白人優越論者的組織自稱是雅利安人。然而史實裡的雅利安人 ——《梨俱吠陀》和《阿維斯陀》的作者 —— 是青銅時代（Bronze Age）生活於伊朗、阿富汗和印度次大陸北部的部族。他們究竟是不是金髮碧眼，這點十分啟人疑竇，而且他們與現代偏執狂們互相競爭的種族幻想毫無瓜葛。[9]

讓一個晦澀的語言學之謎引爆種族大屠殺的錯謬，實在是悲慘的愚蠢，因為這完全可以避免。這些錯謬將種族與語言畫上等號，並強化某些語言—種族群體的優越感。舉足輕重的語言學家向來反對這兩種觀點。雖然馬丁・海德格（Martin Heidegger, 1889-1976）認為某些語言 —— 比如德語及希臘語 —— 是優秀思想的獨特容器，但語言人類學家法蘭茲・波亞士（Franz Boas, 1858-1942）

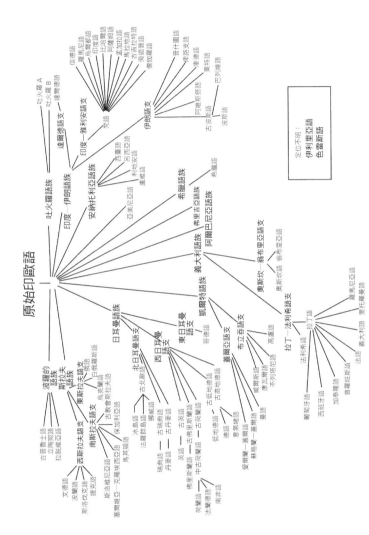

圖 1.1 印歐語系的十二語族。有時會將波羅的語族和斯拉夫語族併成同一個語族，就像印度一伊朗語族（Indo-Iranian）那樣，弗里吉亞語族有時會被踢到一邊，因為我們對它實在所知甚少，就像伊利里亞語（Illyrian）和色雷斯語。如此一來，語族變成十個。這也是可接受的替代方案。樹狀圖是廣泛關係的草圖，並不代表完整的歷史。

嚴加駁斥，認為基於客觀的標準，沒有哪一種語言可稱得上是優於任何其他語言。早在一八七二年，偉大的語言學家馬克斯·穆勒（Max Müller, 1862-1919）就指出，雅利安人頭骨的概念不僅不科學、還反科學──語言既非淺色皮膚、也非「長顱」（long-headed）。那麼，梵語又是如何與頭骨類型相結合的呢？再說，雅利安人自己又是怎麼定義「雅利安人」？根據他們自己的記載，「雅利安人」屬於「宗教─語言」的範疇。一些講梵語的酋長，甚至是《梨俱吠陀》裡的詩人，都有著像巴布達（Balbūtha）和巴布（Brbu）這樣對梵語來說是外來語的名字。這些人並非雅利安血統，而是雅利安人的領袖。因此，即便是《梨俱吠陀》中的雅利安人，也不具備基因上的「純粹」──不管這意味著什麼。《梨俱吠陀》是宗教儀式的經典，而非種族宣言。若你能以對的方式向對的神明獻祭，也就是用傳統語言誦唸出崇高的傳統祈禱文，那你就是雅利安人；否則就不是。《梨俱吠陀》讓「儀式」和「語言」界線分明，但並不需要、甚至考慮到種族的純粹性。[10]

　　任何解開印歐語言問題的嘗試，都必須先體認到「原始印歐

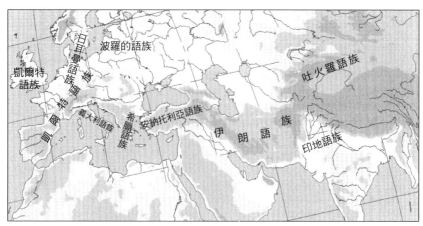

圖1.2　西元前四百年左右主要印歐語族的大概地理位置。

語」這個詞彙指稱的是語言社群，然後才能繼續拓展研究。不管是用何種傳統方法，都無法將種族與語言連在一起，這點十分明確，因此我們的研究無法從語言拓展到種族、抑或以種族擴展到語言。種族難以定義；不同人群對種族間的界限有著不同的定義，既然這些定義是文化性的，因此不管是哪兩個種族，科學家都無法定義出它們之間的「真實」界線。此外，考古學家自有一套對種族的定義，是根據頭骨和牙齒的特徵而來，而這些特徵往往在現代人身上是看不到的。然而，種族是定義出來的，語言通常不會按種族分類──每個種族群體所使用的語言各有千秋。所以頭骨形狀與語言學問題幾乎扯不上絲毫關係。僅在特殊情況下，語言和基因才會有關係，通常發生在大山大海這種明顯的地理障礙──而且就算是這樣，語言和基因也常常無關。[11]即便移民人口幾乎完全都來自同一個方言群體，也不見得具有相同的基因。只要是「假設」語言與基因間有純粹的關聯，而沒有舉出地理隔閡或其他特殊情況，就代表他打從一開始就是錯的。

母語的誘惑

　　關於印歐問題唯一一個讓大多數人滿意的解答是──如何定義其語系、如何決定哪些語言屬於或不屬於印歐語系。試圖解決此問題的人，在十九世紀時創立了語言學這門學科。他們的首要目的是比較文法（comparative grammar）、發音系統（sound systems）和句法（syntax），這些概念建立了將語言分類、依照類型分群的基準，同時也定義人類語言之間的關係。從前沒有人這樣做過。他們將印歐語系分成十二大語族，分類標準是語音（phonology）或發音（pronunciation）是否創新、出現在每個語族字根的構詞或語詞的結構，以及各個語族的所有語言是否都維持此結構（圖 1.1）。

印歐語系的十二個語族囊括了歐洲大多數的語言（但不包括巴斯克語〔Basque〕、芬蘭語、愛沙尼亞語或馬扎爾語〔Magyar〕），以及伊朗的波斯語、梵語及其許多現代子附屬語（最重要的是西印度語和烏爾都語）；還有一些已滅絕的語言，例如安納托利亞（今土耳其）的西臺語和新疆（中國西北部）沙漠裡的吐火羅語（圖1.2）。現代英語，像是意第緒語和瑞典語，都被分到日耳曼語族。到了今天，我們將十九世紀語言學家發明的分析方法用於敘述、分類和解釋世界各地的語言變異。

歷史語言學不僅為我們帶來既定的分類法，更讓我們能依靠人類口腔內「音變」（sound change）的規律性，來重建部分缺乏書面證據的滅絕語言。如果從語系中相異語族採集出印歐語系的「hundred」（百）這個語詞，並加以比較，就可以從各式各樣音變的規則，來看這所有的「百」是否能經由規律的變化，從每個語族字根的一個假定的原型語詞衍生出來。證據是義大利語族中的拉丁語「kentum」（百）和波羅的語族中的立陶宛語「shimtas」（百），兩者屬於基因相似的同源詞，可以建構出原型字根「*k'm.tom-.」。* 用語音來比較子附屬結構，藉由各個語族中每個語詞的每個語音，來看它們能否會合成一個特定的語音序列（sequence of sound），並能經由已知的規則演變出當中所有的語音（我會在下一章中解釋如何做到這一點）。語音的字根序列——如果找得到的話——證明了我們比較的這些語彙是基因相似的同源詞。重建的字根是成功比對後的殘餘。

語言學家至今重建了超過一千個原始印歐語字根的語音。[12] 因

為取決於現存的語言證據，所以重建結果的可靠度各有高低。另一方面，考古的挖掘成果出土了西臺語、邁錫尼希臘語和古德語碑文，包含了從未見過的語詞，恰巧印證了之前比較語言學家重建的語音。那些語言學家準確預測到之後在古代碑文中發現的語音和字母，證明他們的重建工作並不全靠臆測。如果我們不能將重建的原始印歐語視為實實在在的「真相」，至少也是相當接近於史前的實際狀況。

原始印歐語言哪怕只復原了片段，都可說是成就斐然，畢竟它出自幾千年前尚無文字的人類之口，從未被書寫下來過。雖然原始印歐語的文法和構詞學在類型學研究中最為重要，但重建的字彙或語彙對考古學家而言，才最具願景。重建的語彙是扇窗口，用來窺看說原始印歐語的人群的生活環境、社交生活和宗教信仰。

例如，可信的語彙重建顯示出原始印歐語指稱野生動物的語彙有水獺、海狸、狼、山貓、麋鹿，紅鹿、馬、老鼠、野兔和刺蝟，鳥類的語彙有鵝、鶴、鴨和老鷹，還有蜜蜂和蜂蜜，家畜的語彙有牛（包含母牛、公牛、牯牛），綿羊（包含羊毛和紡織），豬（包含公豬，母豬和仔豬），以及狗。說原始印歐語的人群肯定知道馬，但單憑語彙證據不足以確定馬是否已被馴化。這些語彙證據都可以在考古遺跡中加以證實和相互比對，以重建原始印歐語世界的環境、經濟和生態。

但原始語彙所涵蓋的要多上許多，其中包括語詞集、顯示那些說原始印歐語的人群只由父親一脈（父系繼嗣〔patrilineal descent〕）繼承權利和義務、婚後可能與丈夫的家族同住（父族同住〔patrilocal residence〕）、認可做為附庸的庇護人和給與者的酋長的權威性、可能已有正式編制的戰隊、行牛和馬的獻祭儀式、駕馬車、認定一位男性天神、基於儀式原因可能避免說出熊之名、意識到兩種對神聖事物的感覺（聖潔感與禁忌感）。這些常規和信

仰大多都無法經由考古復原。原始語彙讓復原部分日常儀式和習俗細節露出一線曙光，因為單靠考古證據通常無法完成。正是因為如此，原始印歐語問題能否解決才會對考古學家、以及我們所有希望了解自己祖先的人來說如此重要。

舊題新解

近兩百年來，語言學家不斷努力重建原始印歐語的文化一語彙。而距今不到一個世紀，考古學家才開始爭論原始印歐語社群的考古特徵，似乎比語言學家慢了一步。這一個多世紀以來，印歐語系源頭的問題始終與歐洲智識史和政治史交纏在一起。為什麼在考古學和語言學證據之間，未能產生被廣泛認可的一致性？

因為有六大問題擋路。一是西方學術界最近的智識風氣使許多嚴肅的人開始質疑整個原始語言的概念。現代世界見證了日漸增加的文化融合：音樂領域（雷村黑斧合唱團〔Black Ladysmith Mombasa〕和保羅‧賽門〔Paul Simon〕、帕華洛帝〔Pavarotti〕和史汀〔Sting〕）、藝術領域（後現代折衷主義〔Post-Modern eclecticism〕）、資訊服務領域（八卦新聞〔News-Gossip〕）、人口混合層面（國際移民達到最高水準），以及語言領域（多數人身處雙語或三語世界）。隨著一八八〇年代對文化融合現象的興趣日增，深思熟慮的學者開始重新思考那些曾被詮釋為個別、獨特的實體語言和文化。就連「標準語」（standard language）也開始被當作「克里奧語」（creole）看待，即來源多樣的混合語。在印歐語研究中，此運動顯示出學者開始質疑語系和語族樹狀模型的概念是否牢不可破，有些人宣稱尋找任何原始語言都不過是妄想。許多人將印歐語系間的相似性歸因於相異歷史源流的鄰近語言間的融合，這意味了單純的原始語言從不存在。[13]

其中大多都很有創意，但不脫模糊的臆測。語言學家如今已經確立，印歐語系間的相似性不能歸因於克里奧化和融合。根本沒有哪個印歐語系的語言類似克里奧語。印歐語系必定取代了非印歐語系的語言，不僅僅是改造它們。當然，有跨語言的挪用，但其並沒有達到所有在克里奧語中所見到的混合和結構簡化的極端程度。「唯有」從一個共同的原始語言出發，才能產生威廉・瓊斯爵士在印歐語系中發現的相似之處。多數語言學家都同意這一點。

因此，我們應該要能將重建後的原始印歐語字彙當作史料，推測出它被使用的地點和時間。但這衍生出第二個問題：多數考古學家顯然不認為有可能如實重建「原始印歐語」語彙的任何部分。他們不承認重建字彙的真實性。這抹煞了追尋印歐語系源頭的首要原因，以及搜尋中最具價值的工具之一。在下一章中，我將為比較語言學辯護，簡單說明其運作方式，並解釋重建字彙的方針。

第三個問題是原始印歐語有多古老？考古學家尚無法取得共識。有人說它的使用年代在西元前八千年，另一批人則說應該遲至西元前兩千年，還有一些人認為「原始印歐語」只是抽象概念，僅僅存在於語言學家的腦袋中，因此無法定於任何一個年代。當然，這使得它無法專指特定時代。但造成此長期分歧的根本原因是多數考古學家並不關注語言學。有些學者提出的解釋與眾多語言證據相悖。藉著解釋第二個問題，也就是可信度和真實性的問題，我們將能大幅解決第三個問題（原始印歐語在何時被使用），此問題縈繞整個第三章和第四章。

第四個問題是考古方法在那些對印歐語系源頭研究最為關鍵的領域中，恰巧並不發達。大多數考古學家認為，史前語言群體與考古文物無法等同，因為語言在物質文化中不會以任何一致的方式反映出來。說不同語言的人群可能會使用類似的房舍或陶罐，但說同一種語言的人群也可能用不同的方式來打造陶罐或房舍。但在我看

來，語言和文化在某些情況下「具備」可預見的相關性。在這些情況中，我們看到一道「非常明確」的物質文化邊界——不僅止於不同的陶罐，還包括不同的房舍、墓葬、城鎮格局、塑像、飲食和服飾——「延續」了幾世紀或幾千年，這往往也是一道語言界線。不管在哪裡，這都不會發生。事實上，這種「民族語言」（ethnolinguistic）的界線似乎很少出現。但是，如果一道強大的物質文化邊界確實延續了數百、甚至數千年，語言往往牽涉其中。這種觀點使我們能在純粹考古文化的地圖上指認出至少「些許」語言界線，此為追尋原始印歐語原鄉的關鍵一步。

當代考古學理論的另一弱點是考古學家通常不太了解遷徙，而遷徙是語言變異的重要載體——當然不是唯一的因素，但也彌足重大。二戰之前，考古學家單純用遷徙來解釋史前文化中所觀察到的任何變化：在考古遺址中，如果第一層中的陶罐 A 型被第二層中的陶罐 B 型取代，那便是 B 人群的遷徙導致了此種變化。此一簡單的假設被後來的考古學家證明非常不充分，他們意識到「內部」變異，其實源於各式各樣的催化劑。工藝品型態的移轉顯示出受到社會聚集的規模和複雜程度所影響，其移轉包括經濟變遷、工藝品管理方式的重組、工藝品社會功能的變異、技術革新、新貿易的引介和交換商品等等。自一九六〇年代以來，每個西方考古系學生都學過「陶罐不是人」（pots are not people）這條金科玉律。遷徙從一九七〇和八〇年代西方考古學家的解釋工具箱中徹底消失。但遷移是至關重要的人類行為，若忽視遷徙或假裝它在過去歷史中無關緊要，就無法理解印歐語系的種種問題。我試圖從現代的遷徙理論來理解史前遷徙及其在語言變異中的可能角色，這些問題將在第六章中討論。

問題五關乎我在本書中所擁護的特定原鄉，其位於俄羅斯和烏克蘭的綠茵草原上。近來的草原史前考古資料，以一些只有少數西

方考古學者可以閱讀的語言，發表在一些冷僻期刊中。其所採的論述方式，讓人憶起五十年前那種「陶罐是人」（pots are people）的陳舊考古學詮釋。在這二十五年的時間裡，我嘗試理解這些文獻的成果十分有限，但我可以說，蘇聯和後蘇聯時期的考古學自有一段獨特的歷史和理論基礎，而不單單是在重現西方考古學的哪一個階段。在本書的後半部，我綜合呈現了俄羅斯、烏克蘭、哈薩克草原地帶新石器、銅器和青銅時代的考古發現。雖然帶有選擇性且無可避免的不完美，但其直接承載了早期印歐語系人群的本質及身份。

馬躍上歷史舞台，這引發了最後的第六個問題。百餘年前，學者發現最早被好好紀錄的印歐語系語言——西臺帝國語、邁錫尼文化的希臘語和最古老的梵語形式（或稱古印度語），是軍事社會在使用的，似乎是隨著由快馬拉著的馬戰車（chariot）爆發式的進入古代世界。也許正是這些說印歐語系的人群發明了馬戰車。也許他們是第一個馴化馬的人。這能否解釋印歐語系最初的傳播？距今大約一千年前，西元一千七百年至七百年間的古代世界，從希臘到中國、從法老到國王，無不對馬戰車這項武器青睞有加。在宮廷的軍備清冊所描繪的戰役中，炫耀性的記錄了數以百計的戰利品，包括多不勝數的戰車。在西元前八〇〇年之後，最早一批訓練有素的騎射部隊出現，也就是最早的騎兵，革新了戰爭的型態，馬戰車便逐漸遭到棄用。如果說印歐語系的人群是最早使用戰車的人，便能解釋他們早期的擴張；而若他們是最早馴化馬匹的人，便能解釋在古印度雅利安人、希臘人、西臺人和其他印歐語系使用者的儀式中，馬為何會成為兵力和權力的核心象徵。

但直到最近，人們仍然很難或根本無法確定馬是在何時何地受到馴化。早期受到馴化的馬在骨骼上留下的痕跡少之又少，所有我們能找到的古代馬都是牠們的骨頭。十幾年來，我和研究伙伴及妻

子朵卡絲・布朗（Dorcas Brown）持續想解決這個問題，我們相信自己如今已經知道人類是在何時何地開始馴養馬。我們也認為，儘管在古代世界中，馬戰車比騎兵還早出現於有組織的國家與王國的征戰；但早在馬戰車發明的很久之前，人們就已經開始在草原上策馬奔騰了。

語言滅絕與思想

值此關鍵時刻，這些原始印歐語使用者的生活之處正好位於戰略要衝。他們注定要從運輸革新中獲益，其中最重要的是開始騎馬和發明帶有輪子的車子。他們沒有比鄰居優越到哪裡去，事實上，現存的證據表明，他們的經濟、本土技術，以及社會組織都比西部和南部的鄰國更為簡略。其語言的拓展絕非單一事件，也不僅止於一項因素。

儘管如此，這個語言確確實實日益擴張，並日趨多樣化，其英語等子附屬語直到今時今日都仍在拓展它的版圖。隨著印歐語系語言的傳播，許多其他語系逐漸滅絕。這可能會限縮語言的多樣性，並主導現代世界的認知習慣。例如，所有印歐語系的語言都強制說話者在談論某個動作，得留意時態和數量：你「必須」點明這個動作是在過去、現在，還是未來；並且「必須」指出其動作者是單數還是複數。沒有決定這些類別，就無法使用印歐語系的動詞。這導致印歐語系的使用者都習慣根據發生的時間、是否涉及多名動作者，來構建所有事件。許多其他語系在提及某個動作時，並不「要求」說話者指明這些類別，因此時態和數量可以留待未定。

換句話說，其他語系要求持續運用並認清現實狀況的其他面向。例如，用霍比語（Hopi）描述事件或情況時，「必須」用文法標記來點明自己是親眼目睹該事件，還是從其他人那裡聽來，或

者認為這是一個牢不可破的事實。霍比語的文法強制使用者要習慣根據資訊的來源和可靠程度來提出對現實狀況的所有描述。持續並自發使用此些類別,會在世界的感知和框架中產生習慣,這可能會讓使用迥異文法的人群之間有所不同。[14] 從此概念來講,印歐語系文法的傳播或許削弱了人類認知習慣的多樣性。動筆寫下本書的時候,這個概念很可能也導致了身為作者的我以某種方式來建構自己的觀察結果,這種方式將重演五千多年前生活在歐亞西部草原的一小群人的認知習慣和類別。

第二章

如何重建
死去的語言

How to Reconstruct a Dead Language

　　口語的原始印歐語已經死了至少四千五百年。這種語言的使用人群並沒有文字，所以沒有留下任何刻寫資料。但在一八六八年，奧古斯特・施萊謝（August Schleicher, 1821-1868）卻能用重建的原始印歐語講故事，這個寓言叫《綿羊與馬》（The Sheep and the Horses，原始印歐語：Avis akvasas ka）。一九三九年，赫爾曼・赫特（Herman Hirt, 1865-1936）納入對原始印歐語音的新解，改寫了這個寓言，寓言名稱變成 Owis ek'woses-kwe。一九七九年，溫弗雷德・萊曼（Winfred Lehmann, 1916-2007）和拉吉斯拉夫・茲古斯塔（Ladislav Zgusta, 1924-2007）微調成他們自己的版本 Owis ekwos kwe。面對這類問題，雖然語言學家對發音的爭論日發瑣碎，但多數人都訝異於學者們居然能對一個沒有留下書面紀錄的死語言說三道四。當然，訝異是懷疑的近親。語言學家會因為一個空想的產物而爭論不休嗎？在缺少確鑿證據的情況下，語言學家如何才能確定重建的原始印歐語的準確性？[1]

　　許多慣於挖掘實物的考古學家，並不待見那些只重建假設音位（phoneme）──所謂「語言史前史」（linguistic prehistory）

——的人。這種懷疑其來有自。語言學家和考古學家都大量使用行話，這除了他們自己幾乎沒人聽得懂，使得跨學科的交流難上加難。這兩個學科都不簡單，並且在許多關鍵問題的解釋上都牽涉到派系之爭。良性的爭論已讓外人備感困惑，而包括作者在內的大多數考古學家，都是語言學界的大外行。在研究生的考古學課程中，並不一定會教授歷史語言學，因此多數考古學家都對歷史語言學知之甚少。有時這也適用於語言學家。語言學的研究生也沒有學考古學。語言學家對考古學偶一為之的評論，聽在考古學家的耳裡，可能過於簡化和天真，這讓我們當中的某些人不禁懷疑，整個歷史語言學可能都充斥著簡單且幼稚的假設。

開頭幾章的目標是穿越考古學和歷史語言學的區隔。開頭前幾章的目標是開闢跨越無人土地的康莊大道，將考古學和歷史語言學區分開來。我這麼做具有極大的不確定性——比起大多數的考古學家，我也沒多受過多少語言學方面的正式訓練。幸好，吉姆・馬洛利（Jim Mallory, 1945-）已經制定了一些方法——他可能是印歐語系研究中唯一獲得雙重認證的語言考古學家。印歐語系源頭的問題核心是語言學證據。最根本的語言學問題是要了解語言如何隨著時間變化。[2]

語言變化與時間

想像一下，你有一台時光機——如果你跟我一樣，想拜訪許多不同的時代和場景。然而，這些地方多半不說英語。假設你無法負擔六個月的沉浸式旅行，譬如說古埃及，你就不得不限制自己只能去說這種語言的時代和場景。也許……去趟英格蘭？那你最遠可以回到多古老的時代，旁人還能理解你說的話？

假設我們回到西元一四〇〇年的倫敦。當你踏出時光機，主

禱文（Lord's Prayer）的第一句或許是個不錯的開場白，既能讓人安心，也聽得懂。傳統、舊式的現代標準英語版本的第一句是：「Our Father, who is in heaven, blessed be your name.」（中譯：「我們在天上的父，願人都尊你的名為聖。」）而以一四〇〇年喬叟（Geoffrey Chaucer, 1343-1400）所說的英語為標準，你冒出口的會是：「Oure fadir that art in heuenes, halwid be thy name.」。現在，把儀表板再往前轉四百年，到西元一千年，這時該用古英語、或說是盎格魯撒克遜語，你會說：「Fæder ure thu the eart on heofonum, si thin nama gehalgod.」。至於要想跟阿佛烈大帝（Alfred the Great, 849-889）聊聊天，想都別想！

一千年來，多數的標準口語都歷經或多或少的改變，讓千禧年末這些語言的使用者想對話時，難以互相理解。像教會拉丁語（Church Latin）或古印度語（Old Indic，最古老的梵語形式）這些塵封在宗教儀式中的語言，是你與一千多年前的人群交流的唯一希望。冰島語時常被引為案例——一千年來，這個口頭語言的變化微乎其微，但該語言的使用地點為孤懸於北大西洋上的一座島，且該語言的使用者對自身古老史詩（sagas）和詩歌的態度如同宗教般的崇敬。即便不到一千多年，多數語言所經歷的變化比冰島語要大得多，原因有二：首先，沒有兩個人說的語言會完完全全相同；其次，比起冰島人，大部分人會遇見更多使用不同語言的人。一個語言若是從其他語言那裡，挪用了許多語詞和詞組，其變化的速度會比挪用率較低的語言更快。冰島語的挪用率世界最低。[3] 如果接觸到許多不同的說話方式，我們自身的說話方式便會快速變化。幸好，儘管語言改變的速度快得驚人，語言的結構和順序卻並非如此變化。

語言轉變並非隨機變化，而會轉向大多數人所喜歡和模仿的口音和詞組。一旦選定目標口音，語音的結構就會開始變化，規則會

讓說話者自己的說話方式轉變成目標口音的說話方式。同一套規則顯然存在於我們所有的心智、嘴巴和耳朵之中。語言學家剛剛才第一次注意到這個規則。如果規則決定了既定的發音創新如何影響舊的口語系統——要是語音的變化是可預知的——那麼，我們應該可以將它倒帶，就能重現較早之前的語言狀態。原始印歐語可以說就是那樣重建出來的。

音變最令人驚訝之處，便是其規律性，這與沒人意識到的規則相符。中古早期的法國人可能經歷過這樣一段時期：tsent'm（hundred）聽起來像拉丁語詞 kentum（hundred）的方言版發音。兩者之間的語音差異在於「同位音」（allophone），或說是沒有產生不同含義的相異語音。然而，由於拉丁語的說話方式發生其他變化，[ts-] 開始出現不同的發音，這種音位與 [k-] 不同，它會改變語詞的意思。在此節骨眼上，人們不得不決定 kentum 到底要用 [k-] 還是 [ts-] 發音。在法語使用者決定用 [ts-] 的時候，這個決定並不只是為了 kentum 這個語詞而下，還連帶決定了所有前母音（front vowel，例如：[-e-]）之前有 [k-] 這個音的拉丁語詞。一旦發生這種情況，[ts-] 開始會和做為起首字母的 [s-] 搞混，人們不得不再次決定 tsentum 究竟要用 [ts-] 還是 [s-] 發音。他們選擇了 [s-]。這種變化的順序陷入了意識之下，相似的語音順序如病毒般在所有前法語（pre-French）語詞中傳播。[kera] 發音的拉丁語詞 cera（「wax」〔蠟〕），變成法語中的 cire，發音為 [seer]；拉丁語詞 civitas（「community」〔社群〕）變成法語中的 cité，發音為 [seetay]。其他音變也發生了，但它們都遵循相同的不發音和意識之下的規則——語音的變化並沒有特殊性，也不局限於特定的語詞。相反的，它們會有系統地散播到該語言中所有類似的語音中。人的耳朵在辨別語詞適不適合類推時，區別非常明顯。在 [k-] 開頭、其次的後母音（back vowel）為 [-o] 的拉丁語詞中，[k-] 被保留下來，例如拉

丁語詞 costa 轉變為法文的 côte。

　　語音變化之所以依循規則，可能是因為所有人都本能地會想找出語言中的秩序。這鐵定是每個人類大腦裡根深柢固的部分。毋須召集委員開會、毋須字典、甚至毋須識字，我們就能這樣做，而且根本沒有意識到自己到底在做什麼（除非我們是語言學家）。人類的語言由其規則決定。規則決定了句子的結構（句法），以及語詞的發音（語音和構詞）與其意思之間的關係。習得這些規則，讓我們的意識從嬰兒一躍而成人類社會中具有影響力的一員。由於語言是人類演化、文化與社會認同的核心，因此生物學賦予了群體中的每個成員，將新穎變化轉化成語言系統中的常規的能力。[4]

　　當十九世紀的學者第一次揭露並分析出我們在說話和聽話時所遵循的規則，「歷史語言學」便以專業學科之姿被創造出來。我不會裝作自己已經充分掌握這些規則，而且如果我真的都了解，我也不需要去嘗試解釋這些規則。我希望的，是概括說明其中一些規則如何運作，如此一來，我們就能在看清其可能性和局限性的前提下，用原始印歐語來「重建詞彙」。

　　我們從語音學開始。任何一種語言都可以分成幾個環環相扣的系統，而每個系統都有自己的一套規則。「詞彙」（vocabulary），或說「語彙」（lexicon）組成一個系統；「句法」（syntax），或稱「語詞順序」（word order），以及語句結構（entence construction）又是另一個系統；「構詞學」（morphology）或「語詞結構」（word form），包括許多我們所謂的「文法」（grammar），是第三個系統；「語音學」（phonology），或聽起來可接受且有意義的規則，則是第四個系統。每個系統都有其獨特的傾向，儘管一個系統（例如語音學）的變化，會造成另一個系統（例如構詞學）的變化。[5] 我們會把語音學和語彙研究得最為透徹，因為要想了解原始印歐語詞彙是怎麼重建的，語音學和語彙是重中之重。

語音學：如何重建死去的語音

語音學、或說語言學的語音研究，是歷史語言學家的一大工具。語音學是個很有用的歷史工具，因為人們所發出的聲音會隨著時間朝某個特定方向改變，而不會朝其他方向改變。

兩種限制決定了語音改變的方向：通常適用於大多數語言的限制，以及特別針對某單一語言或某組相關語言的限制。人聲解剖學的物理極限造成了這種通用限制：必須發出聽者可分辨和理解的語音，以及趨向簡化較難發音的語音組合。語言內部的限制則取決於該語言的語音範圍，限制了在何範圍之內是可被接受且有意義的語音。某些語言限定的語音通常非常容易被辨識出來。譬如說，搞笑藝人會用法文或義大利文中的一些典型語音來亂講一通，逗我們發笑。既然掌握了語音變化方向的「通用」趨勢，以及特定某組相關語言的特殊語音常規，語言學家便能得出可靠的結論，即哪些語音變體是較早期的發音，而哪些語音變體是後來才出現的。這是重建一個語言的語音史的第一步。

爬梳法文的歷史，我們知道，法語是從羅馬高盧行省（現代的法國）講的拉丁語方言發展而來的，正值羅馬帝國在西元三、四〇〇年時的衰微期。晚到一五〇〇年代，這種地方性的法語在學者之間還是聲名狼藉，認為它只不過是一種腐敗的拉丁語形式。就算我們對這段歷史一無所知，我們還是能審視拉丁語 centum（發音為 [kentum]）和法語 cent（發音為 [sohnt]），這兩字都是「百」的意思。我們可以說，這個拉丁語詞的發音讓它成為較古老的結構，現代法語的結構則是依循已知的音變規則發展而來，而且在這個現代結構出現之前的過渡期，可能還曾有過 [tsohnt] 這種發音——我們是對的。

▶語言變化的一些基本規則：語音學與類推

兩條通用的語音規則幫我們下了決定。一是像例如 *k* 和 *g* 這種置於字首的硬子音，若是徹底音變，通常會變成像 *s* 和 *sh* 這類軟音；但反過來說，從 *s* 變成 *k* 的音變，則很少出現。二是，如果跟在後面的母音（*e*）是用口腔前方發音，那麼原本由口腔後方發音的塞音（*k*），很可能會將發音部位移往口腔前方（*t* 或 *s*）。試著發看看 [ke-] 和 [se-] 的音，留意一下你舌頭的位置。*k* 是用舌頭後方來發音，而 *e* 和 *s* 則都是用舌頭中段或舌尖來發音，這讓音段 se- 比音段 ke- 更好發音。在 -e 這類前母音之前，我們會預想 *k-* 可能會往前移動成 [ts-]，然後再前移到 [s-]，而且這個順序倒過來就不成立。

這種通用語音趨勢的案例稱為「同化」（assimilation）：語音會與同一語詞中前後的語音趨向同化，從而簡化所需的動作。這裡舉出的特定同化類型稱為「顎化」（palatalization），在法文中後面跟隨前母音（e）的後子音（k），會被上顎前方的音同化，將 [k] 變成 [s] 的音。在從拉丁語的 [k]（將舌頭後方置於上顎後方來發音）變成現代法語的 [s]（將舌尖置於上顎前方來發音）之間，應該還有一個過渡發音 ts（將舌頭中部置於上顎中段來發音）。這種變化順序讓歷史語言學家得以重建出語言演化過程中那段未被記錄下來的過渡階段。在從拉丁語到法語的發展中，顎化一直都是系統化的。法語中許多特殊的語音都跟「顎化」脫不了關係。

同化通常會改變語音的品質，或者有時會將語詞中的兩個語音混合在一起，以除去語詞中的語音。相反的過程則是在語詞中「增加」（addition）新的語音。*Athlete*（「運動員」之義）這個語詞在英文時的變異發音，是創新的絕佳範例。許多英語使用者會在這個語詞中間插入 [-uh] 的音，說成 [ath-uh-lete]，但絕大多數人都

不會意識到自己是這樣發音。插入的這個音節總是用完全一樣的方式發音，也就是 [-uh]，為了要在這個音節後發出 -l 的音，同化成一樣的舌頭位置。語言學家可以預料到某些人說話時會插入像 -thl 這種不同的子音群（此現象稱為「增音」epenthesis），以及在 athlete 插入的母音會因同化的規則而總是發成 [-uh] 的音。

　　另一種變化是「類推」（analogical）演變，往往相當直接地影響到文法。以英文名詞的複數結尾 -s 或 -es 來說，最初只限於某一類別的古英語名詞，例如：stān 指 stone（單數主格），stānas 指 stones（複數主格）。然而，當一系列的音變（參見註釋 5）導致原本用來區分不同類別的名詞的音位消失時，-s 這個字尾開始被重新定義為「通用」的複數標記，所有名詞皆適用。像是使用 -n 字尾的複數形（oxen）、維持不變的複數形（sheep），以及改變詞幹母音的複數形（women），這些都是古英語的遺緒。不過轉而使用 -s 字尾，正在慢慢排除這種已經用了八百多年的「不規則」形式。類似的類推演變也影響了動詞：help / helped 取代了古英語中的 help / holp，因為 -ed 字尾被重新定義為通用的過去式標記，減少了許多原本用母音變化來表示過去式的強變化動詞。類推演變也可以用舊的語詞或結構，來創造新的語詞或結構。英文之所以有大量由 -able 和 -scape 構成的語詞，是因為這些字尾原先是和特殊的語詞有關（measurable, landscape），後來被重新定義為可以移除或加到任何詞幹的後綴（touchable, moonscape）。

　　語音變化和類推演化是將新結構整合到語言中的內部機制。藉由審視同一個語言譜系在過去幾個時點裡的系列文獻，譬如古典拉丁文、晚期通俗拉丁文，中古早期法文、晚期中世紀法文，以及現代法文的碑文，語言學家已然爬梳出從拉丁語演化到法語這段過程中的所有音變和類推變化。規則的、系統性的規則可以解釋其中的

大多數變化，通常也適用於其他語言在其他情況下的語言變化。那麼，語言學家如何將這些變化倒帶，以「反推」的方式去找出現代語言的起源？我們又要如何重建出像原始印歐語這種語言的語音？這類口頭語言早在書寫發明之前就已出現，而且「根本沒有」文獻紀錄。

▶語音重建的例證：「Hundred」

原始印歐語的重建並非為了創造一部原始印歐語詞彙表的字典，即便這個方法格外好用。重建的真正目的是要證明子詞彙的名單是承繼同一個母詞彙的同源詞。母詞彙的重構是比較後的附屬產物，證明每個子語詞中的每個語音，都能從共同父母的語音中衍生出來。第一步是採集疑似的子語辭：所有能在印歐語系中找到的語詞變體，都得列在名單上（表 2.1）。要想完成名單，得先了解語音變化的規則，因為語詞的某些變體的語音可能發生過劇烈變化。光是要找出這些候選人、把名單列好，就是一大挑戰。我們會用原始印歐語詞中的「hundred」來試試看。幾乎所有印歐語系的子附屬語，都保留了印歐語系中的數字字根，特別是一到十、一百和一千的字根。

我們的名單中包括拉丁語的 *centum*、阿維斯陀語的 *satəm*、立陶宛語的 *šimtas*，以及古哥德語的 *hunda-*（英文語詞中的 *hundred* 很有可能就是從 *hunda-* 這個字根演變出來）。應該還要加入其他印歐語系中長得相似的「hundred」，而我也已經列出了法語的語詞 *cent*，但為了簡化，我僅會列出四種。我選的這四個語詞分別出自四個印歐語系語族：義大利語族、印度—伊朗語族、波羅的語族、日耳曼語族。

表 2.1　印歐語系同源詞中的字根「hundred」（百）

語族	語言	詞彙	含義
凱爾特語族	威爾斯語	cant	hundred
	古愛爾蘭語	cēt	hundred
義大利語族	拉丁語	centum	hundred
吐火羅語族	吐火羅語 A	känt	hundred
	吐火羅語 B	kante	hundred
希臘語族	希臘語	εʹκατοʹν	hundred
日耳曼語族	古英語	hund	hundred
	古高地德語	hunt	hundred
	哥德語	hunda	100, 200
	古撒克遜語	hunderod	(long) hundred
波羅的語族	立陶宛語	šimtas	hundred
	拉脫維亞語	simts	hundred
斯拉夫語族	古教會斯拉夫語	sŭto	hundred
	保加利亞語	sto	hundred
安納托利亞語族	呂西亞語	sñta	10 或 100
印度—伊朗語族	阿維斯陀語	satəm	hundred
	古印度語	sʹatám	hundred

　　我們必須解決的問題是：這些語詞是從單一母語詞語音轉化而成的子語詞嗎？如果答案是肯定的，它們就是同源詞。為了證明它們是同源詞，我們必須能夠藉由已知的規則，來重建出一個祖先音位順序，其可以發展出所有文獻中記載的子語音。先從語詞中的第一個語音開始。

　　如果母詞彙也以 [k] 音為始，就能解釋拉丁語 centum 中字首 [k] 的音位。在阿維斯陀語的 satəm 和立陶宛語 šimtas 中的字首軟子音（[s] [sh]），可能源自以硬子音 [k] 為字首的原始印歐語語詞，例如拉丁文的 centum，因為如果硬音徹底改變，通常會變成軟音。倒過來的發展，也就是從 [s] 或 [sh] 變成 [k]，就不太有可能。此外，

字首硬子音的顎化和齒擦音發音（轉成 s 或 sh 音），被認為同時存在於印度語族（吠陀時期的梵語是其中之一）和波羅的語族（立陶宛語是其中之一）。音變的通用方向及每個語族中的特殊常規讓我們可以說，這四個語詞當中的三個，可能都出自原始印歐語中一個以「k」開頭的語詞。

那 hunda 呢？它看起來特別不同，但 h 其實是預料中事──它遵循的這條規則，影響了日耳曼語族當中所有字首 [k] 的語音。這個變化不僅影響到 k，還影響了原始日耳曼語族的其他八個子音。[6] 這種子音變化在整個史前原始日耳曼語族社群中流行，從而興起了一種新的原始日耳曼語語音，這個語音保留在之後所有的日耳曼語言中，包括了最關鍵的英語。雅各・格林（Jakob Grimm）（就是採集童話的那位格林）爬梳並命名了這個子音變化，因此被稱為「格林法則」（Grimm's Law）。格林法則提到的其中一個變化是，在大多數語音環境下，古印歐語的 [k] 音轉為日耳曼語中的 [h] 音。在拉丁語的 centum 中，印歐語的 k 被保留了下來，並在古哥德語中轉為 hunda- 中的 h；而拉丁語 caput 中的字首 k，到了古英語變成 hafud（也就是 head〔頭部〕）中的 h，之後並影響了所有詞彙（caput > hafud 顯示出 p 也變成 f，如同 pater > fater 的變化）。因此，儘管它看起來很不一樣，hunda- 仍然遵從格林法則：它的第一個子音可從 k 衍生出。

k 很有可能就是原始印歐語中「hundred」這個語詞的第一個音（最初的 [k] 音也適用於其他印歐語系同源詞中的「hundred」）。[7] 第二個音該是個母音，但會是哪一個母音？

第二個音是英語所沒有的母音。在原始印歐語中，共鳴音的作用如同母音，類似 fish'n' 在口語時發音的共鳴音 n（如同 Bob's gone fish'n' 中的 n）。第二個音是共鳴音，*m. 或 *n.，不管是哪一個，都出現在我們比較的附屬語詞當中（缺乏直接證據的重建

結構前會標註星號）。*m* 在立陶宛語同源詞 *šimtas* 中得到驗證。在原始印歐語母親的 *m* 可以解釋在立陶宛語中的 *n* 和 *t* 都從齒上發音，所以 *n* 在古印度語、日耳曼語和其他語族中，可以和之後的 *t* 或 *d* 同化（基於同一個原因，古西班牙語的 *semda*〔路徑〕變成現代西班牙語的 *senda*）。*t* 前方的字母從原本的 *m* 變成 *n*，這個轉變是可以理解的，但從 *n* 轉成 *m* 則很少見。因此，原本的第二個音可能是 m.。在梵語的 *satam* 中，這個子音可能隨著另一股同化趨勢而完全丟失，此趨勢稱為「完全同化」（total assimilation）：在 *m* 變為 *n*、轉為 **santam*，*n* 被其後的 *t* 完全同化，最後成為 *satam*。同樣的歷程也造就了在拉丁語 *octo* 轉為現代義大利語 *otto*（數字：八）時，[k] 這個音的消失。

對 *centum* 的原始印歐語祖先的討論，我得先暫停在祖先的 **k'm.-*。要想繼續分析，得藉由在所有現存同源詞中驗證出的音位，來重建可被接受的祖先字根。藉著將這些規則套用至所有的同源詞，語言學家已能重建出一個原始印歐語音位順序「**k'm. tom*」，其可能已經演變成所有驗證出的附屬形式中所有驗證出的音位。比對後僅留下原始印歐語的字根「**k'm.tom*」——此證明了我們比較的這些附屬詞彙確實是同源詞。至少在某些原始印歐語方言裡，這個語詞的發音方式也十分相近。

▶重建的局限與優勢

比對的方法將產生祖先字根的「語音」（sound），並確認了一個遺傳關係「只」牽涉一組依循音變規則規律演化的同源詞。若是每個同源詞中的所有音位都能從彼此接受的母音位中衍生出，代表比對分析的結果要不是能推論出遺傳關係的存在，就是根本沒有「可經論證」的關係。在許多案例中，一個語言中的語音可能是從

鄰近語言中借用而來，並且這些語音可能會取代原本預期中的轉變。比對方法也無法在不規則的語音組合上得出規律的重建。大多數原始印歐語的詞彙，或說是絕大部分，永遠都無法被重建。規律的同源詞組讓我們得以重建出原始印歐語中 door 這個語詞的字根，但重建不出 wall、rain、river 的字根；能重建出 foot 的字根，但重建不出 leg 的字根。原始印歐語中當然有指涉這些事物的語詞，但我們對於要重建出它們的發音，完全沒有把握。

比對方法無法證明兩個語詞「不」相關，但可能也無法證明它們「有關」。舉例來說，希臘神話中的烏拉諾斯（Ouranos）與印度神祇伐樓拿（Varuṇa）的神話象徵有著驚人的相似，兩個名字聽起來也十分相像。烏拉諾斯與伐樓拿是否反映出早期原始印歐神話中神祇的名字？有可能——然而，根據已知的希臘語及古印度語的音變規則，這兩個名字無法從同一個母詞彙中推演出來。無獨有偶，拉丁語 deus（god）和希臘語 théos（god）看起來似乎很明顯就是同源詞，但比對方法顯示，與拉丁語 deus 有相同源頭的，其實是希臘語的 Zéus。[8] 若是希臘語 théos 真要找一個拉丁語同源詞，那應該要以 [f] 音開頭（可以聯想到 festus〔festive〕，但在這個比對中，一些其他的語音也大有問題）。在歷史上，deus 和 théos 仍然可能以某種不規律的方式有所聯繫，但我們無法證明。最後，我們如何確定比對方法能準確重建出一個語言的語音史當中缺乏文獻紀錄的階段？對於重構詞彙的「真實性」問題，語言學家存在分歧。[9] 根據八個印歐語族的同源詞的重建，例如 *k'm. tom-，比僅依據兩個語族的同源詞的重建更為可靠，甚至更「真實」。橫跨至少三個語族的同源詞，當中包括一個古老語族（安納托利亞語族、希臘語族、阿維斯陀伊朗語族、古印度語族、拉丁語族，以及某些凱爾特語）都應該能讓重建更為可靠。但是究竟有多可靠呢？羅伯·霍爾（Robert A. Hall, 1911-1997）構想出一個驗證方法，他僅使用

音變規則就重構出羅馬尼語言的共同母語，接著將這些重建與拉丁語加以比對。有鑑於羅馬尼語言的母語其實是好幾種地方性的通俗拉丁語（Vulgar Latin）方言，而用於驗證的拉丁語是西塞羅和凱撒時期的古典拉丁語，此一結果令人放心。霍爾甚至還重建出兩組母音的差異，就算兩者都沒有現代的子附屬語言予以保存。他無法判定用來分辨兩個母音長度的特徵——拉丁語有長母音和短母音，但在所有羅馬尼附屬語中，卻都沒有此種區別——但他能用兩組相對的母音和其他許多母音來重建出一個系統，讓拉丁語的構詞、句法和詞彙等方面都更為明確。除了這些巧妙的驗證方法，最佳證明是在某些案例中的重建是否符合現實——這些案例是語言學家認為應進行重建，而考古學家隨後發現了能證明其正確的碑文。[10]

　　例如，藉由 guest 這個日耳曼語同源詞的古老記錄（哥德文的 *gasts*、古北歐語的 *gestr*、古高地德語的 *gast*），重建出原始日耳曼語的結構 *gastiz*，被視為是從重建的晚期原始印歐語 *ghos-ti-* 衍生而來（這個字根可能同時意味「主人」〔host〕和「賓客」〔guest〕，從而指涉陌生人間的款待關係，而不是指涉「主人」或「賓客」的角色）。晚期的日耳曼語言中，找不到一個語詞的結構是在最末的子音前出現 *i*，但據音變規則推測，*i* 在理論上應存在於原始日耳曼語中。接著，從丹麥的一座墳墓裡挖出的金號角上，發現了古代日耳曼語的碑文。上頭寫著「*ek hlewagastiz holitijaz*（或 *holtingaz*）*horna ta-wido*」可翻譯成「I, Hlewagasti of Holt（or Holting）made the horn.」（我，霍特〔或「霍特丁」〕的海勒瓦蓋斯汀製造了這只號角）。其包含了個人名「*Hlewagastiz*」，由 *Hlewa-*（fame）和 *gastiz*（guest）這兩個詞幹組成。語言學家之所以振奮不已，並非因為此號角是美麗的純金工藝品，而是因為這個詞幹包含了推測中的 *i*，從而證明了原始日耳曼語結構及其晚期原始印歐祖先的準確度。語言重建已經通過了實際驗證。

致力於希臘語言發展的語言學家同樣提出了原始印歐語的「唇軟顎音」（labiovelar）*kw（發音為 [kw-]）作為祖先的音位，並發展成希臘語的 t（位於前母音之前）或 p（位於後母音之前）。*kw 的重建是個明智但複雜的方法，可以解答古典希臘語子音與原始印歐語祖先之間究竟有什麼關連。這一直都只是假設，直到發現並破譯邁錫尼文明的「線形文字 B」（Linear B）泥板，才揭示出希臘語最早的結構，邁錫尼語中有語言學家推測的 kw，此處後來的希臘語在前、後母音前方是 t 或 p。[11] 這證明歷史語言學的重建可不是空穴來風。

當然，重建的詞彙只是理想化的語音。重建後的原始印歐語無法囊涵蓋各種不同方言的發音，這些方言的發音一定已經存在於人們口中長達一千年以上。儘管如此，今天我們能夠讀出西元前兩千五百年那些沒有文字的人們所說語言中的數千語詞，即便發音稍嫌僵硬，這依然是一大勝利。

語彙：如何重建死去的涵義

就算重建了原始印歐語詞的「語音」，我們要怎麼知道它的「涵義」？一些考古學家懷疑重建的原始印歐語是否可靠，因為他們認為人們永遠無法了解這些重建詞彙的原始涵義。[12] 然而，我們可以為許多重建的原始印歐語詞彙選派可靠的涵義。正是根據這些語詞的涵義，我們才能找出原始印歐語使用者的物質文化、生態環境、社會關係、宗教信仰的最佳證據。每個涵義都值得我們為其努力不懈。

三個通用的規則引導我們給出意義。首先，盡可能找出最古老的涵義。若目標是檢索出原始印歐語詞最初的涵義，就應該用古代同源詞所記錄的涵義來一一比對現代的涵義。

再者，如果語族中所有語言的某個同源詞始終具備同樣的涵義，譬如我前面所用範例中的 hundred，那麼至少在為原始印歐語的原始字根選派涵義的這點上，顯然是沒有問題的。很難想像這些涵義若不是跟著祖先的字根走，所有這些同源詞要怎麼有相同的涵義。

第三，若該語詞所分解出的字根，能與所選的語詞具有相同的涵義，那麼該涵義的可能性就會翻倍。例如，原始印歐語的 *k'm. tom 可能是 *dek'm. tom 的簡化版，這個語詞包含了原始印歐語的詞根 *dek'm.（ten）。*dek'm. 中的語音順序是由語詞 ten 的同源詞單獨重建而來，因此 ten 和 hundred 的重建字根在涵義和語音上都息息相關，這點似乎驗證了這兩個重建語詞的可靠性。證明 *k'm. tom 這個字根不是原始印歐語音位隨機出現的字串，而是具備特殊涵義的複合詞（compound），也就是「十（的單位）」（〔a unit〕of tens）。這點也告訴我們，原始印歐語的使用者與我們一樣具備十進位制，以及會以十為單位數到一百。

在大多數的情況中，語言社群的分分合合、幾世紀的時光流轉，以及子附屬語言的演變，都導致原始印歐語詞的涵義產生動盪和變化。有鑑於語詞與涵義的關係是隨機的，所以比起語音的轉變，涵義轉變的走向更不規律（儘管某些語義的變化更加有憑有據）。不過，我們仍能檢索出一個通用的涵義。「wheel」（輪）便是絕佳的例子。

▶語義重建的例證：「wheel」

「wheel」（輪）這個語詞是原始印歐語字根在現代英語中的後裔，其聽起來像 *kwéwlo 或 *kwekwlks。但 *kwé*wlos 在原始印歐語中究竟是什麼意思？ *kwé*wlos 這個字根的音位順序是經過比

對八個古老印歐語言的同源詞拼湊而成，分別代表五個語族。這個語詞的反映（reflexes）存在於古印度語和阿維斯陀語（出自印度—伊朗語族）、古北歐語和古英語（出自日耳曼語族）、希臘語、弗里吉亞語和吐火羅語族 A 和 B。此外，梵語、阿維斯陀語、古北歐語和古英語的同源詞也都證明了「wheel」的涵義。希臘語同源詞單數型的涵義已經轉變成「circle」（圓），但在複數形式中仍指「wheels」（車輪們）。在吐火羅語族和弗里吉亞語族的同源詞則意指「wagon」（車）或「vehicle」（車）。那它原本是什麼意思？（表 2.2）。

　　*kwékwlos 的八個同源詞中驗證出有五個具備「wheel」或「wheels」的涵義，且這些語言（弗里吉亞語、希臘語、吐火羅語 A）中的涵義就算偏離「wheel」，但也不會太遠（「circle」、「wagon」或「vehicle」）。更有甚者，在幾個地理阻隔的語言中發現了保留「wheel」涵義的同源詞（位於伊朗的古印度語和阿維斯陀語是鄰居，與古北歐語或古英語毫無接觸）。「wheel」的涵義不太可能是從古印度語引入古北歐語的，反之亦然。

　　涵義上的某些轉變並無可能，其他則很常見。用最能展現特色的一部分（輪〔wheel〕）來命名整體（車〔vehicle、wagon〕），這似乎就發生在弗里吉亞語和吐火羅語中。在現代英文俚語中，我們也常常用「wheels」來指某人的車，或用「threads」（線）來指衣服。涵義往相反方向轉變的可能性則要小得許多，也就是用最初指涉整體的語詞來代指其中的一個部分（用 wagon 指涉 wheel）。

　　wheel 的涵義因有印歐語詞源學，而得到進一步的支持，例如 *k'm̥. tom 的字根。這是由另一個印歐語字詞創造出的語詞。這個字根是 *kwel-，是個動詞，意思是「to turn」（轉動）。因此，*kwékwlos 並非只是從 wheel 的同源詞重建出的音位隨機字串；它的意思恰恰是「the thing that turns」（轉動的東西）。這不僅讓

「wheel」、而不是「circle」或「vehicle」的涵義得到確認，還顯現出原始印歐語使用者是用他們自創的語詞來指涉車輪。要是他們是從別人那裡學來車輪的發明，但沒有一併採用外來名稱來指稱車輪，那麼可見在帶有一定社會距離的人群之間，發生轉變的社會情境可能十分短促。另一種想法是，車輪是在原始印歐語社群內部發明的，儘管這也是一種可能，但出於考古和歷史因素，這個推測似乎站不住腳（參見第四章）。

還有一條規則有助於確認重建語詞的涵義。若它符合其他字根組成的語義範圍，且這些字根與重建出的涵義密切相關，那我們應該就能確信該語詞，「可能」存在於原始印歐語中。「Wheel」是語義範圍的一部分，由「車或推車的一部分的語詞」（words for the parts of a wagon or cart）所組成（表 2.2）。令人高興的是，至少有四個其他這樣的語詞可由原始印歐語重建而來。它們是：

（一）*rot-eh2- 是第二個指涉「wheel」的詞彙，在古印度語和阿維斯陀語中有意指「chariot」（戰車）的同源詞，以及在拉丁語、古愛爾蘭語、威爾斯語、古高地德語和立陶宛語中，有意指「wheel」（車輪）的同源詞。

（二）超過幾千年涵義仍然不變的同源詞，驗證了指涉「axle」（軸）的 *aks-（或 *h2eks- 也有可能），且在古印度語、希臘語、拉丁語、古北歐語、古英語、古高地德語、立陶宛語和古教會斯拉夫語中仍然意指「axle」（軸）。

（三）西臺語與古印度語中意指「thill」（車轅）的同源詞驗證了 *h2ih3 s-「thill」（車轅）。

（四）*wégheti，表示「搬運或進入車輛」（to convey or go in a vehicle）的動詞，則是經古印度語、阿維斯陀語、拉丁語、古英語和古教會斯拉夫語中帶有該涵義的同源

名詞所驗證，這個同源名詞在古愛爾蘭語、古英語、古高地德語和古北歐語中的字尾都是 *-no-*，意思是「wagon」。

這四個其他詞彙構成了有充分證據的語義範圍（wheel、axle、thill，以及 wagon 或 convey in a vehicle），讓我們更有信心去重建指涉「wheel」的 *kwékwlos*。就這五個選派到這個語義範圍的詞彙來說，全部、但 thill 在個別重建的字根中，有著明顯的印歐詞源。原始印歐語的使用者熟悉車輪和車，並用自創的語詞來談論它們。

原始印歐詩歌的那些豐富內容，包括各種細微區別、混雜涵義、語詞聯想，可能永遠都無法重現，但至少有一千五百多種原始印歐語的字根有助於涵義的復原，譬如 *dekm-*（ten），以及其他成千上萬的語詞可以從中衍生出，例如 *km. tom-*（hundred）。這些涵義成為一扇窗口，讓我們能一窺原始印歐語使用者的生活和思想。

表 2.2　指涉「wagon」（四輪四輪車）一部分的語詞的原始印歐語字根

原始印歐語字詞	wagon 的一部分	子附屬語言	
*kwekwlos	（wheel〔車輪〕）	古北歐語	hvēl（wheel）
		古英語	hweohl（wheel）
		中古荷蘭語	wiel（wheel）
		阿維斯陀伊朗語	čaxtra-（wheel）
		古印度語	cakrá（wheel, Sun disc）
		希臘語	kuklos（circle）及 kukla（複數）（wheels）
		吐火羅語 A	kukal（wagon）
		吐火羅語 B	kokale（wagon）

原始印歐語字詞	wagon 的一部分	子附屬語言	
*rot-eh2-	（wheel〔車輪〕）	古愛爾蘭語	roth（wheel）
		威爾斯語	rhod（wheel）
		拉丁語	rota（wheel）
		古高地德語	rad（wheel）
		立陶宛語	rātas（wheel）
		拉脫維亞語	rats（wheel）及 rati（複數）（wagon）
		阿爾巴尼亞語	rreth（ring, hoop, carriage tire）
		阿維斯陀伊朗語	ratha（chariot, wagon）
		古印度語	rátha（chariot, wagon）
*aks- 或 *h2eks-	（axle〔輪軸〕）	拉丁語	axis（axle, axis）
		古英語	eax（axle）
		古高地德語	*haek*s-ahsa（axle）
		古普魯士語	assis（axle）
		立陶宛語	ašís（axle）
		古教會斯拉夫語	osˇi（axle）
		邁錫尼希臘語	a-ko-so-ne（axle）
		古印度語	áks*a（axle）
*ei-/*oi- 或 *h2ih3s-	（thill〔車轅〕）	古英語	ār-（oar）
		俄語	vojě（shaft）
		斯洛維尼亞語	oje（shaft）
		西臺語	h2ih3s 或 hišša-（pole, harnessing shaft）
		希臘語	oisioi*（tiller, rudderpost）
		阿維斯陀伊朗語	aēša（pair of shafts, plow-pole）
		古印度語	i-s*a（pole, shaft）

原始印歐語字詞	wagon 的一部分	子附屬語言	
*wégʰeti-	（ride〔騎〕）	威爾斯語	amwain（drive about）
		拉丁語	vehō（bear, convey）
		古北歐語	vega（bring, move）
		古高地德語	wegan（move, weigh）
		立陶宛語	vežù（drive）
		古教會斯拉夫語	vezo（drive）
		阿維斯陀伊朗語	vazaiti（transports, leads）
		古印度語	váhati（transports, carries, conveys）
		具「wagon」涵義的派生名詞在希臘語、古愛爾蘭語、威爾斯語、古高地德語，以及古北歐語裡都能找到。	

句法與構詞：死去語言的形狀

　　我不會試圖詳述印歐語系語言之間的文法關聯。對我們的目標而言，重建的詞彙才是最重要的事。但文法始終是語言分類的基石，為分類語言和確定語言之間的關係提供了主要依據。文法有兩個面向：一是「句法」，或說是主導句子中語詞順序的規則；二是「構詞」，或說是碰到特殊用法時，主導結構語詞的規則。

　　原始印歐語的文法或深或淺在所有印歐語系語言上留下印記。在所有印歐語系語族中，名詞皆有變格；也就是說，根據名詞在句子中的用法，名詞的結構會有所變化。從盎格魯撒克遜開始的演進歷程中，英語拋棄了大部分的名詞變格，日耳曼語族中的所有其他語言卻都予以保留，不過我們（譯按：英語使用者）還是保留了一些隨用法變格的代名詞（陽性〔masculine〕：he、his、him；陰性

〔feminine〕：she、hers、her）。更有甚者，大多數的印歐語系名詞都以類似的方式變格，這個字尾是基因相似的同源詞，且有著相同形式的系統（主格、所有格、直接受格等），它們與相同的三種性別形式（陽性、陰性、中性）有同樣的交叉變化；並具有類似的名詞形式，或說名詞字尾變化，各自用不同的方式變格。印歐語系的動詞也都有相似的變化形式（第一人稱、第二人稱或 familiar、第三人稱或 formal、單數、複數、過去時、現在式等），以及類似的字根變化（run-ran、give-gave）和類似的字尾。形式類別、結構、變型和字尾等這些特殊型態在人類語言中根本並非必需，也並不普世。它是獨一無二的系統，僅在印歐語系出現。共享此文法系統的語言當然是繼承該系統的子附屬語言。

有個例子顯示出，印歐語言為什麼不太可能在偶然下共享此些文法結構。動詞「to be」在第一人稱單數時，是一個型態（[I] *am*），而在第三人稱單數時，又是另一個型態（[he/she/it] is）。我們的英語動詞發源於古代日耳曼語型態中的 *im* 和 *ist*。古印度語的 *ásmi* 和 *ásti* 則可明確證明是日耳曼語〔動詞〕型態的同源詞，而希臘語的 *eimí* 與 *estí*、古教會斯拉夫語的 *jesmˇı* 與 *jestuˇ* 亦然。所有這些語詞都能從重建的原始印歐語音對（pair）*h1e's mi* 及 *h1e's ti* 衍生而來。所有這些語言都具有同樣的動詞型態系統（第一人稱、第二人稱或親密、第三人稱），並且它們使用相同的基本字根和字尾來區分這些動詞型態，從而證明了這些語言有血緣關係。

結論：從死亡的語言中復活

原始印歐語的研究工作總是困難重重。以許多構詞學的細節、理想化的語音來看，我們手邊的版本依然有待商榷，而且並不完

整，因此要想破譯更是加難上加難。有些詞彙的涵義我們永遠都無法完全理解，而另一些詞彙則只能只找出近似的定義。儘管如此，重建的原始印歐語依然攫取了該語言中實際存在的關鍵部分。

有人認為重建的原始印歐語不過是假說。但是，原始印歐語的局限性同樣可套用在古埃及和美索不達米亞的書寫語言上，人們卻普遍將其視為古代瑰寶。沒有哪個亞述文獻的管理人會說要把尼尼微的宮殿檔案束之高閣，只因為它們並不完整，或因為我們不清楚許多詞彙的確切語音和意涵，抑或因為我們不確定宮廷的書寫語言與街頭庶民嘴上說的「真實」語言是否有關係。然而，這些同樣的問題卻讓許多考古學家深信，原始印歐語的研究不過是空中樓閣，沒有絲毫實在的歷史價值。

重建的原始印歐語是一長串零碎的語詞列表，這些語詞用於人們日常交談，缺乏其他文本可供對照。這就是為什麼它這麼重要。僅有在我們可以確定列表的來源時，這個列表才有用武之地。為此，我們必須找到原始印歐語的原鄉。然而，除非我們先及時定位出原始印歐語的使用地，才有辦法定位出原始印歐語的原鄉。我們得知道它是「何時」被使用，才能找出使用地究竟是在哪裡。

第三章

語言與時間（一）：
原始印歐語的最後使用者

Language and Time 1: The Last Speakers of Proto-Indo-European

　　時間改變了一切。在給我的小孩講故事時，特別是我小時候也很喜歡的故事，如果讀到那些古老得突兀的語詞，我會加以編輯和替換。如今看起來，羅伯特・路易斯・史蒂文生（Robert Louis Stevenson, 1850-1894）和儒勒・凡爾納（Verne Jules, 1828-1905）所用的語言就顯得艱澀和遙遠，莎士比亞的英文亦然——需要專用的詞典才讀得懂。現代語言所經歷的，史前語言也是如此。時光流轉、物換星移。那麼，我們所說的「原始印歐語」到底是什麼？如果它會隨時間改變，那我們的目標豈不是難以捉摸？然而我們需要定義的，是原始印歐語到底被使用了多久？最重要的是，什麼時候被使用？沒有銘刻、缺乏文字紀錄，我們要如何為這個死去的語言定出使用日期？這麼做有助於把任何問題分成幾部分，並能很容易地將這個問題切成兩部分：誕生日期和死亡日期。

　　本章著重於死亡日期，也就是「從何時開始」原始印歐語便不復存在。不過，思索在此之前可能經過了多少歲月，也有助於我們著手開始。畢竟從原始印歐語誕生到死亡之間，總歸是個有限度的時段——更精確的說法是多久？活生生、隨時光變化不休的語言，

是否有其預期壽命？

編年窗口的大小：語言能活多久？

　　如果真如上一章所說的那麼神奇，我們能和一千年前的英語使用者交談，我們一定無法理解彼此。很少有在家裡學習和使用的自然語言（Natural Language），經過一千年還完全沒有變化，並且仍然可以看作是「同一種」語言。我們要怎麼測量變化的幅度？語言通常有方言，也就是區域性的口音，並且在任一區域內，都具有革新的社會部分（藝人、士兵、貿易商）和保守性的社會部分（最富有者與最貧窮者）。你所說的語言的變化是快是慢，取決於你的身分。此外，不穩定的因素，諸如入侵、飢荒、傳統與新興菁英團體的更迭，都會加快語言變化的速度。語言某些部分的變化可能發生得更早、更快，其他部分則可能抗拒改變。基於最新的觀察，語言學家莫里斯・斯瓦迪士（Morris Swadesh, 1909-1967）把一部分最抗拒改變的詞彙制定成一個標準語詞表；這組語詞即使歷經入侵和征服，在世界上大多數語言中仍然趨向被保留而非取代。他希望，從長遠來看，這種抗拒改變的詞彙的平均改變率，可以為語言變化的速度提供可靠的標準化度量，即斯瓦迪士所說的「詞彙年代學」（glottochronology）。[1]

　　一九五〇年至五二年，斯瓦迪士出版了《基本核心詞彙》（Basic Core Vocabulary），即抗拒改變的詞彙標準表，分別有一百個語詞和兩百個語詞版本。他指出，針對某些種類的涵義，所有語言都趨向保留自身的語詞，例如身體部位（血、腳）；低位數字（一、二、三）；某些親屬關係（母親、父親）；基本需求（飲食、睡眠）；基本自然界特性（日、月、雨、河）；某些動植物群（樹木、馴養動物）；某些代詞（這個、那個、他、她），以及連接詞（和、或、

如果）。標準表的內容可以、也已經有所修改，來適合不同語言的詞彙——英語中首選的兩百個涵義表當中有兩百一十五個語詞。事實證明，這些英語核心詞彙很能抗拒變化。儘管英語已從羅曼語中挪用了超過五成的「通用」（general）詞彙，其中主要是法語（反映出使用法語的諾曼人對盎格魯撒克遜人的英格蘭征服）、拉丁語（出自幾世紀以來宮廷、教會、學校裡的技術和專業詞彙訓練），但是英語中只有百分之四的「核心」（core）詞彙是從羅曼語借來的。日耳曼語依舊是英語的核心詞彙，這關乎盎格魯撒克遜人的源頭——他們是在羅馬帝國衰亡後，從歐洲北部遷徙到不列顛的。

藉由比較具備悠久歷史紀錄的語言（古英語／現代英語、中古埃及語／埃及古語〔Coptic〕、古漢語／現代漢語、晚期拉丁語／現代法語，以及其他九種語言組合）在新舊階段之間的核心詞彙，斯瓦迪士推算出一百個語詞表中，每一千年的平均汰換率是百分之十四；兩百個語詞表中，每一千年的平均汰換率是百分之十九。他認為所有語言皆可接受的平均值是百分之十九（通常四捨五入為百分之二十）。為了讓這個數字更有意義，在兩百個語詞表中，義大利語和法語有百分之二十三的語詞沒有關聯且完全不同，西班牙語和葡萄牙語也有百分之十五的差異。如果兩種方言中核心詞彙的差異超過百分之十，通常它要不是無法互相理解，就是狀態相近，也就是說，它們是不同的或新出現的語言。平均而言，核心詞彙每一千年的汰換率是百分之十四至十九。我們應該期待在一千年後，大多數的語言——包括本書所使用的英文——都還能讓後代理解。

斯瓦迪士希望透過核心詞彙的汰換率建立一套標準，為十種沒有文字的語言訂定出分支和自成語族的年代。他自身的研究涉及史前北美印第安語族間的分裂，沒有別的方法能定出它們分裂的時間。然而，批評的浪潮讓此標準汰換率的可靠性逐漸式微。一些極端的情況，例如冰島語（變化極度緩慢，每千年的汰換率只有百

分之三至四），以及英語（變化極快，每千年的汰換率高達百分之二十六），在在都挑戰了此「平均」汰換率的效果。[2] 要是一個語言在表中有許多語詞都代表同樣的意思，就會影響數學計算。詞彙年代學為許多語言定出的分裂時間，與已知的歷史日期相矛盾，實際狀況通常發生得更晚。這個錯誤顯示出，語言真實的汰變率比斯瓦迪士模型所算出的更慢——每千年不到百分之十九。一九六二年，道格拉斯・克雷蒂安（C. Douglas Chrétien, 1904-1969）對斯瓦迪士的算式提出了毀滅性的評論，幾乎摧毀詞彙年代學的核心。

但到了一九七二年，克雷蒂安的評論也被證明有誤，並且自一九八〇年代以來，吉連・桑科夫（Gillian Sankoff, 1943-）和希拉・安貝雷頓（Sheila Embleton, 1954-）將臨界值引入方程式，其中包括挪用率、與其他語言的地理邊界數，以及所比較語言中的相似指數（因為比起完全不同的語言，相似語言的核心詞彙更容易相互挪用）。各個同義字的分數都較低。結合這些改進方法的研究，成功地為已知語言間的分裂找出與歷史事實相符的時間。更重要的是，多數印歐語言間的比對仍使核心詞彙的汰換率大約為每千年百分之十至二十。約瑟夫・克魯斯卡（Joseph Kruskal, 1928-2010）和保羅・布萊克（Paul Black）比對了印歐語系中九十五個語言的核心詞彙，發現原始印歐語第一次分裂頻繁的年代，出現在西元前三〇〇〇年左右。雖不能完全仰賴此一估算，但此估算仍可說是八九不離十，不容忽視。[3]

將這些論辯抽絲剝繭，會得出一個簡單的觀點：若原始印歐語核心詞彙的汰變率為每千年大於或等於百分之十，或者落在預期範圍的下限，原始印歐語便不會成為唯一具備單一文法和詞彙的語言長達一千年之久。照理來說，原始印歐語的文法與詞彙經過了一千多年，應該會有相當大的變化。然而，語言學家重建的原始印歐文法在構詞和語音上都十分均質。原始印歐語的名詞和代名詞都適用

於一組與數十個同源詞語音字尾交叉變化的格位、性別形式和字尾變化。動詞共享一個由時態和型態組成的系統，再由同一組語音母音變化（run-ran）和字尾來標記。這種文法結構和語音標記方法的共享系統，讓它們看起來像是同一種語言。這顯示出重建的原始印歐語或許能歸因於不到一千年的語言變化。用不到一千年，晚期通俗拉丁語就發展成七種羅曼語，然而原始印歐語內部文法的多樣性，尚不足以用來應付七種不同的文法。

有鑑於原始印歐語的重建是七拼八湊而來，算不上是真正的語言，因此為了填補我們知識上的空白，多花一點時間也無可厚非（更多相關資訊，請參見第五章）。讓我們先分派大約兩千年的壽命，給語言史上由重建起來的原始印歐語所代表的階段。兩千年的時間，在英語史中足以讓我們回溯到那個定義出原始日耳曼語族的音變源頭，其中囊括了所有曾被使用過的日耳曼語言的所有變體，從來自古代霍特的海勒瓦蓋斯汀到今天的嘻哈天王吹牛老爹（Puff Daddy）。但是在原始印歐語中，似乎沒有包含太多變化，因此兩千年可能太長了。但出於考古學目的，能說我們試圖確定的時間斷限不超過兩千年，還是非常有幫助的。

這兩千年的時間斷限將在何時結束？

原始印歐語的終點：母親成為她的女兒

重建的原始印歐語的終點——之後將會成為不合時宜的語言——應該很接近其第一個女兒（子附屬語言）的生日。原始印歐語的重建，奠基於對所有印歐語系子附屬語言的系統比對。母語當然不能晚於其子附屬語言。在第一個女兒自立門戶後，母語當然會倖存下來，但隨著時間流逝，如果那個女兒方言始終孤立於原始印歐語言說社群（speech community）之外，那麼各個方言都會發展出

獨樹一幟的創新。每個女兒所保存下來的母親形象，是母親在女兒語族脫離「之前」的樣子。因此，每個女兒保留的母親形象都不一樣。

語言學家利用此一事實和內部變化的其他面向來確定原始印歐語內部的編年階段。有的語言學家定義出三階段（早、中、晚期），也有人定出四、五、六個階段。[4] 不過，若我們將原始印歐語定義成是「所有」印歐語系女兒的祖先語言，那麼我們所討論的，是原始印歐語的「所有」階段中「最古老」的重建結構。後進的女兒並非從早期的原始印歐語直接演變而來，而是從一些中期的、進化後的晚期印歐語集合演變而來，這些語言保留了母語的各個面向，並加以傳遞並演進。

那麼第一個女兒是在何時自立門戶呢？此問題的答案在很大程度上取決於銘文的意外留存。此外，由於透過銘文保存下來的第一個女兒太過獨樹一幟，故第二組女兒中所保存的母親形象可能更為可靠。這第一個女兒發生了什麼事？

年紀最大、最奇怪的女兒（或表親？）：安納托利亞語族

最古老的書寫印歐語屬於安納托利亞語族。安納托利亞語族有三大早期分支：西臺語、盧維語和帕萊伊語（Palaic）。[5] 這三個語言都已滅絕，但古代安納托利亞（現代土耳其）的大部分地區都曾使用過（圖 3.1）。目前西臺語是三者之中最有名的，因為它是西臺帝國宮廷和行政上所使用的語言。

早在西元前一九〇〇年，銘文就顯示出西臺語使用者在安納托利亞活動，雖然帝國直到西元前一六五〇年至一六〇〇年才建立，當時西臺的軍閥征服並統一了安納托利亞中部幾個獨立的本土哈

梯（Hattic）王國（位於現代開塞利〔Kayseri〕附近）。「西臺」
（*Hittite*）之名出自埃及和敘利亞的抄寫員，他們並未特別區分西
臺諸王與他們征服的哈梯諸王。在西臺人將安納托利亞的城市卡尼
什（Kanesh）拱手讓人後，他們便自稱尼撒人（Neshites）。

　　然而，卡尼什從前是哈梯人的城市，它的名字是「哈梯」。稍
晚的西臺帝國首都的哈圖沙（Hattušas）便是由哈梯語使用者命名。
哈梯語並不屬於印歐語系，最遠或許可以追溯至高加索語言。或許
是因為在此地的歷史中，是以哈梯語做為王室語言，故西臺語中的
王位、王上、國王、王后、王后的母親、繼承人、祭司，以及一長
串的宮廷官銜和典儀領袖頭銜等語詞，都是從哈梯語挪用而來。第
二個安納托利亞語——帕萊伊語，也是從哈梯語挪用而來的詞彙。
帕萊伊語的使用地點在一個名為帕拉（Pala）的城市，大約位於安
卡拉以北的安納托利亞中北部。有鑑於哈梯語地名、哈梯帕萊伊語
／西臺語的外來語地名的地理位置，似乎早在使用西臺語或帕萊伊
語之前，整個安納托利亞中部就已經開始使用哈梯語。西臺語和帕
萊伊語的早期使用者是入侵者，他們入侵了非印歐語系的安納托利

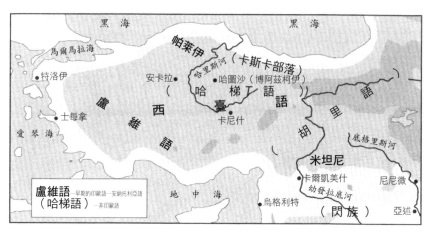

圖 3.1　西元前一五〇〇年左右，安納托利亞的古代語言。

亞中部，當時統治這裡的哈梯語使用者早已建立了城市、培養了識字的官僚體系、建立了王國和宮廷典儀。[6]

西臺語使用者篡奪了哈梯王國後，先是享受了一段因亞述貿易而繁榮的時期，接著便苦吞失敗，曾經的繁盛化為痛苦的模糊回憶。他們一直被限制在安納托利亞高原中部地區，直到西元前一六五〇年左右，西臺人的軍隊壯大到足以挑戰近東強權，帝國時代就此揭開序幕。巴比倫被洗劫一空，亞述人的城市也被盡數占有。西元前一二八六年，西臺人更在敘利亞奧龍特斯河（Orontes River）沿岸的卡疊石（Kadesh）與埃及法老拉美西斯二世（Ramses II）交戰——堪稱古代最大規模的馬戰車戰役。曾有位埃及君王迎娶了西臺公主為妻，故西臺諸王也聽過統治特洛伊（Troy）的諸王子大名，並與他們進行談判，談判地點可能是西臺檔案中提到的「高聳巍峨的特洛伊城」（steep Wilusa）。[7]西元前一一八〇年左右，西臺首都哈圖沙難敵大火浩劫，西臺諸王、軍隊、城市一一殞落。接著迅速消失的，是西臺語——顯然它只被執政菁英使用過。

第三個早期安納托利亞語——盧維語，使用人口更多、使用範圍更廣，且在帝國傾覆後仍繼續被使用。西臺帝國晚期，盧維語甚至成為西臺王室的主要語言。盧維語並非從哈梯語挪用而來，因此最初的使用範圍可能在哈梯人統治核心之外的安納托利亞西部——特洛伊也不無可能，從特洛伊遺址出土（地層 VI）的印章上，就發現了盧維語銘文——就是特洛伊戰爭（Trojan War）中的那個「特洛伊」。話又說回來，盧維語確實挪用了其他未知非印歐語言。在整個西臺帝國時期（西元前一六五〇至一一八〇年），西臺語和盧維語留下的文獻十分豐碩。不管以哪個印歐語系的語言來說，這都是最早的完整文本。然而，西臺語和盧維語詞早在帝國建立之前就已經存在了。[8]

最早的西臺語和盧維語名稱和語詞出現在亞述商人的商業紀

錄中，亞述商人住在卡尼什城牆外的商業區（或稱「卡魯姆」〔karum〕），卡尼什城被後來的西臺人稱頌為他們第一次稱王的地方。安納托利亞中部、哈里斯河（Halys River）沿岸的考古挖掘顯示，亞述的卡魯姆是卡尼什城牆外綿延八十多英畝的外國人飛地，在西元前一九二〇年至一八五〇年間左右開始發揮影響力（地層 II），之後歷經燒毀、重建、復甦（地層 Ib），直到西元前一七五〇年左右再次被焚毀。此後，亞述人放棄了安納托利亞的卡魯姆體系，卡尼什的卡魯姆因而是個封閉的考古堆積，可回溯至西元前一九二〇至一七五〇年。卡尼什的卡魯姆是識字的亞述商人網路的核心，負責監督亞述國家與青銅時代晚期安納托利亞敵對王國之間的貿易。亞述人把卡尼什當成轉運中心，這個決定大幅提升了西臺和盧維人的勢力。

在卡尼什的卡魯姆的紀錄裡，商人最常使用的本地名稱是西臺或盧維語，最早的紀錄大約始於西元前一九〇〇年。大多數仍然是哈梯語。但控制亞述卡魯姆生意的，似乎是西臺語的使用者。亞述商人習慣於與西臺人打交道，因此他們挪用了西臺語詞中關於契約與住宿的詞語，即使在私人通信中也會使用。從卡尼什的紀錄中，看不出安納托利亞語族的第三個語言是帕萊伊語。西元前一五〇〇年左右，作為口頭語言的帕萊伊語就已絕跡。可能在安納托利亞的卡魯姆時期還曾經有人使用，但卡尼什卻已經乏人問津。

西臺語、盧維語、帕萊伊語早在西元前一九〇〇年之前就開始發展。對於欲將原始印歐語定年的所有嘗試中，這個資訊至關重要。此三者皆源於相同的根源語言，即原始安納托利亞語。語言學家克雷格‧梅切特（Craig Melchert, 1945-）形容帝國時期（西元前一四〇〇年前後）的盧維語和西臺語這對姊妹的相異之處，就如同二十世紀的威爾斯語與愛爾蘭語。[9] 威爾斯語與愛爾蘭語在大約兩千年前可能有共同源頭。如果在西元前一四〇〇年的兩千年前，

盧維語和西臺語從原始安納托利亞語中分裂出來，那麼，原始安納托利亞語應該能定年在西元前三四〇〇年左右。那「它的」祖先呢？安納托利亞語族的源頭是在何時與原始印歐語的其他語言分道揚鑣？

▶為原始安納托利亞語定年：定義原始語言與前語言（Pre-Language）

語言學家對「*proto-*」（原始）這個詞彙的使用莫衷一是，因此我應該要清楚自己對原始安納托利亞語的定義。目前已經知道，原始安納托利亞語對三個安納托利亞語族中的子附屬語言而言，是「立即的祖先」。以西臺語、盧維語、帕萊伊語的共同特徵為基準，可以相當準確地刻畫出原始安納托利亞語。但在原始安納托利亞語與原始印歐語之間那段未留下文字紀錄的語言變化時期，原始安納托利亞語所占據的，僅只是「後面一部分」，當中一定還發生過其他事情。這個介於兩者之間的假設語言階段可稱作「前安納托利亞語」（Pre-Anatolian）。原始安納托利亞語是個實實在在的語言實體，與已知的幾個子附屬語言當然是關係緊密。但前安納托利亞語象徵著一段「演化歷程」。前安納托利亞語所處的這個階段，一端由原始安納托利亞語定義，另一端則是由原始印歐語定義。我們要怎麼確定前安納托利亞語是在何時與原始印歐語分道揚鑣？

要訂出安納托利亞語族終點的年代，部分可基於客觀的外部證據（卡尼什有確切日期的文獻），另外一部分則基於語言隨時間變化的估算汰變率，還有一部分則靠安納托利亞諸語言間的內部證據來支持。安納托利亞語無論是語音或文法，都與所有其他已知的印歐語系子附屬語言非常不同。它們如此獨樹一幟，因此許多專家都認為它們和其他女兒並不是一家人。

安納托利亞語的許多獨特特徵，看起來像刻意學古代人講話（archaism）；一般認為，這些特色存在於原始印歐語的極早期階段。例如，有一種西臺語的子音在印歐語系語言學中十分著名（沒錯，子音也可以很有名）：h2，是一種由喉嚨發出的音，或稱「喉音」（laryngeal）。一八七九年，瑞士語言學家弗迪南・德・索緒爾（Ferdinand de Saussure, 1857-1913）認為，如果他假定這些母音的發音受到一個「失落的」子音的影響（現在任何印歐語系中都已經找不到這個子音），那麼各印歐語系間，看似隨機的母音發音差異，或許就可以置於一種解釋得通的規則之下。他提出原始印歐語中，就存在這種失落的子音。語言學家第一次這麼大膽——他重建出的這個原始印歐語特徵，在如今任何一個印歐語言中都遍尋不著。

四十年後，西臺語的發現和破譯證明索緒爾是正確的。比較語言學的預測力獲得了驚人的證實——西臺語銘文出現了西臺語的喉音 h2（以及行跡略有不同的喉音 h 3），這些子音所在的長音量位置正符合索緒爾所預言的「失落的」子音。現今的大多數印歐語言學家都接受古老的原始印歐語包含喉音（約略是三種不同的子聲，用音標通常寫作＊h 1、＊h 2、＊h 3），僅在安納托利亞語族中獲得明顯的保存。[10] 安納托利亞語族保存喉音的最佳解釋是，先安納托利亞語的使用者非常早就與原始印歐語社群分道揚鑣，而當時濃重喉音的語音也還是古體原始印歐語的特徵。但是，這個「古體」（archaic）是什麼意思？確切的問題是，前安納托利亞語族和誰分道揚鑣？

▶印度—西臺語假說

安納托利亞語族究竟是失去了，還是從未擁有過其他所有印歐

語族所具備的其他特徵。例如，在動詞中，安納托利亞語族諸語言只有兩種時態：現在和過去式，但其他古老印歐語系諸語言則有多達六種時態。至於名詞，安納托利亞語只具備有生性（animate）和中性，沒有陰性格。其他古老印歐語則有陰性、陽性和中性格。安納托利亞語也沒有雙數型，而其他早期的印歐語系都用此種結構來指稱眼睛、耳朵這種成對的物體（例：梵文的 *dēvas* 是「一個神」，而 *dēvau* 則是「兩個神」）。亞歷山大・雷爾曼（Alexander Lehrman）指認了十個這類特徵，非常可能是原始印歐語在與前安納托利亞語分裂後的創新。[11]

對某些印歐主義者而言，這些特徵反映安納托利亞語族並非從原始印歐語發展而來，而是從一個古老的原始印歐語的祖先演變而來。威廉・史圖德溫（William Sturtevant, 1926-2007）將這個祖語（ancestral language）稱為印度—西臺語（Indo-Hittite）。印度—西臺語假說認為安納托利亞語並非從原始印歐語發展而來，故只有以最廣泛的意義來看才稱得上是一種印歐語言。但它確實保存了早期語言社群的獨特功能——安納托利亞語和原始印歐語都是從這個早期語言社群演變而來。我無法解決安納托利亞語分類的相關論爭，不過原始印歐語明顯是從早期語言社群演變而來，我們可以用「印度—西臺語」來指涉這個假設的較早期的階段。原始印歐語言社群是一系列的方言，當中既存在地理差異，亦有時序差異。安納托利亞語族似乎在原始印歐語演化到古體年代階段時，與之分道揚鑣，同時可能也與其他不同地區的方言分裂，但我會稱它為古體原始印歐語，而非印度—西臺語。[12]

前安納托利亞語階段需要長期醞釀。安納托利亞和古體原始印歐語言社群大約在西元前四千年時分裂，克雷格・梅切特和亞歷山大・雷爾曼都認為這個時間點似乎滿合理的。千年的時間，或說是在西元前四千年左右（號稱是西元前四千五百至三千五百年），很

可能構成了前安納托利亞語最後的分裂時間斷限。

可惜原始印歐語的第一個女兒看起來太過獨樹一幟，導致我們無法確切指出她不只是表親還是女兒。前安納托利亞語可能出自印度—西臺語，而非原始印歐語。因此，我們無法大膽地從安納托利亞語的誕生日期，推斷出原始印歐語的終點。

下一個最古老的銘文：希臘語和古印度語

幸好，我們在西臺帝國同一時代的另外兩種印歐語言中發現了能確認年代的銘文。第一個是希臘語——青銅時代以宮廷為中心的語言，它的使用者是身兼戰士的諸王，於西元前一六五〇年左右開始統治邁錫尼、皮洛斯（Pylos），以及其他希臘的據點。邁錫尼文明的出現十分突然，西元前一六五〇年（此時西臺帝國也在安納托利亞興起）邁錫尼興建了宏偉的王家豎穴墓（Shaft Graves），在豎穴墓中找到的黃金死亡面具、劍、長矛與戰車上的人物肖像，都標誌了這個挾帶空前財富、使用希臘語的新王朝的橫空出世，而其經濟實力來自於遠距離的海上貿易。西元前一一五〇年，西臺帝國在動亂與劫掠中滅亡，邁錫尼王國也同一時期遭到摧毀。在「線形文字 B」泥板中上頭的語言是邁錫尼希臘語——宮廷管理階層的語言，顯然就是希臘語，並非原始希臘語，定年於西元前一四五〇年，是目前保存最古老的希臘語銘文。該語言的使用者是涅斯托爾（Nestor）和阿伽門農（Agamemnon）的原型，幾個世紀後，荷馬在《伊里亞德》（*Iliad*）和《奧德賽》（*Odyssey*）中頌揚他們的功績，使他們依稀存在於眾人的記憶中，並提升至史詩的層次。我們不知道希臘語的使用者何時現蹤於希臘，但應該不會晚於西元前一六五〇年。在邁錫尼時代之前這塊土地並非使用希臘語，與安納托利亞語一樣，眾多跡象表明，邁錫尼希臘語是一種入侵語言

（intrusive language）。[13] 我們幾乎能肯定，邁錫尼人並沒有意識到另一種印歐語正被使用於不遠的安納托利亞。

古印度語，即《梨俱吠陀》的語言文字，在西元前 1500 年後不久以銘文的形式記錄下來，不過這個銘文的所在地實在令人費解。多數吠陀時期的專家都同意，《梨俱吠陀》收錄的一千零二十八首讚美詩被編譯成之後成為旁遮普邦的神聖結構的語言，位於印度西北部和巴基斯坦，大約形成於西元前一五〇〇至一三〇〇年之間。但是，記載《梨俱吠陀》的神祇、道德觀，以及古印度語的最早書面紀錄，並非在印度，而是在敘利亞北部。[14]

西元前一五〇〇至一三〇〇年，米坦尼王朝統治了今天敘利亞的北部區域。米坦尼諸王通常使用一種非印歐語言——也就是胡里語（Hurrian），其在之後成為敘利亞北部和土耳其東部大部分區域的主導地方語言。如同哈梯語，胡里語是安納托利亞高原的本地語言（native language），與高加索諸語言有關。然而，所有的米坦尼國王——從第一世到末代國王——就算在登基之前有胡里語的名字，加冕後都使用古印度語的王銜。圖許拉塔一世（Tus'ratta I）是古印度語的 *Tvesa-ratha*，意思是「具有攻擊力的戰車」；亞塔塔馬一世（Artatama I）是 *Rta-dhaaman*，意思是「擁有 r'ta' 的所在」；亞塔蘇馬拉（Artas's'umara）是 *Rta-smara*，意思是「記得 r'ta'」；以及沙圖瓦拉一世（S'attuara I）是 *Satvar*，也就是「戰士」（warrior）。[15] 米坦尼首都瓦蘇甘尼（Waššukanni）也是古印度語 *vasu-khani*，字面上的意思是「財富寶庫」（wealth-mine）。

米坦尼人以駕馭戰車聞名，在世上現存最古老的馴馬手冊中，有位名叫基克里（Kikkuli，胡里語的名字）的米坦尼人馴馬師，他使用的馴馬術語許多都是古印度語的詞彙，譬如說馬的顏色和圈數。米坦尼的軍事貴族由稱為「瑪雅那」（maryanna）的戰車戰士組成，這個字可能出自印度語詞彙 *márya*，意思是「年輕人」，在

《梨俱吠陀》中指的是聚集在因陀羅（Indra）四周的天上戰團。好幾位米坦尼的王銜都包含古印度語的 *r'ta'*，意思是「宇宙秩序與真理」，是《梨俱吠陀》的核心道德概念。米坦尼國王庫提瓦扎（Kurtiwaza）在眾多本土胡里神祇中，明確命名出四位古印度神祇（因陀羅、伐樓拿、密多羅〔Mithra〕和雙子神〔Nāsatyas〕），以見證他與西臺君主在西元前一三八〇左右簽訂的條約。這些神祇不單只是古印度的神祇。當中的因陀羅、伐樓拿和雙子神，是《梨俱吠陀》中三位最重要的神祇。因此，米坦尼文獻不僅證明了古印度語早在西元前一五〇〇年就已存在，更證明了《梨俱吠陀》中心的宗教眾神和道德信仰也早就存在。

為什麼這些生於敘利亞、口操胡里語的國王，要使用古印度語的王銜、語詞和宗教詞彙？合理的推測是，米坦尼王國是由講古印度語的外籍傭兵（可能是戰車兵）建立的，這些傭兵時常誦唸《梨俱吠陀》的編纂者在大約同一時間於遠東採集的讚美詩和祈禱文。西元前一五〇〇年左右，他們先是受雇於某位胡里國王，接著篡位、建立新王朝，這是近東和伊朗王朝歷史上極為普遍的模式。不過，雖然這個王朝的方方面面都迅速朝胡里人靠攏，卻在開國者塵封於歷史之下很久以後，仍謹遵古印度語王銜的傳統、堅持使用吠陀時期神祇的名字，以及古印度語的戰車相關術語。這當然僅是猜測，但似乎有必要用米坦尼語來解釋舊印度語的分布和用法。

米坦尼的銘文顯示直到西元前一五〇〇年，人們嘴裡說的都一直是古印度語。而在西元前一五〇〇年前，原始印歐語至少已分化出古印度、邁錫尼希臘語、原始安納托利亞語這三個已知的子附屬語言。這對於我們推測原始印歐語的終點有什麼影響？

估算親戚數量：在西元前一五○○年有多少個？

　　要回答這個問題，我們首先必須知道希臘語及古印度語在印歐語家族裡各個已知語族中的位置。邁錫尼希臘語是希臘語族中最古老的文獻語言。這是種孤立的語言；沒有近親或姊妹語言被記錄下來。它可能有未被記錄到的姊妹，但沒有留存於書面紀錄中。大約西元前一六五○年的豎穴墓中諸王的出土，反映了希臘語使用者抵達希臘的最晚可能時間。豎穴墓中諸王可能已經使用過希臘語的早期結構，而不是原始希臘語，因為他們的後代所留下最古老的銘文是在西元前一四五○年左右的希臘。原始希臘語「最晚」可以追溯到西元前二○○○到一六五○年之間。先希臘語，也就是早於原始希臘語的階段，可能發源於晚期原始印歐語的方言，「至少」比邁錫尼希臘語早出現了五百到七百年，更可能「最早」在西元前二四○○到二二○○年就已經出現。若以希臘語族為出發點，原始印歐語的終點可定在大約西元前二四○○到二二○○年。那古印度語呢？

　　與邁錫尼希臘語不同，古印度語「確實」有個已知的姊妹語言，也就是阿維斯陀伊朗語（Avestan Iranian），我們必須將之列入考慮。阿維斯陀是最古老的伊朗語言，後來波斯諸王和斯基泰（Scythian）遊牧民都使用阿維斯陀伊朗語，直到今時今日，伊朗和塔吉克斯坦（Tajikistan）都仍然使用該語言。阿維斯陀伊朗語是《阿維斯陀》所用的語言，是瑣羅雅斯德教（Zoroastrianism）中最神聖的文字。《阿維斯陀》中最古老的部分 ——「讚歌」（Gathas）—— 可能是由瑣羅雅斯德（Zoroaster，此名字的希臘結構）、或稱查拉圖斯特拉（Zarathustra，原本伊朗語的結構）所撰寫。查拉圖斯特拉是宗教改革家，活躍於伊朗東部，從他提到的幾個地名來看，約莫在西元前一二○○年至一○○○年之間。[16] 他

的神學或多或少是在排拒《梨俱吠陀》詩人對戰爭和血祭的頌揚。其中一首最古老的讚歌是〈牛之悲嘆〉，便以牛的視角來傳達對偷竊牛隻的抗議。即便如此，《阿維斯陀》與《梨俱吠陀》無論在語言、或在思想上都關係匪淺。它們採用相同的神名（儘管《阿維斯陀》將古印度神祇加以妖魔化）、運用相同的詩意手法，並共用了一些特定的儀式。例如，它們都使用一個表述「在獻祭之前攤開主神座位上的草蓆」的同源詞彙（梨俱吠陀語 *barhis*；阿維斯陀語 *baresman*）。而且，此兩種傳統都稱虔誠的人為「鋪草蓆的人」。它們所共有的印度─伊朗歷史中的諸多枝微末節，都顯示出它倆的親屬關係。阿維斯陀伊朗語和古印度語都是從沒有留下紀錄的同一個母語「印度─伊朗語」──所發展而來。

　　米坦尼銘文確立了早在西元前一五〇〇年，古印度語就以一種截然不同的語言之姿出現。而常見的印度─伊朗語肯定還要更早。其歷史「至少」可追溯至西元前一七〇〇年。原始印度─伊朗語──具有印度伊朗語的一些創新之處，但並非全部──出現的時點肯定是在西元前二〇〇〇年或更早。前印度─伊朗語是原始印歐語在東方的方言，且「最晚」必須存在於西元前二五〇〇至二三〇〇年。與希臘語一樣，西元前二五〇〇至二三〇〇年的這段時期，或前後幾個世紀，是前印度─伊朗語從原始印歐語分離時的「最小」年齡。

　　因此，從希臘語和古印度語的角度來看，將原始印歐語的終點設定在西元前二五〇〇年左右，即我們重建的語言結構之後，就出現時代錯置的問題。這或許可以延伸至一或兩個世紀，但僅以「此兩種語言」而言，終點「遠遠」晚於西元前二五〇〇年，或說遲至西元前二〇〇〇年──這根本不可能。再說了，安納托利亞語早在西元前二五〇〇年就已分道揚鑣。大約在西元前二五〇〇年，原始印歐語就已有所轉變，並分裂成各種晚期方言和子附屬語言──至

少包括安納托利亞語、前希臘語，以及前印度—伊朗語。其他的女兒可以定年至同一個時期嗎？直到西元前二五○○年，還存在多少個女兒？

▶其他女兒的幫助：誰是她們之中最老的？

其他一些女兒不僅「可以」這麼早就被定年，而且事實上是「必須」如此。要想知道原因，我們同樣須先知道希臘語及古印度語在印歐語家族裡各個已知語族中的定位。希臘語和印度—伊朗語都不能放在最古老的印歐女兒語言的語族中。她們是現存銘文上最古老的女兒（連同安納托利亞語），但這只能說是歷史的一場意外（表3.1）。以歷史語言學的視角來看，古印度語和希臘語須歸在印歐語系「晚期」的女兒。為什麼？

表 3.1 印歐語系十二語族在文獻紀錄中的首次出現

語族	最早的文獻或銘文	此時點的種類	該語族原始語言的最新時點	同組語言
安納托利亞語族	西元前 1920 年	三種緊密相關的語言	西元前 2800-2300 年	無相近的姊妹
印度—伊朗語族	西元前 1450 年	兩種緊密相關的語言.	西元前 2000-1500 年	希臘語、波羅的語
希臘語族	西元前 1450 年	一種方言有紀錄，但可能存在其他方言	西元前 2000-1500 年	印度—伊朗語、亞美尼亞語
弗里吉亞語族	西元前 750 年	有紀錄、但不完整	西元前 1200-800 年	希臘語？義大利語？
義大利語族	西元前 600-400 年	四種語言，分為兩個完全相異的子語族	西元前 1600-1100 年	凱爾特語

語族	最早的文獻或銘文	此時點的種類	該語族原始語言的最新時點	同組語言
凱爾特語族	西元前 600-300 年	具有相異 SVO 句法的三大組	西元前 1350-850 年	義大利語
日耳曼語族	西元 0-200 年	種類少；其定義日耳曼語的創新特徵可能是最新的，且仍在前日耳曼語言說社群中傳播	西元前 500-西元 0 年	波羅的／斯拉夫語
亞美尼亞語族	西元 400 年	僅有一種方言被記錄，但亞美尼亞（Armina）在西元前 500 年左右為波斯一省，故西元前 400 年可能有其他方言存在	西元前 500-西元 0 年？	希臘語、弗里吉亞語？
吐火羅語族	西元 500 年	兩種（或三種）完全相異的語言	西元前 500-西元 0 年	無相近的姊妹
斯拉夫語族	西元 865 年	僅記錄了一種方言（OCS），但西、南、東斯拉夫三個語族必已存在	西元 0-500 年	波羅的語
波羅的語族	西元 1400 年	三種語言	西元 0-500 年	斯拉夫語
阿爾巴尼亞語族	西元 1480 年	兩種方言	西元 0-500 年	大夏—色雷斯語？無相近的姊妹

　　在兼顧創新和擬古的基礎上，語言學家將較古老與較年輕的女兒語族加以區分開來。較古老的語族似乎早已分離，因為她們缺乏後期語族的創新特徵，且保留了古老的特徵。安納托利亞語是個絕佳範例。它保留了一些肯定是擬古的語音特徵（喉音），且缺乏其

他可代表創新的特徵。從另一方面來說，印度—伊朗語顯示的三個創新標誌出後來的語族。

印度—伊朗語與一組標記為 *satəm* 的語言都有一個創新特徵：印度—伊朗語、斯拉夫語、波羅的語、阿爾巴尼亞語、亞美尼亞語，甚至弗里吉亞語。所有 *satəm* 語言中，原始印歐語在前母音之前的 *k-（像是 *k*，原始印度語的〔hundred〕）多半會轉換成 š 或 s-（例如阿維斯陀伊朗語的 *satəm*）。同一組語言展示了第二種共有的創新特徵：原始印歐語 *kw-（視為唇軟顎音，發音類似 queen 中的第一個音）轉變成 k-。第三個創新是在 *satəm* 諸語言中的一個子小組所共有的：印度—伊朗語、波羅的語、斯拉夫語。此稱為 *ruki-* 規則：原始印歐語中初始的 [*-s] 音，在 r、u、k、i 這些子音之後轉換成 [*-sh]。我們假定沒有這些創新特徵的語族，在這些創新出現之前，就已經與 *satəm* 及 *ruki* 組分道揚鑣或失去往常的聯繫。

凱爾特和義大利語族並未顯示出 *satəm* 的創新特徵或 *ruki* 規則；兩者都既展現出許多古老的特徵，也共有一些創新的特徵。凱爾特語第一次出現於文獻中，是在大約西元前六○○至三○○年，凱爾特語諸語言的使用範圍僅限於今日的不列顛群島和附近法國沿海地區，以及從奧地利到西班牙的中歐、西歐大部分地區。大約西元前六○○至五○○年時，義大利半島使用義大利諸語言，不過到了今天，拉丁語當然有許許多多的女兒，也就是羅曼諸語言。在大多數印歐語系的比較研究中，義大利和凱爾特會被分在最早的語族之中，與主語族分開。在 *satəm* 和 *ruki* 的創新特徵出現之前，前凱爾特和前義大利語族的使用者就與印歐語系的東方、北方使用者失去聯繫。現今尚無法討論這些語言區域的邊界在哪裡，但我們可以說，前義大利和前凱爾特語族的離開，形塑出一個西方地區—時序區塊，而印度—伊朗語族、波羅的語族、斯拉夫語族，以及亞美尼亞語族的祖先則留了下來，並在之後共享了一系列的創新特徵。吐

火羅語族，這個使用地點最東方的印歐語語言，主要座落在中國西北塔里木盆地間的絲路城市，也缺乏 *satəm* 和 *ruki* 的創新特徵，可見當時也是早早離去，並在東方形成一個語族。

希臘語族擁有的一系列語言學特徵，與印度—伊朗諸語言相同，但卻沒有採用 *satəm* 創新特徵或 *ruki* 規則。[17] 前希臘和前印度—伊朗語族的發展地區鐵定相鄰不遠，但前希臘語族的使用者在 *satəm* 或 *ruki* 創新特徵出現前就已離去。她們共有的特徵包括構詞上的創新、英雄詩歌的慣例，以及詞彙。以構詞學而言，希臘語族和印度—伊朗語族都有兩個重要的創新特徵：增音（augment）、過去式前的字首 e-（不過，因為這在希臘語族和印度—伊朗語族的最早期結構中並未妥善證實，增音「可能」是之後在各自語族中分別發展出來的）。且字首為 *-i.* 的中間被動語態（medio-passive）的動詞結構，在武器類術語中都有 bow（*taksos*，「弓」）、arrow（*eis-*，「箭」）、bowstring（*jya-*，「弓弦」），以及 club 或 cudgel（「棍棒」，*uágros*）等詞彙，特別是與因陀羅和其希臘語對應赫拉克利斯（Herakles）相關的武器。就儀式而言，她們都對一個特殊儀式有獨特的稱呼——hecatomb（獻百頭牛的牲品），並用同樣的名稱來指稱「賜予財富的」眾神。至少有三位神祇都採用了相同的同源詞名稱：（一）伊莉尼絲（*Erinys/Saran*，*yū*），在兩者的傳統中都是馬之女神，為原始的創世神所生，是希臘神話中長著翅膀的飛馬，或是印度—伊朗神話中神聖雙生子的母親，通常被描繪為馬的形象。（二）刻耳柏洛斯（*Kérberos*/ *árvara*），一隻看守冥界入口的多頭犬；（三）潘恩（*Pan/Pūs. án*），守護羊群的牧神，在兩者的傳統中都與山羊形象相聯。在兩者的葬禮傳統中，都以山羊內臟做為供品獻給地獄犬。在詩歌中，古希臘和印度—伊朗語族一樣，有兩種詩體：一種具有十二個音節線（薩福詩體／阿爾凱四行詩〔Sapphic/Alcaic line〕），另一種

具有八個音節線。其他的印歐詩歌傳統都沒有這兩種詩體。她們還都有一個特殊的詩歌形式，意為「名垂不朽」，適用於英雄，目前只在《梨俱吠陀》和荷馬史詩中才找得到這種結構。希臘和印度—伊朗語族都在敘述過往事件的詩歌中使用特殊的過去式型態——未完成式（imperfect）。[18]

如此大規模的創新特徵，牽涉到詞彙和詩歌結構，不可能會分別在兩個語族中獨立出現。如此說來，幾乎可以確定前希臘和前印度—伊朗語族是毗鄰的印歐語系方言，兩邊的使用者距離近到會使用一樣的戰爭、儀式相關語詞，一樣的神祇、女神名稱，以及一樣的詩歌結構。希臘語族並未採用 *ruki* 規則或 *satəm* 轉變，所以我們可以明確定義出兩個層面：前希臘和前印度—伊朗語族的舊有連結，以及之後分道揚鑣的原始希臘和原始印度—伊朗語族。

▶女兒的誕生順序與母親的死亡

唐・林格（Don Ringe, 1954-）、溫蒂・塔爾努夫（Wendy Tarnow）與賓州大學（University of Pennsylvania）的同僚用數學分析出 *ruki* 規則、*centum/satəm* 分裂，以及其餘十七個構詞和語音特徵上的六十三種可能變化，衍生出數千種可能的樹狀圖。[19]他們挪用了演化生物學中的遺傳分類學方法，差別只在於拿來比較的是語言創新、而非基因創新。這個計畫可以從「所有可能」的演化樹叢中挑出出現頻率最高的樹。這種方法挑出的演化樹叢與以更多傳統為基準提出的樹狀圖十分吻合。

毫無疑問，在安納托利亞語族之前的語族是最古老的（圖3.2）。儘管它也顯現出一些較晚期的特徵，但前吐火羅語族可能就是下一個分道揚鑣者。下一個語族的分離大戲，就是前凱爾特和前義大利語族將與仍在發展中的核心區分道揚鑣。日耳曼語族具有

的一些古老特徵，顯示其與前凱爾特和前義大利語族分離的時間大致相同，但後來又受到凱爾特、波羅的、斯拉夫語族挪用而來的語詞的強烈影響，因此分道揚鑣的確切時間尚不確定。前希臘語族離開的時間在義大利與凱爾特語族之後，緊接著才是印度—伊朗語族。東南歐（前亞美尼亞、前阿爾巴尼亞、部分弗雷吉亞語族）與東北歐的森林區（前波羅的、前斯拉夫語族）中的幾個語言組皆（也許在之後）共享了印度—伊朗語族的創新特徵。

切記，一般的印度—伊朗語族「最早」可追溯到西元前一七○○年。林格—塔爾努夫樹狀圖將安納托利亞、吐火羅、義大利、凱爾特、日耳曼、希臘等語族的分離時間定在這個時點之前。安納托利亞語族可能在西元前三五○○年之前離去、義大利和凱爾特語

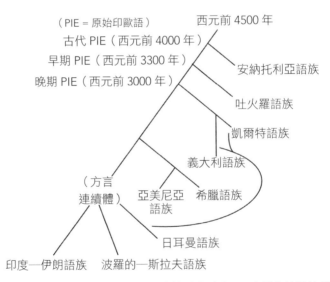

圖 3.2　根據林格、塔爾努夫、泰勒的演化生物學方法（2002）製作的最佳樹狀圖，並標註本章提出的最近的分離時點。日耳曼語族顯現出古老和演化特徵的混合，使我們無法為其定位。其可能與義大利和凱爾特語族的根源在大約同一時間分開，雖然此圖顯示其是在之後才離開，因為其與前波羅的、前斯拉夫語族也有許多共通的特徵。

族在西元前二五○○年、希臘語族在西元前二五○○年，而原始印度—伊朗語族則在西元前二○○○年。這些都不是確切的時點，但分離順序是正確的，並與三處（希臘、安納托利亞和古印度）的定年銘文相關，且十分合理。

到了西元前二五○○年，這個被後世重建為原始印歐語的語言已經演變成別種語言，更準確地說，演變為多種事物，例如前希臘、前印度—伊朗語等方言，並持續在不同的地方出現不同的分歧。在西元前二五○○年後演化出來的印歐諸語言，並非從原始印歐語發展而來，而是從一組保留並傳遞母語的各個方面的過渡印歐語言中發展而來。到了西元前二五○○年，原始印歐語成為死去的語言。

第四章

語言與時間（二）：
羊毛、車輪與原始印歐語

Language and Time 2: Wool, Wheels, and Proto-Indo-European

　　如果口語的原始印歐語逝於西元前 2500 年之前，那它是什麼時候誕生的？是否能訂出一個時間點，「在此之後」開始有人使用原始印歐語？出乎意料地，我們可以精確回答這個疑問。有兩組詞彙確立了原始印歐語的誕生日期：羊毛織品（wool）、車輪（wheel）、四輪車（wagon）的相關語詞。大約在西元前四〇〇〇年之前，都還沒有羊毛織品和有輪車的身影。可能直到西元前三五〇〇年之前，這兩者都還不存在。然而，原始印歐語的使用者時常將有輪車與某種羊毛織品掛在嘴上。這個詞彙顯示出在西元前四〇〇〇至三五〇〇年後，人們使用原始印歐語。我們在第二章已經提過有輪車輛的原始印歐語詞彙，因此本章會從原始印歐語中與羊毛相關的語詞開始。

羊毛相關詞彙

　　羊毛織品由長羊毛纖維製成，野生綿羊身上找不到這種纖維。長著厚重羊毛的綿羊是為了這種性狀而培育的基因突變體。如果

原始印歐語中的語詞明確指涉羊毛織品，可見在培育出毛用綿羊（wool sheep）後，這些語詞就應該進入原始印歐語的世界。但是，若真的要用羊毛相關詞彙作為定年工具，我們得知道重建後的字根的確切含義，更必須知道羊毛棉羊首次現身的時點。這兩個問題都問題重重。

　　原始印歐語系包含意指「綿羊」（sheep）、「母羊」（ewe）、「公羊」（ram）、「羔羊」（lamb）的字根，這些發展中的詞彙，絕對顯示出對馴養綿羊的熟悉。其中也有個術語，在大多數的子附屬語言同源詞中都意指「羊毛」。從威爾斯語到包括西臺語的印度語，幾乎所有語族都有同源詞發展出 *HwlHn- 這個字根，因此它可以追溯到古安納托利亞語族分裂前的原始印歐語時代。然而，這個詞幹長得十分不尋常，芝加哥大學（University of Chicago）的比爾・達頓（Bill Darden）指出，它是從較短、較古老的字根增加 -n- 字首所挪用或演化而來。他認為這個較短的字根及「最早的」結構是 *Hwel- 或 *Hwol-（轉寫成 *Hw(e/o)l）。它在波羅的語族、斯拉夫語族、希臘語族、日耳曼語族和亞美尼亞語族的同源詞都意味「製成毛氈」（felt）、「捲」（roll）、「擊打」（beat）、「壓」（press）。「製成毛氈」似乎是將它們加以結合的涵義，因為這些動詞描述了毛氈製作過程中的工序。毛氈的製作需要不斷擊打或擠壓羊毛纖維，直到將纖維輾成一塊鬆散的墊子。接著將墊子捲起來並壓緊、展開、弄濕，然後再捲、再壓緊，不斷循環直到墊子變得緊實。羊毛纖維是捲曲的，在這個緊壓過程中會相互纏繞。如此製出的毛氈織品非常保暖。歐亞遊牧民的傳統冬季帳篷和俄羅斯農民的傳統冬靴（用來穿在普通鞋子之外）都是毛氈製成的。若達頓的說法正確，最古老的前原始印歐語的羊毛字根 *Hw(e/o)l- 就與毛氈脫不了關係。在安納托利亞和古體原始印歐語中，派生詞的詞幹 *HwlHn- 的意思是「羊毛」或以羊毛製成的東西，但我們無法確定

其指涉羊毛織品。它可能是指野生綿羊身上長的天然短羊毛，或某種以短羊毛製成的毛氈織品。[1]

　　西元前八〇〇〇年至七五〇〇年這段期間左右，安納托利亞東部和伊朗西部馴化了綿羊（*Ovis Orientalis*）。在牧羊歷史的首個四千年中，圈養肉類的來源便只有綿羊。牠們身上的毛並不是短羊毛，而是又長又粗糙的「粗毛」（*kemp*）。這些綿羊身上長的短羊毛，是可用來保溫的下層絨毛，由非常短的捲曲纖維組成，套句織品專家伊麗莎白・巴柏（Elizabeth Barber, 1940-）的話，「是天生無法拿來紡織的結構。」到了冬季末期，綿羊會開始換毛，這種「野生」的短毛便會開始脫落。事實上，當綿羊睡在自己身上掉下來的潮濕短毛上時，這些一年一度脫落的短野生羊毛可能便創造出首批天然毛氈（還帶點羊騷味）。下一步就是趕在羊毛脫落前，在羊毛變鬆時，就先刻意把羊毛拔下來。但羊毛織品還需要羊毛「線」（*thread*）。[2]

　　羊毛線只能由非天然的長羊毛纖維製成，因為纖維要夠長，才能在拉開時仍然交織在一起。羊毛紡紗工人會從一大團長纖維羊毛中抽出一小團長纖維，接著用手將這一小團長纖維塞入不斷旋轉的紡錘棒或手動紡錘裡，然後搓織成羊毛線（紡車〔spinning wheel〕是後來的發明）。紡錘會懸掛在空中，隨著手腕的擺動不斷旋轉。紡錘棒稱為「紡錘輪」（spindle whorls），雖然我們無法分辨這個「紡錘輪」是用來製作羊毛線還是亞麻線，但這是古代製線唯一的現存證據，而這種線顯然也是人類製造的線當中，現存最古老的。亞麻線製成的亞麻布是最古老的紡織品。只有在亞麻布及其他植物纖維的紡紗方式，也開始適用於突變種毛用綿羊身上更長的動物纖維之後，才有可能發明出羊毛線。這種基因上的變異是在什麼時候發生的？傳統觀點認為，毛用綿羊現身於西元前四〇〇〇年至三五〇〇年左右。

在美索不達米亞南部和伊朗西部，出現了首個以城市為基礎的文明，而在此最古老的城市經濟體中，羊毛織品是重要的商品。羊毛的染料吸收性比亞麻要好上許多，因此，羊毛織品的顏色更為鮮豔，而且可以將顏色織入不同顏色的線裡，而不只是印在織品表面（這顯然是最古老的織品裝飾方法）。然而，幾乎所有羊毛生產的證據都出現在烏魯克（Uruk）晚期或更晚，也就是西元前三三五〇年之後。[3] 由於羊毛難以保存，故是由動物骸骨予以證實。若是為了羊毛而飼養綿羊，其屠宰模式便會有三項特徵：（一）以綿羊或山羊（差別只在於少數幾根骨頭），抑或兩者都應為牧群的主體；（二）供應羊毛的綿羊數量應大幅超過供應奶水的山羊；（三）在供應好幾年的羊毛後，綿羊在熟齡後才會被宰殺。蘇珊·波洛克（Susan Pollock）對美索不達米亞南部、北部，以及伊朗西部等八處烏魯克時期遺址中的動物志資料的回顧，顯示出當地城市核心區是在烏魯克晚期之後，也就是在西元前三三五〇年之後，才轉變成「羊毛—綿羊」的屠宰模式（圖4.1）。烏魯克早期和中期（西元前四〇〇〇至三三五〇年）的綿羊並未顯示出羊毛的屠宰模式。安納托利亞東部幼發拉底河上游的「獅子山」（Arslantepe）處的遺址，可定出美索不達米亞／伊朗西部開始馴養毛用綿羊的時間。此處在西元前三三五〇年之前（地層 VII），牛和山羊還是主要的牲口，但到了下一個地層（地層 VIa），出現了烏魯克晚期陶器，綿羊突然成為牲口的最大宗，而且一半以上都活到熟齡。[4]

近東的動物骨骸證據顯示出，毛用綿羊大約在西元前三四〇〇年之後出現。綿羊並非歐洲土生土長，而是由西元前六五〇〇年左右從安納托利亞遷徙到歐洲的第一批農民所引入，並將這些綿羊馴化成「近東綿羊」。不過，較長羊毛的變異可能是因為在遭遇北方氣候後，這群被馴化的綿羊適應了寒冬，因此，若說最早的長毛用綿羊是在歐洲繁衍，也就不足為奇了。大約西元前四六〇〇至

四二〇〇年，在俄羅斯赫瓦倫斯克（Khvalynsk）窩瓦河（Volga）中段旁的一處墓地，綿羊墓中的主要動物陪葬品，牠們大多已經長成，似乎是為了可以如活著的時候用於羊毛或奶水之用。但這些被選為陪葬品的動物的用處，可能還出於某種宗教原因。在現今俄羅斯南部的高加索北麓的聚落斯沃博德諾埃（Svobodnoe），綿羊則是在西元前四三〇〇至三七〇〇年之間成為主要的家畜，綿羊與山羊的數量比是五比一。這是毛用綿羊的典型收穫模式。但在北高加索同時代的其他聚落，卻未重複此種模式。匈牙利東部的凱泰

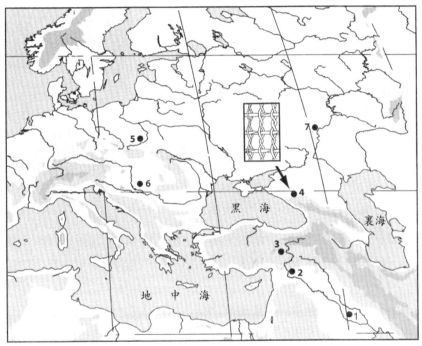

圖 4.1　出現產毛綿羊證據的早期遺址。此圖引自史史里納（N.Shishlina）發表的已知最古老的羊毛織品的顯微相片：（1）烏魯克（Uruk）；（2）哈希奈比（Hacinebi）；（3）「獅子山」（Arslantepe）；（4）新斯沃博德納亞（Novosvobodnaya）；（5）布洛諾西（Bronocice）；（6）凱泰吉哈佐（Kétegyháza）；（7）赫瓦倫斯克（Khvalynsk）。（出處：Shishlina，1999）

吉哈佐（Kétegyháza）在切爾納沃德 III 期—博萊拉茲（Cernavoda III–Boleraz）出現一種新的大型綿羊，可追溯至西元前三六〇〇至三二〇〇年。山德·伯克尼（Sandor Bökönyi, 1926-1994）認為這種綿羊是從安納托利亞和美索不達米亞引進的。而在波蘭南部布洛諾西（Bronocice）同一時期的地層中，綿羊的數量遠遠高於山羊，數量比是二十比一。然而，除卻這些吊人胃口的案例，在西元前三三〇〇至三一〇〇年左右之後，歐洲並未和同時期的近東區域一樣，普遍轉向成馴養綿羊或羊毛的屠宰模式。[5]

目前還沒有確定為西元前三〇〇〇年以前的羊毛織品，但西元前二八〇〇年以後就很普遍了。在北高加索山脈的一座墳墓中，我們發現了可能早於西元前三〇〇〇年的羊毛織品碎片，這座墳墓可能屬於新斯沃博德納亞文化（Novosvobodnaya culture，儘管尚無法確定其源頭）。其羊毛纖維被染成深棕色和米白色，並在完成品上以紅色染料彩繪。新斯沃博德納亞文化可追溯至西元前三四〇〇至三一〇〇年，但這些織品卻未必。在伊朗中部偏東一個青銅時代半城市的貿易中心沙赫爾索赫塔（Shar-i Sokhta），羊毛織品是西元前二八〇〇至二五〇〇年地層中唯一的紡織品種類。在法國清牛湖站 III 期（Clairvaux-les-lacs Station III）出土了一塊大約西元前二九〇〇年的羊毛織品碎片。因此我們可確定，早在西元前二九〇〇至二五〇〇年，從法國到伊朗中部的這塊區域就已經知道羊毛綿羊和羊毛織品。[6]

有眾多證據顯示，羊毛織品現跡於歐洲（以及近東）的時點約是在西元前三三〇〇年，儘管毛用綿羊可能早在西元前四〇〇〇年左右之前就已出現在北高加索山脈、甚至高加索草原上。不過，如果 *HwlHn-* 這個字根指的是「天然」綿羊的下層短絨毛，那它可能早在西元前四〇〇〇年就已存在。這種指涉意義上的不確定性削弱了我們為原始印歐語中羊毛相關詞彙定年的可靠性。有輪車相關

詞彙的狀況則完全不同。其指涉的對象（輪、軸等）非常明確，而且也能斷定出最古老的有輪車出現的時間。與羊毛織品迥異，輪車需要一套精心製作的金屬工具（鑿子、斧頭等）來加以維護，輪車的形象更易於分類，輪車也比紡織品更易於保存。

車輪相關詞彙

原始印歐語中有一組有輪車（wheeled vehicle）相關語詞，指涉四輪車（wagon）或手推車（cart），或兩者皆是。我們可以肯定，有輪車的發明晚於西元前四〇〇〇年。現存的證據顯示這個時點十分接近西元前三五〇〇年。西元前四〇〇〇年之前，人們從未提過車輪或四輪車。

如同我在第二章所提到的，原始印歐語至少包含五個與車輪和車相關的詞彙：兩個指涉「車輪」（可能是不同類型的車輪）、一個指涉「車軸」、一個指涉「車轅」（用來套駕牲畜的軛）的語詞，以及一個指涉「搬運或進入車輛」的動詞。西至凱爾特語族、東至吠陀梵語和吐火羅語族、北至波羅的語族、南至希臘語族，所有印歐語系主要語族中都有這些詞彙的同源詞（圖4.2）。這些詞彙多半有一種稱為母音詞幹（o-stem）的母音結構，它標誌了原始印歐語發展的後期階段；而「車軸」是較古老的輔音詞幹（n-stem），從一個意指「肩部」的語詞衍生出來。具有母音詞幹的詞彙十分重要，因為它們只現身於原始印歐語的後期。幾乎所有詞彙都發源自原始印歐語，可見四輪車和車輪的詞彙並非由外引入，而是在原始印歐語言的社群內所創造。[7]

據比爾・達頓的觀察，唯一可能「沒有」出現具說服力的有輪車詞彙的語族是安納托利亞語族。安納托利亞語族保存了兩個可能的原始印歐語有輪車的字根。其中之一是 *hurki-*（意指 wheel），

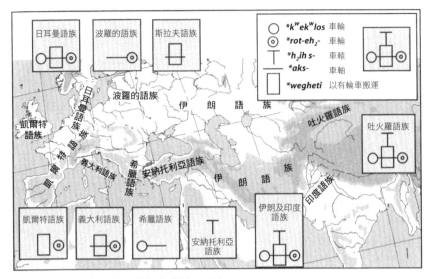

圖 4.2　印歐語中的有輪車詞彙的地理分布。

一般認為是原始印歐語字根的後裔，因為同一個字根可能衍生出吐火羅語族 A 的 *wärkänt* 和吐火羅語族 B 的 *yerkwanto*，兩者皆指「車輪」。吐火羅語族是已經滅絕的印歐語語族，由兩種（或三種）已知的語言（分為 A 和 B，也許還有 C）組成。西元五○○至七○○年左右，佛教僧侶在中國西北部塔里木盆地中的沙漠商隊城市裡，為吐火羅語留下紀錄。但吐火羅語族專家唐・林格指出，要從衍生出安納托利亞語族 *hurki-* 的同一個字根中推導出吐火羅語族的詞彙十分困難，這顯示了吐火羅語族與安納托利亞語族的詞彙並無關係，因此不需要原始印歐語的字根。[8] 另一種安納托利亞語族的車相關詞彙（*hišša-*，指車轅或駕駛桿）有很好的印歐語來源支持，即 *ei-/ *oi-* 或 *h2ih3s-*，但其最初的涵義指的可能是犁車的轅，而不是四輪四輪車的轅。因此，我們無法確定部分保存於安納托利亞語族中的古體原始印歐語是否具備有輪車的相關詞彙。然而，其餘的原始印歐語具備。

車輪是何時發明的？

我們怎麼知道有輪車的出現晚於西元前四〇〇〇年？首先，有輪車不但需要車輪，還需要軸來固定。車輪、車軸、車體三者構成了承載運轉部件的複雜組合。最早的車完全由木頭打造而成，且須將運轉部件精準固定。在裝有固定軸和旋轉輪的車中（顯然是最早的型式），軸臂（軸的兩端穿過車輪中心）安裝的位置必須剛好貼合車輪中心、也就是「輪轂」的孔洞，但又不能貼得太緊。要是裝得太鬆，車輪轉動時便會晃動不已。但若裝得太緊，運轉的輪上便會產生過多阻力。

緊接著得考慮牽引力──總重量加上一組牽引車子的動物。雪橇僅需要韁繩或有彈性的帶子和繩索就能拉動，但四輪車或手推車還需要堅固的牽引桿或車轅架，以及堅固的軶。這些零件的重量增加了總牽引力。一個減少牽引力的方法是縮減軸臂的直徑，以便安裝在車輪中心較小的孔洞。直徑大的軸雖然堅固，但會在軸臂和運轉中的車輪之間產生較大的摩擦力。直徑小的軸臂產生的阻力雖然較小，但除非四輪車非常狹窄，否則軸臂會很容易折斷。打造史上第一台四輪車的工匠需要計算阻力、車軸直徑／力度、車軸長度／堅固度和底盤寬度之間的比例關係。在用來承載重物的車輛中，小直徑軸臂的短軸加上狹窄的四輪車底盤十分合乎工程學理論，而事實也是如此──史上最早的四輪車，底盤只有一公尺寬。另一種降低所需牽引力的方法是將車輪從四個減少到兩個，也就是讓「四輪車」變成手推車。現代的雙輪手推車所需的牽引力比「重量相同」的四輪四輪車的牽引力低了四成，我們可以假定古代的手推車也具備差不多的優勢。手推車的重量更輕、更容易拉動，也較不容易卡在崎嶇不平的地面上。較大的載貨量可能還是得仰賴四輪車，但載貨量小的時候，手推車就派上用場了。[9]

在大約西元前三四〇〇年之後，有輪車的考古和文字證據大

量且廣泛地被發現。一個不確定的證據是在德國北部弗林特貝克（Flintbek）古墳塚下找到了可能是車輪留下的車轍，其歷史可追溯到西元前三六〇〇年。大量可靠的證據是出現在西元前三四〇〇年左右。在大約西元前三四〇〇年至三〇〇〇年之間，有輪車出現在四種媒材中——四輪車的書寫符號、四輪車和手推車的平面圖像、立體的四輪車模型，以及保存下來的木製車輪和四輪車零件。約莫與毛用綿羊同時，這四種獨立的證據出現在西元前三四〇〇年至三〇〇〇年的古代世界中，清楚顯示了有輪車何時普及。我會在接下來的四個小節討論這四種證據。[10]

▶美索不達米亞的四輪車：最早的文字證據

在烏魯克——人類最早建造的城市之一——的伊安娜神廟（Eanna temple）周圍區域找到的泥板上，刻有「四輪車」的符號。這些泥板約莫三千九百塊，發現於烏魯克晚期末端的 IVa 地層。這些文字可說是世上最古老的文獻，當中一個象形文字（圖 4.3.f）顯示出一台安裝有某種頂篷或上層結構的四輪四輪車。在這三千九百段文字中，「四輪車」的符號只出現三次，而「雪橇」——一種類似於四輪車的運輸方式，但靠的是用滑行裝置拖行，而非靠車輪滾動——則出現了三十八次。四輪車尚未普及。

當伊安娜神廟燒毀時，位於神廟 C 內的泥板也付之一炬。透過碳定年法，神廟 C 屋頂木材裡的木炭提供了四個年代，平均在西元前三五〇〇至三三七〇年左右。碳定年法告訴我們的是物質——在這個案例中是木頭——何時死亡，而不是何時燒毀。很少有人知道，每棵樹中心的木頭其實都已經壞死，只有樹皮的外圈和樹皮下富含樹液的木頭還活著。如果神廟 C 的木材取自大樹的中心，那麼早在建築物焚毀之前，這些木材可能已經死了一、二個世紀之久，

因此神廟 C 中的泥板實際被使用的年代會晚於碳定年法的年代，大概是西元前三三○○至三一○○年。在那個年代的烏魯克，雪橇比四輪車更為普遍。市政官員乘坐用牛拉的有頂雪橇的年代（這種運輸方式是用來巡遊、行軍，還是豐收儀式？我們不得而知），可能早於乘坐有頂的四輪車。

在土耳其東部獅子山遺址 VIa 文化層裡的神廟─宮殿處，發現了一個可能是車輪模型的圓形陶件，或許是小型陶土四輪車模型的一部分，可以追溯到西元前三四○○至三一○○年（圖 4.3.c）。獅子山是沿安納托利亞東部幼發拉底河上游建造的一系列本土堡壘之一，與遙遠的烏魯克建立了密切的關係，此時正值烏魯克後期。儘管我們還不知道朝向幼發拉底流域以北的「烏魯克擴張」背後的活動類型（見第十二章），但獅子山的陶土車輪模型「或許可以」顯示出，在烏魯克晚期的安納托利亞東部曾使用四輪車。

▶從萊茵河到窩瓦河的四輪車與手推車：最早的圖繪證據

在波蘭南部布洛諾西的聚落發現了漏斗杯陶文化（Trichterbecker〔TRB〕culture）帶有裝飾的陶土杯，其表面雕有一台四輪四輪車、輓具桿和軛的二度空間圖像，約可追溯至西元前三五○○至三三五○年（圖 4.3.b）。漏斗杯陶文化以特殊的陶器形狀和墓葬聞名，在現今波蘭、德國東部、丹麥南部的廣袤地區都有其蹤跡。漏斗杯陶文化的人群大多都是生活在小型農村的普通農民，但布洛諾西的聚落超乎尋常得大，一個漏斗杯陶文化的小鎮就占地五十二公頃。表面刻有四輪車圖像（有柄或無柄）的陶杯是在一個垃圾坑中發現的，那個垃圾坑中還有獸骨、五個黏土器皿的碎片，以及燧石工具。但只有這只杯上有四輪車圖像。漏斗杯陶文化的陶器設計十分與眾不同，故這樣的裝飾圖案絕非偶然的搭配。陶

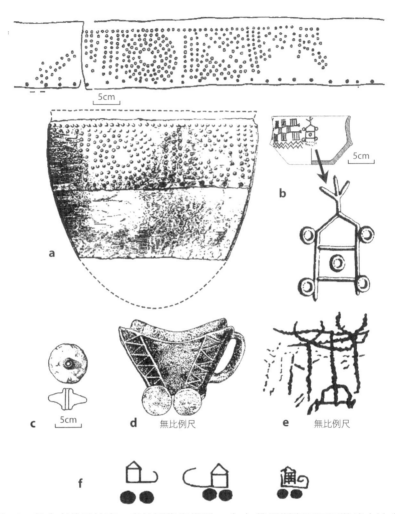

圖 4.3 最古老的四輪車、車輪圖像和模型：（a）俄羅斯窩瓦河下游埃夫迪克墳塚（Evdik kurgan）的青銅水壺，其上的設計從左至右分別是軛、手推車、車輪、X 形斜撐、動物頭部；（b）波蘭南部布洛諾西陶土器皿上的四輪車圖像；（c）安納托利亞東部獅子山的陶土車輪（可能是陶土模型的一部分）；（d）匈牙利布達考拉斯（Budakalász）巴登 177 號墓（Baden grave 177）的陶土四輪車模型；（e）德國中部黑森邦洛內─蘇赫 I（Lohne-Züschen I）墳塚中雕於石塊上的兩頭牛與手推車圖像；（f）伊拉克南部烏魯克 IVa 泥板上的四輪車符號，是目前已知最古老的書寫符號。（出處：(a) Shilov and Bagautdinov 1997; (b, d, e) Milisauskas 2002; (c,f) Bakker et al. 1999.）

杯的年代存有分歧。在同一個坑中發現的牛骨平均年代約在西元前三五〇〇年，其他七個坑周圍的聚落中，有六個的碳定年法的年代平均晚了一百五十年，即大約在西元前三三五〇年。開鑿者認為這些出土成果涵蓋的年代範圍約為西元前三五〇〇至三三五〇年。布洛諾西的四輪車圖像是目前世上已知最古老的有輪車圖像。

另外兩個圖像的年代也差不多，不過可能稍晚一些。在德國中部黑森邦（Hesse）洛內—蘇赫 I（Lohne-Züschen I）的瓦特堡文化（Wartberg culture）石墳塚的牆上找到一個圖像，上頭刻了兩隻長有兩根大角的牛拉著看起來像雙輪車的東西（圖 4.3.e）。在西元前三四〇〇至二八〇〇年這段漫長的時間裡，這個墳塚被一再使用，因而此區間的任一時間點都可能是這個圖像的雕刻時間。而在遠東，窩瓦河口附近埃夫迪克（Evdik）墳塚出土的一個金屬大釜上飾有一凸紋圖像，上頭可能是一副軛、一只車輪、一台手推車和一頭草食性動物。這個金屬大釜發現於一座墳塚中，其中還包含西元前三五〇〇至三一〇〇年間新斯沃博德納亞文化的文物（圖 4.3.a）。這些手推車和四輪車圖像的分布範圍從德國中部延伸至波蘭南部，再到俄羅斯大草原。

▶匈牙利四輪車：最古老的陶土模型

巴登文化（Baden culture）以陶器、獨特的銅製工具、武器、裝飾品而聞名。它現身於西元前三五〇〇年左右的匈牙利，其代表風格隨後傳到塞爾維亞北部、羅馬尼亞西部、斯洛伐克、摩拉維亞（Moravia），以及波蘭南部。具備拋光與溝槽的巴登風格陶杯和小罐子，在西元前三五〇〇至三〇〇〇年左右的東南歐被廣泛使用。基於巴登陶器與西北安納托利亞陶器之間的相似性，可見在特洛伊 I（Troy I）之前的幾個世紀中，存在一條有輪車在美

索不達米亞與歐洲之間的傳播路徑。西元前三三○○至三一○○年左右，在匈牙利東部布達考拉斯（177 號墓）和西蓋特森特馬爾通（Szigetszentmárton）的巴登晚期（佩彩爾〔Pécel〕）文化的兩座墳塚中，皆有四輪四輪車的立體陶土模型作為陪葬品（圖 4.3.d）。在布達考拉斯的 3 號墓和匈牙利其他巴登文化晚期墓葬中發現了殉葬的成對牛隻，幾乎可肯定是一組牛。在波蘭中部和南部約莫同時代的雙耳細頸橢圓尖底陶器文化（Globular Amphorae culture，約西元前三二○○至二七○○年）的墓葬中，也可以找到成對的牛隻陪葬。巴登文化的四輪車模型是目前已知最古老的立體有輪車模型。

▶草原和沼澤的車：最古老的實體四輪車

在俄羅斯和烏克蘭大草原的土墩塚（kurgan）之下，出土了約莫兩百五十台四輪車和手推車的殘骸，年代可追溯至大約西元前三○○○至二○○○年（圖 4.4 和 4.5）。車輪的直徑為五十到八十公分。有些車輪是用一塊從樹幹上垂直鋸下的木板製成，上頭帶有顆粒般的紋路（不像薩拉米香腸〔salami〕）。不過大多數草原上的車輪是由兩到三塊木板以榫卯連接為圓片。中央是長長的錐形輪轂，底部寬約二十到三十公分，並由車輪兩側各向外凸出約十到二十公分。以一個車轄（lynchpin）將輪轂釘在車軸上，使所有輪轂都牢牢固定在車軸臂上，如此能防止車輪顛簸。長約兩公尺的車軸有環形的軸臂用以安裝車輪。車身寬約一公尺，長約兩公尺。這些草原上四輪車的碳定年法年代是目前最早，平均可追溯至西元前三三○○至二八○○年左右。聶伯河（Dnieper）下游的巴爾基墳塚 57 號墓（Bal'ki kurgan, grave 57）的四輪車或手推車的年代為西元前三三三○至二八八○年（4370±120 BP）；庫班河（Kuban River）河畔的奧斯塔尼 1 號塚 160 號墓（Ostanni

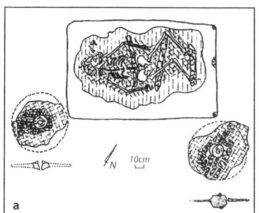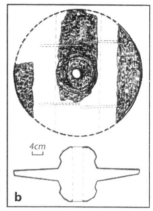

車軸

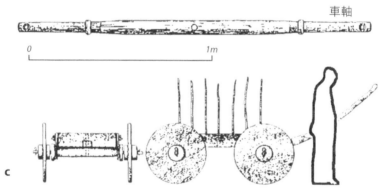

圖 4.4　現存的四輪車零件和車輪：（a）烏克蘭的巴爾基墳塚 57 號墓角落的兩
　　　　個實心木輪，碳十四年代為西元前三三三○至二九○○年；（b）洞室
　　　　墓文化（Catacomb-culture）中以榫卯連接三塊木板製成的車輪，約莫
　　　　於西元前二六○○至二二○○年；（c）現存的車軸和重建的四輪車，是
　　　　從德國西北部和丹麥的沼澤出土的車輪和四輪車陪葬品殘骸上的零件，
　　　　約可追溯至西元前三○○○至二八○○年。（出處：(a) Lyashko and
　　　　Otroshchenko 1988; (b) Korpusova and Lyashko 1990; (c) Hayen 1989.）

kurgan 1, grave 160）出土的四輪車木材年代為西元前三三二〇至二九三〇年（4440±40 BP）。這兩個年代的機率分布（probability distribution）於西元前三〇〇〇年之前較為顯著，因此兩台四輪車的年代可能都早於西元前三〇〇〇年。但是這些陪葬的車不太可能是草原上最早使用的四輪車。

在中歐、北歐的沼澤或湖泊區也出土了其他木製車輪與車軸。在瑞士與德國西南部的山區，四輪車工匠把軸臂打造成方形，接著將軸臂榫接至車輪的方形孔洞中。車軸中段則是圓形，在四輪車下方旋轉。雖然比起旋轉車輪的設計，此種旋轉車軸的設計會產生更大的阻力，而且效率較低，但旋轉車軸的設計省卻雕刻大型木製輪轂的麻煩，因此阿爾卑斯山上的車輪更容易製造。蘇黎世（Zurich）

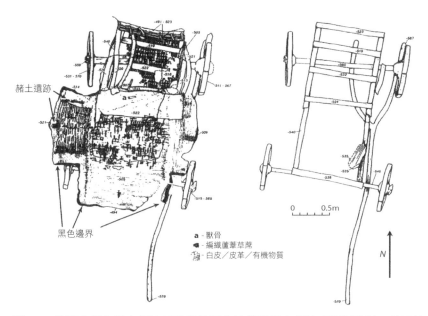

圖 4.5　草原中保存最完好的四輪車墳塚位於俄羅斯南部的庫班河流域。此四輪車被埋在奧斯塔尼（Ostannii）1 號塚之下。碳十四年代約莫是西元前三三〇〇至二九〇〇年，圖左是四輪車的上部，圖右是四輪車的底部。（出處：Gei 2000, figure 53.）

附近遭水淹沒的霍根文化（Horgen culture）聚落（布列瑟豪斯〔Pressehaus〕遺址）中，根據出土車輪上的木材年輪可定年於西元前三二〇〇年左右。布列瑟豪斯的車輪反映出，早在西元前三二〇〇年之前，歐洲各地已有不同的製輪設計傳統。在荷蘭及丹麥的沼澤中也發現了木製車輪和車軸，這為早期四輪車的細部構造提供了重大證據，不過其年代晚於西元前三〇〇〇年。他們固定了車軸和旋轉車輪，就像俄羅斯大草原和中歐的四輪車一樣。

車輪的重要性

　　要想誇大最早的車輪運輸的社會和經濟重要性有其困難。在有輪車發明之前，只能仰賴水路的駁船或木筏，或是組織陸路的大型搬運隊伍，才能成功搬運重物。史前生長在溫帶地區的歐洲農民持續必須使用陸路搬運一些重物，諸如收成的穀物莊稼、乾草作物、施肥用的糞便、柴薪、建築用的木材、製陶用的陶土，獸皮和皮革，以及人群。在北歐和西歐，一些新石器時代的社群利用滾動巨大石塊的搬運力，來製作巨石建造的社群墳塚和石碑。其餘社群則搬運泥土來建造大規模的土木工程。這些壯觀、可永存的建築結構展示出建造它們的社群的團結力和實力，而這往往取決於人們的運輸能力。隨著四輪車的傳入，作為運輸設備群體的農村社群，其重要性發生了深刻的變化：運輸的重擔從此轉移至牲畜和機器上。

　　儘管最早的四輪車既緩慢又笨拙，可能還需要特別訓練的牛隻隊伍來輔助，但這些四輪車讓單一家庭也能將糞便運到田地裡，並將柴薪、日用品、農作物和人們載回家。這降低人們對合作集體勞動力的需求，使單一家庭經營的農場得以生存。約莫在西元前三五〇〇年後，四輪車可能促成了大規模集村的消失，並讓眾多農業人口散布在整個歐洲景觀中。四輪車在一望無際的草原草場上有不同

的用處，比起農業，當地的經濟結構更仰賴畜牧業。四輪車讓那些從來無法隨身帶著走的東西——庇護所、水、食物——變得能大規模運送。牧民向來生活於森林深處的河谷中，僅敢在草原邊緣放牧，如今能將帳篷、水、糧食運送到遠離河谷的遙遙牧場。四輪車是可移動的家，讓牧民得以跟隨其牲畜深入草場，並在曠野中生活。又一次，四輪車促成了社群的散布，以畜牧業的情況來說，是讓社群得以跨足至之前幾乎無益於經濟的內陸草原。從而從更大的牧場、更大規模的畜牧活動中攫取大量財富和勢力。

安德魯・謝瑞特（Andrew Sherratt, 1946-2006）將車輪的發明與犁、毛用綿羊、酪農業和馬運輸的發明一概而論，用以解釋西元前三五〇〇至三〇〇〇年間歐洲社會的一系列重大變遷。正如謝瑞特在一九八一年所述，「次級產品革命」（The Secondary Products Revolution，現在通常簡稱為 SPR）是對聚落模式、經濟、儀式、手工藝等廣泛變遷的經濟學解釋，當中許多被上一代的考古學家歸因至印歐移民。「次級產品」〔secondary products〕是指毋須殺害動物，就能持續從動物身上獲取的資源，諸如羊毛、奶水、肌力等，而「初級產品」〔primary products〕則是像肉、血、骨、獸皮等。在論及「次級產品革命」時所牽涉到的許多主題（四輪車、騎馬、毛用綿羊的普及），也是印歐文明擴張相關討論的重心，但謝瑞特認為這一切都是從近東文明開始普及並延伸而來，而非發源自印歐文明。然而，許多後來的考古學家認為印歐語系早已不是論述重心，因此絲毫沒有爭論的必要。謝瑞特的觀點——這些源自近東的創新，也在大約同時傳入歐洲——很快就土崩瓦解了。早在西元前三五〇〇年，歐洲就已經出現淺犁（Scratch-plow）和酪農業，至於馴馬更是草原當地的活動。西元前三五〇〇至三〇〇〇年，古代近東和歐洲間毛用綿羊與四輪車的連袂傳播中，保存了次級產品革命中一大重要部分，但我們無法知道這兩起革新究

竟源自哪裡。[11]

四輪車技術的傳播速度最顯而易見地證明了車輪的影響（圖4.6），不過這個速度如此之快，導致我們連「輪軸原理」（wheel-and-axle principle）的發明地點都說不上來。多數專家認為，最早的四輪車是美索不達米亞的產物，比起歐洲的部落社會，美索不達米亞的城市文明要更為先進。而且，美索不達米亞也確實有生產能作為四輪車原型的雪橇。但我們真的無法確定。歐洲還有另一個原型，是中石器和新石器時代的曲木雪橇，由榫卯加以連接。事實

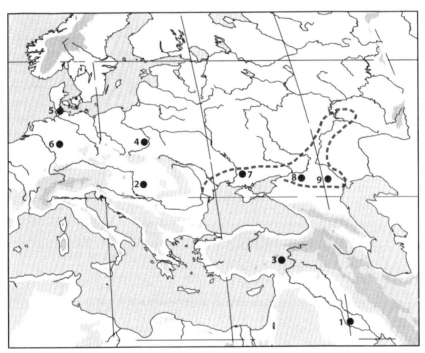

圖4.6　出土車輪或四輪車早期證據的遺址：（1）烏魯克；（2）布達考拉斯；（3）獅子山；（4）布洛諾西；（5）弗林特貝克；（6）洛內─蘇赫 I；（7）巴爾基墳塚；（8）奧斯塔尼（Ostannii）墳塚；（9）埃夫迪克墳塚。虛線顯示出東歐大草原（Pontic-Caspian steppes）上大約兩百五十個四輪車墳塚的地點。

上，東歐大部分地區直至二十世紀，在冬天將四輪車或馬車雪藏於車棚，轉而求助雪橇，才更合理不過，畢竟在冰天雪地裡，雪橇絕對完勝車輪。曲木雪橇至少不論在史前歐洲、還是美索不達米亞都一樣有用，而且早在中石器時代就現跡於北歐。可見歐洲和近東都擁有製輪和製軸所需的技術。[12]

　　不管輪軸原理發源於哪裡，此技術都在西元前三四〇〇至三〇〇〇年在全歐洲和近東迅速傳播。原始印歐語的使用者採用他們自己的語詞來論及四輪車和車輪，這些語詞都奠基於印歐語系的字根而發展。這些語詞大多數屬於母音詞幹，這是原始印歐語音系統中相對較晚的發展。四輪車的相關詞彙顯示出，早在西元前四〇〇〇年、或說是西元前三五〇〇年以後，原始印歐語就已經出現。早期印歐語的主要語族中，安納托利亞語族的輪式車相關詞彙是唯一較啟人疑竇的。正如比爾・達頓所主張的，也許早在四輪車現跡於原始印歐大地之前，前安納托利亞語族就已經與古體的原始印歐方言分道揚鑣。早在西元前四〇〇〇年，就已經有人使用前安納托利亞語族。囊括完整四輪車詞彙的晚期原始印歐語，可能是在西元前三五〇〇年後開始被使用的。

四輪車與安納托利亞語族原鄉的假說

　　四輪車相關詞彙是解決原始印歐語原鄉時空爭論的關鍵。起源自西元前四〇〇〇至三五〇〇年的草原原鄉論的首要替代選項，是起源自西元前七〇〇〇至六五〇〇年的安納托利亞與愛琴海原鄉論。柯林・倫弗瑞（Colin Renfrew, 1937-）主張，第一批使用印度—西臺語（前原始印歐語）的農民可追溯至西元前七〇〇〇年左右，位於安納托利亞南部、西部地區，以及加泰土丘（Çatal Höyük）等地。在他的設想中，西元前六七〇〇至六五〇〇年間，

安納托利亞的先驅農民將一支印度─西臺語的方言與第一個農業經濟體一起帶往希臘。隨著最早的農業經濟體的擴張，先驅農民的語言在希臘當地發展成原始印歐語，並傳播至歐洲和地中海盆地。倫弗瑞結合印歐語系的傳播與第一個農耕經濟體的普及，為印歐語系源頭的問題提供了一個引人入勝的漂亮解答。自一九八七年以來，他和其他學者都信誓旦旦地宣稱，先驅農民的遷徙是世上許多古老語言傳播的主要媒介之一。因此，眾多考古學者都擁護這個「第一個農業體／語言散布」的假設。若要滿足這個條件，除非安納托利亞首次遷徙至希臘，以及身為母語的印度─西臺語和原始印歐語的第一次分裂始於西元前六七○○至六五○○年間左右。但到了西元

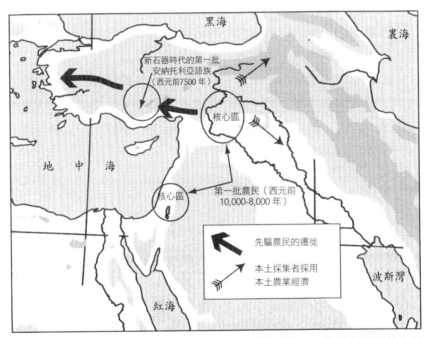

圖 4.7　第一個農業經濟體引進安納托利亞的傳播路線，可能是在西元前七五○○年，隨著敘利亞北部核心區的移民遷徙而來。這第一批先驅農民嘴上講的可能是一種亞非語系的語言。（出處：Bar-Yosef 2002.）

前三五〇〇年、歐洲最早四輪車的年代，印歐語系應早就開枝散葉、瓜瓞綿延，並已屆三千多歲高齡，不管是哪一種通用詞彙，都距離那段能共享語彙的時期很遠。[13]

安納托利亞原鄉的假設也導致其他問題。一般認為，安納托利亞的第一批新石器時代農民是從敘利亞北部遷徙而來，而根據倫弗瑞的「第一個農業體／語言散布」假設，這應該會促使敘利亞北部的新石器時代語言傳播至安納托利亞（圖4.7）。敘利亞北部原住民的語言應該屬於亞非語系（Afro-Asiatic language），例如閃語和近東低地的大多數語言。若第一批安納托利亞的農民使用的是亞非語系語言，那他們帶到希臘的就應該是這種語言，而非原始印歐語。[14]最早在安納托利亞留下紀錄的印歐語系語言是西臺語、帕萊伊語，以及盧維語，顯示出多樣性的缺乏，直到西元前一五〇〇年，只有盧維語使用者的數量較為可觀。這三個語言都大量挪用非印歐語系的語言（西臺語、胡里語，可能還有其他語言），比起來，這些非印歐語系的語言似乎更古老、更有名，且更廣泛使用。安納托利亞的印歐語系諸語言並沒有建立起使用者的人口基礎，也缺乏若是自新石器時代以來一直在當地發展，應具備的多樣性規模。

▶以系統演化方法為原始印歐語定年

儘管如此，安納托利亞的起源假說仍然得到生物語言學（phylogenetic linguistics）發展出的新方法的支持。從生物學挪用而來的演化生物學方法（Cladistic methods）有兩個用途：按照語族大事件的編年「順序」排列印歐語系諸語言（我們在上一章討論過）；並估算任意兩個語族分道揚鑣的「年代」，甚或是各語族字根的「年代」，這個論點的風險更大。基於生物變化的演化模型，將年代估算扣在語族之上，這其實是個難以控制的方法。人們

向來會刻意地重塑自己的言語，但無法刻意地重塑自己的基因。語言革新的方式會在言說社群中再造，此和繁殖族群（breeding population）裡再造突變的方式完全不同。語言分裂與重合的形貌要複雜得多，語族的速度也更為多變。鑑於基因是以整體為單位來傳遞的，語言的傳播則始終是一個模組化的過程，且某些模組（文法和語音學）比其他模組（語詞）對於挪用和傳播更有抵抗力。

　　羅素・格雷（Russell Gray）和昆汀・艾特金生（Quentin Atkinson）試著用電腦程式混合多種演化生物學和語言學方法，來逐步解決這些問題。他們指出，前安納托利亞語是在西元前六七〇〇年左右（±1200年）脫離其他印歐社群。接著脫離的是前吐火羅語（約西元前五九〇〇年），再來是前希臘／亞美尼亞語（約西元前五三〇〇年），然後是印度—伊朗語／阿爾巴尼亞語（約西元前四九〇〇年）。西元前四五〇〇年左右，最後離去的是一個超級演化支（super-clade），其囊括了前波羅的—斯拉夫語和前義大利—凱爾特—日耳曼語的祖先。考古學顯示，西元前六七〇〇至六五〇〇年間，約莫是第一批先驅農民離開安納托利亞、殖民希臘的時候。我們不會奢求考古年代和生物語言學的年代有多高的匹配率。[15] 然而，究竟要如何將四輪車相關詞彙出現在原始印歐語的時點，與西元前六五〇〇年的第一個散布年代對上？

▶緩慢進化假說

　　在原始印歐語系去世、且其子附屬語言漸漸分化「之後」，四輪車相關詞彙便無法被創造。四輪車／車輪的術語不包含預期是在其後子附屬語言中創造、且接下來挪用至其他子附屬語言的語音，然而它們確實包含預期中子附屬語族從原始印歐語繼承而來的語音。四輪車相關詞彙的原始印歐語源頭無可否認，因為它至少囊

括五個經典的重建。若它們是錯誤的，那麼比較語言學的核心方法——決定「基因」相關性的方法——將顯得既靠不住又毫無用處，印歐起源的議題也將變得一點意義也沒有。

儘管如此，每個語族的使用者是否能基於原始印歐語的相同字根「各自獨立」創造出四輪車／車輪相關詞彙？在 *kwekwlos（wheel）這個例子中，格雷主張（在其個人網站的頁面評論裡）從動詞 *kwel（turn）到名詞 wheel（the turner）的語義發展是如此自然而然，故可以在各個語族中獨立重建。此說法的難處在於，從原始印歐語至少重建出四個意指「turn」、「roll」或「revolve」的相異動詞，這使 *kwel- 獨立重建的這個選項困難重重。[16]更關鍵的是，隨著物換星移，原始印歐語對 *kwel- 和其他四輪車術語的發音根本無法保留下來。千年來，對這些在不同時點發源出的九或十個語族的使用者而言，他們總不可能將原始印歐語的語音形式冰封起來。當其他所有詞彙都正常地隨著時間變遷時，我們不可能假設車輪相關詞彙的語音發展會停滯不前。不過，要是其他所有詞彙的變遷也十分緩慢呢？

這便是倫弗瑞提出的解答（圖 4.8）。若要讓四輪車／車輪相關詞彙與「第一個農業體／語言散布」假設的年代對上，原始印歐語必須已經被使用了三千五百年，且要讓原始印歐語在很長一段時間裡的變化微乎其微。在西元前六五〇〇年之前，安納托利亞高原上使用的是前原始印歐語或印度—西臺語。古體原始印歐語在西元前六五〇〇至六〇〇〇年間左右演變成希臘先驅農民的語言。在這些農民的後代向北與向西遷徙，並於從保加利亞到匈牙利和烏克蘭的廣袤土地上分散建立新石器時代社群時，他們所使用的語言仍然是同一種語言，即古體原始印歐語。他們的後代休息了幾個世紀，接著才有第二波的先驅移民，他們在大約西元前五五〇〇至五〇〇〇年之間，與線紋陶文化（Linear Pottery culture）的農民一

同穿越喀爾巴阡山脈進入北歐平原。這批農業移民造就了倫弗瑞所謂的「原始印歐語第一階段」，他們在西元前六五〇〇至五〇〇〇年橫跨了幾乎整個歐洲，從萊茵河到聶伯河，再從德國到希臘。倫弗瑞所謂的原始印歐語第二階段發生在西元前五〇〇〇至三〇〇〇年之間，古體原始印歐語傳到了歐亞大草原，並跟著畜牧經濟一起被帶到窩瓦河。之後原始印歐語在各地方言中繼續發展的特徵，包括出現在所有四輪車／車輪術語中諸如 o-stems 之類的「語幹」（thematic）音調變化。所有使用原始印歐語的地區都共享了這些晚期特徵，大概占據史前歐洲的三分之二。四輪車相關詞彙在第二階段的後期現身，並從萊茵河傳入窩瓦河。[17]

我認為此原始印歐語的概念至少有三個嚴重瑕疵。首先，若要讓原始印歐語超過三千五百年（從西元前六五〇〇至三五〇〇年）

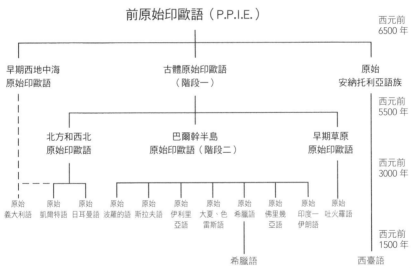

圖 4.8　若原始印歐洲語是在西元前六五〇〇至五五〇〇年左右第一批農民遍布整個歐洲，那麼它至少到西元前三五〇〇年左右都幾乎沒有改變，直到有輪車相關詞彙出現為止。此組織圖顯示出三千年來只分化成三種方言。（出處：Renfrew 2001.）

都維持一條一致的方言鏈，這需要所有方言都維持同樣的變化率，而且速率要奇慢無比。正如希拉・安貝雷頓（Sheila Embleton）所指出，新石器時代歐洲的大多數地區不太可能呈現「均值的變化率」（*homogeneous rate of change*），因為許多各地的因素都會影響語言變化率，而且各區域間的改變皆會有所不同。至於原始印歐語，唯有在三千五百年來從其早期形式演變為後來的形式時，才需要新石器時代和銅石並用時代（Eneolithic）的泛歐語環境中維持近乎停滯的語言變化速度，這樣的滿足條件根本不切實際。

其次，新石器時代的歐洲顯示出空前的「物質文化多樣性」。戈登・柴爾德（V. Gordon Childe, 1892-1957）指出：「這樣令人眼花撩亂的多樣性，儘管會讓學生為難且會在地圖上引發混亂，但仍然是歐洲史前模式的重要特徵。」[18]歷史悠久、未受干擾的部落語言顯然比部落的物質文化「更加」多樣化（見第六章）。因此，我們認為新石器和銅石並用時代歐洲語言的多樣性，理應比其物質文化更令人眼花撩亂，而且當然不可能會少那麼多。

最後，以部落的經濟政治情況來看，單一語言要在這塊廣袤地域上求生存，實在有些範圍太大，畢竟徒步還是當時陸地交通的唯一媒介。我和馬洛利討論了新石器和銅石並用時代歐洲部落語言的版圖規模，而丹尼爾・倪特爾（Daniel Nettles）指出了西非部落語言的地理情況。[19]西非大多數部落耕種者的口頭語言的分布範圍都小於一萬平方公里。世界各地的採集者通常比農民擁有更大的語言版圖（language territory）；而在資源貧乏環境中遷徙的農民的語言版圖，則又大於生活於富庶環境的集約農民。綜觀大多部落農民所記錄的語言「家系」大小——並非語言，而是像印歐語系或烏拉爾語系（Uralic）這種語系——往往都明顯小於二十萬平方公里。馬洛利採用平均二十五萬至五十萬平方公里來估算新石器時代的歐洲語系，為所牽涉的許多不確定性爭取最大的空間。儘管如此，新

石器時代的歐洲仍可估算出有二十到四十個語系。

　　西元前三五○○年位於歐洲的語系的實際數量可能少於這個數字，因為從西元前六五○○年開始，農業經濟才隨著一系列遷徙潮傳入新石器時代的歐洲。長距離遷徙的動力，尤其是在先驅農民之間，「會」導致極度同質的語言在一個極為廣大的區域內迅速傳播好幾個世紀（見第六章），但各地仍會出現差異化。歐洲幾個清楚的遷徙潮都來自不同地域的人口推力，並會流向不同的地方，他們到了遷徙處，會與不同中石器時代採集者的語言群體產生互動。到了西元前六○○○至五五○○年，在這五百到一千年的時光裡，應該已經在遷徙的農民之間產生出最初的語言差異。對比之下，使用班圖語（Bantu）的牧民在中非和南非的遷徙則發生於大約兩千年前，而且自那時起，原始班圖語變得極為多樣化，並發展成五百多種現代班圖語，分屬於十九個語族，直至今日仍散布在使用非班圖語系的飛地之間。在西元前三五○○年，即最初農業遷徙後的兩千至三千年，歐洲應該至少具備現代中非和南非的語言多樣性——數以百計的語言從新石器時代農民最初的說話方式衍生而來，並散布在新石器時代之前不同類型的語系中。最初遷徙到希臘的語言不可能三千年來都維持單一語言，畢竟此語言的使用者可是分散在數百萬平方公里和好幾個氣候帶中。爬梳民族學或歷史學中，根本找不到有哪個部落農民有這麼大又固定不變的語言版圖證據。

　　原始印歐語的使用者據稱擁有四輪車，且四輪車這個詞彙無法與早在西元前六五○○年就已發生的散布日期對上。可見四輪車相關詞彙與「第一個農業體／語言散布」假設互斥。原始印歐語不可能既在新石器時代的希臘被使用，又在四輪車發明的三千多年後仍然存在。因此，原始印歐語並未隨著農業經濟的發展而傳播。它的第一次傳播發生在西元前四○○○年更晚以後，當時歐洲大地上的人群所使用的可能是數百種不同的語言。

原始印歐語的誕生與死亡

　　歷史上已知的早期印歐語系在原始印歐語上設定了對年代順序的限制，也就是「最晚年代」（*terminus ante quem*），而對重建的羊毛和車輪相關詞彙則有另一個限制，即「最早年代」（*erminus post quem*）。原始印歐語的最晚年代可設在大約西元前二五〇〇年（第三章）。羊毛和四輪車／車輪相關詞彙的證據顯示，大約在西元前四〇〇〇至三五〇〇年、更可能是在西元前三五〇〇年之後，才出現較晚期的原始印歐語。若我們對原始印歐語的定義包含古體的類安納托利亞語族階段的盡頭，當中沒有任何有確切紀錄的有輪車，且在西元前二五〇〇年左右最後一波散布中開始使用諸方言時，最大的時間斷限會從西元前四五〇〇年左右延伸到西元前二五〇〇年左右。這個兩千年的指標將我們引入了定義明確的考古時代。

　　在此時間斷限內，印歐原鄉的考古學或許可以與以下的時點對上，這在傳統語族研究和演化生物學上都說得通。古體原始印歐語（部分僅存於安納托利亞語族中）可能早在西元前四〇〇〇年之前就出現了；早期原始印歐語（部分僅存於吐火羅語族中）則在西元前四〇〇〇至三五〇〇年間出現；而晚期原始印歐語（義大利和凱爾特語族四輪車／車輪相關詞彙的來源）現身於西元前三五〇〇至三〇〇〇年左右。西元前三三〇〇年左右，前日耳曼語族與晚期原始印歐語分道揚鑣，而前希臘語族則約莫在西元前二五〇〇年離開，可能是從另一組不同的方言中分裂出來的。西元前二五〇〇年左右，波羅的語族與前斯拉夫和其他西北方言分道揚鑣。西元前二五〇〇至二二〇〇年之間，前印度—伊朗語族從東北諸方言中發展而成。

　　如今時間目標既已確立，我們可以著手解決原始印歐語「在哪裡」被使用的古老難題。

第五章

語言與地點：
原始印歐語原鄉的位置

Language and Place: The Location of the Proto-Indo-European Homeland

　　印歐語系的原鄉就好比美西傳說「失落的荷蘭人金礦」（the Lost Dutchman's Mine），幾乎所有地方都可能發現，但沒有哪個地方可茲確認。所有聲稱知道其「實際」位置的人都被認些有點古怪——甚至更糟糕。印度、巴基斯坦、喜馬拉雅山、阿爾泰山脈、哈薩克斯坦、俄羅斯、烏克蘭、巴爾幹半島、土耳其、亞美尼亞、北高加索、敘利亞／黎巴嫩、德國、斯堪地那維亞、北極，以及（當然的）亞特蘭提斯，都曾被鑑定為印歐語系的原鄉。某些原鄉理論會加以發展，似乎僅僅因為某些國族主義或種族主義分子對其特權和領土的主張，而需要歷史背書。其他的一頭熱亦是荒唐可笑。這場辯論參雜了冷僻的學術、荒謬的鬧劇，以及殘酷的政治操弄，已經持續了將近兩百年。[1]

　　本章會列出原始印歐語原鄉所在地的語言學證據。順著一路的古老破敗，此證據將帶領我們到達熟悉的目的地：今日烏克蘭與俄羅斯南部的黑海、裏海以北的草原，也就是東歐大草原（圖5.1）。過往的三十年裡，某些學者——特別是瑪利亞·金布塔斯和吉姆·馬洛利——對這個原鄉提出了極具說服力的論點。在一些

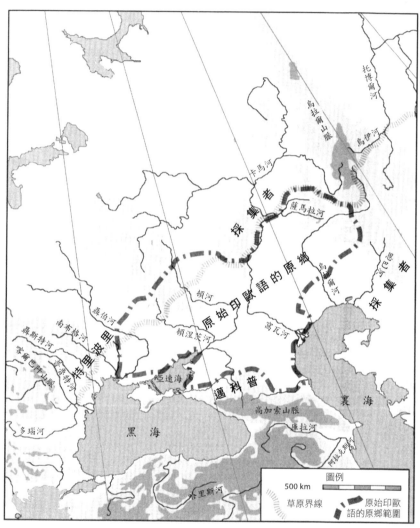

圖 5.1 大約在西元前三五○○至三○○○年之間的原始印歐語原鄉。

重要的細節之處，他們各自使用了不同的尺度來衡量，但基於許多相同的原因到達了同樣的終點。[2] 我認為近來陸陸續續的發現增強了「東歐大草原假說」（Pontic-Caspian hypothesis），所以我們可以合理假定這便是原鄉所在。

「原鄉」概念的問題

我應該開宗明義就承認一些基本問題。我的許多同事認為「任何」原始印歐語的原鄉都難以判定，以下三點是他們最主要的考量之處。

▶問題一：重建的原始印歐語僅是語言學的假設，且此假設不該有原鄉

這個評論關乎重建原始印歐語的「真實性」，而這是語言學家的分歧所造就的。我們不應假設，有人提醒我們說重建的原始印歐語實際上從未在任何地方被使用過。羅伯特‧狄克遜（Robert M. W. Dixon ,1939-）指出，如果我們不能「絕對確定」某一個重建語言的文法類型，就會導致我們對「每個重建的枝微末節」都心存疑竇。[3] 但這個想法過於苛求。只有宗教這個領域能讓我們「絕對確定」；有鑑於現今的資料，在所有其他的人類活動領域中，我們必須滿足於目前可找出的最佳解（意即兼顧最簡單和包含最多資料）。在我們接受「所有」世俗的探問都是如此之後，是否可將原始印歐語視為「真實」的這個問題，會歸結為三個更尖銳的批評：

（a）重建的原始印歐語是「片面的」（fragmentary），意即它所表現的大多數語言永遠無法為人所知。

（b）使用比較方法重建的部分遭到「均質化」（homogenized），
　　去除了原始印歐語各方言的許多特殊語音（儘管重建的
　　原始印歐語中有一些方言仍然存在的證據）。

（c）原始印歐語並非漫長時光中、某個時代裡的一瞬之光，
　　而是「無時間性的」（timeless）：它是以「平均幾個世
　　紀、甚至數千年」（*averages together centuries or even
　　millennia*）為單位來發展。以這個概念來說，這是對語
　　言歷史上沒有「單一時代」的精確描述。

　　這些批評似乎十分嚴厲。然而，如果他們的努力只是要讓
原始印歐語流於空想，那麼《韋式字典》（*Merriam-Webster
Dictionary*）中的英語也不過是虛妄。我的字典裡既有 ombre
（十七、十八世紀時流行的紙牌遊戲）這個英文語詞，也找的到
hard disk（硬碟，首見於一九七八年版本中的片語）。因此，它的
詞彙量平均至少橫跨了該語言發展的三百年。而且它的語音學，即
其所謂「正確的」代名詞，受到相當的限制。hard disk 只有一種發
音，而且並不是用波士頓腔的 *hard* [haahd] 來發音。從來沒有人一
字不漏地使用過《韋式字典》中的英語。即便大家都覺得它是本很
有用的英語口語指南。重建的原始印歐語也是一樣的道理，它是一
個語言的字典版本；它本身並不是一種真正的語言，但又確實「指
涉」一種語言。我們應該謹記，蘇美楔形文字文獻與埃及的象形文
字皆存在與重建的原始印歐語完全相同的問題：書面文字無法清楚
表現所有語音，因此它們的語音是未定的。它們僅包含王室或祭司
使用的方言，也可能會保留古體的語言形式，例如教會拉丁語。它
們本身並不是真正的語言；它們只「指涉」真實的語言。重建的原
始印歐語與蘇美人的楔形文字其實無甚區別。

　　如若原始印歐語就像本字典，那就不可能「缺乏時間性」。從

字典最晚出現的詞條，就能很容易地判定年代。包含「hard disk」一詞的字典一定晚於一九七八年出版，就像原始印歐語中的四輪車相關詞彙可以將它定年在大約西元前四○○○至三五○○年間。用負面的資訊來當定年工具會更危險，因為原始印歐語中確實存在許多永遠無法重建的語詞，但我們至少能找出一些有意思的事：原始印歐語沒有 spoke（輪輻）、iron（鐵）、cotton（棉花）、chariot（馬戰車）、glass（玻璃）、coffee（咖啡）這類的字根，這些事物的發明是在歷經子附屬語言的演化與傳播、我們使用的隱喻裡，或是在字典印刷之後。

當然，比起我手中那本《韋式字典》，重建原始印歐語的字典更容易變得破破爛爛。許多頁都被撕掉了，倖存下來的頁面則會隨著時光流逝而逐漸模糊。缺頁是讓一些語言學家最困擾的問題。重建的原始語言似乎是副令人失望的骨架，當中丟失了多根骨頭，而專家頻頻爭論其他骨頭的位置。骨架曾支撐起的完整語言當然只是一種理論架構。今天富含「血肉」的恐龍形象也是如此。所以我就跟古生物學者一樣，因擁有一副殘缺不全的骨架而雀躍。對我來說，原始印歐語是附著在一本極古老字典的豐碩頁面上部分文法和發音的規則組合。某些語言學家認為這稱不上是「真正」的語言。但對考古學家而言，就算是堆滿房間的古陶器碎片都不及它有價值。

▶問題二：整個「重建原始印歐語」的概念是空想的產物：印歐語系間的相似性，可能肇因於數千年來不同源頭的相異語言的漸進融合

這個評論比第一個更為激進。它認為比較方法是一場騙局，這個騙局的最後會自動生成原始語言。據稱比較方法忽略了因跨語言

挪用和融合所導致的語言變化。這些學者聲稱，原本各不相同的語言間的逐漸融合，可能導致了印歐語系間的相似性。[4]若所言為真，或只要有點機率，那麼確實沒有理由要去追尋印歐語系的單一源頭。然而，激發此一連串質疑的俄國語言學家尼古拉·特魯別茨柯依（Nikolai S. Trubetzkoy, 1890-1938）早在一九三〇年代就起而研究，那時語言學家手邊還沒有能調查其驚人想法的工具。

從那時起，好幾個語言學家開始研究語言間的融合問題。他們大幅增進了我們對融合如何產生及其帶來何種語言效果的理解。儘管他們對某些議題的意見極度分歧，但所有近來的融合研究都指出，印歐語系本質上的相似之處肇因於它們發源於一個共同的祖語，而不是出於融合。[5]當然，毗鄰的印歐語系間發生了一些融合——這並非全有或全無的選擇題——但專家一致同意，要想定義印歐語系的基本結構，只能從它們都出自一個共同母語來解釋。

專家的一致同意出於以下三個原因。首先，印歐語系是世上研究最為深入的語言，簡單來說，我們對它們甚為了解。其次，語言學家知道沒有哪個顯現出印歐語系那種集聚相似之處的語言，是出自源頭相異的語言間的挪用與融合。最後，印歐語系中找不到克里奧語的典型特徵，即語言「是」兩個或多個源頭相異的語言彼此融合的產物。克里爾語的特徵是名詞和代名詞間的字尾變化大幅減少（沒有格位、甚或沒有單數／複數標記）；用動詞前的語助詞取代動詞的時態（以「we bin get」代替「we got」）；動詞通常沒有時態、性別、人稱字尾變化；介系詞大幅減少；使用反覆結構來強化副詞和形容詞。所有這些特徵中，原始印歐語和典型的克里奧語恰恰「相反」。沒有任何一個按照慣例會應用在克里奧語的標準，會將原始印歐語歸為克里奧語。[6]

更別說有哪個印歐語系的子附屬語言顯現出克里奧語的跡象。這意味印歐語系無論在詞彙或文法上都取代了競爭對手，而不是一

同「克里奧化」（creolization）。當然，其中會有一些來回的挪用——在語言彼此接觸的情況下總是如此——但表面的挪用和克里奧化是兩件非常不同的事情。融合根本無法解釋印歐語系間的相似性。要是我們放棄母語這個方法，將「無法」解釋那些定義出印歐語系的語音、構詞、涵義的常規對應關係。

▶問題三：即便有使用原始印歐語的原鄉，也無法用重建的詞彙表來加以尋找，因為重建的詞彙表中充斥著不存在於原始印歐語中的時代錯置

如同上一個評論，這種批評反映了近來對跨語言挪用的關注，不過此處只著眼於詞彙。在原始語言時期很久之後，許多挪用而來的語詞理所當然在印歐語系的子附屬語言中流傳開來，最晚近的例子是咖啡（coffee，經由土耳其語從阿拉伯語挪用而來）與菸草（tobacco，從加勒比語〔Carib〕挪用而來）。這些類別中的語詞在不同的印歐語系語言中聽起來十分相似，且具有相同的涵義，但幾乎不會有語言學家將它們誤認為是古代繼承來的語詞。它們的語音不屬於印歐語系，且它們在子附屬語族中的結構和預期會繼承而來的字根長相並不相符。[7]諸如咖啡之類的詞彙並非重要的語言混合（contamination）來源。

歷史語言學家絕不會輕忽語言之間的挪用。因此，理解挪用至關重要。例如，在德語、希臘語、凱爾特語，以及其他語言中嵌入的細微不一致，諸如像語詞字首 [kn-]（knob）之類的極短音，都能被鑑別為印歐語系的非典型語音。這些來自已滅絕的非印歐語系的碎片之所以會保留下來，只「因為」它們是借來的。它們有助於建立前印歐語的地名地圖，例如以 [-ssos] 或 [-nthos] 為字尾的地名（Corinthos〔柯林斯〕、Knossos〔諾索斯〕、Parnassos〔帕納

索斯〕）都是被希臘語挪用而來，且可以顯示出前希臘諸語言在愛琴海和安納托利亞西部的地理分布。這些挪用而來的非印歐語系語音，也可以用來重建北歐和東歐地區那些早已滅絕的非印歐語系的某些面向。這些口音被印歐語系取代後，在印歐語系中只剩下一個偶爾出現的語詞或語音。然而，我們仍然可以用那些幾千年前借來的語詞來鑑別它們的碎片。[8]

挪用的另一種常規用法是研究其「區域」特徵，例如「語言聯盟」（Sprachbund）。「語言聯盟」指的是一個區域，會在不同的情境下交替使用幾種不同的語言，使它們有大量的挪用特徵。最著名的語言聯盟位於歐洲東南部，當地的阿爾巴尼亞語、保加利亞語、塞爾維亞—克羅埃西亞語和希臘語都有許多共同的特徵，其中希臘語是強勢元素，可能肇因於它與希臘正教教會的關係。最後，不管在哪一個「基因」相關性的研究中，挪用都是永遠存在的因素。每當語言學家試圖確定兩個子附屬語言中的同源詞彙是否從同一個源頭繼承而來時，一定得排除的便是這個語言從另一語言所挪用的詞彙。比較語言學的諸多方法都「取決於」對借來的語詞、語音，以及構詞的準確辨識。

當完全分道揚鑣的印歐語系語言（包括一個古老的語言）中出現相似語音和相似涵義的字根，且語音比較此結構後得到同一個祖先字根，可大膽將擁有該字根的詞彙歸為印歐語系的詞彙。任何一個單一的重建字根都不該用來當作原始印歐語文化的理論基礎，我們也毋須在單一字根上大做文章；我們有許多具備相關涵義的字彙群。目前至少有一千五百個原始印歐語字根已被重建，當中許多特殊的字根都出現在複合重建的原始印歐語語詞中，因此，重建的原始印歐語詞彙總數遠遠不只一千五百個。挪用這個議題有其特定性，它會影響特定的重建字根，但無法抵銷囊括數千個詞彙的重建詞彙表的功效。

原始印歐語系的原鄉不是種族主義的神話，亦非純然的理論空想。如同所有字典背後都有一個真實的語言，重建的原始印歐語背後，也有一個真實的語言加以支持。那個語言有助於了解居住在西元前四五〇〇至二五〇〇年的某個特定區域內，一批真實人群的思想、關心的事物，以及他們的物質文化。但那個區域在哪裡？

尋找原鄉：生態與環境

　　不管結果為何，多數印歐問題的研究者都以相同的方式開始。第一步是找出已重建的原始印歐語詞彙中，指涉只存在某特定時空中動植物種類或技術的字根。這些詞彙至少能在廣大的範圍內指出原鄉的方向。譬如說，假設有人要你找出某個人群的居住地，線索只有語言學家所記錄的，這群人在日常生活對話中所用的語詞：

armadillo （犰狳）	sagebrush （灌木蒿）	cactus （仙人掌）
stampede （〔獸群〕狂奔）	steer（牯牛）	heifer（小母牛）
calf（小牛）	branding-iron （烙鐵）	chuck-wagon （炊事馬車）
stockyard （畜欄）	rail-head （鋪設中鐵路的末端）	six-gun （六發左輪手槍）
saddle （馬鞍）	lasso （套索）	horse （馬）

　　你便可以認出他們是美國西南部的住民，時間約莫是十九、二十世紀之交（「六發左輪手槍」以及未出現的卡車、汽車、公路等語詞都是時間順序的最佳指標）。他們可能是牛仔——或者是在假扮牛仔。再觀察得細一點，「犰狳」、「灌木蒿」、「仙

人掌」的組合將之定位於德州（Texas）西部、新墨西哥州（New Mexico）或亞利桑那州（Arizona）。

語言學家長期以來一直試圖在重建的原始印歐語詞彙中找到動植物的名稱，且這些物種僅生活在世界的某個角落。比如 salmon（鮭魚）所重建的原始印歐語詞彙 *lók*s，曾因證明了「雅利安人」源自北歐而聲名大噪。但是動物、樹木名稱的涵義似乎很容易縮小或擴大。當人們遷徙到新環境，這些名稱還會被重複使用和再利用。舉例來說，英格蘭殖民者用知更鳥（robin）指稱美洲的一種鳥，但這種鳥與英格蘭的知更鳥是不同的物種。現在，讓多數語言學家觀感最佳的最特殊涵義是將 *lók*s- 這個重建的詞彙歸為「類似鱒魚的魚」（trout-like fish）。整個歐亞大陸北方的溪流，包括最後注入黑海和裏海的河流中都有類似的魚類。重建原始印歐語中的 beech（山毛櫸）字根也有一段類似的插曲。由於波蘭東部沒有歐洲山毛櫸（copper beech，Fabus silvatica），因此，原始印歐語字根 *bhá o- 一度被視為是對北歐或西歐原鄉的支持。但在某些印歐語系的語言中，同個字根指的是其他樹種（橡樹〔oak〕或接骨木〔elder〕），在許多情況下，東方山毛櫸（common beech，Fagus Orientalis）也生長於高加索地區，因此其原始涵義尚不清楚。多數語言學家至少同意，重建詞彙所指涉的動植物群屬於溫帶型的（birch〔白樺木〕、otter、beaver、lynx、bear〔熊〕、horse），而不是地中海型（缺乏 cypress〔白扁柏〕、olive〔橄欖〕或 laurel〔月桂樹〕），也不是熱帶型（缺乏 monkey〔猴〕、elephant〔象〕、palm〔棕櫚樹〕、或 papyrus〔紙莎草〕）。horse（馬）和 bee（蜜蜂）的字根幫助最大。

Bee 和 honey（蜂蜜）的重建奠基於大多數印歐語系的同源詞，是個十分有力的重建。蜂蜜這個詞彙的派生詞 *medhu- 也用來製造醉人佳釀——蜂蜜酒（mead），而蜂蜜酒在原始印歐語儀式中占

有重要的地位。蜜蜂並非西伯利亞烏拉爾山脈以東的原生物種，因為野蜂喜歡築蜂窩的硬材樹（尤其是菩提樹和橡樹）在烏拉爾山以東十分罕見，或根本不存在。若西伯利亞不產蜜蜂和蜂蜜，那就不可能是原鄉所在。這使整個西伯利亞和東北亞的大部分地區、包括哈薩克的中亞草原，都被剔除在外。*ek*wo-（馬）的重建牢不可破，對原始印歐語的使用者而言，似乎也是神權（divine power）的有力象徵。然而，在西元前四五〇〇至二五〇〇年的史前歐洲，馬孤絕於高加索地區、安納托利亞這一小塊地區內，且幾乎不見於近東、伊朗和印度次大陸。馬的數量眾多，而且僅在歐亞草原具備經濟重要性。「馬」這個詞彙使近東、伊朗和印度次大陸一一敗下陣來，激勵我們將焦點擺在歐亞草原。這樣一來競爭者便只剩下溫帶歐洲，其中包括烏拉爾山以西的草原、安納托利亞和高加索山脈的溫帶地區。[9]

尋找原鄉：經濟與社會環境

原始印歐語的使用者是農民和牧民：我們可以重建的語詞有 bull（公牛）、cow、ox、ram、ewe、lamb、pig 和 piglet。他們用很多詞彙來指稱奶和乳製品，像是 sour milk（酸奶）、whey（乳清）和 curds（凝乳）。當他們帶牛和綿羊去 field（田野）放牧時，腳邊跟著忠實的 dog（狗）。他們知道如何剪羊毛，並用這些羊毛來 weave（編織）紡織品（可能用水平織機〔horizontal band loom〕來織）。他們用淺犁或犁（ard）耕種（或者他們知道某些人會這樣做），而這種犁得靠戴著 yoke 的 oxen 來拉。他們也有詞彙來指涉 grain（穀物）和 chaff（穀殼），可能還有 furrow（犁溝）。他們拿 pestle（杵）將穀物 grinding（磨成）麵粉，然後放進陶製 pots（罐子）中烹煮（這其實是 cauldron〔大釜〕的字根，但在英

文中，這個語詞已限縮為指稱金屬製的烹飪器皿）。他們將財產分為兩類：動產（movable）和不動產（immovable）；而 movable wealth（可移動的財富）的字根（*peku-* 是 pecuniary〔與錢相關的〕這類英文語詞的祖先）成為一般用來指稱牧群（herd）的詞彙。[10] 最後，他們也不介意讓鄰居付費來增加牧群，因為我們可以重建出在凱爾特、義大利、印度—伊朗語族中意指「to drive cattle」（趕牛）的動詞，並帶有「cattle raiding」（搶牛）或「rustling」（偷牛）的意思。

他們的社交生活又是什麼模樣？原始印歐語的使用者生活的世界，是由血親和姻親聯合的部落政治和社會群體。他們住在包含一個或多個家庭（household, *génh1es-*）的家族（family, *dómha*）中，這些家族組成以氏族首領或酋長（*weik-potis*）為首的氏族（clan, *weik -*）。他們對城市一無所知。家庭似乎以男性為中心。從重建的親屬詞彙來判斷，重要的、有名字紀錄的親屬主要都在父系一方，這顯示了從父居的婚姻（patrilocal marriage，意指新娘嫁入夫家）。高於氏族這個層級的群體應該就稱為部族（tribe，*h4erós*），這個字根後來發展成印度—伊朗語族中的「雅利安人」。[11]

瞿梅濟（Georges Dumézil, 1898-1986）的「三元結構」（tripartite scheme）是原始印歐社會最著名的基本分類方式，劃分為祈禱的人（priest）、戰鬥的人（warrior）、一般牧民／栽種的人（ordinary herder/cultivator）三個等級。這三個角色可能與特定顏色相匹配：白色指祈禱的人、紅色指戰鬥的人，黑色或藍色指牧民／栽種的人。並可能賦予每個角色特定的儀式／法定死亡（ritual/legal death）類型：祈禱的人扼殺（strangulation）、戰鬥的人砍殺／刺殺（cutting/stabbing）、一般牧民／栽種的人溺斃（drowning）。這三種身分似乎還有其他各種法律和儀式上的區別。

瞿梅濟提出的三個結構不太可能是成員有限的群體。他們可能沒有那麼多的定義，就像每個男性都會經歷的三個年齡等級，譬如東非馬賽族（Maasai）的牧民（年輕）、戰士（略為年長），以及宗族長老／儀式領袖（年紀最大）。一般認為，戰士這個類別的心態十分矛盾，通常在神話中的體現方式會由一個角色身兼保衛者和弑父的狂怒謀殺者（海克力斯〔Hercules〕、因陀羅、索爾〔Thor〕）。詩人則屬於另一個受人尊敬的社會類別。無論是詩歌還是誓詞，口中吐出來的文字都被認為具備強大的力量。詩人的讚美是凡人對不朽（immortality）的唯一希望。

原始印歐語的使用者是部落的農民和飼養牲畜的人。西元前六〇〇〇年後，這樣的社會遍布歐洲、安納托利亞和高加索山脈的大部分地區。但狩獵和採集經濟仍然續到西元前二五〇〇年、可能的原鄉被消滅之後，因為到了西元前二五〇〇年，原始印歐語已經是一個死去的語言。這個「飼養牲畜的人─西元前二五〇〇年之前」的規則排除了歐洲和西伯利亞的北部溫帶森林區，使地圖又縮小了一些。烏拉爾山脈以東的哈薩克草原也被排除。事實上，這個規則再加上熱帶地區的排除與蜜蜂的存在，使得原鄉不可能會在烏拉爾山脈以東的任何地方。

尋找原鄉：烏拉爾語系與高加索語的聯繫

找出其鄰居有助加以限縮出可能的原鄉位置。從原始印歐語系和其他語系間挪用的語詞和構詞來找出原始印歐語使用者的鄰居。在重建的原始語言間討論挪用得冒一些冒險──首先，我們須為每個原始語言重建一個語音系統，接著在兩個原始語言裡找出具有類似結構和涵義的字根，最後找出是否有一個原始語言的字根滿足從另一個語言挪用而來的字根的所有可能。若毗鄰的原始語言具有相

同的字根，可以獨立重建，且一個字根可以解釋為是從另一語言挪用而來的意料中結果，則就能構成挪用的充分案例。那麼，究竟是誰挪用了原始印歐語的語詞，原始印歐語又是從誰那裡借來語詞？就看哪些語系有證據顯示與原始印歐語有早期的接觸和交流。

▶烏拉爾語系的接觸

迄今為止，原始印歐語與烏拉爾語系的聯繫最為緊密。如今烏拉爾語的使用地區在北歐和西伯利亞，有個南方的分支，在匈牙利的馬扎爾，操馬扎爾語的侵略者在十世紀時征服了這裡。與印歐語系一樣，烏拉爾語系是個大家庭；從西伯利亞東北部太平洋沿岸的歐亞北方森林（苔原馴鹿飼養人使用的恩加納桑語〔Nganasan〕），遠至大西洋、波羅的海沿岸（芬蘭語、愛沙尼亞語、薩米〔Saami〕、卡累里亞語〔Karelian〕、外坡思語〔Vepsian〕和沃迪語〔Votian〕），都有其子附屬語言的蹤跡。大多數語言學家依其根源，將烏拉爾語系分為芬蘭—烏戈爾（Finno-Ugric，西部語族）和薩莫耶德語族（Samoyedic，東部語族）這兩個語族，儘管薩爾米涅（Tapani Salminen）認為這種二元劃分法更多是基於傳統，而非堅實的語言學證據。他的想法是將語系「平行」分成九個語族，而薩莫耶德語族只是九個語族之一。[12]

原始烏拉爾語系的原鄉可能在以烏拉爾山脈南側為中心的森林區。許多人主張原鄉在烏拉爾山以西，另一些人則主張在烏拉爾山以東，但幾乎所有烏拉爾語的語言學家和烏拉爾地區的考古學家都同意，原始烏拉爾語的使用地區在西起奧卡河（Oka River，大約在現代的高爾基〔Gorky〕）、東迄額爾濟斯河（Irtysh River，大約在現代的鄂木斯克〔Omsk〕）之間的白樺松森林。今天烏拉爾語系的使用核心區從西到東包括莫爾多瓦（Mordvin）、

馬里（Mari）、烏德穆爾（Udmurt）、科米（Komi）和曼西（Mansi），其中烏德穆爾和科米的詞幹源自同一個語族（白美安語族〔Permian〕）。有些語言學家認為原鄉位於遠東（葉尼塞河〔Yenisei River〕），或者是極西之地（波羅的海地區），但這些極端位置的證據難以說服太多人。[13]

重建的原始烏拉爾語系詞彙顯示出其使用者住在遠離大海的森林裡。他們是靠漁獵維生的採集者，除了狗，沒有種植或馴養其他動植物。這與考古證據不謀而合。在奧卡河和烏拉爾間的區域，利安洛沃文化（Lyalovo culture）是森林區採集者文化間相互交流和文化影響的中心；約莫在西元前四五〇〇至三〇〇〇年期間，跨文化的聯繫從波羅的海延伸到烏拉爾山脈東麓。

有證據顯示烏拉爾語系很早就與印歐語系有接觸。「如何接觸」是爭論的一大主題。有三個基本立論。第一，「印度—烏拉爾語系假說」（Indo-Uralic hypothesis）顯示，兩個語系間的構詞聯繫非常深遠（同樣的代名詞），共有的詞彙種類也十分重要（water〔水〕和 name〔名稱〕的語詞），所以可以肯定原始印歐語和原始烏拉爾語系是從一些非常古老的通用語言父母那裡，承繼了這些共同的元素——我們可以稱這個通用語言父母為「祖母語言」（grandmother-tongue）。第二個論點是「早期借用假說」（early loan hypothesis），此假設認為原始烏拉爾語系和原始印歐語重建的詞彙——像是 name 和 water 等共有原始字根的結構——是如此相似，反映出此為古老的遺緒。承繼而來的字根一定在每個發展中的語系裡都經歷了長時間的變化，但這些字根實在太過相似，所以唯一的解釋是原始語言之間的借用，且在所有的案例中，這些借用的方向都是從原始印歐語到原始烏拉爾語系。[14] 第三個論點「晚期借用假說」（late loan hypothesis），可說是一般文獻最常遭遇的問題。其聲稱即便與個別的原始語言一樣古老，也幾乎或完全沒有

令人信服的挪用證據。取而代之的是，在原始印歐語後的很長一段時期，最古老且紀錄完善的借用，應歸因於印度—伊朗語族和晚期原始烏拉爾語系的接觸；然而，與印度—伊朗語族的接觸無法用來找出原始印歐語的原鄉。

　　針對此些議題，在一九九九年赫爾辛基大學舉行的會議上，沒有一位語言學家提出「晚期借用假說」的有力依據。近來對最早借用的研究，至少在原型語言的層級上強化了這種早期的接觸。這恰恰反映在借用詞彙中。科沃勒托（Jorma Koivulehto, 1934-2014）討論了至少十三個語詞，可能是原始烏拉爾語（P-U）從原始印歐語（PIE）借來的語詞：

1. to give（給予）或 to sell（賣出）；P-U 的 *mexe 來自 PIE 的 *h2mey-gw-（to change〔改變〕）、（ex-change〔交換〕）

2. to bring（帶來）、lead（引領）、draw（牽引）；P-U 的 *wetä- 來自 PIE 的 *wedh-e/o-（to lead〔引領〕）、（to marry〔嫁〕）、（to wed〔娶〕）

3. to wash（洗濯）；P-U 的 *mośke- 來自 PIE 的 *mozg-eye/o-（to wash〔洗〕）、（to sub-merge〔浸沒到底〕）

4. to fear（恐懼）；P-U 的 *pele- 來自 PIE 的 *pelh1-（to shake〔顫抖〕）、（cause to tremble〔引起顫抖〕）

5. to plait（編織）、to spin（紡織）；P-U 的 *puna- 來自 PIE 的 *pn.H-e/o-（to plait〔編織〕）、（to spin〔紡織〕）

6. to walk（行走）、wander（徘迴）、go（去）；P-U 的 *kulke- 來自 PIE 的 *kwelH-e/o-（it/he/she walks around〔它／他／她四處走動〕）、（wanders〔徘迴〕）

7. to drill（鑽孔）、to bore（鐙孔）；P-U 的 *pura- 來自 PIE 的 *bhr.H-（to bore〔鑽孔〕）、（to drill〔鐙孔〕）

8. shall（應該）、must（必須）、to have to（不得不）；

P-U 的 *kelke- 來自 PIE 的 *skelH-（to be guilty〔有罪的〕）、（shall〔應該〕）、（must〔必須〕）

9. long thin pole（細長桿）；P-U 的 *śalka- 來自 PIE 的 *g halg ho-（well-pole〔桿〕）、（gal-lows〔絞刑架〕）、（long pole〔長桿〕）

10. merchandise（商品）、price（價格）；P-U 的 *wosa 來自 PIE 的 *wosā（merchandise〔商品〕）、（to buy〔買〕）

11. water（水）；P-U 的 *wete 來自 PIE 的 *wed-er/en、（water〔水〕）、（river〔河流〕）

12. sinew（肌腱）；P-U 的 *sōne 來自 PIE 的 *sneH(u)-（sinew〔肌腱〕）

13. name（名）；P-U 的 *nime- 來自 PIE 的 *h3neh3mn-（name〔名〕）

　　另外三十六個語詞是從差異化的印歐語子附屬語言挪用而來，在印度語和伊朗語發生差異化之前，最晚在西元前一七〇〇至一五〇〇年之前，形成烏拉爾語系的早期結構。這些晚進的語詞包含以下這類詞彙，從 bread（麵包）、dough（生麵團）、beer（啤酒），延伸到 winnow（揚穀器）和 piglet（仔豬），這可能是在烏拉爾語系的使用者開始從鄰近使用印歐語系的農牧民學習到農業時，一併借來的語詞。原始語言間的借用舉足輕重，關乎原始印歐語的原鄉所在。且它們在結構上的極度相似，確實顯示出它們是借來的，而非出自某個極古老共同祖先的遺緒。

　　然而，這並不代表沒有證據顯示有個更高層的共同祖先。反映在共同代名詞結構和某些名詞結尾的遺傳相似性，可能正是從這樣的一個共同祖先所保存下來的。

　　印歐語系和烏拉爾語系的代名詞與字尾變化的結構如下：

原始烏拉爾語系	英語／（中文）	原始印歐語
*te-nä	thou（你）	*ti (?)
*te	you（你）	*ti（附著與格）
*me-nä	I（我）	*mi
*tä-/to-	this/that（這個／那個）	*te-/to-
*ke-, ku-	who/what（誰／什麼）	*kwe/o-
*-m	accusative sing（直接受格單數）	*-m
*-n	genitive plural（屬格複數）	*-om

　　這些相似之處顯示原始印歐語和原始烏拉爾語系共有兩種聯繫。[15] 一是代名詞、名詞結尾和共享的基本詞彙顯露出可能是源自同一個祖先：此兩種原始語言有一些相當古老的共同祖先，可能是在最後一個冰期結束時，在喀爾巴阡山脈和烏拉爾山脈之間遊蕩的獵人所說的一組廣泛相關的過渡性方言。然而這層關係太過遙遠，以至於幾乎檢測不到。約漢娜‧尼可斯（Johanna Nichols, 1945- ）稱這種非常深遠、顯然是遺傳的分組為「準家系」（quasi-stock）。[16] 約瑟夫‧葛林伯格（Joseph Greenberg, 1915-2001）將原始印歐語和原始烏拉爾語系視為是在更廣泛的此類語言家系──他稱為「歐亞語系」（Eurasiatic）──中的近親。

　　原始印歐語和原始烏拉爾語系之間的另一條連結似乎是文化上的：原始烏拉爾語系的使用者挪用了一些原始印歐語的語詞。儘管挪用這些語詞似乎有點奇怪，但諸如to wash（洗）、price（價格）、to give（給）或 to sell（賣）這類詞彙的挪用，可能是源自原始烏拉爾語系和原始印歐語的使用者貿易時所講的行話。這兩種語言的關係──可能的共同祖先起源和跨語言挪用──顯示出原始印歐語的原鄉與原始烏拉爾語系的原鄉距離不遠，就在烏拉爾山脈南部附近。我們也知道，原始印歐語的使用者是農民和牧民，他們的語言

在西元前二五○○年就銷聲匿跡。而居住在烏拉爾以東的人群直到西元前二五○○年「後」才開始飼養家畜。因此，原始印歐語的使用地區肯定是在「烏拉爾南部和西部」的某處，即烏拉爾附近唯一一個在西元前二五○○年前就開始穩定實行農牧業的區域。

▶高加索語的聯繫與安納托利亞語族的原鄉

原始印歐語還和高加索山脈的幾個語言有所接觸，主要是如今被歸類為南高加索語系（或稱卡特維利語系〔Kartvelian〕）的語言，這是衍生出現代喬治亞語（Georgian）的語系。這些聯繫顯示出，應將原始印歐語的原鄉定在亞美尼亞附近的高加索地區或安納托利亞東部附近。儘管這個語音上的聯繫還有爭議，但據稱無論語音還是詞彙，都反映出原始印歐語和卡特維利語系的聯繫。它的支持來自語言學家Ｔ・加克列利茨（T. Gamkrelidze, 1929-）和Ｖ・伊凡諾夫（V. Ivanov, 1929-2017）的「喉音理論」（glottalic theory），其對原始印歐語語音的修訂雖然精妙，但仍有問題懸而未決。[17]「喉音理論」使原始印歐語的語音聽起來有點類似卡特維利語系，甚至與古代近東的閃語（亞述、希伯來、阿拉伯語）也有相似之處。這讓原始印歐語、原始卡特維利語系及原始閃語有機會同在一個區域發展，因此共享了某些特定的地區性語音特徵。然而，即便喉音理論得到認可，喉音的語音也無法證明原鄉就在高加索地區。況且喉音的語音仍未能讓多數印歐語言學家信服。[18]

加克列利茨和伊凡諾夫更指出原始印歐語含有豹、獅子、大象，以及南方樹種的詞彙。這些動植物可用來排除原鄉在北方的可能。他們還編輯了令人印象深刻的借用語列表，並宣稱這些借詞（loan word）是從原始卡特維利語系和閃語系挪用到原始印歐語的。這些聯繫顯示出，原始印歐語發展之處位於與閃語和南高加索

語系諸語言有密切接觸的地方。因此他們認為亞美尼亞最有可能是印歐語系的原鄉。以柯林‧倫弗瑞和羅伯‧德魯斯（Robert Drews, 1936-）為首的幾位考古學家，跟隨他們的一般性理論，挪用了他們的一些語言學論據，但認為印歐語系的原鄉應更向西偏，也就是安納托利亞的中部或西部地區。

不過，支持高加索或安納托利亞原鄉的證據十分薄弱。其他語言學家也駁斥了他們提出的許多原始印歐語從閃語挪用而來的詞彙。少數受到廣泛認可的閃語至原始印歐語的借詞，像是銀、公牛之類的語詞，可能是遠從閃語的近東原鄉、沿著貿易和遷徙而來。從借詞的語音上，約漢娜‧尼可斯指出原始印歐語和原始卡特維利語系／原始閃語的接觸是間接的——有個未知的中介負責這三者間所有借詞的傳遞。這個中介得有個年代，因為一般認為原始卡特維利語系現身於原始印歐語和原始閃語之後。[19]

因此，經由卡特維利語系傳入原始印歐語的詞彙，包含某些屬於高加索「前卡特維利語系」或「原始卡特維利語系」的字根。經由某個未有記載的中介，此一語言分別與原始印歐語和原始閃語都有聯繫。這種語彙關係並非特別緊密。如果北高加索山脈的南側地區有人使用原始卡特維利語系，這群人看起來似乎與西元前三五○○至二二○○年左右的外高加索前期文化（Early Transcaucasia Culture，亦稱庫拉—阿拉克斯文化〔Kura-Araxes culture〕）有關。北高加索的邁科普文化（Maikop culture）應該可以讓他們與原始印歐語的使用者有間接的聯繫。許多專家都同意，原始印歐語有些特徵和以原始卡特維利語系為祖先的語言相同，但不見得需要透過面對面的直接聯繫。與原始烏拉爾語系的使用者的關係更加緊密。

那麼，這個鄰居是誰？原始印歐語與原始烏拉爾語系展現出緊密的聯繫，與以原始卡特維利語系為祖先的語言則聯繫較弱。原始印歐語的使用者生活在高加索與烏拉爾山脈之間的某處，但與烏拉

爾山脈周圍的人群有著更深遠的語言聯繫。

原始印歐語原鄉的位置

　　原始印歐語的使用者是部落農民，他們種植穀物、放牧牛羊、採集蜂蜜、駕四輪車、編織羊毛或毛氈織品，偶爾耕地或至少知道有誰靠耕地維生、向難以取悅的諸神獻祭綿羊、牛、馬，並全心全意祈禱諸神能施予恩澤。這些特徵指向一種特定的物質文化——有馬車、馴化的綿羊和牛、耕種的穀物，以及有綿羊、牛、馬骨頭的祭祀堆積。我們應該還能爬梳出一種特定的意識形態。在守護神、諸神、人類附庸構成的獻禮和恩澤的循環裡，人類獻祭了自己部分的牲畜，伴以精心雕琢的讚詞；眾神則回報以保佑人類免於疾病與災禍，並賜予力量與繁盛。而在具備威望與權力的制度化差異的酋邦（chiefdoms）社會中，這種恩庇侍從（patron-client）的互惠十分常見，其中某些氏族或宗族常以神聖或在特定領地上具有歷史特權為由，主張自己對其他氏族或宗族的庇護權。

　　了解我們正在追尋一個擁有具體物質文化項目和制度化權力區辨的社會，對尋找原始印歐語原鄉有莫大幫助。我們可以排除直至西元前二五〇〇年，仍然實行採獵經濟的所有區域。這就排除了歐亞大陸的北方森林帶和烏拉爾山脈以東的哈薩克草原。烏拉爾山以東沒有蜜蜂的蹤影，因此整個西伯利亞都可排除在外。重建詞彙中出現的溫帶動植物、缺乏地中海或熱帶動植物的共同字根，排除了熱帶、地中海和近東地區。原始印歐語與烏拉爾語系的聯繫非常古老，上頭覆蓋了原始烏拉爾語更晚近從原始印歐語挪用而來的語彙。此外，它與高加索地區的某些先或原始卡特維利語系間的聯繫並不明確。烏拉爾山脈以西、烏拉爾和高加索山脈之間、烏克蘭東部及俄羅斯的大草原，滿足了原始印歐語原鄉的所有條件。重建原

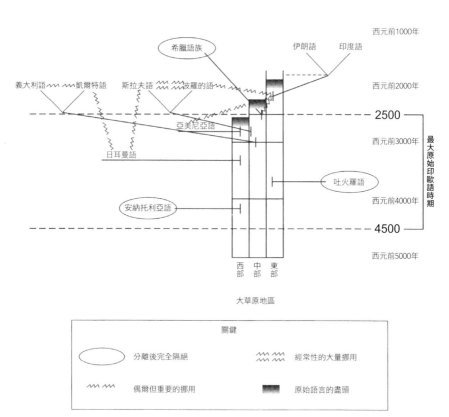

圖 5.2　本組織圖標示出本書提出的早期印歐語分裂順序和大約年代，並用虛線框列出原始印歐語的最大窗口。考古事件決定了年代的劃分。這些事件詳見本書第十一章（安納托利亞語族）至第十六章（伊朗和印度語族）。

始印歐語的內部一致性——缺乏文法和語音上激烈內部變化的證據——顯示，其所反映的語言史時期不超過兩千年，可能連一千年都不到。原始印歐語的核心時期可能落在西元前四〇〇〇至三〇〇〇年之間，早期階段或可追溯至西元前四五〇〇年，晚期階段可推至西元前二五〇〇年。

在此時此地、在高加索與烏拉爾山脈之間、在黑海與裏海以北的東歐大草原，考古學會告訴我們什麼故事？首先，考古學為一系列的文化揭開序幕，這些文化滿足了重建詞彙的所有條件：這群人獻祭馴化的馬和牛羊、至少偶爾種植穀物、駕著馬車，並在葬禮上展露了制度化的身分區辨。他們占據了世界的一個角落——大草原——此處的天空是景觀中最醒目壯闊的部分，對那些認為所有最重要的神祇都生活在天上的人群來說，這樣的環境再合適不過。考古學證據已充分證實了從此區域向西和向東往鄰近地區遷徙的路線。這些路線的順序和方向與印歐語言學和地理學所指出的順序和方向相符合（圖 5.2）。離開東歐大草原的第一個可辨認的遷徙路線是向西移動，約莫在西元前四二〇〇至三九〇〇年，這可能代表前安納托利亞語族的出走，彼時有輪車才剛引入草原（見第四章）。其次是向東移動（西元前三七〇〇至三三〇〇年左右），這標誌了吐火羅語族的離開。大草原裡的下一波明顯的遷徙指向西方。前日耳曼語族可能在最早階段時就已分道揚鑣，再晚一點，在更明顯的階段離開的是前義大利和前凱爾特語族。緊接著是向北和向東的移動，這可能樹立了波羅的—斯拉夫和印度—伊朗語族。考古學所記錄的遷出草原模式與語言學的預期相當吻合，令人浮想聯翩，但它吸收了過多的關注和爭論指向印歐語系的源頭。考古學亦大幅增加了我們對原始印歐語使用者的文化與經濟理解。一旦以語言學證據定位出了原鄉所在，該區域的考古學便開展出全新的資訊，為我們打開一扇窗口，窺看原始印歐語使用者的生活，以及其建立、開始

傳播的過程。

然而，在踏入考古學之前，應該停下來思考一下我們正在跨越的缺口，也就是語言學和考古學之間的空白，這是大多數西方考古學家都自認難以克服的鴻溝。許多人說語言和物質文化毫無關聯，或者是以多變且複雜的方式加以聯繫，因而無法用物質文化來辨認語言群體或邊界。若這是真的，那麼即便我們可以用重建的詞彙找出印歐語系原鄉的時空，也無法與考古學有所聯繫。我們不能指望與物質文化有絲毫關聯。不過，有必要這麼悲觀嗎？語言和物質文化之間是否真的「沒有」預料中的規律聯繫？

第六章

語言的考古學
The Archaeology of Language

　　一個語言的原鄉隱喻了某種設有邊界的空間。我們要如何定義這些界線？能否用考古學辨識出古老的語言學前線？

　　開宗明義，我們先把術語定義出來。若人類學家採用與地理相同的詞彙，對我們的研究會極有助益。根據地理學家的說法，「邊界」（border）這個詞相當中性──不具絲毫特殊或受限的涵義。「前線」（frontier）則是一種特定的邊界──一個具有一定深度的過渡區，可以跨邊界移動，很可能是動態且不斷移動的。前線可以是文化上的，例如歐洲移民定居北美時的西方前線，也可以是生態學上的前線。「生態過渡區」（ecotone）就是生態學的前線。有些生態過渡區十分難以捉摸且規模很小──隨便一座近郊的後院，都可以有數十個微小的生態過渡區──另外一些生態過渡區的規模則非常大，例如大草原和橫亙歐亞中部的東西向森林之間的邊界。最後一個術語：一道涇渭分明的邊界以某種方式限制了「界線」（boundary）的移動。舉例來說，現代國家的政治邊界就是界線。但在西元前四五〇〇至二五〇〇年之間，東歐大草原這塊區域並沒有類國家的政治和語言界線。此處我們所討論的文化是部落社會。[1]

過往的四十年裡，考古學家改變了對前現代（premodern）部落邊界的詮釋。如今的想法是，多數前國家（pre-state）部落邊界是鬆脫且動態的——是「前線」而非「界線」；更重要的是，多半也是短促的。最初假設歐洲人在非洲、南亞、太平洋和美洲的殖民冒險中所碰到的部落皆已存在了很久。許多部落通常自認歷史悠久，如今被認為只是歷史性時刻中的短促政治社群。如同奧吉布瓦族（Ojibwa），可能唯有在與歐洲掮客接觸後，有些部落才變得明確且具體——這些掮客往往希望找出邊界群體並與之交涉，以協商領地的條約。歐洲史上有邊界的部落領地，也遭受同樣的批判。古代歐洲部落認同——凱爾特（Celt）、斯基泰（Scythian）、辛布里（Cimbri）、條頓（Teuton）、皮克特（Pict）——現在常被用來指如牆頭草般搖擺不定的政治聯盟，這些聯盟沒有真正的種族認同，或者可說是完全「無法」持久的短暫種族現象，或甚至只存在於後世的想像中。[2]

　　前國家的語言邊界亦是如此，被認為是流動無定的，以過渡性的當地方言為特徵，缺乏涇渭分明的界線。語言和物質文化風格（房屋類型、城鎮類型、經濟模式、服飾等）的地域，確實能與地理位置契合，打造出部落民族語言的前線，我們假設這條線無法持續太久。語言和物質文化會基於不同的原因、以不同的速度變化，所以被認為很容易便漸行漸遠。從艾瑞克・霍布斯邦（Eric Hobsbawm, 1917-2012）到安東尼・紀登斯（Anthony Giddens, 1938-）的歷史學家和社會學家都認為，直到十八世紀末的法國大革命迎來民族國家（nation-state）的時代，歐洲才出現真正可區辨且穩定的民族語言邊界。以過去的觀點來看，唯有國家本身才有辦法調和需求和權力，將民族語言的身分認同歪曲成穩定且持久的現象。既然如此，我們怎麼還能奢望找出西元前三五〇〇年的短促語言前線？此前線存在的時間是否有久到能讓考古學家看見？[3]

可惜的是，考古學方法的缺點讓此問題更形複雜。考古學家大多會同意，即便此前線是穩定的，我們也無法真的知道該如何理解部落的民族語言前線。二戰前的考古學家時常將陶器的風格形式視為社會認同的指標。但如今我們已經知道，陶器類型和種族沒有什麼關聯。如第一章所述，每個現代主修考古的學生都知道「陶罐不是人」。同樣的問題也適用其他類型的物質文化。以南非的桑族（San）採獵者來說，箭頭的類型確實與語系有關；然而，根據美國東北部的美洲原住民接觸期，伊洛魁語（Iroquoian）和亞爾岡京語（Algonkian）的使用者都使用「麥迪遜」型的箭頭，可見其分布與語言無涉。幾乎所有對象都可能已經被拿來表現語言的身分認同、或不認同。因而考古學家拒絕接受語言和物質文化有任何可預測或可識別的可能性。[4]

但這麼看來，語言和物質文化至少在兩方面是相關的。一是只要在長期定居的區域，部落的語言通常比部落的物質文化要多上許多。一九九七年，雪莉・席弗（Shirley Silver）和威克・米勒（Wick R. Miller, 1932-1994）留意到，多數部落區域的語言多於物質文化。美國西南部大盆地（Great Basin）地區的瓦索（Washo）和索索尼（Shoshone）部落使用完全不同的語言，屬於相異的語系，卻擁有相似的物質文化。普伯羅（Pueblo）印第安部落的語言種類比物質文化多；加利福尼亞（California）印第安部落的語言多於生活方式的群體；亞馬遜雨林中部的印第安部落則以其驚人的語言多樣性和廣泛相似的物質文化而聞名。芝加哥菲爾德博物館（Field Museum）研究了紐幾內亞（New Guineau）北部的語言和物質文化，對其類型有最詳盡的研究，證明由物質文化界定的區域間，交錯存在許多無法以物質顯示的語言邊界。[5] 儘管如此，相反的模式似乎很罕見：同質的部落語言很少會劃分成兩個迥異的物質文化群體。這種規律性看似令人沮喪，不過雖然其顯示許多史前的語言邊

界終究無法為考古學家看見，但確實有助於確立問題，即一種語言能否涵蓋歐洲紅銅時代（Copper Age）的不同物質文化群體（或許無法，見第四章）。

第二種規律性更形重要：在那非常持久且獨特的物質文化邊界上，語言與物質文化攜手同行。

持久的前線

持久的文化前線向來遭到忽略，因此我確信它們不該從理論性的觀點來討論。[6]它們根本不該流於理論，因為從今日的觀點看來，前國家的部落邊界是短促不定的。但考古學家已經記錄了許多非常持久、史前的物質文化前線，且肯定位於部落環境中。一道健全、持久的前線劃分了哈德遜河谷（Hudson Valley）沿岸的伊洛魁語和亞爾岡京語的使用者，他們展露出不同的煙斗樣式、帶有細微差異的陶器、迥異的房屋和聚落型態、多樣化的經濟模式，並且至少在與歐洲人接觸的三個世紀之前，就存在非常不同的語言。無獨有偶，線紋陶文化／倫哥耶爾文化（Lengyel）的農民在自己與新石器時代歐洲北部的本地採集者之間，打造了一道健全的物質文化前線，此一不斷移動的邊界持續了至少一千年；大相逕庭的特里波里文化（_Criş_/Tripolye culture）與聶伯河—頓涅茨河文化（Dnieper-Donets culture），在新石器到銅石並用時代的二千五百年之中，皆處於烏克蘭聶斯特河（Dniester River）與聶伯河之間不斷變動的邊界上。而幾個世紀以來，在鐵器時代的下萊茵地區，分隔兩岸的亞斯托夫（Jastorf）和哈修塔特（Halstatt）的文化一直維持著不同的身分認同。[7]在各個情況下，文化規範皆有所變化；從房屋設計、裝飾美學到宗教儀式，從來不曾在哪一個文化群體中，維持單一不變的形式。正是「風俗習慣群體的持久對立」（persistent opposition of bundles of customs）定義出前線，而非任何一種人工的風格型態。

持久性的前線不必有穩定不動的地理位置——前線可以移動，如同西元四〇〇至七〇〇年間，羅馬—凱爾特（Romano-Celt）／盎格魯撒克遜的物質文化前線橫跨整個不列顛移動，或是像西元前五四〇〇至五〇〇〇年間，線紋陶文化／採集者的前線遍及北歐。下一章提及的一些物質文化前線存續了好幾個千年期，處於僅由部落政體統治的前國家的社會世界——沒有邊界守衛、沒有國家媒體。一些特別清晰的案例定義出東歐大草原的邊線：西部（特里波里文化／聶伯河）、北部（俄羅斯的森林採集者／草原牧民），以及東部（窩瓦河—烏拉爾草原的牧民／哈薩克草原的採集者）。這就是此些區域的邊界，可能是原始印歐語的原鄉。若古代種族是短暫的，且種族之間的邊界也很短促，那我們該怎麼理解那橫亙千年的前現代部落物質文化前線？語言能否與之聯繫？

我想答案是肯定的。語言與持久的物質文化前線息息相關，而持久的物質文化前線由成綑的對立風俗習慣所定義，我稱之為「健全的前線」（robust frontiers）。[8] 歐洲西部地區在羅馬帝國陷落後，緊隨在後的移民與前線的形塑過程為此聯繫提供了絕佳的研究環境，因為文獻和地名確立了移民的語言認同、新成形的前線位置，以及這些前線在弱化或根本缺乏中央集權政府的政治脈絡中，持續了幾個世紀。舉例來說，自六世紀時盎格魯撒克遜人征服羅馬—凱爾特人的不列顛以來，威爾斯語（凱爾特語族）和英語（日耳曼語族）之間的文化前線便持續存在。一二七七年後，諾曼—英格蘭的封建貴族所發動的一場征服行動，將前線回推至「蘭斯科界線」（landsker），直到今天，這個名稱仍被公認是凱爾特語族的威爾斯語使用者與日耳曼語族英語人口之間的民族語言前線。他們操持不同語言（威爾斯語／英語）、建立了不同的語言禮拜儀式（凱爾

特／諾曼英語），用不同的工具進行不同的農業管理方式、採用不同的土地測量系統、採納不同的司法標準，並在服飾、飲食、風俗習慣上都維持明顯的差異。好幾個世紀以來，男性的婚姻很少跨越邊界，因此現代威爾斯和英格蘭男性（但女性不在此列）的男性Y染色體性狀仍維持基因上的差異。

羅馬帝國在西歐陷落後的民族語言學前線也遵循相同的模式。羅馬陷落後，日耳曼語的使用者進入瑞士北部各州，勃艮地（Burgundy）的高盧王國占領了過去使用高盧—羅曼語（Gallo-Roman）的瑞士西部。在現代國家裡，彼此之間的前線仍將生態相似的區域加以劃分，使其在語言（德語—法語）、宗教（新教—天主教）、建築、土地所有制的大小和組織，以及農業經濟的性質上皆有所差異。西元四〇〇至六〇〇年左右，為了躲避盎格魯撒克遜人，羅馬—凱爾特從不列顛西部遷徙到不列塔尼，這是另一波羅馬帝國在西歐陷落後的遷徙，以不列塔尼半島為基礎打造出不列塔尼／法語的前線。一千五百多年來，操凱爾特語的不列塔尼人無論在宗教儀式、服飾音樂和烹飪方式上，皆與講法語的鄰居有所區別。最終，西元九〇〇至一〇〇〇年左右的遷徙使日耳曼語族的使用者進入了現在義大利的東北部，這道日耳曼語族與羅曼語使用者之間的持久前線，一九六〇年代時，由艾立克・沃爾夫（Eric Wolf, 1923-1999）和約翰・科恩（John Cole）加以研究。儘管此兩種文化都是天主教徒，但在一千年後，他們仍然維持採用不同的語言、房屋類型、聚落組織、土地所有和繼承制度、對管理機構與合作社的態度，以及對彼此相當不友善的刻板印象。所有案例中的文獻和銘刻都指出，民族語言學中的對立並非晚近才有或被發明出來的，當中蘊含深遠的歷史性與持久性。[9]

這些案例顯示出，大多數持久、健全的物質文化前線都屬於民族語言學範疇。健全持久的物質文化的前線並非俯仰皆是，因此只

有特殊的語言前線能被辨識出來。但這當然聊勝於無。

▶跨越持久前線的人口移動

　　不同於威爾斯和英格蘭人，大部分的人可以在持久前線間輕鬆移動。一項最令人玩味的事實是，穩定的民族語言學前線不見得是生物性的；儘管人們經常跨越前線移動，但這些前線仍然堅持得非常久。正如華倫・地波爾（Warren DeBoer）在對亞馬遜盆地西部的本地陶器風格的研究中所指出，「對於身體的領域，烏卡亞利盆地（Ucayali basin）的民族界線有很高的滲透性，但就風格形式而言，卻幾乎是不可侵犯」。[10]「人群」的來回移動確實是多數當代邊界研究的主要著眼之處。「邊界」的持久性仍未有充分的研究，這可能是因為現代民族國家堅稱所有邊界均是永久且不可侵犯的，且許多民族國家意圖讓邊界自然化，並試圖辯稱它們亙古常在。史家與人類學家均將之斥為虛構；我討論的邊界多半存在於現代民族國家「之內」，而非與其現代的界線相符。但我認為我們難以認清的是，藉著堅稱種族邊界必定是不可侵犯的界線或它們實際上並不存在，我們已將現代民族國家的基本前提加以內化。

　　若人群能跨越民族語言的前線自由來去，那或多或少，人類學通常會將此前線視為虛構。這難道僅因為它並非「和現代國家一樣」的界線？艾立克・沃爾夫以此為據，聲稱在殖民時期，北美的伊洛魁稱不上是一個明確的部落；他稱之以「多民族貿易公司」。憑什麼？因為他們的社群充斥著俘虜和收養而來的非伊洛魁人。然而，若生物學無涉於語言和文化，那從德拉瓦（Delaware）和楠蒂科克（Nanticoke）到伊洛魁城鎮的單純「人體」移動，就不應視為是對伊洛魁「文化」的稀釋。重點在於這些移民的行為。被伊洛魁族收養的人必須表現得像伊洛魁人，否則可能會被殺。伊洛魁族

的文化認同依舊獨特，歷史悠久且持久存在。歐洲民族國家以自身的歐洲形象創造了伊洛魁這個「民族」，這樣的想法頗具諷刺意味，因為事實上，在歐洲人到來之前，北伊洛魁人的五個民族或部落能以考古證據追溯「其傳統的五個部落領地」到西元一三〇〇年，比歐洲人與之的接觸還要早上兩百五十年。伊洛魁人可能會辯稱，北易洛魁人最初五個民族的邊界顯然比十六世紀末許多歐洲民族國家的邊界還要古老。[11]

在歐洲，語言前線與基因上的前線通常沒有多強的關聯；人群之間的通婚跨越這些前線。然而，持久的民族語言前線可能確實發源於毗鄰通婚和遷徙網路相對「較少」之處。方言邊界通常與社會經濟「功能區」之間的邊界息息相關（語言學家用「功能區」來指稱一個被內部遷徙和社會經濟相互依存的強大網路所標記的區域，城市常被分為幾個不同的社會經濟─語言功能區）。例如，拉博夫（William Labov, 1927- ）指出，功能區邊界的跨境車流密度的降低，會影響賓州（Pennsylvania）中部的方言邊界。在某些地區，像是威爾斯／英格蘭邊境，人群的跨境流動少到無法在基因庫中以基因的形式顯現，但在其他跨境流動夠多的持久邊界，基因的差異便顯得模糊。這麼說來，是什麼讓前線本身的持久差異能夠維持？[12]

持久健全的前現代民族語言前線要能長期生存，似乎須滿足以下兩個條件之一，抑或兩者皆須吻合：「大型生態過渡區」（森林／草原、沙漠／莽原，山脈／河谷、山脈／海岸），以及遠距離移民停下腳步、形成「文化前線」之處（英格蘭／威爾斯、不列塔尼／法國、德語瑞士／法語瑞士）。正如弗雷德里克·巴斯（Frederik Barth, 1928-2016）所觀察的，持久的身分認同部分取決於與這類邊界固有他者的持續抗衡，但也仰賴於邊界背後的家庭文化，這種想像的傳統形態會不斷餵養這些抗衡，艾立克·沃爾夫在義大利也

如此承認。[13] 讓我們簡單研究一下這些因素如何一同創造並維護持久邊界。我們從長距離遷徙所開創出的邊界開始。

遷徙是持久物質文化前線的成因

一九七〇和八〇年代，西方考古學者盡量避免民族遷徙（folk migration）的念頭。民族遷徙似乎顯現了出一種汙名化的簡化本質，也就是將種族、語言和物質文化一股腦裝進整齊界定的社會，如同滾落四散於地景之中、自給自足的撞球——出自一個語帶輕蔑的著名比喻。在這幾十年間，社會變遷的內在因素——發生於生產及生產方式、氣候、經濟、獲取財富和名聲、政治結構和精神信仰的變化——看在考古學家的眼裡都是長久之事。當考古學家不把遷徙當回事，現代人口學家就變得十分擅長鑽研各種因素、拉力模式、流動驅力，以及現代遷徙潮的目的。遷徙模型遠遠超出撞球比喻（billiard ball analogy）。一九九〇年代美國西南部的考古學和東北部的伊洛魁族考古學接受了現代遷徙移民模型，這為阿納薩齊（Anasazi）／普伯羅及伊洛魁族社會的詮釋增添了新的色彩，但在世上大多數地區，考古數據庫簡略而不夠詳盡，不足以檢驗現代遷徙理論的特定行為預測。[14] 另一方面，歷史含括了非常詳盡的過往紀錄，放眼現代史家，「遷徙」被視為是持久文化前線的原因。

英語使用者對北美的殖民是絕佳的案例，反映出對遷徙與民族語言前線成形之間研究充分的歷史聯繫。出乎意料的是，幾十年的歷史研究顯示出，分隔歐洲人和美洲原住民的邊界固然重要，分隔相異不列顛文化的邊界也不惶多讓。來自不列顛群島四個地區的四波相異移民潮，殖民了北美東北部。他們在美東登陸後，在一六二〇至一七五〇年間左右打造了四個界線分明的民族語言區。新英格

蘭地區（New England）使用的是洋基方言（the Yankee）。此一區域還具有特殊的住家建築風格——鹽盒板屋（salt-box clapboard house）——以及自己獨有的車棚和教堂建築、獨特的城鎮類型（房屋聚集於共用的放牧場周圍）、特有的料理（通常是烤的，例如波士頓烤豆），特殊的服裝風格、著名的墓碑式樣，以及對政治和權力的嚴厲法治態度。根據這些特徵，民俗學者繪製出新英格蘭民俗文化區域，與語言學家所繪的洋基方言區域的地理界線幾乎完全吻合。洋基方言是東英吉利（East Anglia）方言的變體，東英吉利是早期清教徒移民的大宗；新英格蘭的民俗文化則是東英吉利民俗文化的簡化版。其他三個區域也展現出高度相關的方言和民俗文化，由房屋、車棚類型、柵欄類型、城鎮及其組織的頻率、飲食喜好、服裝風格，以及宗教信仰所定義。第一是中大西洋（Mid-Atlantic）地區（英格蘭中部的賓州貴格會教徒〔Quakers〕），第二是佛吉尼亞州（Virginia）沿海（英格蘭南部英國國教派的煙草種植者，多半是薩默塞特〔Somerset〕和威塞克斯〔Wessex〕），最後一個則是阿巴拉契亞山脈（Appalachian）內陸（蘇格蘭—愛爾蘭邊界的邊境居民）。在各個案例中，方言和民俗文化都能追溯到不列顛群島的某個特定區域，也就是第一批具有影響力的歐洲移民的發源地。[15]

北美殖民地東部的四個民族語言區域由四波不同的移民潮所創立，這些移民潮將具備不同民族語言身分認同的人群拉入四個不同的區域，這些移民原初的語言和物質差異的簡化版，得以在此建立、發揚，並持續好幾個世紀（表 6.1）。包括現代的總統選舉模式，在某些情況下，這四個區域的遺緒甚至直到今天都還存在。然而，現代遷徙模式能否套用於過去，抑或現代遷徙具備純粹的現代原因？

表 6.1　遷往北美殖民地的移民潮

殖民地區	資源	宗教
新英格蘭	東英吉利／肯特（Kent）	清教徒
中大西洋	英格蘭中部地區／德國南部	貴格會／德國新教徒
佛吉尼亞州沿海—卡羅來納州（Carolina）	薩默塞特／威塞克斯	英國國教徒
南阿巴拉契亞山脈	蘇格蘭—愛爾蘭邊境	喀爾文／凱爾特教派

▶遷徙因素

　　許多考古學家認為，現代遷徙的推力主要來自人口過剩和現代民族國家的特殊界線，而此兩者皆未影響史前世界，使得現代移民研究與史前社會幾乎毫無瓜葛。[16] 然而，除了國界人口過剩，還有許多原因會導致遷徙。即便是當今擁擠的世界，人們也不會只因為家裡有太多人就遷徙。現代人口學家將擁擠視為「推力」──家中的負面情況。但還有其他類型的「推力」──戰爭、疾病、歉收、氣候變遷，組織性劫掠、高昂的聘金、長子繼承制、宗教不寬容、流放、蒙羞，或者單純因為惱人的鄰居。古今遷徙的眾多因素都是社會性的，而非人口性的。在古羅馬、封建時代的歐洲，以及現代非洲的許多區域，「繼承制度」有利年長的兄姊，若弟妹設法鞏固自己的土地或附庸將遭到譴責，這便是他們遷徙的強烈動機。[17] 推力可能更加微妙。根據雷蒙‧凱利（Raymond Kelley）的說法，前身為殖民地的東非紐爾族（Nuer）持續性的向外遷徙和向外征服，並非肇因於紐爾族所在地區的人口過剩，而是由於「聘金制度」（bride-price regulation）的文化體系，這使年輕紐爾族男性得支付一筆不小的數目才能娶到社會意義上的理想新娘。聘金是新郎為

補償親家勞動力的短少，而支付的款項。聘金價格的上漲鼓勵紐爾族男性掠奪非紐爾族鄰居的牛隻（以及養活牛隻的牧草地），以支付高昂聘金，來攀上可提升地位的親事。在生產力低下的不毛之地，因高昂聘金而推升的部落地位競爭促使紐爾族人的向外遷徙和領地的迅速擴張。[18] 除卻絕對的資源短缺，部落牧民的草原遷徙還可能有其他許多「推力」。

無論「推力」的定義為何，單靠「推力」都能充分解釋「無」遷徙這件事。每次的遷徙也會受到「拉力」影響（無論所謂的「目的地吸引力」真實與否），例如運輸成本、為潛在移民提供資訊的通訊網路等。這些拉力的所有風吹草動，都會提高或降低讓遷徙成為有吸引力選項的門檻。移民會掂量這些動力，因為之所以會想遷徙，絕非出自對人口過剩的本能反應，而遷徙通常是一種「意識的社會戰略」，旨在提升移民位於地位和財富競爭中的位階。可能的話，移民會從家裡人招攬附庸和追隨者，說服他們一道遷徙，譬如凱撒（Julius Caesar）曾講述赫爾維第（Helvetii）酋長在從瑞士遷徙至高盧之前，所發表的招攬演說。正如伊戈爾・科普托夫（Igor Kopytoff, 1930-2013）所指出的，潛在和已離開的移民在家鄉的招攬，向來是西非氏族與宗族在擴張和繁衍時的持續模式。我們有充分的理由相信，自人類演化以來，類似的「社會情境盤算」（social calculations）早就無數次激起了遷徙的浪潮。

▶效用：古代移民的考古學身分認同

從考古學可辨認出持續的大規模遷徙，特別是從一種文化環境移動到另一截然不同文化環境，也就是「民族遷徙」。一九五〇年代，埃米爾・豪瑞（Emile Haury, 1904-1992）知道大部分他在亞利桑那州發掘中所要找尋的東西：（1）無本地先例或原型的新物

質文化突然出現；（2）同時發生的骨骼類型變化（生物學）；（3）侵入文化（intrusive culture）較早發展的鄰近領地；（4）（豪瑞未辨別出來的跡象）製造器物的新「方法」、新技術風格，我們如今認為這更偏向「基本原理」（如同語言學中的核心字彙）而非裝飾風格。

由專門人士、傭兵、熟練手工匠等人群進行的較小規模遷徙，更加難以判別。部分原因在於，考古學家常常只因為上述四個簡單的判準就停止追查，並忽略分析內部研究，就連民族遷徙的內部研究也拋諸腦後。為了真正了解民族遷徙的原因和方式，以及辨認出小規模的遷徙的蛛絲馬跡，考古學家必須不論規模大小，起而研究長距離遷徙潮的內部結構。移民群體的組織取決於偵察兵（scout，選擇目標地的人）的身分認同和社會聯繫、資訊共享的社會組織（決定了誰能接收到偵察兵的資訊）、交通技術（更便宜、更有效率的運輸使遷徙更加簡單）、確定目的地（無論是多還是少）、首批有效定居者的身分（亦稱「特權群體」〔charter group〕）、回流遷徙（return migration，多數的遷徙都有回歸的情況），以及後近加入移民潮的移民的目標和身分認同變化。要是探尋所有這些因素，我們就能更充分地理解遷徙的原因和方式。持續的遷徙，特別是那些希冀在新家定居的先驅者，會創造出非常持久、長期的民族語言前線。

▶長距離移民中方言與文化的簡化

對偵察兵資訊的接收定義了潛在的移民群體。研究顯示，藉由前百分之十遷入一個地區的新移民，可準確預測出之後跟隨其遷徙腳步的人群的社會構成。從源頭限制資訊的接收會導致兩種常見的行為：跳蛙式遷徙（leapfrogging migration）和連鎖遷徙（chain migration）。在跳蛙式遷徙中，移民只會遷往曾聽說過好消息的地方，略過其他可能的目的地，有時會一跳就跳往很遠的距離。至於連鎖遷徙，移民會跟隨親族和共居者（co-residents）到有社會支持的熟悉之所，而非客觀上的「最佳」地點。他們會遷往能找到認識的人依靠的地方，從一個地點直接跳到目標地。招攬通常相對受限，他們的說話方式便明顯反映出這一點。

殖民者的說話方式通常比他們拋諸腦後的家鄉語言更為同質。比起不列顛群島的英語使用者，殖民時代（Colonial-Era）的北美英語使用者之間的方言差異要少得多。而比起多數原始殖民者的西班牙南部家鄉，南美殖民地的西班牙語方言要更為同質。語言簡化有三個原因。一是連鎖遷徙，殖民者偏好從他們自身來自的地區和社會團體招攬家人和朋友；在多個方言於目的地接觸的情況下，簡化（simplification）也是方言混合的正常語言學現象；[19] 最後，特權群體的社會影響力會促進長距離移民的語言發生簡化。

在新地點建立可行的社會制度的首批群體稱為「特權群體」（charter group），或說是第一批有效的定居者。[20] 他們通常能得到最好的土地。他們可能會主張執行最高地位的儀式的權利，例如中美洲的馬雅人或美國西南部的普伯羅印第安人。在某些案例中，譬如清教徒定居的新英格蘭，他們成立的理事會負責挑選被允許加入的成員。在美國西南部的西班牙裔移民中，依據「特權群體」在當地聲望層級（prestige hierarchy）中的結構性地位，而稱為「尖端家族」（apex families）。許多後進的移民受惠或倚賴於特權群體，因而特權群體的方言和物質文化為新的群體認同供給了文化資本。鑑於後代對特權群體行為的複製，可見特權群體至少在公開的情況下，為過往的世代留下過度的文化烙印。這解釋了為什麼儘管後進的移民以德國人為主體，在十九世紀的俄亥俄州（Ohio）保留下來的，卻是英語、英式房屋，以及英式拓居地。因為在德國人抵

達時，英語的特權群體已經建立。這也解釋了為什麼即便晚進移民以來自英格蘭或愛爾蘭的其他地區為大宗，並且持續很久之後，東英吉利英格蘭特色，也就是最早清教徒移民的典型特徵，繼續成為新英格蘭方言說話方式和住家建築風格的象徵。作為在新大陸的傳統形態和成功模式，特權群體對於往後的世代成為一種歷史文化霸權。但他們的基因很容易就被後進的移民壓制，這解釋了為什麼追尋與特定語言相關的遺傳性指紋總以無功而返作收。

連鎖遷徙的聯盟限制了家鄉潛在移民的群體，且特權群體的影響也促成了目的地中的一致性，造就許多殖民者之間層級上的差異。簡化（比家鄉地區的變體更少）和層級（趨向標準化的形式）影響了方言「和」物質文化。在物質文化中，住家建築風格和聚落組織——房屋的外形、結構，以及聚落的格局——特別趨向標準化，因為這些在任何社會景觀中，都最為明顯的身分標示。[21] 想宣稱自己為主流文化一員的人，會接受其房屋的外形，而那些保留舊房屋和車棚風格的人（俄亥俄州的一些德國人便是如此）則在政治、建築和語言上都淪為少數族群。長距離移民之間的語言和文化同質性加深了他者對己的刻板印象，並強化了移民之間對共同利益和共同源頭的幻想。

生態前線：不同的謀生方式

美國人類學之父法蘭茲・波亞士指出，美洲印第安人部落的邊界很少與地理邊界相符。波亞士決定研究文化觀念與風俗習慣「跨越」邊界的傳播。不過，生態與文化達到一定程度的一致性，這絲毫不令人意外，尤其是在農民與牧民之間，但波亞士研究的北美部落通常並非如此。無霜生長季的長度、降水量、土壤肥沃度和地形影響著農民的日常生活和風俗習慣的方方面面：放牧系統、農耕，

房屋類型、聚落的大小和格局、喜好的飲食、神聖食物（sacred food）、餘食的多寡，以及公共筵席的時間點和奢華程度。在大規模的生態過渡區裡，經濟組織、飲食及社會生活中的這些基本差異，都可能會演變成相互對立的族群認同（Ethnic Identity），這些族群認同有時相輔相成、有時互為對立，且通常兩者兼備。投入伊朗和阿富汗的社會研究的弗雷德里克‧巴斯，是最早起而爭辯的人類學家之一，他們認為族群認同是在前線持續被創造、甚至持續被發明的，而非存於基因中，抑或從祖先那被動繼承而來。即便我們不確定自己「是」誰，對立政治（oppositional politics）也會具象化我們「不是」誰，因此對於族群認同的定義舉足輕重。由於政治和經濟層面的運作存在結構差異，因此生態過渡區這個空間，十分有可能會長期重塑並維持截然不同的身分認同。[22]

生態過渡區在許多地方都與民族語言學的前線相符。民族語言邊界將南法臨地中海的省及北法臨大西洋的省劃分開來，且這一劃就至少劃分了八百年。最早的文獻記載可追溯至一二八四年。南法棲身於平頂、磚瓦屋頂下的人群，操的是奧克語（langue d'oc），而北法住在陡斜屋頂家中的是操奧伊語（langue d'oil）的人群。在雙方都被迫遵奉國家的法制標準前，他們有不同的耕作系統和法制系統。在肯亞，操尼羅語（Nilotic）的牧民馬賽族在乾旱的平原和高原地區保持著純放牧經濟（或至少是他們的理想），而講班圖語的農民則生活於山區或低濕地的潮濕環境中。此種類型的最著名人類學案例或許是出自艾德蒙‧李區爵士（Sir Edmund Leach, 1910-1989）在其經典之作《上緬甸諸政治體制》（Political Systems of Highland Burma）中的刻畫。居住在緬甸山丘的克欽高地森林的農民，無論在語言，以及在儀式、物質文化等諸多方面，都與操持泰語、占據富饒低地的撣族（Shan）水稻農民截然不同。某些特定情況下，有些克欽族首領會接受撣族的身分認同，並在兩個系統間來

回擺盪。然而，克欽族和撣族兩文化間還有更廣泛的差異，這樣的差異因不同的生態環境而根深柢固，舉例來說，農作物剩餘的可靠度和可預測性、剩餘財富（surplus wealth）所造就的不同潛力，以及因應高地森林和低地水稻種植的相異社會組織，在在都形成對比。縱使人群頻繁穿越其上，根植於生態差異的文化前線仍然歷久不衰。[23]

▶語言分布與生態過渡區

為何某些語言前線會與生態邊界相符？語言會不會只是沾了經濟的光？抑或生態和人群的說話方式之間為獨立關係（independent relationship）？牛津大學的語言學家丹尼爾・倪特爾和亞利桑那大學的珍・希爾（Jane Hill）在一九九六年不約而同指出（分別指出、或至少沒有互相徵引），語言的地理反映出社會關係的潛在生態。[24]

建立並維繫社會紐帶需要花費很多工夫，特別是在長途跋涉時，若非「需要」，人不太可能傾盡全力。能自給自足、且經濟前景一片看好的人會傾向僅與少數人維繫「牢固的」社會聯繫，他們通常也自視甚高。珍・希爾稱之為「地方主義者策略」（localist strategy）。他們的語言，就是自己成長時所用的語言，可以滿足所需的一切，因此他們傾向只講這種語言——而且常常只使用該語言的一種方言（多數受過大學教育的北美人十分符合此一類別）。這種無憂無慮的人往往生活在自然生態豐饒多產的地方，或至少也是可以穩穩維持高生產力的孤立地區。倪特爾指出，西非語言群體的平均規模與農業生產力成反比：農地愈豐饒、生產力愈高，語言版圖就愈小。這就是為什麼新石器時代不太可能使用單一泛歐洲的原始印歐語語言的原因。

反之，經濟前景不太明朗的人群，則住在生產力差的土地上，依靠好幾種收入來源（如緬甸的克欽族或多數中間階層〔middle-class〕家庭都有兩個所得收入者），維繫與眾多各形各色人士的「弱」連結。他們多半會習得兩種或更多的語言或方言，因為他們需要更廣泛的網路才能心安。他們迅速就把新的語言習慣摸熟。他們是革新者（innovator）。在珍・希爾對亞利桑那州的帕帕戈印地安人（Papago Indians）的研究中，她發現生活在富裕、高生產力環境中的社群在語言和社會關係上皆採取「地方主義」策略。他們只講一種同質的、版圖小的帕帕戈方言。但生活在更乾旱環境中的社群就會說許多不同的方言，並以各種跳脫標準的方式將這些方言加以組合。他們採取「分散式」策略（distributed strategy），也就是跨越不同的社會和生態環境，分散屬於各種語言和經濟的聯盟。希爾指出，乾旱、不確定的環境是自然的「傳播區」（spread zone），在其中依賴於多種社會聯繫的新語言和方言會快速在社群間傳播，並且很快就會從各形各色的人群中選出新的方言。語言學家約漢娜・尼可斯早先將歐亞草原視為典型的語言傳播區；希爾解釋了前因後果。這麼說來，語言和生態前線之間的關係，並非語言被動地跟隨文化；相反的是，有獨立的社會語言學原因，來解釋為什麼語言前線往往會沿著生態前線分裂。[25]

▶總結：生態過渡區與持久的民族語言學前線

　　即便在部落世界中，語言前線也不會永遠與生態前線或自然地理障礙相符合，因為遷徙與所有其他形式的語言傳播都阻止了這種情況的發生。但語言的異質性（heterogeneity）——每一千平方公里的語言數目——當然會受到生態的影響。若生態前線將可預測且具生產力的環境與不可預測且生產力低下的環境分隔開來，那麼雙

方組織社會的方式就不可能相同。定居在生態上具備生產力地區的農民，其使用本地化語言且語言版圖較小。而在難以或不可能栽種土地上不斷遷徙的採獵者和牧民中，則可以找到更多種的語言、方言界線較為模糊不清，且有更大的語言版圖。在歐亞草原中，根據歷史記載，草原（生產力低下、不可預測性，主要由獵人或牧民占據）與毗鄰的農地（極其豐饒、可靠，由富農占據）之間的生態前線就是語言前線。對分處大草原兩頭的中國史與東歐史而言，語言前線的持久性是雙方歷史中的一個導引因素。[26]

小規模遷徙、菁英拉力與語言轉移

持久的生態和遷徙相關前線包圍了東歐大草原上原始印歐語的原鄉。然而，印歐語系的傳播「超越」原鄉，可能主要並非透過連鎖式的民族遷徙。民族的移動毋須在異地建立新的語言。語言轉移會轉向大多數人所喜歡和模仿的口音。儀式和政治菁英時常會引介和推廣新的說話方式。小型菁英團體會促使廣泛傳播的語言移轉至他們的語言，即使在部落的脈絡下，在他們控制重要領地和貿易商品之處，同時也會引介新宗教或政治意識形態，抑或兩者皆然。一項針對非洲艾柯力族（Acholi）案例的民族歷史研究闡明，即使最初的移民人數很少，引介新的意識形態和控制貿易如何能促使語言的傳播。[27]

艾柯力族是烏干達北部和蘇丹南部的一個民族語言群體。他們操持盧歐語（Luo），西方的尼羅語。一六七五年左右，操盧歐語的酋長從南部遷徙到烏干達北部，當時住在該區的絕大多數人都是講蘇丹語或東尼羅語，盧歐語是少數語言。不過，操持盧歐語的酋長引進了南方班圖王國所採用的王室象徵和王位標誌（鼓、王座）。他們還依據對進貢的需求，引進一種首要宗教權力的新意識

形態。約莫一六七五至一七二五年間，出現了十三個新的酋邦，每個酋邦的領地不超過五個村莊。在這些以操持盧歐語的酋長為首要權威的島上，從這群沒有上下之分的當地人口中，酋長招攬了其中的長老作為附庸，並讓他們在新的階層中享有聲望。靠著與當地人民的聯姻、炫富和樂善好施、對當地急難家庭的救助、暴力脅迫，以及最重要的，控制用以支付聘金的鐵的跨區貿易，他們的數量益發龐大，盧歐語藉由招攬緩慢地傳播。[28] 接踵而來的是外部壓力，一七九〇至一八〇〇年的嚴重乾旱重擊了該地區。一個在生態上得天獨厚的盧歐語酋邦——由第一個盧歐語特權群體之一所建立——由於其財富在危機中得以維持，因此爬升至最高統治者的地位。接著盧歐語便迅速傳播。一八五〇年代，當歐洲商人從埃及而來，他們用這種廣泛的口頭語言來稱呼當地人民——*Shooli*，也就是後來的艾柯力族（*Achooli*）。身為最高統治者的諸位酋長經由與歐洲人的貿易而獲得可觀的財富，使他們迅速成為貴族。到了一八七二年，不列顛人記載了稱作艾柯力族、操持盧歐語的部落，這個跨區域的族群認同，在兩百年前根本不存在。

在史前歐洲的部落社會中，印歐語系可能就是以類似的方式傳播。向外遷徙的印歐酋長可能帶有政治扈從關係（political clientage）的意識形態，就和艾柯力族酋長的一樣，成為了當地人口中新附庸的庇護人。他們引進新的儀式系統，在其中他們模仿諸神、供應公共獻祭和筵席的動物，並因此獲得作為酬謝的讚詞——此些讚詞都能妥善重建出原始印歐語的文化，以及所有富有成效的公開招攬活動。之後，原始印歐語的遷徙引進了一種新的、移動式的牧業經濟，這多虧了牛車和騎馬的兩相結合，才能讓這種經濟型態得以實現。在擴張至幾個當權的島嶼之前，可能還得等新的酋邦成功應付氣候或政治等外部壓力。接著，原初的主宰核心成為發展新區域族群認同的基礎。倫弗瑞稱此種語言轉移（language shift）

模式並非「菁英統治」，用「菁英拉力」這個詞彙可能更符合。諾曼人征服了英格蘭、凱爾特語族的加拉太人（Galatian）征服了安納托利亞中部，但他們都未能在治下的當地人口中建立自己的語言。移民菁英的語言要想被採用，菁英地位系統不僅要占據主導地位，還得向招攬和聯盟開放。對於那些想改採新語言的人群，他們的轉向必須成為整合新系統的關鍵，且這些新加入的人群必須有在新系統中崛起的機會。[29]

弗雷德里克‧巴斯在東阿富汗的研究中，早就引用了一個馬洛利提出的絕佳案例，說明開放的社會制度能怎麼促進招攬和語言換向。住在卡恩達哈高原（Kandahar plateau）的帕坦人（Pathan，如今通常稱作普什圖人〔Pushtun〕），他們的地位取決於河底田地有限的農業剩餘（agricultural surplus）。帕坦人的地主在地方議會（jirga）中爭權奪利，議會中沒有人會承認自己淪為卑下，所有措辭都是為了要求平等。毗鄰的族群巴盧奇人（Baluch）生活在乾旱的山區，無可避免的成為一群牧民。即便窮困，巴盧奇人與帕坦人不同，他們具備開放的分級政治制度。無論是武器、人力、財富，帕坦人擁有的都比巴盧奇人更多，大體而言，帕坦人的權勢和地位也更高。然而，在巴盧奇—帕坦前線，許多遭到驅逐的帕坦人成為巴盧奇酋長的附庸，開展出新的生活。由於帕坦人的地位與土地所有權息息相關，因長期爭執而失去土地的帕坦人都難逃淪為卑下和放逐生活的命運。然而與巴盧奇人地位相互依存的，是牧群和政治聯盟，而非土地，幸運的話，就能迅速晉升。在巴盧奇人的最高權力機構「薩達爾」（sardar）之下，所有巴盧奇酋長都是更強大酋長的附庸，就連「薩達爾」自身都效忠於卡拉特省的汗王（Khan of Kalat）。在巴盧奇人的觀念裡，並不以淪為強大酋長的附庸為恥，且有很大的機會能迅速提升經濟和政治地位。因此，在帕坦—巴盧奇的前線長期處於低級別戰事的情況下，帕坦人的農業難民往往會

流向巴盧奇人的放牧區，巴盧奇語因此吸納了新的使用者。由於牧群可藉由移動加以捍衛，因此長期部落征戰的結果通常偏向牧民，而非定居式的經濟型態，這樣一來農地就會成為固定的目標。

▶移民與印歐語系

西元前五八〇〇年左右，先驅農民的民族遷徙將第一個耕牧經濟模式（herding-and-farming economies）帶向東歐大草原邊緣。在黑海西北部的森林草原生態區，即將到來的先驅農民在自己和當地採集者之間樹立了文化前線。此前線由成千上萬的文化與經濟差異所定義，極為健全，且持續了約莫兩千五百年。若我對持久前線和語言所抱持的論點正確，那這就是一道語言前線。若前述幾章中的其餘論點也正確，那麼後進的先驅農民使用的是一種非印歐語系的語言，而當地採集者所說的則是前原始印歐語。生活在前線上的採集者採納了新農耕經濟的某些面向（養幾頭牛、種點穀物），但住得離前線較遠的當地採集者，則在接下來的好幾個世紀都仍維持漁獵生活。在前線，此兩種社會都可追溯到多瑙河下游山谷或草原中迥異的傳統，從而為對照和反對立場提供了不斷翻新的根源。

最終，在大約西元前五二〇〇至五〇〇〇年，聶伯河畔的一些主要採集者群體採納了新的放牧經濟模式，然後迅速傳播到東至窩瓦河和烏拉爾河的大部分東歐大草原上。這是一場革命性的大事件，不僅促使經濟轉型，更改變了草原社會的儀式和政治。藉由經濟和儀式—政治新體系的傳播，一組新的方言和語言可能就這樣傳遍了整座東歐大草原。這些方言正是原始印歐語的祖先。

清楚了語言與物質文化如何聯繫，並找出遷徙如何運作及語言轉移如何相依存的特殊模型，我們現在可以開始探究印歐語起源的考古學。

第二部

———

歐亞大草原的序幕

Part Two

—

The Opening
of the Eurasian Steppes

第七章

如何重建
死去的文化

How to Reconstruct a Dead Culture

　　印歐語起源的考古學所用的術語，對大多數人來說大都很晦澀難懂，就連考古學家自己的定義也很分歧。因此，在此先簡單解釋一下我會如何處理考古證據。語不驚人死不休，首先我們得從丹麥開始。

　　一八〇七年，丹麥王國風雨飄搖、前景難測。遭到英國擊潰、瑞典威嚇，旋即又被盟友挪威背棄，丹麥統治者只能將目光轉向過往榮光，試圖向人民重申自己的偉大。於是，歐洲第一個國家級古物博物館的計畫就此成形並得以推廣。在新擴張的農業政策下，從土地犁出或挖出的大量古物迅速殷實了王室的珍寶庫。鄉野仕紳裡的業餘收藏家及平民百姓中的採石工或挖溝人，紛紛帶來了隱隱發光的青銅窖藏和裝著燧石工具和骨頭的箱子。

　　一八一六年，在王室圖書館的內室裡，覆滿灰塵的標本堆積如山，丹麥古蹟保存王室委員會選出了二十七歲的克里斯汀・湯姆森（Christian J. Thomsen, 1788-1865），他雖沒有大學學歷，但以務實和勤勉聞名，故由他來決定在首展當中，要以何種順序來安排這滿坑滿谷的怪異、來歷不明的藏品。歷經一年的編目和思考，

湯姆森決定將這些選出來的文物分置於三個大廳中。一種是石製器物，可能出自沒有絲毫金屬的石器時代的墳塚或堆積物；另一種是青銅時代的青銅斧、號角和長矛，可能出自沒有鐵的遺址；最後一種是鐵製工具和武器，製於鐵器時代，並一直延續至北歐歷史中最早文獻紀錄的時代。展覽於一八一九年揭幕後圓滿落幕。這三個時代的年代是否真的按照此種順序、它們有多久遠，以及考古學作為一種如同歷史語言學的新科學有無可能等問題，都在歐洲知識分子之間激起了熱烈的討論。最初擔任湯姆森助手的楊斯・華沙（Jens Worsaae, 1821-1885）在謹慎發掘後，證明這三個時代確實存在於不同的史前時代，並具備一定的條件。要達成這一點，他必須比挖溝人更仔細挖掘，還須借用地質學的地層分析方法。因此，專業領域的考古學之所以會誕生，是為了解決問題，而非獲取事物。[1]

湯姆森的展覽之後，只要是受過教育的人，都不會將「史前史」視為是一個單一、同質的時代，而將史前時代的長毛象骨骸和鐵劍混為一談。永恆的時光將可以被分割，這項任務足以讓凡人心高氣傲，如今他們已找到方法戰勝他們最頑固的敵人。一旦發現了年代分期方式，對其修修補補很快便令人上癮。即便在今時今日，時序的論點仍主導了俄羅斯和烏克蘭的考古學討論。確實，阻礙西方考古學家深入了解草原考古的最大問題是，湯姆森所定義的三個時代僅適用於西歐，不適用於大草原。青銅時代這個概念似乎很簡單，但若它開始於不同時期、卻很靠近的地區，那要應用起來可能會十分複雜。

青銅時代的起點，可以說是在青銅工具和飾物開始規律出現於發掘出的墳塚和聚落時。但青銅究竟是什麼？是一種合金，最古老的青銅是銅含砷青銅。我們多半單純地把砷想成是有毒物質，不過它其實是一種呈現白色的天然礦物，通常以毒砂的形式出現，並與石英岩銅礦床中的銅礦石連結在一塊，合金很有可能就是這樣被發

現的。在自然界中，砷很少會在銅礦石成分中占比超過百分之一，且通常遠遠比百分之一還少。古代的冶匠發現，若將砷在合金中的含量提升百分之二至八，提煉出的金屬顏色就會比純銅還淺、冷卻時硬度更高、在澆鑄時更黏稠、更易於澆鑄。銅再加上百分之二至八的錫所製成的青銅合金，顏色更淺、硬度更硬、更易於加工，但錫鮮少現於古代舊世界，因此錫製的青銅要在發現錫的沉積物後才會出現。由此可見，在青銅時代所標誌的時代，冶匠開始時常混合澆鑄礦物，以製造比天然銅更佳的合金。以此角度看來，青銅時代本就應該在不同的時間開始於不同的地點，這點立刻變得十分明確。

東歐大草原的三個時代

歐洲最古老的青銅時代大約始於西元前三七〇〇至三五〇〇年，當時冶匠開始在北高加索山脈（近東和東歐大草原間的天然邊界）製作含砷青銅。幾個世紀後，大約始於西元前三三〇〇至三二〇〇年，在大草原和東歐，包括較低窪的多瑙河流域地，出現了含砷青銅和其所昭示的青銅時代；而直到約莫西元前二四〇〇至二二〇〇年，中歐和西歐的青銅時代晚了一千年才開始。不過，接受西歐訓練的考古學家通常會問，為什麼西元前三七〇〇年的高加索文化被稱為青銅時代文化，而這時的不列顛或法國還在石器時代（或新石器時代）。答案是因為青銅冶金術最先現跡於東歐，之後才往西方傳播，歷經很長一段時間後才在西方廣泛採用。青銅時代始於東歐大草原，這可能是印歐語系的原鄉，比丹麥還要早得多。

大草原青銅時代之前的年代稱作銅石並用時代；克里斯汀・湯姆森沒有指認出丹麥的那段時期。銅石並用時代（Eneolithic）即紅銅時代，廣泛採用非合金銅製成的金屬工具和飾物。這是金屬的

第一個時代，在東南歐延續了很長一段時間，並在當地發明出歐洲銅冶金術。北歐或西歐都未出現銅石並用時代，而是從新石器時代直接跨越到青銅時代。對於銅石並用時代內部的分段，東南歐的專家眾說紛紜；各個區域的不同考古學家為不同時段設定了早期、中期和晚期銅石並用時代的時序斷限。我試著跟隨我認為目前正在成形的跨區域共識——由俄羅斯、烏克蘭考古學家，以及其與波蘭東部、保加利亞、羅馬尼亞、匈牙利和前南斯拉夫的考古學家所達成的共識。[2]

在新石器時代之前的是銅石並用時代，也就是湯姆森所稱的石器時代的後期。最終，石器時代被劃分為舊石器、中石器和新石器時代。在蘇聯考古學和當前的斯拉夫語或後蘇聯術語中，「新石器時代」（Neolithic）一詞被用於只會製陶、但尚未發現如何冶鑄金屬的史前社會。陶器的發明定義了新石器時代的伊始。陶器當然是重大的發現。防火的黏土陶罐可耐小火，讓人們得以燉一整天的肉和湯，進而分解大分子的澱粉和蛋白質，讓腸胃較為脆弱的嬰孩與老年人更容易消化。用黏土陶罐燉的湯使嬰孩得以存活，並讓老年人更長命。陶器對考古學家而言也是一種很便利的「標準化石」（type fossil），很輕易就能在考古遺址辨識出。但西方考古學家對新石器時代的定義有所不同。在西方考古學中，唯有具備奠基於糧食生產——放牧、農業或兩者兼備——經濟體的社會，才能稱作「新石器時代」。擁有陶器的獵人和採集者則稱被劃分到「中石器時代」（Mesolithic）。弔詭的是，資本主義考古學家認為新石器時代的定義主要取決於「生產方式」，而信奉馬克思主義的考古學家卻選擇予以忽略。我不確定這會對考古學家及其政治傾向造成什麼影響，但在此，我必須採用東歐對新石器時代的定義——包括採集者和早期農民，他們製陶卻沒有使用絲毫金屬工具或飾物——因為這就是俄羅斯和烏克蘭考古中「新石器時代」的意思。

定年和碳定年法革命

　　碳定年法造就了史前考古學的革命。從克里斯汀・湯姆森的博物館展覽到二十世紀中葉，考古學家都不清楚他們研究的文物有多老，即使他們知道如何將它們依序排列。要想推測文物的年代，甚至只能試著將歐洲相關的短劍或裝飾風格與近東已知年代的相似風格加以聯繫，近東銘文所揭露的歷史可追溯至西元前三○○○年。這種遠距離的風格比對，堪稱最為冒險，但完全無助於為比最早的近東銘文更老的文物定年。到了一九四九年，威勒得・利比（Willard Libby, 1908-1980）展示了任何有機物質（木材、骨頭、稻草、貝殼、皮膚、頭髮等）的絕對年齡（以字面上說，是死亡的距今年數），都可以藉計算其碳十四含量來定年，碳定年法於焉誕生。碳定年法揭露出樣本死亡的時間。當然，樣本必定曾在某時某刻活著，這讓利比的發現無法為岩石或礦物定年，幸好考古學家經常在古代的火堆中發現燒焦的木材，或者是在人類生活的地方找到丟棄的獸骨。利比獲得諾貝爾獎，歐洲也得以獨立於近東文明史前史之外。像是銅冶金術的發明這類重大事件，在歐洲出現得如此之早，幾乎可以完全排除近東的影響。[3]

　　自一九四九年以來，奠基於碳定年法的年代順序體系在方法上挺過了好幾次重大的變革（參見本書附錄）。最顯著的變革是採納了一種新方法「加速器質譜儀」（Accelerator Mass Spectrometry，AMS）來計算樣本中剩餘的碳十四數量，這讓定年的準確度更高；且體現出不管採用何種計算方式，所有用碳定年法定出的年代都須用校準表校正，這顯示出未經校正的舊日期存在較大的誤差。這些方法和結果的周期性變化放慢了前蘇聯對碳定年在科學上的接受度。許多蘇聯考古學家抵制碳定年法，部分原因是它有時會與他們的理論和年代順序相悖；也有部分是因為改變方法後，證明了首次

的碳定年日期有誤，這讓所有經碳定年法測定出來的年代可能很快就會被更新的修正證明有誤；還有一些理由出自年代本身，有時就算經過修正和校正也沒有什麼用——蘇聯時期碳定年法的錯誤率似乎頗高。

影響大草原碳定年的新問題是，魚群吸收了古時候河水所溶解的碳，接著就流入了吃很多魚的人的骨骸裡。許多大草原上的考古遺址是墓地，而許多草原考古中的碳定年都依靠人骨。分析人骨中氮十五同位素可以讓我們知道這個人吃了多少魚。對早期草原墓地骨骸中氮十五的測量顯示出，魚在多數草原社會的飲食（包括牲畜的飲食）中極為重要，通常占所消耗食物的五成。因此從這些人骨所測得的碳定年可能太過古老——受到他們吃下的魚中的古老碳所影響。這是近來才意識到的新問題，仍未找到具廣泛共識的解決辦法。碳定年的誤差範圍差不多在一百至五百年間，這意味這個人的實際死亡日期在碳十四所測出年代「後」的一百至五百年。我在正文中提及古老碳的混入可能會造成問題，使人骨所測出的年代太古老，並且在附錄中，我會解釋自己用來解決此問題的權宜之計。[4]

一九九一年以來，獨立國家國協（CIS）對碳定年法的態度丕變。主要的大學和研究所業已投入新的碳定年法計畫。田野調查更謹慎且廣泛地採集用來測定的樣本，實驗室也不斷改良其方法，再再讓錯誤率下降。現在要想跟上新碳定年法的潮流，更是難上加難。這些方法推翻了許多舊想法和年代順序，包括我自己的理論。我在一九八五年發表的博士論文中概略提到了一些年代順序的關係，現在已經被證明是錯的，而一九八五年時我聽都沒聽過的各種文化，如今已然成為理解草原考古學的中心。[5]

然而，要想理解人群，我們不僅需了解他們的生存年代；還需了解他們的經濟和文化。而東歐大草原區人群的特殊案例中，一大問題是他們「如何」生活——遊牧而生抑或整年待在同一個地方？

是否由酋長統治抑或生活於沒有正式專任領袖的無上下之分群體中？以及他們如何獲取每日的「麵包」——搞不好他們真的是吃「麵包」。要想論及這些疑問，首先需介紹一些考古學家採用的方法。

他們吃什麼？

食物是文化認同最明顯的標誌之一。在移民放棄自己原鄉的服飾風格和語言很久之後，他們仍會保留自己的傳統食物，還會在節日時加以慶祝。社會成員如何獲取食物，想當然耳是所有人類生活的中心組織論據。今天我們輕輕鬆鬆就能上的超級市場，便是現代西方生活的縮影：若缺乏高度專業化、資金融資、市場導向的經濟結構，超市就無以存在；以消費者為導向的奢侈消費文化（我們真的需要十五種蘑菇嗎？）；州際公路；郊區；私家車；還有一堆沒有家中祖母可洗洗切切、加工烹調肉類和農產的離散核心家庭。很久很久以前，在所有這些現代便利設施出現之前，人們每天大部分的時間都取決於食物的獲取：早晨何時醒來、工作的場所、工作時需要哪些技能和知識，以及能否自立門戶，或仰賴村莊裡更大的社群勞動力資源。抑或是離家多久、需要何種生態資源、需具備哪些烹調和備料技能，甚至是要奉獻哪些食物給諸神。在以種植農作和照顧動物的節奏和價值為主導的世界中，擁有具生產力的田野或大批牲畜的氏族往往令人欽羨。財富及其所透露出的政治權力等同於耕地和牧場。

為了解古代農業和畜牧業的經濟狀況，考古學家得像對待陶器碎片一樣小心翼翼，來對待從古代垃圾堆中採集的獸骨，而且還得特別花功夫來復原碳化的植物殘跡。幸運的是，古代人通常將廚餘埋在垃圾堆或坑中，讓考古學家更容易找到廚餘的地方限於一處。

儘管牛骨和焦黑的種子難登國家博物館的大雅之堂，但考古學的目的並非收集好看的事物，而是要解決問題，因此在接下來的頁面中，將聚焦會集中在獸骨和焦黑的種子上。

考古學家計算獸骨有兩種主要的方法。垃圾堆中找到的許多骨頭都已被切碎烹調，因此無法辨識是哪種動物。那些夠大或足以辨識是哪種動物的獸骨組成了 NISP，全稱是「可辨認個體數」（number of identified specimens），其中「可辨認」一詞意指可指認為某一種物種。因此，NISP 計數可描述從每個物種所發現的骨骸數量，是第一種計數骨頭的方法：三百頭牛、一百隻羊、五匹馬。第二種計數方法是計算 MNI，即這些骨骸所代表的「最小個體數」（minimum number of individuals）。如果五塊馬骨分別來自不同個體，那就代表有五匹馬，而一百塊羊骨可能全部來自同一副骨骸。MNI 用來將骨頭轉化為最小肉重（meat weight）——像是至少可用多少定量的牛骨來表示多少牛肉。大部分的成年哺乳動物，由脂肪和肌肉組成的肉重平均約為屠前活體重（live body weight）的一半，因此，只要鑑定出在該遺址所屠宰的動物的最小數量、年齡和物種，就能估算出最小肉重，雖然仍有一些限定性的條件。

為保存小麥和大麥等種子，常常會以小火烘烤使其乾燥。儘管在此過程中，會有許多焦黑的種子不小心丟失，但如果不烘烤，很快就在塵土中腐爛。保存在考古遺址的種子都曾被烘烤，足以讓種子的殼碳化。種子訴說了當時有哪些植物性食物被吞下肚，並能揭示出該區的花園、田地、森林、樹林和葡萄園的自然狀態。要想從出土的堆積物中篩選焦黑的種子，需要一個浮選槽（flotation tank）和一個將水打入和打出槽中的泵浦。將發掘的土成堆倒入水槽，流動的水能讓種子浮上水面。接著，當水通過出水口從水槽頂部流出時，會用過濾器收集這些種子。這些植物物種在實驗室中進

行辨識和計數，並將小麥、大麥、小米和燕麥等本土種與野生植物種子區分開來。直到一九七〇年代後期，西方考古學都很少採用浮選法，蘇聯考古學更幾乎連用都沒用過。蘇聯古植物學家仰賴一些偶然的發現，譬如在燒焦的陶罐中找到焦黑的種子，或在烹煮前，就被壓在潮濕的陶土裡而得以保存下來的種子。這類的幸運發現千載難逢。故唯有在挖掘時廣泛採用浮選法，才能真正理解草原上植物性食物的重要性。

考古文化與生活文化

接下來的故事很少由個人構成，更多時候是由各個文化構成，儘管這些文化也是由人來創造和重製的，但其表現方式卻比人群更具差異性。由於「生活文化」（living cultures）囊括了眾多的子群和變體，讓人類學家難以抽象表述，導致許多人類學家完全放棄了「單一文化」（unitary culture）的概念。但若是將文化認同與其他的邊界文化加以比較，則更容易加以描述。

弗雷德里克・巴斯對阿富汗邊界身分認同的研究顯示，文化認同的再製、甚或文化認同的發明，通常是因與邊界固有的他者持續對抗而產生。今時今日，許多人類學家利用這種富有成效的方式來理解文化認同，即用來回應特定的歷史情境，而非前一章提及的長期現象。不過，文化認同在相信其價值的人們心中，亦承載一定的情感和歷史分量，這種共同情緒依附（emotional attachment）的源頭更形複雜。它必定發源自一組共有的習俗和歷史經驗，發源自一種傳統形態，即便這種型態在很大程度上是被想像或發明的，仍讓邊界衝突火上加油。若假設傳統型態為某個地理位置或原鄉，則通常會遠離邊界，散布於例如廟宇、墓地、加冕場所、戰場，以及山地森林之類的景觀中，皆被視為充斥了該文化特有的精神力量。[6]

「考古文化」（Archaeological cultures）的定義根據陶器、墓葬類型、建築與其他的物質遺跡，因此顯得考古文化與生活文化間的聯繫似乎很貧乏。當克里斯汀‧湯姆森和楊斯‧華沙率先將文物以類型劃分時，他們試圖按時間順序加以排列；然而他們旋即發現，許多地域上的差異也超出了時序的類型。考古文化旨在獲取並定義此一區域差異。考古文化指的是一組重複出現在特定時段、特定區域的工藝品型態。

實際上，陶器類型時常作為考古文化的關鍵辨識符碼，因為即使在小規模挖掘裡也很容易發現和辨識，但如果是要辨識不同的房屋類型，就需要揭露更多才行。但考古文化絕對無法僅由陶器來作為定義基準。考古文化的有趣之處及意義在於遍及區域內許多類似習俗、手工藝、居住風格的共生，除了陶器、墓葬類型、房屋類型、聚落型態（典型聚落內的房屋格局）、工具類型，以及儀式符碼（塑像、廟宇、神祇）。考古學家擔心個體類型會隨時間轉變，且會改變其分布區域；我們「應該」擔心這類事情，但不該因為個體「樹種」和範圍的定義問題，就認為「森林」不存在。考古文化（如同森林）在邊界處特別易於辨別和定義，而遠離邊界的偏遠地區的區域差異常呈現出更混亂的景象。其處於健全的邊界，由成千上萬種物質文化的對比所界定，考古文化與生活文化或社會可能確實在此處相符。正如上一章中所論述的，持續好幾個世紀的健全邊界可能不僅僅涉及考古或文化層面，更涉及語言層面。

考古學家深知，考古文化所具備的一些特徵正是文化認同的首重關鍵。多數西方考古學家認為，技術風格（即器物的製造方式）比其裝飾風格（即裝飾的方式）更能代表工藝傳統的基本原理。生產技術更加被文化的限定（culture-bound），且抗拒變化，如同語言學中的核心字彙。因此，陶土的摻和料和焙燒方式，通常比陶匠製作的裝飾風格更能反映出陶匠的文化背景，同理也適用於冶金、

編織和其他手工藝。[7]

　　一個能替代考古文化的重要方法是考古學的「層位文化」（horizon）。[*]「層位文化」，並非指特定的文化類型，而更像是種「流行現象」，其特徵可用突然遍布於廣闊地理區域內的單一或系列工藝品型態來進行定義。如同現代社會的藍色牛仔褲和 T 恤組成一種文化風格，疊加在全球不同的人口和文化上，呈現了一種文化影響力的重大擴散，特別是源自於美國的青年文化影響力。這點十分重要，因為這讓我們知道青年文化在擴散初期（一九六、七〇年代）的同時，美國在世界上所占據的重要地位；而這種擴散並非某種遷徙或文化替換。同理可證，新石器時代晚期歐洲的鐘型杯（the Beaker）層位主要是由有飾酒杯（鐘型杯）的廣泛風格所定義，且在許多地方是與幾種武器類型（銅短劍、拋光的石製手腕防護物），並隨著流行的社交飲酒活動一同擴散。在大部分的地方，這些風格都已疊加在固有的考古文化上。層位文化與考古文化相當不同，因為它沒那麼健全——它僅以幾個特徵當定義基準——且經常疊加於本地的各種考古文化上。在史前的歐亞大草原上的各種「層位文化」往往具有高度鮮明的特徵。

未來的大哉問

　　我們將繼續假設大抵在西元前四五〇〇至二五〇〇年之間，黑海、裏海以北的東歐大草原上的人們使用原始印歐語。不過我們得早一點開始，才能了解使用印歐語的各個社會的演變。原始印歐語的使用者養牛。這些牛打哪來？牛和綿羊都是從外部引進的，可能

---

[*]　編註：horizon為考古學用語，中文無通用譯詞，日文則直譯為「地平線」，本書為區別本章提及的「考古文化」，故將horizon譯為「層位文化」。

是多瑙河流域（雖然我們還須考慮跨越高加索山脈的傳播路線的可能性）。將馴化牛羊進口到多瑙河流域的新石器時代先驅所講的可能並非印歐語，歸根結底應是源自安納托利亞西部。西元前五八〇〇年左右，他們抵達黑海西北的喀爾巴阡山脈東部，在本土採集者和移民農民間打造了文化前線，並持續了兩千多年。

第八章會講述首批先驅農民的到來與此文化前線的創建。多瑙河流域的農業文化與黑海以北的草原文化之間關係的發展，會是本書不斷縈繞的主題。瑪利亞・金布塔斯稱多瑙河農業文化為「歐洲」。放眼全歐，約莫在西元前六〇〇〇至四〇〇〇年之間，古歐洲農業城鎮的技術最進步、美學也最精緻。

第九章描述了西元前五二〇〇至五〇〇〇年後，東歐大草原上最早的牛羊放牧經濟的擴散。此事件為定義出早期原始印歐文化的各種權力政治和儀式奠定了基礎。牲畜不僅是獲取食物的新方法，更支持地位高者與平民間的新社會劃分，而若是日常生計仍以漁獵為基礎，此種社會階層就不會出現。牲畜與社會分化以不同的樣貌一同出現。不久之後，牛、羊——還有馬——就在特定群體的葬禮上一起被獻祭，這群人攜帶的武器也非比尋常，並以獨特和鋪張的方式裝飾身體。他們是新型草原社會的新領袖。

第十章介紹了騎馬的發明——此為引發強烈爭論的主題——出自古老的草原放牧社會，時間可能早於西元前四二〇〇年。第十一章的主題是草原牧民對古歐洲的入侵，他們可能是騎在馬背上，造就或受惠於古歐洲的瓦解。西元前四二〇〇至四〇〇〇年左右，他們散布至多瑙河流域下游，這可能是古體原始印歐語使用者第一次擴張到東南歐，所使用的語言是較晚期安納托利亞語族的祖先。

第十二章考量到，約莫西元前三七〇〇至三一〇〇年這段極為古老的年代，美索不達米亞最早的城市文明對草原社會的影響——以及反向的影響。生活在北高加索山脈俯瞰大草原的酋長們，因為

與南方文明的長程貿易而變得極其富裕。最早的有輪車、最早的四輪車，可能是先穿過這些山脈，然後緩緩滾進草原。

第十三章介紹了可能使用古體原始印歐語的社會——顏那亞層位文化的牧民（Yamnaya Horizon）。他們是歐亞草原上最早創立放牧經濟的人群，經年累月需要定期季節性地遷徙到新牧場。牛拉的四輪車讓他們得以將帳篷、水和食物運到遠離河谷的草原深處；騎馬讓他們得以迅速偵察、長途且大規模放牧，這為此種經濟模式之不可或缺。牧群遍布河谷間的廣袤草原上，讓這些草原更有助益，造就了更大批的牧群和財富積累。

第十四至第十六章敘述了使用原始印歐語方言的社會的最初擴張，先往東、再向西，最後到南方的伊朗和印度次大陸。我不會企圖要追蹤此些群體在最初遷移之後所發生的事情；我的著眼點僅僅是要了解原始印歐語使用者的發展和首次傳播，並沿著這個軌跡，探究在歐亞大草原開放之際，交通技術革新——騎馬、有輪車和馬戰車——所帶來的影響。

第八章

首批農民和牧民：
東歐大草原上的新石器時代

First Farmers and Herders: The Pontic-Caspian Neolithic

在時光之初，有一對兄弟，他們是雙胞胎，一個叫曼（Man，原始印歐語的 *Manu*），另一個叫特溫（Twin；*Yemo*）。他們和一頭大母牛一同邀遊宇宙。後來，曼和特溫決定要創造我們如今所在的世界。為此，曼不得不犧牲特溫（在某些版本中，遭犧牲的是母牛）。借助諸位天神（天父、風暴之神、神聖雙生子〔Divine Twins〕）的力量，曼將獻祭遺體的各個部位化為風、太陽、月亮、海洋、大地、火，最後化為形形色色的人。曼成為第一位祭司，獻祭儀式的創造者，這便是世界秩序的源頭。

創造出世界之後，眾天神將牛賜給了「狄托曼」（Third man；*Trito*）。然而，有著三頭六眼的巨蛇（*Ngw hi*，原始印歐語「negation」的字根）背叛了他，偷走了牛。狄托曼乞求風暴之神幫他找回牛。他們一同前往怪物的洞穴（或說是山裡），殺死怪物（或說是暴風之神獨自殺死怪物）、把牛救出來。狄托曼（*Trito*）成為第一位戰士。他找回了人們的財富，並把天神賜予的牛獻給祭司，以確保眾天神能從獻祭之火冒出的煙中獲取他們的奉獻。這確保了眾神與人類間，賜予與獻祭的循環不息。[1]

這兩個神話是原始印歐宗教信仰體系的基礎。在許多印歐語族流傳下來的創世神話中，都表現出 *Manu 和 *Yemo，其中 *Yemo 成為印度語的 Yama、阿維斯陀語的 Yima、北歐語的 Ymir，羅曼語中的 Remus 可能也是（從 yemo 在古義大利語的形式 *iemus 而來，意指「雙胞胎」）；曼（Man）成為古印度語 Manu 或日耳曼語的 Mannus，與他的雙胞胎一同創造出世界。布魯斯·林康（Bruce Lincoln, 1948-）詳盡分析了 *Trito 的事蹟，他理出了英雄故事的相同基調——在印度、伊朗、西臺、北歐、羅馬及希臘神話中，都有英雄從三頭怪物的手中奪回丟失的牛的原型。獻祭與將獻祭規範化的祭司，曼與特溫的神話確立了此兩者的重要性。「第三人」（Third one）的神話定義出戰士的角色——為人民和神祇獲取動物。在這兩個故事中，還反映出許多其他的主題：印歐文化特別著迷於成對的人物再加上三個一組的事物，二個與三個，不斷出現，就連在印歐詩歌的度量結構中也是如此；體現魔法和合法力量的雙胞胎主題（特溫與曼、伐樓拿─彌特拉〔Mitra〕、奧丁─泰爾〔Odin-Tyr〕）；以及社會和宇宙在三個主要功能或角色間的劃分：祭司（在魔法與法律層面）、戰士（第三人）和民／栽種的人（母牛或牲畜）。[2]

對原始印歐語的使用者來說，家牛是眾神的慷慨與大地生產力的基本象徵。人類是從一頭母牛原型的一部分中所創造出來的。儀式的義務定義出何謂「適切」行為，以牛的道德和經濟價值為中心。究其核心，原始印歐神話是男性中心的世界觀，養牛的人群——不見得是養牛的遊牧民，但絕對是極為重視兒子和牲畜的特定人群。牛（和兒子）為何如此重要？

馴化的動物與東歐大草原的生態

直至西元前五二〇〇至五〇〇〇年，黑海和裏海北部草原的大

多數居民根本沒有馴養牲畜。他們靠的是採集堅果和野生植物、捕獵野生動物；換句話說，他們是採集者。但他們能有效利用的環境，僅占整個草原生態的一小部分。其營地的考古遺跡幾乎全都發現於各個流域之間。河濱岸林（gallery forest）供給了遮蔽處、陰涼處、柴薪、建材、鹿、原牛（aurochs、歐洲野牛）及野豬。魚是飲食的一大重要組成。聶伯河或頓河等較廣闊流域的濱岸林皆十分茂密，有幾公里寬；較小的河流則只有零星的小樹林。草原生態的絕大部分是各個流域間的廣闊青草高原，是由野生馬科動物（wild equids）和大鼻羚（saiga antelope）所獨占的禁地。採集者能獵捕包括馬在內的野生馬科動物。草原上的野馬四肢結實、胸寬體壯、剛強勇猛，看起來可能很類似現代的蒙古野馬（Przewalski Horse），是世上唯一的真正野馬。[3] 最有效的狩獵方式是伏擊深谷中的馬群，而趁馬群來河谷喝水或找尋遮蔽時下手，當屬最輕而易舉的良機。在野馬最多的草原區，對野生馬科動物的獵捕十分普遍。大多數採集者的肉食多半是出於此。

東歐大草原位於一條連綿草原帶的西端，而這道草原帶還會持續向東延伸至蒙古。如果你想，大可從多瑙河三角洲向西徒步五千公里遠，橫跨歐亞大陸的中心直達蒙古，完全不用離開草原。在歐亞草原上踽踽獨行，這令人感覺渺小。每聲腳步都迸發出細碎鼠尾草的香氣，惹得白色的小巧蚱蜢在靴前輕舞。儘管生長於牛毛草（Festuca）和醉馬草（Stipa）之間的開花植物能煮出香醇的茶，但草終歸是不適合食用的，河流流出了森林深處之後，就沒有什麼可下肚。雖然夏季氣溫時不時便高達攝氏四十三至四十九度，乾熱且常有微風吹拂，但卻出乎意料地還過得去。然而，冬天讓一切都消弭得很快。狂風暴雪讓溫度直探攝氏負三十七度。草原的嚴寒冬季（想想美國的北達科他州）是人類和動物最嚴峻的限制因素（limiting factor），比水源還更緊迫，因為歐亞草原的大部分地區

都有淺水湖泊。

我們研究的那個時代，在剛開始時，內陸草原主要的哺乳動物是野馬，也就是「野生家馬」（*Equus caballus*）。黑海以北、濕潤的烏克蘭西部草原（東歐大草原北部）上，還有另一種較小型的馬科動物，分布於多瑙河流域下游，直至安納托利亞中部，也就是「歐洲野驢」（*Equus hydruntinus*）。在西元前四〇〇〇至三〇〇〇年之間，最後一頭歐洲野驢因遭獵殺而滅絕。在較乾旱不毛的裏海盆地（Caspian Depression）中，有第三種長得像驢、長耳的馬科動物、野驢，即「亞洲野驢」（*Equus hemionus*），值此同時，正在野外瀕臨滅絕。之後，野驢生活於伊朗、安納托利亞、美索不達米亞平原和裏海盆地。東歐大草原的採集者一舉獵捕了這三者。

裏海盆地本身就標誌了東歐大草原生態另一個重要的面向：不穩定性。黑海和裏海皆平靜無波。西元前一四〇〇〇至一二〇〇〇年左右，日漸變暖的氣候終結了前一個冰河時代，融化了北方的冰河和永凍土，滾滾激流向南湧入裏海盆地。往後的冰河時期，裏海盆地鼓脹成一片廣袤的內陸海，稱為赫瓦倫斯克海。兩千年以來，北部海岸線都停在窩瓦河中部的薩拉托夫（Saratov）附近和烏拉爾河畔的奧倫堡（Orenburg）附近，限制了烏拉爾山脈以南的東西向運動。赫瓦倫斯克海分別出早已顯著不同的晚期冰河採集者文化，這些文化分別在烏拉爾山脈的東西兩側蓬勃發展。[4]西元前一一〇〇〇至九〇〇〇年左右，水終於上升到足以漫出西南口，在北高加索山脈以北的馬尼赤湖盆地（Manych Depression）氾濫成災，猛烈的洪水湧入黑海，導致黑海遠低於世界海洋的海平面。洪水不斷湧入黑海盆地，直到滿溢，並穿過狹窄的博斯普魯斯峽谷（Bosporus valley）的西南口，最後注入愛琴海。到了西元前八〇〇〇年，黑海已經有美國加州那麼大，深達七〇〇〇尺，與愛琴海和世界海洋勢均力敵。裏海萎縮回自己的一方盆地，此後

一直處於孤立狀態。黑海成為希臘人所稱的「宜人之海」（*Pontus Euxeinos*），從中衍生出我們泛指黑海地區的「朋提克」（*Pontic*）一詞。北裏海盆地一度是赫瓦倫斯克海北端的底部，留下了一塊廣袤的鹽土平原，上頭充滿層層分明的海底貝殼和砂土層，帶有微微鹹味的湖泊群與乾燥草原交錯分布，最終形成裏海以北的紅土沙漠（雷恩沙漠〔*Ryn Peski*〕）。後冰河時期的中石器與新石器時代的獵人組成小隊，一批一批的大鼻羚、野驢、馬在這片含鹽平原上遭到獵殺。然而，直至大海退去，烏拉爾—裏海前線東西兩側的文化和語言都變得迥異。正當烏拉爾山以西的社會接納了家牛，烏拉爾山以東的人群卻予以拒絕，他們在接下來的數千年，都一直是採集者。[5]

馴化的牛羊發動了革命性的變化，改變了人類利用東歐大草原生態的方式。因為牛羊和人類一樣受到化育，成為日常工作的一部分，並獲得野生動物從未得到過的照護。人們知道如何辨識自己的牛羊、為其寫下詩篇，當作貨幣用於聘禮和嫁妝、還債，以及衡量社會地位。這些人是牧草加工者（grass processor）。他們將沒有用、幾乎可說是對人類充滿敵意的雜草轉化成羊毛、毛氈、衣物、帳篷、牛奶、優格、乳酪、肉、骨髓和骨頭——在在都是生活與財富的根本。運氣好的話，牛羊可以長得很快。容易遭受惡劣天氣和竊盜的侵害，牛羊也可能迅速衰敗。放牧這種經濟型態，動盪無常又大起大落，亟需靈活、變通甚至投機的社會組織。

不同於穀物莊稼，牛羊很容易被偷，飼養牲畜的人群很常遭遇竊盜問題，從而導致衝突與戰爭。在這種處境下，兄弟偏好住在一起。在非洲的班圖語部落中，養牛的普及似乎導致了母系社會組織的喪失，以及男性中心的父系親族系統的擴散。[6]飼養牲畜更讓精心策劃的公共獻祭和牲禮成為可能，從而創造出全新的政治權力和威望。動物、兄弟與權力的相互聯繫奠定了使用印歐語的社會間男

性中心的新儀式型態與政治結構的發展。這就是為什麼母牛（和兄弟）在印歐創世神話中占有中心地位。

　　所以這些牛打哪來？東歐大草原的居民何時開始飼育成群的斑點母牛？

東歐大草原地區的首批農民—採集者前線

　　大約西元前五八〇〇至五七〇〇年時，首批牧民從多瑙河流域而來，抵達東歐大草原地區，他們所說的語言可能與原始印歐語無關。他們是農民廣泛活動的前導，始於西元前六二〇〇年左右，希臘和馬其頓的先驅農民北上進入巴爾幹半島和喀爾巴阡山盆地的溫帶森林（圖8.1）。馴化的牛羊是幾個世紀前由其祖先從安納

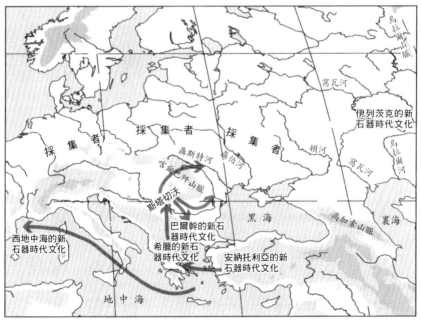

圖8.1　西元前六五〇〇至五五〇〇年之間，先驅農民向希臘和橫跨歐洲的遷徙，包括特里波里文化在喀爾巴阡山脈東麓的殖民。

托利亞引進希臘的，如今往北放牧於歐洲東南部森林中。遺傳研究顯示，這些牛確實與歐洲本土的原牛、即歐洲巨型野牛雜交，但只有原牛的仔公牛（可在 Y 染色體上追蹤到）被保留下來，或許是因為其能在不影響乳量的前提下，增進牲畜的體型或對疾病的抵抗力。這些母牛可能因為其乳汁而被飼養，牠們都是來自安納托利亞母親的後代（藉由粒線體 DNA〔MtDNA〕追蹤）。野生原牛生產牛奶的能力可能相對較差，且在性格上很難孕育出乳汁，因此新石器時代的歐洲農民需確保他們的所有母牛都出自長期馴化後的母親，不過他們倒不介意讓母牛偶爾與本土的野生公牛雜交，以繁育出更大型的馴化公牛。[7]

針對近代農民和歷史上的先驅農民之間連鎖遷徙的比較研究顯示，最早進入歐洲東南部溫帶地區的農牧群體最初可能使用類似的方言，並將對方視為文化上的表親。不論兩種文化如何相互影響，人數較少的本土採集者在文化及語言上顯然皆被視為「他者」。[8]初期探險的急速爆發之後（盎扎畢戈沃〔Anzabegovo〕、卡拉諾沃I〔Karanovo I〕、古拉—巴丘盧伊〔Gura Baciului〕、卡斯基泰〔Cârcea〕等遺址），先驅群體在貝爾格勒（Belgrade）以北的多瑙河中部平原上紛紛建立，這些點可定位出斯塔切沃（Starčevo）類型的遺址和其他類似的新石器時代聚落。此處的多瑙河畔中央低地造就了兩波遷徙潮，一波跳蛙式地前往多瑙河下游，進入羅馬尼亞和保加利亞，另一波則越過穆列什河（Mureş）和克勒什河（Körös），進入外西凡尼亞（Transylvania）。兩波遷徙潮都創造出相似的陶器和工具類型，今日我們將之歸於特里波里文化（圖 8.2）。[9]

▶東歐大草原地區的首批農民：特里波里文化

羅馬尼亞的「特里波里」（Criş）和匈牙利東部的「克勒什河」

（*Körös*）這兩個地名是同樣河流名稱和史前文化的兩個變體。北方的特里波里人群沿著匈牙利的眾多河流向上進入外西凡尼亞山區，接著越過喀爾巴阡山脈的山脊前往該山脈東側富饒又肥沃的山麓地帶。約莫西元前五八○○至五七○○年，他們帶著牛羊一路向東下，進入西瑞特河（Seret）和普魯特河（Prut）流域上游（由於碳定年法不以人體骨骼測定，故碳定年不具碳庫效應〔reservoir effect〕；參見表 8.1）。多瑙河流域下游的另一波遷徙潮，從南部

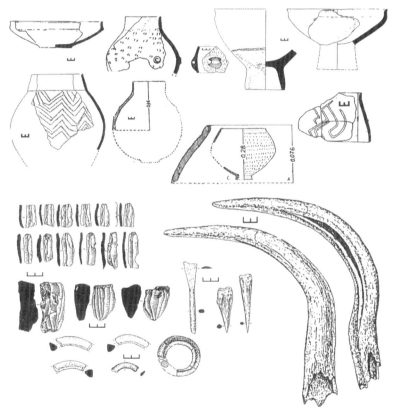

圖 8.2　建於西元前五七○○至五三○○年的特里波里文化陶器形狀和裝飾圖案
　　　　（圖上），燧石刀和岩芯（圖左下）、鹿角和獸骨工具（圖右下）以及
　　　　陶土環（圖下）。出處：Dergachev 1999；Ursulescu 1984.

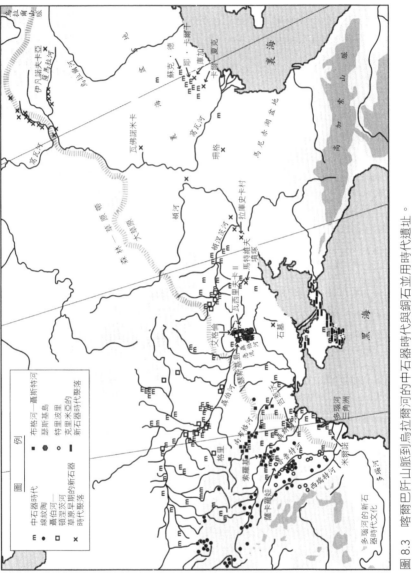

圖 8.3 喀爾巴阡山脈到烏拉爾河的中石器時代和銅石並用時代遺址。

表 8.1　東歐大草原地區中石器時代晚期和新石器時代早期的碳定年。

實驗室編號	距今年代	樣本	校正年代
1. 特里波里文化的聚落			
特里波里文化 III 期，特雷斯蒂安納（Trestiana，羅馬尼亞）			
GrN 17003	6665 ± 45	木炭	西元前 5640-5530 年
特里波里文化 VI 期			
卡斯基泰—維亞杜克特（Cârcea-Viaduct，羅馬尼亞）			
Bln-1981	6540 ± 60	?	西元前 5610-5390 年
Bln-1982	6530 ± 60	?	西元前 5610-5380 年
Bln-1983	6395 ± 60	?	西元前 5470-5310 年
2. 線紋陶（LBK）農業聚落			
特佩什蒂（Tîrpeşti）、錫雷特河（Siret River），（羅馬尼亞）			
Bln-800	6170 ± 100	?	西元前 5260-4960 年
Bln-801	6245 ± 170	?	西元前 5320-5060 年
3. 布格河—聶斯特河中石器時代—新石器時代的聚落			
索羅基 II（Soroki II），地層 1，布格河—聶斯特河早期，聶斯特河流域			
Bln-586	6825 ± 150	?	西元前 5870-5560 年
索羅基 II，地層 2，前陶器布格河—聶斯特河，聶斯特河流域			
Bln-587	7420 ± 80	?	西元前 6400-6210 年
薩夫蘭（Savran）聚落，布格河—聶斯特河晚期，聶斯特河流域			
Ki-6654	6985 ± 60	?	西元前 5980-5790 年
巴什可夫島（Bazkov Ostrov）聚落，具備早期陶器，南布格河流域			
Ki-6651	7235 ± 60	?	西元前 6210-6010 年
Ki-6696	7215 ± 55	?	西元前 6200-6000 年
Ki-6652	7160 ± 55	?	西元前 6160-5920 年
索基列齊 II（Sokolets II）聚落，具備早期陶器，南布格河流域			
Ki-6697	7470 ± 60	?	西元前 6400-6250 年
Ki-6698	7405 ± 55	?	西元前 6390-6210 年
4. 新石器時代早期的伊列茨克型聚落，窩瓦河中游區域			
切卡利諾 4（Chekalino 4），考索河（Sok River），薩馬拉州			
Le-4781	8990 ± 100	貝殼	西元前 8290-7960 年
GrN-7085	8680 ± 120	貝殼	西元前 7940-7580 年
Le-4783	8050 ± 120	貝殼	西元前 7300-6700 年

實驗室編號	距今年代	樣本	校正年代
Le-4782	8000 ± 120	貝殼	西元前 7080-6690 年
GrN-7086	7950 ± 130	貝殼	西元前 7050-6680 年
Le-4784	7940 ± 140	貝殼	西元前 7050-6680 年

切卡利諾 6（Chekalino 6），考索河（Sok River），薩馬拉州

Le-4883	7940 ± 140	貝殼	西元前 7050-6650 年

伊凡諾夫卡（Ivanovka），薩馬拉河上游，奧倫堡州

Le-2343	8020 ± 90	骨頭	西元前 7080-6770 年

5. 草原早期的新石器時代聚落

馬特維夫墳塚 I（Matveev Kurgan I），極原始陶器，亞速海（Azov）草原

GrN-7199	7505 ± 210	木炭	西元前 6570-6080 年
Le-1217	7180 ± 70	木炭	西元前 6160-5920 年

馬特維夫墳塚 II，相同的物質文化，亞速海草原

Le-882	5400 ± 200	木炭	西元前 4450-3980 年

瓦佛諾米卡（Varfolomievka），地層 3（底部陶器層），北裏海草原

GIN-6546	6980 ± 200	木炭	西元前 6030-5660 年

卡爾—夏克 III（Kair Shak III），北裏海草原

GIN-5905	6950 ± 190	?	西元前 6000-5660 年
GIN-5927	6720 ± 80	?	西元前 5720-5550 年

拉庫史卡村（Rakushechni Yar），頓河下游貝殼中層，地層 14—15

Ki-6479	6925 ± 110	?	西元前 5970-5710 年
Ki-6478	6930 ± 100	?	西元前 5970-5610 年
Ki-6480	7040 ± 100	?	西元前 6010-5800 年

瑟斯基島（Surskii Island）、聶伯河急流採集者聚落

Ki-6688	6980 ± 65	?	西元前 5980-5780 年
Ki-6989	7125 ± 60	?	西元前 6160-5910 年
Ki-6690	7195 ± 55	?	西元前 6160-5990 年
Ki-6691	7245 ± 60	?	西元前 6210-6020 年

進入同樣的喀爾巴阡山脈東麓。這二個群體創造出喀爾巴阡山脈東側特里波里文化的北部和南部變體，活躍年代大約在西元前五八〇〇至五三〇〇年。喀爾巴阡山脈東麓特里波里農地是東歐大草原北方區域第一頭家牛的源頭。特里波里的先驅向東穿過黑海西北山麓的森林—草原帶，當地可進行雨養農業（rainfall agriculture），因此避開了沿海的低地草原和穿越其中的下游河道。

在喀爾巴阡東麓，考古學家已經確認出至少三十個特里波里的聚落遺址，此森林區當中散布著深邃蜿蜒的河谷所切割出的天然牧場（圖8.3）。特里波里的農業村落多半建在第二河階上，俯瞰整個平原；有些位於沖積平原之上的陡峭海角（Suceava）；也有一些農村位於河流之間草木茂密的山脊上（Sakarovka I）。房屋便是一個房間，建材有木柱、梁、編泥牆，可能還有茅草屋頂。較大的房屋，有時外觀呈橢圓形，建在地洞的地板上，並規劃有具備圓頂陶爐的廚房；地表上建造較輕、較小的結構，並在中央設有營火。大部分的村莊只有幾戶人家，住在三到十個冒著煙的茅草頂地洞中，四周圍繞著農地、花園、李子園和動物牧場。沒有找到特里波里文化的墓葬，我們便無從得知他們如何對待死者。但我們確實知道，他們仍重視並佩帶進口的海菊蛤（*Spondylus*）製白色貝殼手環，這是新石器時代希臘的初始先鋒，第一次將愛琴海的物種打造成手環。[10]

特里波里的眾家族種植了大麥、小米、豌豆與四種小麥（二粒小麥〔emmer〕、單粒小麥〔einkorn〕、斯卑爾脫小麥〔spelt〕、普通小麥〔bread wheat〕）。小麥和豌豆並非原產於東南歐；它們源自異地，是近東的本土種，由海路遷徙而來的農民引進希臘，並從希臘傳播至歐洲。陶罐中的殘渣顯示出，穀物通常的吃法是用麵粉調成的濃湯。德國和瑞士發現的新石器時代麵包燒焦碎屑則顯示，他們也會將小麥麵粉製成油煎或烘烤的麵糊，或者將穀物浸濕

並搓壓成全麥小麵包。特里波里文化用來採集食材的鐮刀以彎曲的紅鹿角製成，其內嵌入五至十公分長的燧石刀，稍加彎折後，它們的稜角便成為鋸齒狀。鐮刀的工作面顯現出因收割穀物而形成的「鐮刀色澤」。在多瑙河—巴爾幹—喀爾巴阡山脈的所有新石器時代早期農業聚落中，都發現了同一種鐮刀和燧石刀形式。在喀爾巴阡山脈東側的特里波里飲食中，絕大部分都來自牛和豬，紅鹿為第三大宗，其次是綿羊——反映出他們所處森林生態中的物種分布。他們飼養的小型母牛、豬都和當地的野生原牛或野豬不太一樣，但差異倒也不顯著。然而綿羊是外來的新到者，是和小麥和豌豆一樣的入侵種，由陌生人引進陡峭的喀爾巴阡山谷，同時這些陌生人也帶來了新的語音。[11]

特里波里文化的手工陶器是以泥條盤築法製造，包括用於烹飪、貯存的素面罐，以及具備拋光紅棕色表面的各式精細陶器—有蓋湯碗、碗，以及有底座的杯子（圖 8.2）。裝飾設計會在燒製前用枝條刻在陶土表面上，或者用指甲留下痕跡。極少畫上棕色寬帶紋。喀爾巴阡山脈東側的特里波里定居者製作的陶器形狀和設計，是特里波里文化第三和第四期的特徵；第一、二階段較古老的遺址僅發現於匈牙利東部、多瑙河流域和外西凡尼亞山區。

特里波里的農民從未延伸至普魯特河—聶斯特河流域以東。在聶斯特河流域，他們面臨到龐大的當地採集人口，在今天稱作布格河—聶斯特河文化，以兩條河的流域（聶斯特河和南布格河）為名，當地出土了大部分的遺址。布格河—聶斯特河文化是個篩子，通過其中，農業和畜牧業經濟引入到東歐大草原更東邊的社會（圖 8.3）。

特里波里的人群在許多方面都與布格河—聶斯特河的鄰居不同：特里波里的燧石工具組的特色是大型刀刃和少許刮刀，採集者則使用細石器刀和許多刮刀；大部分的特里波里村落都位於第

二河階排水較好的土壤上，利於耕種，多數採集者則生活在沖積平原上，便於漁獵。特里波里木工使用的是拋光的石斧，採集者則採用有打製的燧石斧；特里波里陶器的製作方式和裝飾風格均與眾不同。特里波里農民種植並食用各種外來的食物，例如風味獨特的羊肉。塞利什特（Selishte）的特里波里遺址出土了四條圓柱狀的鍛造銅珠項鍊，年代為西元前五八〇〇至五六〇〇年（6830±100 BP）。[12] 這顯示出他們很早便認識到外西凡尼亞山區（銅、銀、金）和巴爾幹半島（銅）的金屬礦，東南歐的採集者則從未加以留意。

有考古學家推測，喀爾巴阡山脈東側的特里波里文化可能是適應新農業經濟的當地採集者，而非遷徙而來的先驅移民。[13] 但這並無可能，因為多瑙河流域、喀爾巴阡山脈東側等處的特里波里遺址的物質文化和經濟模式有諸多相似之處，而且喀爾巴阡山脈東側的特里波里文化與當地採集者之間差異甚鉅。但這並不重要——沒人真的相信喀爾巴阡山脈東側的特里波里人群「在基因上」有多「純淨」。重要之處在於，居住在喀爾巴阡山脈東側特里波里村落的人群是「文化上的」，物質符號幾乎就代表他們所有的身分認同，且考量到他們如何到此，幾乎也確定了語言等非物質符號。毋庸置疑，特里波里「文化」發源於多瑙河流域。

▶特里波里文化的語言

如果斯塔切沃—特里波里—卡拉諾沃移民與北美、巴西、東南亞和世界其他地區的先驅農民完全相同，他們便很有可能會保留其在希臘北部祖先村落中使用的語言。面對以農耕維生的移民，採集者的語言更趨衰落。農民的出生率更高、聚落更大，且可定居。他們產出更易冬藏的餘食。正如伊恩・霍德（Ian Hodder, 1948-）所強調，相較於補獵野生動物，擁有和豢養「化育」動物向來被

視為是截然不同的特質。移民農民的物質和儀式文化與經濟模式被強加於希臘和東南歐景觀上，並長此以往留存於此，採集者身分認同的外在符號卻消失了。採集者的語言可能會對農民的語言帶來基質效應（substrate effect），但基於這種可能的情境（plausible scenario），很難想像它能與農民的語言相競爭。[14]

斯塔切沃、特里波里、卡拉諾沃的先驅農民會使用什麼語言？所有這些人的母語也都在希臘的色薩利平原（Thessalian plain）上被使用，那裡是第一個新石器時代的聚落，可能是由從安納托利亞西部航行到各個島嶼的船員，在西元前六七〇〇至六五〇〇年左右所建立。凱瑟琳・佩利（Katherine Perlés, 1948-）極具說服力地論證了，希臘首批農民的物質文化和經濟模式是從近東或安納托利亞移植過來的。陶器、燧石工具、裝飾品、女性小雕像、皮塔德拉（pintadera）圖章、唇飾，以及其他特徵的相似性，顯示出其可能源於安納托利亞西部某處。移民跳蛙至希臘最富庶的農地——色薩利平原，這幾乎可確定是根據偵察兵（可能是愛琴海漁民）提供的資訊，向親戚介紹此位於安納托利亞北部的目的地。色薩利農民的人口迅速增加。西元前六二〇〇至六〇〇〇年，色薩利平原上至少屹立了一百二十個新石器時代早期的聚落，那時先驅農民開始向北遷徙到東南歐的溫帶森林區。色薩利的新石器時代村落供給了原始的馴化綿羊、家牛、小麥和大麥，以及紅白相間的陶器、女性中心的家庭儀式、愛琴海「海菊蛤」打造的手環和珠鍊、燧石工具類型，以及其他實行於巴爾幹地區的傳統。新石器時代色薩利的語言可能是西元前六五〇〇年使用於安納托利亞西部的一種方言。在色薩利的首個殖民方言之中，應已發生簡化和層級，因此，五百年後所占據的一百二十個村落中，他們所使用的語言已經突破了瓶頸，且很有可能又再一次分化成差異甚鉅的方言。[15]

西元前五八〇〇至五六〇〇年左右，喀爾巴阡山脈東麓丘陵地

帶的首批特里波里農民所說的語言，與色薩利第一批定居者所說的母語分化不到一千年——這與現代美式英語與盎格魯撒克遜語分化的時間斷限相同。這樣長的時間足以讓幾種新的古歐洲新石器時代語言從色薩利祖先中衍生而出，但它們應該屬於單一一個語系。這個語系並非印歐語系。它在錯誤的時間（西元前六五〇〇年之前）從錯誤的地方（安納托利亞與希臘）而來。弔詭的是，這個失落語言的碎片可能保存於原始印歐語的 *tawro-s 一詞中（意指 bull），這讓許多語言學家認為這個詞彙是從亞非語系中挪用而來。亞非的超級語系在近東衍生出埃及語和閃語，其中一個最早語言的使用者，可能是安納托利亞的最早一批農民。或許特里波里的人群所使用的是亞非語系的語言，且在他們將牛趕到喀爾巴阡山脈東側的山谷時，他們稱呼其為 *tawr-。[16]

農民與採集者的相遇：布格河—聶斯特河文化

幾頁之前我們曾經提過，第一批東歐大平原上的原住民採用特里波里牛育種，或許在布格河—聶斯特河文化中，特里波里（Criș）一詞也代表公牛（bull）。他們占據了前線，特里波里農民的擴張於此停止，顯然遭到布格河—聶斯特河文化的阻礙。農民和採集者之間的初相遇肯定十分有意思。特里波里移民帶來了一群馴化的動物，並讓牠們在充斥鹿群的山坡上放養。他們引進了綿羊、李子園和熱小麥餅。他們的家庭經年累月定居於一處；他們砍伐樹木來建造房舍、果園和花園；而且，他們使用的是陌生的語言。

採集者的語言可能是後來衍生出原始印歐語廣大語系的一部分，然而，鑑於布格河—聶斯特河文化的最終命運是滅絕和同化，他們的方言可能和其文化一同消亡。[17]

自上個冰河期結束以來，生活於該區的中石器時代採集者文化

便衍生出布格河—聶斯特河文化。中石器時代晚期的技術—類型群組，僅在烏克蘭的燧石工具組中定義出不同的型態；而在頓河以東的俄羅斯大草原、北裏海盆地，以及羅馬尼亞沿海地區，也找到了其他中石器時代晚期以燧石工具為基礎的群體。在多瑙河下游的低谷與黑海西北部的沿海草原，皆發現了中石器時代的營地，離特里波里的聚落區並不遠。在多布羅加（Dobruja），多瑙河三角洲河口環繞著岩丘構成的半島，光在多瑙河南部河階的圖爾恰（Tulcea）西北一小塊區域，就發現了十八至二十個中石器時代的地表遺址。中石器時代晚期的群體也占據了河口的北側。米爾諾（Mirnoe）是此處研究最完善的遺址。中石器時代晚期的米爾諾狩獵者獵殺野生原牛（占骨頭中的百分之八十三）、野馬（占百分之十四）。以及已滅絕的歐洲野驢（占百分之一點一）。在遠離多瑙河三角洲的海岸，大草原更加乾燥，以及在聶斯特河下游中石器時代的吉惹沃（Girzhevo），有百分之六十二的骨頭是野馬，還有一些原牛和歐洲野驢。這些沿海草原採集者與推進至高地森林—草原的特里波里農民間，在考古上沒有絲毫接觸的痕跡。[18]

這段歷史與森林—草原帶上的不同。在南布格河和聶斯特河流域中游和上游的森林—草原帶中，已經至少有二十五個布格河—聶斯特河文化遺址出土，那裡的降雨足以讓森林生長於過渡區的生態環境中，但當中仍然有開闊的牧場和一些草原區塊。這種生態環境得到了特里波里移民的青睞。世世代代以來，本地的採集者狩獵紅鹿、狍鹿和野豬，捕撈淡水魚（特別是巨大的河鯰，歐鯰〔Siluris glanis〕）。早期布格河—聶斯特河文化中的燧石工具顯示出與沿海草原族群（格里貝尼可夫〔Grebenikov〕和卡庫魯斯卡耶〔Kukrekskaya〕型的工具組）和北方森林族群（頓涅茨河型）的相似性。

▶陶器與新石器時代伊始

　　布格河—聶斯特河文化屬於新石器時代文化；布格河—聶斯特河的人群已知如何用火燒製陶器。東歐大草原地區的第一只陶器，以及新石器時代早期的伊始，皆牽涉到窩瓦河流域中游薩馬拉（Samara）地區的伊列茨克（Elshanka）文化。碳十四年代（從貝殼）大約在西元前七〇〇〇至六五〇〇年，出乎意料的是，這讓其成為全歐洲最古老的陶器。這些罐子全是用從淤泥池底部收集的富含黏土的泥漿所製成。這些陶器是用泥條盤築法讓其成形，並於攝氏四百五十至六百度的火露天燒製而成（圖8.4）。[19] 此製陶技術從東北往南方與西方傳播。早在與南方農民密切接觸以前，約莫在西元前六二〇〇至六〇〇〇年，東歐大草原上的大部分採集和漁獵帶皆已廣泛採納此製陶技術。在定年於西元前六二〇〇至五八〇〇年左右的地層，新石器時代早期陶土摻有植物和貝殼的陶器，出現在聶伯河急流處的瑟斯基島（Sredni Stog）。在頓河流域下游，刻有幾何紋飾、摻雜植物的粗造陶器，出現於拉庫史卡村以及珊諾沃克（Samsonovka）等遺址，相當於西元前六〇〇〇至五六〇〇年的地層中。[20] 相似的紋飾和器形，但陶土摻入的是貝殼碎屑，出現於窩瓦河下游西元前五七〇〇至五六〇〇年（6720±80 BP）左右的卡爾—夏克 III 期文化。較古老的陶器是在位於庫加（Kugat）的北裏海地區所生產，是一種不同類型的陶器，位於卡爾—夏克陶器層之下，可能與瑟斯基島上的陶器年代相當。西元前六二〇〇年左右，出現了原始、實驗性的陶器碎片，同時也在亞速海以北大草原的馬特維夫墳塚出現。同樣大約在西元前六二〇〇至六〇〇〇年左右，窩瓦河中游以南最古老的陶器出現於聶伯河急流（瑟斯基島），位於頓河下游（拉庫史卡村）及窩瓦河下游（庫加的卡爾—夏克 III，圖8.4）。

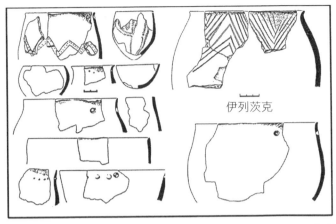

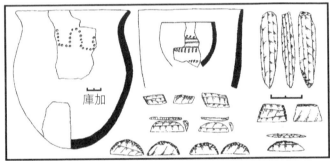

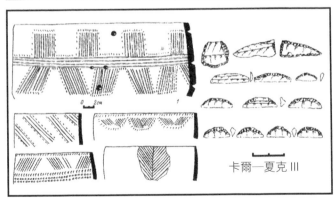

圖 8.4　上：位於窩瓦河中游的早期伊列茨克型的新石器時代陶器（西元前七
〇〇〇至六五〇〇年）；中：北裏海的庫加的陶器和燧石工具（西元前
六〇〇〇年）；下：北裏海的卡爾—夏克 III 的陶器和燧石工具（西元前
五七〇〇至五六〇〇年）。出處：（上）Mamonov 1995；（中、下）
Barynkin and Kozin 1998.

南布格河流域最早的陶器，出土於巴什可夫島的丹尼連科（Danilenko），定年於西元前六二〇〇至六〇〇〇年左右（此年代由五次的碳定年法定出），與聶伯河瑟斯基島的年代大致相同。[21] 在聶斯特河流域，就在南布格河往西一點的索羅基 II，考古學家發掘了兩個地層的中石器時代晚期聚落（地層 2 和 3，碳定年法可定年至西元前六五〇〇至六二〇〇年左右。當中沒有發現陶器。西元前六二〇〇年左右，早期的布格河—聶斯特河文化採用了此製陶技術，可能與陶器出現於聶伯河流域和裏海盆地的時間約略相同。

▶聶斯特河流域的農—牧民交流

西元前五八〇〇至五七〇〇年左右，特里波里農民從西方遷徙至喀爾巴阡山脈東麓丘陵，聶斯特河山谷遂成為兩種迥異生活方式的前線。在索羅基 II 期文化遺址，占據最上層（地層 1）的是布格河—聶斯特河人群，他們顯然已經與新來的特里波里農民有過接觸，碳定年法所定的合理年代大約在西元前五七〇〇至五五〇〇年。地層 1 中的某些陶器明顯是特里波里器皿的仿製品——具備環形基座的圓狀、窄口罐，以及側面呈龍骨形的碗。但它們製造於當地，利用摻入沙土和植物纖維的黏土。地層 1 中的其餘陶器看起來更類似當地的袋狀南布格河陶器（圖 8.5）。從地層 1 與較古老的地層 2、地層 3 裡燧石工具的連貫性，顯示這些文化具備相同的基礎，傳統上將這三個地層都劃歸為布格河—聶斯特河文化。

這些生活於索羅基 II 期文化第 I 地層營地的布格河—聶斯特河人群，除了仿製特里波里陶器，還仿造了許多東西。植物學家在陶器上發現了三種小麥種子的印痕。地層 1 還找出一些小型家牛和家豬的骨頭。這恰恰是重大變革的伊始——當地採集者採納了進口糧食生產的經濟模式。同樣值得注意的是，索羅基 II 陶匠仿製的異

地陶器類型是小型的特里波里有底座的陶罐和陶碗，可能作為盛裝飲料和食物之用，而非用來貯存或烹煮。或許，來訪採集者所拿到的特里波里飲食，是盛裝在陶罐和陶碗中的，就像特里波里家庭的作法一樣，這為一些布格河—聶斯特河家族帶來靈感，來重新製作新的飲食和盛裝容器。但從布格河—聶斯特河陶器上原本的裝飾圖案、最大的陶罐形狀、黏土中摻入的植物和偶而摻入的貝殼，以及低溫燒製等再再顯示出，布格河—聶斯特河的陶匠很早就有了自己的技術、陶土與摻和料的規制。他們所製造的最大陶罐（用於烹飪

圖 8.5　布格河—聶斯特河文化的陶器類型。最上面的四個器皿似乎是在圖 8.2 所示的特里波里型之後所仿製的。出處：Markevich 1974；及 Dergachev 1999.

或貯存？）的形狀類似窄口的籃子，跟特里波里陶匠所製作的任何形狀都不一樣。

聶斯特河流域兩處遺址的早期布格河—聶斯特河陶罐中，出現了三種小麥的痕跡：索羅基 II ／地層 1 和索羅基 III。這兩處遺址都有二粒小麥、單粒小麥、斯卑爾脫小麥的痕跡。[22] 到底，這些小麥是否是本地種植的？這兩處遺址的小麥並不相同，部分有脫粒過，有穀殼和小穗（spikelet）的痕跡。脫粒痕跡的存在顯示出至少有些小麥是在當地種植並經過脫粒。與聶斯特河流域的農民初次接觸後不久，聶斯特河流域的採集者似乎至少開始在小塊土地上種植穀物。那牛呢？

聶斯特河流域的三處布格河—聶斯特河新石器時代早期遺址約莫處於西元前五八○○至五五○○年，從垃圾坑裡發現的三百二十九塊骨骸中，若每塊骨頭皆以可辨認個體數計算，則家牛和家豬平均占了百分之二十四；若將骨頭以最小個體數計算，則動物占了百分之二十。在肉類飲食中，紅鹿和狍鹿仍然比家畜更為大宗。西元前五六○○至五四○○年的布格河—聶斯特河中期（山欽期）遺址有更多家豬和家牛：在索羅基 I ／地層 1a 的中間期遺址，發現的二百一十三塊骨頭中，牛和豬占了百分之四十九（最小個體數為百分之三十二）。到了約莫西元前五四○○至五○○○年的晚期（薩夫蘭）階段，兩處遺址的家豬和家牛共占獸骨的百分之五十五（最小個體數為百分之三十六）。[23] 與之相反，南布格河流域的布格河—聶斯特河聚落離家畜來源很遠，就從未發現超過百分之十的家畜骨骸。不過，就連在特里波里農民進入喀爾巴阡山脈東麓丘陵後不久，巴什可夫島和米什可夫島（Mit'kov Ostrov）也出現了一些家牛和家豬。套用茲維列比爾（Marek Zvelebil, 1952-2011）所提出的農民—採集者互動三階段，「有效性」（availability）階段特別短促。[24] 為什麼？特里波里的飲食，

再加上他們供應的陶器，究竟為何這麼吸引人？

有三種可能：通婚、人口壓力、地位競爭（status competition）。通婚這個解釋一再被重申，但套在物質文化的漸進式變革（incremental change）上，沒什麼說服力。在這種解釋下，外來的特里波里文化新娘便成為布格河—聶斯特河聚落之所以出現特里波里文化的陶器風格和飲食的傳播工具。但華倫·地波爾指出，在部落社會中，嫁到異族部落的新娘通常會有無所遮蔽和局促不安的心理，所以會成為新文化的超級正確模仿者（hyper-correct imitator），而非創新的來源。況且，布格河—聶斯特河陶器的技術和製造方式都源自當地。相較於裝飾風格，技術風格通常是更好反映族群源頭的指標。因此，儘管可能存在通婚，但這個解釋對在聶斯特河邊境的陶器或經濟創新來說不具有說服力。[25]

那是因為人口壓力嗎？前新石器時代的布格河—聶斯特河的採集者，是否將好的獵場和漁場消耗殆盡，故想方設法增加獵區（hunting territory）內可收穫的食物數量？恐怕不是。森林—草原帶是理想的獵區，鹿就特別喜歡這種最大量的森林邊緣生態。特里波里時期土壤中大量的樹木花粉顯示出，特里波里先驅對周遭森林的影響不大，因此他們的到來並未使鹿的數量銳減。布格河—聶斯特河飲食的主要組成是河魚，有些魚類所供應的肉量不亞於成年的小型豬，且並無證據顯示魚的數量有下降。未雨綢繆的採集者可能會尋找牛和豬以應付荒年，但立即的動機恐怕並非饑饉。

第三種可能是，特里波里農民在筵席和季節性節日中可支配的大量食物，讓採集者嘖嘖稱奇。或許特里波里農民會邀請一些布格河—聶斯特河本地人參與這些節日，以助長和平共存。對社會地位懷抱野心的採集者可能已經開始在園中耕種與養牛，以贊助自家人的筵席，甚至製造像特里波里村民所用的陶碗和陶杯——這是種政治性的解釋，也解釋了為什麼特里波里的陶器會被仿製。可惜沒有

哪個文化有留下墓葬，因此我們無法藉由檢視墓葬來尋找社會階層不斷擴增的證據。似乎除了食物本身以外，能彰顯地位的物品並不多。或許經濟避險和社會地位都導致聶斯特河流域採用緩慢而穩定的糧食生產模式。

在布格河—聶斯特河飲食中，畜牧與農耕的重要性逐漸提高。在特里波里聚落，馴化的動物占了廚房裡骨頭的七至八成。而在布格河—聶斯特河聚落，只有在較晚的階段，馴化的動物才超過了獵來的野味，且僅有在緊鄰特里波里聚落的聶斯特河流域處。布格河—聶斯特河的人群從不吃羊肉——在布格河—聶斯特河遺址中一根羊骨都沒有發現過。早期的布格河—聶斯特河麵包師傅並未使用特里波里式的鞍形手石磨（quern）來磨製穀物；他們最初使用的反而是當地風格的菱形小型石臼（stone mortar），僅在布格河—聶斯特河中期才改用特里波里風格的鞍形手石磨。比起特里波里較小型的拋光石斧，他們更喜歡自己用的那種打製燧石斧。他們的陶器也十分特別。不同於特里波里文化，他們的歷史軌跡（historical trajectory）直接回溯至當地中石器時代的人群。

即便是在西元前五五〇〇至五二〇〇年之後，新的農業文化（線紋陶文化）從波蘭南部遷徙至喀爾巴阡東麓，並取代了特里波里文化，聶斯特河流域的前線仍然得以倖存。聶斯特河流域以東並未發現線紋陶的遺址。[26] 聶斯特河是文化前線，而非自然性的前線。儘管存在人群與貿易貨品的互通有無，且雙方皆發生重大的文化變革，但這條文化前線仍然屹立不搖。持久的文化前線，特別是在古代遷徙潮的邊緣，通常是族群和語言前線。布格河—聶斯特河的人群所使用的語言，可能屬於衍生出前原始印歐語的語系，而他們的特里波里鄰居，口中所說的則與新石器時代希臘和安納托利亞的語言略為相關。

超越前線：牛到來之前的東歐大草原採集者

　　聶斯特前線以東的東歐大平原北方社會繼續和從前一樣，靠狩獵、採集野生植物、捕魚等方式生活，直到西元前五二〇〇年左右。農民贈予採集者牛隻和熱麥餅，並讓此具正當性，在這些直接的接觸後，採集者似乎對此難以抗拒；但在遠離活絡接觸的前線之外，東歐大平原北方的採集者—漁獵者並不急於成為動物馴化者。只有堅守倫理道德、坐視家族飢餓的人群，才能飼養馴化的動物，而非放任家族吃下種畜（breeding stock）。穀種和種畜必須貯存下來，而非吃掉，否則隔年就沒有農作物和仔牛。採集者多半看重於立即分享和慷慨，而非為了將來而吝嗇儲蓄，因此轉向飼養種畜，既涉及道德層面、亦涉及經濟層面。這可能與舊日道德觀相抵觸。若其遭到抵制，或者是其周遭都開始採行新儀式和新式領導方式，抑或是在延後的投資獲得回饋時，新的領導者舉行筵席來分享食物，這都完全毋須訝異。這些新的儀式和領導方式是印歐宗教和社會的基礎。[27]

　　在布格河—聶斯特河流域之後，下一個轉向養牛的是東歐大草原上人口最多的區域。這在聶伯河急流附近。聶伯河急流始於現代的聶伯城（Dnepropetrovsk），聶伯河在此通過花崗岩床岩的暗礁，傾瀉至沿岸低地，海拔從超過六十六公尺處驟降五十公尺。急流包括十道主要的小瀑布，在早期的歷史文獻中，每道瀑布都有自己的名字、守護神祇及民間傳說。急流中可以抓到大量溯洄的魚，例如梭鱸（sudak；白梭吻鱸〔Lucioperca〕），而小瀑布間的激流則是歐洲巨鯰（wels）的原鄉，這種河鯰可以長達十六尺。此兩種魚類的骨頭都在聶伯河急流附近的中石器、新石器時代的營地中發現。在急流南端，有一個靠近基許卡斯（Kichkas）的淺灘，寬闊的聶伯河在此處較容易徒步穿過，這是世上沒有橋樑的戰略要地。

　　一九二七至五八年間所修建的水壩和水庫，淹沒了聶伯河急流

和許多相關的考古遺址。建造水庫時，許多遺址因而出土，即聶伯河東岸的「艾格倫8」（Igren 8）。此處最深的地層F包含中石器時代晚期的卡庫魯斯卡耶燧石工具；上方的地層E和地層E1則包含瑟斯基島新石器時代早期的陶器（碳定年為西元前六二○○至五八○○年）；再上方的地層D1則包含新石器時代中期的聶伯河—頓涅茨河I期文化（DDI）的陶器，其有摻入植物纖維，並飾以鋸齒狀刻紋和小的篦點紋（可能是在西元前五八○○至五二○○年，但並未直接以碳定年法測年）聶伯河—頓涅茨河I垃圾中的獸骨來自紅鹿和魚。養牛的轉向尚未開始。聶伯河—頓涅茨河I與布格河—聶斯特河文化同時代。[28]

製作聶伯河—頓涅茨河I陶器的採集者遺址出土於西北部的波里伯沼區（Pripet Marshes）和東部頓涅茨河流域中游的南方邊界上，或者是在大部分的森林—草原帶和烏克蘭北方草原區。基輔以西、日托米爾（Zhitomir）附近的特特列夫河（Teterev River）上游的格里（Girli）（圖8.6），有一處聶伯河—頓涅茨河I聚落包含兩兩成對的八個火塘，四對火塘呈東北—西南向排列，每對相距約二至三公尺，可能代表四個家庭各約十四公尺長的簡易居所。火塘周圍是三千六百個燧石工具，包括細石器刀及飾以篦點紋和戳點紋的尖底罐陶片。糧食經濟模式依賴狩獵和採集。格里坐落於聶伯河和南布格河間的小徑上，陶器的偏小形狀和裝飾皆類似於一些布格河—聶斯特河中期（或稱山欽〔Samchin〕期）的陶器。然而，聶伯河—頓涅茨河I的遺址並未包含馴化的動物或植物，連像特里波里和布格河—聶斯特河文化晚期那樣的拋光石斧都沒有；聶伯河—頓涅茨河I的斧頭仍然是從大塊燧石剝打下來。[29]

▶聶伯河急流周遭的採集者墓葬

在烏克蘭和歐俄的大部分區域，後冰河時期的採集者並未建立墓地。布格河—聶斯特河文化十分典型：他們通常是在一處舊營地（可能是死者斷氣之處）零散地埋葬死者。墓邊進行儀式，但並不是在專為死者設置的地方舉行。墓地型態各異：專為葬禮保留、喪葬紀念碑，以及公開悼念死者的一個正式的小地方。墓地是象徵性的聲明，將一方土地與祖先加以聯繫。在聶伯河急流周遭的水庫建設期間，考古學家發現了八個中石器時代和採集者的新石器時代墓地，包括瓦西里夫卡 I（Vasilievka I，二十四座墓）、瓦西里夫卡 II（Vasilievka II，三十二座墓）、瓦西里夫卡 III（Vasilievka III，四十五座墓）、瓦西里夫卡 V（Vasilievka V，三十七座墓）、馬里夫卡（Marievka，十五座墓）和沃魯斯克（Volos'ke，十九座

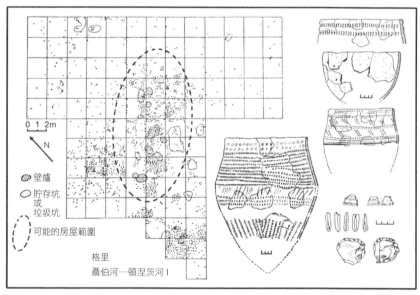

圖 8.6　聶伯河—頓涅茨河 I 在烏克蘭格里（Girli）的營地，西元前五六○○至五二○○年左右。出處：Neprina 1970、圖 3、4、8。

墓）。在東歐大草原地區，沒有其他類似的採集者墓群。

冰河時代末期，聶伯河急流周圍似乎有好幾個不同的採集人群在競爭。西元前八〇〇〇年左右，冰河融化之時，至少有了三種顱骨和臉型：窄臉細長型（沃魯斯克）、寬臉中量型（瓦西里夫卡 I）、寬臉結實型（瓦西里夫卡 III）位於不同的墓葬，且以不同的姿勢埋葬（彎曲和伸展的姿勢）。埋在沃魯斯克的十九名死者中有兩名、瓦西里夫卡 III 的四十五名死者中有兩名（或三名）遭裝有卡庫魯斯卡耶型細石器刀的武器擊傷。西元前七〇〇〇至六二〇〇年的中石器時代晚期，瓦西里夫卡 III 的骨骼類型和埋葬姿勢最終傳播至整個聶伯河急流。現在，因其墳塚類型而被假設為新石器時代早期的兩處墓葬（瓦西里夫卡 II 和馬里夫卡），如今碳定年為西元前六五〇〇至六〇〇〇年，即中石器時代晚期。

只有瓦西里夫卡 V 這一個聶伯河急流墓葬的碳定年屬於新石器時代中期的聶伯河—頓涅茨河 I（西元前五七〇〇至五三〇〇年）。瓦西里夫卡 V 的三十七具骨骸皆以仰姿（躺著）、手靠近骨盆、頭朝東北方的方式埋葬。有些死者單獨埋在個別的坑中，另一些則層層埋在顯然被重複使用的墓葬中。墓地中央的十六座墓葬似乎顯示出兩或三層相疊的喪葬，這是集體墓葬儀式的第一個跡象，在接下來的幾百年中將被大量使用。三十七座墓葬中，有十八個灑了赭土，再次暗示了即將發生的事情。不過，瓦西里夫卡 V 的陪葬品十分簡單，僅限於細石器刀和燧石刮刀。這些是聶伯河急流地區最後一群堅守舊道德觀、並拒絕養牛的人群。[30]

▶窩瓦河下游與頓河下游的採集者

新石器時代早期的採集者打造了不同風格的陶器，他們住在更遙遠的東方，距離聶斯特河的採集者／農民前線更遠。窩瓦河下游

的採集者營地可追溯至西元前六〇〇〇至五三〇〇年，包括陶土摻有貝殼碎屑和的植物平底碗，其上飾以一排三角形戳印，或者是鑽石形和菱形的刻畫紋。這些裝飾技術與聶伯河流域的聶伯河—頓涅茨河 I 陶器上的篦點紋裝飾不同。窩瓦河的燧石工具組包含許多幾何狀細石，占工具中的六至七成，類似早先中石器時代晚期採集者的燧石工具。重要的新石器時代早期遺址包括窩瓦河下游地區的瓦佛諾米卡地層 3（碳定年西元前五九〇〇至五七〇〇年左右）和卡爾—夏克 III（也定年在大約西元前五九〇〇至五七〇〇年）；頓河下游沙丘上的拉庫史卡村的較低地層（定年在西元前六〇〇〇至五六〇〇年）。[31] 卡爾—夏克 III 當時所在的生態環境為半荒漠（semi-desert），經濟幾乎完全仰賴狩獵亞洲野驢。瓦佛諾米卡的獸骨位於乾草原的一個小河谷中，研究報告尚未按地層劃分，因此無法定論地層 3 的新石器時代的經濟模式為何，但瓦佛諾米卡所有獸骨中有一半是野生家馬，還有一些野生原牛的骨頭（*Bos primigenius*）。另外在住所的地上發現魚鱗（來源不明）。在拉庫史卡村，當時為廣過的頓河流域下游的濱岸林所環繞，獵人追捕紅鹿、野馬和野豬。如同我在本章的幾個註釋中所指出的，有些考古學家聲稱牛羊放牧在更早的時候就始於頓河—亞速海下游平原，但這不太可能。西元前五二〇〇年之前，採集者—農民前線仍局限於聶斯特河流域一帶。[32]

眾神賜予牛

　　西元前五八〇〇年，喀爾巴阡山脈東側的特里波里殖民者在聶斯特河流域的森林—草原帶，建立了健全而持久的文化前線。盡管布格河—聶斯特河文化迅速獲得了至少一些馴化的穀物、豬和牛，但它仍保留了主要以狩獵和採集為基礎的經濟模式，且在大多層面

仍維持獨特的文化與經濟特色。除此之外，直到西元前五二〇〇年左右之後，在森林—草原帶和以東的草原河谷中，都似乎沒有其他原住民社會採納穀物的種植或馴化的動物。

在聶斯特河流域，東歐大平原北方的原始文化與使用不同語言、不同信仰的農民直接面對面接觸，從而引進了大批新的入侵植物和動物，並將之視若珍寶。前線地區的採集者迅速接納了一些耕種的植物和動物，但仍有所取捨，特別是綿羊。大部分的飲食仍依靠漁獵。他們並未顯示出轉向新儀式或社會結構的明顯跡象。養牛和種麥似乎只是兼職，僅僅是用來因應荒年的避險手段，也或許是追上鄰居的一種方式，並非要取代採集經濟模式與道德觀。幾百年來，即使是部分糧食生產的這種不徹底的轉向，也僅限於聶伯河流域，聶伯河流域便是道狹隘且定義明確的前線。但在西元前五二〇〇年之後，歐洲新石器時代的農民似乎已經跨越了人口密度和社會組織的新門檻。喀爾巴阡山脈東麓的村落採納了多瑙河流域下游大城鎮的新習俗，一種嶄新、更複雜的文化因運而生，即庫庫特尼—特里波里文化（Cucuteni-Tripolye culture）。庫庫特尼—特里波里村落向東擴散。聶斯特河前線遭到破壞，西式的大型農業社群被引入聶斯特河和南布格河流域。布格河—聶斯特河文化，原始的前線社會，就這樣消失在庫庫特尼—特里波里移民浪潮中。

不過在東部的聶伯河急流附近，家牛、家豬的骨頭，特別引人注目的是連綿羊的骨頭，都開始規律地出現在垃圾堆中。聶伯河急流是戰略要地，控制這裡的氏族已經比其他大草原上的氏族具備更細緻的儀式。等到他們開始養牛，便為整個草原帶的經濟和社會帶來疾速的影響。

第九章
母牛、銅器和酋長
Cows, Copper, and Chiefs

原始印歐語字彙中有個複合詞（*weik-potis*），意指酋長，也就是在居民群體中擁有權力的個人；另一個字根（*re -*）指涉另一種強大的官員（officer）。這兩個字根之後在幾個語言中成為「王」（king）的字根，像是義大利語的 *rēx*、凱爾特語的 *rīx*，以及古印度語的 *raj-*，但它最初可能只是指涉像是祭司等的官員，字面意義就是「管理者」（regulator，來自相同的字根）或「一個讓事情『正確』的人」（right；仍然是相同的字根），可能與繪製「正確的」（cor-*rect*；相同的字根）界線有關。原始印歐語的使用者已經將權力與社會階層（social rank）的機構制度化，想必是對掌握此制度的人群表達尊敬，而這群人則回報以贊助分配食物和禮物的筵席。[1] 東歐大草原地區何時才出現社會權力階層？它如何表現？這些掌握權力的人群又是誰？

約莫在西元前五二〇〇至五〇〇〇年之後，酋長第一次現身於東歐大草原的考古紀錄中，此時馴化的牛、綿羊和山羊正開始第一次的廣泛傳播。[2] 動物飼養在草原中傳播有個十分有意思的面向，即酋長也在同時迅速崛起：他們穿戴好幾條穗帶、一串串拋光的貝

珠、骨珠、海狸齒和馬齒珠、野豬獠牙牌飾，頭戴野豬獠牙冠，衣服上縫製了野豬獠牙片、水晶與斑岩牌飾，手上戴著拋光的石鐲和爍爍發亮的銅指環。他們的裝飾品肯定會在他們走路時啪啦作響。年紀較長的酋長手持帶有拋光石杖頭的權杖。他們的葬禮伴隨有綿羊、山羊、牛和馬的獻祭，大部分獻祭完的肉和骨頭都會分給主持儀式的人群，因此墓葬中只會剩下一些象徵性的小腿碎肉，偶爾也會出現頭骨，或許還連著皮肉。在新石器時代的舊採獵隊伍中，不曾出現這樣浮誇的領導者。這類酋長突然邊增的有趣原因是──他們骨骼中的氮含量顯示出，有超過百分之五十的肉類飲食持續出自魚類。在窩瓦河地區，馬骨是早期獵人特別喜歡的野生獵物，還是比廚餘中的牛羊要多上許多。被馴化的牛羊在儀式中的地位舉足輕重，因此很少會被拿來食用，特別是在東方。

乍看之下，新糧食經濟的擴散似乎與新儀式、與之相關的新價值觀，以及新的社會權力制度深深交織在一起。那些不接納新興的動物流通方式的人群，繼續維持採集者的生活，連個正規的墓葬都沒有，更別說是要強化這種公共葬禮了。他們的死者依舊是素衣下葬，簡單埋在他們的舊營地中。日益擴大的文化鴻溝（culture gap），橫亙在飼養外來綿羊、山羊等家畜的人群與狩獵本土野生動物的人群之間。

新經濟的北方前線恰與北部森林和南部草原間的生態隔閡（ecological divide）相符。在接下來的兩千年，北方的獵人和漁獵者始終拒絕遭馴化的動物所束縛。即便是在森林─草原帶的過渡區，馴化的動物骨骼的比例也有所下降，野味的重要性則增加。比起來，新經濟模式的東方前線和生態過渡區並不吻合，而是與烏拉爾河的流向相一致，這條河從烏拉爾山脈南側流出，切穿裏海盆地後注入裏海。在烏拉爾河以東、哈薩克北方的草原上，阿特巴沙（Atbasar）風格的草原採集者仍然以野馬、鹿和原牛維生。低河

階上或草原湖泊、沼澤邊上的青草峭壁為他們生活的營地提供遮蔽。他們之所以抗拒新式西方經濟，可能是基於族群及語言上的差異；西元前一四○○○至九○○○年的千年期間，赫瓦倫斯克海將哈薩克與俄羅斯大草原的社會一分為二，因此加劇了此差異。不管原因為何，烏拉爾河流域始終是劃分西方草原社會的持久前線，而此西方草原社會接納了遭東方草原社會抗拒的馴化動物。

　　跟隨第一批馴化動物，銅製裝飾品隨著禮品、小玩意的交易從多瑙河流域跨越至窩瓦河─烏拉爾地區。銅器在東歐大草原中的廣泛出現，標誌了新石器時代伊始。銅器產自巴爾幹半島，可能是藉由與動物同樣的貿易網路獲得。自那時起，東歐大草原上的各個文化就捲入巴爾幹地區和多瑙河流域下游的文化之中，社會、政治和經濟關係均日益複雜。然而，這不過是加劇了它們之間的鴻溝。到了西元前四四○○至四二○○年，古歐洲文化的經濟生產力、人口規模和穩定性皆達到顛峰，古歐洲文化與東歐大草原牧民文化的前線發展成史前歐洲最顯著的文化鴻溝，甚至讓北方森林獵人與草原牧民的對比更加鮮明。值此真正舉足輕重的時代，巴爾幹半島、喀爾巴阡山脈及多瑙河流域中下游的新石器、銅石並用時代的各個文化，具備更富生產力的農業經濟模式，比起大草原，他們的城鎮和房舍更加堅固，手工藝技術、裝飾美學和冶金也更為精湛。大草原上銅石並用時代早期的畜牧文化當然已經意識到古歐洲那些花枝招展、打扮得五顏六色的人群，但草原諸社會的發展方向卻完全背道而馳。[3]

古歐洲的紅銅時代早期

　　東南歐大部分的區塊皆以一致的節奏發展成銅石並用時代：社會與技術複雜化程度提升至新的水準，隨後在青銅時代伊始的蓬勃發展下，解體成規模更小、流動性更高、技術更簡潔的社群。然而

其開始、發展、結束的地點皆不相同。青銅時代大約始於西元前五二〇〇至五〇〇〇年的保加利亞，其在方方面面都是古歐洲的心臟與中心。至少早在西元前四六〇〇年，東歐大草原的各個社會就已納入古歐洲銅製品的貿易網路，比德國、奧地利或波蘭開始慣用銅器，還要早上六百多年。[4]

　　保加利亞和羅馬尼亞南部零星的農業村落，在西元前五二〇〇至五〇〇〇年左右發展成大規模且穩固的農業村莊，其中由木材和編泥牆建造的房屋有多個房間，通常有兩層，坐落於被牛、羊、豬隻所包圍的開闊耕地中。放眼耕地，是牛拉著犁和原始的淺犁。[5]在巴爾幹半島和多瑙河流域下游的肥沃平原，一代接著一代，村莊一再於差不多的地點重建，形成高度三十至五十尺的分層人造土丘[*]，使村莊高於周圍的耕地。瑪利亞・金布塔斯使古歐洲因女神的無所不在和多樣性而聞名於世。家戶崇拜（household cult）以隨處可見的豐臀女性小雕像為象徵。刻在小雕像和陶罐上的記號暗示了記法系統（notation system）的出現。[6]上色的灰泥碎片顯示出房屋牆壁上所繪製的螺旋紋、曲線紋設計，與陶器上的裝飾相同。陶匠發明出溫度可達攝氏八百到一千一百度的窯。他們利用低氧還原環境（reducing atmosphere）創造出陶器表面的黑色，並用石墨繪成銀色的設計；或者利用風箱輔助形成的高氧環境，創造出表面的紅色或橘色，並用黑、紅滾邊的白繩加以參差彩繪。

　　陶窯帶來了冶金。將粉狀的藍綠色藍銅礦（azurite）或孔雀石（malachite）礦物（可能用於上色）與木炭粉加以混合，接著在風箱輔助的窯中燒製，就能從石塊中提煉出銅——最初可能只是發生於偶然。在攝氏八百度，銅從粉狀礦砂中分離而出，形成閃閃發亮

---

[*]　編註：人造土丘（tell），又譯為「臺形遺址」，指古代的人群聚居地，在廢棄後歷經長時間風化與沉積而形成的土丘。典型的人造土丘是一個低平截斷並帶有坡度的圓錐或稜錐，高度可達數十公尺。

的細小珠子。接下來將小珠子敲打出來，歷經加熱、鍛造、焊接、退火和錘打成各式工具（鉤子、尖錐、刀片）和裝飾品（串珠、指環和其他牌飾）。金飾（可能開採於外西凡尼亞和色雷斯〔Thrace〕沿海地區）開始在同一個貿易網路中流通。銅工藝的早期階段始於西元前五〇〇〇年之前。

　　約莫在西元前四八〇〇至四六〇〇年，巴爾幹半島的冶匠學會製作能承受澆鑄銅時的高溫的鑄範，並開始製造銅鑄工具和武器，此一複雜過程需以攝氏一〇八三度的高溫來液化銅金屬。澆鑄的銅必須確實地攪拌、去浮沫、澆鑄，不然冷卻後就會變成滿是瑕疵的脆性物體。西元前四六〇〇至四五〇〇年左右，整個東南歐都開始使用並交易製作精良的鑄銅工具。在匈牙利東部地區，有蒂薩波爾加文化（Tiszapolgar）；塞爾維亞有文卡 D 文化（*Vinča D*）；保加利亞有瓦納（Varna）和卡拉諾沃 VI 人造土丘聚落；羅馬尼亞有古梅爾尼塔文化（Gumelnitsa）；摩爾多瓦和羅馬尼亞東部則有庫庫特尼—特里波里文化。冶金是不同以往的新工藝。大家都知道鍋具是陶土做的，但即便是知道了閃閃發亮的銅指環是以染綠的石塊製成，也難以參透是怎麼製成的。銅工藝的神奇之處讓冶匠顯得與眾不同，且對銅製品的需求也提升了貿易。針對礦砂和成品的探礦、採礦和長程貿易揭開了跨區政治和相互依存的新紀元，並迅速深入大草原直抵窩瓦河。[7]

　　製作陶器、銅器所用的窯和熔爐導致森林消耗殆盡，兩層樓的木造房屋和豎立的木柵欄屏障了許多古歐洲人群的聚落，特別是保加利亞東北部。在保加利亞東北的杜蘭庫拉克（Durankulak）和薩布拉—埃澤雷茨（Sabla Ezerec），與羅馬尼亞的特佩什蒂（Tîrpeşti），聚落附近的花粉岩芯採樣（pollen core）顯示了當地森林覆蓋面的銳減。[8]地球的氣候到達了後冰河時期的溫度最大值，即西元前六〇〇〇至四〇〇〇年左右的大西洋期（Atlantic period），且從西元前五二〇〇年左右開始，是大西洋期晚期（古氣候區 A3）中最熱的

時候。持續上升的溫度和乾燥度導致草原河谷的河濱岸林減縮，草原則擴大了。到了西元前五〇〇〇年，森林—草原高地上的壯觀榆樹、橡樹和菩提樹森林從喀爾巴阡山脈延伸至烏拉爾山脈。喜愛在菩提樹和橡樹築巢的野蜂便與之一起散播。[9]

庫庫特尼—特里波里文化

　　庫庫特尼—特里波里文化占據了古歐洲和東歐大草原文化間的前線。目前已發現並檢視了超過二千七百個庫庫特尼—特里波里文化遺址，其中有幾個已經全面發掘（圖9.1）。庫庫特尼—特里波里文化最早現跡於西元前五二〇〇至五〇〇〇年，存活得比古歐洲其他任何地方都要久上一千年。特里波里的人群仍在建造大型房屋和村莊、進步的陶器和金屬，且直到西元前三〇〇〇年都還在創造女性小雕像。他們是草原人群的西方鄰居，高度發展、口中說的可能是原始印歐語。

　　庫庫特尼—特里波里文化因兩處考古遺址而得名：一九〇九年在羅馬尼亞東部發現的庫庫特尼，及一八九九年發現於烏克蘭中部的特里波里。羅馬尼亞考古學家以庫庫特尼稱之，烏克蘭人則採用特里波里，兩國都擁有自己的分期系統，因此我們得用像是前庫庫特尼 III／特里波里 A 這樣冗贅的標記來指涉同一個史前文化。庫庫特尼陶器順序如同波赫士（Jorge Luis Borges, 1899-1986）的夢境世界：有個階段（庫庫特尼 C）根本不是個階段，而是一種可能產生於庫庫特尼—特里波里文化之外的陶器風格；另一個階段（庫庫特尼 A1）早在發現之前就已經定義出來，但從未被找到；一九六三年，甚至創造出另一個階段（庫庫特尼 A5），這讓之後的學者百思不得其解，如今已被拋諸腦後；而且整個順序一開始都是定義於假設之上，之後才證明是錯的——由於庫庫特尼 A 是最古老的，後來的考古學家才不得不發明前庫庫特尼前期 I、II、

III 的各階段文化，但其中一個（前庫庫特尼 I）可能根本不存在。往好的方向想，這種對陶器類型和分期的痴迷，不僅讓陶器為人所知，還產出了更細緻的研究。[10]

　　庫庫特尼—特里波里文化最明確的定義是有飾陶器、女性小雕像和房屋。他們最早出現在西元前五二〇〇至五〇〇〇年的喀爾巴阡山脈東麓。喀爾巴阡山脈東側的線紋陶晚期人群的新傳統源自多瑙河流域下游的博安—朱列什蒂（Boian-Giuleşti）和哈蒙格爾（Hamangia）等晚期文化。他們的陶器、博安風格的女性小雕像，以及某些方面的博安房屋建築（在牆壁建起之前先鋪一層黏土，俄文稱為工地〔ploshchadka〕地板），皆採用了博安和哈蒙格爾設計的圖案。他們繼續從多瑙河流域獲取由巴爾幹銅與多布羅加（Dobruja）燧石製成的物品。挪用而來的習俗是每個部落農業文化的核心層面——家戶陶器生產、家庭建築，以及女性中心的家庭儀式——由此看來，似乎至少有部分博安的人群遷徙到喀爾巴阡山脈東側峰線上陡峭、森林茂密的河谷。他們的出現定義了庫庫特尼—特里波里文化的伊始——前庫庫特尼 I（？）和 II（西元前五二〇〇至四九〇〇年左右）。

　　第一個展現出此嶄新風格之處在喀爾巴阡山隘附近的聚落，此處之所以吸收了部分移民，或許是因為他們控制了穿越山脈的通路。新風格和家庭儀式從喀爾巴阡山谷迅速往東北傳播，甚至遠至東方聶斯特河流域的前庫庫特尼 II 聚落。隨著文化的發展（歷經前庫庫特尼 III ／特里波里 A），其跨越了聶斯特河，消弭了已存在六百到八百年的文化前線，並一路進入到烏克蘭的南布格河流域。布格河—聶斯特河流域的眾遺址就此消失。特里波里 A 的村落從西元前四九〇〇至四八〇〇年發展至西元前四三〇〇至四二〇〇年左右占據了南布格河流域。

　　庫庫特尼　特里波里文化在森林—草原帶生態上留下了明顯的

印記：森林減少，並在更開闊的區域上創造出牧場和耕地。位於西瑞特河支流的弗洛雷什蒂（Floreşti），晚期線紋陶家園的遺址，碳定年大約在西元前五二〇〇至五一〇〇年，由一間具備附屬垃圾坑的房屋組成，位於橡樹—榆樹林的空地中——所有花粉中有百分之四十三是樹木花粉。地層上方是晚期的前庫庫特尼 III 村落，大約落在西元前四三〇〇年，至少有十座房屋位於更加開闊的景觀中，樹木花粉僅占百分之二十三。[11]

從早期的庫庫特尼—特里波里工藝中，幾乎檢測不到布格河—

圖 9.1　東歐大草原地區的銅石並用時代早期遺址。

聶斯特河的特徵。後期的布格河─聶斯特河文化或被吸納、或遭消弭，從而消除了在前線上居間交流的幾個緩衝文化。[12] 前線向東轉移至南布格河和聶斯特河間的高地。這旋即成為全歐洲定義最清晰、明確的文化前線。

▶貝納舍夫卡（Bernashevka）的庫庫特尼─特里波里文化早期村落

弗拉基米爾・吉貝諾維奇（Vladimir G. Zbenovich）於一九七二和一九七五年全面發掘的貝納舍夫卡遺址，是位於移動前

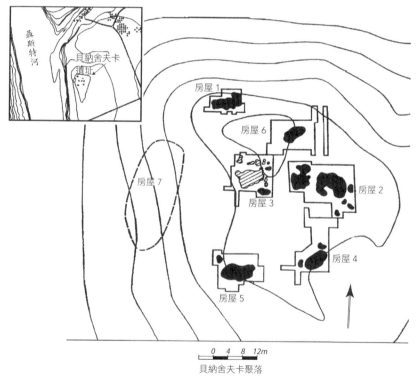

圖 9.2　聶斯特河畔的貝納舍夫卡聚落。出處：Zbenovich 1980，圖 3。

線上的庫庫特尼—特里波里文化早期農村的最佳範例。[13] 在俯瞰聶斯特河沖積平原的河階上，六座房屋圍成一圈，中間是一棟大型建築（圖9.2）。位於中央的建築物長十二、寬八公尺，地基由水平木梁或枕木梁組成，其中可能還榫接了垂直的壁樁。抹灰籬笆牆加上茅草屋頂，地板是光滑的、經過燒製的陶土，厚約八至十七公分，設在木梁的底層地板（ploshchadka）之上。門裝設有扁石門檻，裡頭是聚落中唯一一座半球形陶爐——可能是村落的中央烘焙坊和工坊。房屋建築面積在三十至一百五十平方公尺之間。全村的人口大約是四十至六十人。兩個碳定年（西元前五五〇〇至五三〇〇年）似乎比實際還早上兩百年（表9.1），可能是因為用來定年的木材碎片出自早在村落被占據前，就因祝融而死去幾世紀的心材。

在貝納舍夫卡或其他庫庫特尼—特里波里村落中，都絲毫沒有發現墓地的蹤影。與特里波里的人群一樣，庫庫特尼—特里波里的人群通常不將死者下葬。有時會在房屋地板下的儀式堆積物中找到人骨的某部分，偶爾會將人類的牙齒充作珠串，並且在德勒古謝尼（Drăguşeni；庫庫特尼 A4，西元前四三〇〇至四〇〇〇年）的房屋間的垃圾堆中發現鬆散的人骨。或許曝屍荒野，讓村落附近的鳥類叼回。正如金布塔斯所指出的，有些特里波里女性小雕像似乎戴著鳥類面具。

貝納舍夫卡的陶器中有一半是粗陶（coarse ware），其壁厚，摻以沙、石英和燒粉（grog，陶器碎片），以成排的戳印裝飾，或用螺旋紋的小板子印出淺淺的溝槽狀（圖9.3）。其中一些是有穿孔的過濾器，可能用於製造起司或優格。另外三成是薄壁、細緻的水壺、有蓋的碗，以及長柄勺。最後兩成是極其細緻、壁薄、相當美觀的有蓋水壺和碗（可能用於盛裝單人的食物）、長柄勺（用於分食）和中空底座的「水果架」（可能用於食物展示），整個表面飾以精巧的壓印、印痕和溝槽狀圖案，有些還在橘色黏土繪上白

表 9.1　銅石並用時代早期的碳定年表

實驗室編號	距今年代	樣品來源	校準年代
1. 前庫庫特尼 II（Pre-Cucuteni II）聚落遺址 貝納舍夫卡（Bernashevka）			
Ki-6670	6440 ± 60	?	西元前 5490-5300 年
Ki-6681	6510 ± 55	?	西元前 5620-5360 年
奧克普（Okopi）			
Ki-6671	6330 ± 65	?	西元前 5470-5210 年
2. 特里波里 A（Tripolye A）聚落 薩巴蒂諾夫卡 2（Sabatinovka 2）			
Ki-6680	6075 ± 60	?	西元前 5060-4850 年
Ki-6737	6100 ± 55	?	西元前 52104850 年
路卡—弗魯布韋茨卡雅（Luka-Vrublevetskaya）			
Ki-6684	5905 ± 60	?	西元前 4850-4710 年
Ki-6685	5845 ± 50	?	西元前 4780-4610 年
捷倫諾夫卡（Grenovka）			
Ki-6683	5860 ± 45	?	西元前 4790-4620 年
Ki-6682	5800 ± 50	?	西元前 4720-4550 年
3. 聶伯河—頓涅茨河 II 文化墓地群（氮十五平均值為 11.8，平均減去 228 ± 30 偏早的年代）			
奧斯波夫卡（Osipovka）墓地		人骨 #	
OxA6168	7675 ± 70	人骨20，骨頭（無效數據？）*	西元前 6590-6440 年
Ki 517	6075 ± 125	人骨 53	西元前 5210-4800 年
Ki 519	5940 ± 420	人骨 53	西元前 5350-4350 年
尼克里斯基（Nikol' skoe）墓地		墓坑，人骨 #	
OxA 5029	6300 ± 80	坑 E，人骨 125	西元前 5370-5080 年
OxA 6155	6225 ± 75	坑 Z，人骨 94	西元前 5300-5060 年
Ki 6603	6160 ± 70	坑 E，人骨 125	西元前 5230-4990 年
OxA 5052	6145 ± 70	坑 Z，入骨 137	西元前 5210-4950 年

實驗室編號	距今年代	樣品來源	校準年代
Ki 523	5640 ± 400	人骨？	西元前 4950-4000 年
Ki 3125	5560 ± 30	坑 Z，骨頭	西元前 4460-4350 年
Ki 3575	5560 ± 30	坑 B，人骨 1	西元前 4460-4350 年
Ki 3283	5460 ± 40	坑 E，人骨 125（無效數據？）	西元前 4460-4350 年
Ki 5159	5340 ± 50	坑 Z，人骨 105（無效數據？）	西元前 4460-4350 年
Ki 3158	5230 ± 40	坑 Z，人骨頭（無效數據？）	西元前 4460-4350 年
Ki 3284	5200 ± 30	坑 E，人骨 115（無效數據？）	西元前 4460-4350 年
Ki 3410	5200 ± 30	坑 D，人骨 79a（無效數據？）	西元前 4460-4350 年
亞辛諾維特卡（Yasinovatka）墓地			
OxA-6163	6465 ± 60	人骨 5	西元前 5480-5360 年
OxA-6165	6370 ± 70	人骨 19	西元前 5470-5290 年
Ki-6788	6310 ± 85	人骨 19	西元前 5470-5080 年
OxA-6164	6360 ± 60	人骨 45	西元前 5470-5290 年
Ki-6791	6305 ± 80	人骨 45	西元前 5370-5080 年
Ki-6789	6295 ± 70	人骨 21	西元前 5370-5080 年
OxA-5057	6260 ± 180	人骨 36	西元前 5470-4990 年
Ki-1171	5800 ± 70	人骨 36	西元前 4770-4550 年
OxA-6167	6255 ± 55	人骨 18	西元前 5310-5080 年
Ki-3032	5900 ± 90	人骨 18	西元前 4910-4620 年
Ki-6790	5860 ± 75	人骨 39	西元前 4840-4610 年
Ki-3160	5730 ± 40	人骨 15	西元前 4670-4490 年
德雷耶夫卡 1（Dereivka 1）墓地			
OxA-6159	6200 ± 60	人骨 42	西元前 5260-5050 年
OxA-6162	6175 ± 60	人骨 33	西元前 5260-5000 年
Ki-6728	6145 ± 55	人骨 11	西元前 5210-4960 年
4. 拉庫史卡村（Rakushechni Yar）聚落，頓河下游			
Bln 704	6070 ± 10	8 層，木炭	西元前 5210-4900 年

實驗室編號	距今年代	樣品來源	校準年代
Ki-955	5790 ± 100	5 層，貝殼	西元前 4790-4530 年
Ki-3545	5150 ± 70	4 層，？	西元前 4040-3800 年
Bln 1177	4360 ± 100	3 層，？	西元前 3310-2880 年

5. 赫瓦倫斯克（Khvalynsk）墓地（氮十五平均值為 14.8，平均減去 408 ± 52 偏早的年代）

AA12571	6200 ± 85	2 號墓，M30	西元前 5250 → 5050 年
AA12572	5985 ± 85	2 號墓，M18	西元前 5040 → 4780 年
OxA 4310	6040 ± 80	2 號墓，？	西元前 5040-4800 年
OxA 4314	6015 ± 85	2 號墓，M18	西元前 5060-4790 年
OxA 4313	5920 ± 80	2 號墓，M34	西元前 4940-4720 年
OxA 4312	5830 ± 80	2 號墓，M24	西元前 4840-4580 年
OxA 4311	5790 ± 80	2 號墓，M10	西元前 4780-4570 年
UPI119	5903 ± 72	1 號墓，M4	西元前 4900-4720 年
UPI120	5808 ± 79	1 號墓，M26	西元前 4790-4580 年
UPI132	6085 ± 193	1 號墓，M13	西元前 5242-4780 年

6. 窩瓦河下游（Lower Volga）文化
瓦佛諾米卡（Varfolomievka）聚落，裏海北部

Lu2642	6400 ± 230	2B 層，未知材料	西元前 5570-5070 年
Lu2620	6090 ± 160	2B 層	西元前 5220-4840 年
Ki-3589	5430 ± 60	2A 層	西元前 4350-4170 年
Ki-3595	5390 ± 60	2A 層	西元前 4340-4050 年

科姆貝克特耶（Kombak-Te），裏海北部的赫瓦倫斯克狩獵營

GIN-6226	6000 ± 150	？	西元前 5210-4710 年

卡拉─庫都克（Kara-Khuduk），裏海北部的赫瓦倫斯克狩獵營

UPI 431	5110 ± 45	？	西元前 3800-3970 年

註：「無效資料」指該年代資料與地層資訊或其他年代資料不一致。

色。有蓋的碗和水壺暗示了食物以單人容器盛裝的地點，跟烹調其的壁爐有一定的距離，這些食物的精心擺盤意味「食物展示」成為社交場域的其中一個元素，並為其揭開序幕。

　　貝爾舍夫卡的每間房屋皆發現有陶器女性小雕像的碎片，這些

雕像雙腿閉合、臀部和下盤誇大，並刻有示意性的桿狀頭，長約十公分（圖 9.3）。簡單的幾道刻痕代表著陰部和腰帶或束腰帶。在房屋地面的好幾處都找到小雕像；但未發現明顯的家庭神龕或祭壇。每間房屋的雕像數目從一到二十一不等，但四間房屋具備九座或更多座雕像。在其他前庫庫特尼 II 至 III ／特里波里 A 的遺址中也發現了近兩千座類似的小雕像，有時會成群排列在椅子上。聶斯特河上的路卡—弗魯布韋茨卡雅（Luka-Vrublevetskaya）的特里波里遺址中，這些雕像是陶土摻入小麥、大麥和小米的混合物（這些都是村裡種植的穀物）與細磨麵粉燒製而成。這些似乎象徵了至少是穀物種植的生產力。但這些雕像不過是家戶崇拜的一個面向。在貝納舍夫卡的每間房屋之下，皆有一頭馴化的母牛或公牛的頭骨。

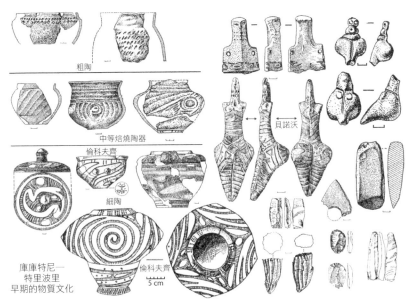

粗陶

中等焙燒陶器

倫科夫齊

細陶

庫庫特尼—
特里波里
早期的物質文化

倫科夫齊

貝諾沃

5 cm

圖 9.3　前庫庫特尼 II 至 III ／特里波里 A 的工藝品，出自伯納舍夫卡（圖中大部分）、貝諾沃（Bernovo，如圖中標記處）和倫科夫齊（Lenkovtsi，如圖中標記處）遺址的時代。出處：Zbenovich 1980，圖 55、57、61、69、71、75、79；Zbenovich 1989，圖 65、74。

有間房屋有野生動物的符號：野生原牛的頭骨和紅鹿角。許多特里波里 A 的村落中皆有發現牛角和頭骨的預建基礎堆積物，偶爾還會找到人類的頭骨。牛和女性的神力是家戶崇拜的中心。

貝納舍夫卡的農民種植二粒小麥與斯卑爾脫小麥，還有一些大麥和小米。田地中備有鹿角製成的十字鎬（找到十九個案例）和拋光的石板（二十個案例）；其中一些可能是原始犁的附屬品。利用卡拉諾沃型的燧石刀來收成穀物（圖 9.3）。放眼庫庫特尼—特里波里文化早期的遺址，貝納舍夫卡的獸骨是最大宗的範例：總共有一萬二千六百五十七根可辨識的獸骨，出自至少八百零四隻動物。五成左右的獸骨（占個體的百分之六十）來自野生動物，主要是紅鹿（*Cervus elaphus*）和野豬。狍鹿（*Capreolus capreolus*）和野生原牛（*Bos primigenius*）有時也在獵捕之列。許多庫庫特尼—特里波里早期遺址都有五成左右的野生獸骨。如同貝納舍夫卡，多數都在從前未除草或未開墾過之處所建立的前線聚落。反之，在長期定居的特佩什蒂，前庫庫特尼 III 之前的聚落製造出九成五的家畜骨頭。連在像伯納舍夫卡這樣的前線聚落，所有獸骨中約有五成出自牛、綿羊／山羊和豬。像貝納舍夫卡這種森林茂密的區域，牛和豬更形重要，其中牛占了家畜動物骨頭的七成五，比起來綿羊和山羊對接近草原邊界的村落來說，則更為重要。

在銅製工具和裝飾品變得普遍到可以隨意丟棄之前，前庫庫特尼 II 的貝納舍夫卡就遭荒廢；聚落中並未留下任何銅製工藝品。然而僅僅幾個世紀後，小型的銅製工藝品就變得十分普遍。在特里波里 A 的路卡—弗魯布韋茨卡雅，年代約西元前四八〇〇至四六〇〇年，在七間房屋中成堆的棄置貝殼、獸骨和陶器碎片中，發現了十二件紅銅製品（尖錐、魚鉤、珠子、指環）。在靠近草原邊界的卡布納（Karbuna），年代約在西元前四五〇〇至四四〇〇年，四百四十四件紅銅製品收藏在一件特里波里 A 晚期的精緻陶罐內，

罐子上以一件特里波里 A 的陶碗為蓋子（圖 9.4）。這些貯藏品包含兩個長十三至十四公分的鑄銅鎚斧、數百顆銅珠，以及數十個色彩統一的「偶像」或銅版薄片製成的寬底牌飾；兩把大理石和石板製成的鎚斧，斧上有用來固定把手的鑽孔；一百二十七個紅鹿齒製成的有孔珠子；一顆穿了孔的人類牙齒；兩百五十四只海菊蛤貝殼製成的珠鍊、徽章或手環——海菊蛤是一種產自愛琴海的貝殼，在第一個希臘的新石器時代到古歐洲的銅石並用時代之間，持續被打造成裝飾品。卡布納的銅製品來自巴爾幹的礦砂，此與愛琴海貝殼的貿易方向相同，可能經過了多瑙河流域下游的人造土丘上城鎮。到了西元前四五〇〇年左右，累積包括銅製品在內的奇特商品，已經與社會聲望（social prestige）息息相關。[14]

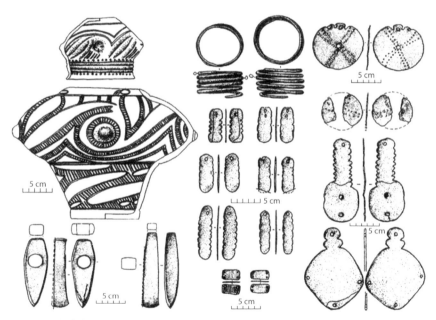

圖 9.4　在卡布納貯藏的一部分發現了特里波里 A 的陶罐和碗蓋。除了陶罐和碗蓋外，圖中所有的物品均為銅製，且皆為相同比例。出處：Dergachev 1998。

庫庫特尼─特里波里的農民離開喀爾巴阡山脈東麓向東移動時，他們便進入更加開闊、平緩、乾燥的景觀。聶斯特河以東的年雨量下滑，森林稀疏。已然十分古老的文化前線移動到了南布格河流域。莫吉諾 IV（Mogil'noe IV）中的特里波里 A 鎮，是最早在南布格河流域中建立的鎮，擁有一百多座建築物，占地十五到二十公頃，人口可能落在四百至七百之間。在南布格河以東、聶伯河流域中的人群有著截然不同的文化傳統：聶伯河─頓涅茨河 II 期文化。

聶伯河─頓涅茨河 II 期文化

根據聶伯河流域、亞速海以北的草原及頓涅茨河流域出土的一系列墓地和聚落遺址，德米特里・特里金（Dmitri Telegin, 1919-2011）定義了聶伯河─頓涅茨河 II 期文化。聶伯河─頓涅茨河 II 的社會創造出細緻的大型墓地，但沒有女性小雕像、直接生火而非家中的窯或火爐；住在樹皮覆蓋的小屋，而非鋪有陶土燒製過的地板的大房子中；沒有城鎮、幾乎不耕種、連莊稼都沒有，而且他們的陶器無論在外觀或技術上，皆與特里波里陶器相當不同。庫庫特尼─特里波里文化的歷史軌跡可回溯至古歐洲的新石器時代社會，而聶伯河─頓涅茨河 II 則可追溯到當地的中石器時代採集者。他們徹頭徹尾是不同的人群，使用的也是不同的語言。但在西元前五二〇〇年左右，生活於聶伯河急流附近的採集者開始飼養牛羊。

自中石器時代早期以來，這批俯瞰急流之墓葬中的漁獵者隊伍可能不斷遭遇人口成長的壓力。依賴急流的豐富資源生活，他們可能已經變得相對定居，而女性在定居下來後，通常會生育更多的孩子。他們控制了一個在生產要地中極為知名的戰略區。他們決定採納放牧牛羊，這為東歐大草原上的許多其他人開了路。在接下來的二或三個世紀中，牛隻、綿羊、山羊不斷被從聶伯河流域向東驅趕

和交易，直到西元前四七〇〇至四六〇〇年左右抵達窩瓦河—烏拉爾大草原。西元前四二〇〇年之前，聶伯河以東的任何穀物種植的證據都非常罕見，可見最初的革新似乎只涉及動物和動物的放牧。

▶定出移轉至放牧的年代

聶伯河流域傳統的新石器時代／新石器時代，是根據聶伯河急流附近的幾個地點建立的。重要之處在於艾格倫 8、波基利（Pokhili）和維霍克（Vovchok）等地發現了重複的地層順序。底層是瑟斯基島型的新石器時代陶器和細石器刀，讓人聯想到遭獵捕的野生動物獸骨，大部分是紅鹿、野豬和魚類。這些東西集合起來便定義出新石器時代早期（約西元前五二〇〇至五〇〇〇年）。上層由聶伯河—頓涅茨河第一階段佔據，有帶有篦點紋和植物摻和料的陶器，亦與野生動物有所關連；它們定義了新石器時代中期（西元前五七〇〇至五四〇〇年左右，與布格河—聶斯特河文化同時）。這些沉積物上方的地層具備聶伯河—頓涅茨河 II（DDII）陶器，中間摻有砂石，並帶有「戳印」或篦點紋設計，以及大型燧石刀工具，可聯想至馴化的牛羊骨頭。這些聶伯河—頓涅茨河 II 的集合物昭示了銅石並用時代早期的伊始和聶伯河以東放牧經濟模式的開端。[15]

不同於聶伯河—頓涅茨河 I 與瑟斯基島的年代，大多數聶伯河—頓涅茨河 II 的碳定年是以墓葬中的人骨測量。聶伯河流域的聶伯河—頓涅茨河 II 人骨中氮十五的平均含量為百分之十一點八，顯示肉食中有五成是魚類。以氮十五的含量來校正碳定年，我以聶伯河急流附近亞辛諾維特卡（Yasinovatka）和德雷耶夫卡（Dereivka）遺址所見最古老的聶伯河—頓涅茨河 II 墓葬，得出了聶伯河—頓涅茨河 II 西元前五二〇〇至五〇〇〇年的年代範圍。這可能牽涉到

聶伯河—頓涅茨河 II 文化何時開始。一些特里波里 A2 晚期、鮑里索夫卡（Borisovka）型的進口陶罐，在聶伯河流域格里尼（Grini）、波羅的斯克（Piliava）和斯特里察灣（Stril'cha Skelia）的聶伯河—頓涅茨河 II 聚落被發現，也有三個特里波里 A 陶罐的碎片，在聶伯河—頓涅茨河 II（Nikol'skoe）墓葬中被發現。很好的定年物（非以人骨）定出了特里波里核心區的特里波里 A2 的年代在西元前四五〇〇至四二〇〇年左右，而聶伯河—頓涅茨河 II 的晚期碳定年（以氮十五校正）與此時間範圍相一致。聶伯河—頓涅茨河 II 時期開始於西元前五二〇〇至五〇〇〇年左右，一直持續到大約西元前四四〇〇至四二〇〇年。西元前四五〇〇年之後，與特里波里 A 人群的接觸似乎變得更加頻繁。[16]

▶牲畜飼養與穀物種植的證據

　　動物學家研究了聶伯河流域的四處聶伯河—頓涅茨河 II 聚落（表 9.2），分別是急流附近草原帶上的瑟斯基島、瑟斯基島 1（Sredni Stog1）、索巴奇基（Sobachki），以及北方濕潤森林—草原帶上的布茨基（Buz'ki）。此些聚落裡，馴化的牛、豬、綿羊／山羊占獸骨的百分之三十至七十五。綿羊／山羊骨占瑟斯基島 1 聚落五成以上，占索巴奇基聚落百分之二十六。最終，綿羊納入了大草原的肉食當中。或許綿羊也已納入了毛氈製造鏈；值此同時，羊毛詞彙可能也是第一次出現於前原始印歐語使用者的口中。在瑟斯基島 1 聚落和索巴奇基，野馬是最重要的獵物（？），而在布茨基和瑟斯基島二至四河畔更茂密的森林裡，遭獵殺的是紅鹿、狍鹿、野豬，以及海狸。漁網的重量和魚鉤顯示出魚類仍然十分重要。從生活於聶伯河急流的人骨中氮十五含量即可證實這一點，代表魚類占肉食的一半以上。所有聶伯河—頓涅茨河 II 聚落和幾處

表 9.2　聶伯河—頓涅茨河 II 聚落的獸骨類型

	索巴奇基 （Sobachki）	瑟斯基島 1 （Sredni Stog 1）	布茨基 （Buz'ki）
哺乳動物骨骸		（骨骸／ MNI)*	
牛	56/5	23/2	42/3
綿羊／山羊	54/8	35/4	3/1
豬	10/3	1/1	4/1
狗	9/3	12/1	8/2
野馬	48/4	8/1	—
野驢	1/1	—	—
野牛	2/1	—	—
紅鹿	16/3	12/1	16/3
狍鹿	—	—	28/4
野豬	3/1	—	27/4
海狸	—	—	34/5
其他哺乳動物	8/4	—	7/4
馴化哺乳動物	129 骨骸 /62%	74 骨骸 /78%	57 骨骸 /31%
野生哺乳動物	78 骨骸 /38%	20 骨骸 /22%	126 骨骸 /69%

* MINI 為最小個體數（minimum number of individuals）。

墓葬中，都出現了馴化的牛、豬和綿羊骨，且在草原帶上兩處聚落遺址（瑟斯基島 1 聚落和索巴奇基）中，馴化的牛、豬和綿羊骨也占了超過一半。馴化的動物似乎的確是聶伯河急流飲食中的重要補充。[17]

　　帶有「鐮刀光澤」[*]的燧石刀證實聶伯河—頓涅茨河 II 聚落有穀物收成。但這也可能只是藜屬（*Chenopodium*）或莧屬（*Amaranthus*）等野生種子植物。但要說種植的穀物證據，則幾乎沒有。聶伯河以西、基輔附近位於維多—利托夫斯卡亞（Vita

---

*　編註：鐮刀光澤（sickle gloss），指刀片上的二氧化矽（silica）殘留物，顯示曾被長期用來切割富含二氧化矽的穀物莖，間接證明古代農業的發展。

Litovskaya）的聶伯河—頓涅茨河 II 聚落遺址的陶器碎片上，發現了兩種大麥（*Hordeum vulgare*）的印痕。在基輔西北的森林帶、波里伯沼區附近遺址中的陶器，些微類似於聶伯河—頓涅茨河 II 的陶器，但沒有精緻的墓地或其他聶伯河—頓涅茨河 II 文化的特徵。其中一些聚落（克魯許尼基〔Krushniki〕、諾文索基〔Novosilki〕、歐寶龍〔Obolon'〕）的陶器上有小麥（一粒小麥〔*T. monococcum*〕和二粒小麥〔*T. dicoccum*〕）和小米（黍類〔*Panicum sativum*〕）種子的印痕。這些遺址的年代可能早於西元前四五〇〇年，因為大約在此時之後，沃倫（Volhynia）和波蘭邊境的這些文化皆被倫哥耶爾相關文化取代。聶伯河以西、波里伯南方的森林帶中似乎已出現一些森林帶農業。但在聶伯河以東森林—草原帶的聶伯河—頓涅茨河 II 墓葬中，馬爾科·利里（Malcolm Lillie）的紀錄中幾乎沒有出現齲齒（dental caries），顯示聶伯河—頓涅茨河 II 人群的低碳飲食類似中石器時代的飲食。在定年於西元前四〇〇〇年之前、聶伯河以東的陶罐中，並未發現一絲栽培穀物的印痕。[18]

▶陶器與聚落型態

聶伯河—頓涅茨河 II 聚落遺址的陶器比聶伯河—頓涅茨河 I 更為豐富，且首次出現於墓葬中（圖 9.5）。陶器的重要性日益提升，這可能意味人群更習慣定居的生活方式，但居所仍然是以簡單的方式搭建，聚落中僅留下微弱的足跡。布茨基是聶伯河上典型的聶伯河—頓涅茨河 II 聚落。其由五個火塘和兩大堆丟棄的貝殼和獸骨組成。儘管可能確實存在有某種供遮蔽的居所，但尚未找到任何建築。[19] 此處和其他聶伯河—頓涅茨河 II 聚落中的陶罐的尺寸均較大（直徑三十至四十公分）、平底（聶伯河—頓涅茨河 I 遺址中所見

的陶罐以尖或圓底為主），邊沿是一圈像是衣領的紋飾。整件器皿的外觀通常布滿裝飾，例如用枝條在表面上戳印，或者一些壓印設計搭配小的篦點紋，或是橫向細線和鋸齒等細線刻畫圖案——與特里波里 A 陶器上的螺旋紋十分不同。裝設「領子」來加厚邊沿是當時十分流行的創新，在西元前四八〇〇年左右的東歐大草原上被廣泛採用。

拋光（而非打製）的石斧現已成為常見的工具，可能用來砍伐森林，長型單面燧石刀（長五至十五公分）也日益普遍，有鑑於其出現於墓葬和聚落中的小窖藏，或許是作為貿易或禮品組合的固定內容。

▶聶伯河—頓涅茨河 II 期文化的葬禮儀式

聶伯河—頓涅茨河 II 期文化的葬禮與中石器或新石器時代的截然不同。死者通常會被曝屍，骨頭被收集起來，最後成層埋在公共墓穴中。有些死者是死後直接下葬，並未曝屍。這種在每個坑中進行多次遺體處理的坑狀公共墓穴，傳播至其他的草原地區。三十處已知的聶伯河—頓涅茨河 II 公共墓穴集中於聶伯河急流周圍，但也出現在聶伯河流域的其他地區及亞速海以北的大草原。最大的墓葬比所有之前時代的墓葬都大上三倍，德雷耶夫卡埋有一百七十三具人骨，尼克里斯基（Nikol'skoe）一百三十七具、沃吉尼 II（Vovigny II）一百三十具、馬立波（Mariupol）一百二十四具、亞辛諾維特卡六十八具，以及維亞卡（Vilnyanka）的五十具等等。每個坑最多可容納四層墓葬，有些人骨完整且四肢伸直呈仰姿，其他則僅有頭骨。墓地最多可容納九個公共墓穴坑。在馬立波和尼克里斯基的墓穴坑附近找到了遭燒毀建築的痕跡，可能是建來曝屍的藏骸所。在某些墓葬，包括尼克里斯基（圖 9.5），人骨大量四散於墓穴坑

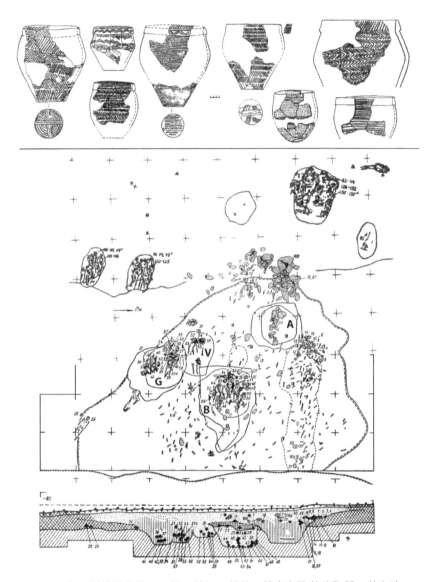

圖 9.5　尼克里斯基的聶伯河—頓涅茨河 II 墓葬，其中有陪葬的陶器。墓穴坑 A、
　　　　B、G 和 V 位於被赭土深深染紅的區域。其他五座墓穴坑的高度略高。在
　　　　中心石塊群附近發現了陶鍋碎片和獸骨。出處：Telegin 1991，圖 10、
　　　　20；Telegin 1968，圖 27。

周圍。

尼克里斯基和德雷耶夫卡墓穴坑的某些埋葬層中只有頭骨，缺少下頜骨，這顯示有些遺體在最後下葬的很長一段時間之前就被清理過了。其他人是死後直接下葬，但姿勢顯示出他們是被包裹在某種裹屍布中。尼克里斯基墓穴坑中的第一和最後一座墓葬中有完整的人骨。其標準葬姿是四肢伸直且呈仰姿，雙手擺於一側。赭土滿滿灑在墓穴坑內外的整個儀式區內，陶罐和獸骨打碎後丟棄在墳塚附近。[20]

聶伯河—頓涅茨河 II 墓葬的葬禮十分複雜精密，分為幾個階段。某些遺體遭到曝屍，有時只有頭骨下葬。在其他情況下，會完整下葬。這兩種情況會一起擺在同一個多層墓穴坑中，並灑滿赭土。墓邊筵席的殘餘——牛骨和馬骨——被丟在尼克里斯基染紅的土壤中，牛骨則出現於維亞卡墓穴坑 A 的第 38 號墓塚。[21] 在尼克里斯基的獸骨和墓葬上的赭土堆積物中，發現了將近三千塊陶器碎片，其中包括三只特里波里 A 陶杯。

▶權力與政治

聶伯河—頓涅茨河 II 期文化的人群有兩大面向與早期的人類迥異：大量使用新的人體裝飾品及明顯的分配不平等。聶伯河急流的年老漁獵者下葬時，最多只佩帶幾顆鹿或魚齒珠。但在聶伯河—頓涅茨河 II 墓葬中，有少數幾具人骨的陪葬品有上千只貝殼珠、銅和金飾、進口的水晶和斑岩飾品、拋光石製權杖、鳥骨管，以及野豬獠牙製成的牌飾（圖 9.6）。野豬獠牙牌飾僅限於極少數人。將獠牙切割成長方形的扁平碎片（很難辦到）、拋光，接著鑿穿或切割開來，以固定在衣服上。它們可能是在模仿特里波里 A 銅器和海菊蛤貝殼牌飾，但聶伯河—頓涅茨河 II 的酋長以野豬獠牙發

掘出自己的權力象徵。

　　四百二十九只野豬獠牙牌飾中有三百一十只（百分之七十）位於馬立波墓葬，一百二十四人中只有十人（百分之八）有此陪葬。資源最多的人（8 號墓）下葬時在腿部和上衣縫製有四十只野豬獠牙牌飾，以及以數百顆貝殼和貝母雲珠製成的好幾條穗帶。陪葬的還有一只拋光斑岩製成的四球權杖頭（圖 9.6）、骨頭雕刻而成的公牛小雕像，以及七副鳥骨管。在亞辛諾維特卡，只有六十八座墓葬中陪葬有野豬獠牙牌飾：45 號墳塚中有名成年男性佩戴了九只牌飾。在尼克里斯基，一對成年人（25 和 26 號墳塚）躺在一個墓穴坑頂層，陪葬有一只野豬獠牙牌飾、拋光蛇紋石權杖頭、四顆銅珠、一枚銅線指環、一枚金指環、拋光石板和黑玉珠、數個燧石工具，以及一只進口的特里波里 A 陶罐。銅器中的微量元素辨認出其源於巴爾幹。令人驚訝的是，馬立波罕有孩童下葬（一百二十四人中只有十一人），顯示出當中有所選擇──並非所有夭折的孩童都埋葬於此。但其中一人是所有墓葬中資源最多的：他或她（未成熟的骸骨無法確認性別）佩帶四十一只野豬獠牙牌飾，以及一頂裝有十一顆完整野豬獠牙的冠冕，並以大量以貝殼和骨珠串裝飾。只有幾名孩童獲選，包括一些裝飾華麗的孩童，意味地位與財富的傳承。在公開宣告其在喪禮中地位較高的家族之間，權力日趨制度化。

　　彰顯地位的貴重物品是銅器、貝殼、進口的石珠和裝飾品、野豬獠牙牌飾、拋光石權杖頭、鳥骨管（功能不明）。地位可藉由死後的遺體處理方式（曝屍、頭骨下葬／未曝屍、直接下葬）彰顯；亦可藉由家畜、特別是牛的公共獻祭來彰顯。從聶伯河到窩瓦河，整個東歐大草原皆採用類似的身分標記。在聶伯河流域的亞辛諾維特卡，以及往東四百公里的薩馬拉河流域席斯（S'yezzhe）的一處墓葬中發現了與上層完全相同的花形野豬獠牙牌飾（圖 9.6，最上

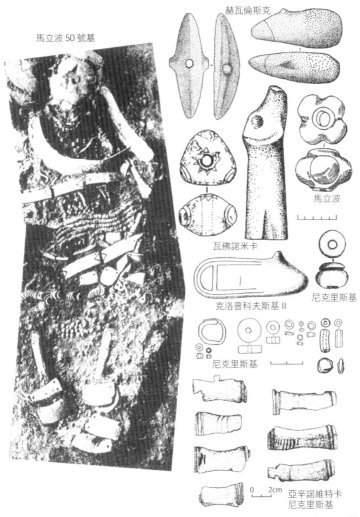

圖 9.6　銅石並用代早期的裝飾品與權力象徵，出土自聶伯河—頓涅茨河 II 墓葬、
　　　　赫瓦倫斯克和瓦佛諾米卡。馬立波 50 號墓的照片，最上面是頭骨，重
　　　　製自 Gimbutas 1956，插圖 8。尼克里斯基的珠串包括左側的兩顆銅珠
　　　　和一只銅指環、右下方的一只金指環。其他的珠串均是拋光和穿了孔的
　　　　石塊。馬立波和尼克里斯基的權杖、尼克里斯基的珠串引用自 Telegin
　　　　1991，圖 29、38；Telegin and Potekhina 1987，圖 39。瓦佛諾米卡
　　　　的權杖（或杵？）引用自 Yudin 1988，圖 2；赫瓦倫斯克的權杖引用自
　　　　Agapov, Vasliev, and Pestrikova 1990，圖 24。底部的野豬獠牙牌飾，出
　　　　處：Telegin 1991，圖 38。

面的牌飾出自亞辛諾維特卡）。聶伯河上買賣著巴爾幹銅製的裝飾品，窩瓦河也有其蹤跡。聶伯河流域（尼克里斯基）、窩瓦河中游（赫瓦倫斯克），以及北裏海地區（瓦佛諾米卡）的 光石權杖頭造型各異，但權杖是種武器，其廣泛用於地位象徵，顯示出權力政治有所轉變。

窩瓦河畔的赫瓦倫斯克文化

　　東歐大草原牲畜飼養最初的傳播，因其引起的各種回應而引人注目。聶伯河一頓涅茨河 II 文化開始轉變，馴化的動物不僅是一種儀式貨幣，更是日常飲食的重要組成。其他人群的回應方式也相當不同，但他們之間顯然是互動的，甚至可能是彼此競爭的。赫瓦倫斯克文化是一個主要的區域性變異。

　　一九七七年在窩瓦河中游西岸的赫瓦倫斯克發現了一座史前墓葬。因受到窩瓦河水壩蓄水後的威脅，薩馬拉的伊戈爾・瓦西列夫（Igor Vasiliev）率領團隊進行挖掘（圖 9.7）。此後其位置受到河岸侵蝕，已經完全摧毀。現在已知的赫瓦倫斯克型遺址，是從薩馬拉地區向南沿窩瓦河畔進入裏海盆地和南方的雷恩沙漠。陶器的特徵包括敞口碗和袋狀圓底罐，器壁厚實且摻和貝殼，邊沿上有十分獨特、厚且尖銳的「高領」。這些陶器以戳印和篦點紋構成的一條接一條的線紋裝飾，通常會將紋飾布滿整個外側表面。赫瓦倫斯克早期的歷史良好保存在始於西元前四七〇〇至四六〇〇年的窩瓦河中游地區（有鑑於用來定年的人骨中氮十五含量，故將年代往後調整）的赫瓦倫斯克墓地中。窩瓦河下游的赫瓦倫斯克晚期可追溯至西元前三九〇〇至三八〇〇年的卡拉—庫都克（Kara-Khuduk）遺址，但活躍的時間可能比窩瓦河下游的文化更長。[22]

　　赫瓦倫斯克墓葬的首次發掘是在一九七七至七九年（1 號發

掘，當時發現了一百五十八座墓葬；有人說，一九八〇至八五年的第二次挖掘（2號發掘）復原了另外四十三座墓葬。[23] 但只有赫瓦倫斯克 1 號發掘曾公開發表，因而此處所有的統計都是基於首次挖掘的一百五十八座墓葬（圖 9.7）。赫瓦倫斯克是迄今為止出土最大型的赫瓦倫斯克型墓葬；其他遺址的墓葬多半少於十座。在赫瓦倫斯克，多數死者都層層埋在團體墓穴坑中，有的墓穴坑跟聶伯河—頓涅茨河 II 的墓葬有點類似，但這個團體卻小得多，只有二至六具人骨（可能是家庭）層層相疊。三分之一的墳塚是單人墓，這與聶伯河—頓涅茨河 II 社群的習俗迥異。只有年齡介於三十至五十歲間的成年男性會於下葬前裸身並將關節分離，這或許是增強男性地位的一種表現，這與世上其他地區所引入的放牧經濟相關聯。[24] 罕有兒童埋於墓葬（一百五十八名中只有十三個），但其中包含一些裝飾品最為豐碩的人，再一次可能反映出地位的承繼。標準的埋葬姿勢是仰身曲肢，這種姿勢十分獨特。多數人的頭朝向北方和東方，這是聶伯河—頓涅茨河 II 墓地所缺乏的對方向的一致。此種特殊的姿勢和標準方向之後在草原上廣泛傳播，成為大草原的喪葬習俗。

赫瓦倫斯克的牲祭比聶伯河—頓涅茨河 II 的任何墓葬都還要多：一百五十八名死者的陪葬有五十二（或七十）頭綿羊／山羊、二十三頭牛，以及十一匹馬（公開報告與綿羊／山羊的數量不相符）。頭與蹄的祭牲組合形式首次出現：宰殺了至少十七頭綿羊／山羊與九頭牛，但只埋葬頭骨與小腿骨，可能仍附著有動物的毛皮。之後的草原葬禮，將連著頭與蹄的毛皮掛於墓葬上或埋於墓葬中的習俗皆十分普遍。頭與皮象徵獻給眾神的禮物，肉則在葬禮上分送給賓客。赫瓦倫斯克葬禮的各個階段都出現有家畜的部分：墓葬地上、墓葬內部、墓葬邊緣，墓葬上方也找到十二個以赭土染紅的特殊獻祭堆積物（圖 9.7）。牲祭的分配並不平等：一百五十八

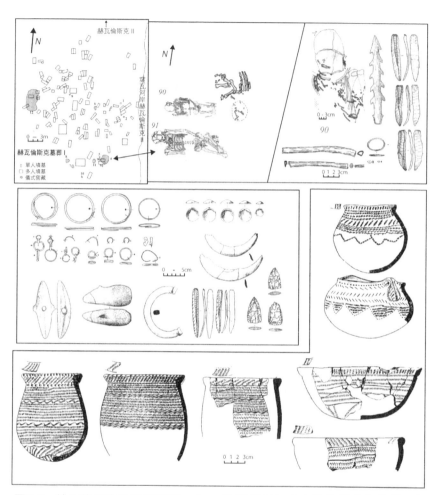

圖 9.7　赫瓦倫斯克墓葬和陪葬。上：90 號墳塚包含有數枚銅珠和指環、魚叉、燧石刀，以及鳥骨管。兩個墳塚（90 號和 91 號）部分遭 4 號獻祭物堆積所覆蓋，裡頭有馬、綿羊和母牛的骨頭。中：赫瓦倫斯克墓葬的陪葬品——銅指環和手環、拋光石的權杖頭、拋光的石手環、海蛤貝（Cardium）裝飾品、野豬獠牙胸部裝飾、燧石刀，以及箭頭。下：赫瓦倫斯克墓地的夾貝陶器（陶土摻入貝殼的陶器）。出處：Agapov, Vasiliev, and Pestrikova 1990；Ryndina 1998，圖 31。

座墓葬之中或之上有二十二座墓葬（百分之十四）有牲祭，並且動物的數量足夠拿來獻祭以平均供應半數的墓葬。只有四座墓葬（100、127、139 和 55-57）包含多個物種（牛和綿羊、綿羊和馬等），且這四座墓葬上方皆以赭土染紅的儀式堆積物及其餘牲祭覆蓋。約五分之一的人將家畜獻祭、四十分之一的人飼養多種家畜。

在赫瓦倫斯克獻祭中，馬的角色十分有意思。赫瓦倫斯克 I 的牲祭只有馴化的綿羊／山羊、馴化的牛，以及馬。八座墓葬中馬腿單獨出現，當中並無其他獸骨。127 號墓葬中的綿羊／山羊只有頭和蹄，包含牲祭堆積層四中的綿羊／山羊、牛遺骸（圖 9.7）。這些骨頭難以測量——它們被丟棄了很久——但在赫瓦倫斯克，但馬的待遇確實十分象徵性，和家畜一樣：在人類的葬儀中，馬與牛、綿羊／山羊一起，野生動物則顯然遭到排除。在同一時期的其他墓葬中發現了馬的雕刻圖像（見下文）。在赫瓦倫斯克，馬鐵定具備嶄新的儀式及象徵意義。若牠們受到馴化，便是最古老的家馬。[25]

赫瓦倫斯克的銅器比整個聶伯河—頓涅茨河 II 期文化所知的要多上許多，這些銅器確實十分引人注目（圖 9.7）。雖然娜塔莉亞·林迪那（Natalya Ryndina）已經發表了對其中一些文物的分析，但出自赫瓦倫斯克 II 的四十三（？）座墓葬的二百八十六件驚人文物，卻遲遲未曾發表，著實令人惋惜。赫瓦倫斯克 I 出土的一百五十八座已發表的墓葬中，有十一座發現了三十四件銅器。I 和 II 出土的銅器中，顯示出具備相同的微量元素和技術，這是巴爾幹銅器早先的特徵。林迪納對三十件文物的研究展現出三種技術組別：十四件文物鑄造於攝氏三百至五百度、十一件鑄造於六百至八百度，最後五件鑄造於九百至一千度。前兩組的熔接和鍛造品質普遍較低，顯示它們是本地生產的，但深受特里波里 A 文化的技術所影響。第三組中包括兩枚細指環和三隻巨大的螺旋紋環，在技術上與保加利亞的瓦納和杜蘭庫拉克墓地的古歐洲展示身分的文物

相同。這些器物都製造於古歐洲，並以成品的形式貿易至窩瓦河。在赫瓦倫斯克I的一百五十八座墓葬中，成年男性擁有最多銅器，但也有「某些」墓葬中的銅器數量約略是兩性平等，分別是五座成年男性墓葬與四座成年女性墓葬。一名青少年（圖9.7中的90號墓）和一名孩童也擁有數枚銅指環和珠串當陪葬品。[26]

　　與銅器一同出現的拋光石權杖頭、拋光蛇紋石和塊滑石手環，皆為地位象徵。赫瓦倫斯克的一座成年男性墳塚（108號）和另一座墓葬（57號）中各發現一根拋光石權杖。108號墓中還找到了拋光塊滑石手環。在窩瓦河其他赫瓦倫斯克文化的墓葬中，例如在克里沃奇（Krivoluchie，薩馬拉州）和克洛普科夫斯基（Khlopkovskii，薩拉托夫州）也找到類似的手環和權杖。有的權杖頭被加上「雙耳」，使它們看起來具備模糊的動物形象，某些觀察員在當中看出了馬頭。瓦佛諾米卡出現了明顯動物形象的拋光權杖頭，部分屬於窩瓦河下游的不同文化族群。權杖、銅器，以及精細的身體裝飾出現在家畜身上，與以往不同。[27]

　　在薩馬拉以北考索河畔的甘德洛夫卡（Gundurovka）和奧比亞辛卡I（Lebyazhinka I）找到了赫瓦倫斯克的聚落。但赫瓦倫斯克的工藝品和陶器與其他文化和時代的工藝品混在一起，因此難以找出僅歸屬於赫瓦倫斯克時期的特徵或獸骨。從赫瓦倫斯克人的骨骸中，我們可以肯定他們吃下了許多魚；因為平均氮十五的平均測量值為百分之十四點八，顯示魚類可能占肉食中的七成。雷恩沙漠的窩瓦河下游發現了純粹的赫瓦倫斯克營地，但這些營地專為獵人使用，此處野驢和大鼻羚為最主要的獵物，占獸骨的八至九成之多。即便在此處，我們在卡拉—庫都克I也找到了一些綿羊／山羊骨和牛骨（百分之六至九），或許是赫瓦倫斯克獵人所帶的糧食。

　　在與頓河以東同一時期的其他草原文化遺址中找到的垃圾坑（見下文）中，發現的馬骨通常占獸骨的一半以上，牛和綿羊的比

例通常低於四成。在東方，牛和綿羊在儀式獻祭中的地位比飲食中更為重要，彷彿牠們最初只是被視為是偶爾（季節性）聖餐和葬儀所用的一種儀式貨幣一樣。牠們當然牽扯到葬禮上的新儀式，也可能涉及其他新的宗教信仰和神話。如第八章開頭所述，與首批家畜一同傳播的信仰組成是原始印歐語宇宙觀概念的源頭。

納契克與北高加索文化

　　許多考古學家想知道，馴化的牛羊是否可能通過高加索地區的石器時代的農民以及從古歐洲進入了草原。[28] 到了西元前五八○○至五六○○年，農耕文化已從近東傳播至高加索山脈以南（舒拉維瑞〔Shulaveri〕、阿赫洛〔Arukhlo〕及聖佳維〔Shengavit〕）。但這些位於高加索最早的農業社群並不普遍；它們仍集中於庫拉河上游和阿拉克斯河流域的少數河床底部。沒有中介點能將它們與遙遠的歐洲大草原相連接，向北和向西均超過五百公里。永凍的北高加索山脈，是歐洲最高、最難以跨越的山區，在它們與大草原之間屹立不搖。高加索偏好種植的普通小麥（*Triticum aestivum*）比特里波里、線紋陶及布格河─聶斯特河文化耕種者偏好的脫殼小麥（二粒小麥、單粒小麥）更耐乾旱。植物學家柔亞・亞努舍維奇（Zoya Yanushevich）注意到，出現在布格河─聶斯特河遺址及後來的東歐大草原河谷中所種植的穀物是巴爾幹／多瑙河的農作物組合，而不是高加索的。[29] 舒拉維瑞最早一批高加索農民的陶器或工藝品與北方大草原最早一批牧民的陶器或工藝品，在風格上並無明顯的聯繫。若我一定得推測舒拉維瑞第一批銅石並用時代農民的語言認同，我會將他們與卡特維利語系的祖先連起來。

　　但西北高加索的語言與卡特維利完全不同。西北高加索語似乎全然孤立，是北高加索山脈北坡原生一些獨特語言家系的倖存者。

在高加索北麓西側，放眼整個大草原，很少有文獻記載的銅石並用時代社群具備石器工具和陶器，這點和他們北方草原上的鄰居有點像；這些社群是草原世界的南方參與者，而非舒拉維瑞型高加索農民的北部擴張。我會推測他們所講的語言是西北高加索語的祖先，但只有少數的早期遺址有被公開發表。最重要的是納契克（Nalchik）的墓葬。

在高加索北麓中心的納契克附近，是一座包含一百四十七座墓葬的墓地，在赭土染紅的坑中有側身曲肢的骨骸，以兩、三個坑一組，安排在石塚下。女性為左側曲肢，男性則為右側。[30] 與其陪葬的有一些銅製裝飾品、用鹿和牛齒製成的珠子，以及拋光的石手環（類似在赫瓦倫斯克墳塚 108 號和克里沃奇所發現的手環）。一座墓葬的人骨測出了西元前五〇〇〇至四八〇〇年的年代（如果用來定年的樣本混入魚類中的古老碳，則這個日期可能早了一百至五百年）。史達尼斯特布列斯克（Staronizhesteblievsk）同一地區的五座墓葬中，都隨葬有聶伯河—頓涅茨河 II 馬立波風格的野豬獠牙牌飾、動物齒珠，以及燧石刀，這似乎在銅石並用時代早期的家戶中十分常見。[31] 卡門農莫斯特洞穴（Kamennomost Cave）中的庫班河流域地層 2 中，有一處未定年的洞穴，其可能與其同時，已經出現了綿羊／山羊和牛骨，位於下一層的邁科普文化的器物之下。來自高加索的石雕手環和石飾品——黑玉、石英和斑岩——流通至赫瓦倫斯克和聶伯河—頓涅茨河 II 的幾處聚落，或許是源於像納契克和卡門農莫斯特洞穴的人群。納契克時代的遺址清楚顯示出一個社群的輪廓：他們至少擁有幾頭家牛和綿羊／山羊，且與赫瓦倫斯克有接觸。他們可能和赫瓦倫斯克的人群一樣，從聶伯河引進了家畜。

頓河下游與裏海北部大草原

在納契克和赫瓦倫斯克間的大草原上，還有許多不同類型的遺址可追溯至此一時期。亞速海附近頓河下游的拉庫史卡村是一個深層的聚落遺址，在聚落區邊緣有六座墓葬群聚。底部的文化層中發現了夾貝陶器，器表裝飾刻畫線紋及以三角形木桿壓印的紋飾，年代可能在西元前五二〇〇至四八〇〇年左右，當中也發現了綿羊／山羊骨和牛骨。但在內陸的大草原上，遠離主要的幾個河谷，經濟模式仍著重於野驢狩獵。在裏海盆地，珊格（Dzhangar）的採集者營地亦可定年於西元前五二〇〇年（以獸骨量測），他們的陶器與拉庫史卡村類似，僅找到野馬和野驢的骨頭。[32]

在窩瓦河下游的東側，例如瓦佛諾米卡等遺址，皆散布著像卡拉—庫都克 I 這種赫瓦倫斯克獵人的營地。[33] 瓦佛諾米卡的遺址是分層的且有準確的碳定年代，並明確展示出北裏海盆地裡從採集到放牧的轉變。西元前五八〇〇至五六〇〇年左右，瓦佛諾米卡首先為捕獵野驢和馬且會製陶的採集者所占據（地層 3）。此遺址又被占領了兩次（地層 2B 和 2A）。在大約西元前五二〇〇至四八〇〇年的地層 2B 中，人們建造了三座地穴屋（pit-house）。他們使用銅器（找到一把銅尖錐和一些形狀不規則的銅塊），且飼養馴化的綿羊／山羊，不過在瓦佛諾米卡找到的獸骨中「近半數」是馬骨。骨製牌飾雕成了馬的形狀，馬掌骨上刻有幾何紋飾。此處發現了三只拋光石權杖頭殘塊。其中一只的一端雕成一動物頭像，可能是匹馬（圖 9.6）。如同拉庫史卡村邊緣的墓群，在瓦佛諾米卡廢棄的穴坑中，無意間挖掘出了四座墓葬。人類墳墓葬附近以赭土染紅的牲祭堆積中，找到了數百顆穿孔或拋光的馬齒珠。也有一些鹿齒珠、幾種不同的貝殼珠，以及以整顆野豬獠牙製成的飾品。

這些南方大草原上的遺址，從頓河下游到窩瓦河下游，可追溯

至西元前五二○○至四六○○年，並出土了綿羊／山羊骨，偶爾也有牛骨、銅製的小東西，以及隨意處置的人骨。同於赫瓦倫斯克奠基於墓葬的考古發現，小規模的聚落貢獻了大部分的資料。陶罐的陶土都摻有貝殼，並以帶有三角形末端的枝條刻畫或戳印出紋飾。有鑽石般的菱形紋圖案，較少出現的布滿戳印的刻畫曲線紋。大部分的邊沿都很簡單，但有的內部邊沿有加厚。一九七四年奧洛夫卡（Orlovka）聚落於窩瓦河畔發現後，尤丁（A. Yudin）便將這些遺址一同歸於奧洛夫卡文化。納契克似乎已存在於該網路的南方邊緣。[34]

森林前線：薩馬拉文化

沿著森林—草原帶的界線，有另一個文化與窩瓦河中游區域的北方赫瓦倫斯克互動（圖 9.1）。薩馬拉新石器時代文化，以多樣化的「高領罐」著稱，其上有戳印、刻畫和弧形印紋，沿著薩馬拉河畔草原帶的北方邊緣發展開來。陶器的陶土摻入砂石和植物碎末，與頓河中游的陶器相似。薩馬拉附近甘德洛夫卡居址的地面建於地下，長二十公尺、寬八公尺，地面上有數個火塘（該聚落也有發現赫瓦倫斯克陶器）。薩馬拉河上游的伊凡諾夫卡亞（Ivanovskaya）辨識出馴化的綿羊／山羊骨（三六○二根骨頭中的百分之十三）和牛（百分之二十一），且其中有百分之六十六是馬骨。薩馬拉河上維勒維多（Vilovato）聚落識別出五百五十二根骨頭，其中馬骨占百分之二十八點三，綿羊／山羊骨十九點四，牛骨六點三，其餘是海狸骨（百分之三十一點八）和紅鹿骨（百分之十二點九）。薩馬拉文化表現出某些森林文化的特徵：具備像北方森林採集者一樣的大型拋光石手斧。

薩馬拉人建造出正式的墓地（圖 9.8）。在席斯的墓地（見

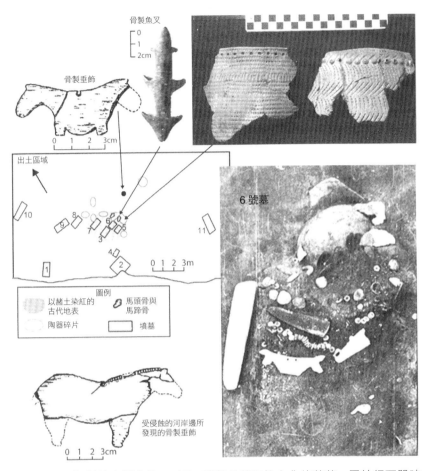

骨製魚叉

骨製垂飾

出土區域

6 號墓

圖例

以赭土染紅的
古代地表

陶器碎片

馬頭骨與
馬蹄骨

墳墓

受侵蝕的河岸邊所
發現的骨製垂飾

圖 9.8 薩馬拉州的席斯墓葬。1 至 9 號墓是薩馬拉文化的墓葬，屬於銅石器時代早期。10 和 11 號墓則屬於稍晚的時期。出處：Vasiliev 與 Matveeva 1979。

YOZH-yay）有九座仰身直肢墓葬，這不同於赫瓦倫斯克的埋葬姿勢，較類似於聶伯河—頓涅茨河 II。墓葬上方的原始地面層表面是赭土、破碎陶器、貝殼珠、骨魚叉，以及兩匹馬的頭骨和小腿骨（距骨和趾骨）組成的儀式堆積物——此葬禮—宴席堆積物如同赫瓦倫斯克墓葬上的堆積物。席斯是大草原上最早出現馬頭—蹄祭祀堆積的遺址。靠近頭與蹄堆積物之處，但位於赭土染紅的土壤區以外，

有兩座以骨頭平坦處雕刻的馬形雕像，類似於瓦佛諾米卡找到的小雕像，另外還有一件骨雕的牛。住在席斯的人們和聶伯河─頓涅茨河 II 文化一樣皆佩帶野豬獠牙牌飾，其中一只牌飾的形狀與聶伯河流域亞辛諾維特卡的聶伯河─頓涅茨河 II 墓葬中發現的完全一樣。[35]

母牛、社會權力與部落的出現

　　很難去考證這些葬於赫瓦倫斯克的人群對古歐洲社會究竟有多「了解」，但他們肯定是由一個廣袤的貿易網路相聯繫。橫跨整個東歐大草原（聶伯河─頓涅茨河 II、赫瓦倫斯克、席斯、納契克）的墓地規模變得更大或首次出現，這顯示更大、更穩定的社群正在成長。牛和綿羊是聶伯河上一些聶伯河─頓涅茨河 II 聚落的重要飲食組成；但在更遠的東方，比起日常飲食，牛和綿羊最初在葬禮儀式中的角色似乎更形重要，而日常飲食仍以馬肉為主。在東方，馴化的牛和綿羊似乎成為一套新儀式和宗教信仰中的某種貨幣。

　　參與長程貿易、禮物交換，以及一套需要公共獻祭和筵席的新祭祀儀式，成為新型態社會力量的基礎。從本質上來看，牲畜飼養仍然是一種動盪無常的經濟型態。失去動物的牧民總是必須向仍保有動物的人群商借。與此種借貸相關的社會義務（social obligation）已在世界各地的牧民中制度化，成為身分區辨流動系統（fluid system）的基礎。借出動物的人比借入動物的人更有權力，而這些贊助筵席的人則對其賓客負有義務。早期的原始印歐語具備約束口頭契約的誓詞（oath，*h1óitos-*）字彙，在之後的宗教儀式中，用來指定強（眾神）弱（人類）之間的義務。此字根的反映保留在凱爾特語族、日耳曼語族、希臘語族及吐火羅語族中。其所指涉的政治關係模型可能始於銅石並用時代。在銅石並用時代，

大草原上僅有少數幾位能穿戴具備獠牙、牌飾、珠串和指環的精緻服飾，或者是持有象徵權力的石製權杖，但孩童也可列於此特權群體中，這暗示了富有的動物債權人至少曾嘗試讓子嗣繼承自己的地位。區域領袖之間的地位競爭，在後來的原始印歐語稱之為 *weik-potis* 或 *reg-*，引申出一組出乎意料地廣為流傳的共享地位象徵。當領導人獲得追隨者時，環繞他們的政治網路便因運而生──這便是部落的基礎。

不採納新放牧經濟的社會與那些採行新放牧經濟的社會漸行漸遠。北方森林帶的人群仍然是採集者，那些生活於烏拉爾山脈東側草原上的人們亦然。鑑於這些前線的持久與明確，可見它們可能是語言學或經濟上的。隨著新經濟模式的擴張，前原始印歐語的語系可能在銅石並用時代早期的西方大草原上開始發展。姐妹語系之間的語言聯繫非常有可能促進了牲畜飼養及隨之而生的信仰的傳播。

馬在飲食和喪葬象徵意義上的重要性，是銅石並用時代早期的東歐大草原一大值得關注的面向。馬肉是肉類飲食中的主要組成。馬的形象刻於瓦佛諾米卡和席斯的骨製牌飾上。在赫瓦倫斯克的葬禮儀式中，會將馬和牛、綿羊視作一起，但顯然將野生動物排除在外。但以動物學的觀點而言，我們無法知道牠們看起來是否與野馬差別很大，畢竟骨骸早已不復存在。馬的馴化是人類史上舉足輕重的事件，但我們對其的了解卻少之又少。不過，近來我們直接從馬嘴中得到了一種新的證據。

第十章
馬的馴化與騎馬的起源：馬齒傳說

The Domestication of the Horse and the Origins of Riding: The Tale of the Teeth

> 馬在人類歷史上的重要性，只有這一研究固有的難題能與之匹敵；在這段歷史中，每起事件幾乎都是引爆爭議的題材。
>
> ——格拉哈米·克拉克（Grahame Clark, 1907-1995），1941 年

一九八五年夏天，同為考古學家的妻子朵卡絲·布朗和我一起去賓州大學（University of Pennsylvania）的獸醫學院，找一位外科獸醫諮詢：馬銜會在馬齒上產生病狀嗎？如果會，我們豈不是會在古老馬齒上看到馬銜的痕跡——例如刮痕或配戴時造就的微小磨損？這難道不是個好方法，來辨認出早期配戴馬銜的馬嗎？我們想問他能否針對馬銜造成的牙齒病狀，推薦我們一些醫學文獻？但他說其實找不到什麼相關的文獻。而且當馬套上馬銜又被彎頭勒住時，牙齒便「無法」輕鬆地咬住馬銜，因此，馬銜很少會規律地碰觸到牙齒。聽起來很合理，可惜行不通。我們決定徵詢第二個意見。

到了費城郊外新博爾頓中心（New Bolton Center）的大型哺乳動物獸醫學院，與馬匹朝夕相處的訓練員給了我們非常不一樣的答案。他們說馬會一直嚼嘴裡的馬銜。有些會像吸吮糖果一樣，讓馬

銜在嘴巴裡滾來滾去。我們可以聽到馬銜碰撞馬齒的聲音。當然，這不是什麼好習慣——訓練有素的馬不該如此，但牠們確實好這口。我們也該和希拉蕊·克雷頓（Hilary Clayton）聊聊，她從前任職於新博爾頓中心，後來在加拿大某個大學工作。她一直在研究馬嘴中馬銜的力學。

我們在薩克其萬大學（University of Saskatchewan）找到希拉蕊·克雷頓，並看了她用螢光透視法所拍攝的馬嚼馬銜影片（圖10.1）。她替馬套上馬銜，並站在馬匹後方操控韁繩。安裝在馬頭旁的螢光透視鏡拍到了馬嘴中的情況。從來沒人這樣做過。她寄給我們兩篇她與加拿大同僚合著的文章。[1] 他們的圖片顯示出馬如何應付口中的馬銜，以及馬銜究竟會落在齒間的哪個位置。馬銜

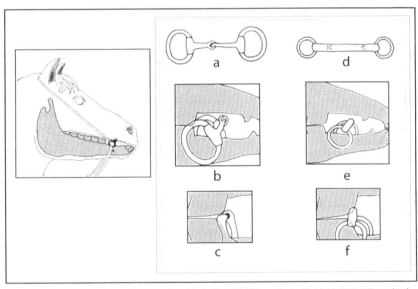

圖 10.1　馬嘴中的現代金屬馬銜。染灰的下顎骨。（a）連接的馬銜鐵；（b）馬銜鐵的Ｘ光位於舌頭正確位置；（c）馬銜鐵的Ｘ光被牙齒咬住；（d）馬齒齦馬銜顯示出咀嚼帶來的磨損；（e）馬齒齦馬銜的Ｘ光位於舌頭的正確位置；（f）馬齒齦馬銜的Ｘ光被牙齒咬住。出處：After Clayton and Lee 1984; and Clayton 1985.

的正確位置在前後牙齒間的舌頭和牙齦上，因此稱做「馬齒齦」（bars）。騎馬者勒馬時，馬銜會將舌頭和牙齦壓入下顎，並將敏感的牙齦組織擠到馬銜和下方骨骼之間。那會很痛。因此馬會低頭朝一側拉動（轉彎），或者將下巴下拉以拉動兩側（煞車），來避免馬銜壓在舌頭和牙齦上。

克雷頓的X光片顯示出馬如何用舌頭頂高馬銜，然後再縮回，將馬銜推回讓前臼齒緊咬住，這樣一來，不論騎馬者使出多大力氣拉緊韁繩，都不會對柔軟的組織造成壓力。臼齒的前方是口中的柔軟區域，因此，為了將馬銜咬住，馬必須將馬銜往後壓至嘴角。這些伸長的組織就像彈簧。如果牙尖沒有把馬銜「緊緊」咬住，就會再次往前彈至馬齒齦中。在我們看來，考慮到重力，這種反覆在前臼齒尖的來回運動，下排牙齒受到的影響會比上排牙齒更大——畢竟馬銜是套在下顎上。咀嚼馬銜造成的磨損應集中於兩齒之間的一小區域（下排第二前臼齒，即 P_2），和咀嚼其他東西所產生的磨損不同。克雷頓的X光片讓我們首度能加以確定，在某顆牙齒的特定部位可以找到馬銜造成磨損的地方。我們在該處找到幾張已公開的照片，上面考古馬的 P_2 明顯有咬合磨耗面（wear facet）或傾斜邊（bevel）。兩位知名的考古動物學家，倫敦的茱麗葉・克拉頓柏克（Juliet Clutton-Brock, 1933-2015）和羅馬的安東尼奧・阿札羅利（Antonio Azzaroli）認為這「可能」是馬銜造就的一種磨損。其他動物學家則和我們諮詢的第一位外科獸醫一樣，認為馬不可能將馬銜咬回自己嘴裡。沒人能確定。而且他們聽都沒聽過克雷頓的X光片。[2]

備受鼓舞與興奮之餘，我們造訪華盛頓的國立自然史博物館（Smithsonian Museum of Natural History）的人類學部門，詢問當時館內的動物考古研究員梅琳達・澤德（Melinda Zeder），我們能否研究從未配戴馬銜的古野馬牙齒（作為對照的樣本），以及

她能否針對如何進行研究給予一些技術上的建議。我們沒有受過動物學家的訓練，對馬齒也知之甚少。澤德和一位專攻牙齒微磨耗（dental microwear）的同事凱特‧高登（Kate Gordon）邀我們到員工自助餐廳坐坐。我們要怎麼區分是馬銜、還是咬合異常引發了牙齒磨損？又或者，這只是正常咀嚼食物而產生的飲食磨損？馬銜造成的磨損會永遠存在，還是會因飲食磨損而逐漸消失？那得花上多久時間？馬齒長得多快？它們難道不是那種從下顎長出，牙冠逐漸磨損，直到變成殘牙的牙齒嗎？隨著年齡增長，這會改變馬銜的磨耗面嗎？繩製或皮製馬銜呢？──可能是最古老的那種。它們會造成磨損嗎？哪一種會？騎馬或駕駛馬戰車時，馬銜對馬造成的影響是否不同？導致磨損的究竟是什麼──如果真的有磨損的話？是因為騎馬者將馬銜拉入馬齒的「前方」，還是由於馬咀嚼馬銜，導致牙齒的「咬合」（occlusal）面磨損？還是兩者兼有？況且，要是我們在顯微鏡下看到磨損，我們要如何加以描述，才能量化具磨損和無磨損的牙齒之間的差異？

梅琳達‧澤德領我們參觀她的收藏。我們製作了出自西元前二〇〇〇年左右的伊朗青銅時代的城市馬利亞（Malyan）的古野驢 P_2 的最初模型。其在內側咬合上有磨耗面；稍後我們可以說是堅硬的骨製或金屬製馬銜造就了這些磨耗面。但我們當時還不知道，結果證明，自然史博物館的館藏真的沒有多少從未配戴馬銜的野馬牙齒。我們得靠自己找，我們向來認為，只要逐一解決問題，就可以辦到。二十年後，這種感覺仍然縈繞不去。[3]

馬最早在何處被馴化？

馬銜造就的磨損十分重要，因為其他證據都難以確定早期對馬的馴化。我們寄望可解決問題的遺傳證據並沒有多大作用。現代

馬匹具有基因上的思覺失調，和牛隻一樣（第八章），但性別對調。現代家馬的「雌性」血統展現出極高的多樣性。經由線粒體DNA，母親將性狀原原本本地傳給女兒，顯現此一部分的血統具備極高的多樣性，以至於需要「至少」七十七匹祖先母馬（ancestral mares）、分成十七個系統分支（phylogenetic branches），才能解釋全球現代族群中的遺傳變異（genetic variety）。在不同時期，野生母馬必須要在多個不同的地點被引入家馬群。與此同時，現代馬DNA上的「雄性」性狀經由Y染色體從父畜（sire）原原本本地傳給小公馬（colt），則呈現出顯著的同質性。可能只有單一個野生公馬受到馴化。由此看來，養馬之人顯然可以隨意捕獲並繁殖不同種的野生母馬，但根據此些數據，他們普遍排除了野生的公馬，就連與家養母馬交配後生下的野生公馬的雄性子代，也一併遭到排斥。現代馬源自於極少量的原始野生公馬和許許多多多、各式各樣的野生母馬。[4]

▶為何會有此差異？

野生生物學家觀察了世界各地不同地方野馬群的行為，比較特別的幾處是在烏克蘭的阿斯卡尼亞（Askania Nova）、美國馬里蘭州和佛吉尼亞州的幾座堰洲島（barrier island；兒童文學名著《辛可提島的迷霧》〔*Misty Of Chincoteague*〕中提到的馬群），以及內華達州西北部。標準的野馬群包括一匹公馬、兩至七匹妻妾群（harem），以及未成熟的幼仔。大約兩歲時，青年馬會離開馬群。公馬和妻妾群占據一個生活圈（home range），其他公馬則為了掌控母馬和勢力圈（territory）拼個你死我活。年輕公馬慘遭驅逐後，會形成鬆散的聯盟，稱為「單身群」（bachelor band），潛伏在既有的公馬生活圈的邊緣。多數的單身馬要到五歲以上，才有辦法挑

戰成熟的公馬或將母馬留在身邊。既有的馬群內，母馬們會列於以領袖母馬為首的社會階層中，大多時候皆由領袖母馬決定馬群的去向，並在遭遇威脅時帶領馬群前進，公馬則會在馬群兩側或後方警戒。因此，母馬本能會接受他者的統御——無論對方是公馬還是人類；公馬則又固執又凶暴，天生就會用撕咬和踢蹬來挑戰權威。在眾多野馬群中啄序（pecking order）的最底層，通常是相對容易駕御的母馬，但相對容易駕御的公馬則十分稀有——在野外繁殖的希望微乎其微。馬的馴化可能出於機緣巧合：一匹相對容易駕御的公馬出現在一個人類能將其當作馴化血統種畜的地方。從公馬的角度來看，人類是牠一親芳澤的唯一途徑。就人類的角度而言，公馬正是他們夢寐以求的父畜。

▶他們生活於何時何地？

像極了婚姻，動物馴化是一段長期舊情往事（prior relationship）的頂點。人類不會耗費時間和精力去照顧自己不熟悉的動物。第一批將餵養和照顧馴馬認真納入考慮的人群必定對野馬十分熟悉。他們生活之處鐵定是人類耗費大量時間狩獵野馬並了解其行為的地方。在大約一萬到一萬四千年前，世界上可能產生這類情況的地方已經大幅限縮；當時冰河時期的草原——適宜馬匹生長的環境——為北半球大量的茂密森林所取代。在氣候變化之時，北美洲的馬滅絕了，原因仍不甚明瞭。在歐亞兩洲，大批的野馬群僅生活於中部的草原，較小的族群則「孤立」於歐洲中部天然開闊的區塊（沼澤禾草牧場、高山牧場、乾燥的高原〔mesetas〕）、安納托利亞中部（現代的土耳其），以及高加索山脈。馬從伊朗、美索不達米亞低地和肥沃月彎消失了，這些溫暖之地讓給了其他野驢（野驢和驢）（圖10.2）。

在西歐、中歐、安納托利亞中部和高加索地區，從全新世（Holocene）倖存的馬匹在人類尋求食物的過程中仍然一點也不重要——牠們的數量根本不夠當作食物來源。例如在西元前七四○○至六二○○年之間的安納托利亞，只有在很偶爾的時候，加泰土丘、珀納巴瑟（*Pinarbaşi*）及其他中部高原上農村的新石器時代居民會想到要去獵殺野馬。但這些地點所捕獵的野驢大多數是「歐洲野驢」（*Equus hydruntinus*；現已滅絕）或「亞洲野驢」（*Equus hemionus*；野驢），這兩種類似驢的野驢都比馬來得小。只有幾根骨頭大得足以被當作馬。安納托利亞西部、希臘或保加利亞的新石器時代遺址，或者是奧地利、匈牙利或波蘭南方的中石器和新石器時代早期遺址，都沒有馬。在西歐和北歐，中石器時代的採集者偶

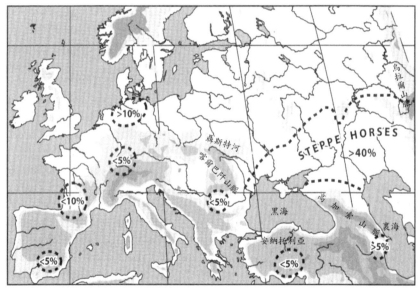

圖 10.2　西元前五○○○年左右全新世中期的野馬（Equus caballus）分布圖。這些數字展示出每個區域中人類廚餘中馬骨的近似頻率（approximate frequencies），這些頻率引用自一九九四年班內可（Norbert Benecke, 1954- ）的圖表及許多俄羅斯資料。

爾會將馬當作獵物。但在德國／波蘭的沿海平原與法國南部的高地，只有極少數後冰河時期的遺址中，馬骨超過百分之五。另一方面，在歐亞大草原上，野馬和相關的野驢（野驢、歐洲野驢）是最常見的野生放牧動物。在全新世早期的草原考古遺址（中石器和新石器時代早期）中，野馬通常占獸骨的四成以上，且也很有可能占肉食的四成以上，因為馬又肥又壯。單看這個原因，我們就該先看看歐亞大草原的馴化過程，這可能為我們帶來現代的雄性血統。[5]

東歐大草原的全新世早期和中期考古遺址找到三種野驢的骨骸。在裏海盆地中，像是布拉瓦耶 53 號（Burovaya 53）、耶‧卡爾干（Je-Kalgan）、伊斯塔 IV（Istai IV）等中石器時代遺址，這些建於西元前五五〇〇年之前的垃圾坑幾乎全部都有馬和野驢的骨骸（圖8.3站的遺址圖）。野驢，或說亞洲野驢，也被稱為「騫驢」（hemione）或「半驢」（half-ass），一種跑得很快的長耳動物，體型比馬小，但比驢大。野驢自然分布的範圍（natural range）從裏海大草原一路延伸至中亞、伊朗，遠至近東。第二種野驢，也就是歐洲野驢，在烏克蘭北方略為濕潤的東歐大草原上成為獵物，野驢骨出現於公元前第七千年期晚期的吉惹沃、馬特維夫墳塚等當地的中石器和新石器時代早期遺址中，不過占飲食組成的比例極低。這種纖弱的小型動物，生活於黑海草原之上，向西進入保加利亞和羅馬尼亞，並往南進入安納托利亞，在西元前公元前三〇〇〇年之前就滅絕了。真正的馬，即「野生家馬」（*Equus caballus*）分布範圍橫跨裏海盆地與黑海草原，並在亞洲野驢和歐洲野驢被發現後，仍在這兩種環境存活下來很長一段時間。在聶斯特草原上的中石器時代中晚期遺址吉惹沃及亞速海草原上的中／新石器時代遺址馬特維夫墳塚和石墓（Kammenaya Mogila）；另外像是裏海盆地的新／銅石並用時代的瓦佛諾米卡和珊格、薩馬拉河的伊凡諾夫卡亞，以及烏拉爾山脈南麓丘陵的穆利諾（Mullino），馬骨都占辨

識出獸骨的五成以上。人類依賴草原野驢的歷史源遠流長，這讓人們十分熟悉牠們的習性，隨後使馬的馴化成為可能。[6]

馬為什麼被馴化？

東歐大草原馴化馬匹的最早證據可能出現在西元前四八〇〇年後，這比世界其他地區馴化綿羊、山羊、豬和牛的時間要遲上許多。既然人們已經有了牛羊，為什麼還要馴化野馬？為了運輸？這點幾乎可以肯定。馬這種動物又壯又有力，頗具攻擊性，要想牠們載人，要牠們逃跑或打鬥還比較快。唯有在馬成為可駕馭的馴化動物後，騎馬才可能開始發展。易取得的冬季肉源可能是最初的誘因。

馬比牛羊更容易在冬天找到食物，因為牛羊是用鼻子將雪推開，馬則是用硬蹄。綿羊可以穿過綿綿細雪，在冬天的草地上吃草，但要是雪結冰了，綿羊的鼻子會變得乾而充血，牠們便會餓著肚子站著，即便腳下有豐富的冬日草料。而就算只是綿綿細雪，只要牛看不見腳下的草，就不會覓食，此時若不加以餵食，一整區的野牛就會死於深得足以掩蓋冬草的雪。牛和綿羊都無法在結冰的水上破冰飲水。馬天生不會用鼻子、而會用蹄來破冰和打碎結冰的雪，即使是在深不見草的雪中也是如此。牠們將冰凍的雪用蹄扒開，自給自足，因此不需要水或飼料。一二四五年，聖方濟的化緣修士約翰・迪皮拉諾・卡皮尼（Franciscan John of Plano Carpini）遊歷蒙古，晉見了成吉思汗（1155/1162-1227）的後繼者貴由汗（1206-1248），並觀察到韃靼的原野馬（steppe horse），如他所述，原野馬挖出雪下的草，「因為韃靼沒有稻草，更別說餵食飼料。」一八八六年，北美大平原發生了歷史上著名的暴風雪，數十萬頭牛在無垠曠野中成批死亡。倖存下來的牛隻跟隨北美野馬（mustang）群，並在野馬開啟的新世界中吃草。[7]馬匹在其演化的寒冷草原中

適應得異常良好。正因為馬匹不需要飼料或水，生活於寒冷草原且飼養牛羊的人群很快就會發現養馬當肉源的好處。轉趨寒冷的氣候條件，或只是連續幾個特別寒冷的冬天，都可能讓牧牛者開始思考馴化馬這回事。西元前四二〇〇至三八〇〇年左右，氣候開始轉趨嚴冬（見第十一章）。

　　牧牛者本就特別善於管理馬匹，因為牛和馬群皆聽從一隻領頭的雌性。牧牛者早就知道只需要控制領頭的牛，就能控制整個牛群，接著便駕輕就熟地將這些知識轉而應用在駕馭母馬上。在這兩個物種中，雄性都存在類似的管理問題，牠們因為生殖力和力量的象徵，而擁有相同的標誌性地位（iconic status）。當依賴於野驢狩獵的人群轉而飼養家牛，很快就會有人留意到這些相似之處，並將管理家牛的技術應用到野馬身上。這樣最早的家馬很快就會誕生了。

　　馴養馬匹的最早階段，可追溯到西元前四八〇〇年的東歐大草原。這時的馬仍然很桀驁不馴，但卻是很容易取得的冬季肉源。值此同時，窩瓦河中游的赫瓦倫斯克和席斯、聶伯河急流的尼克里斯基，率先在人類葬禮中，將馬頭和／或小腿與牛羊的頭和／或小腿相連接；席斯和瓦佛諾米卡等處也出現馬骨雕刻和牛骨雕刻。到了西元前四八〇〇年，馬匹自然而然與人類、馴化家畜的文化世界，象徵性地聯繫在一起。養馬為經濟、儀式、裝飾和政治革新的爆發增添了另外一大元素，這些革新最初擴散的時間點約莫是在西元前五二〇〇至四八〇〇年，最終席捲了整座西方大草原。

何謂家馬？

　　鑑於難以區分早期家馬和其野生親戚的骨骼，我們決定研究馬齒上馬銜留下的磨損痕。一九六七年，俄羅斯動物學家比比科娃

（V. Bibikova）嘗試將受馴化的頭骨類型定義出來，但因馬頭骨樣本數太少，對多數動物學家來說尚無法定義出一種可靠的類型。

欲區分野生動物與馴化動物的骨骼，通常會使用兩種可量化的測量方式：測量大小的變異、計算屠畜的年齡與性別。其他判準還包括找出遠遠超出其自然分布之範圍的動物，並檢測出馴化的相關病理，其中馬銜造成的磨損就是個很好的例子。咬槽嚥氣癖（Crib biting），即馬無聊時咀嚼馬槽的壞習慣，可能導致門齒上出現另一種馴化的相關病理，但尚未有系統性的研究。劍橋大學麥當諾研究所（McDonald Institute）的瑪莎・列文（Marsha Levine）研究脊椎骨的騎乘相關病理，然而脊椎難以細查。脊椎很容易斷裂和腐爛，極少出現在多數的考古樣本裡，目前已知的只有八節最靠尾部的脊椎（T11-18）表現出騎乘的病狀。馬馴化的相關討論仍集中於前述兩種方法。[8]

▶大小變異法（Size-Variability Method）

大小變異法取決於兩項假設：（1）受到馴化的族群由於受到保護，生存到成年時應具備更廣泛變異的大小（size）和體型（stature），或者說「更多可變性（variability）」；並且，（2）受到馴化的族群的平均大小應整體縮小，關入圍欄、活動遭控制、飲食受限等因素都會「縮小平均體型」。利用腿骨的量測（主要是踝和大腿的寬度）來找出這些模式。此種方式對牛和綿羊的腿骨似乎更有效：可變性增加及平均大小的縮小顯然能辨識出家養的牛和綿羊。

然而，我們還不清楚適用於最古老家馬的基本假設（underlying assumption）。印第安人不靠畜欄管控馬匹，而是靠「hobble」（綁住兩條前腿的短繩，讓馬可以步行，但無法跑動）。唯有讓馬能自己覓食，早期養馬的主要優勢才得以落實，也就是降低勞動成本。

圍欄和畜欄都會破壞此一目標。因此，與野生親戚在同一環境中生活和放牧的家馬不一定具備較小的體型，可變性也無從提高。如果馬像牛羊一樣行動被限制於庇護所內，且整個冬季都予以餵食，或者牠們會被分為不同的牧群時，並接受不同的管理和訓練，例如騎乘組、馬戰車組，或者肉奶生產組等，這些變化都是可以預期的。

在馬馴化的最早階段，在馬還能自由放養，且人類因為肉源而養馬時，各區野生族群的體型大小的自然變異，很可能會掩蓋住人為控制所造就的任何體型縮小。四散生活於中、西歐的野馬體型，要比生活在草原上的小。在圖 10.3 中，圖左側的三個長條代表冰

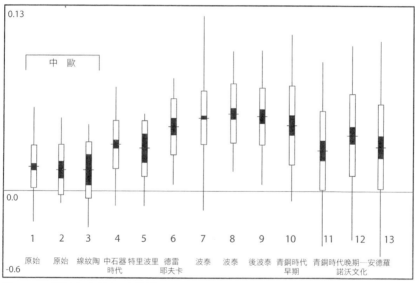

圖 10.3　利用大小變異法辨識家馬的骨骼。盒鬚圖（box-and-whisker graph）顯示出十三個考古馬族群的腿骨粗細，左側出自最古老的遺址（舊石器時代），右側則是最年輕的遺址（青銅時代晚期）。鬚（whisker）顯示出極端的測量值，受樣本數的影響最大，因而是族群可變性中不具信度的指標。白盒顯示出平均值的兩個標準差，是具信度的可變性指標，通常會拿它們來進行比較。長條十的可變性量測值的增加被視為是開始馴化馬匹的證據。出處：Benecke and von den Dreisch 2003，結合圖 6.7 和 6.8。

河時期和新石器時代早期的德國野馬。牠們的體型相當小。長條四和五代表生活於森林─草原帶和草原邊緣地區的野馬,牠們的體型明顯較大。烏克蘭中部大草原上德雷耶夫卡的馬還要更大;四分之三的馬高度在一百三十三和一百三十七公分之間,即十三至十四掌寬(hands)之間。北哈薩克的波泰的馬更大,掌寬通常超過十四。毋須任何人為干涉,馬群的東西向移動也可能會導致其平均大小出現變化。這讓可變性的增加成為最早馴化階段的唯一指標。可變性對樣本數(sample size)十分敏感──骨骼樣本愈大,就愈有機會發現極小和極大的個體──因此,單憑可變性的變化難以區分出樣本數的效應。

利用大小變異法,馬的馴化可追溯到西元前二五〇〇年左右。最早顯露出平均大小顯著縮小及可變性提高的遺址是匈牙利的切佩爾─哈洛斯(Csepel-Háros)的鐘型杯文化聚落,以圖10.3中的長條十為代表,可追溯至西元前二五〇〇年。隨後,歐洲和大草原上的許多遺址都呈現類似的模式。西元前四二〇〇至三七〇〇年左右的烏克蘭德雷耶夫卡遺址(見第十一章)與西元前三七〇〇至三〇〇〇年左右的北哈薩克波泰文化遺址都缺乏這類的統計指標,一般認為這些指標證明了約莫在西元前二五〇〇年之前,馬尚未受到馴化。然而,早期野馬之間顯著的區域大小差異、可變性量測對樣本數效應的敏感度,以及這些方法是否適用於最早家馬等基本問題,是我們要尋求其他類型證據的三大原因。西元前二五〇〇年後,馬群出現了至關重要的新變異,可能反映出專門化品種和功能的發展,而非最早的馴化。[9]

▶死亡年齡統計

第二種可量化的測量方式是研究屠畜的年齡與性別。從家畜群

中挑選出屠畜，其年齡與性別應和獵物不同。當年輕的雄性動物達到成年的肉重，大約在兩至三歲時，牧民可能會加以剔除。牧民居住的地方可能幾乎沒有公馬，因為雄性犬齒的萌發是反映馬骨性別的首要指標；犬齒約莫會在四或五歲後萌發，而到了此年齡後，公馬就會被宰來吃。而作為種畜的母馬則能活到十歲或更老。相較之下，獵人會捕食野馬群中最好預測的組成，故將精力集中於標準的野馬社會群體，也就是公馬和妻妾群，牠們會沿著舊日的路徑在有限的區域內移動。定期狩獵公馬和妻妾群，可以得到少數幾隻壯年公馬（六至九歲）、大量已屆生殖年齡（breeding age）的母馬（三至十歲），以及未成年的幼仔。[10]

　　但也有可能出現其他多種狩獵和剔除模式，且可能在長期定居的聚落中交疊使用。此外，馬體內僅有幾根骨頭可表明性別──成熟的公馬（五歲以上）有犬齒、母馬通常沒有，且成熟母馬的骨盆十分特別。仍包埋犬齒的馬下顎通常不會留存下來，因此性別資料良莠不齊。年齡則是根據臼齒來估算，臼齒通常保存良好，因此估算年齡的樣本數較多。但很難精確推定出脫落馬臼齒的年齡，也就是馬臼齒未和下顎骨一同發現的情況，偏偏考古現場經常找到脫落的牙齒。我們得找到一個方法，來限縮可指配給每顆牙齒的年齡範圍。更有甚者，牙齒是頭部的一部分，而頭部可能會受到特殊處理。若分析的目標是確定哪些馬會被殺來吃，那頭部就不見得是人類飲食最直接的指標。如果該遺址的居民保存並使用壯年公馬的頭來舉行儀式，則該處找到的牙齒只會反映出儀式的情況，而非為了食用而殺馬。[11]

　　瑪莎・列文研究了烏克蘭德雷耶夫卡（西元前四二〇〇至三七〇〇年）及北哈薩克波泰（西元前三七〇〇至三〇〇〇年）的年齡與性別數據。她判定兩處遺址的馬都是野生的。在德雷耶夫卡，多數牙齒出自年齡界於五至七歲之間的動物群，十六個下顎骨中有

十四個出自成年的雄性。[12] 這顯示德雷耶夫卡的多數馬頭出自壯年的公馬，而非管理族群所預期的屠宰模式。不過，就被狩獵的族群而言，這個模式也實在很怪異。獵人為什麼只殺壯年的公馬？列文推論德雷耶夫卡的獵人「跟蹤」野馬群，引起了公馬的警戒，從而在保護妻妾群時遭殺害。然而，要想在毫無遮蔽的草原上跟蹤，對想攻擊野馬群的步行獵人而言，可說是下下策；因為公馬更可能會在警告馬群後逃之夭夭，而不是與掠食者決一死戰。步行獵人用的應該是伏擊法，在馬走慣了的路上短距離射殺。無獨有偶，德雷耶夫卡以公馬為主要宰殺對象的怪異模式，與位於荷蘭凱斯特倫（Kestren）的羅馬軍隊墓地的屠宰模式非常相似（圖 10.4），而當地的馬匹肯定是馴化過的。與之相較，若不顧年齡或性別，波泰

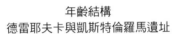

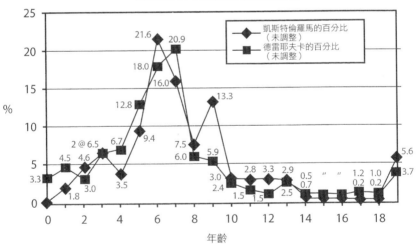

圖 10.4　以死亡年齡統計法辨別家馬的骨骼。此曲線圖比較了死亡年齡統計數字，分別是烏克蘭德雷耶夫卡銅石並用時代晚期的馬，以及荷蘭凱斯特倫羅馬遺址的家馬。兩條曲線極其相似，但其中一條被解釋為「野生」曲線，另一條則是「馴化」曲線。出處：Levine 1999，圖 2.21。

將整個野馬群全數宰殺，則其年齡和性別曲線將符合預期。此兩條曲線並不相同，但列文得出結論：兩處的馬都是野生的。年齡和性別曲線可以有多種不同的解釋。

若連野馬和家馬都難以區分，那要想區分騎乘馬和食用馬的骨頭，就更難上加難。騎馬很少會在馬骨上留下痕跡。但馬銜會在馬齒上留下痕跡，而且牙齒通常能留存很久。馬銜僅作為從後方引導、駕御或騎乘馬之用。若從前方牽馬，也就是作為馱馬之用，馬銜就派不上用場，因為這樣做只會將馬銜拉出馬嘴。這樣看來，牙齒上馬銜造就的磨損就代表作為駕御馬車或騎乘馬之用。「缺乏」馬銜造就的磨損沒有絲毫意義，因為其他形式的控制，例如鼻羈（noseband）、馴馬用繩（hackamore）等都可能不會留下證據。但馬銜的「出現」絕對是騎馬或駕御馬車的明顯徵兆。這便是我們追查它的原因。針對騎馬源頭的長久爭論，更有甚者，包括馬匹馴化的爭論，馬銜造就的磨損都會是確鑿的證據。

馬銜造成的磨損與騎馬

布朗與我在一九八五年離開自然史博物館後，我們花了好幾年收集了一系列馬的下排第二前臼齒（P_2s），這些牙齒最易受到咀嚼馬銜的影響。最終，我們從七十二匹現代馬中收集了一百三十九顆 P_2s。藉賓州大學和康乃爾大學（Cornell University）的獸醫解剖學研究室，研究了四十四家馬。所有家馬都套上了現代的金屬馬銜。我們獲取了資訊，得知牠們的年齡、性別和用途——狩獵、休閒、駕車、競賽或役用——，針對某些馬匹，我們甚至還能知道其配戴馬銜的頻率及配戴的方式。紐約州立大學科布斯基爾學院（SUNY Cobleskill）的「馬匹訓練與行為」計畫（Horse Training and Behavior program）又為我們帶來另外十三匹馬。有些從來沒

套過馬銜。我們在牠們的嘴裡打上石膏，就像牙醫總是為病人牙齒鑲假齒冠——我們覺得自己是最早對活生生的馬這樣做的人。我們又從馬里蘭州阿薩蒂格島（Assateague Island）的大西洋堰洲島得到了幾隻從未套過馬銜的野馬。賓州大學的羅恩·凱博（Ron Keiper）發現了漂白的骨頭和牙齒，他定期追蹤並研究了阿薩蒂格島上的馬，更慷慨地給了我們他所發現的東西。一九八八年，牧場主人宰殺了十六匹內華達州北美野馬，這為我們提供了絕大部分未套過馬銜的 P_2。我研究了那起事件，打了幾通電話，並在宰殺地點被記錄下來後，從土地管理局獲得牠們的下顎骨。多年以後，在另一項研究中，佛羅里達大學（University of Florida）的克里斯汀·喬治（Christian George）將我們的方法應用於五十八個野驢化石中一百一十三個從未套過馬銜的 P_2，這些化石至少有一百五十萬歲了。這些化石屬於馬屬雷德伊種（*leidyi*）的動物，從佛羅里達州雷西（Leisey）附近的一個更新世沉積物中發掘出來。雷西野馬（大小、飲食、齒列皆與現代馬一般）從未見過人類，更不用說套過馬銜了。[13]

　　我們在掃描式電子顯微鏡（SEM）下研究了所有 P_2 的高精度翻模或複製品。令人嘖嘖稱奇的是，掃描式電子顯微鏡顯示出，大多數的馬都有咀嚼馬銜的壞習慣（圖10.5）。超過九成套有馬銜的馬是由於咀嚼馬銜而磨損 P_2，通常只在某一側。牠們的馬銜還顯示出咀嚼所造就的磨損。騎乘與駕馭馬車造成的磨損相同，因為並非由於騎馬者或駕車人所導致的馬銜磨損——而是由於馬不斷咬合在牙齒間的馬銜。金屬馬銜或甚至是骨製馬銜，都會在牙齒的咬合琺瑯質上產生明顯的細微磨損，通常僅限於第一或下顎大臼齒內前牙尖，但在許多情況下會延伸至第二牙尖。這些磨損（在我們的術語中稱為「a」型磨損）很容易就在顯微鏡下一覽無遺。所有的馬銜，無論是硬（金屬製或骨製）是軟（繩子或皮製），都會造成第二種

磨損：在牙齒的前（咬合）面上的磨耗面或傾斜邊。磨耗面是由直接壓力（尤其是堅硬的骨製或金屬製馬銜）所導致，當馬銜在牙齒間反覆被擠壓時，會弱化並破壞琺瑯質；而馬銜在 P_2 的前或咬合面來回滑動，也會導致磨耗。金屬馬銜會產生兩種磨損：咬合琺瑯質上的磨損和牙齒咬合面的磨耗面。但史上最早的馬銜可能是繩製的。單憑一根繩子就能在馬齒琺瑯質上留下明顯的磨損嗎？

在美國國家科學基金會（National Science Foundation）的資助與紐約州立大學科布斯基爾學院的協助之下，我們獲得了四匹從未

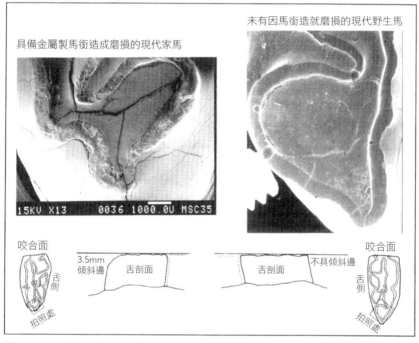

具備金屬製馬銜造成磨損的現代家馬

未有因馬銜造就磨損的現代野生馬

15KV X13　　0036 1000.0U MSC35

咬合面　舌側　拍照處　3.5mm傾斜邊　舌剖面　舌剖面　不具傾斜邊　咬合面　舌側　拍照處

圖 10.5　馬銜在現代馬下排第二前臼齒（P_2s）造成的磨損與沒有磨損。
　　　　左：金屬馬銜在家馬的第一牙尖上所造就的「a」型磨損，此為掃描式電子顯微鏡（SEM）下的十三倍變焦照片。剖面圖顯示出在同一個牙尖上所造就三點五公釐長的傾斜邊或磨耗面。
　　　　右：內華達州從未套過馬銜的野馬的第一牙尖，此為掃描式電子顯微鏡（SEM）下的十五倍變焦照片。剖面圖顯示出沒有斜面的九十度角。

套過馬銜的馬。紐約州立大學科布斯基爾學院具備「馬匹訓練與行為」計畫及一組三十匹馬，這些馬就養在那裡供人騎乘。他們只吃乾草和牧草，不吃濕糧，以模仿馬在自由放養狀態下的牙齒的自然磨耗。每匹馬在被騎乘的時候，都套上由不同有機物（皮革、馬鬃繩、麻繩或骨頭）製成的馬銜——騎乘時數達一百五十小時，四匹馬共六百小時。大草原上印第安人經典的「軍用轡頭」是用繩子繞過下顎，套住馬鬃繩製的馬銜，但馬仍能用舌頭鬆開繩環和咀嚼繩子。其他馬銜則是用燧石工具製成的鹿角馬鑣（cheek-piece）來加以固定。一頭霧水的獸醫先分四次將每匹馬麻醉，接著我們將馬嘴撐開、刷牙、擦乾、將舌頭放到一側，最後為這匹馬的 P_2 打造出翻模（圖 10.6）。我們追蹤了這段時間馬銜造就磨損的過程，並留意到骨製馬銜（硬）和皮革、繩製馬銜（軟）造成耗損的差異。[14]

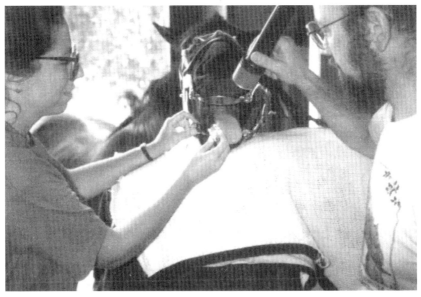

圖 10.6　一九九二年於紐約州立大學科布斯基爾學院，布朗和安東尼取下套在馬嘴中有機物製馬銜的 P_2 高解析度翻模。

騎乘實驗顯示出軟的馬銜確實會導致磨損。磨損的實際原因可能是出自馬銜內或下方的細砂，因為所有軟馬銜的材料均比琺瑯質還軟。騎行一百五十小時後，皮製和繩製馬銜在 P_2 的第一牙尖上造成約一公分的琺瑯質耗損（圖 10.7）。實驗結束時，三匹套有繩製或皮製馬銜的馬的傾斜邊測量平均值較實驗前的平均值大了超過兩個標準差以上。[15] 儘管套有麻繩馬銜的馬咀嚼個不停，幸好繩製或皮製的護齒套非常耐嚼。套軟馬銜的馬在 P_2 的磨耗面和套金屬和骨製馬銜的馬處於同一個位置，但其磨損面的表面極度光滑與拋光，並無磨耗。硬馬銜（包括我們用來實驗的骨製馬銜）會在磨耗面的咬合琺瑯質造成明顯的「a」型磨損，軟馬銜則不會。尋找 P_2 表面上的磨損無法準確辨別軟馬銜造就的磨損，最好的方法是測量 P_2 上磨耗面或傾斜邊的深度。

表 10.1　針對套馬銜的 P_2 和從未套過馬銜的成年馬匹（超過三歲）的傾斜邊測量

	從未套過馬銜、野生和馴化（16 匹馬／ 31 顆牙齒）	更新世的雷德伊野馬（44 小時／ 74 次）	套馬銜的家馬（39 小時／ 73 次）	每日套馬銜的家馬（13 小時／ 24 次）
中位數	0.5 mm	1.1 mm	2.5 mm	4.0 mm
平均值	0.79 mm	1.1 mm	3.11 mm	3.6 mm
標準差	0.63 mm	0.71 mm	1.93 mm	1.61 mm
全距	0-2 mm	0-2.9 mm	0-10 mm	1-7 mm

表 10.1 顯示從未套馬銜的現代馬的傾斜邊測量（左行）；從未套馬銜的更新世北美野馬（中左行）；套馬銜的家馬，包括一些不常套馬銜的馬（中右行）；還有一小組體型較小的家馬，直到我們製作牙齒翻模的那一天，每週至少套上馬銜五次（右行）。測量

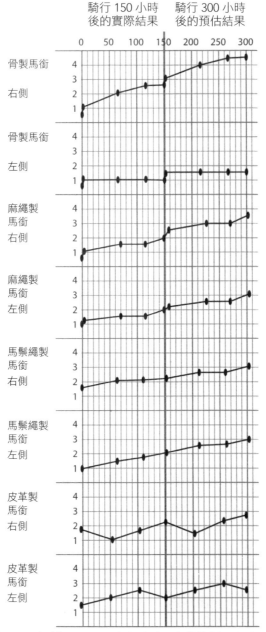

圖 10.7　表中顯示，騎乘超過一百五十個小時，有機物製馬銜造就的傾斜邊測量值增加了幾公厘，以及騎乘持續三百小時的測量結果。

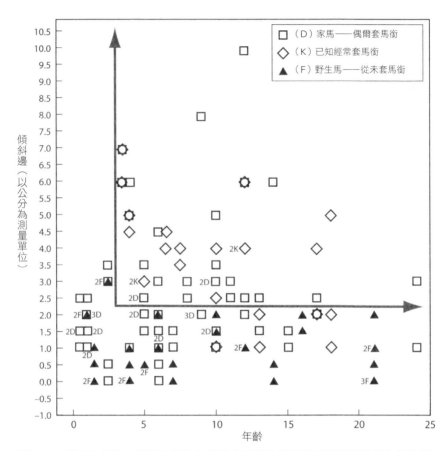

圖 10.8　從未套馬銜、偶爾套馬銜和經常套馬銜的馬齒傾斜邊測量值與年齡的關
　　　　係圖（依據我們在一九九八年的數據）。所有家馬的年齡皆有精確的紀
　　　　錄；所有野馬在成長過程中，都有接受完整的下顎骨檢測（包括未受損
　　　　傷的門齒）。該線排除了野生馬和年齡大於或等於三歲的馬，且只納入
　　　　有套馬銜的馬。出處：Brown and Anthony 1998.

磨耗面的深度，可以輕鬆分辨出從未套馬銜的馬的一百零五顆牙齒，以及套馬銜的馬的七十三顆牙齒。在 .001 的顯著水準（level of significance）之下，從未套馬銜／套馬銜的平均值更具差異性。從未套馬銜／每天套馬銜的平均值相差超過四個標準差。傾斜邊測量區分了套馬銜的成年馬與未套馬銜的成年馬分開，「作為一種族群」（as populations）。[16]

我們將傾斜邊測量值設定為三公分，作為辨別考古馬齒上馬銜造就磨損的最小閾值（圖 10.8）。在我們的樣本中，偶爾套馬銜的馬齒中有一半以上的傾斜邊達到三公分。但這些樣本中，所有傾斜邊大於或等於三公分的馬都有套馬銜。所以最後一個問題是，我們的樣本到底夠不夠？咬合異常真的自然會造成野馬的 P_2 出現三公分的磨耗面嗎？針對馬銜磨損的評論都集中在此議題上。[17]

剛萌發恆牙臼齒的幼馬的牙齒上確實天生便具有傾斜和隆起。新的恆牙臼齒並不平整，因為它們尚未因與對應的牙齒咬合而磨損。如此一來，我們不得不排除兩至三歲幼馬的牙齒。儘管如此，在從未套馬銜的「成熟」野馬（從更新世到現代）的一百零五顆測量出的 P_2 中，我們發現「自然」傾斜邊測量值極少超過二公分（小於牙齒的百分之三），且二點五公分的傾斜邊亦極為罕見（小於百分之一）。在一百零五顆從未套馬銜的馬齒中，僅有一顆牙齒的傾斜邊大於二點五公分——雷德伊野馬的牙齒，其咬合傾斜邊為二點九公分（下一個數值最接近的傾斜邊為二點三四公分）。反過來說，在套馬銜的成馬中，有百分之五十八的牙齒具備二點五公分或更大的傾斜邊。[18]

在成馬的 P_2 上造成三公分或更大的傾斜邊，能證明極罕見的咬合異常，或者是非常普遍的馬銜影響。即便是一匹出自考古遺址的成馬，其傾斜邊大於等於三公分，也應該是馬銜所造就的磨損，但這並非最後的情況。若來自同一遺址的多匹成馬的咬合傾斜邊測

量值大於或等於三公分，牠們可能就有套馬銜。我要強調的是，我們的方法奠基於對極微小特徵──僅僅幾公厘深的傾斜邊磨耗面──的精確測量。根據我們對一百七十八顆成馬 P_2 的測量，介於二公分和三公分傾斜邊的差異十分重要。任何針對馬銜造就磨損的討論中，都需進行精確的測量，且需剔除幼仔。然而，直到有人找出成熟野馬的族群，其中顯示許多 P_2 的傾斜邊大於等於三公分時，我們就必須去一一定義此馬銜造成的磨損是出自騎乘還是駕車。[19]

印歐人的遷徙與德雷耶夫卡的馬銜磨損痕

許多二十世紀上半葉的考古學家和歷史學家認為，最初馴化馬的是印歐語的使用者，這批人通常被特別描述為雅利安人，馬戰車也是他們發明的。套句彼得‧勞溫（Peter Raulwing）的話，這種對雅利安人的迷戀，或說「雅利安人狂熱」（Ariomania），主導了二戰前的騎馬與馬戰車研究。[20]

一九六四年，特里金在烏克蘭的德雷耶夫卡發現了七至八歲公馬的頭骨、蹄骨，以及兩隻狗的遺骨，這顯然是某種形式的文化沉積（圖 11.9）。德雷耶夫卡聚落包含瑟斯基島文化出土的三個建築物，還有大量的馬骨，占所有骨骸的百分之六十三。在聶伯河－頓涅茨河 II 文化和早期赫瓦倫斯克時代之後，瑟斯基島聚落的碳定年是西元前四二〇〇至三七〇〇年。一九六七年，基輔考古研究所的首席古動物學家（paleozoologist）比比科娃宣布這些公馬是家馬。備受尊崇的匈牙利動物學家暨匈牙利考古研究所所長山德‧伯克尼亦表示贊同，並指出德雷耶夫卡馬匹腿部的大小存在很大的變異。德國動物學家納比斯（G. Nobis）也表示贊同。一九六〇年代末期至一九七〇年代，德雷耶夫卡已有家馬的論點被廣為接受。[21]

加州大學洛杉磯分校（UCLA）的瑪利亞‧金布塔斯認為，德

雷耶夫卡的家馬也是部分的證據，證明了在西元前四二〇〇至三二〇〇年，騎馬、操持印歐語的「墳塚文化」（Kurgan-culture）牧民有幾波遷出草原的遷徙潮，破壞了她想像中那個平等、寧靜又美好的古歐洲銅石並用時代文化世界。然而，多數西方考古學家都不接受印歐移民西遷出草原的說法，他們日益懷疑所有奠基於遷徙之上的文化變遷的解釋。一九八〇年代，大多數人對金布塔斯設想的情境存疑，即他認為大規模的「墳塚文化」入侵東歐和中歐，最著名的反對者就是德國考古學家豪斯勒（A. Häusler）。吉姆·馬洛利一九八九年對印歐考古學的精闢評論中，保留了金布塔斯設想的草原原鄉，以及其將所謂的三波遷徙潮看作草原及其周邊地區移動增加的時期，但針對將特定考古文化與特定印歐語族使用者的特定遷徙相聯繫這一點，在他看來還是過於樂觀。其他學者，也包括我在內，亦批評了金布塔斯的考古學和比比科娃對德雷耶夫卡馬匹的說法。一九九〇年，瑪莎·列文宣稱德雷耶夫卡馬匹的年齡和性別比與遭狩獵的野生族群相一致，這似乎蓋棺論定終結了騎馬、墳塚文化入侵的假設。[22]

比列文晚了一年，布朗和我在一九八九年參訪了基輔動物研究所，我們抵達後才得知她已經離開了。在資深動物學家娜塔莉雅·貝蘭（Natalya Belan）的協助下，我們在好幾個烏克蘭的考古遺址製作了數十匹馬 P_2 的翻模。我們檢驗了裏海盆地銅石並用時代早期瓦佛諾米卡的一顆 P_2（沒有磨損）、特里波里 A 聚落路卡—弗魯布韋茨卡雅的一顆 P_2（沒有磨損）、烏克蘭中石器和舊石器時代的一些 P_2（沒有磨損）、許多斯基泰和羅馬時代的墳塚（許多馬銜造成的磨損，有些極度磨損），以及獻祭公馬的 P_2 與德雷耶夫卡另外四匹馬的 P_2。一看到德雷耶夫卡用來獻祭的公馬，我們就知道牠會有馬銜造成的磨損。牠的 P_2 上有三點五和四公分的斜面，第一牙尖琺瑯質磨耗得非常深。有鑑於其位處的地層位置在銅石並

用時代晚期的文化地層，深度約一公尺，十個碳定年定出其處於西元前四二〇〇至三七〇〇年，因此該獻祭公馬應比過往已知的最古老騎馬證據再早上約莫兩千年。德雷耶夫卡文物中僅有四顆 P_2 倖存下來：兩顆小於二點五歲（無法測量）的乳齒，另外兩顆牙齒則出自成馬，但未具備因馬銜造就的磨損。這導致我們的案例卡在一匹馬上。但這是非常明顯的磨損——與現代金屬馬銜造成的磨損十分類似，這點令人驚訝不已。一九九一年，我們在《科學人》（*Scientific American*）和英國《古物》（*Antiquity*）雜誌所發表的文章上，宣告在德雷耶夫卡發現馬銜造成的磨損。而距離列文發表德雷耶夫卡馬是野馬的結論，不過才短短一年。簡單來說就是我們高興過頭了，料想不到的爭論接踵而來。[23]

最一開始，是一九九二年豪斯勒在柏林的研討會上質疑我們。他認為德雷耶夫卡公馬並非出自銅石並用時代，亦非獻祭之用；並指出此為中世紀的垃圾堆積層，更否認有證據顯示銅石並用時代大草原上具備馬崇拜（horse cult）的現象。此看起來像金屬製馬銜造成的磨損，便是癥結所在——銅石並用時代不可能有金屬製的馬銜。豪斯勒的目標可不僅止於馬銜造就的磨損與馬的馴化，他竭盡全力想駁斥金布塔斯設想的「墳塚文化」移民，以及大草原是印歐語原鄉的整個概念。[24] 德雷耶夫卡的馬匹不過是爭端的冰山一角。但像他這樣的批評迫使我們對頭骨進行測年。

特里金先寄給我們出土於與公馬相同地點和地層的骨骼樣本。其得出的年代介於西元前九〇至七〇年之間（OxA 6577），這是首個顯示出我們論證癥結的跡象。他從骨骸上的一部分得出了另一個異常的碳定年，大約在西元前三〇〇〇年，與我們的第一個樣本一樣，這似乎並非出自公馬（Ki 5488）。最後，他寄來了獻祭公馬的 P_2，上頭有馬銜造成的磨損。牛津碳定年實驗室（Oxford radiocarbon laboratory）將其年代定在西元前四一〇至二〇〇年

之間（OxA 7185）。同時，基輔碳定年實驗室（Kiev radiocarbon labo-ratory）也從頭骨上的一塊骨骸，定出西元前七九○至五二○年（Ki 6962）。這兩個樣本都顯示出年代應介於西元前八○○至二○○年。

德雷耶夫卡的公馬和狗堆積屬於斯基泰時代。不用說，其上有金屬銜造成的磨損——許多其他斯基泰的馬齒也是如此。西元前八○○至二○○年間，牠們被放入銅石並用時代聚落的坑中。

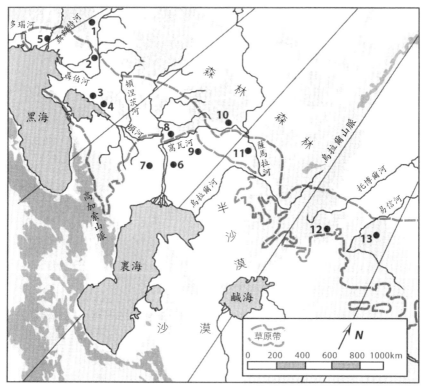

圖 10.9　歐亞大陸西部與中部草原上銅石並用時代或更古老年代的馬匹相關遺址，草原生態區以虛線顯示：（1）馬留赫村（Moliukhor Bugor）；（2）德雷耶夫卡；（3）馬立波；（4）馬特維夫墳塚；（5）吉惹沃；（6）卡爾—夏克；（7）珊格；（8）奧洛夫卡；（9）瓦佛諾米卡；（10）赫瓦倫斯克；（11）席斯；（12）特塞克；（13）波泰。

一九六四年，在該遺址挖掘的考古學家並沒有發現這個擾亂坑（intrusive）。二〇〇〇年，在最初發表文章於《古物》的九年後，我們在《古物》發表了另一篇文章，收回了當時對德雷耶夫卡馬銜造就磨損的早期年代。我們當然萬分洩氣。不過，從此之後德雷耶夫卡就不再是草原上唯一能證明馬銜磨損痕的史前遺址了。[25]

波泰和銅石並用時代的騎馬

P$_2$磨耗面大於三公分的馬中，年齡最大的出自北哈薩克的波泰和特塞克文化（圖 10.9）。一九八〇年代，維克多・查別特（Victor

圖 10.10　哈薩克中北部波泰聚落的一個出土房舍坑中，有集中堆積的馬骨，年代約莫落在西元前三七〇〇至三〇〇〇年。一九九五年，考古學家盧波米・貝思克（Lubomir Peske）在哈薩克舉行的國際研討會「歐亞草原的早期騎馬者，西元前四五〇〇至一五〇〇年」（Early Horsekeepers of the Eurasian Steppe 4500-1500 BC）期間進行測量。攝影：Asko Parpola。

Zaibert）發掘的波泰遺址是專業獵人的聚落，他們歷經從騎馬到獵馬，是一種僅存在於西元前三七○○至三○○○年的特殊經濟模式，並且僅現於北哈薩克的草原上。易信河（Ishim River）以東的波泰型遺址及易信河以西特塞克型相關遺址，其中的獸骨皆有百分之六十五到九十九點九的馬骨。波泰有一百五十多個房屋基址（圖10.10）和三十萬具獸骨，當中馬骨超過九成九。波泰遺址其他物種的部分清單（主要是脫落的牙齒和趾骨）中有極大的牛科動物（可能是原牛，但也可能是野牛），另外還有麋鹿、紅鹿、狍鹿、野豬、熊、海狸、大鼻羚及瞪羚。對徒步的人類來說，馬絕非好抓的獵物，骨骸數量卻大幅超越了這些其他動物。[26]

一九九二年，我們造訪了查別特在哈薩克彼得巴甫洛夫斯克（Petropavlovsk）的實驗室，但再次忽略了瑪莎・列文一年前也到

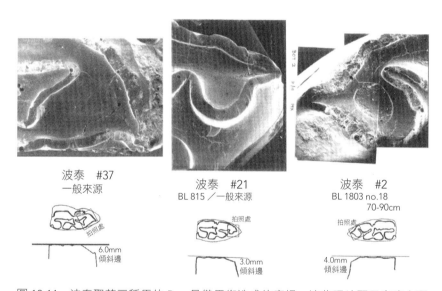

波泰　#37
一般來源

6.0mm
傾斜邊

波泰　#21
BL 815／一般來源

拍照處

3.0mm
傾斜邊

波泰　#2
BL 1803 no.18
70-90cm

拍照處

4.0mm
傾斜邊

圖 10.11　波泰聚落三種馬的 P_2，具備馬銜造成的磨損。這些照片顯示出咬合面在死後受到大量損害。未損壞的主齒（middle tooth）的琺瑯質十分光滑，但磨耗面十分明顯，就像被騎乘的時候套有繩或皮製的「軟」馬銜的馬一樣。

過這裡。波泰檢驗的四十二顆 P_2 中，有十九顆可拿來研究（許多表面嚴重受損，其他則出自三歲以下的馬）。此十九顆中的五顆，至少代表了三種不同的馬，具備明顯的傾斜邊測量值：兩個三公分、另外三個分別為三點五、四、六公分。波泰 P_2 中未受損馬齒的磨耗面被磨得十分光滑，這與我們實驗中「軟」馬銜造就的拋光相同。在聚落的不同位置中，發現了五顆牙齒——並非出自單一個擾亂坑。波泰 P_2 中具備馬銜磨損痕的比例，占全部 P_2 樣本的百分之十二，或占十九個可測量 P_2 的百分之二十六。這兩個數字都太高了，無法用一種罕見的天生咬合異常來解釋（圖 10.11）。我們還研究了同一時期（西元前三七〇〇至三〇〇〇年）出自特塞克遺址珂柴 1 號聚落（Kozhai 1）的 P_2。在珂柴 1 號中，馬占辨識出的七萬頭獸骨中的百分之六十六點一（其他分別是大鼻羚百分之二十一點八、野驢百分之九點四、牛科動物百分之二點一，當中可能包括一些極大的家牛）。在珂柴 1 號檢驗的十二個 P_2 中，發現其中一個具備三公分的磨耗面。波泰和珂柴 1 號大多數的 P_2 都沒有馬銜造成的磨損，僅有一小部分（百分之十二至二十六）有，這符合波泰—特塞克是騎馬獵人的解釋。[27]

所有有志研究早期馬匹馴化的人，都將目光轉向波泰。西方考古學家（瑪莎·列文和珊卓·歐森〔Sandra Olsen〕）在波泰或波泰文化遺址進行了兩次挖掘。最早進行挖掘的維克多·查別特、哈薩克動物學家馬卡洛娃（L.A. Makarova），以及匹茲堡（Pittsburgh）卡內基自然史博物館（Carnegie Museum of Natural History）的美國考古學家珊卓·歐森都下了相同的結論，即至少有一些波泰馬是家馬。與之對立，考古學家伊莫洛娃（N. M. Ermolova）、瑪莎·列文，以及德國團隊諾伯特·班內可與安琪拉·馮登德萊希（Angela von den Dreisch, 1934-2012）的結論則是所有波泰馬都是野生的。[28] 列文在波泰的脊椎中發現了一些病狀，但將

其歸因於年齡。班內可與馮登德萊希的研究則指出，波泰馬大小差異的範圍很窄，類似舊石器時代的野生族群（wild population）。波泰馬的年齡和性別是野生族群的典型特徵，性別比例為一比一，包含了所有的年齡層，甚至是小公馬和妊娠的母馬。大家都同意波泰人屠殺了所有野馬群，他們所採用的驅趕獸群的狩獵技術，在哈薩克大草原前所未見，當然也還未能達到此種規模。獵人是步行還是騎在馬背上？早在歐洲人將馬引入美洲之前，美洲原住民的徒步獵人就將野牛群趕到懸崖邊，因此毋須騎上馬背就可驅趕獸群。

卡內基博物館的珊卓‧歐森總結出，至少有一些波泰馬用於運輸，因為幾個世紀以來，波泰的「聚落內」都定期屠殺馬匹，並留下全屍。[29] 徒步的獵人要怎麼將重達八百磅的馬屍拖到聚落內，且不僅只是一兩次，而是持續幾世紀的慣習？放眼歐洲舊石器時代，梭魯特（Solutré，歐森曾在此工作過）和北美大平原的徒步獵人都使用驅趕獸群的方式，直接在宰殺地點當場屠戮大型動物。然而，波泰聚落位於草原生態中山脊頂朝南的開闊斜坡上──不可能將野馬困在聚落中。要嘛馴服一些馬，將其帶入聚落，不然就是將遭屠殺的動物全屍拖進聚落，也許放在雪橇上。波泰一處房屋基址（歐森的 32 號發掘）的土壤分析支持了歐森的解釋，其中揭露了充滿馬糞的特殊土壤層。分析此土壤的科學家表示，「這肯定是穩定層（stabling layer）中物質再堆積的結果。」[30] 這種富含馬糞的土壤是出自馬廄或畜欄。波泰的馬群明顯已受到馴化。

針對騎馬的另一種說法是，唯有將單身群「及」公馬和妻妾群一網打盡，才能將遭到大屠殺的野生族群性別比控制在一比一，而此兩種社會群體通常生活於遙遠的野外。若僅將公馬和妻妾群一起趕入陷阱，性別比將超過二比一。將單身群、公馬和妻妾群一網打盡的唯一方法是主動搜索並掃蕩大面積區域中的所有野馬。單靠步行不太可能辦得到。

最終，「開始騎上馬背」精確解釋了波泰—特塞克文化的經濟和文化變遷。西元前三七〇〇年之前，哈薩克北部大草原的採集者以小組形式生活於臨時的湖畔營地，例如科克舍陶地區（Kokchetav）的維諾格拉多夫卡 XIV（Vinogradovka XIV）和切利諾格勒地區（Tselinograd）的特曼斯基（Tel'manskie）。他們的遺跡被歸於新石器時代的阿特巴沙。[31] 他們不僅獵馬，還捕獵其他各種動物：短角野牛（short-horned bison）、大鼻羚、瞪羚和紅鹿。我們尚不清楚採集經濟模式的細節，因為他們的營地又小又短暫，留下的獸骨相對較少。約莫在西元前三七〇〇至三五〇〇年，他們轉而專門獵馬，開始採用驅趕獸群的方式，並開始聚集於大型聚落中——新的狩獵策略與定居模式產生。每個聚落存放的獸骨數量增加到數萬、甚至數十萬。石器工具從細石器工具組轉為大型的雙面刀。他們開始打造中央有穿孔的大型拋光石秤錘（stone weight），可能用於製造多股生皮繩（每一股都會繞在秤錘上，藉此將每股纏在一起）。通過骨製工具上留下的微小磨損，歐森在波泰辨識出製造生皮繩是當地的主要活動之一。哈薩克北部大草原的採集者首次展示了驅趕和誘捕整個馬群，並將屍體運輸到新的大型社群聚落的能力。針對此些變化，除了開始騎馬外，沒有其他解釋。

出自兩個不同遺址的七匹波泰—特塞克馬 P_2 上馬銜所造就的磨損、馬屍運輸和屠戮實例、富含馬糞的穩定土壤的發現，一比一的性別比，以及與開始騎馬相符的經濟與聚落模式變化，成為支持波泰和珂柴 1 號的馬匹管理和騎馬的基礎。而反對騎馬的理由則是基於馬腿厚度的低變異性，且小部分的馬脊椎樣本（可能是遭獵的野馬）未出現騎乘的相關病狀，可能占波泰馬骨的七成五到九成。我們有充分理由確定，約莫在西元前三七〇〇至三五〇〇年，北哈薩克的人群已經開始為馬套上馬銜並騎上馬背。

騎馬的起源

北哈薩克可能尚未開始騎馬。波泰—特塞克的人群是騎馬的採集者。某些特塞克遺址可能找到一些家牛的骨頭，但更東邊的波泰遺址卻沒有；就連綿羊骨也沒有。[32] 波泰—特塞克人非常有可能是從西方鄰居那裡得到馴化牲畜管理的靈感，這些西方人早在西元前三七〇〇至三五〇〇年之前，就已經開始管理馴化的牛羊，也許還有馬。

波泰的騎馬證據並不孤單。最有意思的相似之處，或許是大草原以外有個 P_2 嚴重磨損的案例，其傾斜邊超過三公分深，出自一匹五歲公馬的下顎骨，出土於西元前四〇〇〇至三五〇〇年的亞美尼亞莫赫拉山（Mokhrablur）的銅石並用時代晚期地層。這看起來像另一個早期馬銜造成磨損的案例，甚至比波泰還要古老，不過我們尚未確認。[33] 無獨有偶，在西元前三五〇〇年之後，馬開始大規模出現，或者說是首次在東歐大草原以外規律地出現。西元前三五〇〇至三〇〇〇年，馬匹開始規律地出現在高加索的邁科普及外高加索前期文化（ETC）的聚落中，並首次出現在多瑙河流域中下游的切爾納沃德 III 的聚落，以及切爾納沃德和凱泰吉哈佐的巴登—博萊拉茲文化的聚落中。西元前三〇〇〇年左右，德國中部的貝恩堡（Bernberg）遺址中的馬骨占比一至二成左右，巴伐利亞邦加根堡（Galgenberg）的卡姆（Cham）遺址的馬骨則占比超過二成。加根堡有本地的小型馬，以及可能從大草原進口的大型馬。西元前三五〇〇年後，從哈薩克到高加索、多瑙河流域和德國，馬匹的重要性普遍提高，反映出人馬關係出現重大變化。波泰和特塞克文化彰顯出此種變化的意義：人們開始騎馬。[34]

就長遠來看，要想不騎馬卻管好馬群十分困難。任何可以看到持續、長期依賴家馬的地方，單單是牧群管理就意味著騎馬。騎馬

始於西元前三七〇〇年之前的東歐大草原，抑或是在哈薩克大草原出現波泰—特塞克文化之前。其可能早在西元前四二〇〇年就已開始。西元前三七〇〇至三〇〇〇年，騎馬傳播至東歐大草原之外，東南歐、中歐、高加索及北哈薩克的馬骨增加，在在都表明了這一點。

▶騎馬的經濟與軍事影響

一個步行的人、再加上一隻好的牧羊犬，能放牧約二百頭綿羊。若是騎在馬背上，再帶上同一隻狗，這個人就能放牧大約五百頭綿羊。[35] 騎馬大幅提高了在歐亞草原上放牧的效率，並因此提高了放牧的規模和生產力。與步行的牧民相比，騎馬者擁有和控制的牛羊更多，累積了更多的動物財富。當然，更大的牧群需要更大的牧場，而對更大牧場的嚮往，會導致部落邊界的全面重新談判和一系列的邊界衝突。部落征戰要想獲勝，很大程度上取決於結盟並動員比敵人更多的兵力，因此激烈的戰事刺激人們藉由筵席和財富重分配來建立聯盟。禮物有助於衝突前後的結盟和協議。因此，邊界衝突的增加將刺激更多的長程貿易來獲取能彰顯聲望的商品，以及精心策劃的筵席和公共儀式以結成聯盟。衝突的早期階段，部分是源於騎馬放牧，從考古發掘中遍布整個西部大草原的拋光石權杖頭和身體裝飾（銅器、金飾、野豬獠牙和貝殼飾品），即能看出最早的放牧經濟約莫開始於西元前五〇〇〇至四二〇〇年。[36]

馬匹價值連城，容易遭竊，而騎馬也讓偷竊牛隻更容易得手。等北美大平原上的印第安人開始騎馬，慣性的偷馬行動甚至摧毀了原本友好的部落關係。騎馬也是快速撤退的絕計；一般來說，部落突襲最危險的部分就是突襲後的撤退。如同許多印第安人在大平原馬戰的起初幾十年所做的那樣，銅石並用時代的戰爭結盟可能已經

離開了他們守護的馬，進行徒步攻擊。然而，即使馬匹僅用於運輸和突襲，騎馬突襲者的快速達陣也會改變突襲的戰術、追求地位的行為、建立聯盟、財富象徵和聚落型態。因此，騎馬很難與戰爭徹底分家。[37]

　　許多專家都指出，直到西元前一五○○至一○○○年，征戰中都並未騎馬；但那是因為他們沒能區分已經有久遠歷史的「騎馬突襲」（mounted raiding）和發明於西元前一○○○年鐵器時代的「騎兵」（cavalry）。[38] 西元前四○○○年，銅石並用時代的部落牧民騎馬進行跨部落的突襲，但他們沒有像匈人（the Huns）那樣，騎著長毛馬在大草原上所向披靡。匈人及其更古老的兄弟斯基泰人的魅力在於他們組織了軍隊。放眼鐵器時代，斯基泰人政治組織的大多數方面基本上都是部落的，唯有軍事行動的組織如同城市國家（urban state）的正規軍隊。這就需要意識形態的改變——戰士如何看待自我、其定位與職責——當然還有騎兵征戰的技巧：馬背上該用什麼武器。武器的改變可能第一個發生。

　　在鐵器時代之前，弓騎兵可能還起不了什麼作用，原因有三。首先，從青銅時代的草原墳塚中殘跡所重建的弓長超過一公尺，最長可達一點五公尺，這顯然很難在馬背上使用自如。其次，箭頭是從燧石上剝打下來的，或者是大小和重量變化很大的骨頭製成，這意味箭的長度和重量皆未標準化和個人化；最後，多數箭頭的尾部被製成要能與中空或分岔的箭桿連接，這削弱了箭頭的殺傷力，或需要另外的中空箭桿前端來固定箭頭。如果能先將箭桿分岔以固定箭頭，弓就會更有力，且對攻擊目標造成更大的傷害，箭頭也更容易斷開。鐵器時代前常見將桿狀或三角形狀的燧石箭頭，插入另外以蘆葦或木頭製造的箭桿前端的中空鑿口中（用於有莖的箭頭），或與箭桿的分岔連接（用於三角形狀箭頭）。長弓、不規則的弓箭尺寸，以及箭頭和箭桿的固定不甚理想，都降低了早期弓騎兵的軍

事效能。在鐵器時代之前，騎馬突襲者會騷擾部落的戰團、破壞農村的莊稼，或者是偷竊牛隻，但這些都與擊敗訓練有素的軍隊不可同日而語。東歐小型騎兵隊的部落突襲無法對兩河流域建有城牆的城市造成什麼威脅，因此近東和地中海東側諸王和將領皆對此一笑置之。[39]

西元前一〇〇〇年左右發明了短而反曲的複合弓（compound bow，又稱「丘比特」弓），這種極具殺傷力的弓因為夠短，讓騎馬者能從馬後回射。這是第一次，箭能從騎馬者後方射出，且極具穿透力。此戰術後來稱為「安息回馬箭」（Parthian shot），成為草原弓箭手不朽的代表形象。鐵器時代初期也出現了重量和大小皆標準化的具備銎口的銅鑄箭頭。具備銎口的箭頭毋須拼合的箭桿，因此，就算弓的力量很大，具備銎口的箭頭也不會分裂；箭桿前端也不需要分岔，這樣箭頭就能更精簡有力。可重複使用的鑄範也發明了，如此一來，冶匠就能生產出數百個重量和尺寸皆標準化的有銎箭頭。時至如今，弓箭手的射擊範圍更廣，前後和左方的視野都更寬闊，且能帶上數十只標準化的箭頭。弓騎兵部隊的箭矢從此就能鋪天蓋地、殺敵無數。[40]

但想組織一支弓騎兵部隊並非易事。若戰士的心態沒有做出與軍事變革相應的調整，即從個人英雄主義到無名小卒的身分認同，那麼弓、箭，以及鑄造技術的進步就沒有絲毫意義。須將適合國家的戰鬥思維模型移植到部落騎馬者的精神中。從《伊里亞德》和《梨俱吠陀》等史料，我們可以拼貼出歐亞草原前鐵器時代的戰事輪廓，或許較為強調個人榮耀與英雄主義。部落征戰通常由從未進行過整體訓練的部隊進行，他們時常無視領袖的命令，將個人的勇武看得更為重要。[41] 與之相反，國家征戰的策略和意識形態則取決於由無名小卒組成的訓練有素部隊，完全聽命於一名將領。這些戰略與因運而生的戰士精神（soldier mentality），在西元前一〇〇〇

年之前仍未被騎馬者接受，部分原因是真的能威脅弓騎兵的短弓和標準化箭頭尚未發明。隨著愈來愈多的弓騎兵獲得火力，位於文明化世界邊緣的某些人也開始將弓騎兵組織成軍隊。這約莫發生於西元前一〇〇〇至九〇〇年。騎兵旋即在戰場上取代了戰車，戰爭新紀元就此揭開序幕。不過，這並不代表我們能將之後弓騎兵征戰的模型套用在銅石並用時代。

騎馬伊始之處，即被認為是原始印歐語的原鄉。要想探究騎馬如何左右印歐語系的傳播，得先回頭了解本書第九章末考古敘述的脈絡。

第十一章

古歐洲的終結與大草原的崛起

The End of Old Europe and the Rise of the Steppe

　　西元前四三〇〇至四二〇〇年，古歐洲達到巔峰。保加利亞東部的瓦納墓葬堪稱世上最浮誇的葬禮，比近東同時代的任何一場葬禮都要奢華。在瓦納的兩百八十一座墓葬中，六十一座（百分之二十二）共包含三千多個重達六公斤的金製品。單單在某四座墓葬（1、4、36、43 號）中，就發現了兩千個黃金製品。43 號墓埋有一名成年男性，其中有金珠、臂環和指環，總重一五一六克，還包括一把裝於金製斧鞘內的銅斧。[1] 多瑙河下游的人造土丘聚落，像是古梅爾尼塔（Gumelniţa）、維德拉（Vidra）、古梅和赫特尼察（Hottnitsa，310 克的金飾貯藏）等地都發現了黃金飾品。這些社群中的少數人擔任酋長或氏族領袖的重要社會角色，以公開展示閃亮的金飾和銅鑄武器為象徵。

　　西元前四五〇〇至四一〇〇年左右，成千上萬擁有相似陶器、房屋和女性小雕像的聚落出現在保加利亞東部（瓦納）、巴爾幹半島色雷斯（卡拉諾沃 VI）的高地平原、保加利亞西部和羅馬尼亞的多瑙河流域上游地區（克里沃多—瑟爾庫察〔Krivodol-Sălcuţa〕），以及多瑙河流域下游寬闊的河岸平原（古梅爾尼塔）

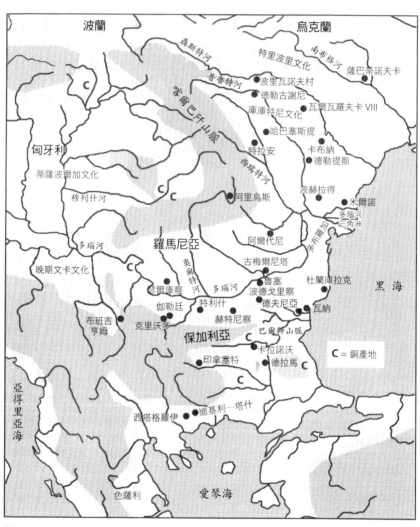

圖 11.1　西元前四五〇〇至四〇〇〇年的古歐洲地圖。

等處。彩繪精美的陶器，高約一公尺，在超過攝氏八百度的高溫下燒製而成，排列在他們兩層樓房屋的牆壁。各大區域之間採用一樣的陶器設計及儀式。冶金、陶器，乃至燧石工藝變得如此精緻，這讓他們需要受酋長贊助和支持的專職手工業工匠。儘管如此，權力顯然還沒有集中於哪個村莊。如同約翰・查普曼（John Chapman）所觀察到的，此時限制性資源（restricted resource；金、銅、海菊蛤貝殼）尚不重要，而關鍵資源（critical resource；土地、木材、勞力、婚姻伴侶）也未受到嚴格限制。這原先應能阻止任何一個地區或城鎮統治其他地區。[2]

巴爾幹半島北部高地平原及肥沃多瑙河流域下游的城鎮形成較顯赫的人造土丘。在一個地點長期存在的聚落，意味已有固定的農地，每個人造土丘周圍都有嚴密的土地所有制。巴爾幹半島卡拉諾沃地層 VI 的聚落是該時期的典型遺址。十二平方公尺厚的護衛木柵欄內，約莫五十座房屋整齊排成一列。大量城鎮包圍了許多人造土丘。在距卡拉諾沃不遠的貝雷克特（Bereket），人造土丘的中央部分直徑為兩百五十公尺、並有厚十七點五公尺的文化沉積，但即使距離中央高地三百至六百公尺遠，沉積也有一至三公尺厚。在保加利亞東北部波德戈里察（Podgoritsa）所進行的研調，也發現了大量的人造土丘聚落。[3]

西元前四二〇〇至四一〇〇年左右，氣候開始轉變，在瑞士高山冰川的研究中，此事件稱為皮奧拉振盪（Piora Oscillation）。日照率減少使阿爾卑斯山的冰河持續蔓延（glacier advance；阿爾卑斯山因而得名），讓冬季變得益加寒冷。[4]德國沼澤中保存的橡樹年輪和格陵蘭冰層（GISP2）中的冰芯（ice core）都記錄了北半球的溫度變化。根據這些資料，顯示西元前四一二〇至四〇四〇年首次出現如此嚴寒的氣候。這些是長達一百四十年嚴寒時期的預兆，從西元前三九六〇年一直持續至三八二一年，溫度比前兩千年的任

何時候都低。而道格拉斯・貝利（Douglass Bailey）於多瑙河流域下游的研調顯示，洪水氾濫的頻率更高，侵蝕使種植農作的河岸沖積平原逐漸凋零。多瑙河流域下游的某些聚落轉而耕作更耐寒的黑麥（rye）。[5] 這些及其他可能的壓力迅速積累，釀成艱困異常的危機。

西元前四二〇〇至三九〇〇年左右，位於多瑙河下游和保加利亞東部的古梅爾尼塔、卡拉諾沃 VI 和瓦納等地的文化，有超過六百座人造土丘聚落遭到焚毀和遺棄。其中的一些居民暫時走避至較小的村莊，例如布加勒斯特西南部日拉瓦（Jilava）的古梅爾尼塔 B1 小村落，當地僅有五、六間房屋與一層文化沉積。但日拉瓦也突然付之一炬，徒留下完整的陶罐和許多其他工藝品。[6] 人群四散各處、更形流動，他們的食物倚賴綿羊和牛群，而非不動的耕地。森林並未再生（regenerate）；實際上，花粉岩芯採樣顯示鄉間更趨開闊並頻繁砍伐森林。[7] 德國的橡樹年輪顯示，西元前三七六〇年後，氣候條件回歸相對溫和，但那時多瑙河下游和巴爾幹半島的文化已有翻天覆地的變化。西元前三八〇〇年左右之後出現的文化顯示出，家庭儀式中不再頻繁使用女性小雕像，不再佩戴銅製螺旋狀手鐲或海菊蛤貝殼飾品，不再用有限的形狀製作相對質樸的陶器，不再居住於人造土丘中，而是更依賴牲畜飼養。冶金、採礦與製陶技術的數量和技術水準皆急遽下降，陶器和金屬器的風格也出現明顯的轉變。巴爾幹的銅礦突然停止生產；西元前四〇〇〇年左右，中歐和喀爾巴阡山脈的銅器文化轉移至外西凡尼亞和匈牙利的礦砂，此為匈牙利博德羅格凱萊斯圖文化（Bodrogkeresztur culture）的初始（圖 11.1 中的礦砂來源）。說也奇怪，恰恰在此時，真正的冶金卻誕生於匈牙利西部及鄰近的奧地利和中歐。[8] 如今的金屬器是以新的含砷青銅製成的，並發展出新的風格，包括新武器，其中最重要的是短劍。「我們正面臨文化的完全置換。」銅

石並用時代冶金學研究先驅切爾尼赫（E. N. Chernykh）說；此為「翻天覆地的災難……完全的文化休止（cultural caesura）。」保加利亞考古學家托多洛夫（H. Todorova）亦如此表示。[9]

　　始於西元前六二〇〇年的斯塔切沃—特里波里先驅農民傳統，隨著古歐洲的終結戛然而止。古歐洲究竟發生了什麼事？這是一場又漫長又激烈的辯論主題。人造土丘遭毀前夕，埋葬草原移民的蘇沃羅沃（Suvorovo）式墳墓群出現在多瑙河流域下游。切爾納沃德 I 類型的聚落隨即出現。這些聚落通常會發現馬骨和陶器，展現出草原技術和多瑙河原住民類型的混合體，且可歸因於草原移民和人造土丘居民的混合族群（mixed population）。廢棄聚落的數量，以及手工藝、家庭儀式、裝飾習俗、身體裝飾、房屋風格，居住安排（living arrangement）、經濟模式等許多悠久傳統的旋即終止，顯示這並非漸變，而是突如其來且可能是殘暴的終結。保加利亞中北部多瑙河上的赫特尼察，是最後的銅石並用時代聚落，燒毀的房屋內有人類骨骸，應該是遭屠殺的居民。巴爾幹高地平原上的印拿塞特（Yunatsite）最後的銅石並用時代建築層當中有四十六具人類骨骸。顯然，古歐洲的人造土丘城鎮陷入戰火，且來自大草原的移民則或多或少牽涉其中。然而，危機的主因可能還牽涉氣候變遷和隨之而來的農作歉收，或因為數世紀以來集約農業所積累的土壤侵蝕和環境退化（environmental degradation），又或者是由於木材和銅資源減少而導致的內戰，抑或是所有這些的綜合。[10]

　　這場危機並未對整個東南歐造成立即性的影響。最大範圍的聚落遺棄發生在多瑙河流域下游（古梅爾尼塔、保加利亞東北部和波赫拉得〔Bolgrad〕群體）、保加利亞東部（瓦納和相關文化），以及巴爾幹山脈河谷（卡拉諾沃 VI）、保加利亞燕特拉河（Yantra River）以東與羅馬尼亞的奧爾特河（Olt River）。這些地區的人造土丘聚落及其象徵的穩定耕地系統最為常見。自新石器時代最早

期以來，巴爾幹半島的景觀向來是精耕細作、人口稠密，但在西元前三八〇〇至三三〇〇年期間完全找不到永久聚落。人群可能仍然在那生活，在廢棄的人造土丘上放牧羊群。

古歐洲傳統在保加利亞西部和羅馬尼亞西部（克里沃多─瑟爾庫察 IV ─布班吉亨姆 Ib〔Bubanj Hum Ib〕）保存得更久。這些地方的聚落系統向來較為靈活，沒有那麼根深柢固的定居模式；保加利亞西部的幾處遺址通常沒有形成顯赫的人造土丘。西元前四〇〇〇至三五〇〇年的瑟爾庫察 IV 時期，逐漸屏棄了古歐洲的陶器、房屋類型和雕像風格。危機時期仍有人居的聚落，例如特利什─里德替特 III（Telish-Redutite III）和伽勒廷（Galatin），遷徙至高聳陡峭的岬角之上，但仍然保留泥磚建築、兩層樓房屋，以及宗教崇拜與神廟建築。[11] 該區的許多洞穴都是新近有人居住，且牧民經常將高地洞穴充作庇護所，因此這可能代表牧民增加了高地─低地的季節性遷徙。克里沃多─瑟爾庫察─布班吉亨姆 Ib 的人群重新調適與北部和西部的貿易與交流，他們在當地的影響力可見於匈牙利西部的拉辛亞─巴拉頓文化（Lasinja-Balaton culture）。

庫庫特尼─特里波里文化的古歐洲傳統也得以存續，似乎還迎來了令人驚奇的復甦。西元前四〇〇〇年後，在特里波里 B2 的階段，特里波里文化向東擴展至聶伯河流域，建立了更大的農業城鎮；雖然沒有哪一處的定居時間長到足以形成人造土丘。家戶崇拜仍使用女性小雕像，陶匠也持續製作有著亮麗彩繪的有蓋細泥陶罐和一公尺高的貯物罐。最大的那些城鎮（瓦爾瓦羅夫卡 VIII〔Varvarovka VIII〕）大量製造彩繪細泥陶器，聶斯特河畔的波里瓦諾夫村（Polivanov Yar）等開採燧石礦的村落也大量製造燧石工具。[12] 庫庫特尼 AB／特里波里 B2 等聚落，比如維瑟利卡特（Veseli Kut）一百五十公頃內有數百間房屋，顯然在新聚落體系階層中占據重要位置。庫庫特尼─特里波里文化和西方的匈牙利東部銅器文

化（博德羅格凱萊斯圖）與東方的草原部落締結了新的關係。

西元前四〇〇〇年左右，這些草原部落使用的語言可能包括後來在安納托利亞部分保存下來的那種古體原始印歐語方言。使用這種語言的草原人群可能已經騎上馬背了。是這群馬背上的印歐語侵略者創造了多瑙河下游的蘇沃羅沃遺址嗎？正如金布塔斯所指出的，他們參與了多瑙河下游人造土丘聚落的破壞嗎？抑或是他們不過是因氣候變遷和農作歉收而陷入困境？不管是哪種情況，庫庫特尼—特里波里文化為何皆能生存且欣欣向榮？為了解開這些問題，我們得先研究庫庫特尼—特里波里文化及其與草原諸文化的關係。

戰爭與結盟：庫庫特尼—特里波里文化與大草原

西元前四三〇〇至四〇〇〇年左右，多瑙河流域下游的危機與庫庫特尼 A3 ／特里波利 B1 遙遙相望。特里波利 B1 的特點是溝渠和土堤等防禦工事急劇增加，用以保衛聚落（圖 11.2）。防禦工事可能出現在氣候開始惡化與古歐洲崩潰之時，但在皮奧拉振盪最寒冷的那段時期，即西元前四〇〇〇至三七〇〇年的特里波利 B2 時期，庫庫特尼—特里波里文化的防禦工事卻隨之「減少」。如果氣候變遷破壞了古歐洲的穩定，並導致了庫庫特尼—特里波里文化防禦工事的初建，那麼變遷的第一階段本身就足以使該體系陷入危機。原因或許不僅僅是氣候。

即便在最嚴峻的時候，也只有一成的特里波利 B1 聚落開始建築防禦工事。但要建造防禦工事，就需要大量的勞力，這意味著嚴峻的長期威脅。加強防禦工事的庫庫特尼—特里波里村落通常建在陡峭的岬角末端，並以橫跨岬頸的溝渠保衛。溝渠寬二至五公尺、深一點五至三公尺，要挖出五百到一千五百立方公尺的土壤才得以建成。隨著特拉安（Traian）、哈巴塞斯提 I（Habaşeşti I）等聚落規模

的擴大，溝渠也重新找新地點挖掘並加深。在摩爾多瓦考古學家德格切夫（V. Dergachev）設置的二零一七個庫庫特尼／特里波里聚落的資料庫中，「所有」建造防禦工事的庫庫特尼／特里波里遺址中，有一半可追溯到特里波里 B1 期間。所有庫庫特尼／特里波里文化的燧石箭頭中，約有六成也屬於特里波利 B1 時期。特里波里 B1 時期的狩獵活動並未相應增加（聚落中的野生獸骨沒有增加），可見箭頭的高出現率與狩獵活動無關。而是可能與戰事增加有關。

　　庫庫特尼—特里波里聚落的數量，從特里波里 A 時期的每世紀約增加三十五個聚落，到特里波利 B1 時期的約三百四十個（！），雖然聚落數量增加十倍，規模卻沒有明顯擴大（圖 11.3b）。[13] 特里波里 B1 時期聚落密度的增加，部分可能源自古梅爾尼塔文化城鎮中的難民。普魯特河流域中，至少有一個特里波里 B1 的聚落，例如德勒提斯 1 號（Drutsy 1），似乎遭到攻擊。在三座出土的房屋牆壁上發現了一百多個燧石箭孔（由喀爾巴阡山脈當地的燧石製成），推測當時可能遭到箭雨攻擊。[14] 相較於過去與未來，特里波里 B1 時期也是喀爾巴阡山東側衝突急遽增加的時期。

圖 11.2　哈巴塞斯提 I，特里波里 B1 時期建造防禦工事的村落。出處：Chernysh 1982。

▶特里波里B期間與草原文化的接觸：庫庫特尼C陶器

在此同時，隨著防禦工事與武器的增加，特里波里 B1 的城鎮也普遍出現證據，顯示其與草原文化有所接觸。庫庫特尼 C 陶器——一種新的陶器風格，陶土摻入貝殼。[15]並且與草原陶器十分類似，出現在南布格河流域（沙巴提諾夫卡 I〔Sa-batinovka

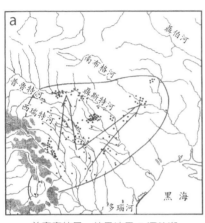
前庫庫特尼—特里波里 A 遷徙潮

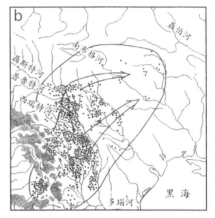
庫庫特尼 A—特里波里 B1 遷徙潮

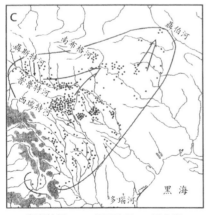
庫庫特尼 AB—特里波里 B1 遷徙潮

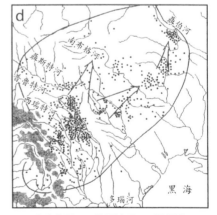
庫庫特尼 B—特里波里 C1 遷徙潮

圖 11.3 特里波里 B1-B2 的遷徙。出處：Dergachev 2002，圖 6.2。

I〕）的特里波里 B1 聚落和羅馬尼亞（德勒古謝尼和費德謝尼
〔Fedeleşeni〕），其中庫庫特尼 C 陶器占所有陶器的一成）。一
般認為庫庫特尼 C 陶器顯露出其與草原陶器傳統的接觸，及所受的
影響（圖 11.4）。[16] 使用標準庫庫特尼—特里波里細陶器的一般家
庭，可能也開始使用庫庫特尼 C 陶器，其作為一種新型的粗陶或
廚房用陶器，但並未取代摻入磨碎陶片的傳統廚房用的粗糙陶器。

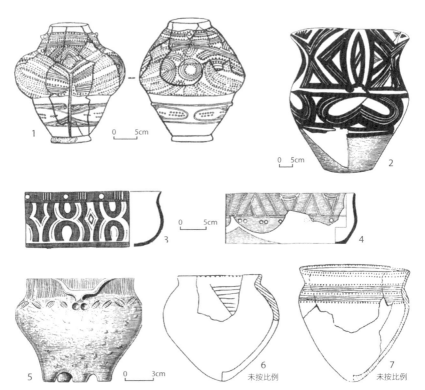

圖 11.4　庫庫特尼 C（底排）和標準庫庫特尼 B 陶器（最上面兩排）：（1）細陶器，
Novye Ruseshti I 1a（特里波里 B1）；（2）細陶器，Geleshti（特里波
里 B2）；（3-4）細陶器，Frumushika I（特里波里 B1）；（5）庫庫
特尼 C 陶器，Frumushika II（特里波里 B2）；（6-7）庫庫特尼 C 陶器，
別列佐夫卡。出處：Danilenko and Shmagli 1972，圖 7；Chernysh
1982，圖 LXV。

一些庫庫特尼 C 陶罐看起來很類似草原陶器，而另一些則摻入貝殼燒製而成，表面呈灰褐色，並帶有一些典型的草原裝飾技術（例如用繩子纏繞的彎曲壓印工具所產生類似「毛毛蟲」的壓印），但器形是庫庫特尼—特里波里的經典樣式，並加上其他庫庫特尼—特里波里陶器的經典裝飾元素。

庫庫特尼 C 陶器的源頭存在爭議。特里波里陶匠在陶土摻入貝殼，有充分的現實理由。在陶土摻入貝殼可提高抗熱震性，夾貝陶可在較低的溫度下硬化成形，從而能節省燃料。[17] 陶器生產組織的變化可能也促進了庫庫特尼 C 陶器的傳播。在特里波里 B1 和 B2 時期，陶器生產開始由專門的陶器生產城鎮接手，雖然大多數的地方仍持續由當地的家戶生產。少數聚落的邊緣出現了可重複使用的成排雙室窯（two-chambered kiln），外西凡尼亞東南部的 Ariuşd 就有十一座窯。如果專門製陶的村落開始生產精緻的彩繪陶器，而粗陶仍留在當地生產，那麼粗陶的變化可能反映了生產組織的變化。

另一方面，這些特殊的粗陶明顯與草原部落的陶器非常相像。許多庫庫特尼 C 陶器看起來像是瑟斯基島陶匠所製。這意味對草原文化的熟悉，草原人也出現在某些特里波里 B 村落中，可能是雇傭來的牧民或來參與季節性的貿易集會。儘管不可能「所有」庫庫特尼 C 陶器都是由草原陶匠所製作——量太多了——但庫庫特尼 C 陶器的出現，顯示出與草原社群的互動更為緊密。

▶草原的權力象徵：拋光石權杖

拋光石權杖是出現在特里波里 B1 村落的另一種大草原工藝品型態。不同於斧頭，權杖除了擊打頭部外，沒有什麼實際用途。其為古歐洲的一種新型武器與權力象徵，但早在聶伯河—頓涅茨河

II、赫瓦倫斯克、瓦佛諾米卡時期，權杖就已經在大草原上出現。分為動物形象和耳型等兩種類型，兩種類型都具備更古老的大草原原型（圖 11.5；另參見圖 9.6）。在庫庫特尼 A3 ／ A4 與特里波里 B1 的兩個聚落 Fitioneşti 和費德謝尼中，發現了馬頭形狀的拋光權杖，當中也都有為數眾多的庫庫特尼 C 陶器。耳形出現在 Obarşeni

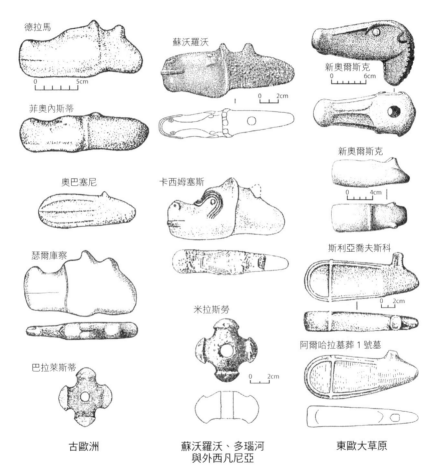

圖 11.5　古歐洲的耳型和馬頭型權杖，蘇沃羅沃移民和東歐大草原。石製權杖頭最早出現於大草原，並且更為常見。出處：Telegin et al. 2001；Dergachev 1999；Gheorgiu 1994；Kuzmina 2003。

和別列佐夫卡（Berezovskaya GRES）的庫庫特尼—特里波里文化聚落，當中也找到庫庫特尼 C 陶器，其中別列佐夫卡的庫庫特尼 C 陶器看來似乎是從草原社群所引進。這些特里波里 B1 時期的城鎮中，會出現草原人嗎？似乎有可能。草原陶器和權力象徵整合進庫庫特尼—特里波里的物質文化中，這點暗示了某種社會統整（social integration），但鑑於經濟、房屋風格、細泥陶、冶金、喪葬儀式和家庭儀式等層面仍存在差異，顯示此種社會統整僅限於社會中狹小的部分。[18]

▶其他聯繫的徵兆

大多數特里波里 B 時期的聚落，大型聚落亦然，都持續以不明方式處理死者。不過，在某些特里波里 B1 聚落遺址或其邊緣出現了墓葬群。內茲維斯科（Nezvisko）聚落的一座墓葬有一名男性，其和草原人一樣顱骨扁寬、臉骨粗壯——此種顱骨和臉型構造被東歐體質人類學家稱為「原始歐洲人」類型（Proto-Europoid）。特里波利、瓦納和古梅爾尼塔的人群通常顱骨高聳、臉型細窄，面部骨骼更為柔和，稱為「地中海人種」類型（Mediterranean）。[19]

跨越草原邊界移動的另一項指標是多瑙河三角洲北方草原上米爾諾附近的小型聚落。此為沿海草原低地上唯一已知的特里波利古典時期聚落。它只有幾個坑和一座輕型建築物的遺跡，其中發現了特里波里 B1 與庫庫特尼 C 陶罐的碎片、一些牛羊骨骸，以及一百多顆葡萄種子，經辨識為野葡萄。米爾諾似乎是大草原上特里波里 B1 的臨時營地，可能為葡萄採摘人所準備。[20]有些人，儘管為數不多，正朝兩個方向跨越文化—生態前線。

約莫西元前四〇〇〇至三七〇〇年的特里波里 B2 時期，有眾多移民從普魯特—西瑞特河的森林—草原高地外移，此為特里波里

B1 景觀人口最密集之處，向東遷徙至南布格河和聶伯河流域（圖 11.3c）。普魯特─西瑞特河地區的聚落密度驟降一半。[21] 特里波里是一九〇一年首次出土的典型遺址，是特里波里 B2 時期的東部前線村落，位於高階河階上，俯瞰聶伯河廣闊肥沃的河谷。人口逐漸整併為數量更少但規模更大的聚落（特里波里 B2 時期的每個世紀，僅有約一百八十個聚落）。建造防禦工事的聚落數量急劇減少。

在多瑙河流域的人造土丘聚落遭焚毀和棄置後，有跡象顯示人口膨脹和衝突減少。由此看來，來自大草原的所有外部威脅──若有的話──都遠離了庫庫特尼─特里波里城鎮。憑什麼？

▶古歐洲前線的草原騎馬者

不妨將「前線」想像成和平的貿易區，在此可交換貴重物品以換取雙方的共同利益，以經濟需求避免征戰；亦可想成是因文化誤解、負面刻板印象，以及缺乏溝通機制、加劇彼此猜疑之處。農耕的歐洲與大草原之間的前線是兩種互斥迥異生活方式的「邊界」。劫掠型的遊牧民像匈人、蒙古人是野蠻狀態的古老原型，但這是刻板印象，因為這種特殊的軍事化遊牧模式在西元前八〇〇年並不存在。如前一章所述，草原上青銅時代騎馬者所用的弓太長，難以組織有效率的弓騎兵。他們箭的重量及尺寸皆不同。而且青銅時代戰團的組織方式不像軍隊。匈奴式入侵的比喻是時代錯置，但這並不表示銅石並用時代從未發生過「騎馬突襲」。[22]

頗具說服力的證據顯示，約莫在西元前三七〇〇至三五〇〇年，哈薩克的草原人騎在馬背上狩獵馬匹。幾乎可以肯定，他們不是最先跨上馬背的人。鑑於赫瓦倫斯克時期，東歐大草原葬禮中馬、牛和綿羊之間的象徵性聯繫，可能早在西元前四五〇〇年之前，有限度的騎馬就已經開始。但當與長程突襲一致的模式開

始時，西方草原人「表現」得彷彿他們僅在西元前四三○○至四○○○年騎馬一樣，從本章末所描述的蘇沃羅沃—諾沃丹尼洛沃卡（Novodanilovka））可以更明顯看出。一旦人們跨上馬背，就沒有什麼可以阻止他們跨進部落衝突——並未出現我們想像的繩製和皮製馬銜的缺點（有機物製成的馬銜效果絕佳，正如我們學生的有機馬銜騎乘實驗、及印第安人在戰場上用的「軍用彎頭」所展示的那樣）；並非銅石並用時代草原馬的大小（多半類似羅馬騎兵馬的大小，體型夠大）；並且，肯定不會「坐錯位置」（有人認為可能在數千年前，騎馬者還未發現坐前面一點更好騎，而是跨坐在馬臀上——此論點是因為近東的騎馬者形象，但這可能是因為此藝術家對馬不太熟悉）。[23]

　　儘管我「確實」找到證據顯示銅石並用時代有突襲行動，但我「並不」相信有哪支在銅石並用時代橫行的遊牧民軍隊，會騎著嬌小的長毛馬乖乖排成一排，靜待凶殘暴戾的將軍發號施令。銅石並用時代的戰事僅是部落征戰的等級，所以沒有大軍交鋒，而不過是這個氏族和那個氏族的年輕小夥子打打群架罷了。從最早的神話和詩歌傳統來看，早期印歐的征戰似乎主要是為了獲得榮耀，即「不滅之火」（Flame Imperishable）——此為前希臘語和前印度—伊朗語所共有的措辭。若我們要控訴這些大草原的突襲者破壞古歐洲，我們得先接受他們並不像後來的騎兵那樣戰鬥。銅石並用時代的征戰可能是嚴格的季節性活動，其組織形式更類似現代的鄰里幫派，而非現代軍隊。他們或許有辦法破壞莊稼、嚇嚇定居的人群，但他們不是遊牧民。像德雷耶夫卡這樣的大草原銅石並用時代聚落，不能定義成牧民的遊牧營地。在我們將遊牧騎兵從想像畫面中刪除後，又該如何理解草原與古歐洲前線的社會政治關係？

　　不妨用「互利共生」（mutualism）來解釋草原與農業區之間的關係；衝突並未就此泯滅，只是被高舉輕放，轉而強調互惠的貿

易與交流。[24]「互利共生」恰如其分地解釋了特里波里 B 時期的庫庫特尼—特里波里與瑟斯基島文化之間的關係。放眼歷史，可見富裕牧民與農民接觸日益頻然，結成聯盟也蔚為趨勢，以獲取土地的方式來趨避因不穩定畜牧財而蒙受損失的風險。在土地為市場商品的現代經濟模式中，財產的積累可能導致最富有的牧民永久遷入城鎮中。這種狀況不可能出現在前國家的部落世界中，因為農地並不是用來賣的；但要想鞏固聯盟，以及將農業社群的資產當作預防未來牧群損失的避險策略，這點仍然是可行的。草原牧民可能已採納了某些特里波里畜群的管理方式，用來交易金屬製品、亞麻織品或穀物；或者草原上的氏族可能也開始參與農業城鎮的定期市集。騎馬獵人與河谷玉米農民之間每年一度的市集，是美國北方平原的生活常態。[25]西元前四四〇〇至四〇〇〇年左右的特里波里 B1 時期，聯盟及靠通婚締結的貿易協定解釋了為什麼特里波里社群與大草原的接觸益發頻繁。讓此些跨文化關係常態化的制度可能包括贈禮合夥關係（gift partnership）。西臺語保留了部分的古體原始印歐語，在所有其他印歐語指涉「施予」（give，*dō-）的動詞字根，在西臺語指涉「受取」（take），並用另一個字根來指涉「施予」（pai）。基於此「施與受」（give-and-take）二字的等義與其他一系列的語言學線索，埃米爾・本維尼斯特（Emile Benveniste）得出結論：在原始印歐語的古代階段，「交易是種相互贈禮的循環，而非真正的商業運作。」[26]

另一方面，「互利共生」的說法並非萬靈丹，起碼無法解釋瓦納—卡拉諾沃 VI—古梅爾尼塔文化的終結。勞倫斯・基利（Lawrence Keeley, 1948-2017）堅持戰爭在史前的部落社會中是普遍、致命和地方性的常態，因而引發考古學家間激烈的辯論。正如弗雷德里克・巴斯所意識到的，部落邊界這個地方可能有無限潛力，但各種惡劣殘忍的行為也屢見不鮮。部落邊界通常上演言辭羞

辱的戲碼：蘇弗斯人（Sioux）稱班諾克人（Bannock）為「住在骯髒處的人」；愛斯基摩人（Eskimo）稱印加利克人（Ingalik）為「像蟲一樣沒用的人」；霍比人稱納瓦霍人（Navaho）為「雜種」；亞爾岡京人稱摩和克人（Mohawk）稱為「食人者」；舒阿爾人（Shuar）稱華歐拉尼人（Huarani）為「野蠻人」；而最簡單但萬用的「敵人」（Enemies）則是時常用來指稱相鄰部落的語詞。由於部族邊界揭露了人們心之所嚮，而這些欲望超出自己社會能負荷的範圍，用武力強行搶奪這些事物的想法便益發強烈。當這些事物的重要性日益提升，就更加劇其誘惑，譬如說，牛。[27]

印歐信仰和儀式推升了對牲口的劫掠。戰士狄托曼的神話合理化了偷竊牛隻的行為，認為這是天神原本就「打算」將牛賜予會定期奉獻的人類。原始印歐語的入會儀式包括一項要求，即男孩要想成年，「必須」要離開部落，並且得像狗或狼群一樣突襲敵人。[28]原始印歐語也有用來指涉「聘金」的語詞 *uˇedmo-。[29]牛、羊，甚至馬都可能用來當作聘金，因為在沒有正式貨幣的牧民社會，牲畜通常是最具價值的聘金。[30]在過去的幾個世紀中，馴化的動物已然成為葬禮上祭神的最佳奉獻（譬如在赫瓦倫斯克）。相對較少數的菁英已經在廣大的區域形成競爭關係，採用相同的身分象徵——裝有拋光石製權杖頭的權杖、野豬獠牙牌飾、銅指環和牌飾、貝殼圓盤珠，以及鳥骨管。當上漲的聘金成為此競爭的一個環節時，結果就是未婚男性搶奪牲畜的情況增加。狄托曼神話與男性小組劫掠制度相結合後的合法性，動物數量持續上漲的聘金便不可避免地導致跨邊界的牲口劫掠。

如果他們是徒步，那麼銅石並用時代的牲口劫掠者可能只好相互劫掠，或打劫鄰近的特里波里聚落。但是，如果他們騎馬，就能選擇更遙遠的目標，以免威脅重要的禮物合夥關係。由十幾個騎馬者組成突擊隊便可讓五十至七十五頭牛或馬在數百公里內迅速移

動。[31] 偷竊式的突擊一定會造成傷亡，接著導致更嚴峻的殺戮和突襲式復仇。從偷竊到突襲式復仇的征戰循環可能導致多瑙河流域人造土丘聚落的傾頹。

前線的草原上存在什麼樣的社會？是否有充分的考古證據能顯示他們確實以不同的方式與古歐洲和庫庫特尼—特里波里文化深入交流？

瑟斯基島文化：來自東方的馬匹和儀式

瑟斯基島文化（Sredni Stog culture）是烏克蘭大草原上認識最清楚的銅石並用時代晚期考古文化。「瑟斯基」意為「中間堆」（middle stack），是聶伯河急流南端上一座乾草堆狀小島的名稱，是三個島最中間的那座。所有這些都遭水壩淹沒，但在此之前，考古學家於一九二七年發現並開挖了一處遺址。其包含一個分層的聚落序列，第一層為銅石並用時代早期（聶伯河—頓涅茨河 II）的陶器，第二層為銅石並用時代晚期的陶器。[32] 瑟斯基島 II 成為這種銅石並用時代晚期陶器的典型遺址。瑟斯基島風格的陶器被發現位於較古老聶伯河—頓涅茨河 II 聚落的上層，包括斯特里查—斯科利亞（Strilcha Skelya）和阿雷克桑德利亞（Aleksandriya）在內的其他幾個遺址。特里金更早將聶伯河—頓涅茨河文化辨識出來，一九七三年他首先將所有瑟斯基島物質文化共約一百五十處的遺址彙總在一起，並繪製地圖（圖 11.6）。他在聶伯河以西的印古爾河（Ingul）流域至東方的頓河流域下游西部，發現了橫跨烏克蘭大草原的瑟斯基島遺址。

瑟斯基島文化成為瑪利亞・金布塔斯的印歐大草原牧民的考古基礎。特雷金發掘的德雷耶夫卡瑟斯基島聚落的馬骨，成為支持與反對墳塚文化的兩派考古學家之間的辯論中心。在上一章中，我提

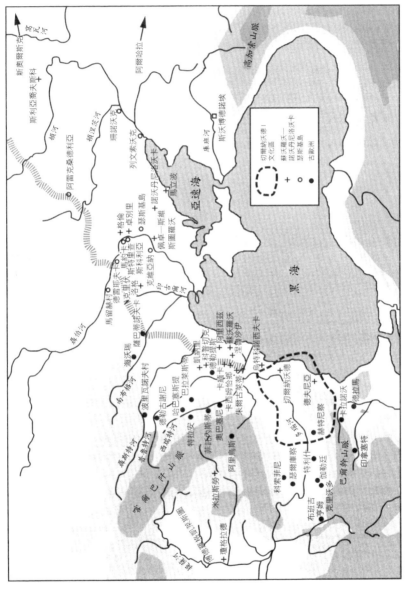

圖 11.6 蘇沃羅沃—諾沃丹尼洛沃卡入侵時的草原和多瑙河河口遺址,時約西元前四二〇〇至九〇〇年

過列文如何挑戰金布塔斯對德雷耶夫卡馬匹的解釋。同時，尤里‧拉薩馬欽（Yuri Rassamakin）也挑戰了特里金提出的瑟斯基島文化概念。[33]

拉薩馬欽將特里金的瑟斯基島文化分為至少三種不同的文化，將其中一部分重新排序和定年，不再將社會政治變遷的重心放在大草原上騎馬和農牧混合（agro-pastoralism）的發展（特里金的觀點），而是將草原社會融入古歐洲的文化領域，此為拉薩馬欽所提出的新「互利共生」觀點。但拉薩馬欽將諸如德雷耶夫卡和赫瓦倫斯克這些已有確定年代的遺址，定年至其它時間，而與碳定年有所出入。[34] 我認為特里金的分類法在文獻和解釋上都更具說服力，因此保留了瑟斯基島文化作為烏克蘭銅石並用時代遺址的排序框架，只有在某些細節上與特里金的觀點不同。

此為關鍵的時代，當時創新的早期原始印歐語諸方言開始在草原上傳播。草原變遷的主因包括新經濟體系和新社會網路的內部成熟（internal maturation，特里金的觀點），以及與古歐洲產生新互動的開始（拉薩馬欽的觀點）。

▶瑟斯基島文化的源流

我們不該設想瑟斯基島或任何其他考古文化會在同一個時間出現或消失。特里金為此發展過程定義出四個主要階段（Ia，Ib，IIa，IIb），但一個階段在某些地區的持續時間，可能會比其它地區更久。在他的設想中，聶伯河上瑟斯基島和斯特里查—斯科利亞的聚落代表早期階段（Ib），而拉薩馬欽則稱之以斯科利亞文化。此階段的陶器缺乏用繩子壓印的裝飾。聶伯河上德雷耶夫卡（IIa）和馬留赫村（IIb）的聚落代表晚期階段，陶器上帶有繩辮狀的壓印（圖 11.7）。早期瑟斯基島（階段 I）與充滿暴戾的特里波里 B1

時代、多瑙河流域危機時代大約處在同一時期。斯特里查—斯科利亞發現了特里波里 B1 的彩繪陶器。瑟斯基島（階段 II）晚期的風格變化可能始於多瑙河流域持續的危機，但隨後瑟斯基島晚期的風格變化大都發生在古歐洲崩潰之後。在德雷耶夫卡和艾格倫階段 IIa 墓葬的墳墓群中發現了進口的特里波里 B2 陶碗，階段 IIb 的馬留赫村聚落則發現特里波里 C1 陶器。根據十個碳定年，德雷耶夫卡聚落（階段 IIa）在西元前四二〇〇至三七〇〇年之間（表 11.2）。根據聶伯河畔彼得羅夫斯卡亞巴爾卡的四個碳定年，瑟斯基島最晚期（IIb）可追溯至西元前三六〇〇至三三〇〇年。瑟斯基島早期可能始於西元前四四〇〇年左右；晚期可能一直持續至西元前三四〇〇年聶伯河畔的某些地區。

表 11.1　瑟斯基島文化的哺乳動物骨骸

	% 馬	% 牛	% 羊	% 豬	% 狗	% 馬
（占全部骨骸 % 數，NISP ／個體 % 數，MNI)*						
瑟斯基島 II	7/12	21/12	61/47	2/6	3/11	7/22
德雷耶夫卡	63/52	16/8	2/7	3/4	1/2	17/45
阿雷克桑德利亞	29/24	37/20	7/12	--	--	27/44
馬留赫村 II	18/9	10/9	--	2/6	--	70/76

*NISP 為可辨認個體數；MNI 為最小個體數。

　　我們對瑟斯基島文化的源頭知之甚少，但東方人（可能來自窩瓦河大草原）顯然發揮了作用。瑟斯基島的夾貝圓底陶罐，與銅石並用時代早期聶伯河—頓涅茨河 II 的夾砂平底陶罐不同（圖 9.5）。幾乎所有早期瑟斯基島陶器都有圓形底或尖底，以及華麗的外翻邊沿。平底罐只出現在後期。簡單無蓋的碗，可能用來盛裝食物，是另一種常見的器形，通常沒有裝飾。瑟斯基島的陶罐只在容器上面的三分之一以一排排的篦點紋、三角形刻紋，以及壓印

的繩紋裝飾。用繩子纏繞的 U 型工具製作的成排 U 型「毛毛蟲」壓印最為典型（圖 11.7d）。其中一個圓身短頸的陶罐形式，飾以垂直的梳線紋，都是直接從常見的特里波里 B1 風格複製而來（圖 11.7）。圓身陶罐和摻入貝殼似乎都反映了從東方來的影響，可能源自亞速海—裏海或窩瓦河地區，當地從新石器時代開始就有以夾貝、圓底、外翻邊沿，以及壓印陶器的悠久傳統，並一路延伸至銅石並用時代的赫瓦倫斯克。

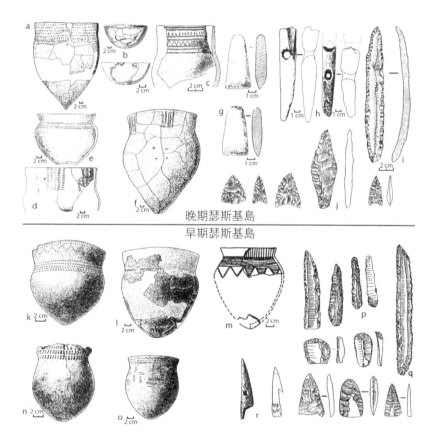

晚期瑟斯基島

早期瑟斯基島

圖 11.7　瑟斯基島早期與晚期的陶器及工具。像（h）這樣有穿孔的骨頭或鹿角工藝品被辨認出是馬銜的馬鑣部分，但僅為推測。出處：Telegin 2002，圖 3.1。

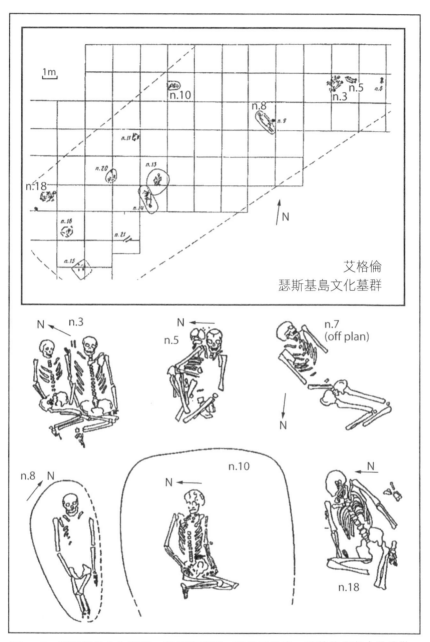

圖 11.8 瑟斯基島文化墓群，艾格倫墓葬，聶伯河急流。墳墓的分布十分分散。
出處：Telegin et al. 2001.

瑟斯基島的葬禮儀式也是新的。瑟斯基島新的下葬姿勢（仰身曲肢）及標準方向（頭朝東—東北向）皆是複製窩瓦河畔的赫瓦倫斯克文化（圖 11.8）。聶伯河—頓涅茨河 II 的公共墓穴遭到棄置，個人的墳墓取而代之，墓地規模也小了很多。德雷耶夫卡附近的聶伯河—頓涅茨河 II 墓葬中有一百七十三人，其中大多數葬於大型公共墓穴坑中。德雷耶夫卡附近的瑟斯基島墓地僅包含十二座墓，均為單人墓。瑟斯基島社群規模可能更小且更具流動性。如同德雷耶夫卡，墓的表面沒有標記或新的處理：像在克維亞納（Kvityana）或馬約卡（Maiorka）一樣，有些墓葬由一小圈石塊圍繞，並以低矮的石塊或土墩覆蓋覆蓋，是非常節制的墳塚。這可能是大草原上最早的墳塚。石塊圈和土墩是區別和強化自我的特徵。從公共葬儀轉向個人儀式，這可能是更廣泛變化的徵兆，社會價值將轉向更不加掩蓋的「自我擴張」（self-aggrandizing），這也反映在以下分別討論的蘇沃羅沃—諾沃丹尼洛沃卡類型的一系列墓葬中。

瑟斯基島的顱骨類型也出現新的特徵。聶伯河—頓涅茨河 II 的人群是單一的同質類型，具有「原始歐洲人」非常寬闊、粗壯的臉部構造。瑟斯基島人群的骨骼結構更為柔和，臉部呈寬臉中量型，與赫瓦倫斯克人群的統計相似性最接近。在從聶伯河—頓涅茨河 II 遷徙至瑟斯基島的初期，從窩瓦河來的移民似乎已抵達聶伯河—亞速海大草原，促使喪葬習俗和製陶都發生變化。或許，他們是騎馬而來。[35]

瑟斯基島文化開展之初，人們居住和墓葬之處並沒有明顯的轉變。瑟斯基島聚落位於聶伯河—頓涅茨河 II 的聶伯河急流和頓涅茨河附近聚落的幾個遺址上層。瑟斯基島墳墓群位於或靠近馬立波、艾格倫和德雷耶夫卡幾個聶伯河—頓涅茨河 II 的墓葬。石器工具也展現出連續性；在這兩個時期中，均製作了薄片狀、三角形和大顆杏仁狀的燧石箭頭。在聶伯河—頓涅茨河 II 遺址中偶爾會發現

長型單面燧石刀，但在瑟斯基島遺址所發現的貯藏規模更大，有許多單一的貯藏（貢恰羅夫卡〔Goncharovka〕），其中包含一百多把長達二十公分的燧石刀。這些刀是瑟斯基島的典型陪葬品。類似的長型燧石刀躍升為東歐的熱門貿易商品，也出現在波蘭方能畢克（Funnel Beaker，TRB）遺址和匈牙利的博德羅格凱萊斯圖文化遺址。

▶瑟斯基島的經濟模式：馬匹與農牧混合

在大多數研究遺址所在的聶伯河谷中，瑟斯基島聚落的馬骨平均數是聶伯河─頓涅茨河 II 聚落的兩倍之多。馬匹做為食物的情況的增加，可能與西元前四二〇〇至三八〇〇年期間的較冷氣候有關，因為在下雪的情況下，家馬比牛羊更好養（第十章）。想當然耳，唯有獲得家馬才能享受養護的優點。直到此時，馬都是德雷耶夫卡的瑟斯基島聚落中最重要的肉源。比比科娃計算的二四〇八片馬骨，至少代表了五十一隻動物（最小個體數）──超過了在該遺址宰殺之哺乳動物的一半──大約九千公斤的肉。[36]

家養的牛、羊和豬隻占瑟斯基島 II、德雷耶夫卡、阿雷克桑德利亞和馬留赫村聚落的發現骨骸（可辨認個體數）的百分之十二至八十四（表 11.1）。若把馬也算作家畜，這些聚落的家畜比例將上升置百分之三十至九十三。在所有發現的骨骸中，馬骨的占比介於百分之七至六十三之間（平均可辨認個體數為百分之五十四，但差異甚大）。最高的比例（哺乳動物骨骼的最小個體數為百分之六十三、最小個體數為百分之五十二），此處也是獸骨樣本最多的遺址。[37] 在最乾燥的草原生態中，綿羊或山羊是最南端的遺址瑟斯基島最常見的動物（占哺乳動物的百分之六十一）；而在森林最茂密的生態中，對於最北端的馬留赫村來說，當屬狩獵最為重要（占

哺乳動物的七成）。在森林資源豐富的北方，獵鹿仍然十分重要；而在草原河谷中，濱岸林被限制在谷底，因此放牧的羊群肯定更重要的食物來源。

表 11.2　多瑙河下游到北高加索山銅石並用時代晚期的碳定年數據

實驗室編號	距今年代	樣本	校正年代
1. 瑟斯基島文化（Sredni Stog culture） 德雷耶夫卡（Dereivka），聶伯河谷			
Ki 2195	6240 ± 100	遺址，貝殼	西元前 5270-5058 年
UCLA 1466a	5515 ± 90	遺址，骨骸	西元前 4470-4240 年
Ki 2193	5400 ± 100	遺址，貝殼	西元前 4360-4040 年
OxA 5030	5380 ± 90	遺址，2 號墓	西元前 4350-4040 年
KI 6966	5370 ± 70	遺址，骨骸	西元前 4340-4040 年
Ki 6960	5330 ± 60	遺址，骨骸	西元前 4250-4040 年
KI 6964	5260 ± 75	遺址，骨骸	西元前 4230-3390 年
Ki 2197	5230 ± 95	遺址，骨骸	西元前 4230-3970 年
Ki 6965	5210 ± 70	遺址，骨骸	西元前 4230-3960 年
UCLA 167la	4900 ± 100	遺址，骨骸	西元前 3900-3530 年
Ki 5488	4330 ± 120	殉馬骨骸？	西元前 3300-2700 年
Ki 6962	2490 ± 95	殉馬骨骸	西元前 790-520 年
OxA 7185	2295 ± 60	帶馬銜的殉馬牙齒	西元前 410-200 年
OxA 6577	1995 ± 60	殉馬附近的骨骸	西元前 90-70 年
阿雷克桑德利亞（Aleksandriya），頓涅茨河谷			
Ki-104	5470 ± 30	？	西元前 4750-3900 年
2. 銅石並用時代的北高加索地區 斯沃博德諾埃（Svobodnoe）遺址			
Le-4531	5400 ± 250	？	西元前 4500-3950 年
Le-4532	5475 ± 100	？	西元前 4460-4160 年
3. 瓦納文化（Varna Culture），多瑙河下游，保加利亞 杜蘭庫拉克（Durankulak）人造土丘遺址			
Bln-2122	5700 ± 50	遺址，5 層	西元前 4600-4450 年

實驗室編號	距今年代	樣本	校正年代
Bln-2111	5495 ± 60	遺址，7 號房址	西元前 4450-4250 年
Bln-2121	5475 ± 50	遺址，4 層	西元前 4360-4240 年
帕維爾亞諾沃 1（Pavelyanovo 1）人造土丘遺址			
Bln-1141	5591 ± 100	遺址	西元前 4540-4330 年
4. 古梅爾尼塔文化（Gumelnitsa culture），多瑙河下游，羅馬尼亞			
武爾克內什蒂 II（Vulcaneşti II），波赫拉得（Bolgrad）			
MO-417	5110 ± 150	遺址	西元前 4050-3700 年
Le-640	5300 ± 60	遺址	西元前 4230-4000 年
武爾克內什蒂人造土丘遺址			
GrN-3025	5715 ± 70	遺址，木炭	西元前 4680-4450 年
Bln-605	5675 ± 80	遺址，木炭	西元前 4620-4360 年
Bln-604	5580 ± 100	遺址，木炭	西元前 4540-4330 年
Bln-343	5485 ± 120	遺址，木炭	西元前 4460-4110 年
GrN-3028	5400 ± 90	遺址，碳化穀物	西元前 4340-4050 年
5. 蘇沃羅沃（Suvorovo）群體，多瑙河下游			
朱爾古萊蒂（Giurgiuleşti）墓地，普魯特河／多瑙河下游			
Ki-7037	5398 ± 69*	?	西元前 4340-4050 年

* 這一年代在特里金等（Telegin et al. 2001）中為 4398 ± 69 距今，但我被告知
　此為印刷錯誤，實際報導的年代是 5398 ± 69 的距今。

　　位於北方草原上聶伯河以西的德雷耶夫卡，是瑟斯基島的聚落
中考古揭露範圍最大的遺址，占地約兩千平方公尺。在聚落上游
半公里處發現了一座分散的墓地，其中有十二座瑟斯基島墓，占
地約兩千平方公尺。[38] 三個卵形的房屋淺坑，長十二、寬五公尺，
圍繞一開放區域，用於製作陶器、燧石工藝，以及其他任務（圖
11.9）。一座很厚的河貝貝殼（蚌屬〔Unio〕及蝸屬〔Paludinae〕）
貝丘圍繞一側。由於只發掘了部分的聚落，所以我們無從得知它有
多大。哺乳動物的骨頭能為此三間房屋、每天每屋提供一公斤的
肉，並可長達八年之久，這顯示德雷耶夫卡被多次或長年使用。

另一方面，德雷耶夫卡建築遺跡的短暫性質及附近墓葬的規模之小，也顯示其並非永久聚落。可能是個討喜的居住地點，因此有許多人一再造訪，造訪的這些人擁有大量的馬群（百分之六十二NISP）、牛群（百分之十六 NISP），打獵來的紅鹿（百分之十NISP）、掉進陷阱或射來的野鴨〔綠頭鴨〔mallard〕和尖尾鷸〔pintail〕）、釣來的歐洲巨鯰（*Silurus glanis*）和河鱸（*Lucioperca lucioperca*），並種植一點穀物。

德雷耶夫卡聚落中的陶器至今尚未進行系統性的檢測，因此不確定是否有種子的痕跡；但德雷耶夫卡找到帶有「鐮刀色澤」的燧石刀、三塊平坦的卵形磨刀石，以及六塊拋光的片岩（schist）製石臼。從馬留赫村瑟斯基島最晚期階段聚落的陶器遺跡中，已鑑定出種植的小麥、大麥和小米（*T. dicoccum*、*T. monococcum*、*H. vulgare, P. milia-ceum*）。德雷耶夫卡可能也有零星的穀物種植，

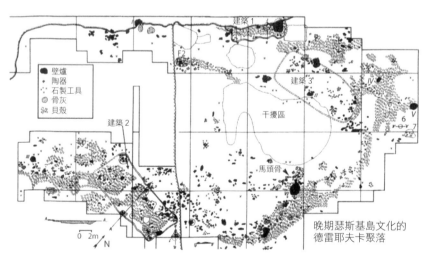

圖 11.9　德雷耶夫卡聚落，瑟斯基島文化，西元前四二〇〇至三七〇〇年。紀錄有馬銜在馬頭骨所造就磨損的位置。頂上的邊緣是條侵蝕的河岸。出處：Telegin 1986。

這可能是聶伯河以東最早的穀物栽培。

瑟斯基島文化的種植者是否就是「騎馬者」？沒有馬銜造成的磨損或其他騎乘的相關病狀，我們就無法確定。暫且將發現於德雷耶夫卡的物件視為與馬銜一起使用的鹿角馬鑣（圖 11.7h），可能還具有其他功能。[39] 解決此議題的一種方法是，探究銅石並用時代晚期的草原社會是否「表現」得像騎馬者。在我看來，他們就是。流動性提高（由較小的墓葬可看出）、長程貿易增加、有權勢個人的聲望與權力提升、墓葬中象徵地位的武器出現，以及針對定居農業聚落的戰火升高，在在都符合我們對騎馬開始後社會變遷的預期，並且蘇沃羅沃—諾沃丹尼洛沃卡類型的墓葬也清楚反映出這點。

遷往多瑙河流域：
蘇沃羅沃—諾沃丹尼洛沃卡集團

西元前四二○○年左右，一些可能來自聶伯河谷的牧民，出現在多瑙河三角洲的北緣。三角洲以北的湖泊地區隨後由波赫拉得文化的古歐洲農民占據。他們在草原人出現後旋即離去。移民建造了墳塚中的墳墓，並帶著裝有像是馬頭形狀的石首飾的權杖，快速現身於許多古歐洲城鎮中。靠著貿易或劫掠，他們從多瑙河流域下游的人造土丘城鎮獲得了銅，並將其中的大部分都帶回至聶伯河下游的大草原。他們遷往多瑙河下游的歷史可謂是個歷史事件，將移民所使用的前安納托利亞方言，從大草原社群使用的古體原始印歐語區分出來。

關於此事件的考古證據在過去五十年間以文字方式零星呈現在一些文章中，但直到今日都幾乎無人知曉。遷徙所牽涉的草原文化眾說紛紜，有斯科利亞文化、蘇沃羅沃文化、烏特科諾諾夫卡族群（Utkonsonovka），以及諾沃丹尼洛沃卡文化。我將之稱為蘇沃羅

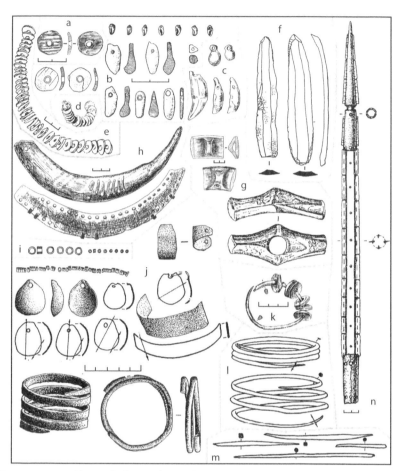

圖 11.10　西元前四二〇〇至三九〇〇年左右，蘇沃羅沃─諾沃丹尼洛沃卡的裝飾品與武器。（a，c）維諾格拉德尼（Vinogradni）的貝殼和犬齒珠；（b）蘇沃羅沃的貝殼和鹿齒珠；（d）Decea Muresului 的貝殼珠；（e）克里伏洛格（Krivoy Rog）的貝殼珠；（f）卓別里（Chapli）的薄片狀燧石刀；（g）佩卓─斯維斯圖羅沃（Petro-Svistunovo）的骨製鈕扣和鑄銅斧；（h）佩卓─斯維斯圖羅沃的野豬獠牙（上）、朱爾古萊蒂的銅製野豬獠牙（下）；（j）卓別里的銅飾品，包括模仿海蛤貝的銅製品；（i）烏特科諾西夫卡（Utkonosovka）的骨珠；（k）凱納里的銅製貝殼珠飾「頸環」（torque）；（l）佩維斯圖羅沃的銅手環；（m）蘇沃羅沃和阿雷克桑德利亞（Aleksandriya）的銅尖錐；（n）朱爾古萊蒂的複合式矛頭，以骨頭加上燧石微刀口和銅製管狀接頭製成。出處：Ryndina 1998，圖 76；Telegin et al，2001。

沃一諾沃丹尼洛沃卡集團（圖11.6）。移民建造的墳墓群集中在多
瑙河三角洲附近，這就是蘇沃羅沃族群。他們在東歐大草原北方家
鄉的親戚是諾沃丹尼洛沃卡族群。不管是哪個族群，目前都只能從
墓葬中窺知一二。約有三十五至四十處墓地可歸於該集團，裡面的
墓葬多半在十座以內，其中又有不少像是諾沃丹尼洛沃卡本身，僅
有一座隨葬品豐富的墓葬為中心。它們最早可溯及西元前四三〇〇
至四二〇〇年的瑟斯基島早期，並可能在西元前三九〇〇年之前便
已終止。

　　在特里金最早的論述中，將諾沃丹尼洛沃卡墓葬（依照他的分
期）視為瑟斯基島文化中一個富有的菁英階層。隨後他改變想法，
讓其成為一獨立的文化。我同意他最初的態度：蘇沃羅沃一諾沃丹
尼洛沃卡集團代表瑟斯基島文化中的主導菁英。諾沃丹尼洛沃卡墓
葬的分布範圍與瑟斯基島的墓葬和聚落範圍相當，而且墓葬儀式
與石器的許多方面都如出一轍。古歐洲崩潰前夕的特里波里 B1 時
期，蘇沃羅沃一諾沃丹尼洛沃卡菁英參與了多瑙河下游的劫掠與貿
易。[40]

　　葬在這些墓葬中的人佩帶腰帶和貝殼圓盤珠、銅珠、馬或
鹿齒珠的項鍊、銅指環、殼形銅製牌飾，以及銅製螺旋狀手鐲
（圖11.10）。他們用銅尖錐將粗銅線彎成貝殼珠飾的「項圈」
（torque），偶爾也會帶著銅空首斧（以兩塊範〔two-part mold〕
鑄造），並在矛和投槍的深色木桿上放上銅和金的裝飾件。
一九九八年，娜塔莉亞·林迪那從三十座蘇沃羅沃一諾沃丹尼洛沃
卡墓葬中，找出有三百六十二個銅件和一件金器。他們還有雕刻成
馬頭等形狀的拋光權杖頭（圖11.5）。他們使用大型的三角形燧石
箭頭，可能用於矛或投槍；帶有利刃的小型圓弧形燧石斧；薄片狀
長型燧石刀，通常以在頓涅茨河採石場採得的灰色燧石製成。

　　多數蘇沃羅沃一諾沃丹尼洛沃卡的墓群都沒有陶器，因此很難

猜測他們的陶器風格。一些墓葬中有進口的陶器：普魯特河和聶斯特河間的凱納里（Kainari）墳塚中有一只特里波里 B1 陶罐；距離凱納里不遠的科普切克（Kopchak）墳塚中，找到一只古梅爾尼塔晚期的器皿；在普魯特河下游朱爾古萊蒂的 2 號墓中，則找到另一只古梅爾尼塔的器皿；以及在聶伯河—亞速海大草原的諾沃丹尼洛沃卡墓葬中，找到一只遠從高加索北部而來的斯沃博德諾埃陶罐。這些進口陶罐的年代相同，約莫在西元前四四〇〇至四〇〇〇年，因此有助於排列年代順序，但它們和墓主的文化之間沒有絲毫聯繫。似乎只有少數陶片是建造墓葬的人製作的。蘇沃羅沃的一座主要墳墓群（1 號墓）有兩小片灰色夾貝陶罐的碎片，器表裝飾小型齒狀印紋和斜刻線紋（圖 11.11）。在蘇沃羅沃附近烏特科諾西夫卡（Utkonosovka）的 2 號塚 3 號墓找到了一個類似的陶罐。這些陶器碎片與庫庫特尼陶器十分類似：圓身、圓底、外翻口沿、摻入貝殼，以及斜刻線紋與篦點紋的表面裝飾。[41]

　　多瑙河三角洲附近的蘇沃羅沃墓葬總是以建造土墩或墓塚為標誌，可能是為了增加它們在爭議邊界上的能見度，但也可能是反映出眼中所見的多瑙河流域下游的人造土丘（圖 11.11）。蘇沃羅沃墳塚群是最早在草原上建造起來的墳塚。回到聶伯河—亞速海大草原，多數諾沃丹尼洛沃卡墳墓群也有某種表面標誌，但比起土堆的墳塚，排放在墓墳上方的圓錐形石堆（cairn）更為常見（卓別里〔Chapli〕），亞瑪〔Yama〕）。多瑙河大草原上的墳塚直徑很少超過十公尺，且多半被一圈小石頭或以大石頭圍成的環狀列石（cromlech；擋土牆）圈在中間。墓穴坑通常是矩形的，但有時是橢圓形的。瑟斯基島的下葬姿勢（仰身曲肢）出現在大多數的墓中（瓊格拉德〔Csongrad〕、卓別里、諾沃丹尼洛沃卡、朱爾古萊蒂、蘇沃羅沃 7 號墓），但並非所有墳墓都是如此。某些地方的遺體四肢會伸展開來（蘇沃羅沃 1 號塚）或蜷曲側身（烏特科諾西夫卡）。

有些墓中有牲祭（朱爾古萊蒂是牛、卓別里則有牛和綿羊、克里伏洛格〔Krivoy Rog〕是牛）。葬在東歐大草原諾沃丹尼洛沃卡墳墓中的人群具備「原始歐洲人」類型的寬臉，瑟斯基島墓群中的主要人臉類型也是如此，不過還是有些蘇沃羅沃墳墓中人群的臉型窄小且顱骨柔和，例如如朱爾古萊蒂，顯示與當地古歐洲人通婚。[42]

　　蘇沃羅沃—諾沃丹尼洛沃卡墓葬中的銅器有助於確定其年代。銅器中的微量元素源自多瑙河下游朱爾古萊蒂和蘇沃羅沃，以及東歐大草原上的卓別里和諾沃丹尼洛沃卡，這些都是巴爾幹半島上保加利亞的代表礦藏（埃布納爾〔Ai Bunar〕和／或邁德尼路德〔Medni Rud〕），在古歐洲崩潰之際突然停止生產。在西元前四

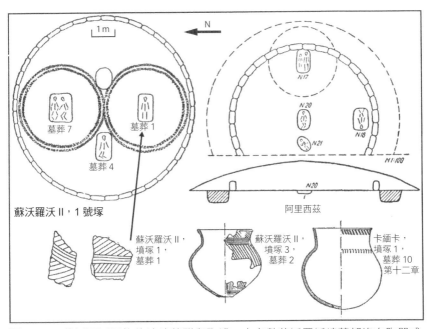

圖 11.11　蘇沃羅沃風格的墳墳墓群與陶罐。大多數蘇沃羅沃墳墓都沒有陶器或其他文化製造的陶罐，因此，這些罕見的自製陶罐十分重要：左為蘇沃羅沃墓地 II 的 1 號塚；右，阿里西茲（Artsiza）墳塚；下，墓葬中的陶器碎片和陶罐。出處：Alekseeva 1976，圖 1。

〇〇〇年後的特里波里 B2 時期，東歐的銅貿易轉向了在化學上極為獨特的匈牙利和外西凡尼亞礦砂。[43] 因此，藉由這些銅，可將蘇沃羅沃─諾沃丹尼洛沃卡定年於西元前四〇〇〇年之前。另一方面，蘇沃羅沃的墳塚取代了多瑙河三角洲以北波赫拉得族群的聚落，這些聚落在西元前四四〇〇至四三〇〇年左右的特里波里 B1 早期時仍有人居住。此兩個時間斷線（波赫拉得被遺棄之後、更廣泛的古歐洲崩潰之前）將蘇沃羅沃─諾沃丹尼洛沃卡限制在大約西元前四三〇〇至四〇〇〇年之間。

在多瑙河三角洲地區蘇沃羅沃和卡西姆恰鄉（Casimcea）的主要墓葬中，發現了狀似馬頭的拋光權杖頭（圖 11.5）。兩個特里波里 B1 聚落都找到了類似的權杖頭，兩個卡拉諾沃 VI 晚期聚落及多瑙河流域上的瑟爾庫察 IV 聚落──所有都在當時遭蘇沃羅沃入侵的歐洲古城鎮中。在特雷克利─梅克特布（Terekli-Mekteb）達臺列河（Terek River）以北的窩瓦河─烏拉爾草原與卡爾梅克（Kalmyk）草原中，也發現了類似的馬頭權杖頭。[44]「耳」型的石製權杖頭首先現身於赫瓦倫斯克文化的幾座墓葬中（赫瓦倫斯克、克里沃奇），後來也在與蘇沃羅沃─諾沃丹尼洛沃卡（諾佛戈斯克〔Novorsk〕，阿爾哈拉〔Arkhara〕和 Sliachovsko）同時出現的幾個東部草原遺址和兩個特里波里 B1 文化的城鎮裡出現。十字形權杖頭最初出現在聶伯河上尼克里斯基一名聶伯河─頓涅茨河 II 酋長的墓中（圖 9.6），幾個世紀後，又和遷徙到外西凡尼亞（米拉斯勞〔Decea Mureşului〕及錫比烏鹽礦鎮〔Ocna Sibiului〕）的蘇沃羅沃移民一起出現；另一個例子是在普魯特河畔的一個特里波里聚落（Bârlăleşti）。

拋光的石製權杖是大草原上，可用來顯示聲望的典型器物，其歷史可追溯至赫瓦倫斯克、瓦佛諾米卡和聶伯河─頓涅茨河 II 文化，約莫開始於西元前五〇〇〇至四八〇〇年。對特里波里早期或

古梅爾尼塔的社會而言，這些器物並無法彰顯聲望。[45] 應該是那些將馬視為有力象徵的人群，打造出馬頭形狀的權杖頭所。在特里波里 B1 聚落中，馬骨平均僅占哺乳動物骨骸的百分之三至六，在古梅爾尼塔則更少，可見在古歐洲飲食中，馬並不重要。當蘇沃羅沃的人群出現時，馬頭權杖標誌了馬匹新的標誌性地位。若他們「沒有」策馬進入多瑙河流域，就無法解釋馬在古歐洲聚落中，為何突然具有如此重要的象徵意義。[46]

▶遷徙原因與目標

西元前四二〇〇年左右之後，內陸草原的冬季愈來愈冷。多瑙河三角洲的沼澤地是窩瓦河以西的歐洲最大的沼澤地。在信史中，沼澤向來是黑海大草原遊牧牧民過冬季的首選，因其供給良好的冬季草料和牲畜遮蔽處。多瑙河三角洲的資源比黑海任何地方都豐富。西元前四二〇〇至四一〇〇年左右出現在多瑙河三角洲北緣的首批蘇沃羅沃牧民，可能是歷經一個特別寒冷的冬天後，將他們的一些牛從聶伯河草原帶往南方。

另一股拉力是古歐洲城鎮的豐富銅礦。考古學家蘇珊・維希克（Susan Vehik）指出，西元一二五〇年美國西南平原的衝突升溫，與當時發生的氣候惡化脫不了關係，這使人們對禮物—財富的需求增加（以吸引並留住部落征戰中的盟友），因此刺激了貴重商品的長程貿易。[47] 然而，蘇沃羅沃移民並未如我假設的那樣，為與庫庫特尼—特里波里文化的人群打好關係而建立交換禮物的制度。他們似乎反而將當地人驅離了。

蘇沃羅沃移民抵達後，多瑙河三角洲以北的三十個波赫拉得文化聚落旋即遭棄置並焚毀。這些小型的農村由八到十個半半穴居組成，裡頭設有生火用的陶土火塘、長凳，以及放置在地面坑的大

型貯物陶罐。石墨繪製的細陶器和許多女性小雕像是古梅爾尼塔（Aldeni II 風格）與特里波里 A 文化特徵的混合體。[48] 它們主要在特里波里 A 時期時有人居住，並在西元前四二〇〇至四一〇〇年左右的特里波里 B1 早期遭棄置並焚毀。大多數的棄置顯然是有計畫的，因為幾乎所有事物都已復甦。但在武爾克內什蒂 II（Vulcaneşti II），碳定年為西元前四二〇〇至四一〇〇年（5300±60 BP），很快就遭廢棄，並找到許多被燒毀的陶罐。這可能是蘇沃羅沃移民抵達的年代。[49]

第二波看似規模較小的遷徙潮，算是第一波遷徙潮的分支，向西延伸到外西凡尼亞高原，然後沿著銅資源豐富的穆列什流域向下進入匈牙利東部。這些移民將墓葬留在穆列什河流域的米拉斯勞及匈牙利東部平原的瓊格拉德。鄰近重要銅礦藏的米拉斯勞，有十五至二十座墓，遺體呈現仰躺的姿勢，膝蓋原本可能是抬高，但如今跌落至左側或右側，並裝飾以赭土、蚌屬貝珠、長燧石刀（最長達 22 公分）、銅尖錐，一只銅製「項圈」，以及由兩塊黑色拋光石製成的四節權杖頭（圖 11.10）。移民抵達時約莫西元前四〇〇〇至三九〇〇年，正值蒂薩波爾加末期和博德羅格凱萊斯圖初期，但似乎並未破壞當地的文化傳統。匈牙利東部的亨西達（Hencida）和莫伊格拉德（Mojgrad）有古歐洲風格大型金製和銅製裝飾品的窖藏，這可能反映出當時的狀況並不穩定，但在蒂薩波爾加和博德羅格凱萊斯圖之間存在許多文化連續性。[50] 這並非大規模的民族遷徙，而是幾個小群體一系列的長程移動，正是騎馬者會採用的那種移動。

▶蘇沃羅沃墳墓群

蘇沃羅沃墳塚（Suvorovo II k.1）的直徑長十三公尺，內有四

座銅石並用時代的墳墓（圖 11.11）。[51] 由長一公尺的石塊在土墩底部堆成一個圓錐形石堆。在圓錐形石堆內，在南北軸線上圍有兩個較小的石塊圈，每個石塊圈圍繞著一座中心墓（1、7 號墓）。7號墓是埋有一對成年男女的合葬墓，姿勢皆呈仰姿、雙腿抬起、頭朝東方。墳墓的地上鋪著赭土、白堊粉和木炭碎片。成年男性的骨盆上放著一個狀似馬頭的拋光石製權杖，極為宏偉（圖 11.5）；成年女性的臀部上則披掛貝殼圓盤珠串帶。墳中還有兩個以巴爾幹銅製成的銅尖錐、三把薄片狀燧石刀，以及一把燧石頭刮刀。另一個石塊圈中的 1 號墓埋有一名成年男性，四肢伸展，以兩件夾貝陶隨葬。

位於普魯特河口附近朱爾古萊蒂的蘇沃羅沃墓葬包含五座墳墓，這些墳墓群圍繞一座堆滿焚燒獸骨的火塘。[52] 在埋有一名成年男性的 4 號墓上方，是另一堆牛頭骨和骨骸的堆積。4 和 5 號墓分別埋有一成年男性和成年女性；墳墓 1、2 和 3 號葬有三名孩童，顯然是一個家庭。墳墓上有土墩，但是發掘人員不確定這土墩當初是為這幾座墳墓特別建造的，還是之後才建造的。五座墳墓中，有四座中的人骨呈仰身曲肢（2 號墓內有脫節的骨頭），且墓底皆鋪有赭土。兩名孩童（1 和 3 號墓）與成年女性（5 號墓）皆戴有十九個銅製螺旋狀手環和五只野豬獠牙牌飾，其中一只上飾以銅片（圖 11.10:h）。2 號墓內有一只古梅爾尼塔晚期陶罐。孩童和成年女性的陪葬品也有大量的銅珠、貝殼圓盤珠、紅鹿齒珠，以及兩串由愛琴海珊瑚製成的珠串、多把燧石刀和一個燧石石核（實際數字未公布）。娜塔莉亞・林迪那分析的八種金屬器物中，有六種是以典型的瓦納—古梅爾尼塔的巴爾幹礦砂製成。一只手環和一只指環是以配比好的砷銅合金製成（分別含百分之一點九和一點二的砷），這在瓦納或古梅爾尼塔的金屬中皆未曾出現過。4 號墓中下葬的成年男性有兩只金指環和兩只複合式箭頭，各長達四十公分，

製作方式是以細石器製的燧石刀沿著以銅和金裝飾的骨製箭頭邊緣開縫（圖11.10:n）。這可能是為了兩把投槍而打造，或許這是蘇沃羅沃騎馬者最愛的武器。

多瑙河以南、位於卡西姆恰鄉的多布羅加，也有墳塚的蹤影，在赭土染紅的墳墓中，有成年男性以仰身曲肢的姿勢下葬，陪葬品則有拋光的石製馬頭權杖（圖11.5）、五把三角形燧石斧、十五只三角形燧石箭頭，以及三把薄片狀燧石刀。蘇沃羅沃的另一座墳塚位於瓦納附近德夫尼亞（Devnya）的較古老的瓦納文化墓葬中。這座以赭土染紅的單獨墳墓中，葬有一名成年男性，呈現仰姿並將膝蓋抬高，陪葬品則有三十二只金指環、一把銅斧、一只銅製裝飾釘、一把二十七公分長的楔形銅鑿、長一點六四公尺的彎曲銅線、三十六把薄片狀燧石刀，以及五只三角形燧石箭頭。

一座與之分離（大約八、九十公里遠）、但更當代的墳塚群位於離特里波里邊境不遠的普魯特河和聶斯特河流域之間（凱納里、阿里西茲〔Artsiza〕及科普切克）。在凱納里，距離諾維盧塞斯提（Novi Ruşeşti）的特里波里B1聚落只有十幾公里，一座墳塚建立在一座墓葬上，墓中有銅製「項圈」，上頭飾以蚌屬圓盤貝珠串（圖11.10:k）、薄片狀長型燧石刀、赭土，以及特里波里B1陶罐。

▶諾沃丹尼洛沃卡族群

回到黑海以北的大草原上，菁英的陪葬品有銅製螺旋狀手環、指環和腳環、好幾種類型的銅珠串、銅製貝殼形牌飾、銅尖錐，在在都含有巴爾幹半島的微量元素，且在工藝上與朱爾古萊蒂和蘇沃羅沃的器物一模一樣。[53]諾沃丹尼洛沃卡（卓別里）和蘇沃羅沃（朱爾古萊蒂）的墓葬都發現銅製貝殼形牌飾，這是一種極其獨特的草原風格裝飾品（圖11.10: j）：墳墓地上撒滿赭土或大塊的赭土石。

墓主人呈仰身曲肢，頭朝東或東北向。表面的標記是小型墳塚或圓錐形石堆，通常以石塊圈或環狀列石圍繞。以下是當中陪葬品最豐富的墳墓：

諾沃丹尼洛沃卡：位於聶伯河和亞速海之間乾燥山丘上的諾沃丹尼洛沃卡，一座單獨的石砌石棺墓裡，埋有兩名成人，陪葬以兩只銅製螺旋狀手環、一百多顆蚌屬貝珠、十五把薄片狀燧石刀，以及從北高加索斯沃博德諾埃文化進口的陶罐；

克里伏洛格：聶伯河以西的因古列茨河谷（Ingulets River）的克里伏洛格，一座墳塚，內有兩座墓（1 和 2 號），裡面有幾把燧石斧頭、幾把薄片狀燧石刀、銅製螺旋狀手環、兩只銅指環、數百顆銅珠、一個金製管狀箭桿、蚌屬圓盤貝珠串，以及其他器物；

卓別里（圖 11.10）：位於聶伯河急流北端，有五座陪葬品豐富的墓葬。其中最富有的（1a 和 3a）是兩座孩童墓，陪葬以兩只銅製螺旋狀手環、十三只銅製貝殼形牌飾、三百多顆銅珠、一個金屬箔頭飾帶、兩百多顆蚌屬圓盤貝珠、一把薄片狀燧石刀，以及一只類似在朱爾古萊蒂和找到的野豬獠牙牌飾；

佩卓—斯維斯圖羅沃（Petro-Svistunovo，圖 11.10）：在聶伯河急流南端的包含十二座圓錐形石堆墓的墓地，大多遭河水侵蝕，只有 1 號墓有兩只銅製螺旋狀手環、超過一百顆銅珠，以及三把燧石斧和一把薄片狀燧石刀；其餘的墓葬有超過三只銅製螺旋狀手環、與瓦納找到的較為大型的鑄銅斧、與一些類似在卓別里和朱爾古萊蒂找到的野豬獠牙牌飾。

約有八十個瑟斯基島墓葬在儀式上看起來十分相似，而且都發生於同一地區，但卻未出現在諾沃丹尼洛沃卡墳墓群中能彰顯威望的物品，這些墳墓的主人可能是氏族首領。各大酋長將從巴爾幹半

島進口的財富的一部分重新分配。舉例來說，在德雷耶夫卡的瑟斯基島小型墓葬中，1 號墓有三顆小銅珠，4 號墓則有一只進口的特里波里 B1 陶碗。其他墳塚則完全沒有陪葬品。

多瑙河流域下游的征戰、氣候變遷與語言轉移

西元前四二〇〇至三八〇〇年的較冷氣候可能削弱了古歐洲的農業經濟，與此同時，草原牧民受此推力，進入了多瑙河口周圍的沼澤和平原。氣候變遷可能對之後的危機影響甚鉅，因為東南歐所有有人居住的人造土丘聚落文化都在西元前四〇〇〇年被廢棄，像是多瑙河下游、巴爾幹半島、愛琴海沿岸（Sitagroi III 末期），一直到希臘（色薩利新石器時代 II 的末期）。5[54]

然而，即便氣候變冷和農作物歉收一定是導致這些普遍廢棄的重要原因，但並非唯一的原因。印拿塞特和赫特尼察的大屠殺證明了衝突的存在。拋光的石製權杖頭是將擊打頭部榮耀化的象徵地位的武器。蘇沃羅沃—諾沃丹尼洛沃卡的許多墓中，都有許多套尖形的燧石箭頭和燧石斧，且在朱爾古萊蒂（Giurgiuleşti）酋長的墓中，還找到兩只以銅、金裝飾、長達四十公分的投槍。持續的突襲和征戰使定居聚落陷入戰略上的劣勢處境。西元六世紀還沒過一半，斯拉夫部落的突襲就導致同一地區所有希臘—拜占庭城市都遭廢棄。戰事加劇了農作物的歉收，並刺激出更為流動的經濟模式。[55] 面臨此種轉變時，大草原的牧民部落從衣衫襤褸的移民或受人鄙視的劫掠者，搖身一變為首領與贊助人，不僅擁有支撐新經濟模式所需的豐沛動物資源，更知道如何用新方式管理大型畜群，首重之處在於：牧民騎馬。

蘇沃羅沃諸酋長的許多行為促進了東非艾柯力族的語言轉移，例如：引入新的葬禮儀式，隨之而來的是新的喪葬思想；贊助葬禮上的筵席，舉辦許多活動來建立聯盟並招募盟友；他們彰顯出權力

的標誌（石製權杖）；似乎將戰爭榮耀化（他們用象徵地位的武器作為陪葬）；可能正是他們的經濟典範促使多瑙河流域轉向牧民經濟。原始印歐語的宗教和社會結構皆奠基於以誓言約束的承諾——庇護人（或眾神）有義務保護附庸（或人類）並賜予牛馬。原則上，誓言（oath，$*h_1óitos$）保障了義務能從古歐洲的人造土丘延伸至附庸。

在這個充斥戰事、離散、遷徙、經濟變遷的年代（西元前四二〇〇至三九〇〇年），一種可能是安納托利亞語祖先的古體原始印歐語言，一路傳播至東南歐。面臨類似的處境，基於巴基斯坦西方的帕坦／巴盧奇邊界的長年征戰，弗雷德里克·巴斯指出了一條務農帕坦人持續不斷的遷徙潮，他們先是失去了土地，接著跨越邊界成為巴盧奇人的附庸。失去土地的帕坦人無法在其他帕坦村莊中重新上位，因為在這些村落中，要想獲得體面的地位，土地絕對不可或缺。在古歐洲的地位階層中，人造土丘及其穩定耕地系統可能起了類似的限制作用。成為受牧民庇護的附庸，能用服務來換取保護與獎賞，為兒童的垂直社會流動提供另一種保障。原始印歐語的使用者講述了因預期之外的重大功績和戰利品／掠奪物而獲得的禮物與榮譽，顯示他們可靠一己的成就來贏得榮譽和財富。[56] 面對戰事連年，流離失所的人造土丘居民十分有可能會在採取牧民經濟模式時，也一併接納印歐語的庇護人和語言。

衰落之後

西元前四〇〇〇年以後的幾個世紀中，切爾納沃德 I 類型的遺址遍布多瑙河流域下游（圖 11.12）。切爾納沃德 I 這個聚落位於可俯瞰多瑙河下游的峽角。切爾納沃德 I 的物質文化可能代表大草原上移民與拋棄其人造土丘的當地人的同化。切爾納沃德 I 陶器

出現在保加利亞中北部的佩維克（Pevec）和赫特尼察─維多帕達（Vodopada），以及普魯特下游地區的瑞尼 II（Renie II）。這些聚落規模都很小，有五至十個穴居，並建造了防禦工事。切爾納沃德 I 陶器也出現在其他文化類型的居聚落，例如保加利亞西北方的特利什 IV。切爾納沃德 I 陶器包括古梅爾尼塔晚期形狀的簡化版，通常是深色表面且未裝飾，但呈現摻入貝殼燒製的質地。U 型「毛毛蟲」繩印紋（圖 11.12i），深色表面及摻入貝殼是瑟斯基島或庫庫特尼 C 的典型特徵。[57]

在這些深色表面、摻入貝殼的新陶器組合中，當屬稱作「圓盤握柄」（Scheibenhenkel）的環狀手柄酒杯和大雙耳杯等新型酒器餐具最為著名，主要出現在多瑙河中下游地區。安德魯·謝瑞特將「圓盤握柄層位文化」解讀為「飲用醉人美酒的新習慣」的首個明確的指標。[58] 用樸素的杯具取代裝飾精美的器皿和餐具，可能代表新菁英的飲酒儀式取代或邊緣化了舊式的家族筵席。

切爾納沃德 I 的經濟模式主要奠基於放牧綿羊和山羊。切爾納沃德 I 找到了許多馬骨，且這是第一次，家馬成為多瑙河中下游動物群中的固定組成。[59] 哈思克·格林菲爾德（Haskell Greenfield, 1953-）針對多瑙河中部的動物學研究表明，這也是第一次，不同

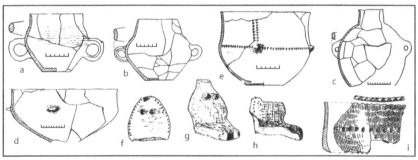

圖 11.12　西元前三九〇〇至三六〇〇年，多瑙河下游的切爾納沃德 I 聚落的黑或灰色陶器，當中包括雙柄大雙耳杯。出處：Morintz and Roman 1968.

年齡的動物在高地和低地遭到宰殺。這顯示出牧民在高地與低地牧場之間季節性地驅趕動物，此型態稱為「山牧季移」（transhumant pastoralism）。新放牧經濟可能已經採取一種更具流動性的新方式來輔助——騎馬。[60]

僅有蘇沃羅沃入侵初期有建造墳塚。此後，移民的後代便不再建造墳塚。奧斯特夫卡布里（Ostrovul Corbului）的土坑墓（flat-grave）可追溯至此定居時期，在一處廢棄的人造土丘當中，有六十三座墳墓，其中一些人骨呈現仰身曲肢的姿勢，另一些則蜷曲側身。切爾納沃德 I 的墳塚也出現在 Brailiţ 墓葬，其中的男性具備「原始歐洲人」的寬闊顱骨和臉型，例如大草原上的諾沃丹尼洛沃卡族群，女性則具備「地中海人種」的柔和臉型，像是古歐洲的古梅爾尼塔族群。

西元前三六〇〇年左右，切爾納沃德 I 文化發展成切爾納沃德 III。與之相反，切爾納沃德 III 則與東歐最大且最具影響力的層位文化之一——巴登—博萊拉茲文化相關連，其位於約當西元前三六〇〇至三二〇〇年的多瑙河中部（匈牙利）。此文化的杯具有高握把，材質為磨光灰黑陶，並在肩部以笛狀溝槽裝飾。奧地利東部從摩拉維亞到多瑙河河口，再到愛琴海南部海岸，都出現類似的酒器（Dikili Tash IIIA–Sitagroi IV）。馬骨幾乎隨處可見，較大的綿羊應是毛用綿羊。多瑙河中部的低地地區，有百分之六十至九十一的綿羊和山羊活到成年，這顯示出次級產品（可能是羊毛）管理的出現。與此同時，波蘭南部高地的兩個漏斗杯陶文化晚期遺址（沙爾克堡〔Schalkenburg〕和布洛諾西）中，亦有四成到五成是成年的羊科動物（caprid）。西元前三六〇〇年之後，東歐的馬和毛用綿羊益發普遍。

約莫在西元前四二〇〇至四〇〇〇年，蘇沃羅沃移民將前安納托利亞語言引介至多瑙河流域下游，甚至到巴爾幹半島。我們不清

楚他們的後代是在何時遷入安納托利亞。西元前三〇〇〇年左右，安納托利亞西北方的特洛伊 I 遺址發現了可能是前安納托利亞語的使用者。在之後的西臺人誦唸的祈禱文中，太陽神 Sius（希臘語中宙斯〔Zeus〕的同源詞）意為從海上升起。這向來是儀式中的固定用語，留存於大海西方的前西臺語原鄉。[61] 而蘇沃羅沃墳墓群位於黑海以西。蘇沃羅沃的人群是否會策馬到濱海處，向東升的朝陽祈禱？

第十二章

改變草原邊界的種子：
邁科普酋長與特里波里村鎮

Seeds of Change on the Steppe Borders: Maikop Chiefs and Tripolye Towns

　　古歐洲崩潰之後，東歐大草原墓葬中的銅製品銳減近八成。[1]
從西元前三八〇〇年左右開始，直到約莫西元前三三〇〇年，東歐
大草原上的不同部落和區域文化似乎將注意力從多瑙河流域轉移至
其他邊界，而這些邊界正值重大的社會與經濟變遷。

　　在東南部的北高加索山脈，在非常小規模的平凡農民之間，突
然出現極度鋪張的酋長。他們身披飾金華服、黃金與白銀的戰利
品，以及似乎從國界之外的地方獲取大量青銅武器——透過安納托
利亞的捎客，從新建立的烏魯克美索不達米亞的中部城市而來。西
元前三七〇〇至三五〇〇年左右，南方城市文明與草原邊緣人群之
間有了第一次的接觸。此交流觸發了社會與政治轉型，在考古學上
稱為高加索北麓的邁科普文化。邁科普如同篩子，南方的種種新事
物——或許包含四輪車——通過其第一次引介至大草原。長毛綿羊
飼養的傳播可能反其道而行——從北傳向南方，不過這樣的機會不
大。邁科普諸酋長採用的墳墓風格，如同是對草原蘇沃羅沃—諾沃
丹尼洛沃卡墳塚墳墓群的精美複製品，當中有些似乎已向北傳入大
草原。頓河下游的草原聚落，可能曾出現某些邁科普商人的身影。

奇怪之處在於，面對南方的財富，草原上的氏族很少能分一杯羹。黃金、綠松石（turquoise）和紅玉髓（carnelian）都留在北高加索。第一批四輪車或許是由邁科普人駛入歐亞草原，新的金屬合金有很大的機率也是他們所引介，這讓更精細的冶金技術成為可能。我們無法得知他們從中獲得什麼回報——羊毛、馬匹，甚至是大麻（Cannabis）或大鼻羚的毛皮都有可能，可惜只有旁敲側擊的證據能證實。但在東歐大草原的大部分地區，少有證據——一只陶罐、一把含砷青銅斧——能反映出與邁科普的交流。

在西方，聶伯河中部的特里波里（C1）農業村鎮開始將死者葬於墓地中——首批接受墓葬儀式的特里波里社群——其粗陶開始跟瑟斯基島晚期的陶器益發神似。這是聶伯河前線崩潰的第一階段，此為屹立了兩千年的文化邊界，似乎預示聶伯河中部森林—草原帶跨邊界的同化歷程正一點一滴發生。然而，儘管同化和漸進式變化是聶伯河中游前線特里波里村鎮的特徵，但更靠近南布格河草原邊界的特里波里村鎮，卻在西元前三六〇〇至三四〇〇年左右，迅速膨脹至超過三百五十公頃，在短時間內便躍升為世界上規模最大的人群聚落。盡管特里波里 C1 超級村鎮的範圍超過一公里，卻不見宮殿、神廟、城牆、墓葬或灌溉系統。既然缺乏與城市相關的中央政治管理機構和專業化的經濟模式，這些村鎮便稱不上是城市，但比起烏魯克美索不達米亞最早期的城市，其實還是大上許多。多數烏克蘭考古學家都同意，戰爭與防禦是造就特里波里人口以此方式聚集的根本原因，因此不管是在特里波里村鎮之間，或者說在特里波里村鎮與草原人之間，抑或可能兩者兼是，面對衝突與爭端持續升溫，超級村鎮都被視為防禦策略。然而，策略失敗了。到了西元前三三〇〇年，所有大型村鎮都消失不在，整個南布格河流域都遭特里波里農民遺棄。

最後，到了西元前三五〇〇年，在烏拉爾河東方、窩瓦河—烏

拉爾河的其中一段，窩瓦河─烏拉爾草原的部分人口決定向東穿過哈薩克，跋涉超過兩千多公里後抵達阿爾泰山脈。我們不知道他們為何如此，但這段穿越哈薩克大草原、距離遠得令人難以置信的長征，讓阿凡納羨沃文化（Afanasievo culture）出現在西方的戈爾諾─阿爾泰（GornyAltai）。阿凡納羨沃文化對阿爾泰來說是入侵者，並引介了一連串源自窩瓦河─烏拉爾大草原的家畜、金屬類型、陶器風格和喪葬習俗。幾乎可以肯定這種長途遷徙造就了方言語族的分道揚鑣，並在之後發展成吐火羅語族的印歐語系，在西元 500 年左右，這種語言使用於新疆的絲路商隊城市，但當時已分成二或三種迥異的語言，皆表現出古體印歐語的特徵。絕大多數印歐語系順序的研究都將吐火羅語族的分離，擺在安納托利亞語族分離之後、其他語族分離之前。阿凡納羨沃文化的遷徙與此一假設吻合。將騎馬引介給哈薩克大草原北方步行採集者的，可能也是這群移民；在阿凡納羨沃文化剛剛起步時，他們很快就將其轉型為騎馬、狩獵野馬的波泰文化。

到了此時此刻，早期原始印歐語的諸方言肯定已經出現在東歐大草原上，這些方言顯露出所有從安納托利亞語族的古體原始印歐語分離之後的印歐語創新。考古證據顯示，如同銅石並用時代，各種不同的地區文化都還並存在大草原上。這種物質文化的區域差異雖然不是十分健全，但顯示出早期原始印歐語可能仍在東歐大草原某個地區被使用──可能在東部，因為此處是移民讓吐火羅語族開始起步的地方。藉由在語言中使用東方的發明，族群得以區辨自我，這可能牽涉某種政治行為──與特定氏族、政治機構和其聲望結盟──並接受此東方方言所牽涉的儀式、歌謠和祈禱文。在早期的印歐社會中，歌謠、祈禱文和詩歌是生活的重要層面；是正確用語言再製自我的傳播工具。

大草原上五個銅石並用時代末期的文化

在西元前三八〇〇至三三〇〇年之間，東歐大草原的區域差異頗大，能掌握的財富也相對較少（表 12.1）。由墓葬類型和陶器風格所定義的區域差異取決於考古學家如何定義，因此並未明確定義出的邊界；反而多的是邊界移動（border shifting）與相互滲透（interpenetration）。在東歐大草原上，至少已確定出五個銅石並用時代末期的考古文化（圖 12.1）。這五個群體的遺址有時位於相同的地區、相同的墓葬、時代重疊、有諸多相似之處；並且，不管在哪個案例中，可變性都相當高。有鑑於這種狀況，我們無法確

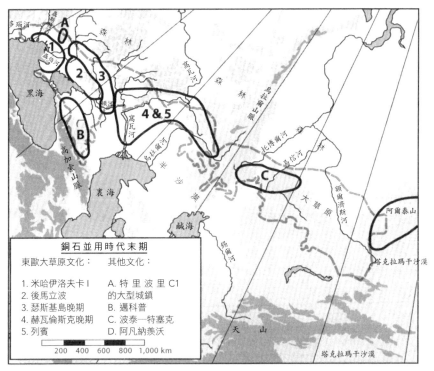

圖 12.1　從喀爾巴阡山脈到阿爾泰的銅石並用時代末期文化所在地區，西元前三八〇〇至三三〇〇年。

定它們是否應被視為是不同的考古文化。但若少了這些考古文化，此一時期的考古敘述便變得難以理解，它們共同拼湊出西元前三八〇〇至三三〇〇年間東歐大草原的完整畫面。事實證明，西方的族群與庫庫特尼－特里波里文化一起參與了這場雙軌並行的死亡之舞。南方的族群與邁科普商人有所互動。東方的族群則釋出了一批移民，他們策馬穿越哈薩克，抵達阿爾泰的新居，此為下一章討論的主題。於此期間，在哈薩克的波泰－特塞克遺址中找到了騎馬的考古紀錄（見第十章），且騎馬可能出現得更早，因此我們假設大多數的草原部落都騎馬。

表 12.1　草原青銅時代末期遺址和北高加索山青銅時代早期遺址的部分碳定年數據

實驗室編號	距今年代	樣本	校正年代
1. 邁科普文化			
克拉迪（Klady）墳塚墓地，邁科普附近的法薩河（Farsa River）流域			
Le 4592	4960 ± 120	克拉迪 k29/1 晚期，骨骸	西元前 3940-3640 年
OxA 5059	4835 ± 60	克拉迪 k11/50 早期，骨骸	西元前 3700-3520 年
OxA 5061	4765 ± 65	克拉迪 k11/55 早期，骨骸	西元前 3640-3380 年
OxA 5058	4670 ± 70	克拉迪 k11/43 早期，骨骸	西元前 3620-3360 年
OxA 5060	4665 ± 60	克拉迪 k11/48 早期	西元前 3520-3360 年
Le 4528	4620 ± 40	克拉迪 k30/1 晚期，骨骸	西元前 3500-3350 年
噶盧加（Galugai）聚落，特塞克河上游			
OxA 3779	4930 ± 120	噶盧加 I	西元前 3940-3540 年
OxA 3778	4650 ± 80	噶盧加 I，骨骸	西元前 3630-3340 年
OxA 3777	4480 ± 70	噶盧加 I	西元前 3340-3030 年
2. 特里波里 C1（Tripolye C1）聚落			

實驗室編號	距今年代	樣本	校正年代
BM-495	4940 ± 105	索羅基—奧澤羅	西元前 3940-3630 年
UCLA-1642F	4904 ± 300	諾沃羅扎諾夫卡	西元前 4100-3300 年
Bln-2087	4890 ± 50	邁達尼斯克，木炭	西元前 3710-3635 年
UCLA-1671B	4890 ± 50	埃夫米卡	西元前 3760-3630 年
BM-494	4792 ± 105	索羅基—奧澤羅	西元前 3690-3370 年
UCLA-1466B	4790 ± 100	埃夫米卡	西元前 3670-3370 年
Bln 631	4870 ± 100	洽皮夫卡	西元前 3780-3520 年
Ki-880	4810 ± 140	洽皮夫卡，木炭	西元前 3760-3370 年
Ki-1212	4600 ± 80	邁達尼斯克	西元前 3520-3100 年
3. 列賓文化			
克孜勒—哈克 II（Kyzyl KhakII），窩瓦河下游，裏海北部沙漠			
?	4900 ± 40	2 號房子，骨骸	西元前 3705-3645 年
米哈伊洛夫卡 II 聚落，II 層下部			
Ki-8010	4710 ± 80	邊長 14 公尺，深 2.06 公尺，骨骸	西元前 3940-3370 年
波德戈洛夫卡（Podgorovka）聚落，艾達爾河，頓涅茨河支流			
Ki-7843	4560 ± 50	?	西元前 3490-3100 年
Ki-7841	4370 ± 55	?	西元前 3090-2900 年
Ki-7842	4330 ± 50	?	西元前 3020-2880 年
4. 晚期赫瓦倫斯克（Khvalynsk）文化			
卡拉—庫都克（Kara-Khuduk）遺址，窩瓦河下游，裏海北部沙漠			
UPI-431	5100 ± 45	房址，木炭	西元前 3970-3800 年

▶米哈伊洛夫卡 I 文化（Mikhailovka I Culture）

　　東歐大草原的五個銅石並用時代末期文化中，最西邊的是米哈伊洛夫卡 I 文化（Mikhailovka I Culture），又稱下米哈伊洛夫卡文化（Lower Mikhailovka ╱ Nizhny Mikhailovsky culture），其名來自聶伯河急流下方一處聶伯河畔的分層聚落（圖 12.2）。[2] 在最

後一個小瀑布之下，河流從大草原上的寬闊盆地中延展開來。辮狀的河道交錯出一塊多沙、多沼澤、草木叢生的低地，寬十至二十公里、長一百公里，適合漁獵和作為牲畜冬季的避難所，如今為水力發電的大壩淹沒。位處河流縱橫的戰略要地，米哈伊洛夫卡俯瞰此一具備守勢的盆地。它最初之所以建立，可能是因為渡河的東西向交通增加。從銅石並用時代晚期一直到青銅時代早期（西元前三七〇〇至二五〇〇年），這裡都是聶伯河下游最重要的聚落。約莫在西元前三七〇〇至三四〇〇年，米哈伊洛夫卡 I 聚落最初的風格匯集當代的特里波里 B2 晚期和 C1 早期、瑟斯基島晚期與邁科普早期。在米哈伊洛夫卡 I 所占據的地層中出土了一些瑟斯基島晚期和邁科普文化的陶器碎片。位於印古爾河畔索科洛夫卡（Sokolovka）的 1 號塚 6a 號墓中，找到了一只完整的邁科普陶罐與米哈伊洛夫卡文化的陶器碎片。在米哈伊洛夫卡 I 的墳墓群中也發現了特里波里 B2 和 C1 的陶器。這些陶器的交流顯示出，米哈伊洛夫卡 I 文化至少曾與特里波里 B2／C1 村鎮、邁科普文化和瑟斯基島晚期的社群有零星的接觸。[3]

米哈伊洛夫卡 I 文化的人群種植穀物。在米哈伊洛夫卡 I，從採驗的兩千四百六十一只陶器碎片中，有九個找到穀物種子的痕跡，或說在兩百七十三只碎片中，有一個找到痕跡。[4]這些穀物包括二粒小麥、大麥、小米和一個苦味野豌豆種子（*Vicia ervilia*）的痕跡，此種作物在今天用於動物飼料。動物學家在米哈伊洛夫卡 I 辨識一千一百六十六頭獸骨（可辨認個體數），其中百分之六十五為綿羊—山羊、百分之十九是牛、百分之九是馬，以及不到百分之二的豬。野豬、原牛、大鼻羚偶爾會成為獵物，但占獸骨的比例不到百分之五。

綿羊—山羊在米哈伊洛夫卡 I 的數量之多，暗示當時長毛用綿羊已經出現。約當西元前四〇〇〇年，高加索北部的斯沃博德諾埃

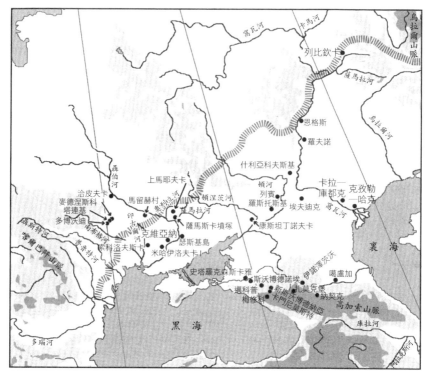

圖 12.2　位於大草原的銅石並用時代末期遺址與位於高加索北麓的青銅時代早期遺址。

就已經有毛用綿羊（見下文），而在西元前三六〇〇至三二〇〇年間的切爾納沃德 III ─博萊拉茲時期，幾乎肯定毛用綿羊已經現身於多瑙河流域，所以米哈伊洛夫卡 I 非常有可能飼養毛用綿羊。但即便此時期的大草原已經「開始」飼養長毛用綿羊，但牠們顯然仍難以構成的羊毛新經濟模式的基礎，因為在其他草原聚落，牛骨、甚至鹿骨的數量都仍遠遠超過綿羊。[5]

　　米哈伊洛夫卡 I 的陶器為夾貝陶，並具備磨得光亮的深色表面，通常沒有裝飾（圖 12.3）。蛋形陶罐或平底、口沿外翻、寬肩的大雙耳杯等都是常見的形狀。從米哈伊洛夫卡 I 墳墓群中找到一些銀

飾品和一只金指環，這在此時代的東歐大草原上十分稀有。

　　米哈伊洛夫卡I墳塚群自聶伯河下游分布，西往多瑙河三角洲、南至克里米亞半島、黑海北部和西北部。多瑙河鄰近地區散布著墓葬，其中包含多瑙河切爾納沃德I至III的陶器。[6]多數米哈伊洛夫卡I的墳塚都是黑土的低矮小丘，上頭覆蓋一層黏土，以溝渠和環狀列石圍繞，出口通常位於西南側。墓葬通常位於圍在石板砌成的石棺墓穴（cist）裡。雖然最常見的下葬姿勢是蜷曲側身，但也出

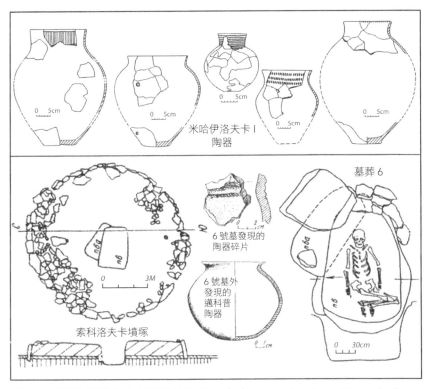

圖12.3　米哈伊洛夫卡I聚落的陶器，出處：Lagodovskaya, Shaposhnikova, and Makarevich 1959；以及一座米哈伊洛夫卡I墓葬（6號墓），其位於聶伯河以西印古爾河畔的索科洛夫卡（Sokolovka）墳塚中一座較古老的銅石並用時代墓葬（墳墓6a號）的上層，出處：Sharafutdinova 1980。

現仰身直肢或蜷曲側身，或者是呈仰身曲肢。有時會以人形石碑覆蓋墓葬〔例如聶斯特河下游的奧勒內什蒂〔Olaneshti〕2 號塚 1 號墓〕——一塊大石板上方雕成一個人頭形狀在圓弧肩膀上方的樣子（圖 13.11）。這是東歐大草原北方悠久且重要傳統的開端，以雕刻的石碑裝飾某些墓葬。[7]

　　一些米哈伊洛夫卡 I 人群的顱骨和臉型精緻且狹窄。骨骼人類學家伊娜・波泰基納（Ina Potekhina）提出另一種北東歐大草原文化——後馬立波文化，看起來最像古老、寬臉的蘇沃羅沃—諾沃丹尼洛沃卡人群。米哈伊洛夫卡 I 的人群生活於最靠近特里波里文化和多瑙河流域下游的草原最西端，似乎會與特里波里村鎮或祖先來自多瑙河的人群通婚。[8]

　　在西元前三三〇〇年後的黑海西北部草原，烏薩托韋（Usatovo）文化取代了米哈伊洛夫卡 I 文化。烏薩托韋保留了米哈伊洛夫卡 I 的一些習俗，例如墳塚以環狀列石圍繞，且將出口位於西南側。烏薩托韋文化的領導人是居於聶斯特河下游河口中央的戰士特權階級，他們可能將特里波里村鎮的務農居民視為納貢的附庸，且可能已經開始在沿海地區從事海上貿易。克里米亞半島的人群保留了許多米哈伊洛夫卡 I 的習俗，並在西元前三三〇〇年左右發展成青銅時代早期的凱米—奧巴（Kemi-Oba）文化。下一章將會介紹這些青銅時代早期（EBA）的文化。

▶後馬立波文化

　　銅石並用時代末期最粗陋的文化稱為「後馬立波」或「直肢墓」文化，這兩個名稱都傳達出一股定義上的不確定。拉薩馬欽稱呼以「克維亞納」文化，而我會用「後馬立波」稱之。這些名稱指的都是一九七〇年代在聶伯河急流上方草原所找到的墓葬類型，但從此

往後便有各種不同的定義方式。在聶伯河流域以東至頓涅茨河的草原上，娜塔莉亞‧林迪那找出了約莫三百座後馬立波風格的墓葬。其上皆由低矮的墳塚所覆蓋，有時會有環狀列石圍繞。墓主人通常呈現蜷曲側身的姿勢，葬於狹長橢圓形或矩形的坑中，經常以石塊排列，並由木梁或石板覆蓋。墓中通常沒有陶器（幸好有幾座墳墓打破了此一規則），但墳墓上方設有爐火、地面撒滿厚厚的赭土，陪葬品包括薄片狀長型燧石刀、骨珠，以及一些小銅珠或串珠（圖

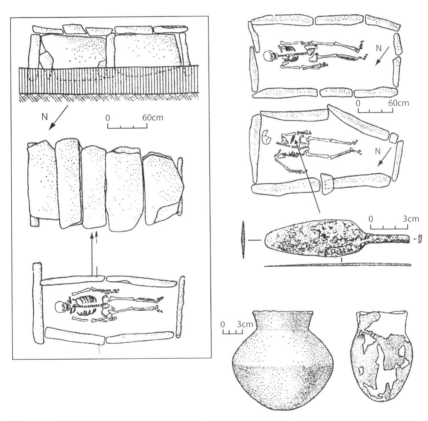

圖 12.4　後馬立波文化的陶器與墓葬：左圖，馬里夫卡 14 號塚 7 號墓；右上圖，Bogdanovskogo Karera 2 號塚的 2 號和 17 號墓；右下圖，恰卡洛夫斯卡 3 號塚中的陶器。出處：Nikolova and Rassamakin 1985，圖 7。

12.4）。恰卡洛夫斯卡（Chkalovska）3號塚中的一座墓的邊緣放置了三個牛頭骨，可能是葬禮上的祭品。最大的墓群位於聶伯河東側聶伯河急流以北，介於薩馬拉河（比窩瓦河地區的薩馬拉河小）和奧勒耳河（Orel）這兩條支流之間。確認了兩個文化階段：與特里波里B2／C1同時期的早期（銅石並用時代末期）階段，約當西元前三八〇〇至三三〇〇年；與特里波里C2和顏那亞早期同時的下一個階段（青銅時代早期），約當西元前三三〇〇至二八〇〇年。[9]

奧勒耳—薩馬拉（Orel-Samara）核心區域中，大約有四成的後馬立波墓葬找到銅製飾品，不過通常只有一、兩個。林迪那從早期階段墳墓檢驗出的全數四十六只銅器，均由「純」外西凡尼亞礦砂製成，與特里波里B2和C1遺址所用的礦砂相同。然而，第二階段的銅則有兩個來源：十個銅器仍由「純」外西凡尼亞礦砂製成，另外二十三個則由含砷青銅製成，與烏薩多弗（Ustatovo）聚落或邁科普文化晚期所使用的含砷青銅最為相似。只有一件後馬立波的器物（巴勒科瑞卡〔Bulakhovka〕墳塚墓地I，3號塚9號墓）從冶金技術的角度來看，應該是從邁科普文化晚期直接進口的。[10]

這兩座後馬立波墓葬的主人是冶匠。墓中有三組用來製造管鑿斧的雙合範（管鑿斧一端為利刃，另一端有套，用來套入斧柄）。合範模仿了邁科普文化後期的斧頭風格，但卻是由當地製造的。[11]可能是在西元前三三〇〇年之後的後馬立波文化。這是大草原上已知最古老的雙合陶範，一起隨葬的還有石鎚、磨石，以及用來連接附件的陶管（tuyère）。這些工具組顯示草原上冶匠具備更高超的技術水準，並開始了將冶匠與其工具一同下葬的悠久墓葬傳統。

▶瑟斯基島文化晚期文化

東歐大草原「西部」的第三和最後的文化群體屬於瑟斯基島文

化晚期。瑟斯基島文化晚期的陶器在陶土中摻入貝殼，並常常用繩紋壓印的幾何圖案來裝飾（圖 11.7），這與米哈伊洛夫卡 I 和後馬立波文化那種樸素、深色表面的陶器完全不同。馬留赫村的瑟斯基島晚期聚落位於森林—草原帶的聶伯河畔。此處找到了特里波里 C1 的陶器。馬留赫村的居民住在十五乘十二公尺的房屋中，屋內有三座火塘；他們獵殺紅鹿和野豬、漁撈、飼養許多馬匹和馴養的牛羊，並種植穀物。在三百七十二只陶器碎片中找到八種穀物的痕跡（其中一種出現在四十七片陶片上），當中包括二粒小麥、單粒小麥、小米及大麥，此頻率高於米哈伊洛夫卡 I。西元前四○○○年左右，德雷耶夫卡著名的瑟斯基島聚落很早就有人定居，並製造了許多帶有「鐮刀色澤」的燧石刀和六個用來磨碎穀物的手推石磨，因此可能有一些穀物栽種。在德雷耶夫卡，馬占獸骨的百分之六十三（見第十章）。如同其他西部草原群體，聶伯河畔的瑟斯基島社群採混合的經濟模式，結合種植穀物、飼養種畜、騎馬及漁獵。

　　瑟斯基島晚期遺址位於聶伯河中游的北部草原和南部森林—草原帶，在後馬立波文化和米哈伊洛夫卡 I 的族群的北方。瑟斯基島遺址也從聶伯河向東延伸，跨越中央的頓涅茨河到較下游的頓河。頓河下游最重要的分層聚落是羅斯托斯基（Razdorskoe〔raz-DOR-sko-ye〕）。羅斯托斯基的地層 4 包含早期的赫瓦倫斯克的遺跡，上一層的地層 5 有瑟斯基島早期文化（諾沃丹尼洛沃卡時期）定居，其上地層 6 和地層 7 的陶器混合了瑟斯基島晚期與進口邁科普陶器的風格。碳定年法顯示其與地層 6 相關，從有機材料的孢粉分析，得出西元前三五○○至二九○○年（4490±180 BP）。靠近羅斯托斯基有一處建有防禦工事的聚落，位於康斯坦丁諾夫卡（Konstantinovka）。此處的人們製作類似瑟斯基島晚期頓河下游變體的陶器，因此這裡很可能是小型的邁科普殖民地。[12]

　　瑟斯基島墓葬的墓主人通常呈仰身曲肢，這種下葬姿勢是大草

原墓葬的獨特之處，始於赫瓦倫斯克。墓底撒滿赭土，通常以單面燧石刀和陶罐碎片作為陪葬。瑟斯基島晚期有時會在墳墓上築起小土墩，但大部分墓葬的表面都是平坦的。

▶頓河─窩瓦河大草原上的列賓（Repin）和赫瓦倫斯克晚期文化

這兩個東方群體可以一起討論。此兩者可用兩種迥異的陶器風格來辨別。第一種風格顯然十分類似後來的赫瓦倫斯克陶器。另一種類型稱為列賓（Repin），可能發源於頓河中游，代表物是帶有繩紋壓印及邊沿裝飾的圓底罐。

列賓在一九五〇年代出土，位於羅斯托斯基上游兩百五十公里處、醉馬草草原邊緣的頓河中游。列賓有五成五的獸骨是馬骨。在飲食中，馬肉比牛（百分之十八）、綿羊─山羊（百分之九）、豬（百分之九）或紅鹿（百分之九）都來得重要。[13]或許列賓專門養馬來出售給北高加索的商人（？）。列賓的陶器代表某種在頓河─窩瓦河地區許多遺址所發現的陶器類型。列賓陶器有時會出現在顏那亞陶器以下的地層，例如位處沃羅涅日州（Voronezh）頓河中游的切卡斯卡亞（Cherkasskaya）聚落。[14]列賓的組成要素最北可達窩瓦河中游地區的薩馬拉州，分布於考索河畔的列比欽卡 I（Lebyazhinka I）等遺址，一般認為其早於顏那亞文化。這批遷往阿爾泰的阿凡納羨沃移民，享有列賓式的物質文化，可能源自窩瓦河─烏拉爾河中游區域。在窩瓦河下游的克孜勒─哈克（Kyzyl Khak）出土了一座列賓羚羊獵人的營地，當中有百分之六十二的獸骨都是大鼻羚（圖 12.5），牛百分之十三、綿羊九，馬和野驢則分別各占百分之七。碳定年（4900±40 BP）判定列賓定居於克孜勒─哈克定的年代約當西元前三七〇〇至三六〇〇年。

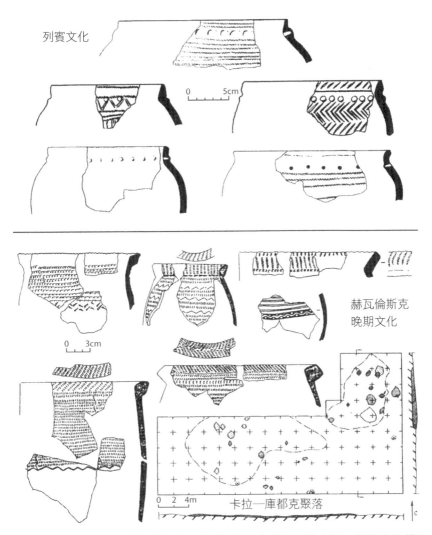

列賓文化

赫瓦倫斯克
晚期文化

卡拉—庫都克聚落

圖 12.5　克孜勒—哈克的列賓陶器（圖上）及窩瓦河下游卡拉—庫都克的赫瓦
　　　　倫斯克晚期陶器與聚落平面圖（圖下）。出處：Barynkin, Vasiliev, and
　　　　Vybornov 1998，圖 5 和圖 6。

卡拉—庫都克是窩瓦河下游另一個羚羊獵人的營地，但製作赫瓦倫斯克晚期風格陶器的人群也曾在此定居（圖 12.5）。碳定年法（5100±45 BP, UPI 430）顯示此處大約在西元前三九五〇至三八〇〇年時有人定居，比列賓在附近的克孜勒—哈克定居的年代還要早。在燧石工具中發現許多大型刮刀，可能用於皮革加工。大鼻羚皮似乎很受歡迎，可能用作交易。獸骨中七成是大鼻羚，牛和綿羊則分別占百分之十三和六。陶器（從三十至三十五個陶器中的六百七十塊碎片）是典型的赫瓦倫斯克陶器：厚壁、翻唇、帶有篦點和 U 型「毛毛蟲」繩印紋的夾貝圓底容器。

一九九〇年代在窩瓦河下游的三處遺址發現了沒有土丘塚的赫瓦倫斯克文化晚期墳墓群：什利亞科夫斯基（Shlyakovskii）、恩格斯（Engels）和羅夫諾（Rovnoe）。葬姿為仰身曲肢、撒滿赭土，陪葬品有薄片狀長型燧石刀、鋒邊拋光的石斧、赫瓦倫斯克風格的拋光石製權杖頭和骨珠。赫瓦倫斯克文化晚期的人群生活於窩瓦河下游分散的飛地。他們當中可能有些人駕船越過北裏海，並在曼格斯拉克半島（Mangyshlak Peninsula）東岸建立了一連串的營地。

窩瓦河—頓河的赫瓦倫斯克晚期與列賓社會深切影響了青銅時代早期、始於西元前三三〇〇年左右的顏那亞層位文化的演進（於下一章討論）。顏那亞早期有一種陶器其實應該算是列賓風格，另一種則是赫瓦倫斯克晚期的風格；因此，若缺乏其他線索，就很難將列賓或赫瓦倫斯克晚期陶器與顏那亞早期陶器清楚劃分。顏那亞層位文化非常有可能是晚期原始印歐語傳遍整個草原的媒介。這意味列賓和赫瓦倫斯克文化晚期的群體都使用經典的原始印歐語。[15]

特里波里前線的危機與變革：村鎮大於城市

西元前三七〇〇至三四〇〇年左右，兩波顯著且迥異的變革影

響了特里波里文化。首先，聶伯河中游森林─草原帶的特里波里聚落開始製作看起來像東歐大草原風格的陶器（深色、偶而摻入貝殼燒製而成），還採用了東歐大草原風格的喪葬。聶伯河的前線日益變得籠統，可能經歷了漸進的同化。但草原邊界附近南布格河畔的特里波里聚落發生的變化卻非常不同。它們急速壯大、規模超過四百公頃，是美索不達米亞最大城市的兩倍。一言以蔽之，成為當時世上最大的聚落。奇怪的是，它們並未演進成城市，而是遭到突然的棄置。

▶聶伯河前線與瑟斯基島文化交流

洽皮夫卡（Chapaevka）是特里波里 B2 ／ C1 文化的其中一個聚落，共有十一座住所，位於北方森林─草原帶聶伯河流域以西的峽角上。西元前三七〇〇至三四〇〇年左右開始有人定居。[16] 洽皮夫卡是目前已知最早開始採用墓地埋葬的特里波里社群（圖12.6），在聚落的邊緣找到了三十二座墓的墓地。採用蜷曲側身的埋葬姿勢，通常有陶罐陪葬，有時在頭部或胸部下方有一塊赭土石，迥異於任何一種大草原的墓葬類型，光是接受了埋葬死者的作法就與特里波里文化的古歐洲喪葬習俗相比有明顯的變化。洽皮夫卡簡便建造的房屋採地洞式的平面，而不是設在抹灰泥木材的底層地板之上。特里波里 C1 陶器也在南方約一百五十公里遠的馬留赫村找到，這或許是其中一些新習俗的源頭。

洽皮夫卡房屋中的大多數陶器都是燒製精良的細陶器，陶土中摻有細砂，或質地非常細緻的陶土（百分之五十至七十），其中一小部分（百分之一至十）採用標準的特里波里設計風格來上色；不過仍以黑灰色調為大宗，表面拋光，且通常未經裝飾。這迥異於從前特里波里文化中典型的橙色陶器。未經裝飾的黑灰色調陶器也是

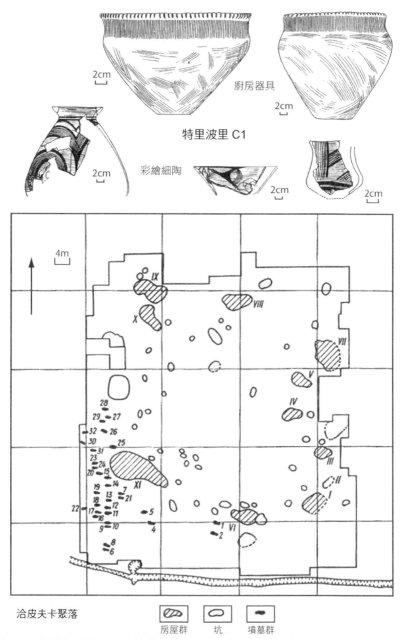

2cm

廚房器具

2cm

特里波里 C1

彩繪細陶

2cm

2cm

2cm

4m

IX

VIII

X

VII

V

IV

28
29　27
32　26
30
31　25
23
24
20　15
19　14　7　XI
13　21
18　12
17　16　11
22　11
9　10
8
6

III

II

I

5

4

1　VI
2

洽皮夫卡聚落

房屋群　　坑　　墳墓群

圖 12.6　聶伯河畔洽皮夫卡的特里波里 C1 聚落，具備 11 棟房屋（圖 I–XI）和墓
　　　　 葬（墳墓 1-32）與陶器。出處：Kruts 1977，圖 5 和 16。

米哈伊洛夫卡I和後馬立波文化的代表陶器，雖然其形狀和黏土紋理都與特里波里C1文化的大半陶器不同。有一類的洽皮夫卡廚房陶罐，在高領處有垂直的梳線紋裝飾，看起來很類似瑟斯基島後期的風格，因此尚未確定是瑟斯基島晚期的陶匠將特里波里文化的這種陶器挪用而來，還是特里波里C1文化的陶匠從瑟斯基島晚期文化學來。[17] 約莫西元前三七〇〇至三五〇〇年，聶伯河前線逐漸成為特里波里村民與聶伯河以東瑟斯基島本土社群之間和平同化的地區。

▶比城市還大的村鎮：特里波里C1的超級村鎮

但在靠近大草原邊界處，情況就天差地遠。洽皮夫卡等位處聶伯河和南布格河之間的所有特里波里聚落都呈現橢圓形，房屋圍繞一座開放的中央廣場。有些村落的面積不足一公頃，多數村鎮的面積為八十公頃，有些則超過一百公頃，而在西元前三七〇〇至三四〇〇年左右，三個相距二十公里內的特里波里C1遺址群，規模則達到兩百五十至四百五十公頃。這些超級遺址位於南布格河以東的丘陵，毗鄰南方森林—草原帶的大草原邊緣，不僅是歐洲最大、更是世上最大的社群。[18]

這三個已知的超級遺址——多博沃迪（Dobrovodi；二百五十公頃）、麥德涅斯科（Maidanets'ke；二百五十公頃）和塔連基（Tal'yanki；四百五十公頃）可能依序開始有人定居，然而這些遺址沒有一個具備明顯的行政中心、宮殿、倉房或神廟。四周缺少防禦城牆或壕溝，不過進行發掘的米哈伊·維戴柯（Mikhail Videiko）和施邁格里（Shmagli）指出外圈的房屋以某種方式加以連接，成為一道兩層樓高的連續圍牆，僅有易於防禦的放射狀街道貫穿。對這三個遺址的調查中，以占地兩百五十公頃的麥德涅斯

科最為詳盡，磁力儀探測顯示出一千五百七十五座建築結構（圖12.7）。多數被同時居住（幾乎沒有新房屋建在舊房屋上），人口估計達五千五百至七千七百。據比比科夫（Bibikov）的統計，每年每人可種植零點六公頃的小麥，那麼面對如此龐大的人口，每年需要三千三百至四千六百二十公頃的耕地，這就必須到距村鎮三公里以外的地方耕種。[19] 在一般的計畫中，房屋櫛比鱗次朝向中央廣場，同心環繞出層層的橢圓形。發掘的房屋很大，寬五至八公尺、長二十至三十，多數都是兩層的。維戴柯和施邁格里提出有一種奠基於氏族分支的政治組織。根據他們的紀錄，每五到十間小房屋中就有一間大房子。較大型房屋內通常有較多的女性小雕像（罕見於多數房屋中）、更精緻的彩繪陶器，有時還具備輕紗紡錘（Warp-weighted loom）之類的設備。每間大房子應該都是一個社群中心，凝聚五到十間房屋組成的部門，也許是一個擴展式家庭（extended family，或維戴柯所說的「超家庭集體」〔super-family collective〕）。若以此方式組織超級村鎮，整座村鎮的決策都將交由一百五十至三百名部門首領組成的理事會。這種冗贅的政治管理制度可能會導致自身的崩潰。麥德涅斯科和塔連基被廢棄後，南布格河流域丘陵中最大的村鎮是卡薩諾瓦（Kasenovka；一百二十公頃、有七至九排同心環繞的房屋），可追溯至特里波里 C1 ／ C2 文化的過渡時期，大約是西元前三四〇〇至三三〇〇年。在卡薩諾瓦遭廢棄的同時，特里波里的人群也從南布格河谷中撤離。

特里波里 C1 社群中出現了專門的手工藝中心，負責打造燧石工具、編織品和陶器，不論是在村鎮內部還是村鎮之間，這些手工藝在空間上都是彼此隔離的。[20] 聚落的各個規模出現階層差異，由兩層、甚至三層構成，此些變遷通常會被解讀成政治階層制的成型及政治權力日益集中的標誌，但就如同以上所述，村鎮並未發展成城市，而是遭到毀棄。

麥德涅斯科聚落

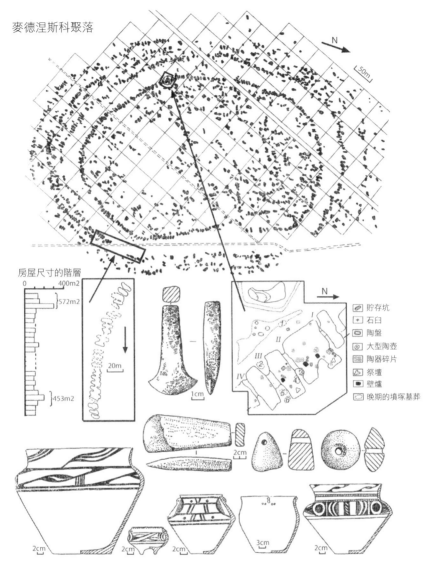

圖 12.7　特里波里 C1 的麥德涅斯科聚落，磁力儀探測顯示出一千五百七十五座
　　　　建築結構：左圖：較小的房屋環繞大房子，應為氏族或亞氏族（sub-clan）
　　　　的中心；右圖：一組房屋，因建築其上顏那亞墳塚而保存良好，顯示出
　　　　六座嵌入式的顏那亞晚期墓葬。聚落的工藝品；圖中上，銅鑄斧；中排，
　　　　一把拋光石斧和兩個陶土紡錘；下排，精選彩繪陶器。出處：Shmagli
　　　　and Videiko 1987；and Videiko 1990.

面臨戰事加劇，部落農民很自然就會走向人口集中的路，而他們隨後就離開這些聚落，意味突襲和征戰是造就這些危機的主因。侵略者可能是米哈伊洛夫卡 I 的草原人或瑟斯基島晚期的人群。在聶伯河以西、位於印古爾河畔的諾沃羅扎諾夫卡（Novorozanovka）聚落，製造了許多瑟斯基島晚期的繩紋壓印陶器、一些米哈伊洛夫卡 I 陶器，以及一些進口的特里波里 C1 彩繪細陶器。「騎馬突襲」會導致農民無法到距村鎮三公里以外的地方種植穀物，如同五千年前的多瑙河流域，劫掠牲畜或獵獲物會導致特里波里人口的分裂和離散，並放棄以村鎮為根基的手工藝傳統。在更北的聶伯河中部森林—草原帶，同化和交易最終逐漸走向殊途同歸。

第一批城市及其與大草原的接觸

比起與特里波里社會的接觸，大草原與美索不達米亞文明的接觸當然更為間接，但是南方門戶可能是有輪車首次在大草原上亮相的途徑，因此，這一點至關重要。近年來，我們對這些南方交流的了解已經被完全改寫。

在西元前三七〇〇至三五〇〇年之間，世界上第一批城市現身於美索不達米亞的灌溉低地之間。像烏魯克、烏爾等古老的神廟中心向來能從伊拉克南部農場吸引來數千名勞工從事建築工程，但我們仍未確定他們為何會開始定居在神廟周圍（圖 12.8），而這個人口從農村轉移到主要神廟的過程，創造出第一批城市。到了烏魯克中後期（西元前三七〇〇至三一〇〇年），新城市間的貿易有無，大幅增加了納貢、禮物交換、盟約締結，以及對城市神廟的美化和增加其物質權威等形式。進口商品包括寶石、金屬、木材和原毛（raw wool，見第四章）；紡織品和金屬製品可能屬於出口商品。到了烏魯克時代晚期，牛拉的有輪車成為陸路運輸的新技術，新的

會計方法也發展出用以追蹤進出口和稅務的各種新技術，包括用於標記密封貨物和貯藏室密封門的滾筒印章（cylinder seal）、說明貨物內容的陶土記號，以及「書寫」。

　　新城市對銅、金、銀有很大的需求，捫客於是展開了一場不同以往的爭奪，或說是不同城市間的競爭活動，以取得金屬和半寶石（semiprecious stone）。安納托利亞高原東部的本土酋邦已經擁有豐富的銅礦藏，而且長此以往一直在製造金屬工具和武器；烏魯克和其他蘇美城市的使節開始來往於布拉克丘（Tell Brak）和葛瓦拉丘（Tepe Gawra）等北方城市；在敘利亞幼發拉底河畔的哈布布卡比拉（Habubu Kabira），美索不達米亞南方駐軍建造並占領了商隊的堡壘。「烏魯克擴張」始於約莫西元前三七〇〇年的烏魯克中期，並在西元前三三五〇至三一〇〇年的烏魯克晚期開始大舉增強。伊朗西南部的蘇薩城（Susa）可能已淪為烏魯克的殖民地。在伊朗高原的蘇薩以東，一系列的大型泥磚建築自平地上升起，護衛部分用於烏魯克貿易的專業化銅器生產設施，這些設施受當地酋長的監管，除此之外，酋長們也使用城市貿易的管理工具：印章、密封貨物、密封貯藏室，以及「書寫」。銅、青金石（lapis lazuli）、綠松石、綠泥石（chlorite）和紅玉髓都在他們封緘後，一步步送往美索不達米亞平原。伊朗高原上與烏魯克相關的貿易中心包括位於伊朗中部的席亞克 IV（Sialk IV）、塔里伊布里斯 V—VI（Tal-i Iblis V-VI）和希薩 II（Hissar II）。貿易的觸角伸往東北，遠至現代塔吉克（Tajikistan）澤拉夫尚河谷（Zerafshan Valley）的薩拉子模（Sarazm）聚落，此處很可能是為了控制鄰近沙漠中的綠松石礦藏而建立。

　　烏魯克擴張延伸至西北方，劍指高加索山脈的金、銀和銅資源，根據記載，位於幼發拉底河上游的兩個重要據點。其中之一是具備大規模銅產工業的哈希奈比（Hacinebi），也是建有防禦工事

的中心，哈希奈比酋長在約當西元前三七〇〇至三三〇〇年的 B2
時期開始與中烏魯克的商人貿易。

　　約莫就在同一時期（VII 時期），遠至幼發拉底河北方兩
百五十多公里處的安納托利亞東部山脈高處，獅子山據點的財富和
規模皆不斷擴張，但仍保留自己本土的印章系統、建築和行政系
統，也有奠基於當地礦藏的大規模銅產設施。於西元前三三五〇年
左右開始的 VIA 時期，統治中心位於兩座類似烏魯克晚期神廟的
新型圍柱式建築。其中的官員運用一些烏魯克樣式的印章（其中也
有許多本地風格的印章）來規制貿易，並以大量製造的烏魯克樣式
定量碗來分配貯藏食物。在獅子山 VII 時期主要放牧牛和山羊，但
到了 VIA 時期，或許是為了因應新興的羊毛生產業，綿羊突然躍
升為數量最龐大、最為重要的動物。馬匹也在這時登場，不過數量
十分稀少，出現在獅子山 VII、VIA 與哈希奈比 B 時期，但似乎並

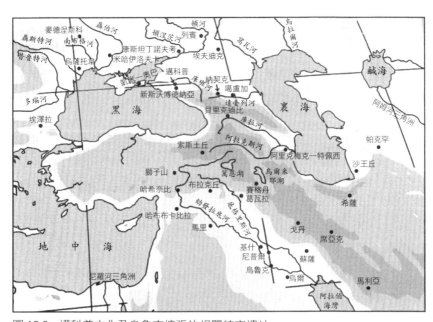

圖 12.8　邁科普文化及烏魯克擴張的相關特定遺址。

未往南貿易至美索不達米亞。烏魯克擴張在西元前三一〇〇年前後戛然而止，原因至今仍是未解之謎。獅子山和哈希奈比最後付之一炬，而在安納托利亞東部山脈，當地的外高加索早期文化（Early Trans-Caucasian，ETC）將他們簡陋的房屋就這樣蓋在當年宏偉的神廟建築廢墟之上。[21]

西元前三七〇〇至三五〇〇年前後，因應區域貿易的普遍興起，獅子山北方山脈的各個社會也以不同的方式展開回應。新型式的公共建築出現了。在喬治亞、現代第比利斯（Tbilisi）西北部的貝里克迪比（Berikldeebi）遺跡，早期是由幾個簡陋的住宅和坑組成的聚落，在西元前三七〇〇至三五〇〇年左右經歷徹底改造，興建了一堵長十四點五、寬七點五公尺的泥磚巨牆，將一棟可能是神廟的公共建築整個圍起來。在土耳其東北部埃爾祖魯姆（Erzerum）附近的索斯（Sos）地層 Va，留存有類似的建築遺跡，顯示規模和權勢皆有所擴張。[22]但並沒有出現我們預期中邁科普文化的華麗墓葬。

邁科普文化在西元前三七〇〇至三五〇〇年現身於高加索山脈北麓，俯瞰東歐大草原。埋在巨型邁科普酋長墳塚下的類王室雕像，佩帶美索不達米亞的裝飾品，這種鋪張的墓葬形式，連在美索不達米亞也不曾出現。進入墳墓迎面而來是一襲束腰短袍（tunic），上頭滿滿裝飾著金製的獅子和公牛，另外還有數把飾以金銀製公牛之銀外套的權杖，以及幾只飾以銀片的金屬杯具。還有從南方進口的輪製陶器，邁科普陶器使用此種新技術打造而成，與在貝里克迪比和獅子山 VII ／ VIA 找到的一些陶器十分類似。[23]新型的高純度鎳青銅器和新型青銅武器（管銎斧、有柄短劍）也從南方傳到北高加索，南方來的滾筒印章也在另一座邁科普墳墓中被當成珠串佩帶。交流伊始時，北高加索存在哪種社會類型？

高加索北麓：
邁科普文化之前的銅石並用時代農民

　　高加索北麓以天然界線劃分成三個地理區：西部遭庫班河切出後流入亞速海；中部為高原，以翻湧不息的溫泉聞名，有礦水城（Mineralnyi Vody）和基斯洛沃茨（Kislovodsk，意指甜水）等度假小鎮；東部由達臺列河切穿，注入裏海。永凍的高加索山脈北面是南方天際線恆久不變的景色，一路爬升至超過五六〇〇公尺的冰峰；再往北則是大草原上起伏不定的棕色平原。

　　直到西元前五〇〇〇年，此處的文化仍是放牧和使用銅器。納契克的銅石並用時代墓葬和坎梅諾莫斯特洞穴（Kamenomost Cave）的穴居（第九章）可追溯至此一時期。約莫自西元前四四〇〇至四三〇〇年起，高加索北麓的人群開始在建有防禦工事的農村定居，例如西部的斯沃博德諾埃和梅修科（Meshoko；地層1）、中部高原的扎莫克堡（Zamok），以及東部近裏海達吉斯坦（Dagestan）的金契（Ginchi）。放眼庫班河流域，目前已知大約有十處斯沃博德諾埃類型的聚落，每個聚落有三十至四十座房屋，顯然是人口最稠密的定居區。堅固的抹灰籬笆牆房屋環繞在中央廣場旁，並用連續的土造或石造圍牆將廣場團團圍起。涅哈耶夫（A. Nekhaev）挖掘的斯沃博德諾埃，是報導最完整的遺址（圖12.9）。斯沃博德諾埃的獸骨中有半數來自野生紅鹿和野豬，可見生活十分仰賴狩獵；綿羊是最重要的家畜，綿羊與山羊的比例為五比一，顯示飼養綿羊是為了取得羊毛；不過養豬也十分重要，豬是梅修科聚落最重要的肉源。

　　斯沃博德諾陶器的顏色為棕色至橙色、球狀器身、口沿外翻，不過裝飾風格因地而異（扎莫克堡、斯沃博德諾埃和梅修科的家用

陶器據說就差異甚大）。女性陶像意味以女性為中心的家庭儀式。在某些遺址，上百只以當地蛇紋石雕刻和拋光的手環被製造出來。幾乎沒有發現墓葬，但在庫班地區墳塚下較晚的墓葬中，一些個別墓葬可追溯至銅石並用時代的晚期。斯沃博德諾埃文化從房屋風格、聚落型態，陶器、石器工具，一直到女性陶像，都與列賓或赫瓦倫斯克晚期的草原文化不同，族群和語言差異可能亦十分明顯。[24]

即便如此，斯沃博德諾埃文化與草原接觸仍未中斷。在亞速海大草原上諾沃丹尼洛沃卡陪葬品豐厚的墳墓中，存放了一只斯沃博德諾埃的陶器，並在斯沃博德諾埃找到一枚巴爾幹銅製成的指環，

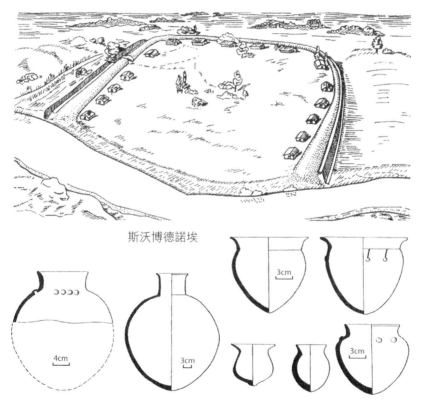

斯沃博德諾埃

圖 12.9　北高加索山脈的斯沃博德諾埃聚落及陶器。出處：Nekhaev 1992.

是經由諾沃丹尼洛沃卡貿易網路而來。在斯沃博德諾埃和梅修科 1
（Meshoko 1）發現看起來很類似瑟斯基島早期風格的陶器碎片。
好幾個草原墳墓群和瑟斯基島早期文化的聚落（斯特里查—斯科利
亞、阿雷克桑德利亞、亞瑪），都發現了來自高加索地區的綠色蛇
形斧。西元前四〇〇〇年前後，大草原上蘇沃羅沃—諾沃丹尼洛沃
卡種種活動的東方邊緣，庫班河谷斯沃博德諾埃時代的聚落也參與
其中。

邁科普文化

　　從斯沃博德諾埃到邁科普的轉移，伴隨墓葬習俗的突然變化
——墳塚墓明顯被廣為採用——但聚落位置與型態、石器及陶器的
某些面向仍存在連續性。早期的邁科普陶器，與斯沃博德諾埃陶器
形狀和陶土質地皆有些相似，而與北高加索山脈以南的外高加索前
期文化陶器也有相似之處。這些比較顯示出邁科普發源於當地的高
加索地區。但有些邁科普陶器是輪製的，此項新技術是從南方引進
的，還可能激發出新的陶器形狀。

　　在庫班河支流別拉亞河（Belaya River）河畔找到的邁科普酋
長墓，是首度出土的邁科普文化墓葬，至今仍是邁科普文化早期最
重要的遺址。一八九七年，維斯洛夫斯基（N. I. Veselovskii, 1848-
1918）開始挖掘時，此墳塚高達幾乎十一公尺、直徑超過一百公尺。
中央的土堆被一排未經裝飾的大型環狀列石圍繞。從外觀上看來，
有點像規模較小的米哈伊洛夫卡 I 和後馬立波文化的墳塚（以及在
其之前的蘇沃羅沃墳塚），也具備以環狀列石圍繞的土墩。但到了
內部，邁科普酋長墓卻風格迥異。墓室長超過五公尺、寬四公尺、
深一點五公尺，並排列有大型木材，木材將其分隔成兩個北墓室和
一個南墓室。兩個北室各有一名可能是用作獻祭的成年女性，身軀

皆蜷曲在右側、頭朝西南方、灑有赭土，陪葬品為一至四個陶器，戴有纏繞的銀箔飾品。[25]

南墓室中有一名成年男子，他可能也是轉向右側，頭部朝向西南方，此為大多數邁科普文化的下葬姿勢；他也躺在被赭土深深染紅的地上。其陪葬品是八只紅色拋光的球形陶器，此為邁科普早期的經典藏品，另外還有一只金片覆蓋的拋光石杯、兩只含砷青銅金屬片大釜；兩只薄金片的小杯，以及十四只薄銀片杯，其中兩個只裝飾有動物巡遊的場景壓印紋，包括一頭高加索地區的斑紋豹、一頭南方的獅子、多隻公牛、一匹馬、鳥群和一頭毛髮濃密的動物（可能是熊或山羊？）試圖攀上樹（圖12.10）。雕刻的馬是後冰河時期中最古老的清晰形象，看起來類似於現代的蒙古野馬：粗脖、大頭、豎起的鬃毛，以及粗壯的腿。酋長還擁有含砷青銅工具及武器，其中包括一把有銎斧、一把鋤頭狀的錛、一把斧狀錛，以及一把四十七公厘長的寬鑿形金屬刀，上頭帶有用於固定手柄的鉚釘，另外還有兩把帶有圓形托手的楔形青銅鑿。他旁邊有一捆由六個（或八個）大約一公尺長的中空銀管，這可能是一組六個（或八個）木棍的銀製外套，應該是用來支撐為酋長遮陽擋雨的帳篷。另外還有兩頭由純銀、兩頭由純金打造的長角公牛，從四頭公牛中間的孔滑進四只銀製外殼，所以在木棍豎立時，公牛便能向外望著訪客。每個牛雕塑一開始都是用蠟塑成的，然後將非常細的黏土壓在蠟型周圍；接著在細黏土外封上厚黏土；進火燒製後，蠟會融化流失——這便是用於製造精密金屬翻模的「脫蠟鑄造法」（lost wax method）。邁科普酋長墓還包含了北高加索以此方式製成的第一個器物。如同陶匠的輪具、含砷青銅，以及刻在兩只銀杯上的動物巡遊圖案，這些革新都來自南方。[26]

邁科普酋長頭戴美索不達米亞的權力象徵——一對獅子與公牛——儘管他可能一頭獅子也沒見過，北高加索也從未發現過獅子的

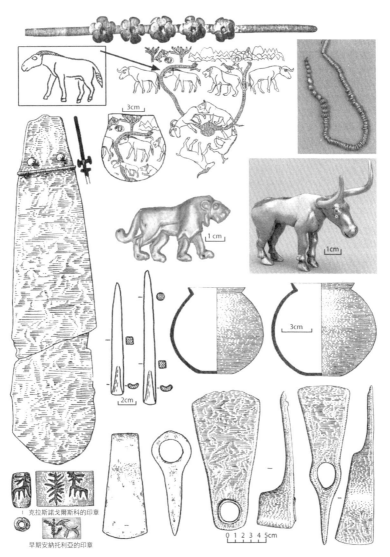

克拉斯諾戈爾斯科的印章

早期安納托利亞的印章

圖 12.10　邁科普酋長墓中的邁科普早期器物，出自聖彼得堡的國立冬宮博物館
（State Hermitage Museum）；圖左下的邁科普早期克拉斯諾戈爾斯科
（Krasnogorskoe）墳塚的印章，可與安納托利亞東部銅石並用時代的
戴格門丘（Degirmentepe）的印章相比較。獅子、公牛、項鍊和頭帶皆
為金製；雕花的杯子則是銀製；兩只罐子是陶製；其他則是含砷青銅打造。
裝有銀製鉚釘的青銅刀，長四十七公分，邊緣鋒利。出處：Munchaev
1994 及紐約大都會博物館（Metropolitan Museum of Art）。

骨頭。他身穿的長度及膝的束腰短袍上有六十八頭金製獅子和十九頭金製公牛，在美索不達米亞的烏魯克、哈希奈比和獅子山的肖像畫中，獅子和公牛都十分顯眼。在他的脖子和肩膀上，有六十顆綠松石珠、一千二百七十二顆紅玉髓珠和一百二十二顆金珠；顴骨下戴有一只頭帶，由五瓣玫瑰花形金飾串成一條金帶；邁科普王冠上的玫瑰花形飾物在當地找不到原型，連一絲相似之處都沒有，卻與烏魯克藝術中的八瓣玫瑰花形飾物極其相似。綠松石幾乎可以肯定是來自伊朗東北部的倪夏普（Nishapur）附近，或來自現代塔吉克的薩拉子模貿易聚落附近的阿姆河（Amu Darya），畢竟這兩個地區皆因綠松石而聞名於世。紅玉髓來自巴基斯坦西部，青金石則來自阿富汗東部。由於美索不達米亞的烏魯克沒有墓地，因此我們對當地穿戴的飾品了解甚少。邁科普豐富的個人飾品當中，有許多都是從安納托利亞東部轉賣至幼發拉底河的，可能不僅只是為了蠻族所打造，這為我們開了一扇窗口，窺看烏魯克大街小巷與神廟的各種風格。

▶邁科普文化的年代與發展

邁科普與美索不達米亞之間關係的誤解一直到最近才解開。西元前二五○○年，一個虛飾誇耀的時代達到極盛，邁科普文化驚人的財富似乎與之十分吻合，特洛伊 II 的黃金珍寶與美索不達米亞烏爾的王室「死亡坑」（death-pits）都是當時的代表。但自一九八○年代起，逐漸確認邁科普酋長的墳墓應建於西元前三七○○年至三四○○年前後，此為美索不達米亞的烏魯克中期——比特洛伊 II 還要整整「早」一千年。一九二○年代，羅斯托夫采夫（M. Rostovtseff, 1870-1952）就指認出邁科普工藝品的古體風格，但仍需仰賴碳定年法證明其正確性。雷澤普金（Alexei Rezepkin,

1949-）在一九七九、八〇年間於克拉迪（Klady）的發掘提供了六個碳定年，平均落在西元前三七〇〇至三二〇〇年之間（以人骨量測，但由於飲食中的魚混入了古老的碳，所以早了幾個世紀）。這些日期經由三個碳定年證實，因為以謝爾蓋・科倫涅夫斯基（Sergei Korenevskii）在一九八五至九一年間挖掘出的噶盧加（Galugai）邁科普早期文化遺址，平均也介於西元前三七〇〇至三二〇〇年之間（以獸骨和木炭量測，所以可能較為準確）。噶盧加的陶器風格和金屬類型與邁科普酋長墓（邁科普早期的典型遺址）完全相同。在烏斯—季傑古汀斯卡亞（Ust-Dzhegutinskaya）的 32 號塚中的墓群，是典型的後邁科普文化風格，碳定年為西元前三〇〇〇至二八〇〇年左右。此些年代顯示出，西元前三七〇〇至三一〇〇年，邁科普與當時第一批烏魯克中期和後期的美索不達米亞城市同時出現，此發現非同小可。[27]

　　一九八四年在邁科普酋長墓以北約六十公里處的克拉斯諾戈爾斯科（Krasnogvardeiskoe）出土了一座邁科普早期墓，當中所發現的古體滾筒印章證實了以上的碳定年。該座墓還出土一件安納托利亞東部的瑪瑙製滾筒印章，上頭雕有一頭鹿和一棵生命之樹。早在西元前四〇〇〇年之前，類似的形象就出現在安納托利亞東部戴格門丘（Degirmentepe）的壓印章（stamp seal）上，但滾筒印章是之後的發明，最早出現在烏魯克中期的美索不達米亞。其中一種類型的印章出自克蘭索格德斯庫（Kursogvardeiskoe）的墳塚，可能是當作珠串佩帶，是此類當中最古老的（圖 12:10）。[28]

　　邁科普酋長墓是邁科普早期的典型遺址，可追溯至西元前三七〇〇至三四〇〇年。雖然早期所有陪葬最豐厚的墓葬和窖藏都在庫班河地區，但邁科普文化所標識的喪葬儀式、含砷青銅冶金技術和陶器等層面的革新，都再傳播至高加索北麓和中部高原，遠至達臺列河流域。達臺列河中游的噶盧加是邁科普早期的聚落，直徑六至

八公尺的圓形房屋沿線性山脊頂向外散布約十至二十公尺，人口估計不到一百人。鐘形陶紡錘暗示垂直紡織機的出現；在 2 號房屋找到了四架。陶器庫存中，大部分都是簡單無蓋的碗（可能用於盛裝食物）和球形或細長且口沿外翻的圓身陶器，都燒製成紅色；其中一些是在慢輪（slow wheel）上製成的。牛占獸骨中的百分之四十九、羊四十四、豬三，而馬骨（推測就是刻在邁科普銀杯上的那種馬）則是百分之三，偶爾才會把野豬和野驢當成獵物。馬骨出現在其他邁科普聚落、邁科普墓葬（伊諾才斯多佛〔Inozemstvo〕的墳塚內有馬的下顎骨），以及邁科普藝術中，包括一幅有十九匹馬的帶狀雕刻，上頭將馬彩繪成黑和紅色，位於克拉迪 28 號塚的邁科普晚期墓內的石牆上（圖 12.11）。切爾尼赫認為，邁科普遺址中廣為出現的馬骨和馬形象顯示騎馬開始於邁科普時期。[29]

　　邁科普晚期文化應該能追溯至西元前三四〇〇至三〇〇〇年，且若能解決碳庫效應，克拉迪的碳定年可能足以支持此看法。可惜由於缺乏來自克拉迪的氮十五測量，我不確定這種校正是否合理。邁科普後期的典型遺址是位於法薩河（Farsa River）流域邁科普東南方的新斯沃博德納亞 2 號塚，該地在一八九八年由維斯洛夫斯基帶領發掘；以及克拉迪（圖 12.11），這是新斯沃博德納亞附近的另一座墳塚墓地，由雷澤普金在一九七九至八〇年之間發掘。在高加索北麓，包括中部高原（新斯沃博德納亞墳塚，靠近礦水城）和達臺列河流域（納契克墳塚），都出現了具備金屬器、陶器和珠串等豐厚陪葬品的墓葬，例如新沃博德納亞山和克拉迪。與邁科普下沉的墓室不同，這些墳墓大多數都建於地面上（雖然納契克有一間下沉的墓室）；並且，與木板墓頂的邁科普墓葬不同，他們的墓室全部是用巨大的石塊建成。與邁科普一樣，在新斯沃博德納亞風格的墓葬中，中央和隨葬者／禮物區被另外隔開，但用一個圓孔將分隔石牆刺穿。納契克墓室和米哈伊洛夫卡 I 和凱米—奧巴文化一

同，石牆上都有雕刻的石碑加以裝飾（圖 13.11）。

在克拉迪─新斯沃博德納亞風格的邁科普晚期陪葬品最豐厚的墓葬中，無論是含砷青銅工具還是武器，都比邁科普酋長墓要豐富得多。光是在克拉迪墳 31 號塚的 5 號墓中，就有十五把沉重的青銅短劍、一把長六十一公分的劍（世上最古老的劍）、三把管銎斧，以及兩把鑄造的青銅鎚斧，再加上許多其他的器物，都是給一名成年男性和一名七歲孩童陪葬（圖 12.11）。其他新斯沃博德納亞時期墓葬中的青銅工具和武器，還包括鑄青銅扁斧、管銎斧、鎚斧，以及帶有中脊、鑿和矛頭的青銅重柄短劍。鑿和矛頭以同樣的方式安裝，將圓管錘打成四面收縮的底座，以符合手柄或矛上的 V 形方孔。儀式器物包括青銅大釜、青銅長柄勺和雙叉器（可能是從大釜內取熟肉的叉子）。裝飾品方面則包括巴基斯坦西部的紅玉髓珠、阿富汗的青金石，以及克拉迪的黃金、水晶，連用人類臼齒製成的珠子都有，上頭還裝有金套（史上第一個金牙套！）。邁科普晚期的墓葬發現幾種晚期的金屬器類型，像是雙叉器、中脊短劍、金屬鎚斧和四面矛頭，這些在邁科普或其他早期遺址中都不曾出現。具有深凹基座的燧石箭頭也屬於較晚期的類型，早期的邁科普墳墓中也沒有黑色拋光的陶器。[30]

保存在新斯沃博德納亞類型墓葬中的織品碎片包含染成棕色和紅色條紋的亞麻布（克拉迪），一塊類棉紡織品和一塊羊毛紡織品（均出於新斯沃博德納亞 2 號塚）。棉布發明於西元前五〇〇〇年的印度次大陸；我們暫時先假定在新斯沃博德納亞王室墓中所發現的那塊紡織品可能是從南方進口的。[31]

▶邁向南方文明之路

標識邁科普文化的南方財富突然出現在北高加索，而且數量龐

大。這究竟如何發生，又為了什麼？

　　最讓美索不達米亞城市商人趨之若鶩的貴重物品當屬金屬和寶石，而庫班河上游便是個富含金屬的礦藏區。位於厄爾布魯斯峰（Elbruz Mountain；北高加索的最高峰）西北三十五公里的庫班河源上游的厄爾布魯斯基（Elbrusskyi）礦藏生產銅、銀和鉛。座落於庫班河支流烏魯帕河（Urup River）上游的烏魯帕銅礦具備古老的工藝傳統，二十世紀初仍能得見。花崗岩金礦來自納契克附近的切格河（Chegem River）上游。從烏魯克金屬貿易中獲利的金屬探礦者持續向北方探索，他們或多或少聽聞了北高加索山脈另一側的銅、銀和金礦。他們可能也在尋求長羊毛線紡織品的源頭。

　　最初的接觸可能發生在黑海沿岸，因為要跨越邁科普和索契（Sochi）海岸間的山脈十分容易，但要想跨越位於更遠東方的北高加索中部高山就十分困難。就在索契以北、位於山間通往海岸的小徑上的瓦倫賽斯科亞（Vorontsovskay）和阿什科賽斯科亞（Akhshtyrskaya）洞穴，出土了邁科普陶器。這說明了為什麼邁科普周邊地區最先出現隨葬品豐富的墓葬——此處是貿易路線的終點，此路線穿過安納托利亞東部到喬治亞西部，再到索契海岸，最後抵達邁科普。金屬礦來自位於邁科普以東的礦床，因此，若主要貿易路線途經高加索山脊中心的高山通道，我們就可以預期會在礦藏附近找到更多來自南方的財富，而不是再往西走。

　　到了與烏魯克晚期同時的邁科普（新斯沃博德納亞）晚期，另一條東方貿易路線也開始成型。在裏海沿岸庫拉河口附近的亞塞拜然米斯克草原（Mil'sk steppe）的阿里克梅克—特佩西（Alikemek Tepesi）有牆村鎮中找到綠松石和紅玉髓珠串。[32] 阿里克梅克—特佩西可能是一個中繼站，位於途經北高加索山脊東端的貿易路線上。一條途經烏爾米耶（Urmia）盆地的東部路線解釋了在烏爾米耶湖西南方的伊朗所發現的一個奇特的墳塚群，其由十一座由碎石

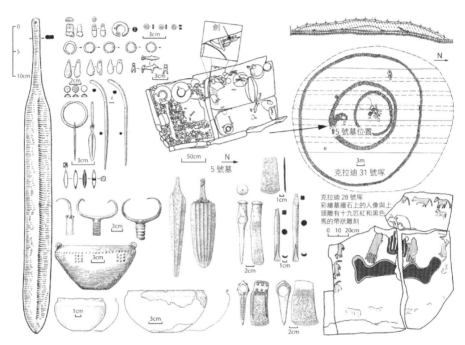

圖 12.11　位於北高加索庫班河流域的克拉迪的邁科普―新斯沃博德納亞晚期物品及墓葬：（圖右）克拉迪 31 號塚的平面和剖面圖、克拉迪 28 號塚彩繪墓牆上的帶狀雕刻，上頭雕有紅和黑色馬圍繞著紅色和黑色的人像；（圖左和圖下）：31 號塚內墳 5 號墓中的器物。其中包括（左）砷青銅劍；（上排中）兩顆帶有金套的人牙珠、一枚金指環、三顆紅玉髓珠；（第二排）五只金指環；（第三排）三顆水晶珠和一隻鑄銀的狗；（第四排）木芯上的三只金製扣帽；（第五排）金環垂飾和兩枚彎曲的銀針；（第六排）骨雕小方塊；（第七排）兩把青銅兩尖器、兩把青銅短劍、一把青銅錛斧、一把青銅扁斧和兩把青銅鑿；（第八排）有凸紋裝飾的青銅大釜；（第九排）兩只青銅大釜和兩把管銎斧。出處：Rezepkin 1991，圖 1、2、4、5、6。

堆成的圓錐形墳塚組成，統稱為「賽格丹」（SéGirdan）。奧斯卡‧穆斯卡瑞拉（Oscar Muscarella, 1931-）於一九六八和一九七〇年對其中六座進行挖掘，高度最高達八點二公尺、直徑六十公尺。當時將此遺跡歸於鐵器時代，最近才因為它們與北高加索新斯沃博德納亞—克拉迪的墓群極其相似而重新定年。[33] 墳塚和墓室的製作方式與新斯沃博德納亞—克拉迪文化相同；下葬姿勢也相同；含砷青銅扁斧與短鼻錛斧的形狀和技法皆與新斯沃博德納亞—克拉迪風格類似；紅玉髓和金珠的形狀相同，且都有銀器和銀管碎片陪葬。賽格丹墳塚群意味克拉迪類型的酋長向南遷徙，或許是為了跳過討厭的當地掮客。儘管如此，烏爾米耶湖的酋邦並不持久。穆斯卡瑞拉計算出南烏爾米耶盆地周邊近九十個承繼外高加索前期文化的遺址，但它們連小型的墳塚都沒有。

邁科普酋長的權力可能部分倚賴虛飾的氛圍，執著於他們所積累的外來物品，這彰顯出他們個人與過往未知力量之間相聯繫的明顯象徵。[34] 或許這些物品的虛飾性質是讓其與所有者一同下葬、而不是被繼承的原因之一。有限的使用和流通是被視為「原始社會貴重物品」（primitive valuables）的物品的共同特徵。不過，等烏魯克長程貿易體系在西元前三一〇〇年前後崩潰，這些新奇貴重物品的供應就此枯竭。美索不達米亞各城市開始因內政問題焦頭爛額，我們對此僅略知一二，只知道外來掮客離開了、生活於山中的外高加索前期文化的人群侵襲並焚毀了幼發拉底河上游的獅子山和哈希奈比。賽格丹墳塚也遭到遺棄，這同時也是邁科普文化的終結。

大草原上的邁科普—新斯沃博德納亞文化：
與北方的接觸

北方的高加索、抑或是那些生活在餵養南方貿易的銀、銅礦藏

附近的人群，在與南方的人群直接接觸時，特意將金、銀、青金石、綠松石及紅玉髓等珍貴貨品保留下來；但邁科普文化卻為大草原帶來了革命性的陸路運輸新技術——四輪車。在庫班河畔邁科普晚期墳塚位於史塔羅克森斯卡雅（Starokorsunskaya）的 2 號塚，找到至少兩個實木盤輪（disc wheel）的遺跡，還有一些新斯沃博德納亞的黑色拋光陶器。儘管無法直接定年，但此墳塚中的木輪應該就是歐洲最古老的車輪。[35] 新斯沃博德納亞的另一座墳墓有一只青銅大釜，上頭刻著一輛手推車的示意圖，發現地是在埃夫迪克。

埃夫迪克墳 4 號塚由裏海盆地的白湖（Tsagan-Nur lake）湖畔推升建起，位於現代卡爾梅克（Kalmykia）高加索北麓以北三百五十公里處。[36] 薩帕盆地（Sarpa Depression）是窩瓦河的古老渠道，有許多淺水湖泊點綴其中。在埃夫迪克，20 號墓中有一名成年男性，身軀蜷曲、頭朝西南方，這是標準的邁科普下葬姿勢，灑有赭土，腳邊有一只邁科普早期的陶器。這座最初的墓葬上面建有土丘。隨後又有兩座墓，沒有檢測出陪葬品，之後的墳 23 號墓建在墳塚之內。這是一座邁科普晚期墓，當中有一名成年男性和一名孩童，他們皆呈現坐姿一起下葬，下頭鋪滿赭土和白堊粉，此下葬姿勢極為罕見。墳墓中有一只青銅大釜，上頭飾有一凸點紋構成的圖案，此圖像看起來像一副軛、一只車輪、一台車體和一種動物的頭部（圖 4.3a）。23 號墓中還有一個典型的新沃博德納亞具備釜口的套管雙叉器，可能是與大釜一起使用。另外還有一把有柄青銅短劍、一把扁斧、一枚扭轉兩圈半的金指環、一把拋光的黑石杵，以及一只磨刀石和一些燧石工具，全都是典型的新斯沃博德納亞物品。埃夫迪克墳 4 號塚體現了新斯沃博德納亞文化在窩瓦河下游草原的深遠滲透。大釜上的圖像意味在埃夫迪克興建墳塚的人群也駕車。

西元前三七〇〇至三一〇〇年之間出現在北高加索以北草原的

邁科普—新斯沃博德納亞墳塚群中，埃夫迪克是最陪葬品最豐厚的。在這種富庶之地，新斯沃博德納亞晚期文化的人群所使用的語言，可能會歸屬於高加索語系，他們應該會與講原始印歐語方言的列賓和赫瓦倫斯克晚期文化的人群見面並交談。在第五章中，我曾討論古體高加索語和原始印歐語之間的借詞，很可能就是這些交流之中所用的語詞。交流在頓河下游最為明顯，因此也應該是最直接的接觸。

▶跨越持久文化前線的貿易

康斯坦丁諾夫卡是頓河下游的一處聚落，當中可能有一群邁科普居民，且在聚落周圍有墳塚墓葬和邁科普的物品（圖12.12）。大約有九成的聚落陶器是頓河—大草原當地帶有繩印紋的夾貝陶，與西方的聶伯河—頓涅茨河大草原上的文化有關（特里金的說法是瑟斯基島晚期）。其餘一成為邁科普早期的紅色拋光陶器。康斯坦丁諾夫卡座落於陡峭的海角上，俯瞰具備戰略地位的頓河谷地，並受到溝渠和堤岸的保護。其下的濱岸林裡充斥著鹿（占獸骨的百分之三十一），其後的高原是一片廣袤草原的邊緣，有大量的馬（百分之十）、野驢（百分之二），以及綿羊／山羊群（百分之二十五）。邁科普的訪客可能會引進穿孔陶紡輪，很類似噶盧加的那些發現（草原上的唯一），還有類似新諾沃博德納亞的銅鑿（同樣除了烏薩托韋那兩把外，絕無僅有；見第十四章），以及不對稱的燧石寬肩箭頭，與在邁科普—新諾沃博德納亞墓葬中發現的十分相似。不過，拋光的石斧和半圓鑿、穿孔的十字形拋光石製權杖頭，以及野豬獠牙牌飾都是大草原的工藝品型態。坩堝和熔渣顯示銅器加工是在現場進行。

涅奇泰洛（AP Nechitailo）在北裏海草原上辨識出數十座墳

塚，從西方的聶斯特河流域散布至東方的窩瓦河下游；墳塚中找到單一的陶器或工具，或兩者兼有，看來像出自邁科普—新諾沃博德納亞的進口商品。到了新諾沃博德納亞／烏魯克晚期（西元前三三五〇至三一〇〇年），這類普遍的北方交流似乎最為頻繁。但大多數的高加索人進口貨品單獨出現在當地的墓葬和聚落中。最常進口高加索含砷青銅工具和武器的是克里米亞半島（凱米—奧巴文化）；窩瓦河—烏拉爾河地區的大草原文化很少或幾乎沒有進口高加索含砷青銅器物，他們的金屬工具和武器均由當地的「純」銅製成。有套筒、單刃金屬頭和短劍的製造橫跨了整個東歐大草原，模仿邁科普—新諾沃博德納亞風格，但多半還是在當地由草原冶匠所造。[37]

邁科普的各個酋長想從大草原得到什麼資源？一個可能性是藥品。謝瑞特認為「大麻屬」（*Cannabis*）的麻醉劑是大草原的一大出口商品。[38]另一個更常見的貿易選項是羊毛。我們還不知道毛用綿羊究竟是在何處第一次繁殖，雖然合理推測，位處極寒之地的北方綿羊應會在一開始就擁有最厚重的羊毛。或許康斯坦丁諾夫卡經邁科普訓練的紡織工，會使用織布機將原毛製成大型紡織品，來支付給牧民。草原人的毛氈或紡織品的製成方式，是先由水平的小型織布機織成細窄的布條，然後再加以縫合，因此在垂直紡織機上直接製成的一件式大型紡織品，對草原人來說非常新鮮。

另一個可能性是馬匹。在外高加索地區的大多數新石器和銅石並用時代早期遺址中，沒有馬骨。隨著外高加索前期文化的演進，西元前三三〇〇年前後，馬匹開始廣為傳播，遍及整個外高加索地區的多個遺址。梅茨魯米安（S. Mezhlumian）的研究歸納了亞美尼亞十二個受測遺址中的十具馬骨，定年於西元前第四千年期晚期。莫赫拉山找到的一匹馬的 P_2 嚴重磨損，與馬銜磨損痕相符。與此同時，馬匹在哈薩克的波泰和珂柴 1 號被套上馬銜，因此莫赫

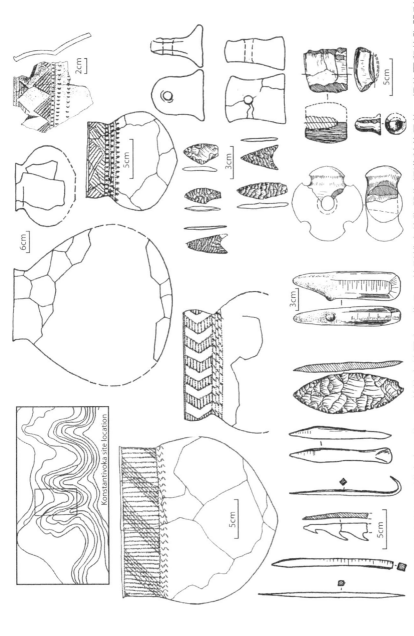

圖 12.12 頓河下游的康斯坦丁諾夫卡聚落，及其等高線圖與工藝品。外型樸素的陶器為類邁科普風格，繩紋壓印的陶器則是當地的風格；陶紡輪和不對稱的燧石箭頭也是類邁科普風格。圖右下：熔爐和陶罐碎片。出處：Kiashko 1994。

拉山所發現的馬銜造就的磨損並非孤例。俄羅斯動物學家認為，外高加索前期文化時期在阿里克梅克—特佩西的馬已經開始被馴養。與德雷耶夫卡馬大小相同的馬出現在土耳其東南部的馬拉它雅—艾拉齊（Malatya-Elazig）地區最南端，例如諾松丘（Norşuntepe），以及在土耳其西北部的迪米西土丘（Demirci Höyük）。儘管在早期，馬匹尚未參與美索不達米亞的低地貿易，但其在大草原—高加索貿易中可能占有一席之地。[39]

原始印歐語：變遷世界中的區域性語言

西元前第四千年期中葉，東歐大草原的騎馬部族出現許多物質上、且可能有語言上的變化。從南方、即高加索北麓的鄰居，以及從西方、即庫庫特尼—特里波里地區的鄰居，他們在語言交流中吸取了兩種迥異但同樣令人驚訝的技術。從北高加索傳來的可能是四輪車——伴隨著令人難以置信的財富；而在西方，某些特里波里人群撤退到廣大計畫的村鎮中，這些村鎮比世上任何聚落的規模都還要大，可能是針對來自大草原的突襲所做出的回應。遠至聶伯河以北的其他特里波里村鎮，在緩慢的同化歷程中，其陶器、喪葬和住所建築的習俗，開始逐漸移轉成大草原風格。

盡管每個區域互不相同，大草原的文化慣習和風俗仍維持與邁科普文化的差異。在大草原上的墓葬中，一眼便能認出從邁科普或新斯沃博德納亞進口的陶器碎片。石器製造和紡織方法有所差異（大草原沒有紡輪）、珠串和其他裝飾品的風格、經濟和聚落型態，以及金屬的類型和來源亦然。儘管存在明顯的跨前線互動，但這些差異仍然存在，當邁科普的商人來到康斯坦丁諾夫卡，他們可能會需要帶上翻譯。

顏那亞層位文化是晚期原始印歐社群的物質體現，從源自東方

的頓河—窩瓦河大草原開始萌芽，並在西元前三三〇〇年前後遍布整個東歐大草原。考古學顯示在這個時期，東歐大草原周邊所有古老的民族語言前線都展開了深遠且急速的變化。奠基於語言學的原始印歐社會重建總是提出「靜態」、「同質」的想像；然而考古學卻顯示，歷經影響深遠的社會與經濟時期，原始印歐語的各個方言和習俗傳播至大草原社會的各個角落，並展現出顯著的區域差異。

第十三章

大草原上的四輪車住民：
原始印歐語的使用者

Wagon Dwellers of the Steppe: The Speakers of Proto-Indo-European

　　大草原上，四輪車在一群群的毛用綿羊中緩緩行進，這個曾經奇特又動人的景像，在西元前三三〇〇至三一〇〇年間，成為草原生活的日常。約莫在同一時期，草原的氣候明顯變得比銅石並用時代更為乾燥和涼爽，從頓河下游、窩瓦河中游和哈薩克北部大草原的孢粉採樣分析，顯示這個日趨乾燥的轉變大約在西元前三五〇〇至三〇〇〇年間（表 13.1）。隨著草原日趨乾燥和擴張，人們試圖用更頻繁的移動來飼養牲畜；他們發現，只要有部四輪車，就能毫無限制地遷徙，四輪車和騎馬讓這個更具機動性的全新放牧形式成為可能。有了滿溢糧食和帳篷的四輪車，牧民就能將自己的畜群帶出河谷，並在主要河流——歐亞大草原的主體——之間的遼闊草原上生活數週或數月。往昔的曠野如今成為屬於某些人的牧場。沒過多久，這些流動性更高的牧民氏族意識到，更大的牧場和具備機動性的家庭基地讓他們有辦法飼養更大的畜群。邊界、牧場和季節性遷徙的爭論接踵而來，此時需要新的規則來定義何謂可接受的移動——人們開始管理當地的遷徙行為。那些沒有參加這些協議或不承認新規則的人群成為「文化他者」（cultural Others），從而觸

發出對顏那亞獨特身分認同的意識。此意識可能會將一些關鍵行為提升為社交訊號。在頓河和窩瓦河下游的草原，這些行為形塑成相當穩定的變體；伴隨而來的是一組方言，也就是晚期原始印歐語的語言圖型（speech pattern）。我認為此變遷順序創造出考古學中顏那亞層位文化所表現出的新生活方式，其歷史可追溯至西元前三三〇〇至二五〇〇年（圖 13.1）。顏那亞層位文化的傳播是原始印歐語在橫跨東歐大草原上所傳播的物質表現。[1]

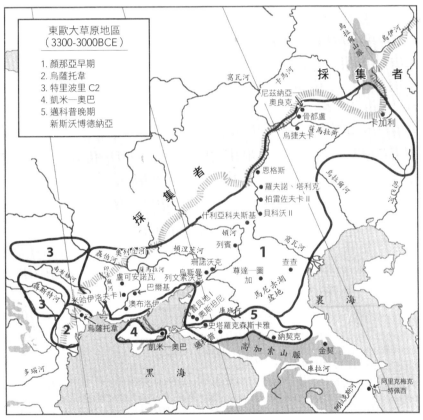

圖 13.1　東歐大草原地區的文化區（西元前三三〇〇至三〇〇〇年）。

表 13.1　從花粉岩芯採樣看頓河到額爾濟斯河地區的草原植被變化

遺址	頓河下游的羅斯托斯基（RaZdorskoe），（Krermenetski 1997）	窩瓦河中游的布祖盧克（Buzuluk）森林波沃齊諾伊（Pobochnoye）泥炭沼澤（Kremenetski et al. 1999）	哈薩克北部的托博爾河上游到額爾齊斯河上游（Kremenetskj et al. 1997）
類型	分層聚落 花粉岩芯採樣	森林泥炭沼芯	兩處湖芯和兩處泥炭沼芯
年代 植物群	西元前 6500-3800 年含沙河流階地的白樺松—松木林。沖積平原上榆樹和菩提樹林與榛樹和黑檀木伴生。西元前 4300 年後出現橡樹和角樹。	西元前 6000-3800 年波沃齊諾伊湖周圍出現橡樹，增加了榆樹、榛樹和黑檀木林。西元前 4800-3800 年時湖水變淺，香蒲屬蘆葦增加，森林擴大。	西元前 6500-3800 年森林—草原帶的白樺松—松木林演變為空曠的松木林，河道附近生長著柳樹。草原上是艾屬和藜屬植物。
	西元前 3800-3300 年沖積平原上落葉樹木略微減少，麻黃屬植物、椴樹、菩提樹、松木增加。	西元前 3800-3300 年湖泊慢慢轉變為莎草苔地沼澤。香蒲屬蘆葦、松樹屬和菩提樹森林達到頂峰。氣候可能變暖。	西元前 3800-3300 年為濕潤期，森林擴張。菩提樹及橡樹、榆樹、黑檀木同樣擴張。土壤溼度增加。
	副極地，西元前 3300-2000 年非常乾燥。森林銳減。出現了賽麗斯節（Ceralia）。藜屬銳增。最乾燥期在西元前 2800 -2000 年。	西元前 3300-2000 年森林總體減少。森林中松樹減少，樺樹增加。艾屬植物，一種指標性的旱作藥草遽增。直到西元前 2000 年，湖泊被檜木、灌木覆蓋。	西元前 3300-2000 年森林退化，闊葉樹木減少。約西元前 2800 年，托博爾河上的莫霍夫（Mokhove）沼澤乾涸。草原擴大

　　在車上生活是真正讓顏那亞的人群離群索居的行為。其新經濟模式得利於兩種機動性：用來拖行重物的緩慢四輪車（飲水、遮蔽處和食物）及用於輕裝運輸的騎馬（迅速偵查牧草、放場、貿易和突襲的機會）；兩者加在一起有助於放牧經濟的潛在規模極大化。

有了四輪車，牧民就有辦法將他們的牲畜留在草原深處，自己待在具備飲水和攜帶型帳篷的流動式住家內。從考古證據中，毋須多加臆測，就能推斷出當時的飲食包含肉類、牛奶、優格、起司，以及用野生藜屬種子植物和野菜煮成的湯。重建的原始印歐語詞彙也讓我們知道，蜂蜜和蜂蜜酒也是當時飲食的一部分，可能是在特殊場合飲用。更大的牧群意味放牧業的貧富差距益發懸殊，顏那亞墳墓群中陪葬品的差距也反映出這一點。在考古證據中，幾乎找不到流動的四輪車營地，因此在新經濟模式扎根之處，聚落在考古學上不具能見度。

顏那亞層位文化是為因應高流動性而產生社會適應（social adjustment）的明確考古學呈現——發明新的社會規範來管理根植於草原上流動式住家的較大量牧群。同一起事件中語言學上的回聲句（echo），從英語 guest（賓客）和 host（主人）這兩個語詞間的相似度便可窺見端倪。這兩個語詞是同源詞，從原始印歐語的字根（*ghos-ti-）衍生而來（英語中的「ghost」〔幽靈〕原意是 visitor〔訪客〕或 guest〔賓客〕）。英語中的 guest 和 host 這兩個反向的社會角色，最初指的是同一段關係中兩個對應的觀點。晚期原始印歐語的賓主關係（guest-host relationship）需將「hospitality」（盛情款待；與拉丁文 hospes〔foreigner、guest〕的字根相同）和「friendship」（* keiwos-）從「host」延伸至「guest」（兩者皆為 *ghos-ti-），因為「hospitality」中牽涉的接受者和施予者在之後的角色可能會顛倒。這樣一來，這些語詞的社會意義就比現代習俗所要求的更高。賓主關係受到誓言和犧牲行為的強力約束，因此荷馬史詩中的戰士葛勞可斯（Glaucus）和戴奧米迪斯（Diomedes）在得知自己的父祖輩（grandfathers）曾建立賓主關係，便化干戈為玉帛。這種互利共生的義務產生「盛情款待」的功能，如同社會單位（social unit；部落、氏族）之間的橋梁，通常也會用這些義

務制約他們的親族或共居者（*$h_4erós$-）。賓主關係在流動性的放牧經濟中發揮相當的作用，因為有助於區分在授意下穿越自我領域的人，以及未受管制——即不受庇護——的不速之客。賓主制度可能也是隨著顏那亞層位文化傳播的一大重要身分認同的革新。[2]

在事發五千年後，要想記錄這段居住模式朝更具流動性的轉向，實在是難上加難，但幸好仍留有一些蛛絲馬跡。從許多顏那亞墳塚墓葬中短暫、片斷的使用、棄置，以及長時間後的重啟等模式，便能察覺流動性的提高；早期的顏那亞墳塚群之下看不到退化或過度放牧的土壤；墳塚墓葬的首次出現是在草原深處、主要河谷間的乾燥高原上。流動性增加的主要指標對考古證據來說是負面的：頓河以東的長期聚落遺址消失。烏克蘭頓河以西的顏那亞聚落十分出名，但在俄羅斯頓河以東，延伸至烏拉爾河的廣袤領土上亦存在能見度較低的顏那亞聚落，當中有數以百計座顏那亞墳塚墓葬和上千座出土的顏那亞墓葬（確切的數目我並不清楚）。對於完全不存在聚落的最佳解釋，就是東方的顏那亞人群大半生的時間都在四輪車上度過。

顏那亞層位文化是首個或多或少具備統一儀式、經濟模式和物質文化，並遍及整個東歐大草原的，但即便是在物質上，也從未達到完全同質。甫一開始，其就包含了兩個主要的變體，分別位處頓河和窩瓦河下游，隨著其逐漸擴張，其他區域變體也被開發出來，這就是為什麼大多數的考古學家都拒絕稱其為顏那亞「文化」。不過，這兩個變體仍具備許多相似的習俗。除了對墳塚墓葬、四輪車及放牧的日益重視外，定義顏那亞層位文化早期的考古特徵還包括口沿外翻的蛋形夾貝陶、飾以篦點紋和繩紋壓印；有柄短劍；鑄造扁斧；各種類型的骨釘；仰身曲肢的下葬姿勢；雙腳、臀部和頭部附近的墓地以赭土染紅；人骨朝向東北方到東方（大多數）；葬禮上的祭品有四輪車、手推車、綿羊、牛和馬。墓葬儀式或許能跟需

要特定儀式和祈禱文的祖先崇拜聯繫在一起，語言與崇拜之間的聯繫將晚期原始印歐語引介給新的使用者。

　　顏那亞層位文化早期當中最顯著的物質分化處於東西方之間。比起西方（南布格河—頓河），東方（窩瓦河—烏拉爾—北高加索大草原）的顏那亞放牧經濟模式更具流動性。此種對比十分有意思地映照出東西方印歐語語族之間的經濟與文化差異。舉例來說，在聚落和墓葬中的顏那亞西部陶器上，都發現栽培穀物的痕跡，與穀物農業相關的原始印歐語同源詞都被完整保存在西方的印歐語詞彙中。但就如同東方的印歐語缺乏許多農業相關的同源詞，東方的顏那亞陶器中也缺少穀物的痕跡。[3]西方的印歐語詞彙具備一些從亞非語系挪用來的字根，例如指涉「domesticated bull」（家牛）的 *tawr-*，而西方的顏那亞族群毗鄰特里波里文化，但特里波里使用的可能是另一種從安納托利亞的亞非語系衍生而來的語言。東方的印歐語普遍缺乏這些挪用而來的亞非語系字根。西方印歐語的宗教信仰和儀式風俗將女性囊括在內，而西方顏那亞人群與製造女性小雕像的特里波里文化共享一道邊界；但東方印歐語的宗教儀式和神祇皆傾向以男性為中心，東方顏那亞人群與未製造女性雕像的北方和東方採集者共享邊界。在西方印歐語的語族中，掌管家庭火塘的神祇是女性（Hestia、Vestal Virgins），而在印度—伊朗語族中則是男性（Agni）。西方的印歐神話中提到強大的女性神祇，例如女王梅德卜（Queen Medb）和女武神（Valkyries），而在印度—伊朗語族中，戰神則是男性的馬爾殊（Maruts）風暴神。窩瓦河畔東方顏那亞墳墓所葬的男性百分比（百分之八十）高於任何其他顏那亞地區。這種針對性別意識的東西方緊張關係或許導致了女性的分流，此為窩瓦河—烏拉爾地區方言中新出現的文法類型，也是定義原始印歐語文法的一大創舉。[4]

　　顏那亞層位文化傳播至鄰近地區的模式，是否也與印歐諸語族

之間的已知聯繫與順序相符？這也是遵循考古證據的難解謎題，但顏那亞人群的遷徙恰好與我們的預期不謀而合。首先，就在顏那亞層位文化出現之前，窩瓦河—烏拉爾地區的列賓文化分裂出了一個子群，其大約在西元前三七〇〇至三五〇〇年遷徙橫跨哈薩克大草原，在阿爾泰西部建立並發展成阿凡納羨沃文化。阿凡納羨沃文化與列賓的分道揚鑣或許也代表前吐火羅語族與古體原始印歐語的分道揚鑣。第二，約莫在三、五個世紀後，西元前三三〇〇年前後，顏那亞層位文化早期迅速擴張至橫跨整個東歐大草原，晚期原始印歐語方言的使用者散居各地，就此播下「區域差異化」（regional differentiation）的種子。在僅僅一、兩個世紀的停頓之後，約當西元前三一〇〇至三〇〇〇年，大批的遷徙潮從顏那亞西部地區爆發，並在青銅時代初期湧入多瑙河谷並進入喀爾巴阡山盆地。從字面上看，數以千計的墳塚可歸因於此事件，這合理地孕育出幾個西方印歐語系語族的祖先方言，包括前義大利和前凱爾特語族。在此遷徙減緩或停止後，在西元前二八〇〇至二六〇〇年前後，顏那亞晚期人群遇見了在喀爾巴阡山脈東麓打造繩紋陶（Corded Ware）文化古塚（tumulus）墓地的人群，這為一次歷史性的相遇，從此源於北方印歐語系的方言（日耳曼、斯拉夫、波羅的語族）開始傳播至整個東方繩紋陶器文化的族群。最後，到了青銅時代末期，約莫西元前二二〇〇至二〇〇〇年，遷徙潮自窩瓦河—烏拉爾中部地區的顏那亞／波爾塔夫卡（Poltavka）晚期文化，東移至烏拉爾山脈以南，從而形成辛塔什塔（Sintashta）文化，幾乎可確定其為使用古體印度—伊朗語族的社群。本書第十四和十五章將詳加敘述這些遷徙。

　　顏那亞層位文化在方方面面都滿足了我們對晚期原始印度語的假設：年代順序（時序正確）、地理位置（位置正確）、物質層面（四輪車、馬匹、牲祭、部落放牧）、語言層面（受持久的前線約束），

以及朝預期的方向、並按預期的順序遷徙。在頓河—窩瓦河—烏拉爾地區，早期原始印歐語約莫在西元前四〇〇〇至三五〇〇年之間開始發展。具備 o- 詞幹和完整四輪車詞彙的晚期原始印歐語，在西元前三三〇〇年開始在顏那亞層位文化現聲，並迅速跨越東歐大草原。到了西元前二五〇〇年，顏那亞層位文化已分裂為幾個子附屬群：始於頓河—庫班地區的洞室墓文化及西元前二八〇〇年前後的窩瓦河—烏拉爾河的波爾塔夫卡文化。到了西元前二五〇〇年，晚期原始印歐語也是如此多元並呈，多樣化到它可能不復存在（第三章）。同樣的，與草原考古學證據的聯繫十分具有說服力。

為何不算墳塚文化？

一九五六年，瑪利亞・金布塔斯首次將她提出的「墳塚文化」概念視為原始印歐語語言社群的考古學表現。[5]一九〇一年，戈羅佐夫（Vasily Alekseyevich Gorodtsov, 1860-1945）在頓河流域挖掘出一百零七座墳塚，墳塚文化將他率先定義出的兩個文化結合在一起。

他將其發現劃分為三個年代組。最古老的墓群，是最古老的墳塚群中最深層的墓葬，為豎穴墓（*Yamnaya*）；緊隨其後的是洞室墓（*Katakombnaya*），其上方是木槨墓（*Srubnaya*）[*]。西方大草原上青銅時代早（EBA）、中（MBA）、晚（LBA）期的墓葬類型，至今仍採用戈羅佐夫的排序。[6]金布塔斯將前兩期（青銅時代早期的豎穴墓和中期的洞室墓）與墳塚文化結合。但隨後她也開始將許

---

[*]　編註：Yamnaya為俄語拼音，其意為「豎穴墓」（pit-graves），音譯為「顏那亞」；Katakombnaya為俄語拼音，其意為「洞室墓（catacomb-graves）音譯為「卡塔科布納亞」；Srubnaya為俄語拼音，其意為「木槨墓」（timber-graves），音譯為「斯魯布納亞」

多其他的歐洲新石器時代晚期和青銅時代文化囊括進來，像是邁科普及東歐許多新石器時代晚期的文化，將之歸於墳塚文化移民的產物。墳塚文化的定義如此廣泛，幾乎任何具備喪葬土墩的文化，或者連缺乏土墩的文化（巴登文化）都可包括在內。我們此處會討論俄羅斯和烏克蘭青銅時代早期的草原文化，而這不過是金布塔斯墳塚文化概念的其中一個原始核心。俄羅斯和烏克蘭的考古學家通常不使用「墳塚文化」一詞；與其把青銅時代早期的顏那亞與中期的洞室墓混為一談，他們習慣將兩個群體及其所在的年代加以細分。我希望能盡量保持中立。

斯拉夫考古學家通常不單單將顏那亞層位文化視為「文化」，而是「文化─歷史共同體」。這個稱呼意指儘管隨著時光流逝，而有多樣化的演進，但在顏那亞的社會世界中，仍存在一貫的文化認同或共同民族起源的脈絡。[7] 雖然我認同在這個案例中，這或許沒有錯，但我會使用西方的詞彙「horizon」（層位文化），其在文化認同層面上是中性的，能避免在詮釋中過度側重專有名詞。正如我在第七章中的解釋，考古學中的「層位文化」是指一種物質文化的風格或時尚，其在廣泛的區域中被當地文化迅速接納並疊加。在這種情況下，銅石並用時代末期的五個東歐大草原文化（第十二章）是以不同的程度迅速接納顏那亞生活方式的當地文化。

跨越東方的前線：從阿凡納羨沃到阿爾泰

在上一章，我介紹了列賓文化的跨大陸遷徙，此遷徙在阿爾泰山脈以西創造出阿凡納羨沃文化，且可能讓吐火羅語族與一般的原始印歐語分道揚鑣。我之所以在此重提，是因為在顏那亞時期，繼續穿越哈薩克北方草原的遷徙和回流遷徙建立出早期的阿凡納羨沃文化。我們通常將其與顏那亞層位文化的相關事件一起討論；直到

最近，阿凡納羨沃早期的碳定年及對列賓文化的年代和地理範圍的日益了解，才將此遷徙的伊始回推至前顏那亞─列賓時代。

　　顏那亞層位文化首次出現前的二或三個世紀，窩瓦河─烏拉爾中部草原的列賓類型社群發生衝突，導致一些族群向東越過烏拉爾河進入哈薩克草原（圖 13.2）。之所以會產生衝突，是因為到了最後，移民與親戚之間的距離過遠，此為強烈的負面推力。另一方面，窩瓦河─烏拉爾及列賓─顏那亞這兩個世界的聯繫是靠不斷往兩個方向遷徙的移民來維持，因此目的地的某些層面也必然產生了積極的拉力。值得注意的是，介於其中的哈薩克北部草原並未開始定居，或至少幾乎沒有修建過墳塚墓葬。與之相反，在列賓─阿凡納羨沃的遷徙開始之初，騎馬的波泰─特塞克文化就出現在哈薩克北部草原。這一系列的遷徙中，特定的生態目標可能是散布在從西方托博爾河（Tobol River）到東方阿爾泰山脈的哈薩克北部草原上的松木林島。我不確定這些松木林島除了供給燃料和遮風擋雨外，還

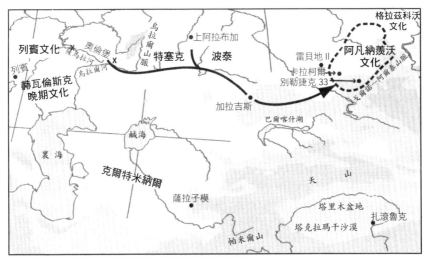

圖 13.2　西元前三七〇〇至三三〇〇年，阿凡納羨沃遷徙之時的窩瓦河、阿爾泰河之間大草原上的文化區。

能有什麼其他的功能，但它們似乎確實符合大草原上與阿凡納羨沃有連結的少數遺址，並且同樣特殊的草原─松木─森林島也出現在阿爾泰西部的高山山谷中，阿凡納羨沃的早期遺址便在此現身。[8] 在阿爾泰山脈西部，廣闊的牧場和高山草原向西往西伯利亞的額爾濟斯河（可能是路線第一個抵達的點）、以及向北往鄂畢河（Ob River）和葉尼塞河（Yenisei River；稍晚的擴張）逐次下降。阿凡納羨沃文化現身於這個美麗的環境中，為約當西元前三七〇〇至三四〇〇年的列賓─赫瓦倫斯克時期高山放牧的理想之所。[9]其在當地蓬勃發展，直到西元前二四〇〇年左右源自東歐大草原的顏那亞時期。

　　阿爾泰山脈位處烏拉爾河前線以東約兩千公里處，該區定義出原始印歐語世界的東部邊緣。在介於其中的兩千公里大草原上，僅發現三座古老到能連繫到阿凡納羨沃移民的墳塚墓葬。儘管其中一些墓葬中的陶器具備列賓風格的特色，但此三座都歸為顏那亞的墳塚墓葬。其中兩座分別位於烏拉爾河以東不遠的托博爾河畔，以及烏巴甘 I（Ubagan I）和上阿拉布加（Verkhnaya Alabuga），可能是移民最初停留之處；另一座是加拉吉斯（Karagash）墳塚墓葬，位於中哈薩克加拉干達（Karaganda）東南、托博爾河以東一千公里處。加拉吉斯墳塚處在一座孤立山嘴的高處綠坡上，突出於地平線上方，是卡喀拉林斯克（Karkaralinsk）附近一個十分明顯的地標。位於加拉吉斯的 2 號塚直徑為二十七公尺；上頭覆蓋以一座直徑三十三公尺的環狀列石，以長一公尺的矩形石塊堆疊而成，高約六、七十公分；有些石塊上有彩繪的痕跡。在建土墩之前，原始地面上環狀列石西南邊緣之內，有一只摔破的陶器。墳塚內有一座石板砌成的石棺墓穴，其內建造有三座墓，位於墳塚東南側下方和中央的墓在之後遭到盜墓；只有墳塚東北側下方的墓才是完好的。裡頭有一只夾貝陶的碎片、一只具備銅蓋邊緣木碗的

碎片、一把銅短劍、一把四面銅尖錐，以及一把石杵。墓主人則是一名四、五十歲的男性，呈仰身曲肢，墓地上有黑色木炭和赭土石碎片。金屬工藝品是顏那亞層位文化的典型特徵；環狀列石、石板砌成的石棺墓穴，以及類似阿凡納羨沃風格的陶器。加拉吉斯正東方、距額爾濟斯河以東的布赫塔爾瑪河（Bukhtarma River）流域上游九百公里處，是阿爾泰西部和烏科克高原（Ukok Plateau）的頂峰，當中出現了第一批阿凡納羨沃的墓群。加拉吉斯墳塚不可能是第一批移民的墓──其看起來像顏那亞─阿凡納羨沃的墳塚，建造者是後來仍在哈薩克四處跨區活動的人群──但它應該確實能標示出最初的路線，因為長距離遷徙的路線往往具備目標且會重複地走。[10]

　　阿爾泰的阿凡納羨沃早期文化引入完整的墳塚墓葬儀式和列賓─顏那亞的物質文化。位於卡拉柯爾（Karakol），戈爾諾─

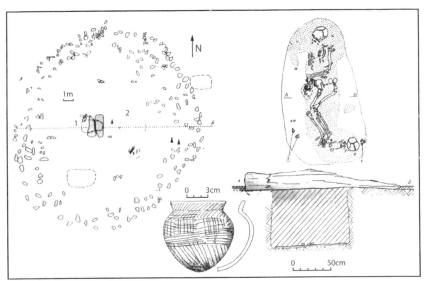

圖 13.3　卡拉柯爾（Karakol）2 號塚 1 號墓，位於戈爾諾─阿爾泰西部的阿凡納羨沃早期墳墓。出處：Kubarev 1988.

阿爾泰 2 號塚的一座阿凡納羨沃早期墓葬（1 號墓）當中有一些類似烏拉爾河陶器的小型陶器，屬於顏那亞早期的列賓變體（圖13.3）。[11] 1 號墓位於一座低矮墳塚的下方，由直徑二十公尺的環狀列石環繞在中間。阿凡納羨沃墳塚群的特徵是由一圈石頭圍繞，且用大石板蓋住墓穴坑（早期）或製作石版砌成的石棺墓穴（晚期）。阿凡納羨沃早期的頭骨類型類似於顏那亞和西方的人群。在烏科克高原上，發現了別勒捷克 33 號（Bertek 33）的阿凡納羨沃早期墓葬，阿凡納羨沃的移民直接定居於原始景觀上——當地沒有更早的中石器或新石器時代遺址。阿凡納羨沃遺址還找到阿爾泰最早的家牛、家養綿羊和家馬的骨骸。位處巴雷克圖尤爾（Balyktyul）的阿凡納羨沃聚落，馴化的綿羊—山羊占所有獸骨的百分之六十一、牛百分之十二、馬百分之八。[12]

像雷貝地 II（Lebedi II）這樣的庫茲內次克（Kuznetsk）—阿爾泰當地採集者的墓葬，位處阿爾泰山坡上較高的森林—牧場帶，陪葬品有一組特別的裝飾品（熊齒頸鍊和麋鹿和熊的骨雕）、石器（數把不對稱的燧石彎刀）、鹿角工具（數把魚叉）、陶器（與貝加爾湖採集者傳統的塞羅沃—格拉茲科沃〔Serovo-Glazkovo〕陶器傳統相關），以及墓葬儀式（無墳塚，墳墓上沒有石板覆蓋）。隨著時光流逝，東北部格拉茲科沃的採集地也開始流露出阿凡納羨沃圖案對其陶器的影響，格拉茲科沃的遺址也開始出現金屬器。[13]

顯然，人群繼續在烏拉爾前線和阿爾泰之間流動，並一直延續至烏拉爾草原的顏那亞時期，或在西元前三三〇〇年之後，為阿爾泰帶來許多顏那亞的特徵和習俗。在阿爾泰和薩彥嶺（Sayan Mountain）西部的阿凡納羨沃墓葬中發現約一百個金屬器，包括三把經典窩瓦河—烏拉爾顏那亞風格的管銎斧、一把鑄銅鎚斧，以及兩把典型顏那亞風格的銅短劍。切爾尼赫將這些工藝品定為窩瓦

河—烏拉爾顏那亞的西方典型風格，在阿爾泰地區找不到本土的先例。[14]

馬洛利和梅維恆（Victor Henry Mair, 1943-）用長達一本書的篇幅指出阿凡納羨沃的遷徙導致吐火羅語族與原始印歐語分道揚鑣。阿凡納羨沃文化與塔里木盆地吐火羅語族之間的物質橋梁，可以塔克拉瑪干沙漠北部最古老但近來才開始出名的青銅時代晚期歐洲人「木乃伊」（並非有意製作成木乃伊，而是天然冰凍而成）為代表，最早的例子可追溯至西元前一八〇〇至一二〇〇年。除了墓葬儀式（人骨呈仰身曲肢，葬於有壁和頂的墓穴坑）以外，還具備象徵性的聯繫。考古學家庫巴列夫（G.V. Kubarev）在阿爾泰（可能為西元前二五〇〇年左右）的阿凡納羨沃晚期墳墓的石牆上發現「太陽符號」彩繪和頭飾，與在扎滾魯克（Zaghunluq）發現的其中一具塔里木「木乃伊」的臉頰上所繪符號相同，可追溯至西元前一二〇〇年前後。若馬洛利和梅維恆是正確的，那麼阿凡納羨沃晚期的牧民就是最早將牧群從阿爾泰往南趕至天山的人；且在西元前二〇〇〇年後，他們的後裔越過天山，進入塔里木盆地北部的綠洲。[15]

大草原上的四輪車墓

我們難以確定四輪車是何時駛進歐亞大草原。但在波蘭南部的布洛諾西，陶杯上的四輪車圖像確實可追溯至西元前三五〇〇至三三〇〇年（第四章）。匈牙利巴登文化的四輪車陶器模型與北高加索庫班河畔史塔羅克森斯卡雅 2 號塚的新斯沃博德納亞四輪車墓的年代大致同時。大草原上出土最古老四輪車墓的碳定年約當西元前三一〇〇至三〇〇〇年，不過應該不太可能是第一台四輪車。在顏那亞層位文化開始前的幾個世紀，四輪車可能已經在東歐大

草原現蹤。一個仰賴四輪車的新放牧系統得花上一些時間才能組織起來，並得以蓬勃開展。顏那亞層位文化的擴張便是蓬勃開展的象徵。

二〇〇〇年亞歷山大・蓋伊（Aleksandr Gei）在其著作中，細數了東歐大草原兩百五十七種顏那亞和洞室墓文化的四輪車和手推車葬禮，碳定年大約落在西元前三一〇〇至二二〇〇年（圖4.4、4.5、4.6）。四輪車和手推車的某些部件存放在不到百分之五的顏那亞—洞室墓中，而這些極少數的墓葬都集中在特定地區。最大的四輪車墓群（120）位於北高加索北方的庫班草原，距邁科普不遠。多數庫班四輪車（115）都位於諾沃第得洛斯卡雅（Novotitorovskaya）風格的墓葬中，其為從顏那亞早期文化發展而來的庫班地區青銅時代早期文化。[16]

通常，用於喪葬儀式的車輛會先拆卸分解，並將車輪放置在墓穴坑的轉角附近，就好像墳墓本身即代表四輪車一樣。但在聶伯河以西盧揚諾夫卡（Lukyanovka）墳塚內的顏那亞墳1號墓中，陪葬品即是整輛四輪車；完整的四輪車被發現於庫班草原九座諾沃第得洛斯卡雅墳塚的下方。這十個案例有助於重建出許多四輪車構造上的細節：十輛四輪車都裝有固定軸和旋轉輪；車輪由兩到三塊木板連接成直徑約五十至八十公分的圓形。車床寬約一公尺、長二至二點五公尺，車輪之間的標準寬度，即軌距為一點五至一點六五公尺。蓋伊重建了位於雷貝地的2號塚內的116號墓的諾沃第得洛斯卡雅四輪車，此四輪車為駕駛打造了一個箱形座椅，並以垂直箱釘在方形框架上加以支撐。駕駛之後即為四輪車的內部，地板以X形的木板支撐（如同埃夫迪克墳塚中新斯沃博德納亞青銅大釜上的凸紋圖像）（圖4.3a）；盧揚諾夫卡四輪車的車架也使用X形的木板支撐。乘客和貨物皆被保護於「篷」下，此為一種用蘆葦蓆製成的四輪車頂，上頭彩繪以紅、白、黑條紋和彎曲設計，可能是縫

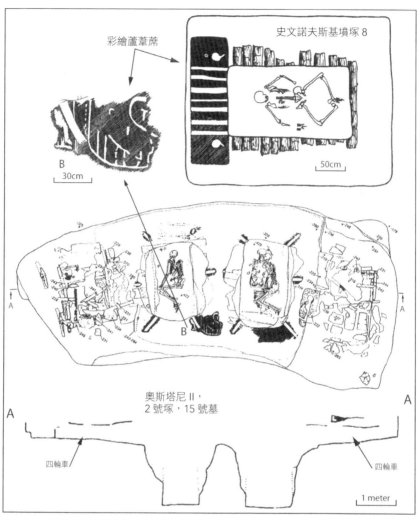

圖 13.4　顏那亞墓群和相關傳統中的彩繪蘆葦蓆。圖上：聶斯特河下游大草原顏那亞晚期史文諾夫斯基（Semenovskii）8 號塚中的 9 號墓；圖下：庫班河大草原、諾沃第得洛斯卡雅文化、奧斯塔尼（Ostanni）2 號塚的 15 號雙人墓中有兩台四輪車。出處：Subbotin 1985，圖 7.7；and Gei 2000。

在毛氈的裡襯上；顏那亞的墓底就放置類似縫有某種有機裡襯的彩繪蘆葦蓆（圖 13.4）。[17]

　　大草原上車墓最早的碳定年落在大約西元前三〇〇〇年前後約一至兩個世紀（表 13.2）。其中一座出自庫班的奧斯塔尼（Ostanii）1 號塚的 160 號墓，此為諾沃第得洛斯卡雅文化第三階段的墳墓，建於西元前三三二〇至二九三〇年（4440±40 BP）；另一座出自聶伯河下游巴爾基墳塚內的 57 號墓，為顏那亞早期的墓葬，建於西元前三三三〇至二八八〇年（4370±120 BP）（圖 4.4、4.5）。兩個年代的機率分配（probability distribution）顯著落在西元前三〇〇〇年之前，這便是我採用西元前三一〇〇年的原因。但幾乎可以肯定，這些並非大草原上第一輛四輪車。[18]

表 13.2　挑選出與阿凡納羨沃移民及顏那亞層位文化相關的碳定年數據

實驗室編號	距今年代	樣本	校正年代
1. 阿爾泰山脈的阿凡納羨沃文化（引自 Parzinger 2002，圖 10）			
不明遺址			
Bln4764	4409 ± 70	?	西元前 3310-2910 年
Bln4765	4259 ± 36	?	西元前 2920-2780 年
Bln4767	4253 ± 36	?	西元前 2920-3780 年
Bln4766	4205 ± 44	?	西元前 2890-2690 年
Bln4769	4022 ± 40	?	西元前 2580-2470 年
Bln4919	3936 ± 35	?	西元前 2490-2340 年
卡拉－科巴 I（Kara Koba I），區域 3			
?	5100 ± 50	?	西元前 3970-3800 年
埃洛－巴希（Elo - bashi），區域 5			
?	4920 ± 50	?	西元前 3760-3640 年
2. 與墳塚群建造在一處的顏那亞層位文化墳塚墓地，建造年代之間有較大缺漏。			
A. 烏克蘭的顏那亞層位文化墓地（引自 Telegin et al. 2003）			
吉斯特尼夫卡（Avgustnivka）墓地			
第一期：Ki2118	4800 ± 55	K 1/gr2	西元前 3650-3520 年

實驗室編號	距今年代	樣本	校正年代
第二期：Ki7100	4130 ± 55	K 5/gr2	西元前 2870-2590 年
Ki7111	4190 ± 60	K 4/gr2	西元前 2890-2670 年
Ki7116	4120 ± 60	K 4/gr2	西元前 2870-2570 年
韋爾赫尼塔拉索夫卡（Verkhnetarasovka）墓地			
第一期：Ki602	4070 ± 120	K 9/18	西元前 2870-2460 年
Ki957	4090 ± 95	K 70/13	西元前 2870-2490 年
第二期：Ki581	3820 ± 190	K 17/3	西元前 2600-1950 年
Ki582	3740 ± 150	K 21/11	西元前 2400-1940 年
維諾格拉德內（Vinogradnoe）墓地			
第一期：Ki9414	4340 ± 70	K 3/10	西元前 3090-2880 年
第二期：Ki9402	3970 ± 70	K 3/25	西元前 2580-2340 年
Ki987	3950 ± 80	K 2/11	西元前 2580-2300 年
Ki9413	3930 ± 70	K 24/37	西元前 2560-2300 年
戈洛夫科夫卡（Golovkovka）墓地			
第一期：Ki6722	3980 ± 60	K 7/4	西元前 2580-2350 年
Ki6719	3970 ± 55	K 6/8	西元前 2580-2350 年
Ki6730	3960 ± 60	K 5/3	西元前 2570-2350 年
Ki6724	3950 ± 50	K 12/3	西元前 2560-2340 年
Ki6729	3920 ± 50	K 14/9	西元前 2560-2340 年
Ki6727	3910 ± 15	K 14/2	西元前 2460-2350 年
Ki6728	3950 ± 55	K 14/7	西元前 2470-2300 年
Ki6721	3850 ± 55	K 6/11	西元前 2460-2200 年
Ki2726	3840 ± 50	K 4/4	西元前 2400-2200 年
杜布羅沃迪（Dobrovody）墓地			
第一期：Ki2129	4160 ± 55	K 2/4	西元前 2880-2630 年
第二期：Ki2107	3980 ± 45	K 2/6	西元前 2580-2450 年
Ki7090	3960 ± 60	K 1/6	西元前 2570-2350 年
米諾夫卡（Minovka）墓地			
第一期：Ki8296	4030 ± 70	K 2/5	西元前 2840-2460 年
Ki421	3970 ± 80	K 1/3	西元前 2620-2340 年
諾沃塞爾希（Novoseltsy）墓地			
第一期：Ki1219	4520 ± 70	K 19/7	西元前 3360-3100 年

實驗室編號	距今年代	樣本	校正年代
第二期：Ki1712	4350 ± 70	K 19/15	西元前 3090-2880 年
第三期：Ki7127	4055 ± 65	K 19/19	西元前 2840-2470 年
Ki7128	4005 ± 50	K 20/8	西元前 2580-2460 年
奧特德尼（Otradnoe）墓地			
第一期：Ki478	3990 ± 100	K 26/9	西元前 2850-2300 年
第二期：Ki431	3890 ± 105	K 1/17	西元前 2550-2200 年
Ki470	3860 ± 105	K 24/1	西元前 2470-2140 年
Ki452	3830 ± 120	K 1/21	西元前 2470-2070 年
佩雷斯切皮諾（Pereshchepyno）墓地			
第一期：Ki9980	4150 ± 70	K 4/13	西元前 2880-2620 年
Ki9982	4105 ± 70	K 1/7	西元前 2870-2500 年
Ki9981	4080 ± 70	K 1/6	西元前 2860-2490 年
斯瓦托夫（Svatove）墓地			
第一期：Ki585	4000 ± 190	K 1/1	西元前 2900-2200 年
Ki586	4010 ± 180	K 2/1	西元前 2900-2250 年
塔良基（Talyanki）墓地			
第一期：Ki6714	990 ± 50	K 1/1	西元前 2580-2460 年
Ki6716	3950 ± 50	K 1/3	西元前 2560-2340 年
第二期：Ki2612	3760 ± 70	K 2/3	西元前 2290-2030 年

B. 窩瓦河中游地區的顏那亞層位文化墓地群（薩馬拉河谷計畫）。
尼茲納亞—奧良克 I（Nizhnaya Orlyanka I）

第一期：AA1257	4520 ± 75	K 4/2	西元前 3360-3090 年
OxA**	4510 ± 75	K 1/15	西元前 3360-3090 年

格雷切夫卡 II（Grachevka II）

第一期：AA53805	4342 ± 56	K 5/2	西元前 3020-2890 年
AA53807	4361 ± 65	K 7/1	西元前 3090-2890 年

c. 窩瓦河中游地區的波爾塔夫卡墓地，三座塚修建於同一階段。
克拉斯諾薩馬斯科 IV（Krasnosamarskoe IV）墓地

AA37034	4306 ± 53	1 號塚 4 號墓	西元前 2929-2877 年
AA37031	4284 ± 79	1 號塚 1 號墓	西元前 3027-2700 年
AA37033	4241 ± 70	1 號塚 3 號墓，中心	西元前 2913-2697 年
AA37036	4327 ± 59	2 號塚 2 號墓，中心	西元前 3013-2883 年

實驗室編號	距今年代	樣本	校正年代
AA37041	4236 ± 47	3 號塚 9 號墓，中心	西元前 2960-2700 年
AA37040	4239 ± 49	3 號塚 8 號墓	西元前 2910-2701 年

註：顏那亞—波爾塔夫卡的年代表明多重墳塚幾乎是同時修建於年代跨度較大的不同階段，可能反映了相關牧場不定期使用的情況。

四輪車可能現身於西元前三五〇〇至三三〇〇年間的大草原上，或許是從歐洲傳往西方，或者可能從美索不達米亞的邁科普—新斯沃博德納亞文化晚期。由於我們無法確切指出輪軸的發源地，因此難以知曉它最初是從哪個方向駛向大草原的。但輪軸深深影響了早期原始印歐語世界的東部，即頓河—窩瓦河—烏拉爾草原，而顏那亞層位文化最古老的根源亦在此處。

顏那亞層位文化在東歐大草原上的傳播，主因可能並非戰爭，不過對此僅有極少的證據。相反的，其之所以傳播是因為那些支持協議和機構以落實高度流動性的人群，會成為潛在的盟友，而那些不願支持的人則會分道揚鑣、形成他者。較大的牧群也會帶來更高的聲望和經濟實力，因為大型牧群的擁有者能出借更多的牲畜，或在公共筵席上提供牲祭。較大的牧群會為大牧群擁有者的女兒迎來更豐厚的聘禮，這也讓他們之間的社會競爭更為緊繃。類似的競爭走勢也部分導致了紐爾族在東非的擴張（第六章）。最大且最早的流動牧群擁有者所使用的頓河—窩瓦河方言，便可能是晚期原始印歐語。

顏那亞層位文化始於何處？

如同我以上所述，為什麼顏那亞層位文化最古老的根源位於原始印歐語世界的東部？定義出顏那亞層位文化早期的工藝品風格和墓葬儀式最早出現在東方。考古學家大都採納尼古拉·梅佩特

（Nikolai Merpert, 1922-2012）的看法，即顏那亞變體出現於窩瓦河—頓河大草原，此為東歐大草原帶最乾燥也最東之處。

在梅佩特一九七四年的經典研究中，顏那亞層位文化可分為九個區域群組。他的劃分法之後被年輕一輩的學者劃分得愈來愈細碎。[19]無論如何定義，這些區域性的組群都未經歷同時代中相同的年代階段。特里金將最早的顏那亞時期（A）陶器劃分為 A1 和 A2 兩個變體（圖 13.5）。[20]A1 型陶器的高領較長，裝飾主要位於陶器上部三分之一的水平帶上，且「珍珠」狀的突點多半高領上或著下方；A1 型就像頓河畔的列賓陶器。A2 型陶器的整個表面都有裝飾，通常是垂直的飾條，邊沿通常更短、更厚、更外翻；A2 型則類似窩瓦河下游的赫瓦倫斯克晚期陶器。列賓陶器是由泥條盤築（coiling）製成；A2 型的顏那亞陶器則通常是用將泥條搗成袋狀的凹陷或模具來製作器壁，此種技術風格非常特殊。兩種子型的陶器都在陶土中摻入貝殼。某些貝殼摻合料似乎是故意添加的，特別是 A2 型的陶器，有些來自本就包含貝殼和湖中蝸牛殼的湖底黏土。A1 和 A2 類型都出現在最早的顏那亞墓葬中，橫跨整個東歐大草原。

▶窩瓦河和頓河下游的早期顏那亞文化

一九五一至五三年間，由辛尼特西（I. V. Sinitsyn）率領的窩瓦河下游考古調查顯示，在薩拉托夫和伏爾加格勒（Volgograd；當年的史達林格勒）之間的東岸平原地層上，分布一系列青銅時代的墳塚墓地，且每座墓地間都固定相隔十五至二十公里遠。其中一些墳塚包含分層的墳墓序列，這些地層的證據被拿來辨識出最早的顏那亞遺址。重要的分層墳塚有貝科沃墓地 II（Bykovo II）中的 2 號塚的 1 號墓（在顏那亞墳墓下方地層中有一只特里金所劃分的 A1 型陶器），以及貝列日諾夫卡墓地 I（Berezhnovka I）中的 1

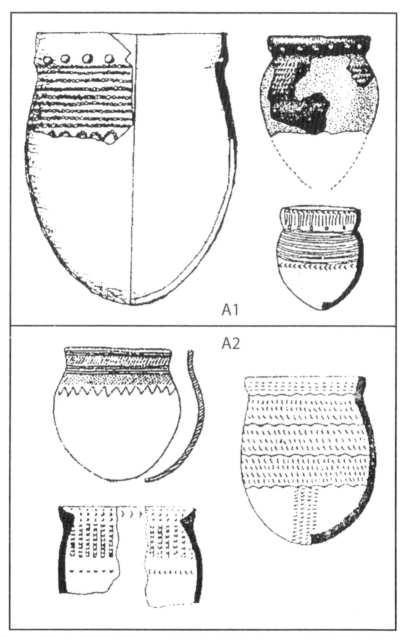

圖 13.5　顏那亞早期陶器的 A1 型（類似列賓陶器）及 A2 型（類似赫瓦倫斯克陶器）。出處：Telegin et al.2003.

號塚，分別以 5 號和 32 號塚的 2 和 22 號墓為代表（在下方地層中有一些特里金所劃分的 A2 型陶器）。一九五六年，金布塔斯指出「墳塚文化」應始於窩瓦河下游；一九七四年，梅佩特對顏那亞層位文化的綜合研究支持了金布塔斯的觀點，最近的挖掘也重新確認了窩瓦河下游的顏那亞傳統。在窩瓦河下游聚落中的克孜勒—哈克和卡拉—庫都克出土了顏那亞早期陶器 A1 和 A2 型的古代原型（圖12.5），其碳定年落在西元前四○○○至三五○○年之間。在窩瓦河下游的薩拉托夫和伏爾加格勒之間的什利亞科夫斯基墳塚——恩格斯和塔利克（Tarlyk），也找到一些墓葬，風格和儀式似乎介於赫瓦倫斯克晚期和顏那亞文化之間。

A1 類型或稱列賓風格，最早出現在頓河中游與窩瓦河地區。列賓陶器位處頓河中游的契卡斯基（Cher-kassky）的顏那亞陶器地層之下，介於西元前三九五○年至三六○○年間，位於窩瓦河下游在克孜勒—哈克的羚羊獵人營地。最早的列賓陶器無論在形式或裝飾上，皆與頓河下游的瑟斯基島—康斯坦丁諾夫卡或多或少有些相似，現在則一般認為與頓河下游的邁科普—新斯沃博德納亞晚期文化的康斯坦丁諾夫卡等地有接觸，才刺激了列賓早期文化的出現與傳播，並經由列賓，傳到早期的顏那亞。顏那亞層位文化早期的金屬製有柄短劍和管銎斧的仿造年代，肯定是在邁科普—新斯沃博德納亞風格之後。

A2 類型或稱赫瓦倫斯克風格，始於居住在窩瓦河下游的赫瓦倫斯克晚期文化人群。這種袋形的陶器仍然是窩瓦河下游的顏那亞墳墓群中最常見的陶器，之後又擴張至窩瓦河中游的窩瓦河—烏拉爾大草原，當地的 A2 型逐漸取代了列賓風格的顏那亞陶器。又一次，與邁科普—新斯沃博德納亞晚期文化的接觸，譬如與窩瓦河下游埃夫迪克墳塚的建造者，可能激發出從赫瓦倫斯克晚期過渡至顏那亞早期的變化。從北高加索引進的外界刺激之一，可能是四輪車

和製造四輪車的技術。[21]

▶聶伯河畔的顏那亞文化早期

　　烏克蘭的顏那亞早期典型遺址是位於米哈伊洛夫卡的一個聚落。米哈伊洛夫卡是聚落，而非墳塚墓地，這一點立刻反映出顏那亞西部的生活方式比顏那亞東部更穩定。西元前三四〇〇年前，位處聶伯河下游的米哈伊洛夫卡（地層 I）的戰略性山丘防禦工事被與西部沿海草原（米哈伊洛夫卡 I 文化）有聯繫的人群所占領。西元前三四〇〇至三三〇〇年之後，米哈伊洛夫卡（地層 II）被打造列賓—A1 型陶器的人群所占據，因此與東方有所接觸。列賓風格的陶器於頓河中游扎根，但卻是在聶伯河開始擴張，與米哈伊洛夫卡 I 的陶器風格迥異，而米哈伊洛夫卡 II 還可再分成下層和上層：下層的地層 II 與特里波里 C1 同時，差不多是西元前三四〇〇至三三〇〇年；而位處上層的地層 II 則與特里波里 C2 早期同時，約當西元前三三〇〇至三〇〇〇年。在上下兩個地層中，都發現了列賓風格的陶器。米哈伊洛夫卡 II 的考古地層約有六、七十公分厚。房屋分為兩部分：挖掘出、與地面之上的部分，地面上設有一或兩座火塘、夯實的黏土地板、部分的石牆地基，以及茅草屋頂（從地上厚厚的茅草灰堆積物判斷出）。此聚落的主人是甫開始與窩瓦河—頓河地區的列賓風格顏那亞早期社群結盟或通婚的人群。

　　米哈伊洛夫卡 II 的務農人群遠遠少於米哈伊洛夫卡 I。在米哈伊洛夫卡 I 的二百七十三只陶器碎片中，只有一片上有農作物的殘跡，但到了顏那亞早期的米哈伊洛夫卡 II，這個比例降為六百零四比一，到了顏那亞晚期的米哈伊洛夫卡 III，更降為四千零六十五比一，比米哈伊洛夫卡 I 短少了十五倍之多。與此同時，比起米哈伊洛夫卡 I 的地層，顏那亞地層中獸骨形式的廚餘足足多出了

四十五倍。[22]因此，雖然顏那亞時期留下食物殘跡的總量大幅增加，但穀物在飲食中的占比減少。烏克蘭西部的顏那亞喪葬用陶器上確實留有穀物痕跡，例如聶斯特河下游的墳塚群，像是貝利亞耶夫卡（Belyaevka）1 號塚的 20 號墓，及格盧博科耶（Glubokoe）2 號塚的 8 號墓。這些殘跡當中有：單粒小麥、普通小麥、小米（*Panicum miliaceum*）及大麥。如同牧民在大草原上偶爾會耕種小規模的穀物，聶伯河—聶斯特河草原的一些顏那亞族群也是如此。但儘管顏那亞的聚落規模愈來愈大，農耕在米哈伊洛夫卡的比重卻也日益減少。[23]

顏那亞層位文化始於何時？

特里金和同僚採用出自顏那亞墓群的兩百一十個碳定年來建構出顏那亞約略年代的輪廓。絕大多數顏那亞墓葬的最早年代區間約為西元前三四〇〇至三二〇〇年。幾乎所有較早的年代都是經由檢測墓葬中的木料而來，因此不太需要考慮可能影響人類骨骼的碳庫效應。年代介於此時間斷線內的墳墓遍布整個東歐大草原：東歐大草原西北部（諾沃塞茨〔Novoseltsy〕19 號塚 7 號墓，敖德薩地區）、聶伯河下游草原（澳布洛伊〔Obloy〕1 號塚 7 號墓，黑爾孫〔Kherson〕地區）、頓涅茨河草原（沃倫泰瑞維卡〔Volonterivka〕1 號塚 4 號墓，頓涅茨河地區）、頓河下游草原（烏斯曼〔Usman〕1 號塚 13 號墓，羅斯托夫〔Rostov〕地區）、窩瓦河中游草原（尼茲納亞—奧良克 I〔Nizhnaya Orlyanka I〕1 號塚 5 號墓及 4 號塚 1 號墓），以及窩瓦河下游以南的卡爾梅克草原（尊達—圖加〔Zunda Tolga〕1 號塚 15 號墓）。到了西元前三四〇〇至三二〇〇年左右，顏那亞早期文化肯定已經迅速傳播至整座東歐大草原。傳播的速度之快頗耐人尋味，反映出其競爭優勢與侵略性

的擴張。其餘的本土文化孤立地倖存了好幾個世紀，因為出自聶斯特河上烏薩托韋遺址、聶伯河畔的後馬立波文化遺址，以及克里米亞半島的凱米—奧巴文化遺址的碳定年，皆與顏那亞早期的碳定年（西元前三三〇〇至二八〇〇年）重疊。西元前二八〇〇年之後，這三個族群都被顏那亞晚期的變體所取代。[24]

顏那亞人遊牧民？

自西元前六二七年塞西亞人將亞述洗劫一空，草原遊牧民就讓農業文明又愛又懼。我們仍保有對所有的草原遊牧民的刻板印象，認為他們沒有城鎮、生活於帳篷或具有五顏六色掛毯的四輪車中、身跨長毛馬奔馳於牛羊之間，並且能夠將其喜怒難測的氏族集結成心狠手辣的大軍，不定時地一舉從草原上傾巢而出，除了燒殺擄掠，沒有其他明確的動機。史家多將他們這種特殊的流動放牧經濟，也就是遊牧的經濟模式，以仰賴農業國家的「寄生性適應」（parasitic adaptation）來詮釋。按照此「依賴假設」（dependency hypothesis）的說法，遊牧民倚靠鄰近國家來供給穀物、金屬器和戰利品。他們需要大量的食物和武器來養活並裝備軍隊，且需要大量的戰利品來維持軍隊的忠誠，而要想獲取大量的食物與財富，只能仰賴農業國家。歐亞的流動放牧經濟被解釋成一種「機會回應」（opportunistic responses），即草原帶邊界上像是中國、波斯等中央集權國家的演進。顏那亞的放牧，無論如何定義，都不可能是流動放牧經濟，因為其在世的時候，應該要讓顏那亞人群依賴的國家都尚未出現。[25]

話說回來，歐亞的流動放牧經濟的依賴模型實際上只能用來解釋鐵器時代和中世紀遊牧民的「政治」和「軍事」組織。歷史學家狄宇宙（Nicola Di Cosmo, 1957- ）指出，由於發展出保護領袖的

大型常備軍，使遊牧民間的政治及軍事組織產生轉型——這根本上是一支膨脹成軍隊的常設王室護衛隊，所有成本皆附加其中。至於流動放牧經濟的「經濟」基礎，蘇聯民族學家謝爾蓋·維恩施坦（Sergei Vainshtein）與狄宇宙都意識到，許多遊牧民有種植一些大麥或小米，讓有些人能在夏季遷移時待在谷底的耕地。由於歐亞草原富含金屬礦，遊牧民也開採自己的金屬礦砂，並依照自己的風格打造金屬工具和武器。金屬工藝和自給性經濟（subsistence economy）讓歐亞的流動放牧經濟毋須仰賴鄰近農民的進口金屬器或農業補給。像烏魯克時期的美索不達米亞這種中央集權的農業國家，非常擅於將財富集中，而若草原牧民能分一杯羹，就能讓部落草原的軍事及政治結構徹底轉型，但流動放牧經濟習以為常的自給性經濟壓根不需要外部國家的支持。[26]

　　要是流動放牧經濟所指涉的並非政治組織和軍事聯盟，而僅僅是個經濟學詞彙，指稱一種高度仰賴流動性的放牧經濟模式，那麼，流動放牧經濟就現身於顏那亞層位文化時期。在青銅時代早期的顏那亞時期之後，青銅時代中期的洞室墓文化中出現愈來愈多種不同的經濟模式，兼具流動性和定居元素。緊接著在青銅時代晚期與斯魯布納亞文化同時，整個歐亞大草原北方出現了全年定居的聚落，深化了此種定居的趨勢。最終，一種軍國主義新型態的流動放牧經濟在鐵器時代與塞西亞人一同現身。儘管如此，塞西亞人並未發明第一個以流動為本的放牧經濟；而這似乎便是顏那亞層位文化的重大革新。

▶顏那亞文化的放牧模式

　　顏那亞的放牧系統究竟如何運作，顏那亞墳塚墓地的位置便是重要的線索。東歐大草原地區的多數顏那亞墳塚墓地都位於主要河

谷中，通常位於最低的河階上，俯瞰河岸邊的森林與沼澤。但在顏那亞時期初始時，墳塚墓地也第一次出現在主要河谷間高原上的草原深處。若將墓地詮釋為對祖先財產的宣示主權（「此處為我祖先的墳墓」），那麼墳塚墓地在草原深處的出現，就反映出深山草原牧場已從野生無主轉變成人為且為人擁有的資源。一九八五年，席洛夫（V. Shilov）統計了位於頓河下游、窩瓦河下游及北高加索之間深谷草原與谷間高原上的墳塚。在位於主要河谷之外的草原深處，他統計出三百一十六座墳塚中已發掘的七百九十九座出土墓葬。最早在這些地點出現的墓葬，便是顏那亞墓葬。顏那亞占所有墓葬中的一成（七十八座），四成五（三百五十九座）為洞室墓文化相關的青銅時代中期文化，百分之七（五十八座）為青銅時代晚期的斯魯布納亞文化，百分之二十九（二百三十座）發源於斯基泰—薩爾馬泰（Scytho-Sarmatian）時期，百分之九（七十一座）源於歷史時代中的中世紀。河谷之間高原上的牧場開發，始於青銅時代早期，並在青銅時代中期迅速攀升到巔峰。[27]

施什麗娜（Natalia Shishlina）從北高加索以北卡爾梅克草原上的墳塚墓群收集到季節性的植物數據，這與席洛夫研究的屬於同一地區。施什麗娜發現，顏那亞人群於谷底牧場（一年四季皆有人使用）和位於河谷十五至五十公里內的草原深處高原牧場（可能只限春季和夏季）之間季節性地移動。施什麗娜強調此種移動週期的只在小範圍內執行。山谷與高原草原間循環不息的移動，導致了顏那亞時期結束時的過度放牧及土壤退化（保存在如今出土的青銅時代中期墳塚土墩之下）。

頓河—窩瓦河草原中的青銅時代牧群的組成為何？由於頓河以東並未出現顏那亞聚落，因此得從人類墳墓群中的動物群資訊下手。席洛夫在河谷和谷間高原所研究的二千零九十六座墳塚墓葬中——比高原上的墓葬要大上許多——顏那亞墓葬中有百分之十五點

二的墳墓當中有家畜的獻祭（表 13.3）。其中大多數為綿羊或山羊骨（百分之六十五），第二位是與之差距甚大的牛骨（百分之十五），第三是馬（百分之八），第四則是狗（百分之五）。[28]

　　在聶伯河與頓河谷之間的西方，顏那亞牧群的組成截然不同，其中一個差異是顏那亞有聚落，意味著採取流動性較低、更傾向定居的放牧模式。與東方以綿羊為主的牧群不同，在聶伯河谷顏那亞早期和晚期的米哈伊洛夫卡的 II 和 III，牛（百分之六時）要比綿羊（百分之二十九）多上許多。墳塚墓葬僅僅滲透進高原的幾公里處，大多數的墓葬都位於聶伯河流域或其較大的支流間，這種沿著河岸邊放牧的經濟模式被束縛在像米哈伊洛夫卡這類設有防禦工事的據點，靠著零星的小規模的耕地過活。在聶伯河—頓河草原上，像是位於頓河下游的列文索沃克（Liventsovka）和珊諾沃克等地，已有十幾座小型的顏那亞聚落出土。儘管有溝渠防衛珊諾沃克和米哈伊洛夫卡，且在斯科利亞—卡米諾盧米亞（Skelya-Kamenolomnya）也出土了一座防禦石牆，但聚落大小多半都不及一公頃，且人口密度也相對較低。據說牛在這些遺址內的獸骨中占最大宗。[29]

表 13.3　東歐大草原青銅時代早期墓葬群和聚落的馴化動物

文化	牛	綿羊／山羊	馬	豬	狗
頓河—窩瓦河草原，顏那亞墓葬群	15%	65%	8%	—	5%
米哈伊洛夫卡II／III，顏那亞聚落	59%	29%	11%	9%	0.7%
列賓（頓河下游），聚落	18%	9%	55%	9%	—

註：一表示無法鑑定種類。

　　列賓以東並未發現顏那亞的聚落。在馬尼赤湖盆地底與湖泊附近，以及東歐大草原北方沙漠—草原帶和沙漠，偶爾能找到少數被風侵蝕的細石器與顏那亞的陶器碎片，但缺乏完整的文化層

（cultural layer）。草原愈濕潤，就愈難難找到小規模的地表遺址，就算是顏那亞地表的零星碎片也幾乎沒有。例如，窩瓦河中部的薩馬拉州裡交錯分布著中石器、新石器、銅石器和青銅時代的已知聚落，唯獨缺乏青銅時代早期的顏那亞聚落。在一九九六年的薩馬拉河谷計畫，我們沿著佩夏尼谷（Peschanyi Dol）底的十二個看似可能之處，嘗試挖掘實驗坑來尋找臨時的青銅時代營地；並在溪谷口的烏捷夫卡（Utyevka）村周圍附近，找到四處顏那亞的墳塚墓地（圖 16.11）。今時今日的佩夏尼谷，是附近三個俄羅斯農村的夏季放牧地區。在這座秀麗的山谷中，我們發現七只臨時的青銅時代晚期斯魯布納亞的陶器碎片，並在谷口找到更大規模的斯魯布納亞聚落巴林諾沃卡（Barinovka）。在青銅時代中期，青銅時代晚期聚落和一座營地也有人居住；在裡面都發現了少量的青銅時代中期陶器碎片。但我們找不到青銅時代早期的陶器碎片——缺乏顏那亞聚落。

若我們找不到顏那亞牧民在冬天居住的營地，也就是那些他們冬天時必須帶著牧群前往躲避的河濱森林和沼澤（多數顏那亞墓地所在之處）——他們的牧群規模是如此之大，即便在冬季都得不斷遷移。北方草原的冬季之嚴寒也不惶多讓，加拿大和美國蒙大拿州（Montana）的黑腳印地安人（Blackfoot Indians）的五十個部落，每個冬季都必須移動幾哩好幾次，才有辦法為馬找到新鮮的草料。幸好，黑腳印地安人不用操心要怎麼餵養牛羊。冬季的每一個月份，蒙古牧民都會帶著帳篷和牧群移動一次。顏那亞的放牧系統可能具備同樣的流動性。[30]

顏那亞牧民在馬背上照看著他們的牧群。在頓河畔的列賓，有五成五的獸骨是馬骨。在位處窩瓦河南部、靠近俯瞰裏海盆地的查查（Tsa-Tsa）的墳塚墓地中的一座顏那亞墳墓（7 號塚中的 12 號墓），找到一副馬的頭骨。在同一處墓地的 1 號塚的 5 號墓，洞室

墓時期的墓葬中找到四十匹被獻祭的馬。[31] 此座洞室墓可能建於西元前二五〇〇年左右。當中下葬的一名成年男性身軀往左側蜷曲、頭朝東北方，赭土石和白堊粉碎片撒在他的臀部上。他的頭骨下找到一把青銅短劍刀，墳墓上方有四十副馬頭骨，整齊地排成兩排，墳墓的地上還有三副公羊頭骨。四十匹馬的肉——假設牠們比蒙古野馬稍大一點，活體重約四百公斤——約可供應八千座墳塚，也就是每兩座墳塚就能有四千份。這意味葬禮筵席的規模驚人。馬很適合用做特殊牲祭之用。

▶頓河—窩瓦河大草原的野生種子與乳製品

墳墓中許多顏那亞陶器碎片，都經由薩馬拉陶器實驗室顯微鏡的檢測，但無論是在此處的顏那亞陶器或頓河東部，都沒有找到農作物的痕跡。窩瓦河中部地區的顏那亞人完全沒有蛀牙（薩馬拉州的四百二十八顆顏那亞—波爾塔夫卡成年人皆無蛀牙〔圖16.12〕），這顯示碳水化合物在飲食中的占比很低，這點與採集者的牙齒相同。[32] 東方的顏那亞人可能已經開始吃野生藜屬和莧屬的種子，甚至連蘆根（*Phragmites*）的蘆葦塊莖和根莖都一起吃下肚。針對北高加索草原以北馬尼赤湖盆地的顏那亞墳墓地上找到的花粉、藜屬（goosefoot）與莧菜的植物化石，施什麗娜加以分析了植物細胞內所形成的二氧化矽晶體），發現毋須耕種，每公頃都能產生比單粒小麥還多的種子。[33] 可見農作物在東方顏那亞的飲食中一點也不重要。

儘管東方的顏那亞人又高又壯，幾乎找不到全身性感染（systemic infections）的跡象，但與更早或較晚時期的骨骸相比，窩瓦河中游地區的顏那亞人在幼兒時期缺鐵性貧血（此種骨質病變稱為「眶頂篩孔樣病變」〔*cribra orbitalia*〕）的狀況更為顯著

（圖 13.6）。由於牛奶中的高磷會阻礙鐵的吸收，因此若幼年時攝取「太多」乳製品，也會導致貧血。[34] 在新飲食的最適比例建立之前，在重大飲食變化的早期階段，往往會損害健康。顏那亞「眶頂篩孔樣病變」的異常高峰，也可能是兒童體內寄生蟲增加所導致，這便又涉及動物與人類間更為緊密的生活模式。近來導致乳糖耐受性（lactose tolerance）突變的全球分布區域的遺傳學研究顯示，此突變讓以乳製品為基礎的飲食變得可能，其最早可能出現在西元前四六〇〇至二八〇〇年間烏拉爾山脈以西的大草原上，即銅石並用時代晚期（米哈伊洛夫卡 I）和青銅時代早期的顏那亞時期。[35] 此種突變經得起選擇，於是對最近轉向機動性放牧經濟的人群而言，所有能耐受乳製品的成年人都變得更為強大。

乳製品的重要性或許能解釋母牛為何在原始印歐語的神話和儀式中這麼重要，即使對更依賴綿羊的人群來說也是如此。牛之所以神聖，是因為牛奶的生產量，比歐亞大草原上任一種畜群都來的多——根據蘇聯民族學家維恩施坦的說法，母牛產出的奶是母馬的兩倍、山羊的五倍。維恩施坦更指出，對西伯利亞土瓦（Tuva）飼養綿羊的牧民來說，一個遊牧家庭就算窮到連綿羊都養不起，也至少會養一頭母牛，因為至少還能拿來供給食物；雖然綿羊能為牧民帶來財富，但母牛是最終的牛奶生產者。[36]

如同顏那亞最早的陶器風格，顏那亞以四輪車為基礎的放牧經濟模式，似乎在頓河東部的草原上得以有效發展。不同於陶器和墳墓風格，東顏那亞放牧經濟的高度流動性和放牧綿羊的策略，並未西傳至聶伯大草原，也未北傳到窩瓦河—烏拉爾大草原，當地放牧經濟的重要組成仍然是牲畜飼養。隨著顏那亞層位文化而擴展的，似乎反而是社會、宗教和政治制度（賓主協議、庇護人—附庸契約，以及祖先崇拜）。雖然一些來自東方的新酋長可能遷徙至聶伯河大草原，但在西方，他們將牛納入牧群，並住在建有防禦工事的基地中。

▶顏那亞的社會組織

晚期原始印歐語的使用者感謝天父 *dyewpter* 賜予他們兒子、快馬和肥美的牛隻，由於 *dyewpter* 是男性，其突出的地位可能反映出父輩和兄弟對於組成世俗社會組織核心的牧群單位的重要性。原始印歐語指涉親族關係的詞彙是生活於父系、從父居社會世界中人群所用的詞彙，這意味權利、財產和責任義務皆僅由父親（並非母親）繼承，以及女性婚後將與夫家一起居住或住在夫家附近。指涉祖父、父親、兄弟，以及丈夫的兄弟等這些親屬稱謂，幾乎在所有印歐語系的語言中皆能找到相對應的字根，但與妻子、妻子家庭相關的親屬稱謂卻很少、不確定性較高，且更為多變。親屬關係結構只是社會組織的一個層面，但在部落社會中，此為凝聚社會單位的黏著劑。然而，我們將會發現，即便語言證據顯示出原始印歐語的親族系統皆以父輩為中心，實際行為的考古證據卻更加多變。

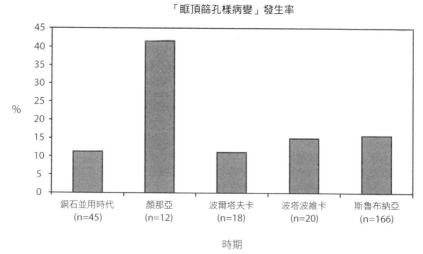

圖 13.6　窩瓦河中部地區薩馬拉州的文化中，與貧血症狀相關的眶頂篩孔樣病變（cribra orbitalia）發生率。出處：Murphy and Khokhlov 2004.

正如吉姆‧馬洛利在幾年前所坦承的，我們對墳塚墓地的社會意義知之甚少；而墳塚墓地卻是整個顏那亞世界留給我們的所有考古證據。[37] 就算我們能假設墓地是他們以視覺方式宣告領土所有權，卻難以得知這些規則最初是由誰建立，或者誰有權利埋葬於此，抑或是在廢棄之前曾使用多久。考古學家更習慣將它們描述成已定案的靜態物件，但在它們興建之初，它們是動態的，並演變成特定人群、氏族和事件的紀念碑。

▶性別與墳塚埋葬的意涵

可確定的是，墳塚並未用於家庭墓葬。馬洛利對二千二百一十六座顏那亞墓葬的研究指出，顏那亞墳塚中基本少於三座顏那亞墓葬。有大約四分之一的墳塚只有一座墓葬。沒有哪個孩童埋葬在中心或主要墳墓中——此種地位僅限於成年人。學者對窩瓦河中游地區薩馬拉河谷的研究十分充分且年代確定，此處每世紀的墳塚數量反映出，顏那亞很少建造墳塚，且即使是在有許多顏那亞墓葬的地區，也是相隔五年才會建造一次。可見墳塚僅建造來紀念特殊成人的辭世，而非紀念社會群體中的所有人，就算是特別尊貴的家族也不是每個人都有資格建造墳塚。在窩瓦河下游，顏那亞墳墓中有八成為男性。艾琳‧莫菲（Eileen Murphy）和亞歷山大‧霍荷洛夫（Aleksandr Khokhlov）證實在窩瓦河中游地區的顏那亞—波爾塔夫卡墳墓群中男性也占了八成。在烏克蘭，男性占最大宗，但沒有那麼篤定。在北高加索北方草原上，包括馬尼赤湖東部草原和庫班—亞速海西部草原，男女在中心墓和墳塚墳墓中所占的比例大致相同。馬洛利指出，馬尼赤湖東部地區一百六十五座顏那亞墓葬中的性別分配幾乎相同，蓋伊則對庫班—亞速海草原上的四百座諾沃第得洛斯卡雅墓葬展開了類似的性別統計。即便是窩瓦

河中游地區，有些墳塚的中心墓亦葬有成年女性，這點與克拉斯諾薩馬斯科 IV（Krasnosamarskoe IV）相同。就算是在多半以男性為主的墳塚下中心墓葬區，也不見得都由男性占據，且在北高加索北方草原（顏那亞時期之前，邁科普文化影響力最強的區域），男女下葬的比例也依舊相同。[38]

窩瓦河—烏拉爾地區以男性為中心的墓葬顯示出，在顏那亞層位文化中，東方的社會變體更傾向以男性為中心，而在考古學重建出的東方印歐神話傳統中，以男性為中心的神祇信仰也是異曲同工。但就算是在窩瓦河畔，葬於中心墓葬中的人也不「僅只」於男性。在語言學家為原始印歐語使用者重建的從父居、父系社會中，「所有」宗族的首領清一色都是男性。在包括中心墓在內的五座墳塚墓葬中的一座出現了成年女性，顯示出葬於墳塚下的人並不只取決於性別。為什麼就連窩瓦河畔，成年女性也會葬於墳塚下的中心墓？在之後的草原社會中，婦女也能執掌通常指派給男性的社會職位。頓河和窩瓦河下游的斯基泰—薩爾馬泰「戰士墳墓」中，約有二成的女性和男性一樣披掛上陣，此現象可能是希臘神話中亞馬遜女戰士（Amazons）的靈感來源。十分有意思的是，即便相隔兩千年，在同一片區域內，成年女性出現在顏那亞墳塚下中心墓的頻率大致相同。或許此區域的人群習慣會指派一些女性擔任領袖，雖然這些角色通常是男性。[39]

▶墳塚墓地與流動性

墓地中的墳塚群是否先後迅速地建好，然後旋即遭到廢棄？抑或是人群持續生活在墳塚周圍，並長期、經常性地使用墳塚？就墳塚之間的間隔年代來說，最理想的狀況是能對墓地裡所有的墳塚進行碳定年。顏那亞墓地中，少至三座，多至四十或五十座墳塚皆很

常見，很少有墳塚墓地以這樣的方式進行碳定年法檢測。

　　從特里金和同僚在二〇〇三年發表的兩百一十個顏那亞墓葬碳定年數據，我們能從中估算出墳塚間的年代間隔。在他的清單中，我們找到十九座顏那亞墳塚墓地，其中在至少有兩座墳塚在同一個墓地裡。在這十九座中有十一座（超過半數），至少有兩座墳塚所測出的碳定年在統計上是不可區分的（可參見表 13.3 的碳定年）。這顯示出墳塚是一群接一群迅速建造的，且在許多案例中，墓地在被重新啟用之前，早已被廢棄了好幾個世紀。舉例來說，從窩瓦河中游地區克拉斯諾薩馬斯科 IV 的波爾塔夫卡墓地，我們便可看出此種模式——我們挖掘一個小墳塚群中的所有三座墳塚，並從中測得了多個不同的碳定年數據（圖 13.7）。像烏克蘭的許多墳塚群集一樣，此處的所有三座墳塚都是在極短的時段內建成的，幾乎無法辨明先後順序。所有中心墓的年代都落在西元前二七〇〇至二六〇〇年（考量到人骨內氮十五的含量，須扣除兩百年的碳定年），然後墓葬就遭棄置。例如克拉斯諾薩馬斯科 IV 等墓地的使用就只集中在一段極短暫的時期。

　　若牧場就跟標記它們的墓地一樣，那麼它們也只是被短暫使用並旋即遭到廢棄。這種短暫、片斷的放牧模式類似遊墾園藝（swidden horticulture），動機可能也十分類似——生產力低下的不毛之地導致經常性的遷移；但不同於遊墾園藝，放牧的每隻動物都需要大規模的牧場，而且只要畜群夠大，就能生產貿易商品（羊毛、毛氈、皮革）。有鑑於此種狀況，「休牧」的牧場僅在低人口密度之處，才具備吸引力。[40] 當顏那亞的經濟模式擴展至河谷間未開發的牧場時，就可能會導致這種情況。然而，隨著青銅時代早期駕車的牧民數量增加，有的牧場開始出現過度使用的跡象。哥列維（A. A. Golyeva）證實，馬尼赤湖草原上的青銅時代早期顏那亞墳塚群建築在未開墾的土壤和青草之上，而許多青銅時代中期的洞室

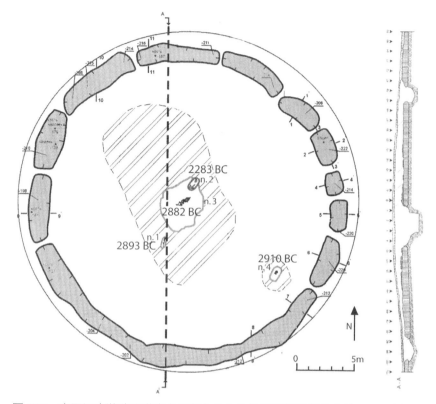

圖 13.7　窩瓦河中游波爾塔夫卡早期文化的克拉斯諾薩馬斯科墓地 IV、1 號塚。
　　　　西元前二八○○年左右，在墳塚興建的同時，也建造了三座墓：覆蓋一
　　　　層黏土的中心墓，其東南方有一座外圍墓，墳塚中則一座上覆的墳墓。
　　　　出處：作者的挖掘。

墓文化墳塚群，則是建在過度放牧的土壤上。[41] 顏那亞墳塚墓地最
初的擴張階段，可說是新放牧系統的動態面向。

▶ 原始印歐語的酋長

　　原始印歐語的使用者追隨贊助筵席與儀式的酋長（*weik-
potis*），並為這些酋長寫下讚詞，讓其名聲得以不朽；陪葬品較為

豐厚的顏那亞墳墓群應該就是用來紀念這些酋長。從建造墳塚所需的勞動力，便可隱約反映出社會階層的輪廓：較大的墳塚可能意味有更多的人有義務聽從葬於中心墓的那個人；多數的墓葬除了骨骸什麼也不剩，某些情況下甚至只剩下頭顱和衣飾，可能是木梁、蘆葦蓆，以及一兩顆珠子；大約一成五的墓葬中有一種很奇怪的陪葬品——家畜的皮膚黏著幾條腿或頭骨；銅短劍或斧頭則十分罕見，只出現在不到百分之五的墳墓中；有時墓中會丟一些陶器碎片。基於如此隱晦的證據，要想定義出社會角色十分困難。

能否從這些大墳塚中，找出最陪葬品最豐厚的墓葬？學者至少比較了兩個地區的墳塚大小和墓葬陪葬品多寡，分別是烏克蘭聶伯河以西的印古爾河流域（三十七個出土的顏那亞墳塚樣本），以及窩瓦河—烏拉爾地區（超過九十個墳塚樣本）。[42] 依照這兩個地區墳塚的大小，很容易就能區分出截然不同的等級—烏克蘭區分為三級、窩瓦河區分為四級。此兩個地區中第一級墳塚的直徑均為五十公尺或更長，約莫是標準美式橄欖球場的寬度（或歐式足球場寬度的三分之二），其建造需要五百多個工日（man-day），這意味若是五百人可能要花上一天、一百人要花上五天，或者其他總計為五百的組合。

而在這兩個地區中，最大的墳塚都未建在該區陪葬品最豐厚的中心墓上。儘管最大的一級墳塚當中確實有些陪葬豐厚的墓，但一些較小型的墳塚也是如此。兩個地區中較豐厚的墓葬都位於墳塚下方的中心位置和外圍墓。在印古爾河流域的研究樣本中，缺乏以豐厚金屬器陪葬的墓，且外圍墓中發現的物件也比中心墓要來得多。在某些案例中，若能得到某一個墳塚下的多座墓葬的碳定年年代，我們即可以重疊的碳定年數據，確認中心墓和周邊墓是在同一場喪葬儀式中建造的，就像是在克拉斯諾薩馬斯科 IV 墓地。克拉迪墓地等一些新斯沃博德納亞墳塚群，當中最富裕的墓葬是位於土墩下

方中心之外的外圍墳墓。若將外圍墓中包含有輪車隨葬品在內的物件與中心墓分別計數，可能會產生誤導。至少在某些案例中，在同一場喪葬儀式上，會由陪葬品較豐厚的外圍墳墓環繞中心墓。

工藝品和建築皆彰顯出菁英的地位，而廣泛來說，最能彰顯地位的標誌便是以金屬器陪葬的墳墓。在顏那亞墓葬中發現的最大型金屬工藝品，出現在一具男性遺體的左臂上，其葬於位處窩瓦河以東薩馬勒州薩馬拉河支流、俯瞰基內爾河（Kinel River）的骨都盧（Kutuluk）墓地 I 的 4 號塚 1 號墓（圖 13.8）。此為一重

七百五十公克的實心大型銅製棍棒或權杖，長四十八點七公分、厚一點多公分，具備菱形的橫切面。墳塚尺寸屬於中型，直徑二十一公尺、高不及一公尺，但中央墓穴坑（1 號墓）很大。其中的男性朝東，仰身曲肢，頭部、臀部和腳上皆有赭土石——此為顏那亞早期典型的墓葬類型。從骨骼取得的兩個碳定年數據的年代大約落在西元前三一〇〇至二九〇〇年（4370±75 AA12570 和4400±70 BP OxA 4262），但是氮十五的含量顯示此年代可能太過久遠，應校正為西元前二九〇〇至二七〇〇年左右。

圖 13.8 窩瓦河中游地區的骨都盧（Kutuluk）墓地 I 的 4 號塚 1 號墓。顏那亞早期的男性，以大型銅製權杖或棍棒陪葬，是顏那亞層位文化中最重的金屬器。出處：庫茲涅索夫（P. Kuznetsov）拍攝的照片和挖掘；見 Kuznetsov 2005。

在薩馬拉河流域，靠近薩馬拉河沖積平原上的烏捷夫卡村，是顏那亞—波爾塔夫卡時期陪葬品最豐厚的草原墳墓。烏捷夫卡墓地I中的1號塚直徑為一百一十公尺。中心1號墓屬於顏那亞—波爾塔夫卡墓葬，墓中葬有一名呈仰姿的成年男性，雙腿位置不明確。其陪葬品有兩只有金珠裝飾的金指環，此為北高加索或安納托利亞獨有的物件；另外還有一把銅短劍、一根帶有鍛造鐵頭的銅釘、一把銅扁斧、一把銅尖錐、一把經典的窩瓦河—烏拉爾IIa型刃部略為翹起的管銎斧，以及一把拋光的石杵（圖13.9）。[43] 在窩瓦河—烏拉爾地區，許多顏那亞墓葬都有金屬短劍、鑿和管銎斧。

總而言之，針對不同大小、直徑十至一百一十多公尺的墳塚，所投注的勞動差異甚大，即便概括來說，社會政治階層並不一定會左右陪葬品的多寡。一級墳塚中的墓葬一般擁有豐富的隨葬品，但並不見得是中心墓，富裕的墓葬經常出現在較小的墳塚中。切爾尼赫發現，北方東歐大草原上的墳塚通常較大，並具備其他不同的石元素，例如環狀列石或鑲邊石、雕刻的石碑，甚至還有石製或碎石的墓頂，至於窩瓦河—烏拉爾地區的墓葬則有較多金屬器陪葬，但只有較樸素的土製紀念碑。[44]

▶冶匠的身分認同

在顏那亞酋長的領導下，草原冶匠的手藝更為精進，變得更加精緻。這是第一次，東歐大草原的冶匠開始規律地鑄造銅器，到了顏那亞後期，他們甚至還試著鍛造鐵器。在高加索中部地區（克拉斯諾達爾〔Krasnodar〕）與烏拉爾山脈（卡加利〔Kargaly〕）之間，包括整個窩瓦河—烏拉爾地區，淺薄的銅礦層（藍銅礦和孔雀石）與含鐵砂岩交錯間層。在許多溪谷的邊緣，這些礦砂都因河水侵蝕而裸露，讓顏那亞冶匠得以開採。位於奧倫堡州波辛（Pershin）的

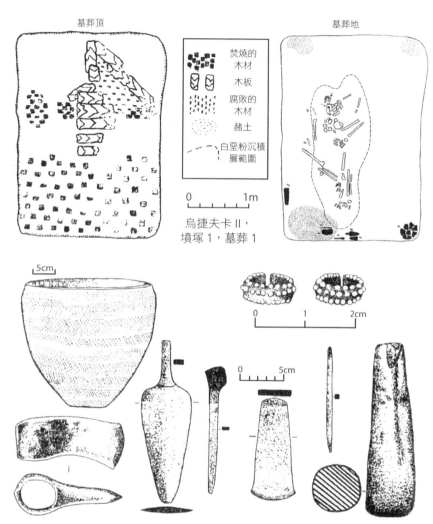

墓葬頂　　　　　　　　　　　　　墓葬地

焚燒的
木材

木板

腐敗的
木材

赭土

白堊粉沉積
層範圍

0　　　　　1m

烏捷夫卡 II，
墳塚 1，墓葬 1

5cm

0　　　1　　　2cm

0　　　　　5cm

圖 13.9　西元前二八〇〇至二五〇〇年間，窩瓦河中游區域的烏捷夫卡墓地 I 的
　　　　　1 號塚 1 號墓。顏那亞—波爾塔夫卡層位文化中陪葬品最豐厚的墓葬，
　　　　　亦是最大的墳塚（直徑超過一百公尺）。具備小金珠裝飾的金指環、陶
　　　　　器、管鑾銅斧、銅短劍、帶有鍛造鐵頭的銅釘、銅製扁斧、銅尖錐，以
　　　　　及石杵。出處：Vasiliev 1980.

顏那亞墓葬，靠近烏拉爾河中游卡加利的巨大銅礦藏，當中葬有一名男性，陪葬品為兩件式的合範，用於製造切爾尼赫所分類類型一的管銎單刃斧。墳墓的年代約莫落在西元前二九〇〇至二七〇〇年（4200±60, BM-3157）。在卡加利找到的顏那亞礦坑，其碳定年也落在同一個時期。幾乎所有窩瓦河—烏拉爾地區的銅器均由這些本土「純」銅打造而成。儘管顏那亞早期的管銎單刃銅斧和短劍都在模仿新斯沃博德納亞的原型，但卻是用當地產的銅礦砂在當地製成。正是葬於窩瓦河下游以南卡爾梅克草原和克里米亞半島的凱米—奧巴文化遺址墓葬中的人群，進口了北高加索的含砷青銅，而非葬於窩瓦河—烏拉爾草原墳墓的人群。[45]

　　波辛的墓葬並非那個時期唯一的冶匠之墓。在好幾個顏那亞時期的墓葬中都能發現冶匠的身影，或許因為冶金術始終是薩滿巫術的一種形式，而這些工具仍為逝去冶匠的魂靈所玷汙。聶伯河畔兩座後馬立波文化的冶匠墓（第十二章）很可能與顏那亞早期同時，而在雷貝地 I 庫班大草原的諾沃第得洛斯卡雅文化墓葬中以斧頭合範、坩堝和陶管陪葬的冶匠墓也是如此（圖 13.10）。其他墓葬中也發現銅熔渣和冶金後的殘渣，如同烏捷夫卡墳塚 2 號。[46]

　　青銅時代早期和中期的草原冶金技術中，對鐵的實驗是一個未受重視的層面。烏捷夫卡 1 號塚中具備鍛造鐵頭的銅釘並非獨一無二。一座洞室墓時期、大約可追溯至西元前二五〇〇年、位於頓涅茨河畔格拉西莫夫卡（Gerasimovka）的墳墓葬中，有一把刀裝設有含砷青銅製手把和鐵製刀刃。與預期的隕鐵（meteoric iron）不同，鐵製刀片中並無磁鐵礦或鎳，因此被認為是鍛造而成的。鐵器十分罕見，但其為青銅時代早期和中期草原冶匠實驗中的一部分，遠早於西臺安納托利亞或近東用鐵。[47]

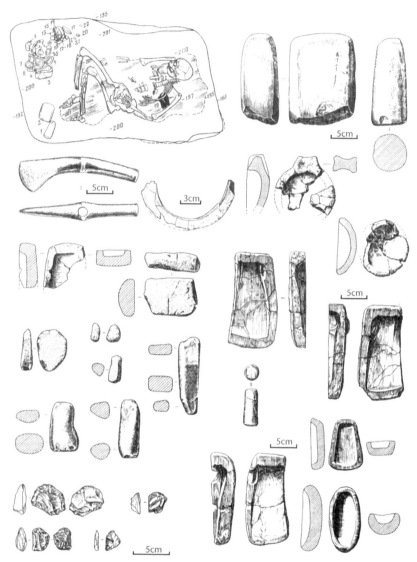

圖 13.10　雷貝地墓地 I 的 3 號塚 10 號墓，是諾沃第得洛斯卡雅晚期文化的冶匠
　　　　　陪葬品，可能位於西元前二八○○至二五○○年的庫班河大草原。其
　　　　　配戴一只野豬獠牙垂飾，手臂下是一把蛇形錘斧（左上圖），腳下有
　　　　　一個完整的鍛造工具組：沉重的石鎚和磨石、鋒利的燧石工具、圓形
　　　　　的陶坩堝（右上圖），以及用來打造扁斧和管銎斧的翻模。出處：Gei
　　　　　1986，圖 1、4、6、7、9。

東歐大草原北方的石碑

顏那亞層位文化開展於東歐大草原的主因是陸路運輸的革新，其將四輪車與騎馬相結合，使放牧經濟的新模式成為可能。與此同時，海路運輸的革新與有槳帆船的引進，均可能促進了西元前三三〇〇—三二〇〇年左右，格羅塔—佩羅斯（Grotta — Pelos）水手定居於基克拉迪群島（Cycladic Islands）；以及特洛伊建城之前西北安納托利亞貿易社群的初建，例如庫姆要塞（Kum Tepe）。[48] 此兩種層位文化，一個位於海上，另一個位於草原河畔，與黑海沿岸接壤。

凱米—奧巴文化為建造墳塚的文化，約當西元前三二〇〇年至二六〇〇年，集中於克里米亞半島。其深色陶器是米哈伊洛夫卡 I 陶器傳統的延續。凱米—奧巴文化的石棺墓穴以平坦石板砌成，有些繪有幾何圖案，此習俗與新斯沃博德納亞的王室墓相同（例如納契克的札爾〔Tsar〕墳塚）。凱米—奧巴文化的墳墓還有大型的石碑，許多例子的頂端雕刻成人頭的樣子，然後是手臂、手、皮帶、束腰短袍、武器、曲柄杖、涼鞋上，甚至在一面或雙面上雕有動物場景（圖 13.11）。此一習俗從克里米亞半島傳播至高加索（僅出現少許石碑）和東歐大草原西部。在北東歐大草原的顏那亞和洞室墓墳墓群中至少發現了三百座石碑，通常被重新使用作為墓穴的覆蓋物，超過一半均集中於南布格河和印古爾河之間。[49] 約莫在西元前三三〇〇年後，克里米亞和東歐大草原的喪葬石碑雕刻在出現頻率和工藝細緻度上都有擴張，但仍不清楚他們的初衷為何。或許他們在建造第一座墳塚之前，就標註了墳塚墓地未來的所在地，抑或是直到第二座墳塚建造時，才標註出第一座墳塚。無論如何，它們通常被重新作為墓葬的石蓋板使用，且被密封於墳塚下方。

在托斯卡尼（Tuscany）北部和義大利的山麓地帶，都出現了

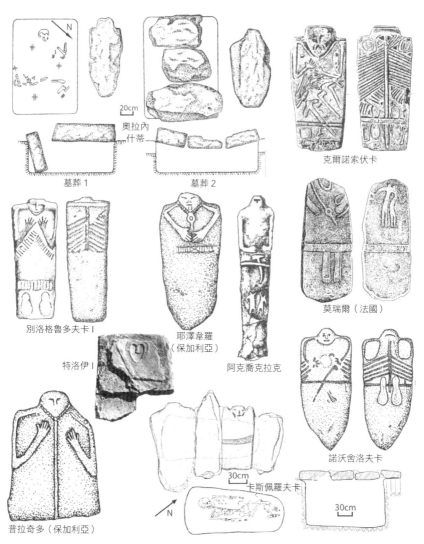

圖 13.11　東歐大草原、保加利亞、特洛伊 I 和法國東南部的人形石碑。位於聶
斯特河草原下游奧拉內什蒂（Olaneshti）2 號塚的 1 號和 2 號墓（左
上圖）屬於前烏薩托韋文化，故因為西元前三三〇〇年之前。烏克蘭
及克里米亞（Kernosovka、Belogrudovka、Akchorak，Novoselovka
和 Kasperovka）與保加利亞（Plachidol，Yezerovo）的顏那亞石碑或
許落在西元前三三〇〇至二五〇〇年。特洛伊 I 和及法國東南部山區
（莫瑞爾〔Morel〕）的相似程度令人驚訝不已。出處：Telegin and
Mallory 1994; and Yarovoy 1985.

相似得驚人的石碑，上頭雕有頭顱、彎曲的手臂、雙手、武器，甚至是曲柄杖這種特殊物件，並在特洛伊 I 的一棟石建築中建了一座外觀類似的石碑，要說這兩座相距甚遠卻極為相似且同時出現的喪葬用石碑毫無關聯，實在說不過去。新興的海上貿易可能肩負了將思想與技術傳播至海外的使命，顏那亞層位文化遍及整個東歐大草原，同時活絡的海上貿易則滿布整個東地中海；要想全面了解顏那亞層位文化的顯著性，便亟需了解其外部關係——此為下一章的主題。

第十四章

西方的印歐語系

The Western Indo-European Languages

「一條充滿可能性的狂野河流從我口中的新語言流淌而出。」
—— 安德魯・林（Andrew Lam），《學習一種語言，發明一個未來》
（*Learning a Language, Inventing a Future*），2006。

　　單單將語言與工藝品型態等同劃一，並無法讓我們理解原始印歐語諸方言的早期擴張；物質文化通常與語言關聯甚少。除非前線穩固且持久，才能例外於此規則，但這似乎只是一個例外。語言擴張的本質是心理上的；印歐語系最初的擴張是群體自我感知（self-perception）中廣泛文化轉移的結果。語言的汰換多半會伴隨自我感知的修正，即重建文化分類（cultural classification）當中對自我的定義與再製。與瀕臨死亡的語言（dying language）一起聯想到的負面評價導致後代一連串的重新分類，直到再也沒有人想要說起話來跟阿公一樣。語言轉移與對舊身分認同的汙名化一同退場。

　　歐洲的前印歐語系遭到鄙棄，因為它們連結到被汙名化的社會群體。此汙名化的過程是如何產生的，這個問題十分令人玩味，絕不只是入侵與征服就能解答。舉例來說，外婚（out-marriage）頻

率增加也會導致語言轉移。蘇格蘭「漁民」口中操持的蓋爾語在二戰後遭到遺棄，流動性和新經濟機會的增加皆提高了蓋爾語「漁民」與周遭英語使用人群的外婚頻率，使得以往牢固、封閉且平等的「漁民」社群，強烈意識到自己在更廣大世界中的地位較為低下，更察覺到其他的經濟機會。即便只有極少數人——士兵、專業人員、老師——遠遠離去，蓋爾語仍然旋即消失。無獨有偶，西元前三三〇〇年後的歐洲大局勢是流動性增加、新牧民經濟、具備明確地位等級的政治體系，以及跨區域連結性——恰恰是此種脈絡，導致與當地農民語言緊密連結的身分認同遭到汙名化。[1]

理解語言轉移的另一面，是探問為什麼需要模仿並認可與印歐語言連結在一起的身分認同。恐怕不是因為印歐語系或人群具備某種潛質或內在潛力。語言轉移通常會朝向首要的威望與權力的方向流動。即便某個族群（凱爾特、羅馬、斯基泰、土耳其、美國）有辦法占據首要地位好幾個世紀，但最終是船過水無痕。因此，我們得知道在這個特定的時代中，與原始印歐語連結的身分認同具備何種聲望與權力——主要是顏那亞的身分認同。於此期間開始之初，東歐大草原的牧民社會

主要仍使用印歐語言。有五大因素可能對於提高地位至關重要：

1. 與草原以外的任何人相比，東歐大草原的社會都更嫻熟育馬和騎馬。他們擁有的馬比其他任何地方都多，且計算結果顯示，他們的原野馬比原生於中歐和西歐沼澤與山區的小馬還大。較大的馬出現在中歐的巴登、切爾納沃德 III、卡姆遺址，以及西元前三三〇〇至三〇〇〇年的多瑙河流域，可能是從大草原進口的。[2] 馬同時開始普遍出現在外高加索地區的外高加索前期文化遺址，且體型較大的馬也出

現了，例如在北安納托利亞東南部的諾松丘。原野馬的飼養人可能也擁有最易控制的雄性血統——即使在有原生野生族群之處，也保留了原初定居男性創立者的遺傳血統（見第十章）。如果他們擁有最大、最強壯、最易駕馭的馬匹，且擁有的馬比其他任何人都多，那麼草原社會就能因馬匹交易而富裕起來。十六世紀，中亞的布哈拉汗國（Bukhara khanate）利用費爾干納盆地（Ferghana valley）的馬匹飼育地，每年僅向一組顧客出口十萬匹馬：印度和巴基斯坦的蒙兀兒王朝統治者。雖然我提不出什麼具體的概念，但在歐洲銅石並用時代晚期／青銅時代早期，騎馬最初擴張到大草原之外時，對原野馬的年需求量應該輕而易舉就能達到好幾千匹。這讓一些原野馬商人得以致富。[3]

2. 騎馬讓距離縮短，因此騎馬者比步行者遊歷得更遠。除了由此引發的人文地理學（human geography）概念的變化外，騎馬者還擁有兩大功能上的優勢。首先，比起徒步的牧民，他們有能力管理更大的牧群，且能更輕鬆地將大牧群從一個牧場轉移到另一個牧場；隨便一個牧民騎上馬背後，都會變得更有生產力。第二，比起徒步的戰士，他們進退得更快速；騎馬者會在意料之外突然出現，下馬攻擊某領域中的人，然後跑回馬背上迅速脫逃。西元前三三〇〇年後，在那個戰火幾乎無處不在的社會環境，農耕經濟在整個歐洲的重要性減退。騎馬可能也加劇了這種普遍增加的不安全感，讓騎馬變得更為必要，更使馬匹市場更為擴張（見前文）。

3. 原始印歐語中有由「誓言」（*h1óitos）加以約束的口頭契約的神聖概念，以及庇護人（或神祇）的義務是保護附庸（或人類），以換取忠誠和服務。「讓這匹賽馬為我們

帶來好牛好馬、男孩和所有的豐富財富。」《梨俱吠陀》（I.162）中關於馬匹獻祭的祈禱文，清楚反映出將人類附著於神祇之下的契約。在原始印歐語的信仰中，通常是由以誓言約束的契約和對等義務的神聖性，來彌補神與人類之間的分隔；因此，這絕對是調和強者與弱者日常行為的重要工具，至少是針對位於社會庇護（social umbrella）之下的人群。這樣的「庇護人—附庸」系統讓「他者」也能成為享有權利與庇護的附庸。這種讓不平等合法化的方法可能是草原社會制度的一個古老面向，可追溯至最初採納家畜時所產生的財富差異。[4]

4. 隨著顏那亞層位文化的演進，草原社會必須發展出新的社會規範來管理遷徙行為；若缺乏社會效應（social effect），上一章所述的生活方式與機動性的變遷就不可能發生。賓主（*ghos-ti-*）之間建立出「盛情款待」的互利共生，便可能是其中的一個效應。在上一章中，曾討論過此制度重新定義了誰從屬於社會庇護之下，並將保護範圍擴張至新的群體。從《奧德賽》到中古歐洲，都採用此極具效益的新方式，來將他者納入具備明確定義的權利與受保護的人群中。[5] 這在安納托利亞和吐火羅都找不到明顯的根源，可見此為與顏那亞層位文化早期的遷徙行為相關的新發展。

5. 圍繞著喪葬儀式，甚至在更歡快的公共場合，草原社會最終打造出一座精緻的政治舞台。原始印歐語當中有與「施與受」相關的詞彙，被解讀為是在指涉類似「誇富宴」（potlatch）的筵席，用來建立聲望並展示財富。公開展示的讚詞、動物獻祭，以及肉和蜂蜜酒的分送，都是這場政治大戲的主要橋段。卡沃特・沃特金斯（Calvert Watkins, 1933-2013）在吠陀、希臘、凱爾特和日耳曼語族中，都找

到一種特殊的歌謠，他稱之為「禮物的頌讚」（praise of the gift），因此幾乎可以肯定也出現在晚期原始印歐語中。讚詞稱頌庇護人的慷慨，並列舉了他的禮物；此種呈現既是對身分認同的宣示，亦能用來招攬人群。[6]

西元前三三〇〇年後，財富、軍事力量，以及更富成效的放牧制度，可能再再都為與原始印歐語諸方言連結的身分認同帶來威望與權力。賓主制度將以誓言約束義務的庇護延伸至新的社會群體之上。面對他者，只要他們確實奉獻，操持原始印歐語的庇護人便不會羞辱他們，或者將其永遠視為附屬品，而會予以接納並將其整合為附庸。在公共筵席上以讚詞來鼓勵庇護人要更慷慨，並認證這些歌謠所用的語言，可作為與駕馭萬物的神祇交流的媒介。綜觀所有因素，顯示出原始印歐語的傳播可能更類似加盟合作，而非軍事侵略。儘管新地區（或加盟隱喻中的「市場」）最初的滲透通常涉及從大草原實際遷出與軍事衝突，但一旦其開始重塑新的庇護人—附庸協議（加盟），以便與在遺傳上已漸行漸遠的原始草原移民有所聯繫，那麼維繫此系統的神話、儀式和制度就能代代相傳。[7]

庫庫特尼—特里波里文化的終結與西方語族的根源

在本章中，我們研究了指涉西方印歐語系最初擴展的考古證據，包括前日耳曼語族——英語最早的祖先——的分道揚鑣。在此特殊的時空，便能夠將史前語言與考古文化加以聯繫，而這「只」是因為此種可能性，已經受到三個關鍵參數的限制：（1）晚期原始印歐語諸方言確實在擴張；（2）其從東歐大草原的原鄉擴展至東歐及中歐；（3）至少在西元前三三〇〇至二五〇〇年間左右，

前義大利、前凱爾特，以及前日耳曼語族，都與晚期原始印歐語分道揚鑣（見三、四章的結論）。

▶最古老的西方印歐語族的根源

　　這些條件限制，迫使我們將注意力轉移至西元前三三〇〇年左右開始的顏那亞早期領地以西，或者是南布格河谷以西的地區。於此前線上，我們可識別出三個跨文化交流的考古案例：大草原青銅時代早期（西元前三三〇〇至二八〇〇年），東歐大草原西部的人群與草原帶之外的人群在西方建立了長久的關係。這些新的跨文化相遇中的每一個案例，都提供了可能發生語言擴張的環境，且在上述的限制條件下，都可能會發生。但每種案例的成因迥異。

　　第一次的相遇涉及緊密的文化整合，出現在草原的烏薩托韋文化與聶斯特河上游和普魯特流域的特里波里晚期村落之間，特別表現在陶器上，但在其他習俗中也十分明顯（圖 14.1）。考古證據清楚反映出，整合文化中的大草原面向發源於不同的地點，且對高地農民具有軍事統御地位，此種情勢本來應該會激勵鼓勵大草原上的語言向高地擴散。在第二個案例中，顏那亞層位文化的人群大量湧入多瑙河下游谷地和和喀爾巴阡山盆地；此為真正的「民族遷徙」，大批且持續的他者湧入從前定居的土地。考古學的跡象再次出現，特別表現在陶器上，與當地的科索菲尼（Cotsofeni）文化融為一體；與當地人的整合為語言轉移提供了媒介。在第三種案例中，顏那亞層位文化擴張至烏克蘭西北部聶斯特河源頭的繩紋陶層位文化的邊界。在某些地點似乎根本沒有整合，但在此接觸帶（contact zone）的東翼、靠近聶伯河中游之處，出現了混合的邊界文化。我們可以大膽假設，幾個西方印歐語族的分離或多或少與這幾個案例有關。語言學證據顯示，義大利、凱爾特和日耳曼語族至少在吐火

圖 14.1　顏那亞遷徙至西元前三一〇〇至二六〇〇年的多瑙河谷和喀爾巴阡山東
　　　　麓。較古老的西方印歐語族可能是從這些遷徙散布的方言衍生而來。

羅語族離去之後，就也紛紛分道揚鑣（上一章討論過此問題）。可能的分裂時間點明顯是在此時代前後，而這些可見的事件似乎是很好的選項。

▶庫庫特尼—特里波里文化的終結

這些人群的方言分裂成西北印歐語系語族（前日耳曼語、前波羅的和前斯拉夫語族）的根源語言社群，最初可能是朝西北方遷徙。這代表此分裂如果發生在西元前三三〇〇至二六〇〇年之間，途經或進入特里波里領土晚期，即此時間區間的最後階段──特里波里文化的 C2，此後特里波里所有傳統便一點不剩。此時期始於突然放棄草原邊界附近的大片地區，包含幾乎整座南布格河流域。而在特里波里文化還倖存的區域，沒有哪個特里波里 C2 的村鎮有超過三、四十座房屋；房屋規模較小，數量也較少；彩繪細陶器愈來愈少出現，並維持了舊日的圖案和風格；使用女性陶像的家庭儀式日益減少，女性特徵變得非寫實和抽象，接著此種儀式便徹底消失。可看到兩個主要的變化。第一個重大衝擊是西元前三三〇〇年從特里波里 C1 過渡到 C2，顏那亞層位文化早期也在此時出現。第二次、也是最後一次變革，是西元前二八〇〇至二六〇〇年左右消失的特里波里習俗的最後殘餘，此時顏那亞早期已經結束。

第一次危機約當西元前三三〇〇年的特里波里 C1 ／ C2 過渡期（表 14.1），此時大片大片的區域遭到棄置，當中包括數以百計的特里波里 C1 村鎮和村落。閒置下來的地區有羅西河（Ros' River）流域、基輔以南、聶伯河西部支流，鄰近草原邊界；整條南布格河流域（Serezlievka）的中下游，鄰近草原邊界；以及羅馬尼亞東南部（位於雅西〔Iasi〕和伯爾拉德〔Bîrlad〕之間）的南部錫雷特河和普魯特河流域，同樣鄰近草原邊界。此事件發生後，

在今天的羅馬尼亞幾乎沒有留下絲毫庫庫特尼—特里波里文化的遺址，也就是說，在兩千多年後，庫庫特尼文化序列就此終結。所有這些區域在庫庫特尼 B2／特里波里 C1 時期均人口稠密，我們無從得知那些撤離的人口究竟發生何事。顏那亞墳塚座落在南布格河流域上邁達尼斯克（Maidanetsk'e）的特里波里 C1 超級村鎮的廢墟上（圖 12.7），但這些墳塚似乎是在棄置的幾個世紀後才建造的。在南布格河流域的其他墳塚中，都發現特里波里 C2 的陶像和陶器，由此可見這些建造墳塚的人群定居在南布格河流域，但人口似乎十分稀少，因此他們對於特里波里陶器的使用引發了其源頭的相關爭論。[8] 伴隨南布格河谷泰半地區農業村鎮的消失，倖存的特里波里人口被南布格河分隔成南北兩大地理族群（圖 13.1）。

表 14.1　烏薩托韋文化、其他特里波里 C2 遺址群以及多瑙河流域的顏那亞墓葬群挑選出來的碳定年數據

實驗室編號	距今年代	樣本	校正年代
1. 烏薩托韋文化			
聶斯特河下游的馬亞基（Mayaki）聚落			
Ki-282	4589 ± 120	出自壕溝的木炭	西元前 3520-3090 年
Ki-281	4475 ± 130	同上	西元前 3360-2930 年
Bln-629	4400 ± 100	同上	西元前 3320-2900 年
UCLA 1642B	4375 ± 60	同上	西元前 3090-2900 年
Le-645	4340 ± 65	同上	西元前 3080-2880 年
烏薩托韋土坑墓 II 區，未記錄墓葬號			
UCLA-1642A	4330 ± 60	？骨	西元前 3020-2880 年
2. 聶斯特河中游的特里波里 C2 遺址			
特特列夫河（Teterev）岬角上的格羅德斯克（Gorodsk）聚落			
GrN-5090	4551 ± 35	？骨	西元前 3370-3110 年
Ki-6752	4495 ± 45	貝殼	西元前 3340-3090 年
基輔地區波里斯波爾（Borispol）區的索菲夫斯基（Sofievka）墓地			
Ki-5012	4320 ± 70	1 號墓，火化的骨骸	西元前 3080-3870 年

實驗室編號	距今年代	樣本	校正年代
Ki-5029	4300 ± 45	木炭	西元前 3020-2870 年
Ki-5013	4270 ± 90	方形 M11，火化的骨骸	西元前 3020-2690 年

3. 聶斯特河上游的特里波里 C2 遺址
卡米亞內茨－波多爾斯基（Kamianets-Podolsky）地區，聶斯特河上游的日瓦涅齊（Zhvanets）C2 早期聚落

Ki-6745	4530 ± 50	獸骨，1 號地穴式房子	西元前 3360-3100 年
Ki-6743	4480 ± 40	獸骨，2 號地面式房子	西元前 3340-3090 年
Ki-6754	4380 ± 60	木炭	西元前 3100-2910 年
Ki-6744	4355 ± 60	獸骨，6 號地穴式房子	西元前 3080-2890 年

4. 多瑙河流域的顏那亞墓葬群
保加利亞東北的波魯奇克－蓋沙諾沃（Poruchik-Geshanovo）墳塚墓地

Bln-3302	4360 ± 50	出自未發表墓葬中的木炭	西元前 3080-2900 年
Bln-3303	4110 ± 50	同上	西元前 2860-2550 年
Bln-3301	4080 ± 50	同上	西元前 2860-2490 年

保加利亞東北的普拉奇多（Plachidol）墳塚，1 號墓地

Bln-2504	4269 ± 60	木炭，2 號石柱墓	西元前 3010-2700 年
Bln-2501	4170 ± 50	木炭，1 號馬車墓	西元前 2880-2670 年

羅馬尼亞多瑙河三角洲的巴亞－哈蒙格爾（Baia Hamangia）

GrN-1995	4280 ± 65	出自墓葬的木炭	西元前 3020-2700 年
Bln-29	4090 ± 160	同上	西元前 2880-2460 年

匈牙利東部的凱泰吉哈佐（Kétegyháza）3 號墳塚，4 號墓（3 號墳塚中年代最晚的墓葬）

Bln-609	4265 ± 80	出自墓葬的木炭	西元前 3020-2690 年

　　北方的特里波里 C2 族群位於聶伯河中游及其在基輔附近的支流，當地的森林－草原被劃分為封閉的北方森林。在特里波里 C1 時期，草原諸文化在聶伯河中游與洽皮夫卡（圖 12.2、12.6）展開跨邊界的同化（圖 12.2、12.6），並一直持續至特里波里 C2 時期。在聶伯河以西，像是格羅德斯克（Gorodsk）等村鎮，與聶伯河以東的索菲夫斯基（Sofievka）等墓葬，屬於文化元素的混合，當中

瑟斯基島晚期、顏那亞早期、特里波里特晚期，以及源自波蘭南部的多種影響（巴登後期、漏斗杯陶晚期文化）。從所有這些跨文化相遇中浮現出的混合體，慢慢形成自己獨特的文化。

南方的特里波里 C2 族群集中在聶斯特河流域，與一個草原文化、即烏薩托韋文化緊密整合在一起，以下將詳細說明。倖存在聶伯河和聶斯特河畔的兩個特里波里晚期聚落中心的互動並未停息——聶斯特河的燧石持續出現在聶伯河遺址中——但它們依舊漸行漸遠。原因我將會在下一章闡明，我認為聶伯河中游所新興的混合文化，在西元前二八〇〇至二六〇〇年後，於前波羅的和前斯拉夫語言社群的發展中扮演要角。在語族組織圖中，前日耳曼語族通常會落在較早期的位置，若早期前日耳曼語的使用者從原始印歐語的原鄉向西北遷徙，便非常有可能是在西元前二八〇〇年之前，穿過這些特里波里聚落中心的其中之一。抑或是聶斯特河谷中另一個聚落中心，其大草原上的伙伴正是烏薩托韋文化。

草原領主與特里波里附庸：烏薩托韋文化

西元前三三〇〇至三二〇〇年左右，烏薩托韋文化現身於聶斯特河口附近的大草原上，這是條從西北延伸到波蘭南部的戰略走廊。上千年來，庫庫特尼—特里波里文化持續占據聶斯特河流域的降雨農耕帶，但他們從未在大草原上建立聚落。自西元前四〇〇〇年前後的蘇沃羅沃遷徙以來，墳塚一直高聳於草原上的聶斯特河口；它們歸屬於不同的群體，像是米哈伊洛夫卡 I 和切爾納沃德 I 至 III 的各個文化。烏薩托韋顯現出低地草原與高地農業社群間社會和政治新水準的迅速發展。草原上的人群使用的是特里波里的物質文化，但顯然更宣揚其更大的聲望、財富和軍事力量。居住於邊界之上的高地農民在墓葬中採用大草原在墓地土葬的習俗，但並未

建造墳塚或以武器陪葬。此種整合的文化出現於聶斯特河谷，恰恰就在一側的南布格河流域的所有特里波里 C1 村鎮，及另一側的羅馬尼亞南方的庫庫特尼 B2 村鎮。在它們皆遭棄置之後，數百個庫庫特尼—特里波里文化農業社群一夕消失所造成的混亂局面，可能使聶斯特河谷中游的特里波里村鎮居民接受了附庸的地位。外來的庇護人定義出烏薩托韋文化。[9]

▶烏薩托韋與高地特里波里村鎮間的文化整合

烏薩托韋聚落的石牆房屋建在青草茂密的山脊邊緣，俯瞰鄰近現代敖德薩的海灣（敖德薩是黑海西北海岸最好的海港）。烏薩托韋占地約四到五公頃。一道防禦石牆（defensive wall）應該是從臨海的一側護衛這座村鎮。在波潭柯（M. F. Boltenko）於一九二一年首次開挖之前，幾乎整座聚落都受到現代村莊建設和石灰岩開採場的破壞，幸好有部分倖存下來（圖 14.2）。在古老的村鎮後面，有四處彼此獨立的墓地位於頂峰，大體來說，全都建於同一個時代。兩處為墳塚墓地，兩處為墓葬的墓地。在最靠近村鎮的一處墳塚墓地，半數的中心墓內埋有隨葬銅短劍和銅斧的男性；這些青銅武器未見於其他墓葬，就連第二個墳塚墓地也找沒有。女性小雕像僅限於土坑墓的墓地和聚落，從未出現於墳塚墳墓之中。土坑墓與高地特里波里村莊外的土坑墓十分類似，特別是在聶斯特河畔的維克瓦金斯基（Vikhvatinskii），當地出土的墓葬中屬於六十一名葬於墳墓中的死者，約有三分之一皆具備細長的「地中海人種」顱骨和臉型。高地墓葬出現於其他三座特里波里遺址（Holerkani、Ryşeşti 和 Danku），座落於森林—草原帶中的雨養農業區和大草原之間。

針對不同的社會群體，明顯採用不同的喪葬儀式（墳塚或土

坑墓），同樣出現在聶斯特河畔烏薩托韋的另一個聚落馬亞基（Mayaki）。烏薩托韋佩帶短劍的酋長們可能占據了大草原諸酋長的一個階層。他們與普魯特河和聶斯特河森林—草原帶的特里波里村落的關係似乎並不平等。僅有在大草原上，能找到墳塚墳墓和以武器陪葬的墳墓；高地上的維克瓦金斯基墓葬中發現女性小雕像，但未找到金屬武器，而且只有一只銅製物件——一把造型簡單的銅尖錐。烏薩托韋諸酋長或許就是庇護人，高地特里波里附庸向他們納貢，貢品包括精緻的彩繪陶器。此種關係造就出威望和地位梯度（status gradient），鼓勵特里波里晚期文化的村民採用烏薩托韋

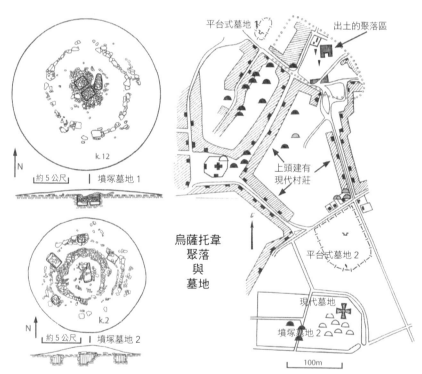

圖 14.2　位於敖德薩城市東北角現代烏薩托韋的海灣沿岸，當中的烏薩托韋聚落（內虛線）、墳塚墓葬，以及土坑墓。出處：Patovka 1976（村莊計畫）和 Zbenovich 1974（墳塚）。

的語言。

在所有東歐的紀錄中，烏薩托韋都被歸類為特里波里 C2 文化；而所有東歐考古文化首先都是以陶器類型來定義（有時候只以陶器類型來定義！）。特里波里 C2 陶器是識別烏薩托韋墳墓和聚落的特徵（圖 14.3）。但烏薩托韋文化與特里波里的任何變體都截然不同，因為所有已知的約莫五十處烏薩托韋遺址，都只出現在草原帶，首先是在聶斯特河口附近，之後傳播至普魯特和多瑙河口。其喪葬儀式完全是從草原傳統衍生出來。其粗陶器雖然是特里波里的標準形狀，但摻入貝殼，並以和顏那亞陶器一樣的繩紋壓印幾何圖案來裝飾。如果聚落沒有受到如此大的擾亂，我們或許有辦法知道這些建築裡是否有特里波里工匠工作的作坊。為了探索特里波里元素如何整合在烏薩托韋社會中，我們得尋求其他類型的證據。

烏薩托韋的經濟主要仰賴綿羊和山羊（分別占烏薩托韋和馬亞基聚落獸骨中的百分之五十八至七十六）。綿羊顯然比山羊更重要，反映出羊毛的加工模式。[10]同時在特里波里 C2 期間，聶伯河和聶斯特河地區的高地村鎮更常出現陶紡輪和圓錐形紡錘，特里波里的紡織業似乎正在加速發展；烏薩托韋聚落的紡錘則相對較少。[11]也許高地特里波里的紡織工採互惠的交易安排，已將草原綿羊的毛製成紡織品。烏薩托韋的牧民也養牛（占百分之二十八至十三）和馬（占百分之十四至十一）。馬的圖像出現在烏薩托韋兩座墳塚石碑上（墳塚墓地 I、11 號和 3 號塚），以及圖多拉（Tudorovo）烏薩托韋墓葬中的一只陶器上（圖 14.3n）。馬的象徵意義至關重要，這可能是因為騎馬對放牧和突襲來說都十分重要，抑或是因為馬是重要的貿易商品。

烏薩托韋聚落陶器上的壓印反映出種植的小麥（主要是二粒小麥和普通小麥）、大麥、小米（常見）、燕麥（常見）和豌豆。[12]此聚落中還找到磨刀石和燧石鐮刀，刀齒邊緣上帶有收成穀物所造

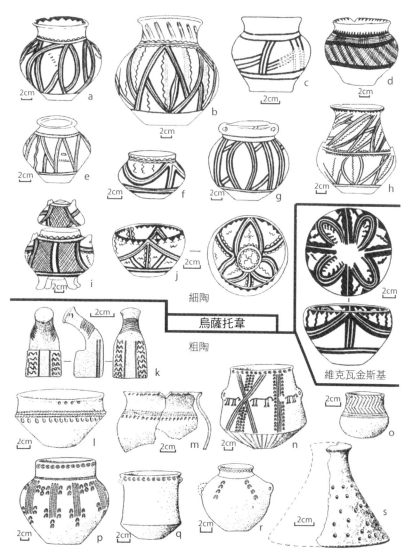

圖 14.3　烏薩托韋文化的陶器（a、e、h、p、q、r）烏薩托韋的墳塚墓地 I；（b）
圖多拉的土坑墓；（c）薩拉塔（Sarata）墳塚；（d）Shabablat 墳塚；（f）
帕卡尼（Parkany）墳塚 182 號；（g、j、l）烏薩托韋的墳塚墓地 II；（i）
帕卡尼 91 號塚；（k）烏薩托韋的土坑墓墓地 II 的抽象小雕像；（m）
馬亞基聚落；（n）圖多拉墳塚；（o）烏薩托韋的土坑墓墓地 II；（s）
馬亞基聚落，可能是起司濾網。另外還有：維赫瓦金斯基（Vikhvatintsii）
的特里波里 C2 墓地的彩繪細陶碗。出處：Zbenovich 1968.

成的獨特色澤。這是聶斯特河大草原有穀物種植的首個證據，並且也非常令人驚訝，因為在這種年雨量低於三百五十公厘的地區，雨養農業的風險頗高。高地的聚落要想種植穀物應該更為容易，耕種的人可能是偶爾住在烏薩托韋的特里波里人群。

在烏薩托韋過世的酋長特別看重特里波里 C2 的細陶器，將之視為珍貴的陪葬品。特里波里陶器帶有橘色黏土紋理，在大約攝氏九百度的溫度下燒製而成，占烏薩托韋聚落中陶器的百分之十八，卻在墳塚墓葬中占到三成（圖 14.3，上圖）。在烏薩托韋和其他烏薩托韋文化聚落的陶器中，約有八成為灰色或棕色的夾貝陶器，未經裝飾或以繩紋壓印裝飾，並且僅在攝氏七百度的溫度下燒成。這種作法類似大草原的陶器。儘管形狀類似特里波里晚期陶匠在高地上製造的陶器，但有些裝飾圖案又很類似顏那亞米哈伊洛夫卡 II 型陶器上的圖案。在烏薩托韋有一小批夾貝灰陶上塗有一層厚厚的橙色泥漿，使其「看上去」像精緻的特里波里陶器，反映出這兩種陶器在時人眼中確實有所不同。[13]

比較起來，烏薩托韋墳塚墓葬中的特里波里彩繪陶器最類似普魯特河畔布林茲尼 III（Brynzeny III）和聶斯特河畔維赫瓦金斯基兩地的特里波里 C2 聚落中的陶器。從聶斯特河算起，維赫瓦金斯基距離靠近草原邊界的烏薩托韋一百七十五公里，與布林茲尼 III 則有約三百五十公里之遙，深藏在東喀爾巴阡山脈山麓的陡峭森林山谷中。位於烏薩托韋的墳塚墓地 I 之 12 號塚的中心墓中埋有一只布林茲尼彩風格的精緻彩繪陶器，另外還有一只進口的邁科普陶器及一把以鉚釘固定的青銅短劍。與此同時，布林茲尼 III 仍有三十七座兩層的底層地板房屋、陶爐、用於大型垂直紡織機的紡輪，以及女性小雕像。這些傳統的特里波里習俗在與烏薩托韋有陶器上聯繫的村鎮中倖存下來，可能是受到庇護人─附庸協議的保護。既然與垂死掙扎的特里波里文化相聯繫的身分認同遭受汙名

化，而與烏薩托韋諸酋長相聯繫的身分認同廣受模仿，那麼生活於布林茲尼 III 和維赫瓦金斯基等地的人群很可能通曉兩種語言。接著，他們的孩童改說烏薩托韋的語言。

儘管特里波里陶器是烏薩托韋菁英陪葬的首選，但特里波里文化本身卻在權力和威信中僅占據次要地位。這在葬禮習俗中尤為明顯。在烏薩托韋，葬於墳塚墳墓中的酋長要比葬於土坑墓中的人更為富有，地位也更高，而土坑墓正是從維赫瓦金斯基和霍勒卡尼（Holerkani）的高地特里波里墓葬中複製而來。

▶烏薩托韋的酋長們與及長程貿易

烏薩托韋經濟的另一面向是長程貿易，應該是走海路；所有六個已知的烏薩托韋聚落都俯瞰著應該是良港的淺灘沿海河口。如今這些河口因淤積而與海隔絕，形成半鹹水湖（brackish lake），稱為 *liman*，但在西元前三〇〇〇年，它們與海洋之間應該更加連貫。出自多瑙河下游的切爾納沃德 III 和切爾納沃德 II 類型的小型陶罐和陶碗碎片，占烏薩托韋聚落中陶片的百分之一至二，可能是出因沿海貿易而前往保加利亞的有槳帆船槳手所攜帶。但這些切爾納沃德的陶器從未成為烏薩托韋墳墓中的陪葬品。所有進口的邁科普─新斯沃博德納亞晚期陶器，都成為兩座最大墳塚的陪葬品，分別位於烏薩托韋墳塚墓地 I 中的 12 號和 13 號塚的中心墓中；但邁科普陶器從未出現在聚落中。進口的邁科普與切爾納沃德陶器的社會意義截然不同。

貿易可能連結了烏薩托韋與青銅時代早期新興的愛琴海沿海各個酋邦，例如特洛伊 I。在烏薩托韋墳塚墓地 II 之 2 號塚 1 號墓中發現的白色玻璃珠，是黑海地區已知的最古老玻璃，或許也是整個古代世界中最古老的玻璃。釉（glaze）是玻璃最簡單的形式，約

莫在西元前四五〇〇至四〇〇〇年前，美索不達米亞北部和埃及將釉用於陶器之上。釉料是由粉狀的石英砂、石灰、碳酸鈉或骨灰混合後，加熱至攝氏九百度左右，待熔化呈黏稠狀後便可熱浸或澆鑄。彩陶珠使用相同的物質製成，模製成珠狀後，接著在大約同一時間上釉。然而，需要更高溫燒製而成的半透明玻璃，尚不確定是否出現在埃及第五王朝（西元前二四五〇年）之前。烏薩托韋的珠子，以及另外兩顆出自聶伯河中游特里波里 C2 索菲夫斯基（Sofievka）的珠子，可能比這個年代還早四百到七百年，相當於埃及第一王朝或前王朝時期（Pre-Dynastic period）晚期。特里波里文化並沒有上釉陶器或彩陶，因此這種玻化技術應該是外來的。幾乎能確定烏薩托韋和索菲夫斯基的玻璃珠都是在地中海東部某處製成並進口的。靠近扎瓦利夫卡（Zavalovka）索菲夫斯基的另一座特里波里 C2 墓葬，碳定年為西元前二九〇〇至二八〇〇年，墓葬類型和陶器風格都與索菲夫斯基類似，當中找到波羅的海琥珀製成的珠子，這可能是最早反映出地中海奢侈品貿易的北方琥珀。[14]

此外，聶斯特河下游烏薩托韋的兩座短劍中心墓（1 和 3 號塚）和一座在蘇克勒亞（Sukleya）的烏薩托韋墓葬均有短劍，把手上有鉚釘孔，以雙合範鑄造的劍身上有中脊（圖 14.4，上）。這種劍身也出現在特洛伊 II 的安納托利亞及希臘、克里特島的當代遺址（David Stronach 的類型四短劍）。如同玻璃，烏薩托韋的劍似乎比埃及的更古老，可追溯至特洛伊 I 時期。然而，在此案例中，這種劍很可能發源於東南歐本地，然後才傳播至愛琴海。具備鉚釘孔但有著較簡單的雙面凸出切面刀片（無中脊）的短劍肯定是在東南歐當地製造的。這些短劍至少出現在七座其他烏薩托韋文化墓葬、聶伯河中游的索菲耶夫卡墓葬，以及多瑙河下游科索菲尼遺址中，碳定年約在西元前三〇〇〇年前後（圖 14.4，中）。不論挪用的方向為何，烏薩托韋和愛琴海相同的以鉚釘固定的短劍類型，都顯示

兩地之間的長距離接觸，也許是在有槳帆船上。[15]

▶庇護人與附庸：烏薩托韋的戰士酋長墳墓群

　　烏薩托韋墳塚墓地 I 非常靠近烏薩托韋聚落（圖 14.2），其最初大約有二十座墳塚，在一九二一至七三年間共發掘十五座。這些建築體十分複雜：每座墳塚內都有一個土心（earth core），外環以橫向大型矩石圍成的環狀列石。一旦墳塚擴建，所有的環狀列石都被包覆在土內；這是原始葬禮的一環，抑或兩者完全不相干，目前都還不清楚。中心墓是在環狀列石中央挖出的一個很深的豎穴（最深達 2 公尺），並且在大多數的墳塚中，環狀列石內也還會有數座淺坑覆石墓（1 至 3 座）。墓地 I 中至少有五座墳塚（5、9、11、13、14 號）以座落於土丘西南區的石碑防衛。一座石碑（13號塚）的頂端被塑成一顆頭，如同人形，和同時期南布格河—聶伯河草原的許多顏那亞石碑一樣（圖 13.11）。3 號塚（直徑三十一公尺）有兩座並排豎立的石碑：較大的一座石碑（高 1.1 公尺）上刻有一個男人、一頭鹿和三匹馬；較小的石碑上則只刻了一匹馬。11 號塚（直徑四十公尺，烏薩托韋最大的墳塚）上覆蓋了一圈環狀列石，直徑二十六公尺的內側土墩上則覆蓋有八千五百塊石塊。在其西南側的邊界上有三座石碑，其中一座高達二點七公尺（！），上頭刻有狗群或馬群。中心墓曾遭洗劫。

　　墳塚墓地 I 的中心墓中只埋葬了一些成年男子，身軀往左側蜷曲、頭朝東—東北方。只有中心墓和座落在西南區的外圍墳墓中有赭土。十五座中心墓中的七座（墳塚 1、3、4、6、9、12、14）中的含砷青銅短劍的劍刃，其上有二至四個鉚釘孔，用來安裝把手。在烏薩托韋的其他墓中都找不到短劍（圖 14.4）。在這個時代，此處和顏那亞層位文化墓葬中的青銅短劍都已經成為地位的新象徵，

但顏那亞短劍用來連接握柄的柄腳很長，這點類似新斯沃博德納亞的短劍，不像烏薩托韋和索菲耶夫卡的短劍是在握柄上有幾個鉚釘孔。烏薩托韋的中心墓中還有一些特里波里細陶器、幾把含砷青銅尖錐和扁斧、兩把新斯沃博德納亞風格的鑿、銼、銀指環和螺旋形飾件、細燧石刀，以及中空的燧石箭頭。青銅武器和工具皆僅出現於中心墓中。

墳塚墓地 II 與墳塚墓地 I 相距約四百公尺。當中最初大約有十座墳塚，大多數都比墳塚墓地 I 來得小；目前已有三座出土。當中沒有短劍、沒有武器，只有小的金屬物件（尖錐、指環），且只有幾只精緻彩繪的特里波里陶器。六人的頭骨上塗有赭土（圖14.5），其中三人死於鎚頭重擊頭部。墳塚墓地 I 中並未出現鎚頭重擊的傷口。墳塚墓地 II 屬於一個獨特的社會群體或社會身分，可能是戰士。但相似的紅色圖案也畫在墳塚墓地 I 西南區的一座邊緣墓葬（即 12 號塚下的 2 號墓）中一名男性的頭部；在南布格河畔波皮爾那亞（Popilnaya）墳塚墓地內的顏那亞墓葬，相似的記號也畫在一些頭骨上。[16]

烏薩托韋的土坑墓是上頭覆蓋大型扁石的淺坑，當中的遺體通常呈現往左側蜷曲、頭朝東或東北方的姿勢。墳塚下外圍墓的形式與土坑墓相同，且有兩座墓葬中只有土坑墓，沒有墳塚（土坑墓 I 中有三十六座墳墓；土坑墓 II 則有三十座）。在墳塚墓葬的五十一座墓中，只有七座（百分之十四）葬有孩童，且其中有二個是與成年人一同下葬，而在土坑墓 I 的三十六座墓中，則有十二座（百分之三十三）葬有孩童。土坑墓中的大多數成年人都是男性，伴有少數的老年女性。每座墓都有一至五只陶器，但沒有金屬器，且只有百分之四的陶器是精美的彩繪陶器。他們確實有女性陶像（主要在孩童的墳墓中）、燧石工具、箭頭，且有十五具頭骨上繪有與墳塚墳墓相同的赭土圖案，但都沒有鎚頭造成的傷口。

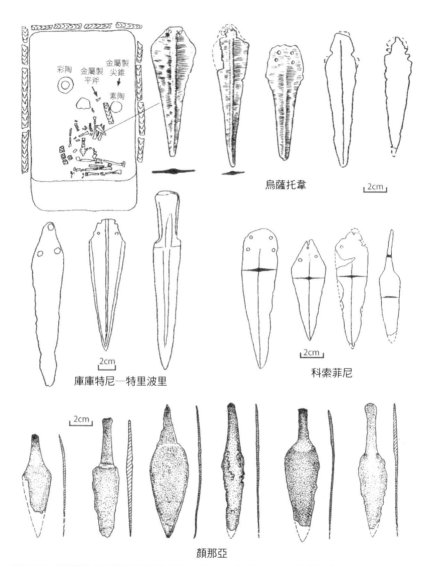

圖 14.4　青銅時代早期的短劍（西元前三三○○至二八○○年）。最上排：烏薩
　　　　托韋墳塚基地 I 的 3 號塚的中心墓的中脊短劍；1 號塚的中脊短劍；蘇
　　　　克勒亞墳塚的中脊短劍；9 號塚的雙面凸出切面短劍；6 號塚的雙面凸
　　　　出切面短劍。中排左：聶斯特河上游維爾特巴（Werteba）洞穴的鉚釘
　　　　短劍；摩爾多瓦庫庫特尼 B 的中脊短劍；維爾特巴洞穴的仿金屬短劍形
　　　　骨短劍。中排右，多瑙河下游的科索菲尼短劍。最下排，東歐大草原北
　　　　方的顏那亞短劍。出處：Anthony 1996; and Nechitailo 1991.

墳塚墓地 I 專屬於首領，其佩帶有以鉚釘固定的含砷青銅短劍和斧頭，手上戴有銀指環，沒有鎚頭造成的傷口，可能是庇護人。墳塚墓地 II 則是用來紀念老年男性和女性、年輕男性與孩童，沒有青銅短劍或任何金屬製武器陪葬，但有時頭上會有鎚頭造成的致命

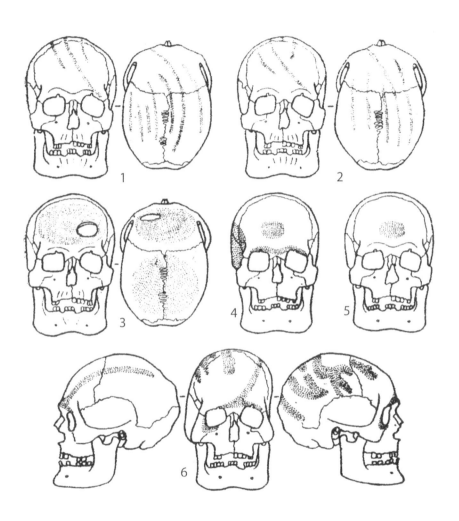

圖 14.5　烏薩托韋和馬亞基墓葬中繪有紅赭土圖案的頭骨，前額上有鎚頭造成的傷口。出處：Zin'kovskii and Petrenko 1987.

傷，可能是死於戰事的人及其親族。土坑墓墓地中葬有許多孩童、少數女性，還有一些以外型樸素的陶器陪葬的老年男性，且陪葬品沒有短劍。藉由畫在某些頭骨上的紅色線紋，每個人都與他人、與外部的顏那亞族群相互聯繫。烏薩托韋的社會組織向來被詮釋成以男性為中心的軍事貴族制度，但以瞿梅濟針對原始印歐語使用者所提出的「三元結構」——庇護人—附庸（墳塚墓地 I）、戰士（墳塚墓地 II）和平民生產者（土坑墓）——來解讀也未嘗不可。

▶英語的祖先：烏薩托韋方言的起源與傳播

　　烏薩托韋文化是徹徹底底的草原文化，在鄰近草原邊界的許多特里波里村鎮消失之後，與顏那亞層位文化在大草原上的迅速擴張同時出現。烏薩托韋通常被視為遷徙到大草原的特里波里人群，但在過去的兩千年間，特里波里農民從未如此遷徙；在鄰近的河谷（錫雷特河下游、普魯特河下游，以及整個南布格河流域、羅西河），他們是向後退，而不是積極跨越草原邊界。烏薩托韋喪葬習俗的等級制度極為嚴格，典型的草原墳塚儀為菁英專屬。雖然烏薩托韋陶器幾乎完全是從特里波里陶匠挪用而來，且是由特里波里陶匠打造而成，但就算在此處，與顏那亞陶器的相似之處還在於粗陶器上的一些繩紋壓印裝飾。由於烏薩托韋與特里波里文化緊密整合在一起，因此將之看成顏那亞層位文化的一部分並不洽當，但其與顏那亞層位文化同時現身於大草原之上，墳塚葬禮儀式皆保留了許多舊日的大草原習俗——在顏那亞墳塚的西南隅、甚至是阿凡納羨沃墳墓群，也都找到獻祭和破碎的陶器；在顏那亞墳墓中也一再出現繪有圖案的頭骨。烏薩托韋可能始於與顏那亞層位文化早期有牽連的草原氏族，由於在動盪不安的時期有幸成為受農村庇護人保護的附庸，因而能在特里波里的農村中建立「庇護人—附庸關係」；牧民

附庸很快便與農民整合在一起。

　　將烏薩托韋語言向北傳播至中歐的媒介，可能正是這群烏薩托韋諸酋長的特里波里附庸。做了幾代附庸後，聶伯河上游的人群可能也想獲得自己的附庸。庇護人—附庸系統逐漸發展的一大特徵，便是巢狀結構，即庇護人自身亦是其他庇護人的附庸。某些人群或政治關係向北傳播的考古證據，包括在聶斯特河上游的特里波里遺址與波蘭東南部漏斗杯陶文化（或稱方能畢克文化）晚期遺址間的陶器交易。在西元前三〇〇〇至二八〇〇年漏斗杯陶晚期文化的波蘭南部聚落，發現大量布林茲尼 III 風格的特里波里 C2 細緻彩陶，最重要的是在格羅德克—納德布茲尼（Gródek Nadbużny）和齊姆內（Zimne），且特里波里 C2 在日瓦涅齊（Zhvanets）和布林茲尼 III 的遺址，也進口了漏斗杯陶晚期文化的陶器。[17] 日瓦涅齊是特里波里細陶器的生產中心，設有七座大型的雙室窯，這很可能是當地經濟和政治聲望的來源。交易或許伴隨衝突，或甚至被衝突取代，因為波蘭遺址和最靠近波蘭東南部的特里波里 C2 遺址都接連築起牢固的防禦工事。科斯泰什蒂 IV（Kosteshti IV）的特里波里 C2 聚落有一座六公尺寬的石牆，和一道五公尺寬的防禦溝渠，日瓦涅齊三道防禦城牆的表面都石塊砌成，且都位於高岬之上。[18] 特里波里 C2 社群領袖的父母輩不僅接納了烏薩托韋語言，亦曾試圖將與烏薩托韋諸酋長的那種庇護人—附庸關係擴展至波蘭南部漏斗杯陶晚期文化社群，這種擴展十分有可能受到烏薩托韋酋長們的鼓勵、甚至獲得實質上的支持。

　　若一定要貿然猜測，我會認為這就是原始印歐語諸方言最終是如何形塑前日耳曼語族的根源，並率先在中歐站穩腳跟：通過一層一層巢狀的庇護人與附庸，從烏薩托韋文化散播至聶斯特河，最終成為聶斯特河和維斯瓦河（Vistula）間一些漏斗杯陶晚期文化社群使用的語言。這些漏斗杯陶晚期文化社群之後演變成繩紋陶文化早

期社群，而正是繩紋陶層位文化（見下文），為前日耳曼語族諸方言的廣泛傳播提供了媒介。

顏那亞移民遷徙至多瑙河谷

西元前三一〇〇年前後，正當顏那亞層位文化剛開始在東歐大草原上迅速擴展，烏薩托韋文化仍處於早期階段，顏那亞牧民開始穿越大草原，途經烏薩托韋，進入多瑙河下游谷地。最初的遷徙族群，是一波規律的遷徙潮，在西元前三一〇〇至二八〇〇年間，可能持續了三百年之久。[19] 管理穿越烏薩托韋各個酋邦的道路的，很可能就是賓主關係。移民並未對任何烏薩托韋的領土宣示主權——至少他們沒有在此建立自己的墓地；他們並未停下，持續前往多瑙河谷，距離他們最初進入烏薩托韋以東的草原最少有六百到八百公里遠——南布格河流域與更遠的東方。最大宗的顏那亞移民最後抵達匈牙利東部，這段路途遠得驚人（取決於所走的路線，八百至一千三百公里不等）。此為一大宗、持續的人口移動，並且如同所有這類的移動，必須先派出偵察者，在他們從事其他業務（可能是馬匹交易）時收集資訊。偵察者知道的地方並不多，這些地方之後都成為移民的目標。[20]

顏那亞移民進入多瑙河谷，至少指向五個特定的目的地（圖14.1）。其中一個顏那亞墳塚墓地群，可能也是最早的，出現在保加利亞瓦納灣西北高原上（普拉奇多〔Plachidol〕、馬達拉〔Madara〕，以及其他鄰近處的墳塚墓葬）。此墓地群俯瞰著建有防禦工事的埃澤沃（Ezerovo）沿海聚落，此為當地青銅時代早期的重要中心。第二群墳塚墓地出現在西南方兩百公里處的巴爾幹高地（科瓦切沃〔Kovachevo〕與特羅揚諾沃〔Troyanovo〕墓地）。它們俯瞰著巴爾幹峰和馬里查河（Maritsa River）之間的肥沃平原，

當地像是埃澤拉（Ezero）、米哈伊利奇（Mihailich）等許多古老的人造土丘，都剛有新的定居人群和建築防禦工事。第三個目標是保加利亞西北部多瑙河谷往上三百公里處（塔納瓦〔Tarnava〕），於低矮山脊上俯瞰多瑙河的廣闊平原。這三個廣泛分布於保加利亞的墓群，至少包括十七座顏那亞墓地，每處皆有五至二十座墳塚。跨越多瑙河、在保加利亞墓群西北部以西僅一百公里處，一個更大的墳塚墓地出現在羅馬尼亞西南部，那裏至少有一百座顏那亞墳塚散布於低地平原上，俯瞰著流經克拉約瓦（Craiova）以南、奧堤尼亞（Oltenia）南方的拉斯特（Rast）的多瑙河。塔納瓦和拉斯特的墳塚位處同一地帶，可算是同一群，只是被多瑙河（及現代的國際邊界）隔開。

沿著科索菲尼文化的領土向西推進，顏那亞移民在鐵門峽（Iron Gates）四周的山脈上找到了歸宿——多瑙河在此處切出一座長而陡峭的峽谷，並注入塞爾維亞一側的廣闊平原。一些墳塚群被建在塞爾維亞北部平原（亞布卡〔Jabuka〕）鐵門峽以西的第四群中。最後，第五、也是最大的一群墳塚出現在克勒什河以北與提薩河（Tisza river）以東的匈牙利東部平原上。[21] 在匈牙利東部群中的墳塚數量不明，但艾克西迪（Istvan Ecsedy）預估至少有三千座，散布約六千至八千平方公里。考古學家繪製了四十五處顏那亞墓地的地圖，每個都有五至三十五座墳塚。凱泰吉哈佐的一座墳塚就建在切爾納沃德 III 聚落的遺跡之上。匈牙利東部似乎是五個目標地中顏那亞人口最多的地方。當中的一些人在自己的墓裡配戴皮帽、銀製聖殿指環，以及犬齒項鍊。

鄰近瓦納，埃澤拉和科索菲尼領土的前三個墓群的選擇，似乎就是他們選擇接近的居住區，可能是因為抱有野心的人群欲尋找附庸；而後兩群則似乎是依據牧場來選擇地點，可能是想擴增牧群的另一批人群。每個地方的顏那亞喪葬儀式都十分類似，但並非源自

本土，而是外來的。墳塚的直徑為十五至六十公尺。墓坑底時常有機物編織蓆的遺跡，繪有和大草原上一樣的圖案（圖 14.6）。中心墓有一名成人（保加利亞有八成是男性），呈仰身曲肢（有些是蜷曲側身），頭朝西方（在保加利亞，有時也會朝南）。大多數人的顱面是「原始歐洲人」類型，此為東歐大草原上顏那亞人群的主要元素。絕大多數的墓葬都沒有陪葬品。少數陪葬有燧石工具、有孔的犬齒珠，或是扭轉一圈半的銅、銀或金製的聖殿指環。匈牙利會在靠近頭部處放置一塊赭土；羅馬尼亞和保加利亞，除了放一塊赭土在頭部附近以外，還會用赭土撒滿地，或塗在頭骨、雙腳、雙腿和雙手上。凱泰吉哈佐缺乏製造赭土的本地赤鐵礦（hematite）源，故用一塊塗成紅色的黏土來仿造赭土，清楚顯現此崇拜風俗是從出產多種礦物的地區傳來。羅馬尼亞古爾伯內什蒂的一座墓中，有一只裝有碳化大麻籽的陶器，此為距今最早焚燒大麻的證據。謝瑞特認為是顏那亞移民將吸食大麻傳入多瑙河流域。在保加利亞東北部的普拉奇多，有一座顏那亞墓葬（1 號塚 1 號墓）和大草原上許多四輪車墓一樣，在角落擺了四只四輪車的木輪（圖 14.6）。瓦納附近的墓葬群中有人形石碑，例如大草原上顏那亞和凱米—奧巴石碑。

　　一般多認為顏那亞移民源自聶斯特河下游草原，當地的顏那亞墓葬也持續朝向西方；然而在西元前三一〇〇至二八〇〇年之間，占據聶斯特河下游草原的是烏薩托韋文化。聶斯特河草原上的顏那亞墓葬向來位於烏薩托韋墓葬地層之上，且其中絕大多數的碳定年都落在西元前二八〇〇至二四〇〇年之間，因此多半早於多瑙河谷的遷徙。與此相反，顏那亞的聶斯特河變體可能意味「自」多瑙河谷回到大草原的回流遷徙，因為幾乎所有重大的遷徙潮都湧現出回流遷徙的回流潮。多瑙河三角洲北部草原上的顏那亞四輪車墓（霍爾斯克〔Kholmskoe〕、維什涅韋〔Vishnevoe〕等）位於烏薩托韋

墓葬地層上方，因此可能比在普拉奇多的保加利亞顏那亞四輪車墓還要晚。多瑙河谷的遷徙可能發源自烏薩托韋地區以東——南布格河、印古爾河與聶伯河流域周圍的大草原上。在聶伯河—南布格河地區的顏那亞墓葬中，發現了微小的變異，即朝向西方的顏那亞墓葬。聶伯河下游最古老的顏那亞四輪車墓（約西於前三〇〇〇年）位於巴爾基（1 號塚 57 號墓），也是朝向西方。[22]

是什麼觸發了此一移動？草原上的牧場短缺向來是廣受歡迎的解釋，但我認為，在奠基於四輪車的新經濟模式擴張初期，要說發生任何牧場的絕對短缺實在很難令人信服。如果說向多瑙河谷的遷徙始於突襲，進而發展成遷徙，那我們就必須探討是什麼造就突襲。在探究草原征戰的起因時，在本書第十一章，我提到原始印歐

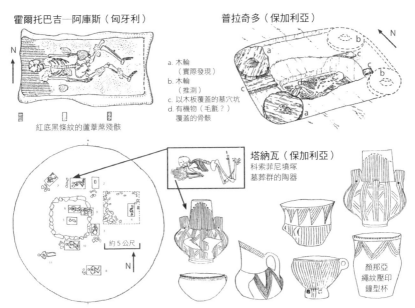

圖 14.6　與西元前三〇〇〇年的顏那亞遷徙相關的保加利亞和匈牙利東部墳塚墳墓和陶器；保加利亞西北部塔納瓦 1 號塚下的墓葬，主要的陪葬品是科索菲尼陶器，但 2 號塚下的一座墓中有一只傳統的顏那亞鐘型杯。出處：Ecsedy 1979；Panaiotov 1989；and Sherratt 1986。

語的「狄托曼」神話，正是此神話賦予了劫掠牲口的正當性；高階家庭之間的競爭將導致以牲畜計價的聘金飆升，這可能為原本沒有絕對短缺的地方「創造」出消費者對動物和牧場的超額需求；原始印歐語的入會儀式也讓所有年輕人都出去執行突襲。

「男性聯盟」（*Männerbünde*）或稱「古利奧斯」（*korios*）的制度，即青年男性的同袍組織，需在公定的儀式性突襲中，與他人及其祖先締結誓盟，被重建為原始印歐語入會儀式的中心。[23] 與這些儀式相連結的物質特徵是狗或狼；在某些印歐傳統中，年輕的新加入者以狗或狼為象徵，在入會儀式時身披狗皮或狼皮。西部東歐大草原的顏那亞墓葬中經常可以看見犬齒墜飾，尤其是印古爾河流域，此處可能是顏那亞遷徙的發源地。[24] 與「古利奧斯」相關的第二個物質特徵是腰帶；「古利奧斯」的突襲者身上除了腰帶幾乎沒有其他東西（類似日耳曼和凱爾特晚期藝術中的戰士形象，例如盎格魯撒克遜的芬格斯漢〔Finglesham〕腰帶鈕）。參與突襲的新加入者繫兩條腰帶，首領則繫一條；象徵首領受到與戰神／祖先的誓言約束，而新加入者則受到神／祖先和首領的雙重約束。印古爾河和南布格河谷之間的數百座顏那亞墳墓上造有人形石碑，這個區域也是常出現犬齒牌飾的區域。石碑上最常雕刻或彩繪的服飾元素是腰帶，腰帶上通常綁有一把斧頭或一雙涼鞋；通常都只有一條腰帶，可能象徵參與突襲的領袖。在普拉奇多附近保加利亞的顏那亞移民也建造了有腰帶圖案的石碑，這在移民與「古利奧斯」的突襲象徵作用間又多了一道聯繫。[25]

對於多瑙河谷充滿機會的正向傳聞也肯定具備其他拉力，因為移民不僅僅是發動突襲，更決定要在目標地區定居。雖然這些吸引附庸的機會可能是強大的拉力，但現在已經很難判定這些拉力。

▶語言轉移與顏那亞遷徙

顏那亞遷徙發生在全歐洲皆充斥流動性與變遷的時代。歷經將近一千年的荒廢，保加利亞在巴爾幹高地上埃澤拉、印拿塞特、杜比那—薩夫洛卡（Dubene-Sarovka）的人造土丘，於青銅時代時重新有人定居。重新有人定居的人造土丘聚落修築了堅固石牆或溝渠和柵欄來防衛。顏那亞遷徙的其中一個目的地正是此區。觸目所及，顏那亞的墳塚墓地延伸了好幾哩，主宰了周遭的景觀。相較之下，多瑙河下游和巴爾幹半島的本地墓地，像是位於靠近舊扎戈拉（Stara Zagora）的貝雷克特人造土丘聚落的青銅時代早期墓地，通常都缺乏地表上視線可見的紀念建物。[26]

在多瑙河的中下游，出現了一系列因顏那亞遷徙而衍生的工藝品新型態，並傳播到各地。在保加利亞（埃澤拉）和愛琴海馬其頓的迪基利—塔什 IIIB（Dikili Tash IIIB）的新興人造土丘聚落，出現具有深凹基座的燧石箭頭，與大草原的箭頭十分相似。這可能意味這些聚落與入侵的顏那亞突襲團發生過征戰。一種新的陶器風格遍布整個多瑙河中下游，包括通往希臘和愛琴海的摩拉瓦（Morava）和斯特魯馬河（Struma）流域，以及愛琴海的馬其頓。此風格的代表特徵是鑲嵌白漆的繩紋壓印陶器。[27] 在顏那亞墓葬中也出現了嵌入白漆的繩紋壓印陶器。顏那亞移民很可能將一區的特色引入另一區，並助長了此種新風格的傳播；但他們所傳播的陶器風格，並非他們自己的風格。顏那亞的移民通常不會在墓中放置陶器，而若他們在墓中放置陶器，他們會挪用當地的陶器風格，因此幾乎找不到他們自己的陶器蹤跡。

多瑙河下游的許多顏那亞墳塚內都有科索菲尼陶器。西元前三五〇〇年左右，科索菲尼文化從羅馬尼亞西部和外西凡尼亞的山中避難所發展開來，可能來自古歐洲的根源。科索菲尼聚落是由幾

棟房屋構成的小型農業村落。這些房屋的主人將死者火化後，把骨灰葬於土坑墓中，其中一些墓葬有鉚釘短劍，像是烏薩托韋短劍。[28]當顏那亞牧民抵達克拉約瓦附近的平原，可能便意識到此處的關鍵所在：只要掌控此區域，便能掌握鐵門峽附近穿越多瑙河谷山區的路徑。這些牧民與科索菲尼社群的領袖締結了盟約或庇護人─附庸的契約，因而獲得了科索菲尼陶器（以及其他一些不易見到的科索菲尼貨品），而烏薩托韋的庇護人則獲得特里波里陶器。接下來，顏那亞將科索菲尼陶器帶往他處。一件科索菲尼陶器也發現在遠至摩爾多瓦塔拉克利亞（Tarakliya）的顏那亞墳塚中，可能是回流移民的墳墓。在保加利亞西北部塔拉克利亞的 1 號塚（圖 14.6），六座顏那亞墓葬中有六只科索菲尼陶器，這樣的集中出現十分不尋常。[29]保加利亞大多數的顏那亞墳塚中都沒有發現陶器，但如果有，就幾乎一定是科索菲尼陶器。

顏那亞酋長們的處境，可能十分類似巴斯所論述的十六世紀優薩福扎伊（Yusufai）帕坦人入侵巴基斯坦斯瓦特河谷（Swat Valley）的情景。入侵者「面對政治無差別村民的茫茫大海，著手組織一座中央權威的島嶼，並從這個島上出發，準備行使對周圍海洋的主權；其他的地主也建立了類似的島嶼，有些島嶼的勢力範圍重疊，另外一些島嶼之間的管理幾無差距」。[30]移民的酋長們運用此種機制，讓自己對村民來說變得不可或缺，並將村民與自己加以聯繫，創造出一份契約，當中酋長保證對村民的保護、盛情款待，並承認村民的農業生產權，來交換村民的忠誠、服務，以及最好的土地。顏那亞牧民群體比相同人數的農耕群體需要更多的土地來放牧，這可能提供了顏那亞人理論依據，來主張對大多數可用牧地和與之相連的遷徙路線的使用權，最終建立出涵蓋東南歐大部分地區的土地所有權網路。在巴爾幹半島重建人造土丘聚落可能是新雙重經濟模式（bifurcated economy）的一環，於此模式中，農民定居

於建有防禦工事的人造土丘，且為因應因顏那亞庇護人占去了他們的牧場，而增加穀物生產。

零星廣布在多瑙河下游和巴爾幹半島的顏那亞聚落，建立了原始印歐語的各個方言，如果它們維持孤立，就可能在幾世紀間分化成不同的印歐語系語言。匈牙利東部成千上萬的顏那亞墳塚群反映出，這樣的景觀多半被人數更多的移民所占據，部分原因可能只是因以量取勝而獲得權力與聲望。此區域性族群可能衍生出前義大利和前凱爾特語族。在顏那亞聚落以西的布達佩斯（Budapest）附近，切佩爾風格鐘型杯文化遺址可追溯至西元前二八〇〇至二六〇〇年。他們原先可能成為東部顏那亞與西部奧地利／南德之間的橋梁，顏那亞的方言藉此從匈牙利傳播至奧地利和巴伐利亞，並於此後發展成為原始凱爾特語族。[31] 留在匈牙利的各個方言，之後可能又發展出前義大利語族，最終經由恩菲爾德（Urnfield culture）和維蘭諾瓦文化（Villanovan culture）傳播至義大利。艾里克‧漢普（Eric Hamp, 1920-2019）和其他學者重新提出論證，即義大利和凱爾特語族有共同的父母，故而單一的遷徙潮中可能涵蓋了之後成為雙方祖先的方言。[32] 但以考古學的觀點來看，此處的顏那亞移民如同其他地區，除了墳塚，並未留下絲毫持久的物質影響。

顏那亞與繩紋陶層位文化的聯繫

繩紋陶層位文化通常被視為將北方印歐語系引介至歐洲的文化考古上的表現形式：日耳曼、波羅的，以及斯拉夫語族。西元前三〇〇〇年後，繩紋陶層位文化的傳播遍及北歐大部分地區，從烏克蘭到比利時，初期的快速傳播主要發生在西元前二九〇〇至二七〇〇年間。定義繩紋陶層位文化的特徵是流動式的牧民經濟，會導致聚落近乎消失（類似大草原上的顏那亞），幾乎採用一致的、

包括在土墩下設置個別墓葬的喪葬儀式（類似顏那亞），波蘭漏斗杯陶文化促進了石錘斧的傳播，飲酒文化的散布與特定的繩紋杯和細長杯相關，當中許多都具備漏斗杯陶文化陶器變體的本地風格原型。繩紋陶層位文化的物質文化主要發源自北歐，但基本的行為與顏那亞層位文化極其相似，像是廣為採用以流動為本的放牧經濟（使用牛車和馬），以及儀式的聲望和牲畜的價值皆相應提高。[33] 繩紋陶層位文化的經濟和政治結構鐵定受到其早先在大草原所出現的影響，正如我方才所論，藉由與烏薩托韋和特里波里晚期文化的交流，波蘭東南部的某些繩紋陶族群，可能已經是從操持印歐語的漏斗杯陶晚期文化的社群演進而來。繩紋陶層位文化為北歐平原多數青銅時代文化的發展奠定了物質基礎，因此，針對日耳曼、波羅的或斯拉夫語族起源的大多數討論，都能追溯至繩紋陶層位文化。

西元前二八〇〇至二六〇〇年前後，顏那亞和繩紋陶層位文化在聶伯河上游位於烏克蘭的利沃夫（Lvov）與伊凡—法蘭科夫（Ivano-Frankivsk）之間的丘陵相互毗鄰（圖 14.1）。那時，早期繩紋陶的墓地僅限於利沃夫以西聶伯河的源頭，而在更早之前，於此定居的是之後遭特里波里族群滲透的漏斗杯陶晚期文化社群。如果像許多人所認為的，此區的各個繩紋陶社群是從當地漏斗杯陶晚期文化發展而來，那他們可能早就開始使用印歐語了。西元前二七〇〇至二六〇〇年間，繩紋陶器和顏那亞晚期的牧民已經在聶斯特河上游共飲過蜂蜜酒或啤酒。[34] 此次相遇是語言轉移的另一個機會，而前日耳曼語族的各個方言可能也發源於此，或因這種額外的交流而益發豐富。

繩紋陶層位文化為整片北歐發展出的大範圍互動模式，是語言傳播的最佳媒介。在演化出繩紋陶層位文化之前，藉由吸收奠基於漏斗杯陶文化的人群而衍生出的印歐方言，晚期原始印歐語才能滲透進此媒介的東界，又或者是藉由之後繩紋陶—顏那亞的交流，抑或是兩

路並行。印歐語系的用語十分可能是遭挪用的一方，因為使用這種語言的酋長，比起北歐的牧民能飼養更多牛羊，當然也擁有更多匹馬，且他們的政治—宗教文化早已適應了領土的擴張。之後成為日耳曼語族祖先的各個方言，最初可能只在聶斯特河和維斯瓦河間的一小塊地區使用，接著才慢慢傳播開來；而正如下一章所見，斯拉夫和波羅的語族可能是由聶伯河中游所使用的各個方言演變而來。[35]

希臘語的起源

後安納托利亞語族中，只有希臘語無法從大草原衍生而來。原因之一是時間順序：前希臘語可能是從之後發展出的印歐語諸方言和諸語言組合中分出來的，而非從原始印歐語本身。希臘語與亞美尼亞語族和弗里吉亞語族有共同的特徵，這些特徵可能都是源自西元前一二○○年前東南歐所使用的語言，因此希臘語與東南歐的某些語言的基底相同，可能是從保加利亞的顏那亞移民所說的語言中演變而來。如第三章所述，前希臘語和前印度—伊朗語族也有很多共同點。此語言學證據顯示出，東南歐東部邊界使用前希臘語，而西方的前亞美尼亞語族和前弗里吉亞語族，以及東方的前印度—伊朗語族，可能都與前希臘語具備某些相同的特徵。早期的洞室墓文化滿足這些條件（圖15.5），因為其既與東南歐相通，又與發展中的印度—伊朗語族的世界有所聯繫；但據我所知，從西方草原直接遷徙至希臘洞室墓文化，這條路線根本不可能。

邁錫尼豎穴墓文化諸王是第一批確定的希臘語使用者，約當西元前一六五○年左右，他們的許多工藝品型態和習俗都與草原或東南歐文化相似；像是馬戰車所用的馬鑣、具備鋬口的矛頭，都有特別的風格，就連為死者製作面具的習俗，也十分常見於西元前二五○○年至二○○○年前後的印古爾河畔洞室墓文化晚期。然而，要

想確定是遷徙潮的特殊源流將豎穴墓文化的諸王帶往希臘，卻是難上加難。將希臘語或原始希臘語引介至希臘的人群可能經過多次遷徙：從東歐大草原西部到東南歐，再從安納托利亞高原西部至希臘，很可能是從海路，因此很難找到他們的足跡。西元前二四〇〇至二二〇〇年間的 EHII ／ III 過渡期向來被視為是新移民抵達希臘的激烈變化時期，但針對此問題的分析超出了本書的範疇。[36]

結論：早期西方印歐語系的傳播

歐洲並未發生印歐語的入侵。如果按照我提出的論點，烏薩托韋方言向上傳播至聶斯特河谷，與顏那亞往多瑙河谷的遷徙完全不同。但即便是那樣的遷徙，也並不等同軍事入侵。取而代之的是，東歐大草原部落的某個支系與其原鄉的氏族分道揚鑣，並朝向自己認為有良好牧場和獲得附庸機會之處發展。接著，遷徙的顏那亞首長們組織出主權的區域，並利用其儀式和政治機構建立出指派給其畜群的土地的控制權，這些都需要依據庇護人—附庸的契約來賦予鄰近當地人口的合律地位。正如馬洛利所指出的，直到西元前二〇〇〇年後，西方印歐語系很可能仍局限於東歐與中歐的零星孤立地帶。[37] 儘管如此，向東喀爾巴阡山和多瑙河谷的遷徙仍按照正確的順序、於正確的時間、往正確的方向進行，此與前義大利、前凱爾特，以及前日耳曼語族——這個語族最終衍生出英語——的分裂息息相關。

第十五章

北方大草原的
馬戰車戰士

Chariot Warriors of the Northern Steppes

　　一九九二年以俄文出版的《辛塔什塔》（*Sintashta*）一書開啟了大草原考古學的新紀元。[1] 辛塔什塔是北方大草原的烏拉爾山脈以東的一處聚落。在一九七二至八七年間，許多考古學家在此進行聚落和周圍墓葬的發掘；但直到一九九二年後，該聚落的重要性才逐漸清晰。辛塔什塔是一座直徑一百四十公尺的環形城鎮，並建有防禦工事，周圍環繞著具備數座木造門塔樓的木造防禦牆（圖15.1）。城牆之外是一道 V 型的溝渠，深達一名成人的肩膀。辛塔什塔河是托博爾河上游的西部支流，有一半已經被沖走，但仍留有三十一棟房屋的殘骸。最初的城鎮可能有五或六十座房屋。如此加強防禦工事的據點在大草原上可說是史無前例。在顏那亞時期，一些建有防禦工事的較小型聚落出現在頓河以西（例如，米哈伊洛夫卡）。但辛塔什塔的城牆、大門和房屋，都比大草原上任何更早的防禦工事要來得堅固。每座房屋內部都留有冶金活動的痕跡，像是熔渣、烤爐、壁爐和銅。辛塔什塔是一座設防的冶金工業中心。

　　在聚落之外，五座喪葬用的綜合設施中有驚人的發現（圖15.2）。最令人驚訝的發現是好幾輛馬戰車的殘骸，碳定年法的數

據顯示此當屬目前已知中最古老的。這些殘骸出自一處有四十幾座矩形墓葬的墓地，而沒有明顯的墳塚，以 SM 來標記辛塔什塔（Sintashta mogila）石墓，又稱辛塔什塔墓葬。其餘四個喪葬用的綜合設施是一座中型墳塚（SI，指辛塔什塔 I），直徑三十二公尺、高僅一公尺，下有十六座墳墓；第二座是土坑式或非墳塚式的墓葬，下有十座墳墓（SII）；第二小的墳塚（SIII），直徑十六公尺，下為一座葬有五個人的部分遺體的墓葬；最後是一座巨型墳塚，直徑八十五公尺、高四點五公尺（SB，指辛塔什塔波修瓦〔bolshoi〕墳塚），建在原本由原木和草皮構成的中心墓（在古代即已被盜墓）之上。雖然 SB 墳塚的南沿覆蓋在 SM 墓地的北沿上，但碳定年顯

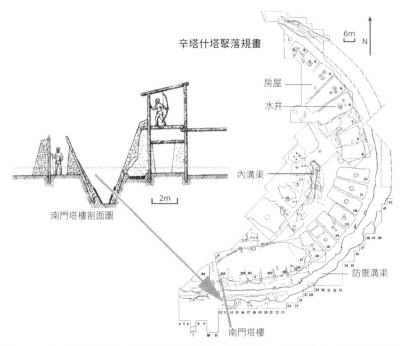

辛塔什塔聚落規畫

房屋
水井
內溝渠
防禦溝渠
南門塔樓剖面圖
南門塔樓

圖 15.1　辛塔什塔聚落：矩形房屋在以木材加固的土牆內排成一圈，發掘者重建了南門塔樓和外側防禦牆。出處：Gening, Zdanovich, and Gening 1992，圖 7 和 12。

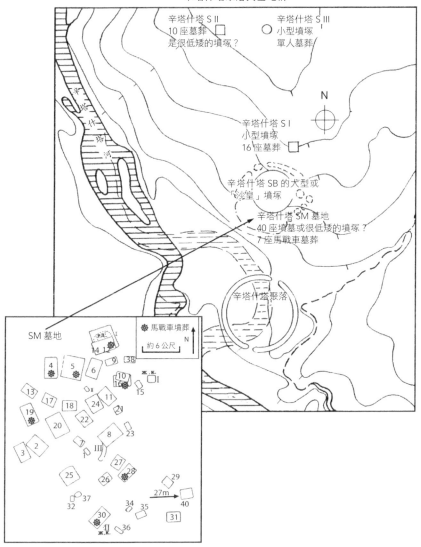

圖 15.2　辛塔什塔聚落地形、相關墓地和 SM 墓葬的細節。出處：Gening,
　　　Zdanovich, and Gening 1992，圖 2 和 42。

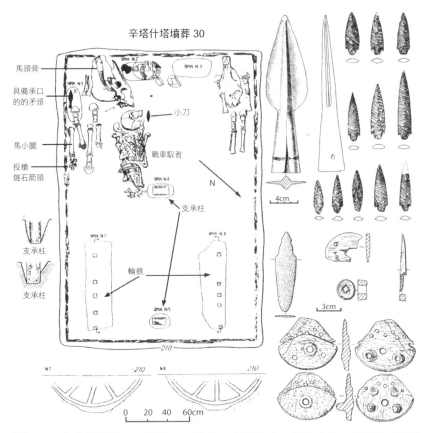

圖 15.3　辛塔什塔的 SM 墓葬、30 號墓，有馬戰車車輪的痕跡、馬隊的頭骨和小腿骨、馬銜用的馬鑣，以及武器。出處：Gening, Zdanovich, and Gening，圖 111、113 和 114。

示 SM 只比 SB 稍稍古老一點。四十座 SM 墓葬中的獻祭十分驚人，包括好幾匹完整的馬——一座墓葬中最多可容納八匹馬（5 號墓），同時發現了骨製扁圓形馬鑣設有輻輪（spoked wheel）的馬戰車，銅製和含砷青銅製的斧頭和短劍、燧石製和骨製箭頭、具備鋬口的含砷青銅製矛頭、拋光石製權杖頭，以及多個陶壺和金銀小飾品（圖 15.3）。這些墓葬令人印象深刻的並非冠冕或珠寶，而是武器、

車輛和牲祭。

　　墓葬和辛塔什塔聚落的碳定年都差異甚大、十分混亂：SM 墓葬中 11 號墓的木材是西元前二八○○至二七○○年左右（4200±100 BP），而 SII 墓葬中 5 號墓的木材則約莫落在西元前一八○○至一六○○年（3340±60BP）。依據其較古老的年代，較古老的波爾塔夫卡文化可能也是辛塔什塔的構成要素，之後在辛塔什塔風格的許多其他遺址都有此發現。來自大型墳塚（SB）中心墓的木材則年代一致（3520±65、3570±60 和 3720±120），即大約西元前二一○○至一八○○年。由幾處辛塔什塔墓地（克里韋－奧澤羅〔Krivoe Ozero〕，卡門尼－安巴爾〔Kammeny Ambar〕）和窩瓦河中游地區中緊密聯繫的波塔波維卡（Potapovka）風格墓葬，可知阿爾卡伊姆的相似聚落落在相同的碳定年區間（表 15.1）。

表 15.1　烏拉爾草原南部和窩瓦河草原中部辛塔什塔－阿爾卡伊姆（S）文化和波塔波維卡（P）文化挑選出來的碳定年數據

實驗室編號	距今年代	樣本	C，K	校正年代
辛塔什塔 SB，大型墳塚（S）				
GIN-6186	3670±40	白樺松原木		西元前 2140-1970 年
GIN-6187	3510±40	同上		西元前 1890-1740 年
GIN-6188	3510±40	同上		西元前 1890-1740 年
GIN-6189	3260±40	同上		西元前 1610-1450 年
辛塔什塔 SM，墓地（S）				
Ki-653	4200±100	11 號墓，木頭	K	西元前 2900-2620 年
Ki-658	4100±170	39 號墓，木頭	K	西元前 2900-2450 年
Ki-657	3760±120	28 號墓，木頭	C	西元前 2400-1970 年
Ki-864	3560±180	19 號墓，木頭	C	西元前 2200-1650 年
Ki-862	3360±70	5 號墓，木頭	C，K	西元前 1740-1520 年

實驗室編號	距今年代	樣本	$C \cdot K$	校正年代
克里韋—奧澤羅（Krivoe Ozero）墓地，9 號墳塚，1 號墓（S）				
AA-9874b	3740 ± 50	1 號馬骨	C，K	西元前 2270-2030 年
AA-9875a	3700 ± 60	2 號馬骨		西元前 2200-1970 年
AA-9874b	3580 ± 50	1 號馬骨	C，K	西元前 2030-1780 年
AA-9875a	3525 ± 50	2 號馬骨		西元前 1920-1750 年
卡門尼—安巴爾 5（Kammeny Ambary 5）（S）				
OxA-12532	3604 ± 31	k2: 12 號墓，人骨		西元前 2020-1890 年
OxA-12530	3572 ± 29	k2: 6 號墓，同上	K	西元前 1950-1830 年
OxA-12533	3555 ± 31	k2: 15 號墓，同上		西元前 1950-1780 年
OxA-12531	3549 ± 49	k2: 8 號墓，同上	C，K	西元前 1950-1770 年
OxA-12534	3529 ± 31	K4: 3 號墓，同上		西元前 1920-1770 年
OxA-12560	3521 ± 28	K4: 1 號墓，同上		西元前 1890-1770 年
OxA-12535	3498 ± 35	K4: 15 號墓，同上		西元前 1880-1740 年
烏捷夫卡墓地 VI（P）				
AA-12568	3760 ±100	K6: 4 號墓，人骨	K	西元前 2340-1980 年
OxA-4264	3585 ± 80	K6: 6 號墓，人骨		西元前 2110-1770 年
OxA-4306	3510 ± 80	K6: 4 號墓，人骨	K	西元前 1940-1690 年
OxA-4263	3470 ± 80	K6: 6 號墓，人骨	K	西元前 1890-1680 年
波塔波維卡墓地（P）				
AA-12569	4180 ± 85	K5: 6 號墓，狗骨 *		西元前 2890-2620 年
AA-47803	4153 ± 59	K3: 1 號墓，人骨 *		西元前 2880-2620 年
OxA-4265	3710 ± 80	K5: 13 號墓，人骨		西元前 2270-1960 年
OxA-4266	3510 ± 80	K5: 3 號墓，人骨		西元前 1940-1690 年
AA-47802	3536 ± 57	K3: 1 號墓，馬頭骨 *		西元前 1950-1770 年
其他波塔波維卡墓地（P）				
AA-53803	4081 ± 54	骨都盧 I（Kutuluk I），k1: 1，人骨		西元前 2860-2490 年
AA-53806	3752 ± 52	格雷切夫卡 II（Grachevka II），k5: 3，人骨		西元前 2280-2030 年

註：* 請見本章註釋 17。

發掘馬戰車的墓葬標示 C，發掘扁圓形馬鑣的墓葬標示為 K。

阿爾卡伊姆的聚落與發現

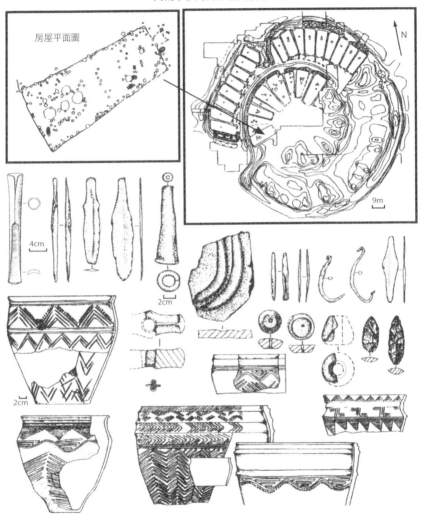

圖 15.4　阿爾卡伊姆聚落的房屋平面圖、手工藝品，包括一只用來鑄造曲面鐮刀或刀片的鑄範。出處：Zdanovich 1995，圖 6。

辛塔什塔喪葬獻祭的細節顯露出與《梨俱吠陀》祭祀葬禮儀式有驚人的相似。冶金的生產規模既反映出大草原上的採礦和冶金業出現新的組織，也顯現出對銅和青銅的需求大幅增加。堅固的防禦工事意味當時有超級強大且目標確定的攻擊武力。烏拉爾河以東大草原上所出現的東歐大草原墳塚儀式、車輛埋葬和武器類型，都顯示烏拉爾前線已被徹底抹去。

　　一九九二年之後，辛塔什塔文化的相關資訊如潮水般激增，且幾乎全以俄文寫成，而在我寫作本書時，大部分的資訊都仍未被理解充分或出現積極的論述。[2] 辛塔什塔不過是二十多處相關防禦性聚落的其中之一，座落於烏拉爾山脈東南方的波狀草原（rolling steppe）的緊密區域，位處靠西的烏拉爾河上游和靠東的托博爾河上游之間。由茲達諾維奇（Gennady Zdanovich, 1938-2020）主持挖掘的阿爾卡伊姆聚落，並未受到侵蝕損壞，當中五、六十座建築中，已經有二十七座出土（圖 15.4）。阿爾卡伊姆的所有房屋均設有冶金的生產設施，現已成為會議中心和國家級的歷史古蹟。辛塔什塔和阿爾卡伊姆衍生出的許多問題都非常有意思：為什麼這些設防的金屬製造城鎮會在那個時間點出現在那個地方？為何需要如此堅固的防禦工事——他們害怕誰？是因對銅的需求增加而生，還是只是新的銅冶金和採銅組織，或兩者兼有？建立這些據點的人群是否發明了馬戰車？以及，他們是原始的雅利安人，抑或是之後創造出《梨俱吠陀》和《阿維斯陀》的人群的祖先？[3]

森林前線的盡頭：森林中的繩紋陶牧民

　　要想了解辛塔什塔文化的源頭，我們得遠從西方開始著手。西元前二八〇〇至二六〇〇年間，聶斯特河與聶伯河間的特里波利地區，繩紋陶、雙耳細頸橢圓尖底陶器文化和顏那亞人群間的相互作

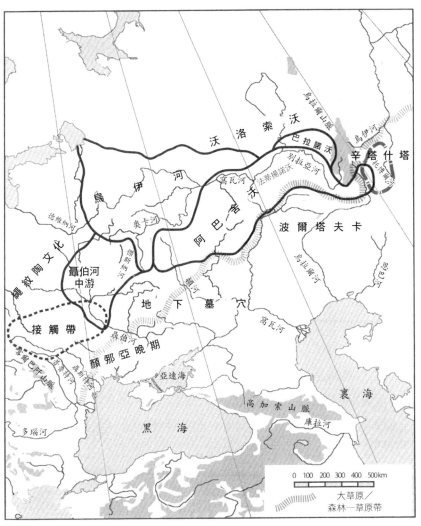

圖 15.5　青銅時代中期的文化群體（西元前二八〇〇至二二〇〇年）。

用，在森林—草原帶起伏的森林丘陵和山谷間，打造出一盤區域文化的複雜棋局（圖15.5）。在南方的大草原上，顏那亞晚期和烏薩托韋晚期群體持續建造墳塚墓地。一些顏那亞晚期的群體向北進入森林—草原帶，深入聶斯特河、南布格河與聶伯河谷。打造雙耳細頸橢圓尖底陶器的東喀爾巴阡山脈族群從利沃夫附近聶斯特河上游向東進入基輔附近的森林—草原帶，接著便退回聶斯特河。源自波蘭南部的繩紋陶群體在基輔附近將之取代。受雙耳細頸橢圓尖底陶器和繩紋陶一同向東擴展的影響，在聶伯河中游受顏那亞影響的特里波利特晚期人群，已經成為複雜的混合體，並在基輔附近的森林—草原帶開創出聶伯河中游文化。此為第一批推進至俄羅斯基輔北部森林的糧食生產與放牧文化。[4]

▶聶伯河中游文化與法蒂揚諾沃文化

聶伯河中游文化的人群將畜牧經濟（視區域為牛、綿羊或豬）向北帶往森林帶，從聶伯河和傑斯納河（Desna）一路到現在的白俄羅斯（圖15.5）。他們跟隨沼澤、開口湖（open lake），以及森林自然開闊的河岸沖積平原。這些開闊之處有草和蘆葦供動物食用，河流則供應了豐富的魚類。聶伯河中游最古老的遺址可定年至西元前二八○○至二六○○年；最晚的遺址則一直存續到西元前一九○○至一八○○年。[5]早期的聶伯河陶器與喀爾巴阡山和波蘭東部的繩紋陶明顯十分相似，且在聶斯特河上游和維斯瓦河上游之間的格扎達—索卡爾斯卡（Grzeda Sokalska）附近的繩紋陶墓葬中，找到聶伯河中部的陶器。[6]聶伯河中游的陶器中也出現一些瑟斯基島晚期或顏那亞的元素（圖15.6）。聶伯河中游的墓地內有墳塚，也有土坑墓，有土葬、也有火葬，有類似顏那亞和洞室墓文化那種尾端中空的燧石箭頭、像雙耳細頸橢圓尖底陶器文化的梯形大

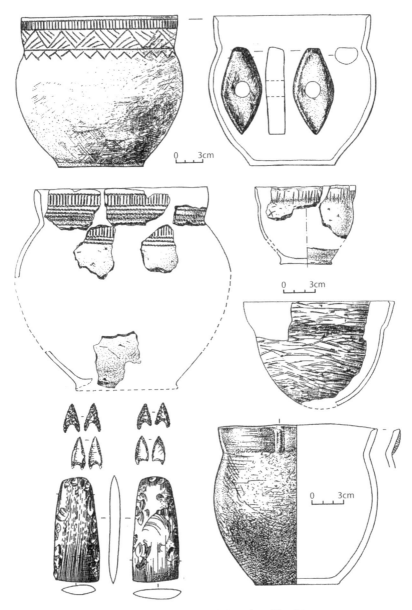

圖 15.6　白俄羅斯遺址中聶伯河中游文化的陶器和石製工具。
　　　　出處：Kryvaltsevich and Kovalyukh 1999，圖 2 和圖 3。

燧石斧，以及繩紋陶文化中穿孔的石製「戰斧」。在聶伯河畔的戰略要塞附近，環繞基輔的大草原和森林—草原帶人群間的一系列相遇和交流，明顯孕育出聶伯河中游文化。[7]

第二種是法蒂揚諾沃文化（Fatyanovo Culture），出現在聶伯河中游文化的東北邊沿。牛群牧民從南流的聶伯河流域轉移至奧卡河等北流的河流後，再穿越松木—橡樹—白樺松森林後抵達窩瓦河上游，便開始製造獨特的法蒂揚諾沃風格陶器。雖然如此，法蒂揚諾沃陶器仍表現出繩紋陶／雙耳細頸橢圓尖底陶器文化的混合特徵，而法蒂諾沃文化可能發源自聶伯河中游文化的早期變體。最終，法蒂揚諾沃風格的陶器、墓葬和畜牧經濟幾乎遍及整個窩瓦河上游盆地。在法蒂亞諾沃領土的廣闊西部，從德維納河（Dvina River）到奧卡河，法蒂亞諾沃聚落幾乎不為人知，但在俯瞰河流或沼澤的山丘上找到了三百多座沒有墳塚的法蒂亞諾沃土坑墓。屬於本地森林採集者的銅石並用時代晚期沃洛索沃（Volosovo）文化的陶器、經濟模式和喪葬習俗等皆有很大不同。在法蒂揚諾沃的先驅者推進至窩瓦河中上游盆地時，銅石並用時代晚期文化就此消失。

聶伯河中游文化與法蒂揚諾沃移民群的活動範圍在此區重疊，當地河流與湖泊皆以波羅的語族的方言命名，此方言與拉脫維亞語和立陶宛語皆有關聯，語言學家繪製出地理位置：通過聶伯河中上游盆地，以及遠至奧卡河的窩瓦河上游。這些河流與湖泊的名稱反映出早先波羅的語族的使用者數量，他們在當時所定居的面積，遠比今日要大上許多。聶伯河中游文化與法蒂揚諾沃移民群可能在窩瓦河上游盆地，建立出使用前波羅的語族方言的族群。至於在聶伯河中游和聶斯特河上游之間發展前斯拉夫語族的人群，則可能跟隨之後。[8]

隨著法蒂揚諾沃族群向東擴展至窩瓦河下游，他們發現烏拉爾

西麓的銅礦，並在當地的卡馬河（Kama River）下游附近建立了長期聚落。窩瓦河—卡馬河地區幾乎躍升為所有法蒂揚諾沃冶金業的心臟地帶，並與其餘發展出巴拉諾沃文化（Balanovo culture）的法蒂揚諾沃地區分道揚鑣。巴拉諾沃似乎定居在法蒂揚諾沃東部的冶金區。巴拉諾沃領土的南沿，在窩瓦河中游和頓河上游之間的森林—草原帶，河流在此再度南流，出現了第四種文化（在聶伯河中游、法蒂揚諾沃和巴拉諾沃文化之後）。此為阿巴舍沃文化（Abashevo culture），是俄羅斯最東的森林帶文化，由繩紋陶傳統衍生而來。對於辛塔什塔的起源，阿巴舍沃文化可謂是舉足輕重。

▶阿巴舍沃文化

阿巴舍沃文化約莫開始於西元前二五〇〇年左右，或者稍晚一點。窩瓦河中游的佩皮奇諾（Pepkino）阿巴舍沃晚期墳塚建於西元前二四〇〇至二二〇〇年（3850±95，Ki-7665）；我認為此墳墓的實際建造年代應該就在西元前二二〇〇年前後不遠。在烏拉爾山脈以西，阿巴舍沃晚期文化的傳統一直持續至西元前一九〇〇年，確切來說是直至辛塔什塔時期，因為在辛塔什塔和波塔波維卡的墓葬中找到阿巴舍沃晚期文化陶器。早期的阿巴舍沃陶器風格對辛塔什塔陶器的影響甚鉅。

阿巴舍沃遺址主要分布在森林—草原帶，雖然只有少數延伸至窩瓦河中游的北方草原。在森林—草原帶之間的西部頓河上游，眾多阿巴舍沃聚落（例如康德拉雪夫卡〔Kondrashovka〕）散布其間；中央的窩瓦河中游區域，以墳塚墓地為主（包括典型遺址，阿巴舍沃墳塚墓地）；沿著別拉亞河進入東部富含銅礦的烏拉爾山西南麓，又出現許多聚落（例如有大量的冶銅證據的拉蘭巴什〔Balanbash〕）。有兩百多個阿巴舍沃聚落被記錄下來，但只有

兩處明顯有建造防禦工事，其餘多處似乎只是短暫地有人定居。最東端的阿巴舍沃遺址環繞烏拉爾山脈南坡，一直延伸至烏拉爾上游盆地，此些遺址對於辛塔什塔的起源特別重要。[9]

西元前二五○○年之前，一些定居此區的沃洛索沃採集者被吸收進阿巴舍沃族群中，另一批人則向北遷徙。在阿巴舍沃領土的北部邊界，有時在大山（Bolshaya Gora）等遺址的相同建築結構中會發現繩紋和篦點紋的沃洛索沃陶器。[10]沃洛索沃晚期文化與烏拉爾山脈以西的阿巴舍沃族群間的交流應有助於放牧經濟和冶金業傳播至過渡區的森林文化，例如奇爾科夫斯卡（Chirkovska）。

早期的阿巴舍沃陶器看上去十分類似法蒂揚諾沃／巴拉諾沃的繩紋陶，而早期的阿巴舍沃文化的墓葬上覆有墳塚，與法蒂揚諾沃的土坑墓墓地不同。阿巴舍沃墳塚由一道環狀溝渠包圍，墓穴坑的邊緣處有二層台，遺體呈蜷曲側身或仰身曲肢的姿勢，此為發源自窩瓦河畔波爾塔夫卡文化的喪葬習俗。阿巴舍沃陶器上的裝飾也益發顯現出受到洞室墓文化陶器傳統的影響，像是圖案（水平狀的線和點、水平狀的刻凹槽）和工藝技術（夾貝陶器）。腰刀等某些阿巴舍沃的金屬器，仿造了洞室墓和波爾塔夫卡文化的風格。傑出的阿巴舍沃文化專家普里亞金（A. D. Pryakhin）結論道，阿巴舍沃文化發源自南方森林—草原帶上的法蒂揚諾沃／巴拉諾沃和洞室墓／波爾塔夫卡人群之間的交流。在許多層面中，阿巴舍沃文化是草原習俗北傳至森林—草原帶的渠道。不同於法蒂揚諾沃，多數俄羅斯考古學家將阿巴舍沃文化解釋成與印度—伊朗語族使用者相關的邊界文化。[11]

別拉亞河流域上的拉蘭巴什等阿巴舍沃聚落，當中都有坩堝、熔渣和熔鑄後的廢料。鑽有軸孔的斧頭、刀、具備銎口的矛頭及鑿子皆由阿巴舍沃的冶匠所打造。在所有經過分析的阿巴舍沃金屬器中，約有一半是由烏拉爾西南山脈砂岩礦提煉出的純銅所製成（特

別是飾品），另外一半是則由烏拉爾東南山脈石英質礦石提煉出的含砷青銅所製（尤其是工具和武器），之後的辛塔什塔礦工也開採出相同的礦石。地位較高的阿巴舍沃墳墓中陪葬有銅和銀飾品、實心銅和銀打造的半圓形手環、鑽有軸孔的斧頭，以及腰刀（圖15.7）。位處高位的阿巴舍沃女性頭戴特殊的頭飾帶，上以成排的扁平狀和管狀珠串裝飾，並夾雜銅和銀鑄造的雙螺旋玫瑰花形牌飾。這些頭飾帶為阿巴舍沃文化所獨有，可能是族群及政治地位的象徵。[12]

在征戰益發激烈的脈絡中，阿巴舍沃女性的頭飾帶顯露出清晰的身分認同——不僅僅是突襲，而是真正的戰爭。位於蘇拉河（Sura River）下游、阿巴舍沃文化領土北界附近的佩皮奇諾墓地中，有一個長十一公尺的墓穴坑中葬有二十八名年輕男性，當中有十八人遭到斬首，其餘則在頭上或手臂上有遭斧頭砍傷的痕跡，並有遭肢解的四肢。這個亂葬坑大約可追溯至西元前二二〇〇年，當中還找到阿巴舍沃陶器、一具用於製造切爾尼赫 V 型管銎斧的雙合範以及一件坩堝。其上有一座墳塚，由此可見此地發生過一場激烈的戰役或大屠殺。墓葬中不見女性或兒童，可見此並非一起聚落的大屠殺。若是戰役，則意味僅僅在阿巴舍沃一方的武力就有兩百八十至五百六十人——部落征戰的死亡比例很少會達到武力的一成，通常都在百分之五左右。[13]要跨區域的政治整合程度夠高，才有辦法達到此種規模的部隊。日益激烈的征戰，或許規模出乎意料地大，此為阿巴舍沃時代晚期政治局勢中的一環。於此脈絡下，辛塔什塔聚落周圍的防禦工事及新戰爭技術——包括馬戰車——的發明就顯得十分合理。

語言學家確定了早期芬蘭─烏戈爾語族有挪用前印度─伊朗語族和原始印度─伊朗語族。發生在南烏拉爾山脈周圍的沃洛索沃─阿巴舍沃交流的考古證據，可能就是這些挪用發生的媒介。這

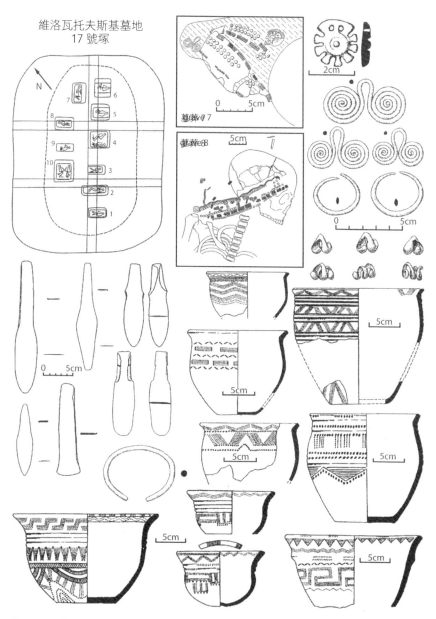

圖 15.7　窩瓦河中游森林─草原帶的阿巴舍沃文化墓葬和金屬器（右上），包括
　　　　特殊的銅鑄玫瑰花形；以及南烏拉爾山脈的陶器（右下）。出處：O. V.
　　　　Kuzmina 1999，圖23和24（陶器）；和 Bolšhov 1995，圖13（陪葬品）。

些被挪用至一般芬蘭—烏戈爾語族的早期原始印度—伊朗語族語詞包括：原始印度—伊朗語族的 *asura-*（lord, god）成為芬蘭—烏戈爾語族的 *asera*；原始印度—伊朗語族的 *medhu-*（honey）成為芬蘭—烏戈爾語族的 *mete*；原始印度—伊朗語族的 *čekro-*（wheel）成為芬蘭—烏戈爾語族的 *kekrä*；以及原始印度—伊朗語族的 *arya-*（Aryan）成為芬蘭—烏戈爾語族的 *orya*。原始印度—伊朗語族的 *arya-*，是「雅利安人」的自稱，挪用至前薩米語後成為 *orja-*，是 *oarji*（意指「西南」）和 *ārjel*（意指「西南方人」）的字根，證實原始雅利安人的世界位處早期烏拉爾語系區域的南部。同樣是挪用來的字根 *arya-* 在芬蘭和白美安語族發展成帶有「奴隸」（slave）意味的語詞，隱約反映出原始印度—伊朗語族和芬蘭—烏戈爾語族使用者之間亙古存在的敵意。[14]

東方草原上的前辛塔什塔文化

在辛塔什塔據點出現之前，是誰在阿巴舍沃時代晚期居住在烏拉爾—托博爾河大草原？有兩個本地的祖先和幾個沒有血緣關係的鄰居。

▶辛塔什塔文化的祖先

就在之後由辛塔什塔聚落占據的草原帶以北，阿巴舍沃晚期文化的聚落散布在南方的森林—草原帶間。阿巴舍沃礦工固定在烏拉爾—托博爾河地區開採富含砷的石英質銅礦。阿巴舍沃文化晚期的烏拉爾變體的小規模聚落出現在烏拉爾河上游，甚至遠至東方的托博爾河上游。幾何曲折紋第一次成為烏拉爾山區製造的阿巴舍沃陶器上重要的新裝飾圖案（圖 15.7），而幾何曲折紋在辛塔什塔裝飾

圖案中仍舊十分流行。有些辛塔什塔早期墓葬當中有阿巴舍沃晚期文化的陶器，而烏拉爾山脈以西的某些阿巴舍沃文化晚期遺址則發現辛塔什塔風格的金屬武器和馬戰車裝備，像是可能發源自辛塔什塔文化的扁圓形馬鑣。但烏拉爾山脈的阿巴舍沃人群並未舉行大規模的牲祭，許多金屬類型和裝飾品皆有所不同，且即使是一些由小型溝渠圍繞的聚落也不太一樣。其並未如大草原上的辛塔什塔聚落那般設防。

　　波爾塔夫卡文化的牧民更早就在辛塔什塔出現的北方草原帶定居。波爾塔夫卡文化實質上是顏那亞層位文化早期的窩瓦河—烏拉爾山脈的延續。波爾塔夫卡牧群可能是在西元前二八〇〇至二六〇〇年間向東進入烏拉爾河—托博爾河大草原。在辛塔什塔陶器上，時常出現波爾塔夫卡的裝飾圖案（垂直的鋸齒圖案）。一座波爾塔夫卡文化的墳塚墓地（年代不明）聳立之處，是在未來在山谷沼澤底部附近建立防禦型聚落的阿爾卡伊姆遺址以南四百公尺處的低山脊上。[15] 亞歷山得洛夫卡 IV（Aleksandrovska IV）墓地中有二十一座直徑十至二十公尺的小型墳塚，是相對規模較大的波爾塔夫卡文化墓地（圖 15.8）。已經發掘了其中的六座。全都符合典型的波爾塔夫卡禮儀：一座以環狀溝渠包圍的墳塚，有一座二層台墓；遺體呈現往左或右側蜷曲的姿勢，躺在有機物編織蓆上，近頭部處撒有赭土石或白堊粉，偶爾也會灑遍全身，以陶器或燧石工具陪葬，有時沒有陪葬品。偶爾會有一些獸骨掉在周圍的溝渠中。在庫茲亞克（Kuisak）辛塔什塔聚落的下層是一個波爾塔夫卡聚落，這點十分吸引人，因為一般波爾塔夫卡聚落跟顏那亞聚落一樣乏人知曉。可惜此聚落遭到建於其上的辛塔什塔聚落嚴重破壞。[16]

　　在窩瓦河中游，波塔波維卡是與辛塔什塔同時代的姊妹文化，具備相似的墓葬、金屬類型、武器、馬匹獻祭和馬戰車裝置（骨製馬鑣和馬鞭柄），位在相同的碳定年區間，即西元前二一〇〇至

圖 15.8 阿爾卡伊姆的聚落地形，內有亞歷山得洛夫卡 IV（1）的墳塚墓地，一處較早、有六座墳塚的波爾塔夫卡墓地；布爾什卡拉科 I（olshekaragandskoe I）和 IV（5）墳塚墓地，有兩座經發掘的辛塔什塔文化墳塚（24、25）。此圖綜合 Zdanovich 2002，圖 3、Batanina and Iva-nova 1995，圖 2。

一八〇〇年。波塔波維卡陶器和辛塔什塔文化一樣，保留許多波爾塔夫卡的裝飾特徵，且波塔波維卡墓葬有時直接位於較古老的波爾塔夫卡紀念碑上。一些波塔波維卡墓葬是從更早出現的波爾塔夫卡墓葬中挖掘出來的，並將之破壞，因為一些辛塔什塔堡壘就建在波爾塔夫卡較古老的聚落之上，並將之納入其中。[17] 要說這一切只是

偶然實在太過牽強。與波爾塔夫卡舊氏族的象徵性聯繫肯定導致了這些選擇。

波爾塔夫卡牧民可能已經開始在廣袤的哈薩克平原上探索，並蓄勢待發前往薩拉子模；薩拉子模是中亞城市文明的前哨站，建於西元前三○○○年的齊拉夫尚流域，也就是現代的撒馬爾罕（Samarkand）附近（圖16.1）。在西元前二五○○年左右，其北方的位置恰好進入了向烏拉爾山脈以東推進的草原牧民的範圍。[18]

▶中亞及森林帶的獵人與商人

在托博爾河上游草原的波爾塔夫卡領土和齊拉夫尚河（Zeravshan River）谷地的薩拉子模之間，至少有兩群不同的採集者在此生活。在南方的鹹海（Aral Sea）南部、西部和東緣附近，是相較於採獵者，較偏向定居生活模式的克爾特米納爾文化（Kelteminar culture）；他們在阿姆河和齊拉夫尚河下游靠近大草原和河濱叢林（tugai）的沼澤與湖泊附近，建造了以大量蘆葦覆蓋的房屋，大型的西伯利亞虎仍在當地四處覓食。克爾特米納爾文化的獵人在圖加（tuga）地區狩獵野牛和野豬，並在草原和沙漠上狩獵瞪羚、野驢和雙峰駱駝。克齊爾庫姆沙漠（Kyzyl Kum）以南沒有野馬，因此克爾特米納爾的獵人從未見過馬，但他們抓了很多魚，並採集野生石榴和杏子。他們製作的陶器具備特殊的印痕和壓印。像是丁基爾澤6（Dingil'dzhe 6）等克爾特米納爾早期文化遺址具備細鏃石產業，與澤貝爾洞穴（Dzhebel Cave）地層IV的石器產業極其相似，大約可追溯至西元前五○○○年。克爾特米納爾的採集者約莫在此時開始製作陶器，在西元前第六千紀末。克爾特米納爾晚期文化一直延續至西元前二○○○年前後。在薩拉子模（地層2）發現克爾特米納爾陶器，但阿姆河以北的克齊爾庫姆沙

漠似乎牢牢聳立，阻礙與北方大草原的南北交流。綠松石在齊拉夫尚河下游和鹹海東南部沙漠露出地面，穿越伊朗向南貿易，但並未進入北方大草原。在薩拉子模和許多伊朗高原上的早期城市，都有綠松石飾品的蹤影，連邁科普酋長墓中都有發現（第十二章），唯獨沒有出現在北方大草原的居民之間。[19]

　　第二個且迥異的採集者網路，活動涵蓋鹹海以北的北方大草原及錫爾河（Syr Darya；古稱雅克沙提斯河〔Jaxartes〕）。到了此處，沙漠便逐漸消失在中哈薩克和北部的大草原上，狼群是當地最大型的掠食者，最大型的放牧哺乳動物則是野馬和大鼻羚（皆未出現在克爾特米納爾地區）。在北方更濕潤的大草原上，波泰─特塞克文化晚期的後裔仍然過著騎馬和漁獵的生活，但當中有些人已經開始飼養馴化的牛羊，並進行冶金。位於易信河中游謝爾蓋夫卡（Sergeivka）的後波泰聚落的碳定年為西元前二八〇〇至二六〇〇年左右（4160±80 BP, OxA-4439）。聚落中的陶器類似波泰─特塞克文化晚期的陶器，石製工具也與波泰─特塞克文化晚期的典型石器十分相像，還找到三百九十多根馬骨（（百分之八十七），以及六十根牛骨和綿羊骨頭（百分之十三），此為該區經濟模式中的新元素。另外也發現了火塘、熔渣和銅礦。在哈薩克北方，很少有像謝爾蓋夫卡這類的遺址獲得大多數學者的認可。但謝爾蓋夫卡顯示，直到西元前二八〇〇至二六〇〇年，北哈薩克已經開始出現本地的冶金活動和少數放牧活動。這些革新可能促使了波爾塔夫卡的牧民來到托博爾河大草原。在亞歷山得洛夫卡 IV 的波爾塔夫卡墓葬中，找到類似謝爾蓋夫卡的陶器，證實兩者之間確實有交流。[20]

　　在烏拉爾河─托博爾河大草原以北，在烏拉爾山脈東坡森林生活的採集者，對辛塔什塔早期文化並未產生多少影響。他們的自然環境十分富庶，足以讓他們生活在河岸上相對較長期的聚落中，但仍僅仰賴漁獵為生。他們沒有正式的墓地。他們的陶器外表布滿了

由壓印篦點構成的複雜幾何圖案；陶器裝飾和形狀都十分類似一側的森林帶阿亞茲基（Ayatskii）和利普奇斯基（Lipchinskii）文化，以及另一側草原帶的波泰─特塞克文化。但直到辛塔什塔文化出現，改變此種關係結構之前，森林帶上大多數的文化仍然與波爾塔夫卡和阿巴舍沃文化截然不同。在西元前二二〇〇至二一〇〇年前後，森林帶文化採納許多辛塔什塔的習俗。在塔什科沃 II（Tashkovo II）和伊斯卡 III（Iska III）這些位處辛塔什塔北部博爾河畔的採集者聚落，都找到被解讀成鑄塊（ingot）的坩堝、熔渣和銅製棍棒。這些聚落中的獸骨仍然是出自麋鹿、熊和魚等野生動物。一些塔什科沃 II 的陶器顯露出從阿巴舍沃或辛塔什塔文化晚期挪用而來的幾何狀的曲折紋設計。塔什科沃 II 和安德里夫斯克湖 XIII（Andreevskoe Ozero XIII）的房屋排成一圈，環繞一座露天的中央廣場，辛塔什塔和阿爾卡伊姆的遺址皆是如此，和典型的森林帶聚落布局不同。

辛塔什塔文化的起源

約莫在西元前二五〇〇年之後，更為涼爽和乾燥的氣候籠罩歐亞大草原，並在西元前二〇〇〇年前後達到乾旱高峰。根據整個歐亞大陸的沼澤和湖泊採樣出的古代花粉，反映出此事件對濕地植物群落（plant community）的影響。[21] 森林後退、草原擴張、沼澤減退。烏拉爾山脈東南方的草原本來就比烏拉爾山脈西南方的窩瓦河中游草原更為乾燥寒冷，但還在持續變乾中。西元前二一〇〇年左右，波爾塔夫卡和阿巴舍沃牧民混合而成的族群開始定居下來，生活於托博爾河上游和烏拉爾河谷間的防禦要塞中，靠近對他們的畜群過冬至關重要、但正逐漸縮減的沼澤（圖 15.9）。歐亞草原的牧民普遍喜歡沼澤區，因為冬季草料，以及高達三公尺、能成為屏障

的蘆根草叢。在其針對近東中石器時代晚期採集者間的流動性研究中，羅森柏格（Michael Rosenberg）指出，隨著競爭加劇和生產力下降的威脅浮上檯面，流動性人口傾向在關鍵資源附近定居。他將此一過程以「大風吹」（musical chairs）來比喻，[22] 在此種遊戲中，失去關鍵資源（在這裡是牲畜過冬的沼澤）的風險，便是定居的動力。多數辛塔什塔聚落建在第一階河階上，可俯瞰多沼地的小溪蜿蜒其上的沖積平原。儘管興建了重重設防的防禦工事，但他們的聚落卻位於多沼地的低矮之處，而不是位於鄰近更易防守的丘陵上（圖 15.2、15.8）。

在西元前二一〇〇至一八〇〇年之間，超過二十個辛塔什塔風格的城牆聚落聳立在烏拉爾河—托博爾河大草原間。其令人印象深刻的防禦工事反映出，將人群和牧群集中在一關鍵地點過冬，所能提供的保護並不足夠——還需要城牆和塔樓；可見突擊是地方性的。益發激烈的征戰激勵了戰術的創新，最重要的當屬輕型馬戰車

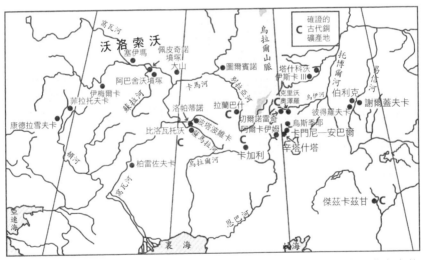

圖 15.9　西元前二一〇〇至一八〇〇年期間，位於頓河與易信河之間北方大草原和南方森林—草原帶的遺址，此區已證實有青銅時代的銅礦。

的發明。在城牆內舉行精緻儀式和筵席的同時，北方大草原上各敵對部族間的衝突和競爭逐漸升溫。各個敵對主人間的競爭引發各種鋪張無度的誇富宴，像是以馬戰車和整匹馬獻祭等。

辛塔什塔社群的地理位置位處東歐大草原世界的東界，這讓他們得以接觸從採集者到城市文明等眾多新文化。促使金屬生產、獻祭和戰爭在辛塔什塔文化中日益重要的主因，可能正是與城市文明的交流。中亞巴克特里亞—馬爾吉阿納文明體（Bactria-Margiana Archaeological Complex，簡稱 BMAC）的磚牆城鎮將北方大草原的金屬礦工與似乎無窮無盡的銅市場加以聯繫。根據一段位於現今伊拉克的烏爾城留下的文字，記載在拉爾薩（Larsa）的瑞姆辛一世（Rim-Sin）治下（1822–1763 BCE），曾有一次的貨運就裝載多達一萬八千三百三十三公斤的銅，而其中大部分都為同一名商人所預定。[23] 西元前二一〇〇至二〇〇〇年左右，這個運行得風生水起的古老亞洲貿易網首次將觸角延伸至北方的歐亞大草原（辛塔什塔與 BMAC 遺址間的聯繫見第十六章）。

辛塔什塔房屋的地上極其清楚地記錄了金屬需求的盛況空前；辛塔什塔聚落是專門從事金屬生產的工業中心。所有在辛塔什塔、阿爾卡伊姆和烏斯季耶（Ust'e）發現的建築物當中，都有冶煉爐的殘渣和冶金銅礦的熔渣。大部分金屬器是以含砷青銅製成，通常是百分之一至二點五的砷合金；只有不到百分之二的金屬器是以錫青銅（tin-bronze）打造。在辛塔什塔，受測的器物中有三成六是由含砷的銅製成（砷含量介於百分之零點一至一之間），而四成八被歸類成含砷青銅（砷含量超過百分之一）。相較於辛塔什塔，阿爾卡伊姆更常使用非合金的銅器，幾乎占受測器物的一半，而在辛塔什塔，只有一成的金屬器是用純銅打造。在一些墓葬和聚落中，找到可能是作為鼓風管的陶管（圖 15.4）。在克里韋—奧澤羅的墓葬中發現了坩堝的碎片。要打造青銅青銅管鋬斧和矛的利刃，需

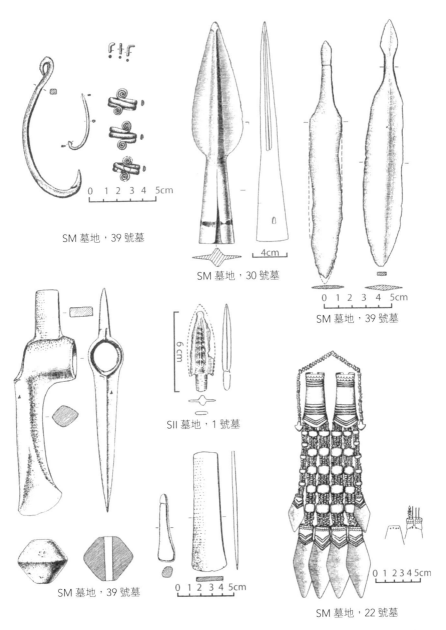

圖 15.10　辛塔什塔墓葬中的武器、工具和裝飾品。出處：Gening, Zdanovich, and Gening 1992，圖 99、113、126 和 127。

SM 墓地，39 號墓

SM 墓地，30 號墓

SM 墓地，39 號墓

SII 墓地，1 號墓

SM 墓地，39 號墓

SM 墓地，22 號墓

要雙合範（圖 15.10）。在阿爾卡伊姆聚落中找到用於鑄造曲面鐮刀和棒狀銅鑄錠的單面範。可能有重達五十至一百三十公克的金屬鑄錠，是為了出口而打造。在烏拉爾河上游以東的瓦倫賽斯—亞姆（Vorovskaya Yama），單單是一個出土的礦坑遺址，就開採出預估有六千噸的石英岩，銅含量為百分之二至三。[24]

　　戰爭可說是社會及政治變遷的有力刺激，同時也形塑出辛塔什塔文化；衝突威脅的升高，消解了舊日的社會秩序，並為權力的獲取創造出新機會。狄宇宙近來指出，鐵器時代的草原遊牧民間出現了複雜的政治結構，主因是戰事加劇促使敵對的酋長紛紛在身邊設立長期的護衛隊；這些護衛隊的規模不斷擴大，最後成為軍隊，這也導致了類似國家的機構出現，以組織、養兵、獎勵和控制軍隊。蘇珊‧維希克研究西元一二〇〇年後北美西南部中沙漠與草原的政治變遷，指出此乾旱和氣候波動與辛塔什塔文化早期具有可比性：當西南部處於氣候轉差的時期，戰爭也急劇增加。維希克並指出，同一時期的長程貿易也大幅成長；西元一三五〇後的貿易額超過之前的四十倍。為贏得戰爭，酋長們亟需財富，才能在衝突發生前贊助建立聯盟的儀式，且能在戰後賞賜盟友。同樣的，當大草原在青銅時代中期末端時面臨氣候危機，彼此競爭的大草原酋長們便開始尋找能彰顯聲望的貴重物品的新來源，而他們可能會在中亞文明最北端的齊拉夫尚河谷找到薩拉子模的商人。雖說與中亞的接觸起初只是部落首領之間舊日競爭的延伸，但它創造出一種新的關係，此關係從根本改變了各個草原文化間的戰爭、金屬生產，以及儀式競爭。[25]

辛塔什塔文化中的征戰：防禦工事及武器

　　南方烏拉爾草原的戰爭強度大幅提升，從以下三點都能看出端

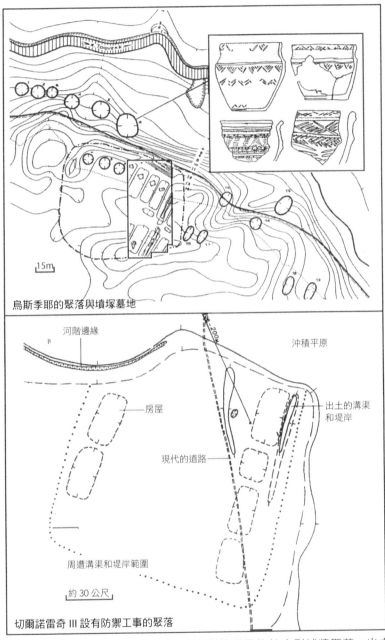

烏斯季耶的聚落與墳塚墓地

河階邊緣

沖積平原

房屋

出土的溝渠
和堤岸

現代的道路

周遭溝渠和堤岸範圍

約 30 公尺

切爾諾雷奇 III 設有防禦工事的聚落

圖 15.11　烏斯季耶和切爾諾雷奇 III 的辛塔什塔風格較小型城牆聚落。出處：
Vinogradov 2003，圖 3。

倪：大型城防建築的普遍出現、墳墓中武器陪葬品增加、新型武器和戰術的發展。現在所有辛塔什塔的聚落都已出土，就算是像切爾諾雷奇 III（Chernorech'ye III）這樣的小型聚落，也能有六座建築物（圖 15.11）；至於烏斯季耶則有十四至十八座建築物，皆以 V 型溝渠和以木材加固的土牆加以防禦。[26] 如今在烏斯季耶、阿爾卡伊姆及辛塔什塔的土牆內，都還留有木柵欄的木樁。一旦社群開始擔心自己的家園會受到攻擊，便會築起高牆和大門。

比起從前，如今城牆外的墓葬用更多的武器陪葬。俄羅斯考古學家艾瑪卡沃（A. Epimakhov）在一本圖錄發表了辛塔什塔文化五個墓地的墓葬發掘資料：阿爾卡伊姆堡壘的墓地（Bol'shekaragandskoe）、卡門尼—安巴爾 5（Kammeny Ambar 5）、克里韋—奧澤羅、辛塔什塔，以及索爾茲 II（Solntse II）。[27]

圖錄中發表的一百八十七座墓葬中，共葬有兩百四十二人。當中六十五座墓有武器。兩百四十二人中，只有七十九個是成人，但當中有四十三人（占所有成人的百分之五十四）有武器隨葬。多數葬於武裝墓中的成人性別不明，但在當中的十三座中，有十一名是男性。辛塔什塔文化中的多數成年男性應該都會與武器一同下葬。而在波爾塔夫卡、洞室墓或阿巴舍沃文化的墓葬中，武器十分罕見。雖然比起大草原上的墓葬，阿巴舍沃較常以武器陪葬，但絕大多數阿巴舍沃墓葬中一點武器的影子都找不到；偶有武器的話，多半是一把斧頭或一只箭頭。至於更早之前的青銅時代早期和中期墳塚墓葬，就我讀過的相關研究報告可知，當中以武器陪葬的不到一成。而辛塔什塔文化的成人墓更常以武器陪葬（百分之五十四）。

新式的武器也應運而生。辛塔什塔墓葬中大多數武器的類型都問世得較早——青銅或紅銅短劍、扁斧、管銎斧、有銎矛、拋光石製權杖頭以及燧石或骨製的箭頭。但在辛塔什塔文化的墓葬中，找到更長、更重的箭頭類型，且存放在墳墓中的數量也更多。有一種

新式的箭頭是以沉重青銅或銅製成的矛頭，具備用來安裝木製粗矛柄的銎口基座。法蒂揚諾沃文化偶爾會採用較小、銎口較淺的矛頭，但辛塔什塔使用的矛更大（圖 15.3）。在辛塔什塔的墳墓中還找到兩種燧石箭頭：尖形和有脊箭頭（圖 15.12）。尾端短淺或中空的有脊短箭頭在辛塔什塔時期變得更長，此為首次大量存放於墓葬之中。這些箭頭可能用於弓箭，因為史前時代的箭頭重量較輕，而且尾端通常較為短淺或呈現中空狀。辛塔什塔的七座墓葬中都找到尾端短淺或中空的有梗燧石箭頭，每座墓最多有十只箭頭（SM 的 39 號墓）。在 10 號塚的伯利克 II（Berlyk II）馬戰車墓中，則發現一組五只的有脊箭頭。

更有意思的是燧石箭頭這個全新的類型，箭桿可收縮、肩部明顯，而且刃部又窄又長、帶有粗中脊線，長約四至十公分。這些新式的有梗箭頭可能為投槍所用。因為與弓箭相比，投槍的槍桿較重，射擊時能對射擊點造成更強大的扭力，所以這種又窄又厚的新

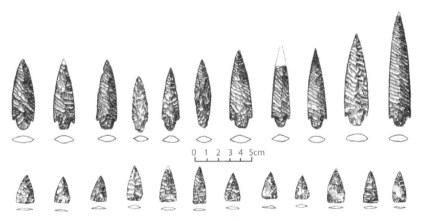

圖 15.12　辛塔什塔文化的燧石箭頭類型。上排是大草原文化的新型箭頭，很可能是因投槍傳入而出現。下排是大草原的舊型箭頭，可能用於弓箭，雖然在較古老的青銅時代早期和中期的墓中，看起來更接近三角形。出處：Gening, Zdanovich, and Gening 1992.

式利刃非常適合投槍,而且比細薄的箭頭更具穿透力。[28]一般來說,有脊箭頭會安裝在箭桿前端的銎口上,通常只有矛或投槍才有這種複合式的附件,弓箭則多半不會這樣設計。早在法蒂揚諾沃和巴拉諾沃文化,工具組裡就已經能找到較小型的有脊箭頭,偶爾也會出現在墳墓裡,譬如像沃洛索沃—達尼洛夫斯基(Danilovskii)的法蒂揚諾沃墓葬的一百零七座墓中,就有一座中找到一只有脊箭頭,但比辛塔什塔類型的箭頭來得短(僅三至四公分長)。辛塔什塔的有脊箭頭在墓葬(SM 的戰車 20 號墓)中最多出現到二十組,一些位於窩瓦河中游的波塔波維卡墳墓群也是如此。青銅鑄造的有脊箭頭,可能是仿造燧石箭頭,出現在一座馬戰車墓(SM 的 16 號墓)及辛塔什塔的另外兩座墓葬中(圖 15.10)。

辛塔什塔墓葬以武器陪葬的頻率更高。此段時期新型武器的問世,多半是為了投槍的改良,而之所以用這些武器陪葬,似乎是為了表現出戰士在戰鬥時的裝備。而此時期大草原上最備受爭論的物品,即輕巧的馬戰車,便是衝突升溫的另一個信號。

▶辛塔什塔的馬戰車:戰爭的引擎

馬戰車的兩個輪子是有輻輪,駕駛以站姿駕馭套馬銜的馬,通常會疾速馳騁。實心輪或駕駛呈現坐姿的雙輪車只能算是手推車(cart),稱不上是馬戰車(chariot);手推車跟四輪車(wagon)都是工作用車。馬戰車是第一個講求速度的有輪車,這項革新徹徹底底改變了陸路運輸。讓疾速馳騁成為可能的關鍵要素是有輻輪。最早的有輻輪堪稱是曲木細木工事與精密木工藝的奇蹟:輪輞是能完美拼合木材的圓圈,牢牢貼合嵌入外輪上榫眼的輪輻(另外雕刻),且嵌入多銎口的中心輪轂,所有零件皆靠手工具(hand tool)雕刨木材而成。而手推車也精簡成只剩幾根木製支杆架;為

了減少震動，稍晚問世的埃及馬戰車的車廂壁以柳條編織、地板則用皮帶製成，只剩下框架是木製的。馬戰車最初可能是用於葬禮上的競速活動，但很快就轉型為武器，並就此改變歷史。

　　如今多半將馬戰車的發明歸功於西元前一九〇〇至一八〇〇年前後的近東社會。直到最近，學者都還認為大草原上奔馳的馬戰車可追溯至近東之後。位於東哈薩克和俄羅斯阿爾泰山區的岩石露頭，上頭有馬戰車的岩畫（petroglyph），一般認為出自青銅時代晚期的安德羅諾沃（Andronovo）層位文化，可追溯至西元前一六五〇年。一般認為在大草原上的墓葬內發現的鹿角製或骨製的扁圓形馬鑣，是在仿造更古老的邁錫尼希臘文化為馬戰車隊的轡頭設計出的馬鑣；由於邁錫尼文明約莫在西元前一六五〇年登上歷史舞台，因此一般也假設大草原馬鑣出現於西元前一六五〇年之後。[29]

　　但自一九九二年以來，愈來愈多的資訊指向大草原上的馬戰車墳墓，使此種所謂正統的觀點備受挑戰。草原馬戰車的考古證據僅保存於一些墓葬中，車輪被放置在墓底挖出的凹槽。車輪的下半部腐朽後，在土上留下了痕跡（圖 15.13）。這些痕跡顯示車輪彎曲的外圈直徑為一至一點二公尺，其上並帶有十至十二條剖面為矩形的輪輻。由於輪輻的痕跡並不明顯，因此對於能清楚辨識的馬戰車墓數量，目前仍眾說紛紜，但就算只是保守估計，仍能在九座墓葬中找出十六座馬戰車墓。全都出自烏拉爾—托博爾大草原上的辛塔什塔文化，或者是北哈薩克、辛塔什塔以東的彼得羅夫卡（Petrovka）文化。彼得羅夫卡與辛塔什塔晚期同時，約莫是在西元前一九〇〇至一七五〇年，並直接從之發展而來。[30]

　　蠻族仿效文化地位較高的近東，仿造出草原馬戰車，但馬戰車到底是戰鬥力十足的戰爭器械，抑或僅是基於巡遊或儀式目的而設計的象徵性工具，學者莫衷一是。[31] 奇怪的是，學者的爭論集中在

車輪間距上。近東戰場上的馬戰車是兩人或甚至三人一組——一名駕駛和一名弓箭手，有時還會加上一名盾牌手，來保護另外兩人不會受到投射武器的攻擊。西元前一四〇〇至一三〇〇年左右，埃及馬戰車的軌距或軌跡寬度介於一點五四至一點八公尺間，此為保存良好且可供測量的最古老近東馬戰車。車輪的輪轂是穩定馬戰車的必要零件，沿車軸兩側各突出至少二十公分。要夠裝設兩個內輪轂（共四十公分）的車輪，以及至少寬達一公尺以乘載兩個人的車廂，軌距最小應該要達一點四至一點五公尺。一般認為，辛塔什塔和彼得羅夫卡文化馬戰車的輪距小於一點四至一點五公尺，因此不適合當戰時行軍或儀式用車。

大草原馬戰車所具備的功效之所以難以忽視，可從以下六點看出：第一點，大草原馬戰車有多種尺寸，兩輛在卡門尼—安巴爾5、兩輛在辛塔什塔（SM 4 號、28 號墓），另外兩輛則在伯利克（彼得羅夫卡文化），軌距介於一點四至一點六公尺間，足以乘載兩人一組。第一個以英文公開發表的案例出自辛塔什塔（SM 19 號墓）和克里韋—奧澤羅（9 號塚 1 號墓），其軌距僅僅介於一點二至一點三公尺之間，另外三輛辛塔什塔馬戰車（SM 5、12、30 號墓）和一輛克里韋—奧澤羅的馬戰車也是如此。認為大草原馬戰車不具功效的論點集中在此六輛馬戰車上，但雖然其軌距較窄，但多數都與武器一同下葬。然而，另外六輛草原馬戰車的寬度與有些埃及馬戰車一樣。其中一輛置於墳墓（辛塔什塔 28 號墓）中馬戰車的軌距約為一點五公尺，墓中還有兩名成年男性的部分遺骸，可能是馬戰車人員。就算我們接受這種疑點重重的假設，也就是馬戰車需要兩人一組，大多數的草原馬戰車還是夠大的。[32]

第二點，大草原馬戰車不見得一定是弓箭手的發射台；大草原上更受歡迎的武器應該是投槍。一名兼任駕駛的戰士可一手握韁繩、一手擲投槍；而站在馬戰車上，兼任駕駛的戰士能夠使盡全身

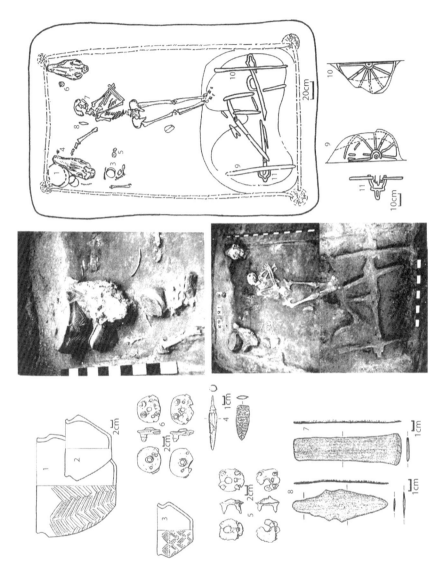

圖 15.13　西元前二○○○年左右，位於克里韋—奧澤羅的馬戰車墳墓的 9 號
　　　　　塚 1 號墓：（1–3）三只典型的辛塔什塔陶罐；（5–6）兩對帶有釘
　　　　　齒的鹿角製扁圓形馬鑣；（4）骨製和燧石製箭頭；（7-8）青銅腰
　　　　　間短劍和銅扁斧；（9–10）置於墓底凹槽的車輪留下的輻輪痕跡；
　　　　　（11）現代藝術家對左輪輪轂殘骸的重建細節。出處：Anthony and
　　　　　Vinogradov 1995，照片出自 Vinogradov。

力量拋擲投槍，至於沒有馬鐙（西元三〇〇年後才發明出來）的騎馬者，就只能靠自己的手臂和肩膀。拋擲投槍的戰車兵可在騎馬者擊中他之前，就先擊中騎在馬背上的人。不同於戰車兵，騎馬者無法攜帶裝滿投槍的大型鞘，因此一旦錯失第一個攻擊點，就會陷於雙重不利的處境中；就算是配備弓矢，情況也只稍微好上一些。根據在柏雷佐夫卡（Berezovka；3 號塚 2 號墓）和斯瓦托維（Svatove；12 號塚 12 號墓）所找到的遺物，可判斷大草原上青銅時代弓箭手使用的弓似乎長一點二至一點五公尺。[33] 如此長的弓，只能從馬背一側（如果是右撇子的弓箭手就是左側）彎弓射擊，這便導致攜帶長弓的騎馬者較易受傷。因此，配備投槍的馬戰車可能會是青銅時代騎馬者的一大威脅。在某些馬戰車墓中發現許多適用於投槍的長梗箭頭（辛塔什塔文化的 SM4、5、30 號墓）。要是大草原的戰車兵善用投槍，征戰時就只需一個人駕駛寬度較窄的馬戰車。

第三點，要是兼任駕駛的戰士需在戰鬥時為弓換箭，他可以用繫在馬臀處的韁繩勒住馬，然後彎弓射箭；墓中的壁畫記錄了埃及法老如何以此方式騎馬並彎弓射箭。雖然這些畫中之所以除了法老以外沒有別人，可能只是一種傳統的藝術表達手法，但瑪莉・李托爾（Mary Littauer, 1912-2005）指出，有一位埃及的王室抄寫員也是以此方式駕駛和射箭，且在描繪拉美西斯三世與利比亞弓箭手打鬥的畫面中，拉美西斯三世所乘的埃及雙人馬戰車在馬臀處繫有韁繩；他們馬戰車上的戰友會一手持韁繩，一手執盾牌。伊特魯里亞（Etruria）和羅馬的戰車兵也時常以繫在馬臀處地韁繩駕車。[34] 兼任駕駛的戰士可能會用此方式彎弓，雖然一手握韁繩、一手擲投槍可能會更安全。

不能忽視大草原馬戰車功效的第四點理由是，這些馬戰車中的大多數（包含軌距窄的）都與武器一同下葬；我已經檢視了十二座辛塔什塔和彼得羅夫卡馬戰車墳墓的完整隨葬品，有十座中葬有武

器。最常見的武器是箭頭，但馬戰車墓中還有金屬打造的腰間短劍、扁斧、管銎斧、拋光的石製權杖頭以及一把長二十公分的有銎矛（SM 30 號墓；圖 15.3）。根據前面引述的艾瑪卡沃的辛塔什塔文化墓葬圖錄，可發現所有馬戰車墓中，可辨識性別的骸骨都是成年男性。若大草原上的馬戰車並非設計來作戰，那為什麼當中的大多數都和男性駕駛和武器埋於一處？

第五點，在馬戰車剛剛問世之初，一種新型的馬鑣出現在大草原上（圖 15.14）。其由鹿角或骨頭製成，形狀呈長橢圓形或像一面盾牌，中央有一個孔，讓繩索從中穿過以連接馬銜和彎頭，並能從其他各個位置連接至鼻羈和頰帶。當駕駛將韁繩拉往另一側，內側表面上的尖釘會擠壓馬嘴角柔軟的肉，因此馬會產生立即的反應；這種更嚴密的新駕馭形式的發展，顯示出駕駛小隊的動作一定要又快又精準。時常會在兩兩成對的扁圓形馬鑣上，發現不同磨損造成的不同形狀，似乎馬的左右兩側或左右排列的兩匹馬，需有稍微不同的駕馭方式。舉例來說，在克里韋—奧澤羅（9 號塚 1 號墓），左邊馬匹的馬鑣在中央孔的上方有一個縫，向上傾斜、朝向鼻羈（圖 15.13）；而右邊馬匹的馬鑣就沒有這樣的設計。類似卻不完全相同的一對馬鑣，一個有、一個沒有向上傾斜的縫，和一個馬戰車小隊一起埋在卡門尼—安巴爾 5（圖 15.14）。傾斜的縫可能是用來讓鼻羈與韁繩相連，這樣當駕駛拉動韁繩時，就會拉低內側（左側）的馬鼻，如同剎車一般，而外側（右側）馬則可以隨意奔跑——這正是左轉的馬戰車比賽隊伍所需要的。如《梨俱吠陀》中所述，馬戰車比賽時常用來隱喻生命中的挑戰，而吠陀時期的比賽則向左轉。具備相同設計的馬戰車用馬鑣，其內側表面的骨製圓盤上有個尖丁，之後在邁錫尼的豎穴墓 IV 及哈納丘（Tel Haror）的黎凡特（Levant）都有發現，不過是以金屬製成。最古老的案例出現在大草原上。[35]

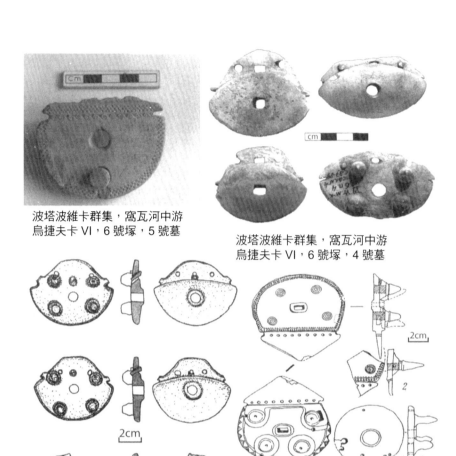

波塔波維卡群集，窩瓦河中游
烏捷夫卡 VI，6 號塚，5 號墓

波塔波維卡群集，窩瓦河中游
烏捷夫卡 VI，6 號塚，4 號墓

辛塔什塔─阿爾卡伊姆群集
卡門尼─安巴爾 5，2 號塚，8 號墓

菲拉托夫卡墳塚，頓河上游
1 號墓，2 對馬勒帶

圖 15.14　以飾釘裝飾的扁圓形馬鑣，出自辛塔什塔、波塔波維卡和菲拉托夫卡
　　　　　文化類型墓葬。左上方棋盤狀板下方的連續螺旋紋馬鑣出自烏捷夫卡
　　　　　VI，一度被認為是源自邁錫尼；但類似這種的大草原案例比邁錫尼文
　　　　　化更加古老。照片為作者所攝；繪畫引用自 Epimakhov 2002；Siniuk
　　　　　and Kosmirchuk 1995。

最後一點，將大草原馬戰車視為對近東馬戰車的不良仿造品，此論調存在有第六個缺陷：最古老的大草原馬戰車早於近東文化中所有可判定年代的馬戰車圖像。從五座發現有輪輻痕跡的辛塔什塔文化墳墓中，獲得了八個碳定年，其中三座位於辛塔什塔（SM墓葬的 5、19、28 號墓），一座位於克里韋—奧澤羅（9 號塚 1 號墓）和卡門尼—安巴爾 5（2 號塚 8 號墓）。其中三個（3760±120 BP、3740±50 BP 和 3700±60 BP）的機率分配在西元前二〇〇〇年之前呈現顯著的下降，顯示最早的馬戰車「可能」是在西元前二〇〇〇前出現在大草原（表 15.1）。扁圓形馬鑣通常被解讀成專業化的馬戰車配備，也出現在碳定年落在西元前二〇〇〇年前，辛塔什塔與波塔波維卡文化類型的草原墳墓中。相較之下，在近東最古老的真正馬戰車圖像，即具備「兩個有輻輪」的車，以「馬」而非用野驢來拉，且以「馬銜」而非用唇環或鼻環駕馭，駕駛是站著、而非坐著──最早出現於西元前一八〇〇年的敘利亞古印章上。近東藝術中，具備兩個有輻輪的車的最古老圖像，出現在卡魯姆的卡尼什第二王朝的印章上，約可追溯至西元前一九〇〇年；但尚不確定是哪一種野驢（可能是本土的驢子或野驢），且是以鼻環駕馭（圖 15.15）。在敘利亞北部的布拉克丘，從這座古老圍牆商隊城市的某些角落，出土了一百零二個手推車模型和一百九十一個野驢小雕像，年代可追溯至西元前二三五〇至二〇〇〇年的阿卡德（Akkadia）晚期和烏爾第三王朝（Ur III）時期。這些野驢小雕像很明顯不是馬。雙輪手推車在車輛模型中十分常見，但它們配備有內嵌式的座椅和實心的車輪，但卻找不到馬戰車的模型。馬戰車在這裡還鮮為人知，因為馬戰車直到西元前一八〇〇年之前，都還遠在近東的某處。[36]

馬戰車最早的發明地點是在大草原上，用於戰事之中；原野馬和帶有釘齒的扁圓形馬鑣經由中亞傳入近東（見十六章）。早期王

朝城邦間的戰役，像是西元前二九○○至二○○○年間的阿卡德、烏爾第三王朝諸王，都是用驢子和野驢雜交的動物來拉裝配有實心車輪的軍用手推車或四輪車，與之相較，馬戰車的速度更快、機動性更高。許多書籍和圖錄將這些笨重的車誤指為馬戰車，因為它們某種程度上與大草原馬戰車有些相似：它們的使用者始終是投擲投槍的戰士，而非弓箭手。當馬戰車在近東現身，旋即主宰了城邦間的征戰，並成為弓箭手的機動發射台──這可能稱得上是近東的一大革新。其車輪的作法也有所不同：僅有四或六道車輻，這顯然是另一個大草原的改良設計。

　　在西元前一五○○至一三五○年北敘利亞的米坦尼，馬戰車的戰術可能是從大草原的某處，與古印度語的馬戰車詞彙一同引進而來；他們將馬戰車編成五至六個連，然後將六個這種單位（三十至三十六輛馬戰車）與步兵團合併，聽從一位旅長的指揮。一千年後的華夏周朝，也出現了類似的組織：一個連有五輛馬戰車，一個旅有五個連（二十五輛），每輛戰車有十至二十五名輔助步兵。[37] 大草原馬戰車可能也同樣倚賴由步兵、甚至騎兵組成的連的支持；這些步兵或騎兵能用手持武器追擊敵人，或在戰車兵被擒的時候加以營救。

　　馬戰車在大草原的部落征戰十分有用：它們又吵又快又嚇人，更可以作為升高的平台，技術嫻熟的駕駛就能從平台上投擲一整袋的投槍。當車輛以高速衝撞崎嶇的地面時，駕駛的雙腿得承受每次反彈回來的震動，且駕駛的重量必須轉移至反彈側。為讓馬戰車轉彎，必須拉動內側的馬，並以韁繩勒住外側的馬；既能好好駕駛馬戰車，同時又要投擲投槍，這需要長時間的練習。馬戰車是展現財富的最佳宣傳：打造困難，且需要嫻熟的運動技能「加上」一支受過專業訓練的馬隊，才能加以駕馭；因此，唯有那些可雇用牧民來從事大部分日常工作的人才能擁有馬戰車。馬戰車是物質上的證據，證明駕駛有能力資助一個堅固的聯盟，或能得到具備財力的人

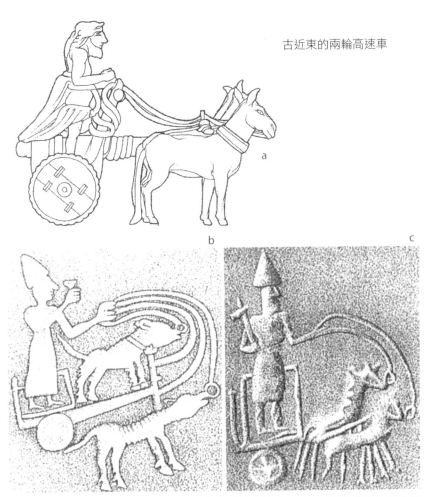

古近東的兩輪高速車

圖 15.15　在引入馬戰車之前，古代近東的兩輪高速車：（a）西元前二七○○至二五○○年，阿格拉丘（Tell Agrab）用驢子和野驢雜交的動物拉動的實心輪跨座式車輛的銅翻模型；（b 和 c）出自西元前一九○○年卡魯姆的卡尼什第二王朝，印章上雕刻的車輛圖像，上面裝有四道輪輻的車輪，以穿有唇環或鼻環的野驢（？）拉動。出處：Raulwing 2000，圖 7.2 和 10.1。

的支持。綜合而論，防禦工事、武器類型和數量，以及馬戰車戰術的創新，這些證據在在表明，約莫在西元前二一○○年後的辛塔什塔早期，北方大草原的衝突規模和強度都大幅增加。另一個呼之欲出的事實是：馬戰車在此種新形式的衝突中扮演要角。

價值競賽

辛塔什塔酋長們的葬禮與《梨俱吠陀》的葬禮讚美詩的相似之處（見下文），反映出馬戰車葬禮與詩歌的密切關係；考古證據也顯示，與葬禮一同舉行的筵席規模之大令人震驚。詩歌和筵席是喪葬展示的核心，強調排他性（exclusivity）、階層和權力——人類學家阿君·阿帕度萊（Arjun Appadurai, 1949- ）稱之為「價值競賽」（tournaments of value），認為儀式意在界定出菁英的身分，並提供排除多數人的界定範圍內的菁英政治競爭的管道。要爬梳出此些獻祭大戲的來龍去脈，首先得了解世俗日常的飲食。[38]

從阿爾卡伊姆出土的土壤浮選出的種子和木炭，只得到幾顆碳化的大麥穀粒，但它們太少了，以致無法藉之確定它們是來自辛塔什塔文化遺址而不是更晚的居住者。在阿爾卡伊姆下葬的遺體沒有齲齒，顯示其飲食中的澱粉含量極低，並非以澱粉類穀物為主食。[39]他們的牙齒就像採獵者的牙齒。從以城牆防禦的奧蘭斯科（Alands'koe）要塞中出土的碳化小米，測試後顯示出有些小米莊稼可能出自某些遺址，而齲齒則發現於生活在克里韋—奧澤羅墓地的人群之中，可見有些社群會食用種植的作物。偶爾的穀物種植還須靠採集野生藜屬和莧屬的種子來補充，這些野生植物在幾個世紀後，仍在青銅時代晚期的大草原飲食中扮演要角（見十六章中提及的青銅時代晚期野生植物）；莊稼似乎在辛塔什塔文化的飲食中所占比重不高。[40]

辛塔什塔墓葬中的牲祭規模反映出葬禮之盛大。辛塔什塔 SM墓地北緣的 1 號祭祀坑（圖 15.16）便是其中一個案例：在深五十公分的坑中，六匹馬、四頭牛與兩隻公羊的頭和蹄兩兩相對、繞著一只倒扣的陶罐排成兩排。單單一次牲祭就貢獻了大約兩千七百公斤的肉，即三千名賓客中，每人都能分到零點九公斤的肉。根據估算，位於北方幾公尺處的波修瓦墳塚，需要三千人的工作日（man-day）才能建築完成。[41] 建造墳塚所需的勞動力與牲祭集群 1 號所供應的食物量相當。儘管如此，波修瓦墳塚仍可說是空前絕後；辛塔什塔文化其他的喪葬土墩都是又小又矮。若說在辛塔什塔舉行的其他葬禮上的牲祭是為了養活工班，那他們所建造的土墩也太不突出了。似乎大多數的獻祭都是為了供應食物給前來參加葬禮的賓客；一場葬禮最多獻祭八匹馬，辛塔什塔的筵席要款待數百、甚至數千名賓客都不成問題。以筵席款待是部落社會最普遍且持續採用的途徑，以獲取聲望與權力。[42]

在大草原上，馬匹在辛塔什塔獻祭中的重要性可說是史無前例。青銅時代早期和中期偏早的墓葬中，就已經有馬骨的蹤影，但為數不多，不像綿羊或牛骨那麼常見。辛塔什塔和阿爾卡伊姆聚落垃圾堆中的獸骨，有六成是牛、二成六的綿羊和羊，以及一成三的馬；雖然在日常肉類飲食中，牛肉的占比最高，但墓葬牲祭中，牛只占二成三，山羊和馬則分別是三成七和三成九。比起其他動物，馬最常用於獻祭，且馬骨十分常見於牲祭中，數量是聚落垃圾堆中的三倍。動物學家蓋杜琴科（L. Gaiduchenko）指出，分析阿爾卡伊姆堡壘人骨中的氮十五同位素後發現，馬的含量非常低，可見他們很少吃馬，而是專營育馬並出口；這些遺址的牛羊在氮十五中的含量都高於馬，可見多以牛羊為主食。[43] 根據艾瑪卡沃發表的五個出土辛塔什塔文化墓地的圖錄，最常用於獻祭的是馬，但在登錄的一百八十一座墓葬中，用馬獻祭還不到四十八次，僅占二成七；僅

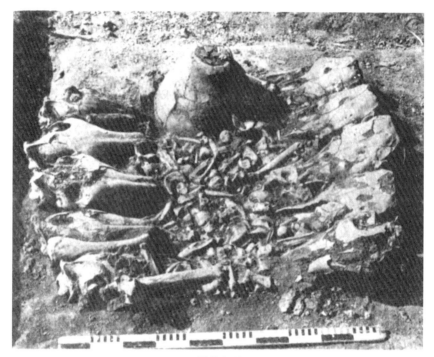

1 號祭祀坑

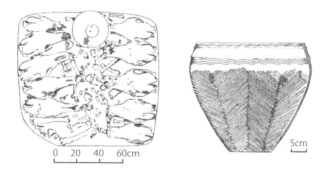

0　20　40　60cm

5cm

圖 15.16　辛塔什塔文化 SM 墓地北緣的 1 號祭祀坑。出處：Gening, Zdanovich, and Gening 1992，圖 130。

有一成三的墓葬一次獻祭很多匹馬。約三分之一的墓中有武器，但在這當中，有三分之二以馬獻祭的墓內有武器，且八成三以多匹馬獻祭的墓內有武器。辛塔什塔文化墓葬裡有馬牲祭的並不多，但只要有，通常也有武器，此為擁有大批馬群、筵席和戰士身分認同間的象徵性聯繫。

辛塔什塔文化的墓葬中幾乎看不到珠寶或裝飾品，聚落中也缺乏大型房屋或貯存設施。除非是冶金業，除了鑄造業，其他手工業中幾乎看不到象徵社會分層的手工業專業化現象。大型房屋、貯存設施或專業化工匠的缺乏，導致一些學者懷疑辛塔什塔文化是否具備穩定的社會階層。[44] 比起古老的青銅時代早期和大草原青銅時代中期的喪葬儀式，辛塔什塔墓葬的墳墓涵蓋所有年齡和性別範疇，就連孩童也囊括在內，顯然此時期的葬儀更加全面；另一方面，多數辛塔什塔墓地的墓葬數量還比不上城牆聚落內的一小部份人口。辛塔什塔堡壘中有五、六十座建築結構，但相關的墓地只有六十六座墓，且大多為孩童墓。假設聚落中有橫跨六代（一百五十年）的兩百五十名居民，那麼應該要建造一千五百多座墓。只有極少數的特定家族能在辛塔什塔墓地舉行葬禮，連孩童在內的整個家族都能享此殊榮。與馬匹獻祭和馬戰車陪葬相同，此種特權並非人人得享；從馬、馬戰車、武器及多種牲祭，讓我們得以辨識出辛塔什塔文化酋長們的墓葬。

辛塔什塔文化的喪葬祭品是聯繫考古學與史學的重要紐帶；此與《梨俱吠陀》中所述的儀式極其相似，而《梨俱吠陀》是流傳至今最古老的印度─伊朗語族文本。

辛塔什塔及雅利安人的起源

古印度語中最古老的文獻是《梨俱吠陀》〈家族卷〉（family

books）中的二至七卷。這些讚美詩和祈禱文收錄於西元前一五〇〇至一三〇〇年前左右成書的「卷」（mandala）中，但創作的年代多半更早。《阿維斯陀》中最古老的部分為「讚歌」（Gathas），是最古老的波斯文獻，由查拉圖斯特拉在西元前一二〇〇至一〇〇〇年左右寫成。未被記錄的語言為兩者的母親——即一般印度－伊朗語族，出現的時間鐵定早於西元前一五〇〇年，因為在那個時候，古印度語已經出現在北敘利亞米坦尼的文獻中（見第三章）。西元前二一〇〇至一八〇〇年的辛塔什塔時期，可能是使用一般印度－伊朗語族。西元前一八〇〇至一六〇〇年前後，古體古印度語可能與古體伊朗語分別登上歷史舞台（見第十六章）。《梨俱吠陀》和《阿維斯陀》一致表明，它們共有的父母輩的印度－伊朗語族身分認同的本質，是語言和儀式，而非種族。要是一個人能用對的方式向對的神祇獻祭，並正確使用傳統的讚美詩和詩歌形式，那他就是雅利安人。[45] 若非如此，他就是「達賽羽」（Dasyu），這再次顯示此並非種族或族群性的標籤，而是儀式和語言上的身分認同——即這個人攪亂了神與人之間奉獻循環，因此威脅到宇宙秩序，即《梨俱吠陀》的「宇宙理法」（r'ta）或《阿維斯陀》的「天道」（aša）。「用對的話語」進行儀式是身為雅利安人的核心。

辛塔什塔和阿爾卡伊姆的儀式，與稍後在《梨俱吠陀》中所述儀式間的相似性，大抵解決了許多印度－伊朗語族起源的問題。[46] 這些相似之處像是《梨俱吠陀》（10.18）中對墳塚的敘述（「讓他們……將死者葬於此丘之下」，一座以多根柱子支撐的有頂墓室（「讓父祖為你撐起此根柱子」），以及用支柱支撐的墓壁（「我撐起你周遭的大地；在我放下此塊土壤之時，不會傷你分毫」）。此為對辛塔什塔和波塔波維卡－菲拉托夫卡（Filatovka）墓穴的精準敘述：這些墓穴的木板屋頂皆由木柱和木板支撐牆加以支撐。《梨俱吠陀》（1.162）中提及王室葬禮上的馬匹獻祭：「維持四肢無

損，並以適當的方式加以放置。將其切開，一個接一個排列」。在辛塔什塔、波塔波維卡和菲拉托夫卡墓葬中的馬匹牲祭與該敘述相符：在關節處將馬小腿小心切開，並置於墳內和墳墓上方。在辛塔什塔的葬禮儀式中，人們較喜歡以馬來獻祭，這種選擇使辛塔什塔與更古老的草原文化得以區隔，《梨俱吠陀》也有提及。同一首讚美詩中的另一節讚詞如是說：「那些看著賽馬烹調完成的人們稱讚，『聞起來真香！把它拿走吧！』而那些嗷嗷待哺的人們——讓他們的認可激勵我們吧。」這些段落敘述了以重要人物葬禮為核心的公共筵席，與辛塔什塔墓葬中找到的馬、牛、山羊和綿羊的頭骨、蹄骨所勾勒出的筵席幾無二致：一場筵席可供給數百、甚至數千公斤的肉。《梨俱吠陀》（5.85）提到，伐樓拿將容器翻覆以降下雨水：「伐樓拿將酒桶傾倒，桶嘴朝下。全世界的王便以此滋潤土地」。在辛塔什塔的 1 號祭祀坑中，一只倒扣的陶罐放在兩排牲祭之間——此儀式可能與巨大的波修瓦墳塚的建造有關。[47]最後，《梨俱吠陀》擲地有聲地證明了詩歌和話語的重要性，其圍繞所有這些事件發生。「在以牲祭集結群眾的同時，作為掌權者，我們必須加以美言」，此為〈家族卷〉中多次附在不同讚美詩後的標準結尾（《梨俱吠陀》〔2.12、2.23、2.28〕）。公開活動的重要之處在於吸引並讓主持儀式的人群歸信印度—伊朗語族的儀式系統和語言。

無論是在儀式、政治和征戰層面，辛塔什塔種種革新的爆發，對之後的歐亞大草原文化產生了難以磨滅的長期影響。故若要找出印度—伊朗語族的身分認同和語言熔爐，辛塔什塔文化便是最明確的絕佳選項。歐亞大草原上青銅時代晚期的主要文化群體斯魯布納亞和安德羅諾沃層位文化（見第十六章）都發源自波塔波維卡—辛塔什塔複合體。

本書作者從斯魯布納亞遺址挖掘出的證據令人沸騰，證明大草原上的印度—伊朗語族（甚至可能是原始印歐語）儀式與考古證據

間還有一個相似之處：冬至時舉行的仲冬新年獻祭和入會儀式。許多印歐神話和儀式都提及此一事件。它的其中一個功能是讓年輕人成為戰士聯盟（德語：Männerbünde；原始印歐語：*korios*）的一員，其主要的象徵物就是狗或狼。狗代表死亡；好幾隻狗或一隻多頭犬（英語：Cerberus、梵語轉拼音：*Saranyu*）把守著陰間的入口。開始之初，死亡體現在老年和少年時代的身分認同，而隨著男孩成為戰士，他們會餵養死亡犬。在《梨俱吠陀》中，在仲冬時節演示獻祭的戰士同袍組織稱為「犬祭司」（*Vrâtyas*）。此儀式會和許多競賽一起進行，像是詩歌朗誦和馬戰車賽。[48]

在薩馬拉河谷的克拉斯諾薩馬斯科（Krasno-sa-MAR-sko-yeh）的斯魯布納亞聚落，我們找到青銅時代晚期時仲冬犬隻獻祭的遺骸，這和重建的仲冬新年儀式十分相似，可追溯至西元前一七五〇年左右。這些狗在仲冬時節遭到屠宰，大多是在冬至前後，而此遺址的牛羊則全年都有屠宰。狗占此遺址所有獸骨的四成；至少有十八隻狗遭到屠宰，可能更多。娜麗莎・羅素（Nerissa Russell）的研究顯示，每隻狗的頭部皆遭到焚燒，然後小心用斧頭切成十至十二小塊，大小幾乎相同。顱後的殘骸則沒有切成這種符合儀式標準的小塊，不管是牛或綿羊都不曾以此種方式屠宰。發現於克拉斯諾薩馬斯科的建築結構可能是此事件後丟棄仲冬犬牲祭遺骸之處。它們被發現的考古脈絡，屬於斯魯布納亞早期文化，但斯魯布納亞早期文化可說是直接繼承波塔波維卡和阿巴舍沃而來，與辛塔什塔屬於同一個文化圈，年代也幾乎相同。克拉斯諾薩馬斯科顯示窩瓦河中游草原會舉行犬隻獻祭，這和《梨俱吠陀》所述的犬祭司入會儀式如出一轍。雖然尚未在辛塔什塔聚落中找到仲冬犬隻獻祭儀式的直接證據，但許多辛塔什塔墓葬中的死者脖子上掛著犬齒項鍊。在卡門尼—安巴爾 5 遺址的辛塔什塔墳塚（4 號塚 2 號墓）之下的一座葬有八名青年（他們可能已達入會年齡）的集體墓葬中，

找到十九只犬齒牌飾。[49]

　　在許多細微之處，位處北方大草原的頓河與托博爾河上游之間的文化，皆呈現出與《梨俱吠陀》和《阿維斯陀》中的雅利安人之間共同的親屬關係。在西元前二一〇〇至一八〇〇年間，他們發明了馬戰車、將自己組織成奠基於要塞之上的酋邦、用新式武器加以武裝、創造了新的喪葬儀式，像是公開對財富和慷慨的鋪張展示，並開始以過去大草原難以想像的規模來開採和製造金屬。他們的行為在整個歐亞大陸引發迴響。北方的森林前線開始像早先的西烏拉爾山脈那樣，在東烏拉爾山脈潰散；冶金業和辛塔什塔聚落布局的某些方面北傳至西伯利亞森林中。馬戰車向西穿越烏克蘭大草原上的姆諾戈維卡利科瓦亞（Mnogovalikovaya, MVK）文化，傳播至東南歐的蒙蒂魯（Monteoru；Ic1-Ib 階段）、瓦廷（Vatin）和厄圖瑪尼（Otomani）等文化，或許還延伸至後來在亞美尼亞、弗里吉亞語族中出現的 *satem* 方言，一般認為它們都發源自東南歐（前希臘語一定在此之前就分道揚鑣，因為其並未出現 *satem* 的革新）。烏拉爾山脈的前線最終瓦解——放牧經濟向東延伸至整座大草原。與放牧經濟一同前去的是辛塔什塔文化的東方女兒們 *，其後代後來形成歷史上的伊朗人和吠陀時期的雅利安人。此些東方及南方的交流最終讓北方大草原文化與亞洲的古老文明開始面對面的接觸。

---

* 　編註：指辛塔什塔文化的東部分支，「女兒」為本書第三章的比喻用法。

第十六章

歐亞大草原
的序幕

The Opening of the Eurasian Steppes

　　西元前二三〇〇至二〇〇〇年間，貿易和征服而來的資源逐漸將古代世界中各個距離遙遠的單位拉進一個相互交流的經濟系統；推動跨區貿易的主要動力是亞洲城市對金屬、寶石、裝飾用石、異國木材、皮製品、動物、奴隸以及權力的高昂需求。參與者得以獲取並掌控城市中心及吸取權力的能力——此為大多數社會中社會聲望的來源。[1]最終，無論是採取仿效還是抗拒的文化手段，抑或是條約或聯盟的政治手段，各種不同的區域中心都將其命運與近東、伊朗和南亞等主要城市的命運聯繫在一起。區域中心反過來擴張自己的影響力，部分是為求尋找能拿來貿易的原料，另一部分是為了滿足內部對權力的欲望。在這些擴張的邊緣，部落文化仍處於不對等的消費和競爭體系，或者，至少是在開始之初，部落的人群對此體系的中心城市幾乎是一無所知（圖16.1、16.2）；但他們最終難逃其魔力。到西元前一五〇〇年，駕駛馬戰車的外籍傭兵距離歐亞大草原並不遙遠，他們使用古印度語，在位於近東心臟地帶的北敘利亞城市建立了米坦尼王朝。[2]

　　這些出身大草原的部落酋長是如何入侵近東的王朝政治

（dynastic politics）？除了此處，他們還到過哪裡？要想理解青銅時代歐亞大草原文化在古代世界的交流中所起的關鍵作用，我們應從原料需求最大的城市樞紐著手。

青銅時代的帝國及馬匹貿易

約當西元前二三五〇年，阿卡德的薩爾貢（Sargon）征服美索不達米亞與北敘利亞各個互相敵對的王國，將之統一為一個超級城邦──這些世上最古老的城市，第一次歸於一位國王的治下。阿卡德的國祚約莫一百七十年；其掌握了伊朗西部和中部的經濟與政治利益，使得貿易量提升，偶爾也以軍事擴張作為後盾。在阿卡德時期，馬的圖像開始出現於近東藝術中。馬作為稀有的異國動物，其

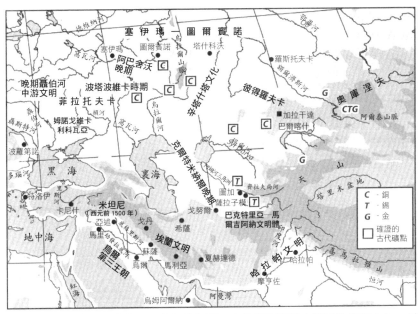

圖 16.1　西元前二二〇〇至一八〇〇年間，大草原和亞洲文明間的各個文化，以及大草原和齊拉夫尚河谷中確證的青銅時代礦坑位置。

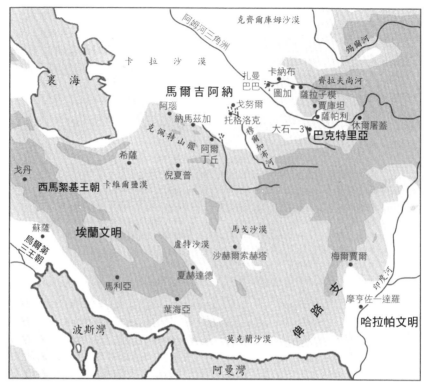

圖 16.2　西元前二二○○至一八○○年，美索不達米亞、伊朗、中亞和印度河流
　　　　　域的各個文明。

垂盪的鬃毛、短耳與濃密的尾巴，明確區別於驢子和中亞野驢。一
些阿卡德印章上有騎著馬科動物的人出現於戰鬥衝突的場景（圖
16.3）。這些阿卡德馬可能取自伊朗西部的酋長和王子，阿卡德人
稱他們為埃蘭人（Elamites）。

　　不屬於印歐語系的埃蘭語，當時使用於伊朗西部，現已滅
絕。戈丹（Godin）、馬利亞（Malyan）、卡諾珊朵（Konar
Sandal）、希薩、沙赫爾索赫塔、夏赫達德（Shahdad）和其他地
方的出土證據顯示，伊朗高原上有一連串圍牆城市和貿易中心。安
善的古代城市馬利亞，是高原上最大的城市，肯定是與蘇薩的埃蘭

圖 16.3　近東和中亞騎馬科動物男子的早期圖像：（上）西元前二三五〇至二
　　　　〇〇年，基什（Kish）的阿卡德印章圖像（出處：Buchanan 1966）；（中）
　　　　西元前二一〇〇至一八〇〇年，阿富汗一被盜墓葬中的巴克特里亞—馬
　　　　爾吉阿納文明體印章圖像（出處：Sarianidi 1986）；（下）西元前二〇
　　　　五〇至二〇四〇年，阿巴卡拉（Abbakalla）的烏爾第三王朝印章圖像，
　　　　舒辛王（Shu-Sin）的動物供應者（出處：Owen 1991）。

國王結盟的埃蘭城市。其他的磚砌城鎮幾乎都比瑪利亞小，其中的一些是位處馬利亞以北和裏海以南被稱作西馬絮基（Shimashki）的聯盟的一部分。從西馬絮基聯盟記錄的五十九個人名中，只有十二個可歸於埃蘭語；其他皆為未知的非印歐語系。在伊朗高原以東，印度—巴基斯坦的哈拉帕文明（Harappan Civilization）以印度河畔宏偉的泥磚城市為中心，其用文字記錄的語言雖尚未被明確破譯，但可能與現代達羅毗茶語（Dravidian）有關。哈拉帕諸城市的商旅沿著波斯灣航行，途經阿曼（Oman）到科威特（Kuwait）的一連串沿海王國，將寶石、熱帶木材和金屬出口至西方。哈拉帕可能就是在美索不達米亞楔形文字紀錄中，被稱為「麥魯哈」（Melukkha）的國家。[3]

阿卡德的軍隊和貿易網路遍及各地，但在阿卡德內部所面臨的敵人卻難以用武器征服：農作物歉收。阿卡德時期的氣候變得較為涼爽乾燥，導致王國的農業經濟受到衝擊。耶魯大學的哈維・衛斯（Harvey Weiss）堅稱，北方的一些阿卡德城市已經完全遭棄，當中的人口可能早就南遷至美索不達米亞南部的沖積平原上。[4]古蒂人（Gutians）是由伊朗西部高地（可能是亞塞拜然？）所組成的酋長聯盟，西元前二一七〇年擊敗了阿卡德軍隊，並占領阿卡德城。其廢墟從未被發現。

西元前二七〇〇年左右，烏爾第三王朝的首任國王，於如今位於南伊拉克的一座古老蘇美城市驅逐了古蒂人，並重建南美索不達米亞的權力。這個短促的烏爾第三王朝，即西元前二一〇〇至二〇〇〇年，是蘇美語——這個史上首批城市的語言——最後一次被當作王室管理階層的語言。蘇美的烏爾第三王朝諸王與伊朗高原埃蘭城邦間爆發了長達一世紀的苦戰，偶爾才會因談判和聯姻而中斷。烏爾國王舒辛王（Shu-Sin）吹噓，自己征服的道路可一路穿越埃蘭，並途經西馬絮基，直到他的軍隊最終被裏海擋住。

這段從西元前二一○○一直延續到二○○○年的戰爭及帝國時期，馬骨首次出現在伊朗高原上的重要遺址，像是位於法斯（Fars）的馬利亞大城市及位於伊朗西部的戈丹要塞（Godin Tepe）的行政中心。馬利亞某些馬科動物（包含騾和馬）的牙齒上出現因堅硬馬銜（可能是金屬）造成的磨損。根據比爾．薩姆納（Bill Sumner）主持挖掘，並由梅琳達．澤德帶往華盛頓國立自然史博物館的館藏，當中的這批牙齒是我們在一九八五年首度進行馬銜計畫時所檢驗的第一批考古標本。如今我們釐清了當時的癥結點：馬利亞卡夫塔里（Kaftari）時期的馬和騾都有配戴堅硬的馬銜。馬銜在伊朗是用於駕馭馬科動物的新技術，與之前出現在美索不達米亞工藝品中的唇環和鼻環有所差異。當然，到了西元前二○○○年，大草原上的馬銜和馬銜造成的磨損都已持續了很久。[5]

烏爾第三王朝時，大量的馬出現在美索不達米亞諸城市，指涉「馬」的語詞首度出現於書面紀錄中，其原意指為「山裡的驢子」，顯示馬是從伊朗西部和安納托利亞東部傳入美索不達米亞。烏爾第三王朝諸王拿馬去餵獅子，是種充滿異國情調的娛樂。他們沒有用過馬戰車，這在近東征戰中也未曾出現。但他們確實有裝設投槍的實心輪軍用四輪車和軍用手推車，由本土的馬科動物來拉。牠們可被駕馭但體型較小，野驢或亞洲野驢體型較大卻難以馴服。蘇美人的軍用四輪車和軍用手推車可能是靠驢—野驢混種來拉動。馬最初可能只是用來繁殖，以製造體型更大、更結實的驢馬混種，也就是騾。騾在馬利亞被套上銜。

蘇美人從馬體認到驢和野驢不曾有過的趾高氣揚。舒爾吉王（King Shulgi）在一段銘文中將自己比作「在大道上搖尾的馬」。我們無法確定馬到底在烏爾第三王朝的大道上做什麼，但從阿巴卡拉（Abbakalla）留下的一個章印，顯示出舒辛王的王室動物供應者：一名男性騎著一匹馬科動物飛奔，樣子看起來像一匹馬（圖

16.3）。[6] 相同年代的陶像顯示人類跨騎在示意性的動物上，且這些動物都具備與馬科動物類似的比例；另外，烏爾第三王朝或之後的陶土牌飾顯示，男子胯下所騎的可能是馬，有的姿勢非常笨拙地騎在馬臀上，有的則更自然地靠前跨坐。沒有哪個烏爾第三王朝的圖繪有馬戰車，在美索不達米亞發現的第一個明顯是馬的圖像，畫的是一個人騎在馬背上。[7]

約莫在西元前二〇〇〇年，埃蘭和西馬絮基聯盟擊敗烏爾第三王朝的末代君王伊比辛（Ibbi-Sin），並將他五花大綁地拖進埃蘭城。在這場驚心動魄的事件後的好幾個世紀，埃蘭和西馬絮基諸王成為掌控美索不達米亞政局的要角。西元前二〇〇〇至一七〇〇年間，伊朗高原上的古埃蘭（馬利亞）和西馬絮基（希薩？戈丹？）諸王正處於鼎盛時期。烏爾第三王朝戰爭後談定的條約是禮物與貿易協定，決議將青金石、有雕紋的塊滑石容器、銅、錫和馬匹從一個王國運送到另一個王國。辛塔什塔文化也在同一個時代躍上歷史舞台，但其位於北方兩千公里處遙遠的烏拉爾—托博爾草原。金屬貿易和馬匹貿易可能將兩個世界加以聯繫。埃蘭是否仰賴大草原上、駕駛馬戰車的辛塔什塔外籍傭兵，才得以一舉擊滅伊比辛？不無可能。伊比辛戰敗後，安納托利亞的印章圖像上開始出現類似馬戰車的車子，有兩個輻輪和一名站立的駕駛，但卻是以唇環或鼻環來駕馭馬科動物。這種車子還不普遍，但情況即將改變。

金屬貿易可能是最初吸引探礦者的誘因，驅使他們橫跨過往阻擋北方歐亞大草原文化與伊朗文化的中亞沙漠。在古埃蘭諸王最意氣風發的年代，近東商人對金屬趨之若鶩。西元前一七七六至一七六一年間，北敘利亞強權城邦馬里王齊姆里—里姆（Zimri-Lim）在他統治第八年的時候，在巡遊時分送盟友總計超過四百一十公斤的錫——不是青銅，而是錫。齊姆里—里姆也曾因在公開場合騎馬而遭受顧問的指責，被認為有損亞述國王的清譽：

願我的王對王位心懷敬重。您或許是哈納特（*Haneans*）的王，但您也是阿卡德人的王。願我的王不騎馬；〔相反地〕請他駕馭馬戰車或是庫達努騾（*kudanu-mule*），以彰顯他的王權。[8]

齊姆里—里姆的顧問只能接受國王可以乘坐馬戰車——當時，近東諸王已經乘坐其他類型的有輪車超過一千年。但只有粗鄙的野蠻人才會騎在動物的背上，這些大型動物又髒又臭，只應該拿來拉車。在齊姆里—里姆的時代，馬依舊是與粗鄙外國人聯想在一起的異地動物。西元前二一〇〇至二〇〇〇年之間，穩定的馬源開始出現；西元前二〇〇〇年後，馬戰車於近東現身。馬戰車何以出現？

▶錫貿易及通往北方的門戶

錫在青銅時代的近東可說是最重要的貿易商品。根據馬里的宮廷紀錄，其價值是同重量白銀的十倍。對冶匠來說，銅錫合金更容易鑄造，而且比起以往使用的純銅或含砷青銅，可以打造成更堅硬、顏色更淺的金屬器。但近東手中的錫從哪裡來，至今仍是一個謎。英格蘭和馬來西亞都富藏錫礦，但此兩地對青銅時代的近東商人來說實在太遙不可及。西塞爾維亞有少量的錫礦——多瑙河流域零星發現的一些古歐洲銅器含有高比例的錫，或許即是從這裏來的——但在當地並未發現古老的礦脈。在西元前二〇〇〇年前，東安納托利亞古爾丘（Goltepe）附近的古礦脈可能供給少量的錫，但已證實錫含量極低，西元前二〇〇〇年後的大量的錫以極高的代價從北敘利亞「出口」至安納托利亞。而錫也是從遠東的某處出口至北敘利亞的。馬里王齊姆里—里姆在信中寫道，他的錫是埃蘭從馬利亞（安善）和蘇薩商人處購得。約莫西元前二一〇〇年，拉格什（Lagash）古地亞（Gudea）雕像上的銘文據稱提及了「麥魯哈的

錫」，顯示錫是從哈拉帕商人的船隊經阿拉伯海灣而來；但這段文字可能遭到誤譯。在印度河流域的摩亨佐—達羅（Mohenjo-Daro）和哈拉帕等城市發現並經過檢測的器物中，刻意製作的錫青銅合金約占三成，雖然大多數的錫含量極低（其中七成的錫僅為百分之一、銅百分之九十九）；似乎錫青銅的最佳比例在哈拉帕尚不為人知（百分之八至十二的錫、百分之九十二至八十八的銅）。儘管如此，「麥魯哈」依舊可能是美索不達米亞錫的來源之一。在阿曼阿拉伯海灣口的一些遺址發現了錫青銅器，還有從哈拉帕進口的陶器和珠串，以及在巴克特里亞製造的骨梳和印章。阿曼自己不產錫，但可能是印度河流域的沿海港口與錫的轉運點。[9]

那麼，哪裡產錫？有沒有可能，埃蘭諸王和哈拉帕商人所出口的錫出自同一個源頭？極有可能。最可能的源頭是阿富汗西部和北部，雖然當地沒有找到古礦脈，但現代的探礦人員在當地和齊拉夫尚流域都有找到錫礦，齊拉夫尚流域的錫礦是古代世界最古老的錫礦，鄰近薩拉子模遺址。薩拉子模同時也是馬、馬戰車和草原文化最早抵達中亞邊緣的門戶。

薩拉子模建立於西元前三五〇〇年（4880±30 BP，4940±30 BP 為第一階段），是納馬茲加（Namazga）I 至 II 期文化的北方殖民地。納馬茲加的家鄉聚落（納馬茲加、阿瑙〔Anau〕，阿爾丁特佩〔Altyn-Depe〕、吉克蘇爾（Geoksur）是位於沖積扇上的農業城鎮，其上的河流從伊朗高原湧入中亞沙漠。誘使納馬茲加農民向北穿越卡拉沙漠（Kara Kum）前往薩拉子模的原因，是齊拉夫尚河下游沙漠露出地面的綠松石，此消息是從克爾特米納爾採集者處得知。薩拉子模可能是綠松石的採集點。其位於齊拉夫尚河中游，距綠松石礦床所在的上游一百多公里遠，山脈在此處爬升，綠意盎然、適合農作物生長。之後發展成大型城鎮，最終占地超過三十公頃；當地居民的陪葬品有綠松石、紅玉髓、銀、銅和

青金石所打造的裝飾品。在薩拉子模的第二階段中找到克爾特米納爾晚期的陶器，其年代約可追溯至西元前三〇〇〇至二六〇〇年（4230±40 BP），在齊拉夫尚河下游附近沙漠中的卡塔尼庫姆（Kaptarnikum）和利亞夫利亞坎（Lyavlyakan）的克爾特米納爾晚期營地中發現綠松石作坊。產自齊拉夫尚河和伊朗東北部倪夏普附近的第二個來源的綠松石，輾轉貿易至印度河流域及美索不達米亞，最遠可能還送往邁科普（邁科普酋長的陪葬品為一串綠松石珠項鍊）。但除此之外，齊拉夫尚河流域蘊藏的金屬還包括銅、鉛、銀——以及錫。

十分奇怪的是，在薩拉子模當地卻沒有發現錫。早在的薩拉子模第三期聚落（碳定年為西元前二四〇〇至二〇〇〇年）就已經出現坩堝、熔渣和冶煉爐，可能是為了因應齊拉夫尚河流域的豐富銅礦。薩拉子模 III 生產各式銅刀、短劍、銅鏡、魚鉤、尖錐和寬頭針。大多數是純銅打造而成，但某些器物含百分之一點八至二點七的砷，可能是刻意合成的含砷青銅。在與薩拉子模 II 期晚段至 III 期文化同時的納馬茲加 IV，少量的錫青銅開始出現在阿爾丁特佩和納馬茲加的克佩特山脈（Kopet Dag）家鄉地區。這麼少量的錫，應該只是從河中淘取的沖積礦砂，可能早在西元前二〇〇〇年之前就隨齊拉夫尚河的河水而來，雖然我們在薩拉子模沒有發現錫。[10]

一九九七至九九年間，波蘿菲卡（N. Boroffka）和帕辛格（H. Parzinger）發現並探勘了齊拉夫尚河谷的錫礦。[11] 兩座青銅時代的錫礦場就此出土。最大的錫礦場位於薩拉子模以西約一百七十公里處的卡納布（Karnab，烏茲別克）齊拉夫尚河下游的沙漠中，開採錫含量適中的錫石礦——通常約為百分之三，即便有些樣品的錫含量高達百分之二十二。陶器和碳定年都顯示，開採卡納布礦石的人群來自與安德羅諾沃層位文化相連的北方大草原（見下文）。年代範圍從西元前一九〇〇至一三〇〇年（最古老的是 Bln

5127 號樣本，3476±32 BP 或西元前一九〇〇至一七五〇年；見表 16.1）。在卡納布的安德羅諾沃採礦營地裡找到幾只納馬茲加 V 到 VI 期的陶器。另一個採礦集群位於薩拉子模以東四十公里處齊拉夫尚河（塔吉克）上游的穆席斯頓（Mushiston），其開採的黃錫礦（stannite）、錫石和銅礦的錫含量極高（最大高達百分之三十四）。安德羅諾沃的礦工也把他們的陶器留在穆席斯頓，從當地木梁檢測出的碳定年年代與卡納布一樣古老。在這些安德羅諾沃的採礦行動開始時，薩拉子模可能已被廢棄。是否早在各個草原文化到來之前，齊拉夫尚河的錫礦就已經開始運作，尚不得而知。

表 16.1　草原地區青銅時代晚期初階文化挑選出來的碳定年數據

實驗室編號	距今年代	墳塚	墓葬	西元前年代平均值	西元前年代
1.薩馬拉州克拉斯諾薩馬斯科 IV（Krasnosamarskoe IV）墳塚墓地 青銅時代的晚期波克羅夫卡（Pokrovka）和斯魯布納亞（Sruhnaya）墓葬					
AA37038	3490 ± 57	墳塚 3	1	1859, 1847, 1772	1881-1740 年
AA37039	3411 ± 46	墳塚 3	6	1731, 1727, 1686	1747-1631 年
AA37042	3594 ± 45	墳塚 3	10	1931	1981-1880 年
AA37043	3416 ± 57	墳塚 3	11	1733, 1724, 1688	1769-1623 年
AA37044	3407 ± 46	墳塚 3	13	1670, 1668, 1632	1685-1529 年
AA37045	3407 ± 46	墳塚 3	16	1730, 1685	1744-1631 年
AA37046	3545 ± 65	墳塚 3	17	1883	1940-1766 年
AA37047	3425 ± 52	墳塚 3	23	1735, 1781, 1693	1772-1671 年
2.薩馬拉州拉斯諾薩馬斯科聚落 居住面和建築外的文化上的層位，波克羅夫卡和斯魯布納亞定居處					
AA41022	3531 ± 43	L5 / 2	3	1879, 1832, 1826, 1790	1899-1771 年
AA41023	3445 ± 51	M5 / 1	7	1741	1871-1678 年
AA41024	3453 ± 43	M6 / 3	7	1743	1867-1685 年

實驗室編號	距今年代	墳塚	墓葬	西元前年代平均值	西元前年代
AA41025	3469 ± 45	N3 / 3	7	1748	1874-1690 年
AA41026	3491 ± 52	N4 / 2	6	1860, 1846, 1772	1879-1743 年
AA41027	3460 ± 52	O4 / 1	7	1745	1873-1685 年
AA41028	3450 ± 57	O4 / 2	5	1742	1874-1679 年
AA41029	3470 ± 43	P1 / 4	6	1748	1783-1735 年
AA41030	3477 ± 39	S2 / 3	4	1752	1785-1738 年
AA41031	3476 ± 38	R1 / 2	5	1750	1875-1706 年
AA41032	3448 ± 47	N2 / 2	4	1742	1858-1685 年
AA41032	3448 ± 47	N2 / 2	4	1742	1858-1685 年
AA47797	3450 ± 50	Y1 / 3	5	1742	1779-1681 年

發掘於深坑中被水浸泡過的波克羅夫卡文物，深坑被解釋為建築內的水井

實驗室編號	距今年代	墳塚	墓葬	西元前年代平均值	西元前年代
AA47790	3311 ± 54	O5 / 3	3	1598, 1567, 1530	1636-1518 年
AA47796	3416 ± 59	Y2 / 2	4	1736, 1713, 1692	1857-1637 年
AA47793	3615 ± 41	M2 / 4	-276	1948	1984-1899 年
AA47794	3492 ± 55	M2 / 4	-280	1860, 1846, 1773	1829-1742 年
AA47795	3550 ± 54	M2 / 4	-300	1884	1946-1776 年

發掘於湖底聚落被侵蝕部分的波克羅夫卡和斯魯布納亞文物

實驗室編號	距今年代	墳塚	墓葬	西元前年代平均值	西元前年代
AA47791	3494 ± 56	湖底 / 發現物 1	0	1862, 1845, 1774	1881-1742 年

實驗室編號	距今年代	墳塚	墓葬	西元前年代平均值	西元前年代
AA47792	3492 ± 55	湖底 / 發現物 2	0	1860, 1846, 1773	1829-1742 年

佩夏尼谷（Peschanyi Dol）流域 PD1 地點的斯魯布納亞放牧營地

實驗室編號	距今年代	墳塚	墓葬	西元前年代平均值	西元前年代
AA47798	3480 ± 52	A16 / 3	3	1758	1789-1737 年
AA47799	3565 ± 55	I18 / 2	2	1889	1964-1872 年

3. 卡納布（Karnab）採礦營地，齊拉夫尚河（Zeravshan River）流域，烏茲別克安德羅諾沃—阿拉庫爾（Andronovo Alakul）定居處

實驗室編號	距今年代	墳塚	墓葬	西元前年代平均值	西元前年代
Bln-5127	3476 ± 32				1880-1740 年
Bln-5127	3280 ± 40				1620-1510 年
Bln-5127	3170 ± 50				1520-1400 年
Bln-5127	3130 ± 44				1490-1310 年

4. 德羅諾沃—阿拉庫爾聚落和墳塚墓葬群，阿拉庫爾 15 號塚 1 號墓

實驗室編號	距今年代	墳塚	墓葬	西元前年代平均值	西元前年代
Le-924	3360 ± 50	木炭			1740-1530 年

蘇布蒂諾（Subbotino）17 號塚 3 號墓

實驗室編號	距今年代	墳塚	墓葬	西元前年代平均值	西元前年代
Le-1126	3460 ± 50	木頭			1880-1690 年

蘇布蒂諾 18 號塚，中心墓

實驗室編號	距今年代	墳塚	墓葬	西元前年代平均值	西元前年代
Le-1196	3000 ± 50	木頭			1680-1510 年

塔斯蒂一布塔克（Tasty-Butak）聚落

實驗室編號	距今年代	墳塚	墓葬	西元前年代平均值	西元前年代
Rul-614	5500 ± 65	木頭，灰坑 14			2010-1770 年
Le-213	3190 ± 80	木頭，灰坑 11			1600-1320 年

　　薩拉子模約莫在西元前二〇〇〇年左右遭棄，正值納馬茲加 V 到 VI 期之間的過渡期。在齊拉夫尚河下游，扎曼巴巴文化（Zaman Baba culture）的較小型村莊可能約莫與薩拉子模同時遭到廢棄。[12] 幾個世紀之前，扎曼巴巴文化在齊拉夫尚河下游三角洲的大型綠洲建立了以灌溉農業支持的地穴式房屋小村莊。當從北方大草原而來的人群抵達齊拉夫尚河時，扎曼巴巴文化和薩拉子模都遭到廢棄。[13]

在阿卡德和烏爾第三王朝時期，薩拉子模往南出口銅和綠松石。能否將大草原的銅礦與馬匹商人納入城市貿易的供應鏈中？這可否解釋西元前二一〇〇年左右在辛塔什塔聚落突然暴增的銅器產品，以及同時在伊朗和美索不達米亞出現的馬？答案就在薩拉子模以南的中亞圍牆城市的廢墟之中，在安德羅諾沃錫礦工出現在齊拉夫尚河前線之前，這些城市與北方草原的各個文化相互交流。

巴克特里亞─馬爾吉阿納文明體

西元前二一〇〇年前後，大量人口開始在伊朗高原北部的穆爾加布河（Murgab River）三角洲定居。穆爾加布河從西阿富汗的山脈中流淌而下，在沙漠中蜿蜒一百八十公里後，呈扇形散開至沙土中，沉降了淤泥，形成一座肥沃的植被島，約莫八十乘一百公里大。這裡是馬爾吉阿納，此區迅速成為中亞最富裕的綠洲之一，直至今日仍是如此。在納馬茲加 V 期晚段，區域性青銅時代中期之末，移民在這片處女地上建造了新的圍牆城鎮、神廟和宮殿（戈努爾〔Gonur〕、托格洛克〔Togolok〕）（圖 16.4）。他們可能是為了逃離不斷在伊朗高原上肆虐的軍事衝突，抑或是在乾旱加劇的時期，遷徙至更大型的水系（river system），其具備的流量更讓人安心。針對其骨骸的人類學研究顯示，這些人來自伊朗高原，他們的陶器風格似乎源自克佩特山脈的納馬茲加第 V 類城鎮。[14]

在西元前二一〇〇至二〇〇〇年的馬爾吉阿納殖民時期，緊接著便是更富裕的納馬茲加 VI 時期，此為區域性青銅時代晚期的開端。此時，新的圍牆城鎮擴展至古老巴克特里亞的阿姆河流域上游，並於處女地上建立了薩帕利丘（Sapalli-Tepe）、大石─3（Dashly-3）和賈庫坦（Djarkutan）。巴克特里亞和馬爾吉阿納皆共有獨樹一幟的印章類型、建築風格、磚砌墳墓類型，以及陶器。

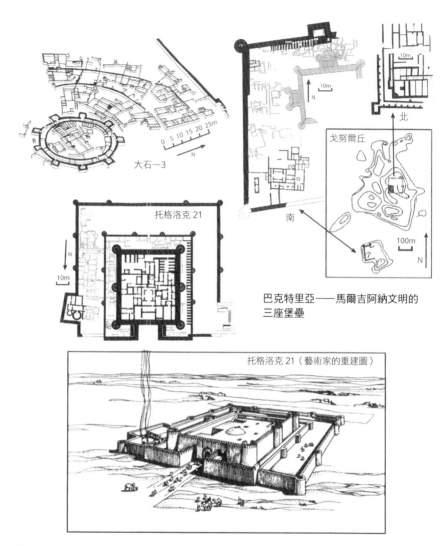

圖 16.4　西元前二一〇〇至一八〇〇年巴克特里亞—馬爾吉阿納文明體的三座
　　　　圍牆城鎮。位於大石—3（巴克特里亞）的中心環狀堡壘／神廟和城
　　　　鎮的牆基（出處：Sarianiidi 1977，圖 13）；馬爾吉阿納的戈努爾丘的
　　　　牆基礎（聯合出處：Hiebert 1994 和 Sarianidi 1995）；馬爾吉阿納的
　　　　托格洛克 21 的牆基與藝術家的重建（出處：Hiebert 1994；Sarianidi
　　　　1987）。

青銅時代晚期的巴克特里亞和馬爾吉阿納文明稱作巴克特里亞一馬爾吉阿納文明體（BMAC）。經灌溉的鄉間受大型城鎮控制，周圍以黃磚厚牆、狹窄的大門和高聳的角塔環繞；大型城鎮的中心是建有圍牆的宮殿或堡壘，當中建有神廟。賈庫坦的磚房與街道占地約一百公頃，受一座大約一百乘一百公尺的高牆堡壘管轄。當地的領主受托格洛克 1（Togolok 1）等較小型的要塞統治，其面積雖只有半公頃大，但城牆厚實，且在角落設有大型的角塔。在這些中亞圍牆城鎮和要塞的擁擠屋巷內，交易興盛、工藝品頻繁流轉；他們的統治者與美索不達米亞、埃蘭、哈拉帕和阿拉伯海灣的文明皆有所聯繫。

西元前二〇〇〇至一八〇〇年間，放眼整個伊朗高原，許多遺址和墓葬皆出現 BMAC 的風格和出口品（最著名的就是以塊滑石雕刻的小瓶）。伊朗東部與中部的沙達德（Shadad）和其他遺址皆出現類似 BMAC 的新月斧頭。位處哈拉帕與埃蘭文明之間邊界的俾路支（Baluchistan）梅爾賈爾 VIII 期（Mehrgarh VIII）墓地中，埋有許多 BMAC 的工藝品，顯示 BMAC 的人群其實是往俾路支遷徙。從阿曼半島的烏姆阿爾納（Umm-al-Nar）一直往北至阿拉伯海岸，再到科威特的菲拉卡島（Falaika），BMAC 風格的印章、象牙梳、塊滑石容器和陶製酒杯紛紛出現於阿拉伯海灣。BMAC 城鎮的製珠工匠除了採用印度洋（斑馬峨螺〔*Engina medicaria*〕、駱駝螺〔*Lambis truncate sebae*〕）和地中海（織紋螺〔*Nassarius gibbosulus*〕）的貝殼，也使用塊滑石、雪花石膏、青金石、綠松石，以及金銀。[15]

BMAC 的冶匠打造了精美的青銅、鉛、銀和金器；他們以脫蠟法鑄造出精美的金屬雕塑，脫蠟鑄造法讓他們有辦法打造非常細緻的金屬器具；他們打造出帶有獨特下曲刃的新月形青銅管銎斧、有柄短劍、鏡子，以動物和人像裝飾的飾針，以及各種獨特的金屬

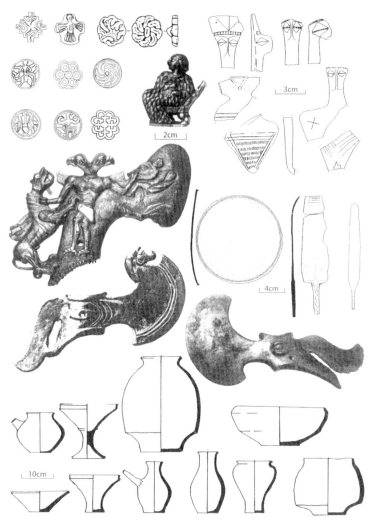

圖 16.5　西元前二一〇〇至一八〇〇年的 BMAC 工藝品：（左上）BMAC 印章
　　　　的樣本，重製自 Salvatori 2000 及 Hiebert 1994；（中上）北戈努爾的
　　　　鑄銀針頭，為身著儀式裝扮的女神形象，出處：Klochkov 1998，圖 3；（右
　　　　上）北戈努爾女性陶像，出處：Hiebert 1994；（左中）藝術品市場中
　　　　的新月形管銎斧，可能出自 BMAC 的遺址，下頭的可能是個馬頭，出
　　　　處：Aruz 1998，圖 24、Amiet 1986，圖 167；（右中）從北戈努爾出
　　　　土的帶有眼睛護身符的新月斧頭、銅鏡和短劍，出處：Hiebert 1994、
　　　　Sarianidi 1995，圖 22；（下）戈努爾的陶器，出處：Hiebert 1994。

封印印章（圖 16.5）。在首個殖民時期（納馬茲加 V 晚期）使用的金屬是非合金的銅、含砷青銅和鉛含量高達百分之八至十的銅鉛合金。

西元前二〇〇〇年前後的納馬茲加 VI 期至 BMAC 時期，錫青銅忽然出現在 BMAC 的幾座遺址中。錫青銅常見於薩帕利及賈庫坦這兩處 BMAC 遺址，幾乎有一半以上的器物都是以錫青銅製造，不過毗鄰的大石—3 雖然同樣位於巴克特里亞，錫青銅僅占金屬器物的百分之九。錫青銅在馬爾吉阿納十分罕見（占戈努爾的金屬器不到百分之十、托格洛克則一個都沒有）。錫青銅僅大量出現於更靠近齊拉夫尚河的巴克特里亞。可見要到約莫西元前二〇〇〇年的 BMAC 成熟期開始，齊拉夫尚河的錫礦業才得以建立或大幅擴展。[16]

中亞沒有野馬；本土產的馬科動物是野驢。野馬先前從未現跡在現今的哈薩克中部以南；所有在 BMAC 遺址發現的馬，都一定是從遙遠北方的大草原貿易而來。BMAC 聚落內及附近丟棄的獸骨中皆未見馬骨。獵人雖然偶爾會狩獵野驢，但從不獵殺馬。在聚落廢棄物堆積中發現的大部分骨頭都是綿羊或山羊骨。亞洲的肩峰牛（zebu cattle）和馴化的雙峰駱駝也紛紛現蹤——牠們出現在 BMAC 的藝術品中，身後拉著四輪車和手推車。裝有實心木板輪和青銅飾釘輪箍的小型喪葬用四輪車被埋在王室墓葬中，這些墓葬建於西元前二一〇〇至二〇〇〇年左右的第一興建期，位於馬爾吉阿納的戈努爾（稱作北戈努爾〔Gonur North〕，因此最古老的時期發現於現代廢墟的北端）。

在這些位於戈努爾、和北戈努爾早期聚落有所關聯的墓葬中，發現了一匹馬。一座磚砌的墓坑內有十具彎曲的成年人遺體，他們顯然是在墓中遭到殺害，其中一人掉在一輛裝設實心木輪的小型喪葬四輪車上。墓中還找到一整隻狗、一整隻駱駝和一匹無頭的小馬

（與雅利安人的牲祭相反）。此墓被認為是鄰近「王室」墓葬的祭祀犧牲。王室墓中的陪葬品還有一件青銅馬頭像，可能是木製權杖上的球形裝飾。另一個馬頭像是 BMAC 風格的新月銅斧上的裝飾，不幸的流落在藝術品市場中，現藏於羅浮宮。最後，一只 BMAC 風格的印章，可能是從巴克特里亞（阿富汗）的 BMAC 墓葬劫掠而來，上頭是一名騎著馬科動物飛奔的男性，看起來像一匹馬（圖16.3）。這個設計很類似同時代的在阿巴卡拉烏爾第三王朝章印上的快馬和騎馬者形象，可追溯至西元前二〇四〇至二〇五〇年。兩枚印章都是一匹快馬、一名後腦杓挽有髮髻的騎馬者，以及一個步行的人。

這些發現在在顯示出，西元前二一〇〇至二〇〇〇年左右，馬開始出現在中亞，但從未用於食用目的。牠們僅只作為裝飾性的符號出現在彰顯更高地位的器物上，或在某些情況下用於牲祭之中。由於牠們同時出現在伊朗、地中海，以及位處大草原和南方文明之間的 BMAC，可見馬是種貿易商品。約莫西元前二〇〇〇至一九〇〇年，在馬戰車引介至 BMAC、伊朗和近東的諸王之後，每年對馬匹的需求訂量很容易就上達數萬匹。[17]

▶中亞的草原移民

弗列德・希伯特（Fred Hiebert）在馬爾吉阿納北戈努爾發掘的圍牆城鎮中，出土了一些奇特的陶器碎片，迥異於戈努爾的其他陶器，可追溯至西元前二一〇〇至二〇〇〇年。其使用拍墊法（paddle-and-anvil technique）是以布料為襯底的形式——以襯布包覆的陶拍垂直拍打黏土，使其形成基本的造型，接著除去襯布後便大功告成。辛塔什塔陶器便是這樣製成的。這些奇特的碎片是從大草原進口而來。值此階段（相當於辛塔什塔早期），戈努爾很少

有草原陶器，但還是有，且前述的那匹小馬也是在此時被扔進北戈努爾墓葬的祭祀坑。這種交流的早期階段的另一個可能遺跡是帶有水平溝槽狀裝飾的「類阿巴舍沃風格」的陶器碎片，發現於齊拉夫尚河下游卡納布的錫礦工營地。阿巴舍沃晚期文化與辛塔什塔同時。

在 BMAC 的典型階段（西元前二〇〇〇至一八〇〇年），與大草原人群的交流日益明顯。草原陶器被帶往馬爾吉阿納位於托格洛克 1 的農業要塞，擺放在托格洛克 21 的較大型宮殿／神廟、南戈努爾的中心堡壘，以及巴克特里亞的賈庫坦的城牆宮殿／神廟內（圖 16.6）。這些陶器碎片顯然源自大草原文化。在克里韋—奧澤羅的辛塔什塔陶器上可以看到類似的設計（9 號塚 3 號墓；10 號塚 13 號墓），但更常見於安德羅諾沃早期（阿拉庫爾（Alakul）變體）風格的陶器，可追溯至西元前一九〇〇至一八〇〇年——十分類似卡納布的安德羅諾沃礦工所用的陶器。雖然 BMAC 的典型遺址中的草原陶器數量稀少，但傳播得非常廣，毫無疑問，是源自北方的大草原文化。於此脈絡下，可追溯至西元前二〇〇〇至一八〇〇年，最可能的草原源頭是圖加（Tugai）的彼得羅夫卡文化，或者是卡納布的阿拉庫爾—安德羅諾沃的第一批錫礦工，他們都在齊拉夫尚河流域落腳。[18]

圖加的彼得羅夫卡聚落出現在薩拉子模下游（西方）僅僅二十七公里處，距撒馬爾罕晚期遺址不遠，其為中古中亞最大的商隊貿易城市。如果更審慎的說，圖加人應該在早期的南北貿易網路中有類似的功能。彼得羅夫卡文化是辛塔什塔的東部分支。圖加的彼得羅夫卡人群打造了兩座銅冶煉爐、帶有銅熔渣的坩堝，以及至少一棟住所。他們的陶器中至少有二十二只是以拍墊法以布料襯底的形式製成的；當中大多數都是在陶土中摻入貝殼，此為彼得羅夫卡陶匠的標準摻和料，但其中有兩只是摻入滑石（talc）／塊滑石。

由於陶土中摻入塊滑石是辛塔什塔、阿巴舍沃，甚至是烏拉爾採集文化森林帶的典型陶器特徵，因此此兩只陶器可能是從烏拉爾大草原帶往齊拉夫尚河流域的。陶器的形狀與壓印裝飾是彼得羅夫卡文化早期的典型（圖 16.7）。大批的彼得羅夫卡人群顯然是從烏拉爾—易信河大草原遷往圖加，可能是靠乘載陶器和其他財產的四輪車。他們將牛羊的骨頭扔在垃圾堆中，但他們沒有吃馬——即便他們在北方大草原的彼得羅夫卡親戚將馬當作食物。圖加還發現帶有紅色和黑色拋光紋理質地的輪製杯碎片，此為薩拉子模 IV 最晚期的典型陶器。在小的發掘區內確認出的主要活動是銅冶煉。[19]

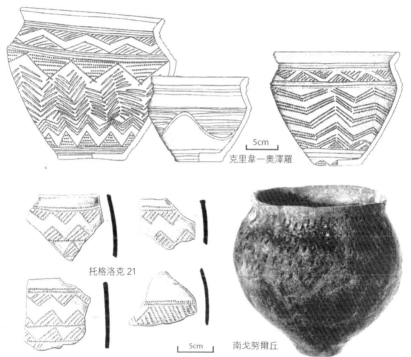

圖 16.6　南戈努爾鎮的圍牆內發現一只完好的草原陶器，出處：Hiebert 1994；
托格洛克 1 的圍牆內發現帶有鋸齒紋裝飾的草原陶器碎片，出處：
Kuzmina 2003；烏拉爾大草原克里韋—奧澤羅的墓葬中出土的辛塔什塔
陶器碎片上的類似圖案，出處：Vinogradov 2003，圖 39 和圖 74。

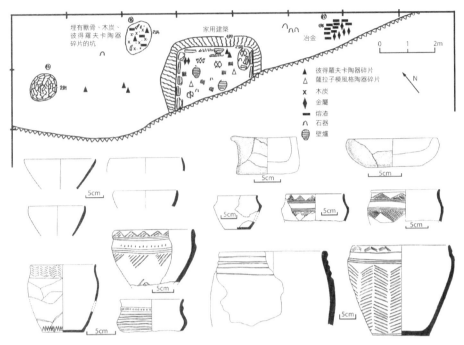

圖 16.7 齊拉夫尚河畔的圖加的彼得羅夫卡聚落：（上）發掘平面圖；（左中）
進口紅土陶器，類似於薩拉子模 IV 的陶器；（中右）源自冶金區的兩
個粗陶坩堝；（下）彼得羅夫卡陶器。重製自 Avanessova 1996。

　　圖加的草原移民帶著馬戰車而來。薩拉子模以東一公里位於扎
查─哈利法（Zardcha-Khalifa）的一座墓中有一個三點二乘二點一
公尺的橢圓形大坑，當中葬有一名男性，以蜷曲的姿勢轉向右側，
頭部朝向西北方，陪葬品有一隻公羊的骸骨。[20] 這些陪葬品包括三
只輪製的納馬茲加 VI 期陶器，此為薩帕利（Sappali）和賈庫坦等
BMAC 的巴克特里亞遺址製造的典型陶器；一只具出水口的青銅
器皿（BMAC 的典型陶器）和另外兩件的碎片；一對號角形金耳環、
金鈕扣、帶有馬形裝飾的青銅飾針、一件石杵、兩件末端為環狀的
青銅條狀馬銜、兩個大致完整的辛塔什塔類型的骨製扁圓形馬鑣，
以及另外兩件的碎片（圖 16.8）。這兩件青銅條狀馬銜是目前已知

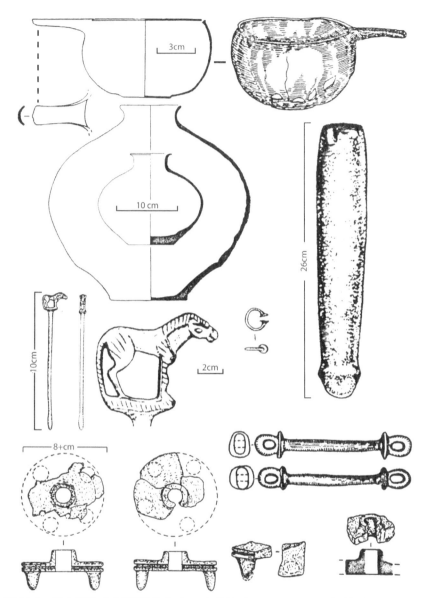

圖 16.8　出自齊拉夫尚河畔的扎查─哈利法（Zardcha-Khalifa）墓葬的器物。
具出水口的青銅器皿和陶罐是 BMAC 的典型陶器，西元前二〇〇〇
至一八〇〇年；銅馬飾針呈現 BMAC 的鑄造方法；年代最古老的青
銅條狀馬銜，石杵、號角形耳環和骨製馬鑣都是大草原類型。出處：
Bobomulloev 1997，圖二、三、四。

最古老的金屬製馬銜。兩件馬銜搭配四件馬鑣組成一輛馬戰車的配備。馬鑣是辛塔什塔的特殊類型（中心圓孔的周圍凸起是主要的細節特徵），不過在許多彼得羅夫卡的墓葬中也有找到以帶有釘齒的扁圓形馬鑣。辛塔什塔和彼得羅夫卡的墓葬中也時常出現石杵。扎查—哈利法墓葬可能屬於來自北方的移民，其擁有許多 BMAC 的奢侈品。他的陪葬品是目前唯一已知的由 BMAC 所造的帶有馬形裝飾的青銅飾針——也許正是為其而造。扎查—哈利法酋長可能是個馬匹商人。此時的齊拉夫尚河流域和北方的費爾干納盆地可能已經成為後來為人所知的良馬培育地。

北戈努爾的織品印紋陶器與獻祭小馬，以及或者還有卡納布的阿巴舍沃（？）陶器碎片，代表北方大草原和南方城市文明之間交流與貿易的探索期，此時約莫是西元前二一〇〇至二〇〇〇年，埃蘭仍接受烏爾第三王朝諸王的統治。來自南方的資訊、或許連崇拜風俗都可追溯至辛塔什塔早期的社會。在哈薩克的東方前線，彼得羅夫卡文化在此從辛塔什塔文化中萌芽而生，南方的誘惑誘使人們冒險跨越一千多公里的險峻沙漠。約莫西元前一九〇〇年，隨著位於圖加的彼得羅夫卡的冶金殖民地建立，即為第二階段的初始，此時的重大事件是駕駛馬戰車的部落從北方遷徙至中亞。當彼得羅夫卡的礦工抵達圖加，薩拉子模和以灌溉農業支持的扎曼巴巴村莊旋即遭到廢棄。大草原部落迅速挪用了齊拉夫尚河的礦石資源，他們的馬和馬戰車非常有可能讓薩拉子模的人群難以自衛。

▶大草原上的中亞貿易商品

是否有任何 BMAC 的商品出現在辛塔什塔或彼得羅夫卡聚落？只有一些退貨交易的痕跡。一個十分有意思的創新是一種新的設計圖案，即階梯狀的三角紋或鋸齒紋。在辛塔什塔、波塔波維卡

和彼得羅夫卡的陶器上出現階梯狀的三角紋或鋸齒紋。階梯狀的三角紋是納馬茲加、薩拉子模和 BMAC 的陶器、珠寶、金屬器等裝飾工藝品上的基本元素，就連馬利亞的原始埃蘭宮殿中的壁畫也是如此（圖 16.9，下）。在橫向不斷重複，階梯狀的三角紋形成一排鋸齒紋；在四邊重複延伸，便成為十字形的階梯紋。在青銅時代和銅石並用時代，此圖案都未曾出現在大草原的任何早期陶器上。設計圖案的圖表固定發表於俄羅斯的陶器考古研究上。我仔細觀察這些圖表多年，且並未在辛塔什塔之前的任何陶器組合中看到階梯狀的三角紋設計。當北方大草原的陶器第一次在 BMAC 的遺址中現身，階梯狀的三角紋設計也同時第一次出現在北方大草原的陶器上。其首先現身於窩瓦河中游（波塔波維卡 1、2、3 和 5 號塚中的個別容器）中的一小部分（不到百分之五）波塔波維卡陶器，與在烏拉爾─托博爾大草原中辛塔什塔陶器中所發現的比率大致相同；之後，其成為彼得羅夫卡和安德羅諾沃陶器中的標準設計元素（但在西烏拉爾山脈的斯魯布納亞陶器上卻看不到此設計）。儘管在辛塔什塔的脈絡裡，並未找到薩拉子模或 BMAC 的陶器，但此設計仍然可以傳播至北方大草原的紡織品──也許是用來交易北方的金屬商品。我猜想辛塔什塔的陶匠會模仿進口的 BMAC 紡織品上的圖案。

交流方式遠遠不僅如此。在庫茲亞克的辛塔什塔聚落的金屬器上發現由兩根辮狀股編織成的鉛線。鉛在北方大草原上，從未以純金屬的形式出現過，但薩拉子模卻發現一塊重達十公斤的鉛錠。庫茲亞克鉛線很可能是從齊拉夫尚河流域進口而來，辛塔什塔發現阿富汗的青金石珠，在紅村（Krasnoe Znamya）的辛塔什塔墓葬中，則發現巴克特里亞的青銅柄鏡。[21] 最後，脫蠟鑄造法首先出現在辛塔什塔時期的北方，在塞伊瑪─圖爾賓諾（Seima-Turbino）類型的金屬器上（下文將詳細介紹）。BMAC 的冶匠對脫蠟鑄造法十

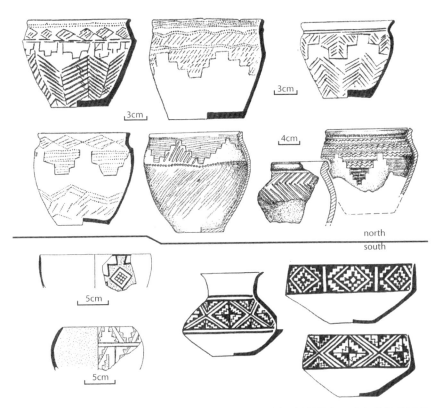

圖 16.9　大草原和中亞陶器上的階梯狀的三角紋或鋸齒紋圖案：（上排及第二排左方的陶器）窩瓦河中游的波塔波維卡墓葬（西元前二一〇〇至一八〇〇年），出處：Vasiliev, Kuznetsov, and Semenova 1994，圖 20 和 22；（中排，其餘的陶器）辛塔什塔 SII 墓地 1 號墓，出處：Gening, Zdanovich 和 Gening，1992，圖 172；（左下）薩拉子模，地層 2（3000–2500 BCE）出處：Lyonnet 1996，圖 4 和 12；（右下）阿爾丁丘第一次發掘，296 號埋藏，出處：Masson 1988，插圖 27。

分熟悉。南方的裝飾圖案（階梯狀三角紋）、原料（鉛和青金石）、一面鏡子和冶金技術（脫蠟鑄造法）在北方現身的時候，正值北方的陶器、馬戰車用馬鑣、馬銜和馬骨出現在南方。

西元前二一〇〇至二〇〇〇年左右開始，最早的辛塔什塔聚落突然激增的大規模銅器生產，與需求的激增肯定脫不了關係。中亞是最有可能的來源。金屬產量的增加深深影響了北方大草原社會的內部政治，他們很快就對使用和消費大量的青銅器感到習以為常。就算北方大草原的生產者可能僅短暫與中亞市場有直接接觸，大草原在整個青銅時代晚期，內部需求仍然很高。可以這麼說：一旦活水開始湧入冶金業，經濟就會持續流動。這起因於與城市市場的接觸，但隨後的經濟流動，提升了大草原和北方森林帶的金屬使用量，催生了歐洲內部的交易循環，最終促成歐亞大草原的金屬市場在西元前二一〇〇年後的一片榮景。

西元前一九〇〇年後，齊拉夫尚河流域形成了一個接觸帶，並向南延伸，包括各個 BMAC 城鎮的中心堡壘。在齊拉夫尚河流域，來自北方大草原的移民與克爾特米納爾晚期和 BMAC 衍生出的人群混合在一起。在此脈絡下，古印度諸方言可能是與發展中的伊朗諸方言一起演化並分離的。欲了解齊拉夫尚河—巴克特里亞接觸帶為何會與北方大草原分道揚鑣，我們得先查驗辛塔什塔文化結束後，北方大草原究竟發生了什麼事。

歐亞大草原的序幕

斯魯布納亞文化（或稱木槨墓文化〔Timber-Grave culture〕）是西方草原上最重要的青銅時代晚期文化，從烏拉爾山脈一直延伸到聶伯河（圖 16.10）；而從烏拉爾到阿爾泰、天山山脈，安德羅諾沃層位文化是主導東部草原的青銅時代晚期的文明體。此兩者都

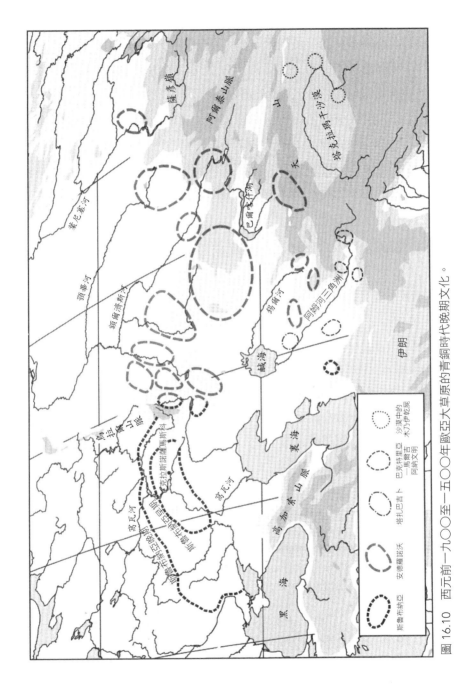

圖 16.10　西元前一九〇〇至一五〇〇年歐亞大草原的青銅時代晚期文化。

是從窩瓦河中部和托博爾河間的波塔波維卡—辛塔什塔文明體發展而來。約當出現在西元前一九〇〇至一八〇〇年間，隨著斯魯布納亞和安德羅諾沃的出現，這是史上首次出現一連串從中國邊沿一路延伸至歐洲前線的相似文化鏈。各種新事物和原料開始在整座大陸蔓延。草原世界不僅是渠道，還成為新事物的創新中心，特別是青銅冶金術和馬戰車戰爭。西元前一五〇〇年左右，中國的商王和希臘的邁錫尼諸王分處古代世界的兩端，同時駕馭著馬戰車，並擁有與歐亞大草原青銅時代晚期牧民相同的技術。

斯魯布納亞文化：西方大草原的放牧及採集

在西烏拉爾山脈、窩瓦河中游地區的波塔波維卡和阿巴舍沃晚期人群發展出的波塔波維卡群集，可追溯至西元前一九〇〇至一七五〇年。波塔波維卡是原始的斯魯布納亞時期，旋即直接發展為斯魯布納亞文化（或稱木槨墓文化）之中（西元前一八〇〇至一二〇〇年）。斯魯布納亞的物質文化向西延伸至聶伯河流域。斯魯布納亞文化最明顯的一大特徵是數百個小型聚落遺址的出現，其中多數都只有幾間房屋，橫跨北方大草原和南方森林—草原帶，從烏拉爾山脈一直到聶伯河。雖然在洞室墓文化晚期（西元前二四〇〇至二一〇〇年），聚落重新在頓河以東的幾個地方出現，且在姆諾戈維卡利科瓦亞（Mnogovalikovaya，簡稱 MVK）時期（西元前二一〇〇至一八〇〇年），頓河以西位處烏克蘭的聚落甚至比以往更多；自銅石並用時代以來，斯魯布納亞時期還是第一次有聚落分布於整個北方草原帶之上，從聶伯河至南烏拉爾山脈，再到北哈薩克。

此種轉向定居的原因尚不明朗。多數斯魯布納亞的聚落並沒有加蓋防禦工事或加以防衛；且多數是小型的個人家園或大家庭的牧

場，並非大規模的集村。放牧模式似乎已經本土化，而不再遷徙。在一九九九至二〇〇一年的薩馬拉流域計畫期間，我們藉由發掘一系列的斯魯布納亞放牧營地，來研究斯魯布納亞本土的放牧模式，這些營地從位於靠近薩馬拉河谷口的巴林諾沃卡的斯魯布納亞聚落，延伸至其中一條支流的溪谷，即佩夏尼谷（圖16.11）。最大的放牧營地（PD1和2）是那些最靠近房屋聚落的地方，與巴林諾沃卡的距離在四到六公里之間。位於更上游的斯魯布納亞營地規模較小，陶器碎片也更少，在巴林諾沃卡上游約十至十二公里處，根本找不到青銅時代晚期的放牧營地，就連作為溪流源頭的泉水處，雖然富藏水源和優質牧場，我們也一無所獲。因此，就如同新的居住模式，放牧系統似乎也已經本土化。位處窩瓦河中游草原的斯魯布納亞經濟模式似乎並不需要長途遷徙。

傳統針對此定居現象的解釋是：此為北方大草原開始廣泛採用農業之時。[22] 然而，顯然不是每個地方都適用此解釋。在薩馬拉河谷的克拉斯諾薩馬斯科聚落，發現用於獻祭的狗（第十五章），且在同一個結構中，波塔波維卡遺跡（碳定年為西元前一九〇〇至一八〇〇年）和斯魯布納亞早期遺跡（碳定年為西元前一八〇〇至一七〇〇年）分處不同的地層；斯魯布納亞時期的建築可能是井房（well-house）和柴房，各種家事皆在此完成，並將廚餘埋在坑裡。一年四季都如此使用。安妮・派克泰（Anne Pike-Tay）針對動物牙根的季節帶分析證實，人們全年都屠宰牛羊。但此處沒有農業。勞拉・波普娃（Laura Popova）並未找到與青銅時代晚期定居處相關的農作物種子、花粉或植物化石，只有野生藜屬和莧屬。莫菲與霍荷洛夫檢驗了薩馬拉州十二處斯魯布納亞墓地內的一百九十二名成人骨骸。他們幾乎完全沒有齲齒。完全沒有齲齒這一點通常與低澱粉、低醣飲食脫不了關係，這在採集者來說十分典型，而麵包食用者則不是如此（圖16.12）。從牙齒中找到的證據證實了植物

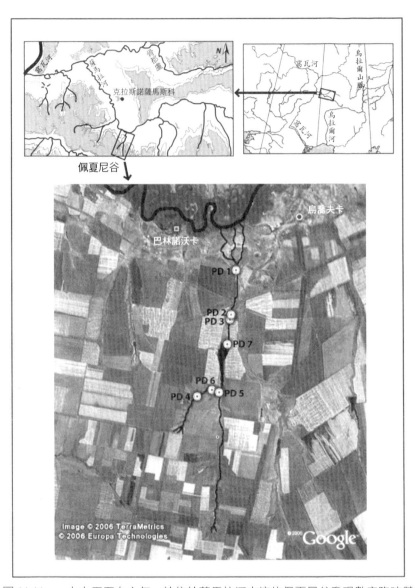

圖 16.11　一九九五至九六年，於位於薩馬拉河支流的佩夏尼谷發現數座臨時營
　　　　　地。PD1、2 和 3 是二〇〇〇年出土的斯魯布納亞放牧營地。每個有編
　　　　　號的遺址都至少找到一只斯魯布納亞陶器碎片。巴林諾沃卡為一九九
　　　　　年經過檢測的較大型斯魯布納亞聚落，但受到歷史時期聚落的嚴重破
　　　　　壞。出處：作者的挖掘。底圖是 Google Earth 的影像，© 2006 Terra
　　　　　Metrics, 2006 Europa Technologies.

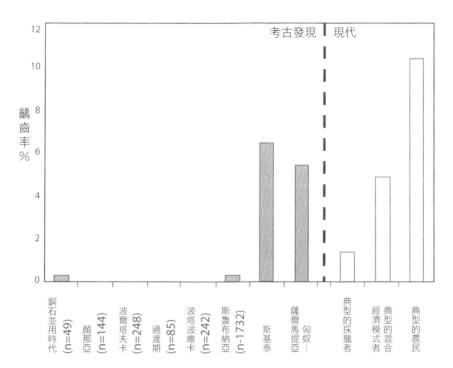

圖 16.12　圖表顯示處於不同食物經濟模式中人群的齲齒（腔）率（右），於土
　　　　瓦的斯基泰與薩爾馬泰墓葬（中），以及位處窩瓦河中游區域的薩馬
　　　　拉州的史前人群（左邊的六個長條）。麵包顯然不是薩馬拉州飲食的
　　　　組成。出處：Murphy 2003；Murphy and Khokhlov 2001。

方面的證據。住在北方草原的人群很少吃麵包（如果他們有麵包的
話）。

　　克拉斯諾薩馬斯科聚落的墓坑中，我們找到許多碳化的野生種
子，像是藜屬和莧屬。現代的野生藜屬是種雜草，生長於茂密樹林
中，種子產量可達五百至一千公斤／公頃的範圍，與單粒小麥相
同，單粒小麥的產量介於六四五至八三五公斤／公頃之間，莧屬也
同樣多產。[23]再加上牛、綿羊和馬的肉和奶，這樣的飲食綽綽有餘。
即便烏克蘭頓河以西的斯魯布納亞聚落，有找到穀物農業的明確證
據，但農業在頓河以東的重要性，很可能遠遠不如人們所想。至少

在頓河以東的某些區域，直到青銅時代晚期，放牧和採集都還是北方大草原經濟的基礎。[24]

因此，若是農業並非一切的解答，北方大草原的人群究竟為什麼要在青銅時代中晚期間的過渡期定居下來，包括辛塔什塔早期的變化？如十五章所述，氣候變遷可能是主因。西元前二五〇〇至二〇〇〇年，更為涼爽和乾燥的氣候影響了歐亞大草原；這跟重創阿卡德農業、並削弱哈拉帕文明的是同一起事件。青銅時代中期末、晚期初的定居現象，包括在辛塔什塔和阿爾卡伊姆的最早變化，可解釋成是種控制方式，用以確保牧群在冬季能擁有最豐沛的牧草區，特別是以草食動物為主要食物來源的經濟模式中，許多地區都沒有農業。青銅時代晚期之初的克拉斯諾薩馬斯科俯瞰薩馬拉河下游最大的一個沼澤。

在銅礦的附近，也發展出一些定居的聚落。牛隻的草料並非北方大草原上唯一的關鍵資源。在青銅時代晚期，放眼整個大草原，採礦和青銅冶金儼然成為最重要的產業。在南烏拉爾的卡加利克鄰近奧倫堡處，有個龐大的斯魯布納亞採礦中心，而其他大型的銅礦則位於中哈薩克的加拉干達附近。許多小規模的銅露頭上都建有較小型的採礦營地，例如薩馬拉州南部米哈伊洛夫卡、奧夫伸卡（Ovsianka）的斯魯布納亞採礦營地。[25]

烏拉爾山以東、第一階段：彼得羅夫卡文化

青銅時代晚期東烏拉爾山脈的首個文化是彼得羅夫卡文化，此為辛塔斯塔的東部分支，約當西元前一九〇〇至一七五〇年。彼得羅夫卡無論在物質文化和喪葬儀式上，皆與辛塔什塔極其相似，導致許多考古學家（包含我在內）都把辛塔什塔—彼得羅夫卡連在一起以總稱兩者。然而，彼得羅夫卡陶器在形狀和裝飾上，皆顯露出

彼得羅夫卡聚落規畫

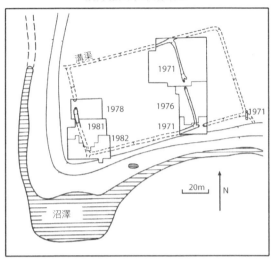

1971 年的挖掘細節

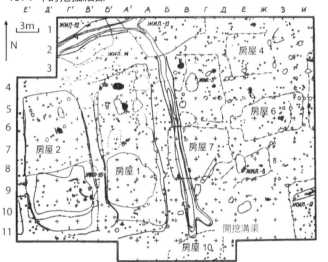

圖 16.13　彼得羅夫卡聚落，為彼得羅夫卡文化的典型遺址（西元前一九〇〇至
一七五〇年）：（上）聚落周圍原本的溝渠的總圖，之後在東端進行
擴建，出處：Zdanovich 1988，圖 12；（下）原始聚落東北角重建的
房屋地板細節，與原本的地面疊壓的細節，新的房屋件在原來的東渠
溝上，出處：Maliutina 1991，圖 14。這些聚落地層的複雜程度，引發
學者在分期和年代上的爭論。

一些獨特的變化，且有好幾個遺址都位於辛塔什塔堆積的上層，因此彼得羅夫卡的發展一般要比辛塔什塔來得晚，這點毋庸置疑。最古老的彼得羅夫卡遺址，例如彼得羅夫卡 II 的典型遺址，是位於哈薩克北方大草原易信河畔的聚落（圖 16.13）。彼得羅夫卡文化可能吸納了一些人，這些人源於更古老的後波泰文化，是易信河大草原上以馬為中心的文化，像是謝爾蓋夫卡，但這些文化在物質上（且可能在語言上）都毫不顯眼。在好幾個建有防禦工事的遺址，彼得羅夫卡風格的陶器在之後取代了辛塔什塔陶器，譬如像是烏斯季耶，當地的辛塔什塔聚落遭到焚毀，取而代之的是基於不同規劃所建造的彼得羅夫卡聚落。彼得羅夫卡墓葬建在位處克里韋—奧澤羅和卡門尼—安巴爾的更古老辛塔什塔墳塚內。[26]

　　彼得羅夫卡 II 的聚落以一道不及一公尺深的狹窄溝渠包圍，應該是用於排水。二十四間大型房屋的地板建於地洞上，大小從六乘十公尺到八乘十八公尺都有。這些房舍建得很靠近，位於能俯瞰沖積平原的河階上，這種大規模的集村形式，迥異於斯魯布納亞文化中那些分散的個人家園。占據彼得羅夫卡 II 的人群，製造阿拉庫爾和費德洛沃兩種類型的安德羅諾沃層位文化典型陶器，在彼得羅夫卡地層之上，而安德羅諾沃城鎮也被製作薩格爾（Sargar）陶器的「最後的青銅時代晚期」聚落所取代。此種地層的序列讓彼得羅夫卡 II 成為哈薩克大草原青銅時代晚期編年的重要準則。馬戰車繼續被葬在伯利克 II 和克里韋—奧澤羅等彼得羅夫卡早期墓葬中，且有許多骨製的扁圓形馬鑣出自彼得羅夫卡遺址。然而，在彼得羅夫卡時期，馬戰車墓逐漸消失，牲祭的規模和數量也有所減少，且在北方大草原的聚落周圍，也不再建造大規模的辛塔什塔式防禦工事。

　　彼得羅夫卡聚落和墳塚墓地向南擴張至中哈薩克的乾草原，接著由此抵達齊拉夫尚河畔的圖加，距離中哈薩克南方已有一千兩百

多公里遠。彼得羅夫卡很有可能也與阿凡納羨沃的後繼者，即西阿爾泰山脈的奧庫涅夫（Okunevo）文化有接觸。彼得羅夫卡文化的定居集村式聚落與遊牧民的臨時營地不同，因此，彼得羅夫卡的經濟模式不太可能依賴於每年的長程遷徙。早期歷史上的遊牧民並不居住在定居的集村中，而是在錫爾河沼澤裡過冬、在北哈薩克的大草原上度夏，每年的遷徙循環讓他們年年冬天都會叩關中亞文明的大門。但遊牧在彼得羅夫卡的經濟模式中似乎不太重要。如果彼得羅夫卡的人群「並未」帶領牧群長途遷徙，那麼他們靠每年一度的畜牧模式所製造的產品（如大多數的假設）南遷至齊拉夫尚河，這就不是意外，是因受到對貿易、戰利品或榮耀的欲望所驅使而有意為之。後來的每年一度遷徙模式至少顯示出，在春秋二季有可能帶領牧群穿越介於其間的沙漠和半荒漠。[27]

　　彼得羅夫卡聚落通常有兩爐熔爐、熔渣和大量冶銅證據，像是辛塔什塔聚落。但是，不同於辛塔什塔，大多數彼得羅夫卡的金屬器都是以錫青銅製造而成的。[28] 除了齊拉夫尚流域之外，彼得羅夫卡的錫青銅器中錫的一個可能源頭，是在阿爾泰山脈的西麓。在彼得羅夫卡的早期階段，彼得羅夫卡領土以北的森林—草原帶出現了重大的變化。

森林—草原帶的塞伊瑪—圖爾賓諾層位文化

　　塞伊瑪—圖爾賓諾層位文化（Seima-Turbino horizon）標誌了森林—草原帶和森林帶的採集者進入了先前在北方大草原爆發的菁英競爭、貿易和戰爭的循環。塞伊瑪—圖爾賓諾層位文化的錫青銅矛、短劍和斧頭堪稱古代世界中最精緻的武器，技術與美感兼具，但生產它們的是森林和森林—草原帶的社會，在這些地方的某處（塔什科沃 II）還靠漁獵維生。這些品質極佳的錫青銅器首先出現

在位於阿爾泰山脈西麓額爾濟斯河中上游和鄂畢河上游的葉魯尼諾（Elunino）和科洛托夫（Krotovo）文化中，如此偏遠的地區居然有如此驚人的冶金技術，著實令人驚訝。然而，錫、銅和金礦都可以在額爾濟斯河上游找到，鄰近加拉干達以東約六百公里處的布赫塔爾瑪河與額爾濟斯河匯流處。這些礦源的開採顯然伴隨著新冶金技術的進展。

　　一處最早也最重要的塞伊瑪—圖爾賓諾墓地，就位於額爾濟斯河中游鄂木斯克州的羅斯托夫卡（Rostovka）（圖 16.14）。然而骨骸卻保存得很差，三十八座墓中大多幾乎沒有人骨，抑或只有些碎骨。在骨骸完好的墓中，埋葬的姿勢為仰身直肢。陪葬品放在墓葬及墓葬邊緣的祭祀坑中。兩者的陪葬品都包含：錫青銅有銎矛、柄端帶有鑄造塑像的曲刃刀，以及裝飾著三角形和菱形的青銅空首斧。於 21 號墓中找到用來製作這三種武器類型的雙合範。陪葬品中還出現與辛塔什塔墓葬相同類型的有脊燧石箭頭，另外還有用以製造鎧甲的有孔骨板，以及一千九百片科洛托夫陶器的碎片（圖16.14）。2 號墓中發現來自阿富汗的青金石珠，可能是經由巴克特里亞—馬爾吉阿納文明體貿易而來，這些珠子和可能來自貝加爾湖地區的軟玉珠串在一起。[29]

　　塞伊瑪—圖爾賓諾的冶匠與彼得羅夫卡的冶匠都在中亞北部率先固定使用錫青銅合金。但塞伊瑪—圖爾賓諾的冶匠精通於脫蠟鑄造（用於短劍柄上的裝飾塑像）和薄壁空心範鑄造（用於具備有銎的矛和空心斧）這兩個技術，可謂是無可匹敵。有銎矛頭則是於辛塔什塔鐵砧上製成：先將青銅片彎曲成銎口的形狀，接著再鍛造接合處（圖 16.15）。塞伊瑪—圖爾賓諾的有銎矛頭，是將金屬熔液澆進鑄範中，在懸掛的內範周圍形成無接縫的銎口，從而打造出中空的內部，這種操作更為複雜，且與含砷青銅相比，錫青銅的加工更容易。斧頭的製作方法也是一樣：青銅錫打造的中空內部，澆鑄

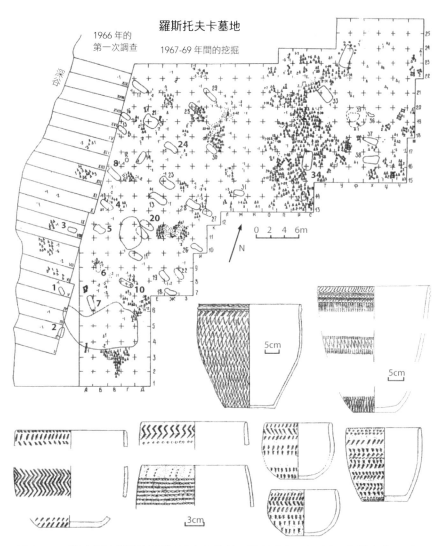

圖 16.14 鄂木斯克附近的羅斯托夫卡墓葬，這是塞伊瑪—圖爾賓諾文化最重要
的遺址之一。墳墓皆已編號。黑點代表沉積在墳墓群上方和旁邊的陶
器、金屬器與其他工藝品。所有陶器都符合克洛托瓦（Krotova）的風
格。出處：Matiushchenko and Sinitsyna 1988，圖 4、81、82、83。

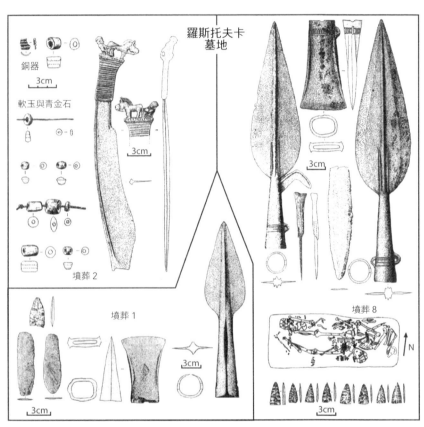

圖 16.15　羅斯托夫卡墓地 1、2 和 8 號墓的隨葬品。用脫蠟鑄造法製作的單人拉馬塑像以及以空心範鑄造的矛及斧頭，都是從 BMAC 冶匠處習得的創新技術。1 號墓中找到由阿富汗青金石和可能來自貝加爾湖附近的軟玉所製成的串珠。出處：Matiush-chenko and Sinitsyna 1988，圖 6、7、17、18。

在懸浮的軸心周圍。脫蠟和中空模造的技術可能是從巴克特里亞—馬爾吉阿納文明體處習得，因為其是唯一合理的鄰近源頭（可能是從受過訓練的俘虜學來？）。

除卻阿爾泰山脈西部／額爾濟斯河核心區，塞伊瑪—圖爾賓諾層位文化不是一種文化。其缺乏標準的陶器類型、聚落型態，連標準的喪葬儀式都沒有。然而，在南西伯利亞森林—草原帶的新興菁英採用了塞伊瑪—圖爾賓諾的冶金技術，這可能是為了因應北方大草原的辛塔什塔和彼得羅夫卡菁英，並與之競爭。一系列獨創新穎的金屬器類型迅速由東向西穿越森林—草原帶擴散出去，約莫於西元前一九〇〇年左右出現在烏拉爾山西部的阿巴舍沃晚期和切爾克夫斯卡雅（Chirkovskaya）墓地中，幾乎與他們首次出現在烏拉爾山東部同時。此現象在森林帶傳播之迅速與廣泛無不令人嘖嘖稱奇。新的金屬器風格可能並不是靠移民，而是靠著仿造來傳播，伴隨權力結構的快速政治變遷。塞伊瑪—圖爾賓諾的矛頭、短劍和斧頭出現在卡馬河下游森林的圖爾賓諾墓地中，並向南延伸至奧卡河，並持續向南延伸至喀爾巴阡山脈東麓的摩爾多瓦的波羅第諾窖藏。在烏拉爾以東，多數的塞伊瑪—圖爾賓諾銅器是錫青銅製成，而在烏拉爾以西，則多半是含砷青銅。錫的源頭位於東部，但從阿爾泰至喀爾巴阡山脈，整個森林—草原帶及森林帶都流傳著塞伊瑪—圖爾賓諾冶金的風格與方式。波羅第諾窖藏內有一把軟玉斧，應該是由貝加爾湖附近開採的石材製成。在東邊，塞伊瑪—圖爾賓諾的金屬器類型（帶有側倒鉤的有銎矛頭、空首斧）也出現在發展中的華夏古國西北邊沿的遺址中，可能是經由貿易路網穿過北天山至北疆。[30]

近年來，塞伊瑪—圖爾賓諾層位文化的碳定年發生重大的變化。塞伊瑪—圖爾賓諾的有銎矛頭及短劍，與同時代邁錫尼墓葬中器物的相似之處，曾經被用來將塞伊瑪—圖爾賓諾層位文化的年代

定在西元前一六五〇年之後。不過，現在很清楚的是，邁錫尼有銎矛頭，以及像是有釘齒的扁圓形馬鑣，都是源於東方，而非相反的方向。塞伊瑪—圖爾賓諾和辛塔什塔有某段時間重疊，因此塞伊瑪—圖爾賓諾層位文化可能始於西元前一九〇〇年之前。[31] 塞伊瑪—圖爾賓諾和辛塔什塔墓葬中發現同類的燧石箭頭。辛塔什塔鍛造的有銎矛頭，設計較為簡單，可能是塞伊瑪—圖爾賓諾更精緻的中空鑄造版本的前身。一只塞伊瑪—圖爾賓諾風格的中空鑄造的有銎矛頭放置於克里韋—奧澤羅的彼得羅夫卡文化馬戰車墓（2 號塚 1 號墓）中；一只辛塔什塔的彎曲和鍛造矛頭，也出現在羅斯托夫卡的塞伊瑪—圖爾賓諾墓葬（1 號墓）（圖 16.15）。

在這一、兩百年間，北方大草原（辛塔什塔與彼得羅夫卡）及森林—草原帶（塞伊瑪—圖爾賓諾）的冶金技術算是分庭抗禮、各自發展；然而，在安德羅諾沃時期之初，兩者合併了——一些重要的塞伊瑪—圖爾賓諾金屬器類型，像是鑄造的帶有環形柄端的單刃刀，就在安德羅諾沃社群之間廣為流行。

烏拉爾山以東、第二階段：安德羅諾沃層位文化

安德羅諾沃層位文化是烏拉爾以東的大草原上主要的青銅時代晚期考古綜合體，烏拉爾以西則是斯魯布納亞層位文化的姊妹，時代約在至西元前一八〇〇至一二〇〇年之間。安德羅諾沃的遺址從烏拉爾大草原向東延伸至阿爾泰山脈葉尼塞河上游的大草原，再從南方森林帶向南延伸至中亞的阿姆河。安德羅諾沃包含兩個主要子群：阿拉庫爾與費德洛沃（Federovo）。其中最早的阿拉庫爾綜合體約莫在西元前一九〇〇至一八〇〇年間在某些地方現身。阿拉庫爾直接從彼得羅夫卡文化中發展出來，表現在陶器裝飾和器皿形狀的微小調整。費德洛沃風格應該是從阿拉庫爾的南部或東部的變體

發展而來，雖然有些專家堅持其已經完全與源頭無關。經由辛塔什塔和彼得羅夫卡文化，安德羅諾沃承繼了許多習俗與風格：小規模的家庭墳塚墓地、具有十至四十座緊密相連房屋的聚落、相似的矛和短劍類型、類似的裝飾品，甚至是陶器上相同的裝飾圖案：曲折紋、倒三角形、「松樹」形、階梯狀三角紋，以及鋸齒紋。但馬戰車卻不再一同下葬。

　　阿拉庫爾和費德洛沃在安德羅諾沃層位文化中被視為是獨立的文化，但對於不是青銅時代晚期陶器類型學專家的觀察者來說，但阿拉庫爾和費德洛沃的陶器風格似乎相同。陶器的形狀僅略有變化（費德洛沃陶罐在較低的地方內縮），裝飾圖案也只是圍繞著常見的主題來變化（某些費德洛沃圖案為「斜體式」或阿拉庫爾圖案前傾的版本）。在位處中哈薩克東南方的烏拉爾—托博爾大草原上，

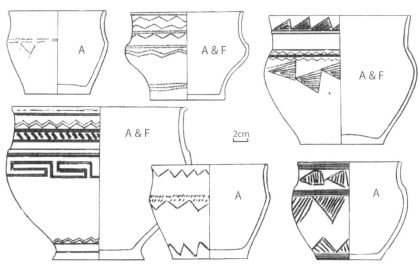

圖 16.16　俄羅斯車里雅賓斯克州（Chelyabinsk）烏伊河畔的普利普勞德依—勞格（Priplodyi Log）墳塚墓地 I，當中發現安德羅諾沃陶器，被視為典型阿拉庫爾風格（A），或說是具備費德洛沃特徵的阿拉庫爾風格（A＋F）。兩種風格的特徵會同時出現在同一只陶器中。出處：Maliutina 1984，圖 4。

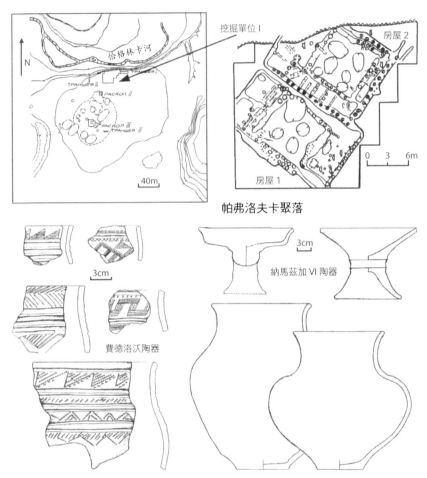

挖掘單位 I

房屋 2

恰格林卡河

房屋 1

0 3 6m

帕弗洛夫卡聚落

3cm

納馬茲加 VI 陶器

3cm

費德洛沃陶器

圖 16.17　帕弗洛夫卡是北哈薩克科克舍陶地區的阿拉庫爾—費德洛沃聚落，在兩座房屋地面上的陶器碎片中，進口的納馬茲加 VI 期陶器就占了一成。出處：Maliutina 1991，圖 4 和 5。

於同一處遺址找到這兩種風格的陶罐和陶片，通常在相同的房屋和坑道中，且在同一墓地的相鄰墳塚中。有些陶器被視為是帶有費德洛沃元素的阿拉庫爾，可見此兩種變體會出現在同一只陶器上（圖16.16）。在有些具有一些關鍵特徵的遺址（易信河大草原的諾沃尼斯科〔Novonikol'skoe〕和彼得羅夫卡 II，以及中哈薩克的阿塔蘇〔Atasu〕1 號），阿拉庫爾陶器位於費德洛沃陶器地層之下，但費德洛沃陶器卻從未出現在阿拉庫爾的地層之下。阿拉庫爾最早的碳定年年代（西元前一九〇〇至一七〇〇年）比費德洛沃最早的年代（西元前一八〇〇至一六〇〇年）略早一點，因此相較起來，阿拉庫爾可能早上一兩個世紀，雖然在許多遺址中兩者完全混合在一起。具備費德洛沃陶器的墳塚通常在墓的周圍有較大、較複雜的石頭結構，且死者會被火化，而具備阿拉庫爾陶器的墳塚則較為簡單，死者通常以肉身下葬。由於此兩種陶器風格出現在同樣的聚落和墓地中，甚至出現在相同的房屋和坑洞中，因此無法輕易將其詮釋為不同的族群。[32]

安德羅諾沃位文化的擴張代表以牛羊放牧為本的經濟模式趨向成熟與穩定，讓幾乎整個烏拉爾以東的大草原皆以此為基礎。每個地區都有出現定居的聚落，居住在大型房屋中的人口有五十至二百五十人。整個冬天都靠井水過活。有些聚落還設有精良的銅冶煉爐。小規模的農業可能在某些地方不是太重要，但尚未有直接的證據能證明。在北方大草原上，牛比綿羊更形重要（易信河大草原上的牛骨為百分之四十、綿羊／山羊為百分之三十七、馬為百分之十七），而在中哈薩克，綿羊比牛多，且馬也更多（綿羊／山羊為百分之四十六、牛為百分之二十九、馬為百分之二十四）。[33]

在歷史悠久的部落文化區中，雖然相對同質的物質文化普遍會掩蓋多樣的語言，但對長距離移民的早期世代來說，語言及物質文化間的聯繫通常牢不可破。藉由單一的文化，即辛塔什塔文化，就

能從經濟、軍事與儀式革新的驚人爆發中，辨識出安德羅諾沃層位文化的源頭。其許多習俗被其東方的女兒——彼得羅夫卡文化加以保留。在辛塔什塔要塞所使用的語言，十分可能是彼得羅夫卡與安德羅諾沃群所用語言的較古老形式。印度—伊朗語族和原始伊朗諸方言可能與安德羅諾沃的物質文化一同傳播。

　　和彼得羅夫卡的金屬器一樣，多數安德羅諾沃的金屬器也都是錫青銅。安德羅諾沃的礦工在齊拉夫尚河開採錫，額爾濟斯河上游可能也有。安德羅諾沃銅礦活躍於兩個主要地區：其一位於烏斯別斯基（Uspenskyi）附近的加拉干達以南，以孔雀石和藍銅礦為主；其二位處迪澤茲卡茲甘（Dzhezkazgan）附近的南烏魯陶（Ulutau）以西，以硫化礦石為主（標記於圖 15.9）。迪澤茲卡茲甘地區至少有七座已知的礦井，其中一座長一千五百公尺、寬五百公尺、深十五公尺。礦石從烏斯別斯基的礦場運送至阿塔蘇 1 號等銅冶煉聚落，當地出土了三座鑰匙形狀的冶煉爐，設有四公尺長的石砌通風井，將空氣注入雙層圓形熔爐。根據估計，青銅時代加拉干達地區的銅礦生產了三十至五萬公噸的冶煉銅。[34] 這些地方的勞力和設施意味著以企業的組織進行出口。

　　與中亞的貿易及可能的劫掠突襲在遙遠的草原北方留下了明確的證據，這點十分驚人。輪製的納馬茲加 VI 期陶器發現於巴克特里亞以北兩千公里、北哈薩克靠近科克舍陶的帕弗洛夫卡（Pavlovka）的安德羅諾沃聚落。這種陶器占了兩間房屋地面上的陶器的百分之十二。其餘則都是費德洛沃類型的安德羅諾沃陶器。[35] 進口的中亞陶罐以極其細緻的白色或紅色黏土材質製成，多半未經裝飾，且採用像是典型的納馬茲加 VI 期底盤形式（圖16.17）。帕弗洛夫卡是個約五公頃大的聚落，兼有彼得羅夫卡和費德洛沃陶器。據說，中亞陶器與費德洛沃的元素有關。

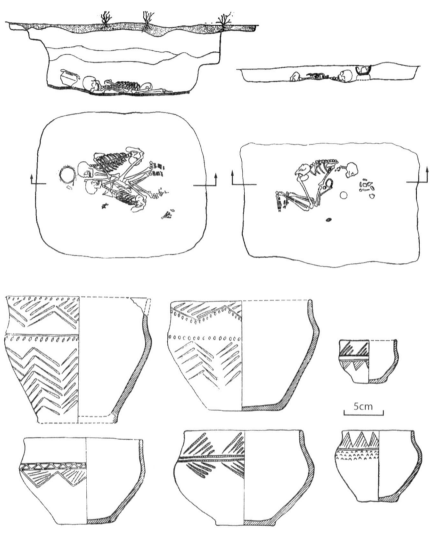

圖 16.18　阿姆河下游舊河道上的科克察 3 號墓地中的塔扎巴格雅布—安德羅諾沃文化墓葬。在中亞衰落中的 BMAC 圍牆城鎮佔據的最後階段（西元前一七○○至一五○○年）這種陶器廣泛流行。出處：Tolstov and Kes'1960，圖 55。

中亞接觸帶的原始吠陀文化

　　約當西元前一九○○年，彼得羅夫卡移民開始在圖加的齊拉夫尚河谷地開採銅礦。接踵而來的是規模較大的安德羅諾沃特遣隊，他們在卡納布和穆席斯頓開採錫。西元前一八○○年之後，安德羅諾沃的採礦營地、墳塚墓地和牧民營地都擴張至齊拉夫尚河流域的中游和上游。其他的安德羅諾沃族群遷入齊拉夫尚河下游和阿姆河下游的三角洲（現今位於現代三角洲以東的沙漠中），並成為定居、仰賴灌溉農業的農民，一般稱為安德羅諾沃文化的塔扎巴格雅布（Tazabagyab）變體。他們生活於一些以大型地洞房屋組成的小規模聚落中，和安德羅諾沃的房屋很類似；使用安德羅諾沃陶器、安德羅諾沃風格的青銅弧背刀，以及纏繞狀的耳環；像許多安德羅諾沃聚落一樣，從事聚落內的銅冶煉；然而，其死者葬於像科克察 3（Kokcha 3）那樣的大型土坑墓中，當地有一百二十多座墳墓，而非葬於墳塚墓地中（圖 16.18）。[36]

　　西元前一八○○年，建有城牆的 BMAC 中心的規模急遽下降，每個綠洲都發展出自己的陶器與其他器物風格，安德羅諾沃─塔扎巴格雅布陶器則在巴克特里亞與馬爾吉阿納的村落間廣為流行。弗列德·希伯特稱此為後 BMAC 時期，以強調其轉變的規模，然而許多 BMAC 要塞仍然繼續定居，納馬茲加 VI 期風格的陶器也仍在其中。[37]不過，後 BMAC 時期的防禦工事和泥磚城牆之外的臨時牧民營地中，也都出現了安德羅諾沃─塔扎巴格雅布的刻畫粗陶器。義大利調查隊在塔赫拜 3（Takhirbai 3）的後 BMAC 時期城牆堡壘的東南面，發掘了一座小型的安德羅諾沃─塔扎巴格雅布地洞房屋，美國的挖掘隊則在大部分遭遺棄的戈努爾城牆外找到類似的定居。值此同時，生活於搖搖欲墜城牆外的人群，與如今生活在牆內的人群中，至少有某些人是休戚與共的。在東部的巴克特里亞，

打造類似刻畫粗陶器的人群，就在賈庫坦城廣大的廢墟（100 ha）上紮營。諸如莫拉里丘（Mollali-Tepe）等建有城牆的中心繼續有人定居，但規模較小。在現代塔吉克巴克特里亞綠洲上方的高地上，瓦克什（Vaksh）與比什肯特（Bishkent）類型的墳塚墓地與陶器一起出現，這些陶器融合了 BMAC 和安德羅諾沃─塔扎巴格雅布晚期的傳統元素。[38]

在西元前一八〇〇至一六〇〇年間，對物質（銅、錫、綠松石）與畜產品（馬、乳製品、皮革）的貿易控制，讓安德羅諾沃─塔扎巴格雅布的牧民得以在 BMAC 舊有的綠洲城鎮、要塞中，擁有強大的經濟實力，車戰更讓他們獲得軍權。接踵而來的可能是社會、政治，甚至是軍事上的整合。最終，簡單刻畫的草原陶器讓位給新的陶器傳統，主要是馬爾吉阿納和克佩特山脈的灰色拋光陶器，以及巴克特里亞與向東進入塔吉克的彩繪陶器。

到了西元前一六〇〇年，伊朗東部和之前中亞的 BMAC 地區的所有古老貿易城鎮、城市和建有磚砌防禦工事的莊園都遭到棄置。馬利亞，伊朗高原上最大的城市，如今縮減成一個廣大廢墟中有城牆的建物和塔樓，當地的菁英管理階層，可能是埃蘭諸王的代表，仍居住在從前城市的頂端。牧民經濟遍布伊朗，並進入俾路支，約莫西元前一七〇〇年在皮拉克（Pirak）出現騎馬者騎在馬背上的陶塑像。作為一種新的軍事技術的馬戰車兵團在近東現身。約當西元前一五〇〇年，一群說古印度語的馬戰車戰士接管了在北敘利亞使用胡里語的王國。他們的誓言所指涉的是《梨俱吠陀》中的主要神祇（因陀羅、伐樓拿、密多羅、雙子神）與概念（宇宙理法），他們口中的語言是《梨俱吠陀》中的古印度梵語的方言。[39] 米坦尼王朝的君主和較著名的古印度語使用者源自相同的民族語言人群，他們同時向東推進至旁遮普邦，據許多吠陀時期的學者稱，《梨俱吠陀》就編纂於西元前一五〇〇至一三〇〇年。兩個族群都可能發

源於巴克特里亞和馬爾吉阿納的安德羅諾沃／塔扎巴格雅布／刻畫
粗陶類型的混合文化。[40]

《梨俱吠陀》的語言包含其融合起源的諸多痕跡。因陀羅這個
神祇名與藥神之名「蘇摩」（*Soma*），是《梨俱吠陀》信仰的兩
大核心要素，是從接觸帶挪用而來的非印度─伊朗語族的語詞。許
多印度─伊朗語族中力量之神／勝利之神的特質，即烏魯斯拉格納
（Verethraghna），都轉化成因陀羅的特質，讓因陀羅成為發展中
古印度文化的中心神祇。[41]有兩百五十首讚美詩以因陀羅為主題，
足足占了《梨俱吠陀》的四分之一。其與蘇摩的接觸也比其他任何
神祇多，蘇摩應該是從BMAC信仰挪借而來的一種刺激性藥物（可
能是從麻黃〔*Ephedra*〕衍生而來）。其地位的崛起是古印度語使
用者的一個獨特特徵。在之後《阿維斯陀》的伊朗文本中，因陀羅
被視為次等的惡魔。伊朗諸方言可能發展於北方大草原的安德羅諾
沃與斯魯布納亞人群之間，他們與南方的各個文明保持著距離。在
中亞的接觸帶發展出古印度的各種語言和儀式。[42]

▶印度─伊朗語族及吠陀梵語中的借詞

《梨俱吠陀》的古印度語至少有三百八十三個非印歐語系的語
詞，是從一個不同語系挪借而來。亞歷山大・盧博茨基（Alexander
Lubotsky）指出一般印度─伊朗語族，即古印度語和伊朗語的父
母，可能已經從「相同的」非印歐語系中，挪借了一些語詞，這些
語詞之後讓古印度語更為豐富。他編纂了一份列表，列出五十五個
被挪借至一般印度─伊朗語族的非印歐語系語詞，且時間點早在古
印度語或《阿維斯陀》發展「之前」，之後又從一般印度─伊朗語
族中繼承了一或兩個子語言。一般印度─伊朗語族的使用者和「相
同的外語族群」有所聯繫，並挪借了它的詞彙，古印度語使用者從

這個「相同的外語族群」挪借了更多詞彙。對於一般印度—伊朗語族及成型中的古印度語的地理位置而言，此發現具有重大意義——它們必須要能與相同的外語族群交流。

這五十五個被挪借至一般印度—伊朗語族的非印歐語系語詞當中，包括了麵包（*nagna-*）、犁頭（*sphāra*）、水道（*iavī̄a*）、磚塊（*išt(i)a-*）、駱駝（*Huštra-*）、驢子（*khara-*）、主持獻祭的祭司（*u ig-*）、蘇摩（*an u-*），以及因陀羅（*indra-*）。BMAC 堡壘和城市是灌溉農業、磚塊、駱駝和驢子等相關詞彙的極佳來源；宗教詞彙的語音是相同的，因此可能出自同一源頭。宗教上的借詞顯示出，某些會說一般印度—伊朗語族的人群，與 BMAC 堡壘的居民之間在文化上有密切的關係。這些挪借而來的南方信仰，可能是將彼得羅夫卡文化從辛塔什塔區分開來的特徵之一。第一批從北方大草原遷徙至中亞北沿的圖加的，正是彼得羅夫卡文化的人群。

盧博茨基指出，古印度語的發展如同印度—伊朗語族在南方的先鋒語言（vanguard language），更靠近借詞的源頭。考古證據亦支持了盧博茨基的看法。約當西元前一八〇〇至一六〇〇年，最早的古印度諸方言在齊拉夫尚河以南的接觸帶中發展，這些出身北方的移民與後 BMAC 時期的堡壘加以融合，或造成其衰落的命運。他們保留了一套明確的牧民價值觀。《梨俱吠陀》中，裝滿牛奶的斑點母牛被比作雲朵；牛奶和奶油是繁盛的象徵；牛奶、奶油、牛隻和馬匹是獻予眾神的適當牲祭；因陀羅則被比作雄偉的公牛；財富以肥美的牛隻和快馬來計算。農產品從來沒有被拿來獻予眾神。《梨俱吠陀》的人群不曾住在磚砌房屋中，也沒有城市，儘管他們的敵人達斯尤（Dasyu）生活於建有城牆的要塞之中。馬戰車用於競賽與征戰；眾神駕駛馬戰車劃過蒼穹。幾乎所有的重要神祇都是男性。唯一重要的女性神祇是黎明之神（Dawn），但她

的力量比不上因陀羅、伐樓拿、密多羅，或神聖雙生子。葬禮包含火葬儀式（如費德洛沃墓葬）和土葬儀式（如安德羅諾沃和塔扎巴吉卜墓葬）。可以接受草原文化是所有這些信仰與實踐的來源，而BMAC文化中，無論是身穿飄逸裙裝的女性神祇、磚砌堡壘，以及灌溉農業，都顯然不可能是其來源。

在交流的初始階段，辛塔什塔或彼得羅夫卡文化、抑或是兩者，都從BMAC挪借了一些詞彙和儀式，造就了一般印度—伊朗語族中的五十五個詞彙。其中包括藥物名稱「*soma*」，其在伊朗儀式中的用法為「*haoma*」。在交流的第二階段，當生活於舊有的BMAC聚落陰影中的人群，開始向南探索阿富汗和伊朗，古印度語的使用者從同一個語言挪借來更多的語詞。考古顯露出的模式，與語言證據所指向的模式完全符合。

大草原躍升為橫跨歐亞的橋梁

一般多將歐亞大草原視為偏遠不毛之地，資源貧瘠，遠離文明世界的中心。但在青銅時代晚期，大草原躍升為在希臘、近東、伊朗、印度次大陸和中國邊緣發展的各個文明間的橋梁。馬戰車技術、馬匹和騎馬、青銅冶金業，以及戰略位置，在在將大草原社會提升到前所未有的重要地位。貝加爾湖的軟玉（Nephrite）出現在喀爾巴阡山麓的波羅第諾（Borodino）窖藏；大草原的馬匹和錫器出現在伊朗；巴克特里亞的陶器出現在哈薩克北部的費德洛沃聚落；馬戰車則出現在橫跨希臘至中國的古代世界中。從大草原至中國的商路一路穿越塔里木盆地的東端，在當地沙漠邊緣的墓葬中，至今還保存著可追溯至西元前一八〇〇年的木乃伊乾屍——褐髮、白皮膚、身著羊毛衫。西元前二〇〇〇至一六〇〇年間，位處中國與塔里木盆地交界處的甘肅齊家文化，對馬匹、號角形耳環、大草

原風格的青銅環柄刀及斧頭趨之若鶩。[43] 在第一個華夏國家出現之時（約莫是西元前一八○○年），就已經與西方的各種新事物互通有無。斯魯布納亞和安德羅諾沃層位文化將大草原從一系列彼此孤立的文化，躍升為交流傳播的要衝；此轉型永遠改變了歐亞歷史的動態。

第十七章

言與行

Words and Deeds

　　今日的印歐問題得以解決，是因為考古發現和語言學的發展一舉解開了十五年前尚無法解決的難題。一九九一年後鐵幕的瓦解，讓西方學者更容易獲得大草原研究的成果，並創造出新的考古合作和碳定年計畫。諸如約漢娜‧尼可斯、莎拉‧湯瑪森（Sarah Thomason）和特倫斯‧考夫曼（Terrence Kaufman）等語言學家提出針對語言傳播和融合的新理解方式。赫瓦倫斯克墓地和辛塔什塔馬戰車墓的出土，揭開了大草原史前史的豐碩成果。今時今日，語言學和考古學上的發現大都集中在西元前四五〇〇至二五〇〇年間東歐大草原使用原始印歐語的可能性上，其他的可能性則越來越難與新證據相符。金布塔斯和馬洛利早我一步對此提出討論。我之所以寫作本書即是想試著回答，這個依舊困擾許多理性觀察者的問題。

　　一大問題是在史前物質文化中能否偵測出史前語言的邊界。我認為應該將之與持久前線相結合，此現象相當罕見，在東歐大草原的史前文化中卻普遍得令人驚訝。另一個問題是西方考古學家難以忍受，東歐考古學家過分熱中將遷徙拿來解釋史前的文化變遷，此

種研究方法的分歧導致西方考古學家無法認真看待東方的詮釋。我介紹了人口統計學、社會學和人類學的模型，此些模型敘述移民如何型塑可預測的一般人類行為，以試圖找到雙方的平衡點。最具爭議的問題是缺乏令人信服的證據，來顯示是在何時開始馴馬和騎馬。是否具備馬銜造成的磨損，可以從馬齒上是否有明顯與騎行相關的病理狀況看出。流動放牧經濟是否有可能早在顏那亞層位文化時就已出現，以及此經濟模式是否仰賴於應該在鐵器時代才開始的騎馬活動，此一問題隨即引發另一場獨立但相關的辯論；抑或其仰賴於國家經濟，而國家經濟在鐵器時代也同樣出現在草原邊界。薩馬拉流域的研究計畫針對青銅時代草原牧民經濟的植物學和季節性層面，發現即便是在定居的聚落當中，也絲毫不仰賴穀物的耕種。在青銅時代，大草原的牧民經濟是完全自給自足且獨立的；野生的種子植物相當多，因此就算沒有農作物，也可以靠野生種子充飢。遊牧的牧民並不依賴鐵器時代國家的食物供應。最後，西方語言學家和考古學家大都無法理解西方大草原的敘事文化史。本書的大部分內容都憑我一己之力完成，期望能在一團關於年代學、文化群體、起源、遷徙和影響力的爭論中披荊斬棘。我試著減少自己對草原考古學的無知，但謹記我花費數年，在麻省從事受聯邦資助的考古研究，甚至還不到窩瓦河畔薩馬拉州大小的一半，以及我們大家雖視其為不可能的任務，但仍試圖學習麻省和鄰近羅德島的考古研究──大小只有薩馬拉州的十分之一。即便如此，我找出一條明路，讓自己閱讀過和親眼看過的東西變得有所意義。雖然所有關於此些主題的爭論仍將持續，但我覺得我們終將殊途同歸。

馬與輪

交通技術的革新是讓人類社會和政治生活產生變遷的最有力主

因。私家車的引介創造出郊區、購物中心和高速公路；重工業的轉型催生出廣大的石油市場，也造成空汙；因此而高度分散的家庭就出一個流動、刺激的空間，年輕人得以遁逃於其中並享受性愛；以及型塑出表達個人地位和身分認同的新的有力方式。騎上馬背、重型四輪車和手推車的發明，以及有輻輪馬戰車發展的影響層層積累，雖然這些發展較為緩慢，但終究具備同樣深遠的意義。其中一大影響是將歐亞大陸從一系列不相干的文化，轉化成一個單一的交流系統。探討這個轉化何以發生，為本書的初衷。

多數歷史學家只要列舉騎馬和最早的有輪車所引發的變遷，第一個都會想到戰爭。然而，人一開始會想要養馬，是想把牠們當作食物。牠們是冬季的廉價肉源；在牛羊還在等人類餵牠們喝水和吃飼料的時候，馬就可以自己度過大草原的嚴冬。在人們逐漸習慣將馬當作家畜之後，或許是在建立出相對溫馴的雄性血統之後，有人發現有一種馬特別溫順，便騎上馬背，這一開始也許只是在鬧著玩。但人們很快就開始嚴肅看待騎馬這件事，並首次將之用於管理畜養的牛、羊、馬等。單就這種能力，即為一大重要的進步：只需要一小群人，就能管理更大規模的牧群，並富含效率地遷徙；家畜是食物和衣服的主要來源，這對於生命的延續確實至關重要。在西元前四八○○至四六○○年間，窩瓦河中游赫瓦倫斯克的人類喪葬儀式中，馬匹就明顯出現在家畜之中。

到西元前四二○○至四○○○年左右，生活在東歐大草原上的人群，可能已經開始騎馬，並開始靠著騎馬發動突襲並逃跑。一旦人類開始騎馬，部落征戰就無法避免。有機物製作的馬銜非常好用，銅石並用時代草原上的馬匹大到足以用來騎乘（十三至十四掌寬），大草原部落的首領在剛開始飼養牛羊時，就開始手持石製權杖，這時約當西元前五二○○至四八○○年。到西元前四二○○年，人類的流動性大幅提升，單人的墓葬彰顯個人地位和榮耀，

與早期的公共墓葬截然不同，高級墓葬以帶有馬首形石製權杖頭的權杖及其他武器作為陪葬品；除此之外，發動突襲的人馬得以遷徙數百公里遠，將巴爾幹半島的銅礦納入囊中，並在聶伯河—亞速海大草原交易銅礦或回贈親戚。古歐洲之所以在西元前四二○○至四○○○年左右瀕臨崩潰，至少部分是因為他們的所作所為。

史家多半認為坐擁草原的牧民與定居的農業社會之間的關係要麼是暴力的，例如蘇沃羅沃與古歐洲的對峙，不然就是寄生性的，或兩者兼有。亟需食物、金屬和財富的「野蠻」牧民社會，無法自給自足，只能靠劫掠他們「文明」的鄰居，否則就無法生存。然而，正如蘇聯民族學家維恩施坦、西方歷史學家狄宇宙，以及我們自己的植物學研究表明的，即便是在歷史時代，這些看法也既不精確亦不完整。牧民自己生產了許多食物——遊牧民的平均飲食水準可能優於中古時代華夏或歐洲的一般農民。草原礦工和工匠開採自己的豐富礦石，並製造自己的金屬工具和武器；俄國和哈薩克富藏的銅礦及齊拉夫尚河的錫礦顯示，近東的青銅時代文明其實很依賴「它們」。對本書涵蓋的史前時代而言，任何基於草原軍事化遊牧民與華夏或波斯文明間關係的模型，都是過時的。儘管蘇沃羅沃—諾沃丹尼洛沃卡時期的大草原社會確實劫掠了多瑙河下游的鄰居，但比起來他們顯然更趨向整合，且與他們的鄰居庫庫特尼—特里波里文化維繫著相當和平的關係。邁科普的商人似乎曾經造訪頓河下游的草原聚落，甚至還把織布工人帶到那裡。規範和平貿易和跨文化關係的組織與突襲組織同樣重要。

重建的原始印歐語詞彙及比較的印歐神話顯示此兩大重要的整合制度是：庇護人與附庸間的宣誓關係，其規範強弱之間、神人之間相互的義務；以及賓主關係，其將這類和其他的保護措施擴展至一般社交圈之外的人群。第一個將這些不平等合理化的組織制度十分古老，可追溯至最初採納放牧經濟、並首次出現明顯貧富差距之

時，即西元前五二○○至五○○○年左右。第二個可能是為了在顏那亞層位文化開始之初，規範那些試圖遷徙至未在規範內的地理和社會空間的人群。

當有輪車引介至大草原，約當是西元前三三○○年，接著他們便在牧民經濟中，找出有輪車的首要用途。早期的四輪車和手推車相當緩慢，是實心輪的車輛，可能是用牛拉，上有蘆葦蓆編織而成的拱形車頂，也許最初是裝在毛氈裡襯上。顏那亞四輪車時代的墓葬通常留有蘆葦蓆的殘跡，以及其他腐朽的有機物質。在某些案例中，應當是在葬禮之上，蘆葦蓆會塗成紅、黑和白色的條紋與曲線設計。四輪車讓牧民得以和帳篷、食物和飲水一起移動，並帶著他們的牧群，一舉深入河谷之間的大草原，好幾週甚至好幾個月。即便是一般距離小於五十公里的年度移動，這對顏那亞牧民來說也不是不可能，大型四輪車運輸與迅速的騎馬交通兩相結合徹底刷新了大草原的經濟模式，讓絕大多數的歐亞草原帶得以有效開發；大片大片的無用曠野，開始有人在其上定居。西元前三三○○年左右，顏那亞層位文化在東歐大草原橫空出世。之後可能便發展出原始印歐語，其下的方言隨著使用者四散遷徙，播下日耳曼、波羅的、斯拉夫、義大利、凱爾特、亞美尼亞和弗里吉安語族的種子。

馬戰車是第一個以速度為主要考量的有輪車，最早現身於大約西元前二一○○年的烏拉爾草原南部的辛塔什塔文化的墓葬中。這可能是用來嚇唬人。要建造馬戰車十分困難，堪稱木工藝與曲木細木工事的奇蹟；還需要一支訓練精良的強壯快馬隊。為了讓其轉彎，必須分別駕馭每一匹馬，同時在每個震動時，轉移自己的體重，以確保車輛不會倒退與彈開。在駕馭高速行駛馬戰車的同時，還要投擲投槍以命中目標，這無疑是難上加難，但辛塔什塔馬戰車墓中的證據顯示，他們當時正是這樣做的。唯有擁有大量時間和資源、平衡感與勇氣的人，才有辦法習得在馬戰車上戰鬥。當負責投擲投槍

的馬戰車車隊駛入戰場，四周有步行和騎馬的附庸與庇護人提供支援，他們手持斧頭、長矛、短劍，這種致命的新型戰鬥模式前所未有，就算是城市中的國王也肅然起敬地爭相仿效。

《伊里亞德》和《梨俱吠陀》用詩歌晦澀地追憶這個馬戰車戰士的英勇世界。馬戰車在西元前二一〇〇年左右引介至中亞和伊朗文明，奇特怪異的辛塔什塔或彼得羅夫卡陌生人首此出現於齊拉夫尚河岸上，可能是騎在北方新型馬科動物的背上而來。起初，這種奇怪的交通方式可能讓薩拉子模和扎曼巴巴的本地人笑得樂不可支。但這兩個地方旋即遭到棄置。西元前二〇〇〇至一八〇〇年間，第一個前來的是彼得羅夫卡、接著是阿拉庫爾—安德羅諾沃的群體，他們紛紛在齊拉夫尚河流域定居，並開始開採銅和錫礦。馬和馬戰車在近東現身，這是第一次城市間的征戰仰賴於精良的馬匹。位處齊拉夫尚河與伊朗之間接觸帶的北方移民之中，古印度宗教可能是中亞和新印歐元素的混合體。打從那時候起，歐亞大草原的人民與中亞、南亞和伊朗的文明展開直接的交流，並藉由中介者與華夏有所聯繫。盤踞在歐亞大陸中心的乾旱地帶，開始在跨大陸的經濟與政治中扮演要角。

賈德‧戴蒙（Jared Diamond, 1937-）在《槍炮、病菌與鋼鐵》（Guns, Germs, and Steel）中指出，比起非洲或美洲，歐亞大陸的各個文化之所以占據環境優勢，部分是因為歐亞大陸是東西向的，且處於差不多的緯度帶，讓諸如農業、畜牧和有輪車等發明得以在本質相似的環境之間迅速傳播。[1] 然而，像烏拉爾前線等持久的文化邊界，導致這些新發明的傳播足足延誤了數千年之久，即便是草原裡的單一生態區內亦然。西元前四八〇〇年，薩馬拉河上游附近的烏拉爾河中游開始採納放牧經濟。在相同的緯度帶，北哈薩克鄰近草原的獵人和採集者在接下來的兩千年中，都拒絕馴養牛羊（雖然他們確實在西元前三七〇〇至三五〇〇年騎上馬背）。只因為人

們對外來事務的缺乏信任，以及對舊日習慣的珍視，戴蒙所言的潛在地理優勢在一千年間、而非短時間內頹然落敗。一旦兩種截然不同的文化經由長途遷徙或在生態邊界接觸時，這種傾向就會高度發展（hyper-developed）。以烏拉爾前線來說，赫瓦倫斯克海讓烏拉爾山東部和西部的人群分隔千年之久，而之後將之取代的鹽化沙漠—草原帶（第八章）可能仍是步行採集者的生態阻礙。烏拉爾河前線之類的地區化身為邊界，供反對者繼續堅守根深柢固、食古不化的傳統。

在史前的部落政治世界中，這種持久、健全的前線似乎十分罕見。如今我們已經對這種「前線」習以為常，在於現代民族國家使其成為世界各地的標準邊界，激勵了愛國主義（patriotism）、侵略主義（jingoism），且若有國家跨越涇渭分明的邊界，就會立刻招來懷疑。在部落的過去，長期存在的尖銳、約束的敵對關係並不常見。然而，東歐大草原依舊見證了為數驚人的持久部落前線，由於涇渭分明的生態環境互相交錯，再加上遠距遷徙的複雜歷史，此為創造及維護此些前線的兩大要素。

考古與語言

印歐語系取代非印歐語系經過了多階段、不規律的歷程，隨著英語在全世界的傳播，這一歷程仍在繼續。沒有哪個單一的因素有辦法解釋此複雜冗長的歷史中的每起事件——種族、人口統計學、人口壓力或想像中的精神品質（spiritual quality）都不行。過往兩千年裡，影響印歐語系傳播的三大步是使用拉丁語的羅馬帝國的崛起（差點被漢尼拔〔Hannibal〕阻止）；西班牙、英格蘭、俄羅斯和法國等殖民強權在亞美非三洲的擴張；以及最近的是，使用英語的西方資本主義貿易體系的勝利，在此體系中，美式商務英語附著

在不列顛殖民地的英語之上傳播至全球。沒有哪個史家會說這些事件只源自一個根本原因。若說語言擴張能讓我們從中汲取到什麼教訓，或許僅僅是最初的擴張會讓之後的擴張更加容易（通用語效應〔lingua franca effect〕），且語言通常服膺軍事和經濟實力（倫弗瑞所言的菁英統治效應〔elite dominance effect〕）。本書所述的最早的印歐擴張，藉由擴展印歐語系的地域範圍，為往後的擴張奠定了某種基礎，但印歐語系的持續傳播從來都並非勢不可擋，且每個擴張都自有其當地的因素和影響。這些當地的事件比任何想像的心靈因素都更重要且意義深遠。

原始印歐語最初之所以傳播至東歐大草原以外的地區，主因不太可能是有組織的入侵或一系列的軍事征服。正如我在十四章所指出的，原始印歐語諸方言最初的傳播，可能更類似加盟合作，而非入侵。肯定至少有幾個大草原的酋長已經移居至每個新區域，他們最初的到來很可能伴隨著牲畜劫掠和暴力。然而，在他們最終的成功中，更重要的是他們在制度中所享有的優勢（庇護人—附庸系統及賓主協議，將他者也納入權利和庇護下），以及或許還有在與印歐儀式相關的公開展示中的優勢。他們的社會制度有賴其他人所接納的神話、儀式和組織來維繫，當然也仰賴神祇和祖先祈禱的詩歌語言。隨著最初一批移民而來的諸酋長的血統遺緒消失很長一段時間之後，他們所引介的同盟、義務、神話和儀式仍然世代相傳。歸根結底，此種繼承的最後續餘即曾經共享的某種語言的迴響不斷擴張，且這個語言在印歐語系中得以存活至今。

要想了解生活在我們之前的人群已經頗有難度，更何況是那些史前部落的人群。考古學能為其生活的某些面向照射出一絲光亮，但更多的部分仍處於黑暗中；歷史語言學能讓一些黑暗的角落變得明晰。然而，史前考古學與歷史語言學的結合之路十分坎坷。當此兩種天差地遠的證據相混合時，似乎危險地助長了天真與惡意交織

而成的虛構幻夢。此種傾向勢不可擋——正如霍布斯邦所言，歷史學家注定要為偏執和國族主義燃柴添火。[2] 但這並未成為他繼續從事歷史研究的阻礙。

對印歐考古學研究而言，絕不容許再隨意地重蹈覆轍。十九世紀時，缺乏任何物質遺跡和考古發現，想像力得以無拘無束地馳騁，雅利安神話因此誕生。麥迪遜·格蘭特所提出的雅利安人，奠基於薄弱的語言證據（遭到扭曲以符合其目的）、大量的種族主義、從希羅古典文學衍生而來的典範，以及糟糕的社會達爾文主義零和政治。考古學實際上毫無用武之地。二十世紀上半葉零星的考古發現依舊能被強加到這個先前所建立的假想模型中；但在現今要想如此，倒也沒有這麼輕而易舉。今天，不管原始印歐語使用者的敘事多有信服力，仍須與大量考古事實掛鉤，且不能與擇定的敘事方式（narrative path）之外的事實相牴觸。我在此論述中，使用許多考古學細節，因為敘事與事實的聯繫愈多，且愈多出自不同史料的事實被加以聯繫，那麼敘事繆誤的可能性就愈低。隨著考古事實密度與語言學證據品質的提升，各個領域的進展都應針對最糟糕的濫用行為做分別的檢視。儘管我採用的語言重建較缺乏直接的考古證據（重要的庇護人—附庸和賓主關係），但至少兩者皆符合那個考古證據所顯示出的社會。

以積極面來看，考古證據與重建的原始印歐語詞彙兩相結合後，便能展露出史前史的全新面貌。此一承諾讓語言學家和考古學家都能繼續推動此計畫。在許多關鍵的論點，此書呈現的詮釋是在制度、儀式及詞語的指引下提出的，都是我在重建的印歐語系時的發現，並能應用於考古遺址的環境。但我很少只依據從原始印歐語提取出的素材，就摸索出其皮毛，並將其用來當作檢視考古證據的方法。相對應地，考古資料讓現實生活日益複雜，並為語言學家理想中的那個印歐社會增添了矛盾。我們無法知曉西元前三〇〇〇年

左右移居多瑙河流域的顏那亞酋長的姓名或個人成就，但靠著重建的原始印歐語和神話，我們可以試著爬梳出他們的價值觀、宗教信仰、入會儀式、氏族制度，以及他們所尊崇的政治理想。同樣地，當我們試圖了解在西元前二〇〇〇年左右，辛塔什塔酋長葬禮上的龐大牲祭背後的個人、人類動機時，《梨俱吠陀》為我們提供了一個新的角度來理解與公開的慷慨相聯繫的價值觀（《梨俱吠陀》〔10.117〕）：

　　不把自己的食物分給朋友和身邊伙伴的人，就不能算是朋友。朋友會轉身離開他；此處並非他的棲身之所。去找另一個願意無償給予的人，就算他是陌生人。讓強者施予更需要的人；凝視前方延伸的道路。因為財富就像馬戰車的輪子般滾動，從一個轉向另一個。[3]

　　考古學家意識到許多歷史中的弔詭之處：焚燒保存了木造建築、垃圾坑存續下來的時間比神廟和宮殿還要長，且金屬器的鏽蝕保存了與之一同埋藏的紡織品。儘管如此，有個弔詭之處鮮有人知：在我們所說語言中的那些無形與細微的語音裡，我們為下幾個世代的語言學家保存了現今世界的諸多蛛絲馬跡。

附錄

作者對碳定年
的說明

Appendix: Author's Note on Radiocarbon Dates

　　本書中所有日期均以「共同紀元之前」（BCE，Before Common Era）和「共同紀元」（CE，Common Era）標示，在國際上等同於「基督前」（BC）和「主的年代」（AD）。

　　本書中所有「共同紀元之前」的年代均以校正後的碳定年為準。碳定年法是計算自有機物質（organic substance，通常是木材或骨骸）死亡後，其中殘存的碳十四含量。早期的碳定年法科學家認為，大氣及所有生物中的碳十四濃度是恆定的，且衰變率（decay rate）也是恆定的；於是便靠著此二因素來確定碳十四在死去的有機物質中衰變了多長時間。但後進的研究顯示，或許是受到黑子活動的影響，大氣中碳十四的濃度可能會有所變化。生活於不同年代的有機體組織中的碳十四含量會有所不同，因此用來計算組織中碳十四量的基線會隨時間上下移動。從歐洲和北美已知年齡的橡樹和刺果松（Bristlecone pine）年輪中，已經測出這種碳十四濃度的高低變化。年輪序列是用來校正碳定年，或更精確的說法是，藉由校正年輪序列中測得的碳十四濃度初始變化，將原始的碳定年轉換為真實的年代。在本書中，未校正的碳定年以「距今」（BP，before present）表示；校正後的年分則以 BCE 標示。校正後的年分是「真正的」年分，以「真正的」年份為單位。牛津大學的碳定年加速器部門（Oxford Radiocarbon Accelerator Unit）網站上的OxCal程式，能將 BP 轉換成 BCE 年分，人人皆可免費造訪。

「要是人類吃了很多魚」，那麼對人體骨骸上測得的碳定年，就需要另一種校正方法。我們很早就發現，在海水中，貝殼或魚骨等有機物質會吸收溶解在水中的古老碳，導致以貝殼和魚測得的碳定年會太古老；之所以稱為「碳庫效應」（reservoir effect），是因為海洋是古老碳的碳庫。近來的研究指出，同樣的問題也會影響生活於淡水中的生物，而當中最重要的就是魚類；魚會吸收溶解在淡水中的古老碳，接下來，吃很多魚的人就會消化古老碳，並用其來組建自己的骨骼。這樣一來，從其骨骸測得的碳定年就會太過古老。於木炭或馬、羊的骨頭上所測得的年分就不受影響，因為木材和草食動物既不像魚一樣會直接從水中吸收碳，也不吃魚。要是人類吃了很多魚，那麼從人骨測得的年分就會比從「同一座墓」中測得獸骨或木炭的年分，早上好幾個世紀（這就是問題之所以浮上檯面的原因）。誤差的大小取決於人類究竟吃了多少魚，以及這些人捕魚的地下水中，到底溶解了多少古老碳。不同區域之間，地下水

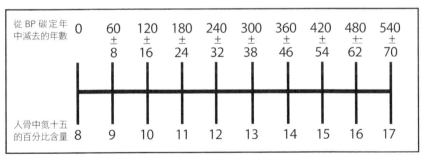

圖 A1　人骨中氮十五的百分比（底），以及應在校正前，就從碳定年減去的碳定年分（頂），可建立出的線性相關（linear correlation）。

中的古老碳含量似乎有所不同，儘管目前尚不完全了解地區變化的程度。可根據骨骸中氮十五的比值推算飲食中的魚肉量。魚的組織中氮十五的百分比高於其他動物，因此骨骼中氮十五較高的人，可能吃下較多的魚。若是人骨中有很高的氮十五，那麼從這些骨骸所測得的碳定年，可能就會過於古老。

　　本文撰寫之時，校正大草原碳庫效應的方法才剛剛起步，因此我無法解決此問題。不過，草原考古學中許多碳定年的測定樣本都來自於墓地，且用來檢測的材料通常都是人骨。從哈薩克到烏克蘭，廣泛檢測了許多不同草原墓葬中人骨內的氮十五，結果顯示，魚在古代的大草原飲食中，多半是非常重要的組成，通常占食用肉類的五成。我當然不希望自己在書中採用的年分可能有誤，所以我採取波薩爾（Bonsall）、庫克（Cook）和其他人所討論出的方法，並將其標註成「初步的」和「推測的」。他們研究多瑙河下游的五座墓葬，其中同一座墓葬中的人骨和獸骨的年代不同（參見第七章）。這些墓葬中的數據提供了一種校正方法。要校正這些年分，人骨中氮十五的平均值（百分之十五點一）就相當於平均碳定年誤差（425±55）「減去」平均誤差。可將這些平均值置於人骨中已知的氮十五最小和最大值之間的比例上，並推測出既定氮十五的比值會等同碳定年的平均誤差。圖 A.1 所示的比例就是以此方式建構的。似乎解決了草原年代學中某些長期存在的編年誤差（見第九章，註 4、16 和 22；及第十二章，註 30）。若我採用此法──當年代主要基於人骨時──我會在字裡行間警告讀者。其可能造成的失誤，應該會小於忽略此問題所導致的錯誤。本書圖表中所列出的所有碳定年，均為常規 BP 和校正後的 BCE 年代，未針對碳庫效應進行校正。

　　圖 A.1 顯示我所用的校正比例，用於從已知人骨中平均氮十五水準的地區，測定出來的年分。最上面的數字是應該從 BP 碳定年

中減去的年數；底部的數字則是與特定減數相關的氮十五比值。

我們在薩馬拉州的研究測量了七十二具人骨，表 A.1 即以此製成，顯示出在不同時期裡，人骨氮十五的平均含量。

表 A.1　從薩馬拉州墓葬中出土的七十二具人骨中，碳十三和氮十五的平均比值。

時期	樣本數	碳十三	氮十五	減去年分
中石器時代	5	20.6	13.5	330 ± 42
新石器時代	8	22.3	11.8	228 ± 30
銅石並用時代早期	6	20.9	14.8	408 ± 52
銅石並用時代晚期	6	21.0	13.1	306 ± 39
青銅時代早期	11	18.7	11.7	222 ± 30
青銅時代中期	11	19.0	12.0	240 ± 32
波塔波維卡時期	9	19.1	11.3	198 ± 26
青銅時代晚期之初	7	19.1	11.4	204 ± 27
青銅時代晚期之末	9	18.9	11.2	192 ± 26

謝辭
Acknowledgments

　　多虧父母大衛（David F.）和勞拉（Laura B. Anthony）的愛與支持，這本書才得以完成；勞拉詳讀並評述了每一個章節。伯納德·懷爾斯（Bernard Wailes）領我進入賓州大學，指導我的首次考古挖掘，並讓我知道應對考古事實予以尊重。感謝朵卡絲·布朗對我的不離不棄，她身兼我的伙伴、編輯、評論家、考古學家同僚、田野挖掘的共同主持、實驗室主任、插畫家、妻子，以及至交好友。每一個章節都經由她編輯多次；所有的地圖與插圖均出自朵卡絲的巧手；第十章和十六章中的泰半內容是我倆多年來共同研究、公開發表的成果。朵卡絲的兄弟班·布朗（Ben Brown）博士也協助原稿的閱讀和編輯。

　　第十章所述之馬銜磨損研究及薩馬拉流域計畫的相關田調工作（第十六章）皆要感謝以下單位的資助：哈特威克學院、弗德曼基金會與富通基金會、美國哲學學會、溫納—格倫基金會、美國國家地理協會、俄羅斯考古研究所（莫斯科）、窩瓦河歷史與考古研究所（薩馬拉）、美國國家科學基金會，以及紐約州立大學科布斯基爾學院於第十章給予的協助。我們尤其感謝美國國家科學基金會

（NSF）。

本書之付梓，要感謝一九九九至二〇〇〇年美國國家人文基金會（NEH）的資助，並於二〇〇六年獲選為紐澤西州普林斯頓高等研究院（IAS）歷史研究學院的會員，狄宇宙（Nicola DiCosmo）與派翠西亞・克隆（Patricia Crone）讓我們感到賓至如歸。在普林斯頓高等研究院的任期至關重要。

以下是在各種不同領域對我施予援手的人：

近東與東亞：凱西・林杜夫（Kathy Linduff）、梅維恆、奧斯卡・穆斯卡瑞拉、凱倫・魯賓遜（Karen Rubinson）、克里斯・桑頓（Chris Thornton）、勞倫・齊奇（Lauren Zych）、蘭伯格一卡洛夫斯基（C. C. Lamberg-Karlovsky）、弗列德・希伯特、菲爾・科爾（Phil Kohl）、格雷格・坡塞爾（Greg Possehl）、格倫・施瓦茨（Glenn Schwartz）、大衛・歐文（David Owen）、米切爾・羅斯曼（Mitchell Rothman）、艾美・邦克（Emmy Bunker）、狄宇宙，以及彼得・戈登（Peter Golden）。

馬與有輪車：德克斯特・帕金斯（Dexter Perkins）與帕特・戴利（Pat Daly）；山德・伯克尼（Şandor Bökönyi）、珊卓・歐森、瑪莉・李托爾及喬斯特・克勞威爾（Joost Crouwel；指導我關於古代運輸的知識）；以及彼得・勞溫（Peter Raulwing）、諾伯特・班內可（Norbert Benecke）和梅琳達・澤德。

馬銜磨損與騎乘實驗：梅琳達・澤德、羅恩・凱博；內華達州溫尼馬卡土地管理局；康奈爾大學獸醫中心；賓州大學新博爾頓獸醫中心；阿薩蒂格島野生動物保護區；以及紐約州立大學科布斯基爾學院的史蒂夫・麥肯齊（Steve MacKenzie）、史蒂芬妮・斯卡根斯基（Stephanie Skargensky）和米歇爾・貝利亞（Michelle Beleyea）。

語言學：沃德・古迪納夫（Ward Goodenough）、埃德加・波

勒美（Edgar Polomé）、理查德‧迪博爾德（Richard Diebold）、溫弗烈德‧萊曼、亞歷山大‧盧博茨基、唐‧林格、史蒂芬‧齊默（Stefan Zimmer）和艾里克‧漢普。特別感謝協助編輯第五章的約漢娜‧尼可斯（Johanna Nichols），以及審視首份初稿的比爾‧達頓和吉姆‧馬洛利。

東歐考古：佩塔‧格魯馬克（Petar Glumac；使我相信自己能閱讀俄文史料）、彼得‧博古基（Peter Bogucki）、道格拉斯‧貝利（審視了第十一章）、露絲‧特林厄姆（Ruth Tringham；給予我在東歐的第一次田調經驗）、維克多‧施尼雷爾曼（Victor Shnirelman；我們在俄羅斯的首位嚮導）、迪米特里‧特里金（提供我第一手草原考古學史料）、娜塔莉雅‧貝蘭、奧列格‧朱拉夫列夫（Oleg Zhuravlev）、尤里‧拉薩馬欽、米哈伊‧維戴柯、伊戈爾‧瓦西列夫、帕維爾‧庫茲涅佐夫（Pavel Kuznetsov）、奧列格‧莫查洛夫（Oleg Mochalov）、亞歷山大‧霍荷洛夫、帕維爾‧科辛澤夫（Pavel Kosintsev）、埃琳娜‧庫茲米娜（Elena Kuzmina）、謝爾蓋‧科倫涅夫斯基、葉夫根‧切爾尼赫（Evgeni Chernykh）、蒙恰耶夫（R. Munchaev）、尼古拉‧維諾格拉多夫（Nikolai Vinogradov）、維克多‧查別特、斯坦尼斯拉夫‧格里戈里耶夫（Stanislav Grigoriev）、安德烈‧艾瑪卡沃（Andrei Epimakhov）、瓦倫丁‧德爾加喬夫（Valentin Dergachev），以及柳德米拉‧科里亞科娃（Ludmila Koryakova）。其中，我要向特里金（我的第一本指南）和我在薩馬拉的同僚致上最深的謝意：瓦西列夫、庫茲涅索夫、莫查洛夫、霍荷洛夫，以及（最受尊敬的薩馬拉人）科辛澤夫。

這群人皆致力臻於完美，所有錯誤都只歸咎於我一人。

中英字彙對照表

團
Boian-Giuleşti 博安—朱列什蒂
border 邊界
Botai 波泰
boundary 界線
branch 語族
Bretons 不列塔尼人
bridle 轡頭
British 不列顛
Bronocice 布洛諾西
Bruce Lincoln 林康
Brythonic 布立吞語
Bucharest 布加勒斯特
Bug-Dniester Culture 布格河—聶斯特河
  文化

C

Carib 加勒比語
cart 手推車
Caspian Depression 裏海盆地
Caspian Seas 裏海
Cast 翻模
Catacomb 地下墓穴
Çatal Höyük 加泰土丘
Catalan 加泰隆語
Celtic 凱爾特語族
cemetery 墓地
chain migration 連鎖遷徙
chariot 馬戰車
charioteer 戰車兵
Chauvinist 沙文主義者
Cheek pieces 馬鑣
Chipped 打製
Chretien 克雷蒂安
Christian J. Thomsen 克里斯汀·湯姆森
Church Latin 教會拉丁語
Civilization of the Goddess 《女神的文
  明》
cognate 同源詞
Comb-stamped 篦點紋

community 社群
comparative grammar 比較文法
compound 複合詞
consonant 子音
contamination 混合
Corded Ware 繩紋陶
Cornish 康瓦爾語
Craig Melchert 克雷格·梅切特
creole 克里奧語
creolization 克里奧化
Crib biting 咬槽嚥氣癖
critical value 臨界值
Croatian 克羅埃西亞
Crucible 坩堝
Cucuteni-Tripolye culture 庫庫特尼—特
  里波里文化
cultural Others 文化他者
culture-bound 文化限定
cylinder seal 滾筒印章

D

Dagger 短劍
Daniel Nettle 丹尼爾·倪特爾
Dardic 達得語
daughter tongue 子附屬語言
Dead Language 死去的語言
dental microwear 牙齒微磨耗
Dereivka 德雷耶夫卡
derivative 派生詞
Dimitri Telegin 特里金
Dnieper 聶伯河
Dnieper-Donets culture 聶伯河—頓涅茨
  河文化
Dnieper Rapids 聶伯河急流
Dniester River/Dniester 聶斯特河
dominant languages 主導語言
Don 頓河
Don Ringe 唐·林格
Donets 頓涅茨河
Dorcas Brown 朵卡絲·布朗

dwelling style　居住風格

E

Eanna temple　伊安娜神廟
early loan hypothesis　早期借用假說
Early Trans-Caucasian　外高加索前期文化
EBA　青銅時代早期
ecotone　生態過渡區
Edmund Leach　艾德蒙・李區
Edward Sapir/　沙皮爾
Elizabeth Barber　伊麗莎白・巴柏
Emile Haury　埃米爾・豪瑞
emotional attachment　情緒依附
Eneolithic　銅石並用時代
English merchants　英格蘭商人
epenthesis　增音
Equus caballus　野生家馬
Equus hemionus　亞洲野驢
Equus hydruntinus　歐洲野驢
Eric Hobsbawm　艾瑞克・霍布斯邦
Eric Wolf　艾立克・沃爾夫
ethnic identity　族群認同
evolution　演化

F

Faliscan　法利希語
Finno-Ugric　芬蘭—烏戈爾語族
Flat-grave　土坑墓
Flemish　法蘭德語
flotation tank　浮選槽
folk migration　民族遷徙
forager　採集者
forms　結構
Franz Boas　法蘭茲・波亞士
Frederik Barth　弗雷德里克・巴斯
Frisian　佛里斯蘭語
front vowel　前母音
frontier　前線
gallery forest　濱岸林
genealogies　族譜

G

Georges Dumézil　瞿梅濟
Georgian　喬治亞語
GERMANIC　日耳曼語族
Globular Amphorae/Globular Amphorae culture　雙耳細頸橢圓尖底陶器文化
glottalic theory　喉音理論
glottochronology　詞彙年代學
Goidelic　蓋爾亞語
Gorky　高爾基
Gothic　哥德文
Grahame Clark　格拉哈米・克拉克
grammar　文法
grandmother-tongue　祖母語言
grave　墓葬、墓
grave type　墓葬類型
Gustav Kossinna　古斯塔夫・柯辛納

H

Halys River　哈里斯河
hard consonant　硬子音
Hattic　哈梯語
HELLENIC　希臘語族
Herakles　赫拉克利斯
Herder　赫德
Herman Hirt　赫特
Hindi　西印度語
historical situation　歷史處境
Hittite　西臺語
homeland　原鄉
Hopi　霍比語
horizon　層位文化
house type　屋舍類型
Household cult　家戶崇拜
human vocal anatomy　人聲解剖學
Hurrian　胡里語

I

Ian Hodder　伊恩・霍德

Igor Vasiliev　伊戈爾・瓦西列夫
Illyrian　伊利里亞語
Indians　印度人
Indo-European languages　印歐語系
Indo-Hittite　印度─西臺語
Indo-Iranian　印度─伊朗語族
Indo-Uralic hypothesis　印度─烏拉爾語系
　　假說
Indra　因陀羅
inferior races　低等人種
inflection　字尾變化
Iroquoian　伊洛魁語
Ishim River　易信河

J

Jane Hill　珍・希爾
Jens Worsaae　楊斯・華沙
Jim Mallory　吉姆・馬洛利
Johanna Nichols　約漢娜・尼可斯
Joseph Greenberg　約瑟夫・葛林伯格
Jules Verne　儒勒・凡爾納
Juliet Clutton-Brock　茱麗葉・克拉頓柏
　　克

K

Kachin　克欽族
Kammenaya Mogila　石墓
Kanesh　卡尼什
Karelian　卡累里亞語
Kartvelian　卡特維利語系
Katherine Perlés　凱瑟琳・佩利
Kelteminar culture　克爾特米納爾文化
Khvalynsk　赫瓦倫斯克
Kossinna　柯辛納
Kruskal　克魯斯卡
kurgan　墳塚、塚
Kurtiwaza　庫提瓦扎

L

labiovelar　唇軟顎音

Ladislav Zgusta　茲古斯塔
language family　語系
Language Shift　語言轉移
langue d'oc　奧克語
langue d'oil　奧伊語
laryngeal　喉音
late loan hypothesis　晚期借用假說
Lawrence Keeley　勞倫斯・基利
LBA　青銅時代晚期
leapfrogging migration　跳蛙式遷徙
lexical　語彙
lexical evidence　語彙證據
Linguist　語言學家
live body weight　屠前活體重
loan word　借詞
Loom-weight　紡輪
Luo　盧歐語
Luwian　盧維語
Lyalovo culture　利安洛沃文化
Lycian　呂西亞語
Lydian　利地安語

M

Maasai　馬賽族
Madison Grant　麥迪遜・格蘭特
Magyar　馬扎兒語
Maikop culture/Maikop　邁科普文化／邁
　　科普
Malcolm Lillie　馬爾科・利里
malocclusion　咬合異常
Manx　曼語
Marija Gimbutas　瑪利亞・金布塔斯
Marsha Levine　瑪莎・列文
Marthi　馬拉地語
Martin Heidegger　馬丁・海德格
MBA　青銅時代中期
meat weight　肉重
Melinda Zeder　梅琳達・澤德
Merriam-Webster Dictionary　《韋式字典》
Middle Dutch　中古荷蘭語

migration　遷徙
Mikhailovka　米哈伊洛夫卡
minimum number of individuals/MNI　最
　小個體數
Mitanni　米坦尼
Mithra　密多羅
morphology　構詞學
Morris Swadesh　莫里斯‧斯瓦迪士
Mother Tongue　母語
Mutualism　互利共生

N
Nadiya　納迪亞
Nāsatyas　雙子神
national identities　國族認同
nationalist　國族主義者
native language　第一語言
natural range　自然分布之範圍
Nazi SS　納粹黨衛軍
Nganasan　恩加納桑語
Nikolai S. Trubetzkoy　尼古拉‧特魯別茨
　柯依
Nilotic　尼羅語
notation system　記法系統
Novodanilovka　諾沃丹尼洛沃卡
Novosvobodnaya culture　新斯沃博德納亞
　文化
number of identified specimens/NISP　可辨
　認個體數

O
Odessa　敖德薩
Ojibwa　奧吉布瓦族
Old Church Slavonic　古教會斯拉夫語
Old Low German　古低地德語
Old Norse　古北歐語
Omsk　鄂木斯克
onager　野驢
Orlovka culture　奧洛夫卡文化
Osco-Umbrian　奧斯坎—翁布里亞語

Ouranos　烏拉諾斯

P
paddle-and-anvil technique　拍墊法
Pahlevi　巴列維語
pair　音對
Palaic　帕萊伊語
palatalization　顎化
pandits　班智達
particle　語助詞
past tense　過去式
Pathans　帕坦人
patrilineal descent　父系繼嗣
patrilocal residence　父族同住
Paul Simon　保羅‧賽門
Pavarotti　帕華洛帝
Permian　白美安語族
Petrovka Culture　彼得羅夫卡文化
phoneme　音位
phonology　語音
Phrygian　弗里吉亞語族
Piora Oscillation　皮奧拉振盪
Pontic-Caspian steppe　東歐大草原
Post-Mariupol　後馬立波文化
Pots are not people　陶罐
Pre-Language　前語言
Proto-Indo-European/PIE　原始印歐語
pseudo-science　偽科學
Pylos　皮洛斯

Q
quasi-stock　準家系

R
Radiocarbon　碳定年法
Raymond Kelley　雷蒙‧凱利
red deer/Cervus elaphus　紅鹿
religious reverence　宗教崇敬
return migration　回流遷徙
Rhaeto-Romance　里托羅曼語

Vedic　吠陀時期
Vepsian　外坡思語
Verethraghna　烏魯斯拉格納
virtue　德行
vocabulary　詞彙
vocabulary list　字彙表
Volga　窩瓦河
von Humboldt　洪堡
Votian　沃迪語
vowel　母音
Vulgar Latin　通俗拉丁語

W

wagon　四輪車
Wales　威爾斯
Warren DeBoer　華倫‧地波爾
wear facet　磨耗面
Welsh　威爾斯語

Wendish　文德語
Wendy Tarnow　溫蒂‧塔爾努夫
wild equids　馬科動物
Willard Libby　威勒得‧利比
Winfred Lehmann　萊曼
wool sheep　毛用綿羊
word　語詞

Y

Yamnaya　顏那亞
Yamnaya horizon　顏那亞層位文化
Yenisei River　葉尼塞河
Yiddish　意第緒語

Z

Zafimaniry　薩菲馬尼立
Zarathustra　查拉圖斯特拉

註釋

第一章　母語的承諾與政治

001　Bloch 1998:109.

002　見 Sapir 1912:228.

003　Cannon 1995:28-29.

004　Poliakov 1974:188-214.

005　Veit 1989:38.

006　Grant 1916.

007　《梨俱吠陀》中「外界起源」段落，見 Witzel 1995.「內部起源」的論點，見 N. Kazanas's discussions in the Journal of Indo-European Studies 30, nos.3-4 (2002); and 31, nos.1-2 (2003).

008　納粹對雅利安人考古學的追尋，見 Arnold 1990.

009　女神與印歐語系，見 Anthony 1995b; Eisler 1987, 1990; and Gimbu- tas 1989, 1991. 雅利安人認同政治（identity politics）在俄國，見 Shnirelman 1998, 1999.

010　Heidegger 1959:37-51，對比 Boaz 1911.《梨俱吠陀》的非雅利安人元素，見 Kuiper 1948, 1991.

011　Harding and Sokal 1988.

012　《美國傳統英語詞典》（American Heritage Dictionary）的附錄中收錄一千三百種不同的原始印歐語字根。但有好幾個重建的語詞是從相同的字根語素（morpheme）中衍生而來。具備不同涵義的重建語詞的數量，遠多於單一字根的數量。

013　對原始語言與樹狀圖的質疑，見 Lincoln 1991; and Hall 1997. 樹狀圖當中更微妙的觀點，見 Stewart 1976.「克里奧化」與融合創造原始印歐語，見 Renfrew 1987:78-

86; Robb 1991; and Sherratt and Sherratt 1988.

014 框架，見 Lakoff 1987:328-37.

第二章　如何重建死去的語言

001 以下為寓言的內容：
　　一隻羊毛綿羊看見幾匹馬，其中一匹馬拖著沉重的馬車，另一匹馬搬運著重物，第三匹馬則載著人疾速奔馳。綿羊對馬說：「看著人類駕馭馬，這讓我痛苦不已。」（字面上的意思是「心臟為我收縮」〔the heart narrows itself for me〕）馬回答：「綿羊你聽好了，看到人類、主人，拿綿羊為自己做保暖衣物，而綿羊一點羊毛也不剩，這讓我們痛苦不已！」聽完後，綿羊就跑進原野之中。
　　如果只知道語言的片段，不可能敢這樣建構完整的句子。針對原始印歐語動詞的時態變化，學者爭論不休，不僅相應代名詞的結構難以確定，原始印歐語（綿羊看見馬搬運重物）的確切結構也尚不清楚。語言學家仍然將其視為經典的挑戰。見 Bynon 1977:73-74; and Mallory 1989:16-17.

002 本章大抵基於四本基礎的教科書（Bynon 1977; Beekes 1995; Hock and Joseph 1996; and Fortson 2004）以及 Mallory and Adams 1997 中的許多百科全書條目。

003 Embleton 1991.

004 Pinker 1994.

005 從英語中，即可看出語音變化或發音變化所引起的構詞或文法變化。德語系統中，用來指稱主詞、受詞和其他主事者（agent）的名詞、代名詞、動詞的字尾變化極為複雜，這是英語所缺乏的。英語之所以缺乏這些特徵，是因為中古英語的一個特定方言喪失了這些特徵，而講古諾森布里亞方言（Old Northumbrian）的人群（可能是富有的羊毛商人），對中世紀倫敦所說的語言產生了強烈的影響，而我們的現代英語就是從這個語言衍生而來。古諾森布里亞語的使用者在大多數的後綴中捨棄了德語的 n 和 m 字尾（"to eat"是 esse'，而不是 essen）。晚期古英語中許多短母音的發音（例如此處的 -e 字尾）已經合併成一個母音（sofa 的 [uh] 尾音，被語言學家稱為 schwa）。發音上的這兩個轉變意味許多名詞不再具備特殊的字尾，且不定詞和虛擬式的複數動詞也都不再具備特殊的字尾。之後，到了一二五〇至三〇〇〇年間，多數英語口語都省略了 schwa 尾音，繼而消除了另外兩個文法類型間的區隔。語詞的順序趨於固定，很少有其他的指南指出主詞和受詞間的差異，且使用 to、of 或 by 等附屬的語助詞來區分不定詞和其他結構。這三個發音上的轉變是讓現代英語文法趨於簡化的主因。見 Thomason and Kaufman 1988:265-275.

006 格林法則，見 Fortson 2004:300-304.

007 有些語言學家認為，原始印歐語缺乏 k 開頭的字根，代之以硬軟顎音（palato-velar），kh 類型的語音，如此一來，在 centum 語言中，位於字首的子音就需要挪到後面，不像 satem 語言是在前面。見 Melchert 1994:251-252. 感謝比爾‧達頓指出此點。

008 Hock and Joseph 1996:38.

009 對重建原始印歐語的「真實性」的悲觀論點，見 Bynon 1977; and Zimmer 1990. 樂觀論點，見 Hock and Joseph 1996:532-534; and Fortson 2004:12-14.

010 Hall 1950, 1976.

011 Bynon 1977:72. 西元前一三五○年，邁錫尼被紀錄時是處於過渡狀態。有些原始印歐語帶有 kw 的語詞在邁錫尼語中已經轉為 k。*kw 和 *p 的交替可能已經在原始印歐語的某些方言中出現。

012 對重建詞彙的原始涵義的質疑，見 Renfrew 1987:80, 82, 260. 這種比對同源詞的論點，用來比對的詞彙的涵義須具備相當嚴格的限制，可參見 Nichols 1997b.

第三章　語言與時間（一）

001 見 Swadesh 1952, 1955; and Lees 1953.

002 此處所引用的汰換率比對了現代英語及古英語、或盎格魯撒克遜語中的核心字彙。北歐語取代了大部分古英語中的核心字彙，但由於北歐語是另一種日耳曼語，因此大多數的核心字彙仍然是日耳曼語。這就是為什麼如今我們既可以說，高達百分之九十六的核心字彙仍然是日耳曼語，同時又可以說核心字彙的汰換率高達百分之二十六。

003 本段落中大多數的資訊出自 Embleton 1991, 1986. 亦可見 Mc-Mahon and McMahon 2003; and Dyen, Kruskal, and Black 1992. 多數語言學家並不贊同任何聲稱可辨識跨文化核心字彙的說法。譬如像澳洲原住民的語言似乎就沒有核心字彙──所有字彙都同樣容易遭到汰換。我們無法理解為什麼。兩方的爭論都記錄於 Renfrew, McMahon, and Trask 2000.

004 Meid 1975; Winfred 1989; and Gamkrelidze and Ivanov 1984:267-319.

005 伊凡諾夫直接或間接從原始印歐語衍生出西臺語（北安納托利亞語）和盧維語（南安納托利亞語），而沒有介於其中的原始語言，這讓它們不同於凱爾特和希臘語。其他大多數的語言學家都從原始一個共同的源頭，即原始安納托利亞語，衍生出所有的安納托利亞語言；可參見 Melchert 2001 and Diakonoff 1985. 古典時期安納托利亞西海岸所使用的利地安語，可能與西臺語都是從同一個方言群衍生而來。而在西南海岸所使用的呂西亞語，則可能與盧維語源自同一群方言。兩者都在古典時期滅絕。所有這些主題，見 Drews 2001.

006 安納托利亞語族諸語言，見 Fortson 2004:154-179; Houwink Ten Cate 1995; Veenhof 1995; and Puhvel 1991, 1994；喉音的角度，見 Gamkrelidze and Ivanov 1995.

007 Wiluša 是西臺西土的城市。Wiluša 很有可能就是特洛伊，且特洛伊人說盧維語。See Watkins 1995:145-150; and Latacz 2004.

008 非印歐語系在盧維語上產生的基質效應，Jaan Puhvel（1994:261-262）稱之為「凝集性克里奧化」（agglutinative creolization）。安納托利亞語族在此處發生的事情，讓人聯想到在海地（Haiti）這類地方的法語。西臺語同樣表現出類似的非印歐語系基質效應，並且使用者更少，這導致 Zimmer（1990:325）指出，「整體而言，

安納托利亞語族的印歐化失敗了。」

009　Melchert 2001.

010　Forster 2004; Baldi 1983:156-159.

011　Lehrman 2001. 雷爾曼指出原始印歐語的十項創新之處，像是兩個語音特徵（例如：缺乏喉音）、名詞的三個構詞特徵（例如：陰性的增加），以及動詞的五個構詞特徵。

012　印度—西臺語的假說可參見 Sturtevant 1962. 安納托利亞語族是非常早期原始印歐語的子語言，見 Puhvel 1991. 雷爾曼（2001）指出，安納托利亞語的「man」這個語彙與原始印歐語的不同，這一般被視為是核心字彙的一部分。安納托利亞語的詞彙（＊pāsna-）所用的字根也意指「陰莖」（penis），而原始印歐語的詞彙（*wʰıro-）所用的字根也意指「力量」（strength）。然而，原始安納托利亞語和原始印歐語當中的 grandfather 和 daughter 這兩個詞彙確實是同源詞，可見其指涉氏族的字彙有所重疊。古典的原始印歐語和安納托利亞語可能源自目前原始印歐語方言鏈的不同地方和不同時代。

013　希臘的前希臘語言，見 Hainsworth 1972; and Francis 1992.

014　我用古印度語（Old Indic）、而非印度—雅利安（Indo-Aryan）來指涉印度語族中最古老的語言。今天的標準學術用語是將印度—伊朗語族視為父母，阿維斯陀伊朗語是伊朗語的大女兒，印度—雅利安語則是印度語的大女兒。但用「雅利安」這個名稱來指涉印度語系實在很沒必要。《梨俱吠陀》的語言與歷史，見 Erdosy 1995.

015　米坦尼語中的古印度語詞彙，見 Thieme 1960; Burrow 1973; and Wilhelm 1995. 我要感謝 Michael Witzel 對於米坦尼語名稱的評論。若有任何錯漏，都歸咎於我。

016　西元前一〇〇〇年之前的查拉圖斯特拉年代，見 Boyce 1975; and Skjærvø 1995. 五百年後的古希臘史料所發布的「傳統」年代，可參見 Malandra 1983.

017　Clackson (1994) 和 Hamp (1998) 認為前亞美尼亞語族與希臘—印度—伊朗語族有關。等語線地圖亦可參見 Antilla 1972；圖 15.2. 許多共有的語彙可見 Mallory and Adams 1997 中的討論和敘述。我要感謝 Richard Diebold 在一九九四年十月以一封長信，針對希臘／印度—伊朗語族加以分析，其中指出共有的創新緊密連結了希臘和伊朗語，希臘和印度語的聯繫則相對薄弱。

018　見 Rijksbaron 1988 and Drinka 1995 對未完成式共同的詩歌功能的論點。詩歌、共有的措辭與指涉武器的詞彙可見 Watkins 1995, chap.2, 435-436 的回顧。

019　見 Ringe et al.1998; and also Ringe, Warnow, and Taylor 2002. 類似的演化生物學方法也應用在純粹的語彙數據上，可參見 Rexová, Frynta, and Zrzavý 2003.

第四章　語言與時間（二）

001　「羊毛」（wool）這個詞彙的詞源學，可參見 Darden 2001, esp.201-204. 實際的織品，見 Barber 2001, 1991; and Good 1998.

002　「是天生無法拿來紡織的結構。」引用自 Barber 2001:2. 現代家養綿羊的線粒體

DNA顯示，全部都源自兩個古老的馴化期。其中一群（B），包括所有歐洲與近東的綿羊，是東安納托利亞或西伊朗野生綿羊的後代；另一群（A）源自另一支綿羊族群，可能是伊朗中北部；其他野生舊世界、介於牛羊之間的動物，例如羱羊（Ovis ammon）和東方盤羊（Ovis vignei），與家養綿羊的基因無關。見Hiendleder et al.2002. 綿羊馴化的一般討論，見Davis 1987; and Harris 1996.

003 在烏魯克四世（3400-3100 BCE）的伊什塔爾（Ianna）神廟中，藝術家描繪了紡織的女性。晚一點之後，蘇美某幾個月的名稱合併了「拔毛綿羊」這個詞彙；動物學的證據顯示，以這種方式命名這些月分，是在烏魯克晚期或之後，不早於烏魯克晚期之前。

004 Pollack(1999:140-147)爬梳了近東羊毛生產的動物學證據。獅子山，見Bökönyi 1983. 幾個孤立的證據可證明羊毛綿羊早一點的年代。西元前四一○○至三八○○年，幼發拉底河畔哈希奈比的A期聚落找到紡錘輪，這個重量似乎很適合紡羊毛——其需要輕一點的紡錘；參見Keith 1998. 西伊朗（克爾曼沙赫〔Kermanshah〕）的薩拉丘（Tepe Sarab）的綿羊陶像似乎顯示出羊毛的紋理，其地層可追溯至西元前五○○○年。更廣泛的討論，見Good 2001.

005 赫瓦倫斯克的羊科動物（綿羊與／或山羊），見Petrenko 1984.Petrenko沒有報告赫瓦倫斯克墳墓群中所有羊科動物的死亡年齡，但十二隻中有六隻已經成年。牲祭貯藏11號中找到一百三十九根羊科動物的骨頭，分別出自四隻成年體和五隻亞成體，成年體的平均鬐甲高（withers height）為七十八公分，比其他歐洲新石器時代的羊科動物高出近十五公分。斯沃博德諾埃的綿羊，見Nekhaev 1992:81. 匈牙利的綿羊，見Bökönyi 1979:101-116. 波蘭的綿羊，見Milisauskas 2002:202.

006 新斯沃博德納亞的羊毛，見Shishlina, Orfinskaya, and Golikov 2003. 北高加索大平原地下墓穴時期的羊毛證據（ca. 2800-2200 BCE），見Shishlina 1999. 謝瑞特對羊毛的更新評論，收錄在Sherratt 1997a較舊文章的修訂本中。

007 指涉輪轂（nave）的詞彙（通常在其他列表中也包含在內）在原始印歐語中也意指「肚臍」（navel），因此其確切涵義尚待釐清。有輪車詞彙，見Specht 1944. 三個附有影響力的更新為Gamkrelidze and Ivanov 1984:718-738; Meid 1994; and Häusler 1994. 針對此主題，我首次發表於Anthony and Wailes 1988；亦可見於Anthony 1991a, 1995a. 與本書中涉及的大多數主題一樣，Mallory and Adams 1997對印歐語中指涉車輪的詞彙做了絕佳的回顧。

008 一九九七年，唐·林格在一封信中傳達了其反對我對hurki-的論點。比爾·達頓在二○○一年討論了安納托利亞的詞彙，見Darden 2001.

009 我要感謝李托爾提醒我，其於不同的路面上初期測試了四輪車和手推車，確認四輪車的吃水量比相同重量的手推車大了一點六倍。見Ryder 1987.

010 最早的有輪車，見Bakker et al.1999; and Piggott 1983. 歐洲的輪子，見Häusler 1992; and Hayen 1989. 美索不達米亞，見Littauer and Crouwel 1979; and Oates 2001. 針對大草原車輛葬禮的最全面分析尚未出版，其為Izbitser 1993，為聖彼得堡物質文化史研究所的論文。Izbitser在紐約大都會博物館發表的文章中進行了英文的更新。其他重要的大草原論述可參見在Mel'nik and Serdiukova 1988；以及Gei

2000:175-192 中提及四輪車的段落。

011 謝瑞特對文章的編修可參見 Sherratt 1997. 他進而指出在大草原上騎馬是從近東騎驢得到的靈感；見 1997:217.「次級產品革命」的早期批評為 Chapman 1983.

012 俄國的新石器時代雪橇，見 Burov 1997. 其大多數都是以榫卯加以連接，並與曲木製的滑行裝置一起作業。這和製造車輪與木板條輪胎所需的木工技術相同。

013 我在此處採用的倫弗瑞假說版本，發表於 Renfrew 2001. 考古學家間的贊成觀點，見 Zvelebil and Zvelebil 1988; Zvelebil 1995; and Robb 1991, 1993. 羅伯德魯斯（2001）的出發點雖然不同，但最終仍然支持倫弗瑞的論點。

014 安納托利亞的新石器時代人群的北敘利亞起源，見 Bar-Yosef 2002；首批農民與亞非語系的可能聯繫，見 Militarev 2002.

015 見 Gray and Atkinson 2003，研究見 Balter 2003. 語言學家 L. Trask 批評 Gray and Atkinson 採用的方法，Gray 於其網站上的回應，更新自 updated March 2004, at http://www.psych.auckland.ac.nz/psych/research/Evolution/GrayRes.htm.

016 指涉 turn、turn around、wind 和 roll 的印歐語詞彙，見 Buck 1949:664. Gray 認為從 to turn 發展至 wheel 的詞彙是自然獨立的發展過程（wheel = the turner），因為存在兩個重建的原始印歐語詞彙都指涉 wheel，這個事實讓此論點更為複雜，而另一個則基於原始印歐語的動詞 *reth-'run'（wheel = the runner），這又是另一個不同的語義發展。

017 Renfrew 2001:40-45; 2000. 倫弗瑞的假說認為原始印歐語時期非常之久，可延續數千年，這得到一些語言學家的支持。原始印歐語使用於中石器時代至繩紋陶時期（6000-2200 BCE），此觀點可參見 see Kitson 1997, esp.198-202.

018 Childe 1957:394.

019 Mallory 1989:145-146; and Anthony 1991a. 非洲的語言，見 Nettles 1996.

第五章　語言與地點

001 原鄉理論，見 Mallory 1989, chap.6. 蘇聯歷史中的政治使用，見 Shnirelman 1995, 1999; Chernykh 1995; and Kohl and Tsetskhladze 1995. 雅利安—歐洲人的「種族」信仰，見 Kühl 1994; and Poliakov 1974.

002 東歐大草原的原鄉假說，最條理有據的英文捍衛者為 Gimbutas 1970, 1977, 1991；以及 Mallory 1989，更新於 Mallory and Mair 2000. 雖然我贊成金布塔斯的原鄉解決方案，但我不同意她所說的編年方式、提出的擴張原因，以及墳塚文化的遷徙概念；我對此提出的詳細說明，可參見 Anthony 1986.

003 見 Dixon 1997:43-45. 類似的看法，見 Zimmer 1990:312-313,「重建是純然的抽象，既無法定位，也無法定年……不可能有辦法用語言學來詮釋重建的事物。」

004 語族樹狀模型不會排除或拒斥某些區域融合（areal convergence）。所有語言都囊括奠基於語族結構和與鄰居融合之上的元素。地區性的挪用，見 Nichols 1992.

005 見 Thomason and Kaufman 1992; Nichols 1992; and Dixon 1997. 所有都支持從原始印歐語衍生出印歐語系的論點。狄克遜（1997:31）儘管批評了建立某些語族樹狀模

型的標準，但指出：「印歐語系的遺傳親緣在語族樹狀模型中，獲得極佳的證明。」對各種收斂方法的良好回顧，可參見 Hock and Joseph 1996:388-445.

006 毗鄰語言之間的漸進融合可能會導出幾種不同的相似性，這取決於社會情況（social circumstance）而定。可能的範疇囊括貿易時所講的行話，源自毗鄰語言的語詞的粗略結合，這些語言遠遠不足以應付貿易或以物易物時的溝通；洋涇濱語（pidgin）是從貿易行話或殖民地匯合中的多種部分已知的語言演變而來，洋涇濱語大部分的內容源自當地殖民地的目標語言；另外還有克里奧語，其可能是由洋涇濱語演變而來，抑或是在多種族的非自願勞工社群中突然出現，克里奧語大部分的內容亦是源自當地殖民地的目標語言。克里奧語不同於洋涇濱語，其具備自然語言的基本文法結構，但結構被加以省略與簡化。當然，它們可以和任何自然語言一樣，以歌謠、詩歌和隱喻為載體傳達意旨，因此，說它們的文法很簡單，並不具備價值判斷。所有這些說話方式都經歷了極大的文法簡化瓶頸。印歐語的文法與克里奧語文法一點都不相同。見 Bickerton 1988; and Thomason and Kaufman 1988.

007 一九五九年，Pulgram 提出若是將比對方法應用於現代的羅曼語語詞 coffee，就會在古典拉丁語中產生錯誤的拉丁語 coffee 字根。但 Pulgram 的主張遭到駁斥，見 Hall (1960, 1976).Renfrew (1987:84-86) 引用了 Pulgram 的觀點，但在 Diakonov (1988: n. 2) 受到修正。

008 波羅的─斯拉夫語中的前印歐語系基質詞彙，見 Andersen 2003. 希臘語與前希臘語的地名，見 Hester 1957; Hainsworth 1972; and Renfrew 1998. 北歐至少有三種不同的非印歐語系滅絕語言被辨識出來：(1)「古歐洲水文的語言」，主要保存於非印歐語系的河流名稱之中；(2)「鳥類名稱的語言」，保存於幾種鳥類名稱中，像是黑鸝（blackbird）、雲雀（lark），以及蒼鷺（heron），亦保存於其他挪借至早期日耳曼、凱爾特和拉丁語的詞彙當中，例如礦石（ore）和閃電（lightning）；以及 (3)「雙生的語言」，僅保存於少數幾個對印歐語系來說十分奇怪的語音，主要挪用至日耳曼語，但也挪用至少數幾個凱爾特語詞，例如雙尾子音和以 [kn-] 開頭的語詞，像是 knob。見 Schrijver 2001; Venneman 1994; Huld 1990; Polomé 1990; and Krahe 1954.

009 beech 和 salmon 這兩個詞彙將原始印歐語限制在北歐，見 Thieme 1958.Friedrich 1970 指出，山毛櫸（beech）的字根在不同的語族中分別指涉山毛櫸（beech）、橡樹（oak）和老樹（elder trees），不管是哪一種情況，山毛櫸都生長於高加索山脈中，因此對於北歐樹木語詞的檢測無甚助益。Diebold 1985 總結了反對將鮭魚視為限制性地理詞彙的證據。蜜蜂的爭論，見 the excellent study by Carpelan and Parpola 2001. 亦可參閱 Mallory and Adams 1997 中論述鮭魚與山毛櫸的文章。

010 對原始印歐語 *peku 的詮釋出自 Benveniste 1973:40-51.

011 此對原始印歐語社會的重建奠基於 Benveniste 1973、Mallory and Adams 1997 中的許多條目，以及 Gamkrelidze and Ivanov 1995.

012 原始烏拉爾語系與原始印歐語的聯繫，見 Carpelan, Parpola, and Koskikallio 2001，特別是 Koivulehto and Kallio 中的文章。亦可見 Janhunen 2000; Sinor 1988; and

Ringe 1997.

013 葉尼塞河的原鄉，見 Napol'skikh 1997.

014 Koivulehto 2001.

015 Janhunen (2000) 中一些代名詞的不同結構。尼可斯在給我的說明中指出，-m 和 -n 共有的字尾變化並不明顯；只有共有字尾變化的完整詞形變化（paradigm）才能作為判準。此外，鼻音子音出現的頻率極高，而且很容易在文法性的字尾出現，因此，代名詞在此處確實十分重要。

016 Nichols 1997a.

017 喉音理論，見 Gamkrelidze and Ivanov 1973; see also Hopper 1973. 他們當前的觀點，見 Gamkrelidze and Ivanov 1995.

018 喉音理論的討論，見 Diakonov 1985; Salmons 1993; and Szemerényi 1989.

019 針對閃語系的原始印歐語與卡特維利語系的原始印歐語借詞的重要討論，見 Diakonov 1985:122-140; and Nichols 1997a appendix. 原始卡特維利語系的離散或斷裂的編年，見 Harris 1991.

第六章　語言的考古學

001 我的定義採用自 Prescott 1987. 定義的不同組合出於 Parker 2006. 他建議將「界線」（boundary）作為通用的詞彙（對此，我以「邊界」〔borders〕稱之），且「邊界」是一指涉政治或軍事界線（約莫等同我所說的「界線」）的特定詞彙。Parker 試圖將自己的定義部分奠基於這些語詞的一般俗語解釋，此目標很崇高；但我不認為俗語中的用法具備一致性，故偏好使用既定的定義。在其對邊界土地文獻的回顧中，Donnan and Wilson (1999:45-46) 追隨 Prescott，將「邊界」用作通用或非專業的詞彙。讓我深受啟發的經典著作是 Barth 1969. 種族邊界的考古學觀點，見 Shennan 1989, and Stark 1998.

002 中古歐洲地區性身分認同的發展，見 Russell 1972; and Bartlett 1993. 部落和邊界文化的人類學解構，見 Fried 1975; and Wolf 1982, 1984. 亦可見 Hill 1992; and Moore 2001. 此種針對種族的邊界解構方法的良好考古學應用，見 Wells 2001; Florin 2001; MacEachern 2000; and James 1999.

003 見 Hobsbawm 1990; Giddens 1985; and Gellner 1973. 紀登斯（1985:120）著名的說法，是將民族國家稱作「具備邊界的權力容器」（bordered power-container）。古代部落和邊界的不同闡釋，見 Smith 1998. 他被指為「根基論者」（primordialist）；見第七章中他對已的辯護。亦可見 Armstrong 1982.

004 南非的箭頭與語系，見 Weissner 1983. 物質文化與種族的良好回顧，見 Jones 1997, esp. chap.6.

005 紐幾內亞，見 Terrell 2001; see also Terrell, Hunt, and Godsen 1997. 針對生物、文化和語言的分裂與獨立的原始論述，見 the introduction to Boaz 1911. 加州，見 Jordan and Shennan 2003. 其他案例，見 Silver and Miller 1997:79-98.

006 持久前線是一九七〇年代的熱門研究主題；見 Spicer 1971 and a volume dedicated to

Spicer by Castile and Kushner 1981. 對這些論文的關注是對遭受汙名化的少數身分認同的維繫。考古學中，長期存在的史前「文化區」，Ehrich 1961 於很早之前就有過討論。此主題再度被碰觸：Kuna 1991; and Neustupny 1991. 我第一篇針對此主題的論文為 Anthony 2001.

007 哈德遜河谷伊洛魁語／亞爾岡京語的持久前線，見 Chilton 1998. 線紋陶前線，見 Zvelebil 2002. 亞斯托夫／哈修塔特前線，見 Wells 1999.

008 Emberling（1997）使用「冗餘」（redundant）而非「健全」（robus）來形容物質文化的邊界，這些標記了物質文化的多種類型，他並認識到這種冗餘性顯示出此些邊界對社會來說特別重要。

009 威爾斯，見 Mytum 1994; and John 1972. 位於威爾斯／英格蘭前線的基因邊界，見 Weale et al.2002. 靠近巴塞爾的邊界，見 Gallusser 1991. 不列塔尼文化，見 Jackson 1994; and Segalen 1991. 義大利的日耳曼語／羅馬尼語前線，見 Cole and Wolf 1974.

010 烏卡亞利盆地之語的引用，見 DeBoer 1990:102. 語言與基因關聯，見 Jones 2003.

011 伊洛魁語，見 Wolf 1982:167; 1984:394；對比，見 Tuck 1978; Snow 1994; and Richter 1992.Moore (2001:43) 也使用美洲印第安部落間的通婚作為「一般」文化和語言混合的指標：「這些〔婚姻〕數據顯示出人群在社會與社會之間不斷移動，他們的基因、『語言和文化』亦然。」（強調處為我所加）。

012 功能區的邊界，見 Labov 1994. 功能區，見 Chambers and Trudgill 1998; and Britain 2002.

013 見 Cole and Wolf 1974:81-282；亦可見 Barth 1969.Cole and Wolf 對義大利持久前線的分析頗具洞見，接著在一九八二年，沃爾夫最知名的著作出版，其指出歐洲以外的部落邊界更籠統多變。我認為此論點的提出，讓他似乎對自己早期的研究領域有所牴觸。

014 撞球比喻，見 Wolf 1982:6, 14. 一般所知的遷徙過程，見 Anthony 1990, 1997. 美國西南部的考古學家比其他任何一個地區，都更進一步地推展了遷徙理論。樣本可見 Spielmann 1998. 伊洛魁語考古學的遷徙理論，見 Sutton 1996.

015 四個殖民文化省，見 Fischer 1989; Glassie 1965; and Zelinsky 1973. 儘管人類學在一九八○、九○年代偏離了文化地理學，但史家與民俗學者仍研究不輟。見 Upton and Vlach 1986; and Noble 1992. 史家對北美文化地理的興趣的回顧，見 Nash 1984.

016 Clark 1994.

017 Kopytoff 1987.

018 紐爾族，見 Kelley 1985. 聘金貨幣的改變對基本自給性經濟的影響，見 Cronk 1989.

019 殖民者之間的方言層級，見 Siegel 1985; Trudgill 1986; and Britain 2004. 層級的程度取決於許多社會、經濟和語言因素；見 Mufwene 2001. 美國的西班牙語程度，見 Penny 2000. 美國的英語諸方言歷史，見 Fischer 1989.

020 特權群體，見 Porter 1965; and Breen 1984. 俄亥俄州的德國移民，見 Wilhelm 1992. 新英格蘭的清教徒特權群體，見 Fischer 1989:57-68. 馬雅人，見 Fox 1987，儘管

Fox 奠基於遷徙之上的歷史如今備受批評；尖端家族，見 Alvarez 1987；以及普伯羅，見 Schlegel 1992.

021 殖民者之間物質文化的層級與簡化，見 Noble 1992; and Upton and Vlach 1986. Burmeister（2000）指出，住宅建築的外形往往會符合廣泛的規範，而種族則表現於內部裝飾的細節及裝飾品中。

022 針對邊境的鮑亞士方法（Boasian approach），可見 Bashkow 2004 的回顧。

023 法國各省，見 Chambers and Trudgill 1998:109-123；馬賽族，見 Spear and Waller 1993；緬甸，見 Leach 1968, 1960；對緬甸的不同闡釋，見 Lehman 1989.

024 語言與生態，見 Hill 1996; and Nettles 1996. 希爾的論文之後發表於 Terrell 2001:257-282. 亦可見 Milroy 1992.

025 由生態定義的語言「傳播區」概念出自 Nichols 1992. 乾旱區和語言擴張的類似想法，可見 Silver and Miller 1997:79-83. 倫弗瑞（2002）將「傳播區」一詞用於語言快速傳播的任何區域，特別是先鋒農民的任何擴張，而不論其生態如何。然而，Campbell (2002) 警告不要將此些定義混為一談。

026 華夏，見 DiCosmo 2002; and Lattimore 1940.

027 艾柯力族的起源，見 Atkinson 1989, 1994.

028 青銅時代酋長發展的類似模型，早在艾特金生的案例研究之前就已出版，出自 Gilman 1981.

029 帕坦人─巴盧奇人的轉移，見 Mallory 1992; Barth 1972; and Noelle 1997.

第七章　如何重建死去的文化

001 克里斯汀‧湯姆森三個時代體系的歷史，見 Bibby 1956.

002 我通常追隨聖彼得堡物質文化史研究所 Victor Trifonov 所著的銅石並用時代及青銅時代編年；見 Trifonov 2001.

003 碳定年法影響我們對歐洲史前史的理解，見 Renfrew 1973.

004 淡水魚中的古老碳問題，解釋可見 Cook et al.2002; and in Bonsall et al.2004. 我用他們的方法歸納出本書附錄中的校正比例。

005 對俄羅斯考古學碳定年的良好歷史評論，可參見 Zaitseva, Timofeev, and Sementsov 1999.

006 改變文化認同以回應轉變中的歷史處境的絕佳案例，見 Haley and Wilcoxon 2005. 艾立克‧沃爾夫和 Anthony Smith 單就局勢政治所下的評論，不足以解釋與文化認同之間的情感聯繫，見 Cole and Wolf 1974:281-282; and Smith 1998, chap.7.

007 技術風格與文化邊界，見 Stark 1998.

第八章　首批農民和牧民

001 此處提到的三位天神之名可確定是出自原始印歐語。Dyeus Pater 或天父（Sky/Heaven Father），是最確定的；雷神／戰神（The Thunder/War god）在不同方言

中的名字不同，但每一種語族的名字都與雷電、鎚或棒子、戰爭有關。神聖雙生子在不同語族的名字也不同——印度語族是 Nāsatyas、希臘語族是 Kastōr 和 Polydeuk，波羅的語族則是 Dieva Dēli。祂們與好運聯想在一起，且總是以雙生馬（神聖之馬的後裔）的形象出現。狄托曼（*Trito），見 Watkins 1995; and Lincoln 1981:103-124. 更新進的研究，見 Lincoln 1991, chap.1. 雙生子，見 Puhvel 1975; and Mallory and Adams 1997:161-165.

002 印歐社會的三元結構（For the tripartition of Indo-European society），見 Dumezil 1958; and Littleton 1982. 很好的回顧，見 Mallory 1989:128-142. 其中一個印歐詩歌中三與二交織的動人案例，見卡沃特‧沃特金斯對西元前一六〇年加圖（Cato）所保存的傳統拉丁文詩歌的分析，即〈田野之淨〉（Lustration of the Fields）。此為三元結構，以一系列的兩兩成對來表示。見 Watkins 1995:202-204.

003 一八八一年，波蘭裔上校普熱瓦利斯基（Nikolay Przhevalsky, 1839-1888）正式提出此種野馬，故以其名命名為普氏野馬（Przewalski horse；或譯蒙古野馬）。一八九九和一九〇一年，俄羅斯貴族馮法爾茲凡（Frederic von Falz Fein, 1863-1920）和德國動物收藏家哈根貝克（Carl Hagenbeck, 1844-1913）在蒙古捕獲了數十頭普氏野馬。所有現代的普氏野馬大概有百分之十五是從這些動物演化而來。二戰之後，他們的野生親族遭到獵殺、直至滅絕；最後一批於一九六九年在蒙古被發現。一九九二年，由動物園飼育的種群重新引入蒙古的兩個保護區，普氏野馬才在當地繼續苗壯。

004 舊石器時代晚期，東烏拉爾和西烏拉爾的差異，見 Boriskovskii 1993, and Lisitsyn 1996.

005 冰河時期的裏海、赫瓦倫斯克海、黑海，以及諾亞洪水假說（The "Noah's Flood"hypothesis）的大範圍研究，見 Yanko-Hombach et al.2006.

006 牛群牧民之間母方世系（matriliny）的衰微，見 Holden and Mace 2003.

007 早期歐洲牛隻的 Y 染色體數據，見 Gotherstrom et al.2005. 粒線體 DNA，見 Troy et al.2001; and Bradley et al.1996.

008 農業前線的人口統計，見 Lefferts 1977; and Simkins and Wernstedt 1971.

009 多瑙河下游的最古老特里波里遺址，見 Nica 1977. 貝爾格勒以北大平原上的斯塔切沃聚落，見 Greenfield 1994.

010 東喀爾巴阡山的特里波里移民，見 Dergachev, Sherratt, and Larina 1991; Kuzminova, Dergachev, and Larina 1998; Telegin 1996; and Ursulescu 1984. 三十個遺址之數只把出土的遺址計算在內；目前已知有更多遺址位於未出土的表面，當中有很多有特里波里陶器，遺址列表可見 Ursulescu 1984. 東匈牙利的特里波里經濟模式，見 Vörös 1980.

011 新石器時代的麵包，見 Währen 1989. 特里波里的人群在園中栽種四種馴化的小麥：一粒小麥（Triticum monococcum）；二粒小麥（T. dicoccum Shrank）、斯卑爾脫小麥（T. spelta）、密穗小麥（T. aestivo-compactum Schieman）；以及大麥（Hordeum）、小米（Panicum miliaceum）和豌豆（Pisum）——對東歐來說都是外來種。植物證據，見 Yanushevich 1989; and Pashkevich 1992.

012 Markevich 1974:14.

013 適應新文化的採集者在東喀爾巴阡山特里波里文化的起源中可能扮演的角色，見 Dergachev, Sherratt, and Larina 1991; and, more emphatically, Zvelebil and Lillie 2000.

014 先鋒農民與語言散布，見 Bellwood and Renfrew 2002; Bellwood 2001; Renfrew 1996; and Nichols 1994. 野生和馴化動物的象徵性對立，見 Hodder 1990.

015 最多考古學家接受的論調是 Perles (2001)，即希臘的新石器時代開始於從安納托利亞遷徙而來的農民。希臘人進入巴爾幹的最初擴張，見 Fiedel and Anthony 2003. 亦可見 Zvelebil and Lillie 2000; and van Andel and Runnels 1995. 新石器時代以敞船（open-boat）橫跨愛琴海，討論可參見 Broodbank and Strasser 1991.

016 *tawro-s，見 Nichols 1997a: appendixes. 亞非語系與新石器時代初期的聯繫，見 Militarev 2003.

017 針對布格河—聶斯特河文化的俄語經典之作，收錄於 Markevich 1974；以及 Danilenko 1971；英語的經典論述，收錄於 Tringham 1971. 更新進的研究，見 Telegin 1977, 1982, and 1996; and Wechler, Dergachev, and Larina 1998.

018 黑海周圍的中石器時代群體，見 Telegin 1982; and Kol'tsov 1989. 多布羅加的中石器時代，見 Paunescu 1987. 動物學分析，見 Benecke 1997.

019 伊列茨克最早一批遺址的年代都是以貝殼測得，為了避免古老碳的影響，可能需要校正。校正後的伊列茨克年代可能延後至西元前六五〇〇至六二〇〇年。見 Mamonov 1995，以及同一卷的其他文章。碳定年，見 Timofeev and Zaitseva 1997. 沙／泥／陶土製陶器的技術和製造，見 Bobrinskii and Vasilieva 1998.

020 拉庫史卡村的年代，見 Zaitseva, Timofeev, and Sementsov 1999. 拉庫史卡村的出土，見 Belanovskaya 1995. 拉庫史卡村是的深層沙丘遺址。特里金（1981）將 14 號地層視為最古老的文化占領。此處我對一系列的新碳定年略而不談，這些碳定年是從有機殘渣測得，其黏附在據稱來自地層九至二十的陶器上。地層十五至二十位於最古老的文化層之下，因此我無法確定此些陶器的背景。這些年代處於西元前七二〇〇至五八〇〇年的校正範圍內（7930±130 至 6825±100 BP）。若其為真，此陶器就比其他相似的陶器老上一千五百年，「並且」到了西元前七〇〇〇年，馴化的綿羊開始出現在頓河下游。遺傳學已經證實，所有馴化的綿羊均來自西元前八〇〇〇至七五〇〇年前的東土耳其、北敘利亞和伊拉克山區的母體基因庫；而直至西元前七〇〇〇年，高加索地區、安納托利亞西北部，抑或歐洲的任何遺址，都沒有找到馴化的綿羊。拉庫史卡村從「木炭」測得的最早年代（地層八為 6070±100 BP, 5890±105 BP）大約落在西元前五二〇〇至四八〇〇年，與大草原上最早被馴化的動物的其他年代相符。若用來定年的有機殘渣中充滿煮熟的魚肉，則可能此碳定年需要校正到五百年，這會讓最早的年代延後至約莫西元前六四〇〇至六二〇〇年——這在某種程度上更為合理。我認為這些年代可能被混淆了，且綿羊從較上面的地層混到以下的地層。

021 從烏克蘭測出的一百五十五個中石器時代晚期和新石器時代的碳定年，見 Telegin et al.2002, 2003.

022 布格河—聶斯特河的植物食物，見 Yanushevich1989; and Kuzminova, Dergachev, and

Larina 1998. 索羅基 I ／地層 1a 的中間期遺址所發現的小米和大麥壓印，其報告收錄於 Markevich 1965. 亞努舍維奇並未將此遺址列入其一九八九年的布格河—聶斯特河遺址列表中，這些遺址都有發現馴化種子的痕跡；這是我唯一見過關於大麥和小米壓印報告的布格河—聶斯特河遺址。

023 此處的年代並非從人骨測得，因此毋須校正。骨骸的百分比摘自 Markevich 1974 和 Benecke 1997 的表七。班內可駁斥了蘇聯時代的論點，即豬、牛或兩者皆是在北東歐大草原地區獨立馴化的。Telegin (1996:44) 予以贊同。南烏拉爾山脈的穆利諾人製造的馴化綿羊骨，據測可追溯至西元前七〇〇〇年，Matiushin（1986）以此來證明移民源自中亞；但如同拉庫史卡村深處地層所宣稱的綿羊一樣，按照此說法，這些綿羊「早於」其在 Djeitun 的母牧群，且這些野生物種並非俄羅斯原產。綿羊骨可能出自銅石並用時代晚期的地層。Matiushin 的報告因地層不一致而受到批評。見 Matiushin 1986；對其的批評，可參見 Vasiliev, Vybornov, and Morgunova 1985; and Shorin 1993.

024 Zvelebil and Rowley-Conwy 1984.

025 被俘虜的女性與其超級正確的格調性行為（hyper-correct stylistic behavior），見 DeBoer 1986. 記述技術風格的考古文獻十分豐富，優秀的介紹見 Stark 1998.

026 喀爾巴阡山東麓的線紋陶文化與西元前五五〇〇至五四〇〇年的特里波里文化有所重疊。Grumazeşti 和 Sakarovka 等特里波里晚期遺址都可以見到線紋陶的碎片。Sakarovka 也找到布格河—聶斯特河遺址的碎片，可見這三個群體曾短暫處於同一時期。

027 農民之間當然都樂於分享，但農民也了解某些潛在的食物不能算是糧食，而是投資。若是遭逢凶年，農民要想慷慨分享食物，就會有一定的局限性；而這在採集者之間通常是不存在的。見 Peterson 1993; and Rosenberg 1994.

028 論述聶伯河—頓涅茨河文化的經典之作是 Telegin 1968. 英語的專著可見 Telegin and Potekhina. 我在第一章中止討論了第一階段：聶伯河—頓涅茨河 I.

029 聶伯河—頓涅茨河 I 有缺口的斧頭，見 Neprina 1970; and Telegin 1968:51-54.

030 在公開發表時，瓦西里夫卡 V 被歸於聶伯河—頓涅茨河 II 的墓地，但碳定年顯示其應落在聶伯河—頓涅茨河 I；瓦西里夫卡 I 和 III 的年代被歸於中石器時代晚期，大致介於西元前七〇〇〇至六〇〇〇年，但碳定年落在非常早期的中石器時代，接近西元前八〇〇〇年；瓦西里夫卡 II 和馬里夫卡則被歸於新石器時代，但當地並沒有陶器，且碳定年落在中石器時代晚期，即西元前六五〇〇至六〇〇〇年，因此可能是中石器時代晚期。一般認為在中石器時代晚期和新石器時代，人類骨骼的結構逐漸產生變化（Jacobs 1993），如今看來應發生在中石器時代的早期和晚期之間。這些按時間順序排列的校正通常未受到認可。碳定年，見 Telegin et al.2002, 2003. 亦可見 Jacobs 1993，我的回應可參見 Anthony 1994.

031 瓦佛諾米卡，見 Yudin 1998, 1988.

032 動物學家比比科娃辨識出馴化的動物——綿羊、牛、馬——在位於西元前六四〇〇至六〇〇〇年地層的馬特維夫墳塚。針對比比科娃所宣稱的，即動物馴化是在烏克蘭獨立發生，到了今天，無論是德國動物學家班內可，抑或是烏克蘭

考古學家特里金，都沒有為其背書。馬特維夫墳塚（聚落、而非墳塚）位於亞速海以的米烏斯河谷（Mius River），離馬立波不遠。兩座遺址在一九六八至七三年間出土，編為 1 號和 2 號。在兩座遺址中，都發現了格里貝尼可夫風格的細燧石工具，因此被認為年代相仿。馬特維夫 1 號墳塚測得的兩次碳定年平均落在西元前六四〇〇至六〇〇〇年左右，但在馬特維夫 2 號墳塚以骨骼所測得的單一碳定年，約為西元前四四〇〇至四〇〇〇年。到了後期，此區域包括綿羊在內的馴化動物，都十分常見。每個地層的工藝品皆受到分析，並報告為單一的文化沉積。但在馬特維夫 1 號墳塚，在四十至七十公分深處，找到最多燧石工具和獸骨（Krizhevskaya 1991:8），住所的地板和火塘則位於八十至一百一十公分處（Krizhevskaya 1991:16）。馬特維夫 1 號和 2 號墳塚的大多數獸骨都出自野生動物，主要是馬、野驢和野豬，而這些應該落在較古老的年代。然而，被辨識為出自馴化的馬、牛和綿羊的骨頭，則可能出自較晚期的地層與年代。見 Krizhevskaya 1991. 地層不一致會破壞這三座東歐大草原─烏拉爾遺址的報告，其宣稱很早就有馴化動物，即拉庫史卡村、穆利諾和馬特維夫墳塚。

第九章　母牛、銅器和酋長

001 筵席，見 Benveniste 1973:61-63；亦可見 Mallory and Adams 1997:224-225 中的條目「GIVE」；以及 Fortson 2004:19-21 中的簡要回顧。

002 大草原上，主要用人骨來定義銅並用時代的初始年代，但古歐洲的年代卻非如此。 銅石並用時代的聶伯河─頓涅茨河文化開始於西元前五二〇〇至五〇〇〇年，在重新校正之前，碳定年應減去 -228±30。以下的註釋 16 會提此討論。

003 瑪利亞‧金布塔斯重新詮釋了「古歐洲」一詞，最初可能是為了區分新石器時代的歐洲農業文化與近東文明，但其也用「古歐洲」來區分東南歐及其他所有的歐洲新石器時代地區。見 Gimbutas 1991, 1974. 年代、經濟、環境，以及遺址的敘述，見 Bailey and Panayotov 1995; and Lichardus 1991.*Alteuropa* 這個詞彙的起源，見 Schuchhardt 1919.

004 其中大多數的年代測於木炭或獸骨，故毋須校正。窩瓦河畔最早的銅器位於赫瓦倫斯克，可追溯至西元前五二〇〇至四七〇〇年前後，當地的人骨測出極高的氮十五含量（平均百分之十四點八），而且似乎過於古老，比東南歐大多數的銅器都古老許多，而東南歐顯然是赫瓦倫斯克銅器的源頭。有鑑於碳庫效應，我從原始的碳定年減去了四百個碳定年，使赫瓦倫斯克墓地定年在西元前四六〇〇至四二〇〇年，這更契合古歐洲青銅時代的全盛期，因此更為合理。

005 顯示牛經常被用作役畜的牛骨病狀，見 Ghetie and Mateesco 1973；以及 Marinescu-Bilcu et al.1984.

006 符號與記法系統，見 Gimbutas 1989; and Winn 1981. 針對女性小雕像最好的著作為 Pogozheva 1983.

007 銅石並用時代早期位於保加利亞中西部的斯拉蒂納（Slatina）發現了銅製工具，而在多瑙河三角洲以南的多布羅加山黑海沿岸的銅石並用時代晚期的發現了階段

IIb 的銅製裝飾品和銅礦石（孔雀石），兩者都約當西元前五〇〇〇年。保加利亞的古歐洲金屬，見 Pernicka et al.1997. 多瑙河中游，見 Glumac and Todd 1991. 銅石並用時代冶金術的普遍論述，見 Chernykh 1992; and Ryndina 1998.

008 銅石並用時代的植被變化，見 Willis 1994; Marinescu-Bîlcu, Cârci-umaru, and Muraru 1981; and Bailey et al.2002.

009 Kremenetski et al.1999；亦可見 Kremenetskii 1997. 對於那些支持印歐語系起源的辯論中「山毛櫸線」（beech line）論點的人而言，此些花粉研究顯示，大西洋期的山毛櫸森林生長於聶斯特河高地，範圍可能遠至聶伯河以西。

010 陶器序列，見 Ellis 1984:48 and n. 3. 先庫庫特尼 I 最初是根據特拉安— Dealul Viei 的陶器來測定，之後在其他四座遺址發現類似的少量陶器，因此此階段可能有確實根據。特里波里文化的概要，見 Zbenovich 1996.

011 Marinescu-Bîlcu et al.1984.

012 在南布格河流域（Lugach，Gard 3）的特里波里 A 聚落中，找到布格河—聶斯特河陶器的碎片，以及一些細燧石刀，類似布格河—聶斯特河的風格。這些遺跡顯示，某些布格河—聶斯特河晚期的人群被吸收進南布格河流域的特里波里 A 村落。但布格河—聶斯特河後期的陶器與特里波里陶器，無論在塗黏、參料、燒製、形狀與裝飾上都大不相同，因此，轉而使用特里波里陶器的行為既顯著又意義深遠。特里波里物質文化缺乏布格河—聶斯特河的特徵，見 Zbenovich 1980:164-167; and for Lugach and Gard 3，見 Tovkailo 1990.

013 貝納舍夫卡，見 Zbenovich 1980. 路卡—弗魯布韋茨卡雅的特里波里 A 聚落，見 Bibikov 1953.

014 卡布納貯藏，見 Dergachev 1998.

015 我在此處所述的銅石並用時代早期文化亦被稱作新石器時代晚期或新銅石並用時代（Neo-Eneolithic）。特里金（1987）將位於馬立波—尼克里斯基的聶伯河—頓涅茨河 II 遺址劃為新石器時代晚期，尤丁（1988）則將瓦佛諾米卡地層一和二都劃為新石器時代晚期；但到了一九九〇年代，特里金開始對聶伯河—頓涅茨河 II 遺址採用「新銅石並用時代」一詞，尤丁（1993）則開始將瓦佛諾米卡劃為銅石並用時代的遺址。我必須接受這些調整，因此馬立波—尼克里斯基（聶伯河—頓涅茨河 II）類型的遺址，以及與之同期的所有遺址，像是赫瓦倫斯克和瓦佛諾米卡，都被劃在銅石並用時代早期。新石器時代晚期顯然大勢已去。本書採用的術語順序是新石器時代早期（瑟斯基島）、新石器時代中期（布格河—聶斯特河—聶伯河—頓涅茨河 I）、銅石並用時代早期（特里波里 A —聶伯河—頓涅茨河 II—赫瓦倫斯克），以及銅石並用時代晚期（特里波里 B，C1—瑟斯基島—列賓）。聶伯河—亞速海地區的關鍵遺址，見 Telegin and Potekhina 1987; and Telegin 1991. 窩瓦河中游的遺址，見 Vasiliev 1981; and Agapov, Vasiliev, and Pestrikova 1990. 在裏海盆地裡，見 Yudin 1988, 1993.

016 聶伯河—頓涅茨河 II 人骨中氮十五的平均含量是百分十一點八，根據附錄中所述的方法，顯示平均約需減去 228±30 BP。針對聶伯河—頓涅茨河 II 文化，我從 BP 的年代中減去了二二八個碳定年，並再次校正。最早的聶伯河—頓涅茨河 II

墓地（德雷耶夫卡、亞辛諾維特卡）的校正日期落在西元前五五○○至五三○○年（見表 9.1），但這些年代似乎還是太過古老。這樣一來，聶伯河—頓涅茨河 II 變成會布格河—聶斯特河中游和特里波里文化同時代；但在特里波里 A 時期，聶伯河—頓涅茨河 II 泰半都應「晚於」布格河—聶斯特河文化。聶伯河—頓涅茨河 II 的校正後碳定年與地層數據，與聶伯河—頓涅茨河 II 遺址中所發現的特里波里 A 陶器碎片更為相符。年代列表，見 Trifonov 2001; Ras-samakin 1999; and Telegin et al.2002, 2003.

017 動物列表，見 Benecke 1997:637-638; see also Telegin 1968:205-208. 骨骸中的氮十五，見 Lillie and Richards 2000. 西方讀者可能會被英文敘述混淆，認為聶伯河—頓涅茨河 II 的經濟模式是以漁獵為基礎（Zvelebil and Lillie 2000:77; Telegin, et al.2003:465; and Levine 1999:33). 聶伯河—頓涅茨河 II 垃圾坑的獸骨中有三成到七成八是牛和綿羊。德國動物學家班內可（1997:637）親自檢視了北東歐大草原的許多骨骸，並得出結論：馴化的動物「首次成為與聶伯河—頓涅茨河文化地層 II 同期的動物性證據」。豢養被馴化動物的人群便不再以採獵為生。

018 特里金（1968:144）提到五至十四公分長帶有「鐮刀色澤」的燧石刀。帶有種子痕跡的聶伯河—頓涅茨河 II 西北聚落紀錄於 Pashkevich 1992, and Okhrimenko and Telegin 1982. 聶伯河—頓涅茨河 II 的齲齒，可參見 Lillie 1996.

019 Telegin 1968:87.

020 瓦西里夫卡 II 墓地的最近測出的碳定年落在西元前七○○○年左右的中石器時代晚期。最初是依據墓葬的結構與下葬姿勢，將此墓地劃為聶伯河—頓涅茨河 II 文化。Telegin et al. 二○○二年，將「馬立波文化」延伸至瓦西里夫卡 II，但其不僅缺乏所有的工藝品型態，也缺乏許多定義出聶伯河—頓涅茨河 II—馬立波墓葬的特徵。聶伯河—頓涅茨河 II 墓地可追溯至西元前五四○○至五二○○年之後。瓦西里夫卡 II 是中石器時代晚期。

021 葬禮上的筵席，見 Telegin and Potekhina 1987:35-37, 113, 130.

022 依據赫瓦倫斯克人骨中極高的氮十五含量（百分之十四點八），我修正了以人骨測定的赫瓦倫斯克年代，顯示校正之前，平均應減去 408±52 個碳定年（見作者對年代的註釋及第七章）。校正後，我得出赫瓦倫斯克墓地的年代應落在西元前四七／四六○○至四二／四一○○年，如此便與瑟斯基島重疊，如同許多烏克蘭和俄羅斯考古學家認為其應以風格和類型為基礎。這也縮小了窩瓦河下游赫瓦倫斯克晚期（現為西元前三六○○至三四○○年）與最早的 Y 顏那亞之間的差距。見 Agapov, Vasiliev, and Pestrikova 1990; and Rassamakin 1999.

023 在赫瓦倫斯克 II 發表之前，此四十三座墳墓之數是有附帶條件的；我在對話中得到此數字。

024 藉由放牧經濟提高男性地位，見 Holden and Mace 2003.

025 在 Anthony and Brown (2000) 中，我們僅根據置於墳墓群上方的十二個「儀式沉積物」，就得出赫瓦倫斯克墓地中較少的馬、牛和綿羊的數目。之後，我從兩個來源編輯出完整的獸骨報告：Petrenko 1984; and Agapov, Vasiliev, and Pestrikova 1990, tables 1, 2. 其提出的 10 號和 11 號儀式堆積物的綿羊數量，令人十分困惑，此差

異導致最小個體數的總數為五十二或七十隻綿羊。

026 見 Ryndina 1998:151-159, for Khvalynsk I and II metals.

027 裝飾品，見 Vasiliev 2003.

028 最早一批馴化動物從近東穿越北高加索地區的可能性，見 Shnirelman 1992; and Jacobs 1993; and, in opposition, see An-thony1994.

029 Yanushevich 1989.

030 納契克的敘述可參見 Gimbutas 1956:51-53.

031 此墓葬的相關資訊，見 Gei 2000:193.

032 根據最初的報告，珊格的骨骸中有馴化的牛，但二〇〇一年，動物學家 Pavel Kosintsev 告訴我，其全部都是野驢和馬，沒有受到馴化的跡象。

033 Melent'ev (1975) 首度將窩瓦河以東的北裏海盆地的新石器時代文化稱為 Seroglazivka 文化。Seroglazivka 文化包含一些類似珊格的新石器時代採集者營地，以及晚一點類似瓦佛諾米卡的馴化動物骨骸的遺址。尤丁在一九九八年指出，應將新的「奧洛夫卡文化」一詞用於具備馴化動物的早期銅並用時代遺址。於瓦佛諾米卡，見 Yudin 1998, 1988. 羅斯托斯基的敘述可見 Kiyashko 1987. 舊一點但資訊仍然非常實用的是 Telegin 1981.

034 奧洛夫卡遺址首見於 Mamontov 1974.

035 薩馬拉的新石器時代文化伴隨席斯的墓地，一般認為早於赫瓦倫斯克文化，因為有一座席斯墓葬中的野豬獠牙垂飾與聶伯河─頓涅茨河 II 的風格完全相同。碳定年顯示赫瓦倫斯克早期與薩馬拉晚期的新石器時代（和聶伯河─頓涅茨河 II 晚期）重疊。甘德洛夫卡的薩馬拉新石器時代聚落當中有赫瓦倫斯克的陶器。薩馬拉文化可能比赫瓦倫斯克先開始；見 Vasiliev and Ovchinnikova 2000. 席斯，見 Vasiliev and Matveeva 1979. 獸骨，見 Petrenko 1984:149; and Kuzmina 2003.

第十章　馬的馴化與騎馬的源頭

001 見 Clayton and Lee 1984; and Clayton 1985. 最近的更新，見 Manfredi, Clayton, and Rosenstein 2005.

002 配戴馬銜的早期論述，見 Clutton-Brock 1974; and Azzaroli 1980.Payne (1995) 在拖了好長一段時間後，在研究中發表對此種磨損的原因持懷疑態度。

003 我們的馬齒來自史密斯森研究學會（Smithsonian Institution）的梅琳達・澤德、康奈爾大學的大型哺乳動物獸醫中心（Large Mammal Veterinary Facility）、賓州大學的新博爾頓獸醫中心、內華達州溫尼馬卡（Winnemucca）土地管理局，以及賓州州立大學的羅恩・凱博；我們從珊卓・歐森和 Pat Shipman 之處學習到模具製造和鑄造步驟，接著前往約翰霍普金斯大學（Johns Hopkins University）學習；瑪麗・李托爾給予我們寶貴的建議，還讓我們使用她那舉世無雙的圖書館；我們的第一個研究步驟，也獲得溫納─格倫基・金會（Wenner-Gren Foundation）與美國哲學學會（American Philosophical Society）的贊助。

004 於馬的粒線體 DNA，見 Jansen et al.2002; and Viià et al.2001. 馬的 Y 染色體，見

Lindgren et al.2004.

005 安納托利亞的野驢，見 Summers 2001；以及加泰土丘計畫（Catal Höyuk project）的線上報告。歐洲的馬，見 Benecke 1994; and Peške 1986.

006 中石器和新石器時代東歐大草原上的馬，見 Benecke 1997; Vasiliev, Vy- bornov, and Komarov 1996; and Vasilev 1998. 新石器時代薩馬拉河伊凡諾夫卡亞的馬骨，見 Morgunova 1988. 在同一卷，見 I. Kuzmina 1988.

007 蒙古馬的養育，見 Sinor 1972; and Smith 1984. 一八八六年暴風雪的馬和牛，見 Ryden 1978:160-162. 野生馬亦可見 Berger 1986.

008 這些方法的回顧，見 Davis 1987. 脊椎上的騎乘相關病狀，見 Levine 1999b. 咬槽嚥氣癖，見 Bahn 1980; and the critique in White 1989.

009 出自 Benecke and von den Driesch (2003) 的圖表在此合併並重製成圖 10.3。亦可見 Bökönyi 1974. 德雷耶夫卡的評論，見 Uerpmann 1990.

010 若把未成熟的幼仔也算進去，妻妾群中雌雄比例約為二比一，但未成熟公馬的「骨骸」無法確定性別，因為犬齒要到四、五歲才萌發，而犬齒的萌發是辨識出公馬的主要方式。而從妻妾群的骨骸中，只能容納一名可被「辨識」的公馬。

011 經由測量臼齒的牙冠高度，即牙根與咬合面之間的分叉處的牙齒長度，可從脫落的馬臼齒估算出馬的死亡年齡。由於牙齒會逐漸磨損，此測量值會隨年齡的增長而遞減。Spinage (1972) 首度發表以斑馬為基準、野驢的牙冠高度與年齡的統計；列文（1982）以 X 光測量出的結果，發表了一些馬匹樣本的統計。經由直接測量我們較大量的樣本，幾乎可以確認列文的數據。但我們發現「僅僅」基於牙冠高度的估計值，「最少」會有誤差一點五年的不確定性（三年期）。同一匹馬的左右兩側 P2 的牙冠高度差距可以到五公分，這通常可以解釋成年齡相差三年以上。見以下的註釋 18。

012 比比科娃（1967, 1969）指出，十七只可分辨性別的下顎骨中，有十五個是雄性。我減去了「鐵器時代」入侵的獻祭公馬，讓十六匹公馬中只剩下十四匹。比比科娃從未發表過對德雷耶夫卡馬骨的完整論述，但她確實發現最小個體數是五十二匹。馬群中有百分之二十三為一至兩歲（可能要考慮長骨融合術〔long bone fusion〕）；十七個可辨別性別的下顎骨碎片中，有十五個出自五歲以上的公馬，這是犬齒萌生之時；且並未出現年齡非常大的個體。列文對死亡年齡的統計是基於一九九八年所保存的所有牙齒的牙冠高度，其最小個體數只有十六——原始樣本中有大約三分之二都已散佚。基於長骨融合術，剩餘的馬群只有百分之七為一至兩歲（1999b:34），當中約有三分之一是來自鐵器時代的獻祭公馬。列文的死亡年齡表，見 Levine 1990, 1999a, 1999b.

013 克里斯汀‧喬治將針對雷西的野馬 P2 的分析，放入其佛羅里達大學地球科學碩士論文的一部分。一百五十萬歲的雷西馬科動物，屬於馬屬雷德伊種（Equus "leidyi"），可能是蘭喬拉布瑞動物群（Rancholabrean fauna）中的常見成員——史氏馬（Equus scotti）的東方變種，其齒列、飲食和體型都與真正的馬十分相似。從此遺址中找到的一一三顆 P2，有三十九顆因為年齡、損傷或病狀而遭排除，受測的只有七十四顆成年野馬的 P 2。見 George 2002; Anthony, Brown, and George

2006; and Hulbert, Morgan, and Webb 1995. 我們收集的 P2 有賴賓州大學新博爾頓中心、康奈爾大學獸醫學院，以及內華達州溫尼馬卡土地管理局的慷慨捐助；以及當時在賓州立大學任職的羅恩・凱博。

014　我們由衷感謝美國國家科學基金會支持我們的騎馬實驗，並感謝紐約州立大學科布斯基爾學院主辦並籌備此計畫。Steve MacKenzie 博士負責監督此計畫，騎馬和紀錄工作則由參與「馬匹訓練與行為」計畫的兩位同學 Stephanie Skargensky 和 Michelle Beleyea 負責完成。Paul Trotta 用燧石工具製作了骨製馬銜和鹿角製馬鑣；麻繩由 Randers Ropeworks 的 Vagn Noeddlund 提供；李托爾和歐森則針對馬銜和模具製造，提出許多寶貴的建議。若有任何謬咎，都歸咎於我們。

015　實驗之前，從未配戴馬銜的馬與三匹配戴軟馬銜的馬，平均傾斜邊測量值為一點一公分，與從未配戴馬銜的更新世雷西野馬相同。此三匹馬的標準差為零點四二公分，實驗後的平均值為二點零四公分，比實驗前的平均值大了超過兩個標準差。若是再騎上百個小時，可能會造就三公分的傾斜邊，此為我們考古標本的閾值。

016　與我們收集的三十一顆從未配戴馬銜的現代馬 P2 相比，雷西野馬的七十四顆從未配戴馬銜的馬齒呈現的變異範圍更大，不過因為樣本很大，所以不足為奇。測量值呈現常態分布，我們的佩戴馬銜樣本與雷西野馬樣本間平均值差異經 t 檢定（t-Test）後，顯示出顯著的差異。雷西野馬的數據支持用於辨別考古標本中馬銜所造就磨損的三公分閾值。

017　針對我們對馬銜造就磨損的研究，列文概述了六點問題，收錄於 1999b:11-12 and 2004:117-120. 她將其歸類為「直接證據的誤判」（false direct evidence），其所用的所謂轡頭馬鑣，形式差異甚大，且功能完全是基於假設。我們認為列文的批評立基於「事實錯誤」（error fact）、曲解和誤解之上。我們針對她所提出六點批評的回應，見 Anthony, Brown, and George 2006. 對自己就馬銜造成磨損所做的分析，我們仍信心十足。

018　隨著上下牙齒的咬合日久，馬的恆齒 P2 會在兩、三歲左右逐漸被磨平；布朗認為牙冠高於五公分的 P2「及」咬合面的長寬比，可能出自三歲或年紀更小的馬，因此應將其排除在馬銜造就磨損的研究之外 (Brown and Anthony 1998:338-40). 結合牙冠高和咬合面的長寬比來推斷出如此精確的死亡年齡，布朗算是第一人；若她沒有這樣做，我們就不得不放棄一半的樣本，以免用到兩、三歲馬的牙齒。克里斯汀・喬治更用布朗的方法，從雷西野馬樣本中剔除了年輕的馬齒（小於等於三歲）。應留意的是，喬治發現一個傾斜邊三點零五公分的 P 2，但可能是出自一匹三歲不到的馬。

019　正當本書付梓前夕，Bendrey (2007) 發表了英格蘭和布拉格動物園中，從未配戴馬銜的普氏野馬的傾斜邊新測量結果。Bendrey 從十五匹年齡適宜（>3 和 <21）的普氏野馬中，測量了二十九顆 P2，發現有三顆的傾斜邊為三公分，即百分之十。我們在一百零五顆從未配戴馬銜的 P2 中，只發現一個「近」三公分的傾斜邊，連百分之一都不到。普氏野馬的所有傾斜邊，都是上下 P2 的咬合異常所導致；獸醫通常都用把三公分的傾斜邊銼小一點，來治療咬牙合不足（underbite）。動物園的普氏野馬發生咬合異常的頻率，比更新世的野驢或內華達州北美野馬更

高。動物園中所有普氏野馬都是從野外捕獲的那十五匹馬的後代，牠們當時可能就有咬合異常的狀況。此外，馴化的馬也和這些野馬養在一起，可能因此混合了不同牙齒和下顎骨尺寸的基因。

020 Raulwing 2000:61, with references.

021 For Dereivka，見 Telegin 1986. 馬骨，見 Bibikova 1967, 1970; Bökönyi 1974, 1978, 1979; and Nobis 1971.

022 針對德雷耶夫卡的馴馬傳統證據的批評，見 Anthony 1986, 1991b; and Levine 1990.

023 我們在基輔動物研究所的研究，是由好客細心的娜塔莉雅・貝蘭所主持：在俄羅斯薩馬拉，則有賴伊戈爾・瓦西列夫；在哈薩克的巴甫洛夫斯克，則有賴維克多・查別特。在布達佩斯，親切有禮的山德・伯克尼也讓我們感到賓至如歸，他的名聲如此響亮，永受眾人緬懷。此計畫獲得美國國家科學基金會的贊助。報告，見 Anthony and Brown 1991; and Anthony, Telegin, and Brown 1991.

024 見 Häusler 1994.

025 德雷耶夫卡獻祭公馬的重新定年，見 Anthony and Brown 2000; reiterated in Anthony and Brown 2003.

026 烏拉爾山脈東南部的森林─草原帶（Ayatskii、Lipchin 和 Surtanda）的採集者文化，影響了波泰與特塞克的陶器。波泰─特塞克可能發源自這些文化在南方草原─森林帶的分支。波泰和特塞克的英文敘述，見 Kislenko and Tatarintseva 1999; 俄文敘述，見 Zaibert 1993. 波泰和相關遺址的馬匹遺骸的討論，見 Olsen 2003; and Brown and Anthony 1998.

027 我們對珂柴 1 號所找到馬齒的初步測量（在哈薩克巴甫洛夫斯克的一家飯店客房中），得出一顆傾斜邊為三公分的牙齒。二〇〇六年之前，我們都是這樣敘述從珂柴得到的結果。為了出版 Anthony, Brown, and George 2006，我們重新測量十二顆珂柴 1 號的牙齒鑄模，並同意所測量出的 2.9+ 臨界值，應為三公分，肇因於有兩顆牙齒因配戴馬銜而磨損。出自珂柴 1 號的另外兩顆 P2 的測量結果，為二公分或超過，對於野馬來說，這個測量值高得異常。

028 將波泰的馬群視為野馬，可見 Levine 1999a, 1999b; Benecke and von den Dreisch 2003; and Ermolova, in Akhinzhalov, Makarova, and Nurumov 1992.

029 見 Olsen 2003:98-101.

030 French and Kousoulakou 2003:113.

031 阿特巴沙的新石器時代文化早於北哈薩克大草原的波泰文化；見 Kislenko and Tatarintseva 1999.Benecke and von den Dreisch (2003: table 6.3) 指出，在位處哈薩克大草原阿特巴沙遺址中，發現了被馴化的綿羊骨和牛骨，其定年落在波泰之前。確實如此，「但」其所引用的俄羅斯和哈薩克作者，認為這些被馴化的綿羊骨和牛骨，是在之後侵入新石器時代的地層；因此並未歷經如野生動物般的骨骸風化。Akhinzhalov, Makarova, and Nurumov 將阿特巴沙遺址的獸骨詮釋成以野馬、短角野牛、大鼻羚、瞪羚，紅鹿和魚為生的採集經濟。馴化的動物出現於波泰時代末期。其對阿特巴沙遺址不同骨骸風化程度的評論，見 Akhin- zhalov, Makarova, and Nurumov 1992:28-29, 39.

032 Logvin (1992) 和 Gaiduchenko (1995) 將鄰近哈薩克庫斯泰奈（Kustenai）位處圖加大草原中心、與波泰同期的銅石並用時代特塞克文化遺址中的某些獸骨，詮釋成被馴化的牛，特別是出自 Kumkeshu I 的牛。另一位動物學家馬卡洛娃特塞克的牛科動物骨骸鑑定為野牛的骨骸 (Akhinzhalov, Makarova, and Nurumov 1992:38). 特塞克遺址可能已經開始飼養一些馴化的牛，此處十分靠近東歐大草原的牧民。並未出現在波泰。Kumkeshu I，見 Logvin, Kalieva, and Gaiduchenko 1989.

033 高加索 I 的馬，我參考的是一份會議論文，收錄於 Mezhlumian (1990). 西元前三〇〇〇年之前，有一些馬可能已經穿過高加索進入伊朗北部，因為在德黑蘭以西的 Qabrestan 遺址中找到一些可能的馬齒（見 Mashkour 2003），以及在戈丹要塞也發現可能的馬齒（見 Gilbert 1991）。然而恰恰與此相反，據稱在伊朗東部、中亞或印度次大陸可追溯到西元前二〇〇〇年的沉積中，都未發現明確的馬匹遺骸。對此爭論的回顧，見 Meadow and Patel 1997.

034 中歐的馬，見 See Benecke 1994; Bökönyi 1979; and Peške 1986.

035 Khazanov 1994:32.

036 戰爭和奢侈品貿易，見 Vehik 2002.

037 美國印第安人的類比論述，見 Anthony 1986. 針對騎馬和飼馬對大草原上印第安文化的影響，最詳細的分析為 Ewers 1955.

038 反對西元前一五〇〇年前有騎馬的一種說法是：原野馬無法騎。這並非事實。德雷耶夫卡和波泰的馬中超過七成的馬匹鬐甲高為一三四至一四四公分，即約莫十三至十四掌寬，有的甚至高於十五掌寬。牠們和羅馬騎兵的馬一樣大。另一個反對的點是，繩製和皮革製馬銜難以在征戰時馭馬。美洲印第安人可茲證明，這也並非事實。我們在紐約州立大學科布斯基爾學院的學生也能用繩製馬銜馭馬，完全「毫無問題」。第三點為草原騎士是坐在馬臀之後騎馬，這種方式只適合騎驢，而大草原上並沒有驢。我們反駁了針對銅石並用時代騎馬的種種質疑，收錄於 Anthony, Brown, and George 2006. 銅石並用時代騎馬的反面論點，見 Sherratt 1997a:217; Drews 2004:42-50; Renfrew 2002; and E. Kuzmina 2003:213.

039 在位處窩瓦河畔的柏雷佐夫卡 3 號塚 2 號墓所發現的弓，葬於波克羅夫卡風格的墓葬之中，可追溯至西元前一九〇〇至一七五〇年左右，其以骨板加固桿身、並將骨尖裝在末梢以強化——算是複合弓。現存的弓長度為一點四至一點五公尺，兩頭尖端相距幾乎有五公尺。見 Shishlina 1990; and Malov 2002. 早期弓騎兵和弓箭的概述，見 Zutterman 2003.

040 我要感謝穆斯卡瑞拉博士針對箭頭的一些想法。具備鋬口的青銅箭頭的初始外觀與用法的討論，見 Derin and Mus- carella 2001. 鹹海地區鐵器時代早期的具備鋬口的箭頭的目錄和討論，見 Itina and Yablonskii 1997. 早在西元前二〇〇〇年，大草原就開始製造具備鋬口的青銅箭頭，且在青銅時代中期（1500 BCE 左右）的大草原遺址中，偶爾也會找到較小的具備鋬口的箭頭。對弓騎兵來說理想的弓、箭和箭頭演進的速度十分緩慢。

041 部落征戰，見 Keeley 1996.

第十一章　古歐洲的終結與大草原的崛起

001 瓦納的金製品，見 Bailey 2000:203-224; Lafontaine and Jordanov 1988; and Eleure 1989.

002 Chapman 1989.

003 貝雷克特的人造土丘聚落，見 Kalchev 1996; at Podgoritsa，見 Bailey et al.1998.

004 西元前四〇〇〇至三八〇〇年的日照率減少直至探底，其紀錄收錄於 Perry and Hsu 2000; and Bond et al.2001. 瑞士阿爾卑斯山的皮奧拉振盪，見 Zöller 1977. 西元前四〇〇〇年左右，格陵蘭冰芯顯示的氣候變冷指標，見 O'Brien et al.1995. 中歐德國橡樹年輪所顯示的氣候變遷，見 Leuschner et al.2002. 東歐大草原，見 Kremenetski, Chichagova, and Shishlina 1999.

005 洪水與農業轉移，見 Bailey et al.2002. 過度放牧與土壤侵蝕，見 Dennell and Webley 1975.

006 日拉瓦，見 Comsa 1976.

007 花粉的改變可見 Marinova 2003.

008 西元前四〇〇〇年，匈牙利西部的拉辛亞—巴拉頓文化開始定期出現銅鑄器物；可參見 Bánffy 1995; also Parzinger 1992.

009 Todorova 1995:90; Chernykh 1992:52. 屋舍的燒毀有可能是銅石並用時代有意為之的儀式行為；可參見 Stevanovic 1997。然而，約莫西元前四〇〇〇年時，火焰終將吞噬了多瑙河下游和巴爾幹的銅石並用時代城鎮，緊接著是全區的棄置與文化的急劇變化。北美西南部（1100-1400 CE）和中美洲的古典晚期馬雅遺址（700-900 CE）全區之所以發生大型聚落的棄置，與連綿激烈的征戰脫不了干係；參見 Cameron and Tomka 1993。西元前四一〇〇至三八〇〇年前後，侵襲多瑙河流域下游的那種氣候變遷，還不足以讓人造土丘聚落難以居住。因此，戰爭似乎是可能的解釋。

010 卡拉諾沃 VI 末期過度放牧與土壤侵蝕的證據，見 Dennell and Webley 1975；銅石並用時代印拿塞特的毀滅，見 Merpert 1995; and Nikolova 2000.

011 Todorova 1995.

012 見 Ellis 1984 中對陶器工坊的敘述，燧石工坊可見 Popov 1979. 我採用俄文的拼法（Tripolye、Tomashovka），而不是烏克蘭文（Tripil'ye、Tomashivka），原因在於烏克蘭以外的文獻，許多遺址的名稱（例如 Tripolye）都是用俄語拼法來建置的。

013 人口統計學，見 Dergachev 2003; and Masson 1979. 波赫拉得— Aldeni 難民的遷徙，見 Sorokin 1989.

014 特里波里 B1 的征戰，見 Dergachev 2003, 1998b; and Chapman 1999. 德勒提斯 1 號，見 Ryndina and Engovatova 1990. 本段落中的許多其他資訊，我都仰賴 Chernysh 1982 中的許多評論。

015 庫庫特尼 C 之名指涉一種以摻入貝殼的陶土所燒製的陶器。庫庫特尼的年代以庫庫特尼 B2 做收。庫庫特尼 C 陶器最早出現在庫庫特尼 A3 ／特里波里 B1 時期的遺址，且最終主導了陶器風格的融合。見 Ellis 1984:40-48.

016 一般認為，對庫庫特尼 C 陶器的大草原影響源頭是瑟斯基島文化早期，即階段 Ib，參見特里金；或斯科利亞文化，參見拉薩馬欽。

017 夾貝燒製讓陶器更耐用、更抗撞，除了通過加熱實行熱衝擊（thermal shock），還增加了蒸發的冷卻效應（cooling effect），讓其很適合用於烹飪或貯存飲用水。在穴居與大型的兩層地表上屋舍中都找到庫庫特尼 C 陶器和精美的彩繪陶器。文中並未提及庫庫特尼 C 陶器和細陶器在聚落中所分布位置的脈絡差異（Contextual difference）。在某些遺址出現的庫庫特尼 C 陶器外觀似乎並不連貫：波里瓦諾夫村在特里波里 B2 定居時期採用經過燒粉、參料、燒製的傳統粗陶，但特里波里 C1 階段時，轉而使用形狀和設計皆不同的夾貝 C 型陶器，而精美的彩繪陶器則明確顯露出兩個階段之間的連續性。見 Bronitsky and Hamer 1986; Gimbutas 1977; and Marinescu-Bilcu 1981.

018 馬頭權杖可見 Telegin et al.2001; Dergachev 1999; Gheorgiu 1994; and Govedarica and Kaiser 1996.

019 頭骨形狀，見 Necrasov 1985; and Marcsik 1971. 在特拉安（特里波里 B2）的儀式基礎沉積物中，發現了細長的「地中海人種」特里波里顱骨。

020 米爾諾，見 Burdo and Stanko 1981.

021 向東遷徙，見 Kruts and Rizhkov 1985.

022 對鐵器時代遊牧騎兵的刻板印象似乎是梅佩特（1974, 1980）和金布塔斯（1977）一些著作的基調，造就了深遠的影響。

023 「笨拙的坐姿」假說的論據是近東的圖像，其中的騎士笨拙地騎在馬臀上，這種方式比較適合騎驢。因為驢子的鬐甲較低、臀部既高且寬。若坐在驢背上靠前之處，當地把頭低下時，騎士就很容易滑落下來。因此，騎驢的時候通常會騎在臀部上。而馬的鬐甲較高，因此適合往前坐，這樣騎士就能抓住鬃毛。但若想坐到馬臀上，還得刻意把身體抬高往後挪，而且沒有其他東西可以抓。這種騎士往後騎在馬臀上的藝術性圖像，可能僅僅代表，在西元前一〇〇〇年之前，特別是埃及，比起騎馬，大多數的近東藝術家對騎驢更加熟悉。若認為大草原的騎士會用騎驢的坐姿來騎馬，未免太不符合常理。此論述可見 Drews 2004:40-55.

024 古歐洲與東歐大草原的銅石並用時代文化之間的互利共生與經濟交流，見 Rassamakin 1999:112; see also Manzura, Savva, and Bogotaya 1995; and Nikolova 2005:200.Nikolova 指出，山牧季移已經是保加利亞古歐洲經濟的一部分，但她所引用的伊宮迪斯卡洞穴（Yagodinska cave）遺址的碳定年落在西元前三九〇〇年前後的倒塌期間或之後。高地的牧民聚落是人造土丘經濟中微不足道的一部分，唯有嚴峻的危機才有可能讓它們成為新經濟模式的基礎。

025 Ewers 1955:10.

026 「施與受」，見 Benveniste 1973:53-70, 西臺語詞彙，見 esp.66-67；引用，見 53. 西臺語的 *pai* 是從前綴（preverb）*pe-* 加上 **ai-* 所衍生而來，成為吐火羅語族中字根 *ai-*，意指「施予」（give）。亦可參見 Mallory and Adams 1997:224-225 中的條目「*Give*」。

027 見 Keeley 1996. 線紋陶前線的互利共生模型，見 Bogucki 1988. 在針對互利共生食

物交換的討論中，經常提及的一個民族學案例，是遊墾園藝的普伯羅印第安人及大草原上步行的野牛獵人之間的交易。但蘇珊·維希克最近的一項研究指出，普伯羅印第安人與大草原上的野牛獵人所交易的是奢侈品——燧石箭頭、彩陶和綠松石——而非食物。西元一二五〇年後，大草原上紛爭持續加劇的時期，貿易其實大幅增加。參見 Vehik 2002。

028 見 Kershaw 2000.

029 見"bride-price" in Mallory and Adams 1997:82-83.

030 在東非，穆科戈多（Mukogodo）是採集者和養蜂人的群體，在開始與牧民部落互動和通婚後，被迫要想辦法獲取牲畜，因為在非穆科戈多的求婚者拿牛當聘金的時候，穆科戈多的男性單靠蜂窩，不可能娶到妻子；牛隻就是比較珍貴。於是穆科戈多的人群搖身一變成為牧民，才有辦法傳宗接代。見 Cronk 1989, 1993.

031 Ewers 1955:185-187.

032 瑟斯基島遺址有兩個地層：瑟斯基島 1 和瑟斯基島 2。下層（瑟斯基島）是銅石並用時代早期的晶伯河—頓涅茨河 II 聚落，上層則是銅石並用時代晚期的瑟斯基島文化的典型聚落。在較早出版的著作中，瑟斯基島文化有時也會被稱為瑟斯基島 2（或 II），以區隔瑟斯基島 1（或 I）。

033 瑟斯基島文化的定義出自 Telegin 1973.瑟斯基島文化的主要聚落遺址位於德雷耶夫卡，英文的論述可參見 Telegin 1986；。庫庫特尼 C 陶器的瑟斯基島源頭，見 111-112. 特里金以英文所寫的時間順序概論，收錄於 Telegin 1987.

034 拉薩馬欽以英文所寫的新模型中，最長、最詳盡的版本是一篇長達一百二十三頁的文章，即 Rassamakin 1999. 特里金的所定義出的瑟斯基島文化四階段（Ia、Ib、IIa、IIb），對拉薩馬欽而言，至少代表三個獨立且連貫的文化：（1）西元前四五〇〇至四〇〇〇年：斯科利亞文化（以斯特里查—斯科利亞命名，此為特里金瑟斯基島 Ib 階段的遺址）；（2）西元前三六〇〇至三二〇〇年：克維亞納文化是特里金 Ia 階段的遺址，但拉薩馬欽將其往後挪至等同於特里金「最後的」IIb 階段）。以及 (3) 西元前三二〇〇至三〇〇〇年：德雷耶夫卡文化（特里金的 IIa 階段，碳定年為西元前四二〇〇至三七〇〇年）。特里金似乎堅信層位學、墓葬聯繫以及碳定年，拉薩馬欽則傾向以風格論證。

035 瑟斯基島陶器，見 Telegin 1986:45-63; 1973:81-101. 骸骨研究，見 Potekhina 1999:149-158.

036 馬留赫村的種子，見 Pashkevich 1992:185. 德雷耶夫卡的工具，見 Telegin 1973:69, 43. 比比科娃的報告其實列出了 2,412 只馬骨和最小個體數的五十二匹馬。我在編輯時，刪掉了「獻祭公馬」的下顎骨、顱骨和兩個掌骨，

037 僅提到瑟斯基島四座聚落的獸骨樣本。其中大多數都非常小（幾百只骨頭），且在挖掘時沒有使用過濾器（至今仍然沒用），所以在挖掘過程中，骨骸的恢復情況各不相同。基於此些原因，公開的獸骨百分比只能作為粗略的依據。這些動物志報告的英文譯本，見 Telegin 1986.

038 拉薩馬欽（1999:128）將西元前四〇〇〇年之前的德雷耶夫卡墓地劃為斯科利亞時期，並稱其為德雷耶夫卡 2；並將西元前三三〇〇至三〇〇〇年左右的德雷耶

夫卡聚落劃為銅石並用時代晚期。特里金根據從聚落中測得的碳定年和該墓地中發現的特里波里 B2 碗，將兩者劃為同一時期。

039 對於和鹿角製「馬鑣」的各種解釋，可參見 Dietz 1992

040 蘇沃羅沃—諾沃丹尼洛沃卡族群，見 Nechitailo 1996; and Telegin et al.2001. 金屬分析，可參見 Ryndina 1998:159-170；英文總結，見 194-195. 蘇沃羅沃—諾沃丹尼洛沃卡群集的英文討論非常少。除了拉薩馬欽對斯科利亞文化的論述，還囊括蘇沃羅沃—諾沃丹尼洛沃卡，見 Dergachev 1999; and Manzura, Savva, and Bogotaya 1995. 位於「Suvorovo」之下，是個十分有用的條目，可參見 Mallory and Adams 1997.

041 Telegin 2002, 2001.

042 諾沃丹尼洛沃卡墳墓群中的物質風格討論，收錄於 Potekhina 1999:149-154. 多瑙河下游的各種風格，可參見 Potekhina in Telegin et al.2001; and in Necrasov and Cristescu 1973.

043 林迪那 (1998:159-170) 查驗了位於 Giugiurleşti、蘇沃羅沃、諾沃丹尼洛沃卡、佩卓—斯維斯圖羅沃和卓別里的墳墓群中的銅器。瓦納和古梅爾尼塔的銅器，見 Pernicka et al.1997. 其記錄了巴爾幹礦脈的終結，以及西元前四○○○左右朝喀爾巴阡山礦石的轉向。

044 窩瓦河大草原的馬頭例子，發現於奧倫堡附近的新奧爾斯克（Novoorsk）及薩馬拉附近的列比欽卡。拋光的石製權杖頭，見 Kriukova 2003.

045 古歐洲武器，見 Chapman 1999.

046 在瓦納和杜蘭庫拉克的墓地群中，歐洲野驢具備特殊的儀式地位，但在飲食中並不重要，因此瀕臨滅絕。切爾納沃德 I 時期之前，在多瑙河流域銅石並用時代的聚落和墓地群中，馬（野生家馬）十分罕見或根本沒有，除了波赫拉得變體的遺址。與古梅爾尼塔相關的波赫拉得遺址中有百分之八的馬骨。多瑙河流域的其他古歐洲遺址幾乎很少或根本沒有馬。瓦納和杜蘭庫拉克的野驢，見 Manhart 1998.

047 西南地區戰爭和長途貿易的增加，見 Vehik 2002. 狄宇宙（1999）觀察到，大草原上征戰的增加，促使原有機構的組織發生變化，這些變化在之後讓大規模的遊牧民軍隊得以實現。

048 特里波里 A ／ B1 早期聚落與波赫拉得文化之間的交流，可參見 Burdo 2003 中的總結。大多數交流的年代都落在特里波里 A 晚期—特里波里 AIII2 和 III3。

049 波赫拉得遺址，見 Subbotin 1978, 1990.

050 外來墓地群，見 Dodd-Opriţescu 1978. 金和銅器貯藏品，見 Makkay 1976.

051 蘇沃羅沃墳塚群，見 Alekseeva 1976. 科普切克墳塚可見 Beilekchi 1985.

052 朱爾古萊蒂的簡介可見 Haheu and Kurciatov 1993. 其中一個發表的碳定年是從朱爾古萊蒂測得：Ki-7037、5380±70 BP，或校正後的西元前四三四○至四○四○年；有人告訴我這個年代是誤植，收錄於 Telegin et al.2001, 128.

053 諾沃丹尼洛沃卡墓葬是孤立的，且並未處於墓地群之中，見 Telegin 1973:113；原始的佩卓—斯維斯圖羅沃和卓別里，見 Bodyans'kii 1968; and Dobrovol'ski 1958.

054 整個區域的人造土丘在西元前四○○○至三五○○年左右都遭棄置，此觀察可參見 Coleman 2000. 我不認為此事件會把希臘語使用者引入希臘，因為希臘語與印

度—伊朗語族有許多共有的特徵（見第三章末），而印度—伊朗語族出現的時間要來得更晚。西元前四〇〇〇年的危機可能致使先安納托利亞的人群進入東南歐。

055 羅馬時期保加利亞的去都市化（de-urbanization），見 Madgearu 2001.Mace (1993) 指出，若穀物產量下滑，牛就是預防飢餓的保險。在衝突期間，可以將牛遷入保護區。在農業產量下滑與衝突加劇的情勢下，轉向更依賴放牧的經濟模式，非常合乎經濟考量。

056 原始印歐語中的戰利品、利益和掠奪物，見 Benveniste 1973:131-137; for language shift among the Pathan，見 Barth 1972.

057 切爾納沃德 I，見 Morintz and Roman 1968; and Roman 1978; 亦可見 Georgieva 1990; Todorova 1995; and Ilčeva 1993. 近來一個很好的總結，收錄於 Manzura 1999. Ostrovul Corbului 的墓地群，見 Nikolova 2002, 2000.

058 Sherratt 1997b, 1997c. 謝瑞特認為應用西元前四〇〇〇至二五〇〇年的飲酒器來飲用含有蜂蜜（蜂蜜酒的基底）和穀物（啤酒的原料）的飲料，以青銅時代早期的鐘型杯皆可直接得證。謝瑞特並指出，蜂蜜的供應量少，而且可能受菁英控制，他們在儀式上分送發酵的飲料，且此為封閉的聚會，只對他們內部的小圈圈開放。原始印歐語中有一個語詞包含指涉蜂蜜的（*melit-*）和指涉蜂蜜飲料的派生詞（*medhu-*）。

059 切爾納沃德 I—倫哥耶爾文化晚期的馬匹，見 Peške 1986; and Bökönyi 1979.

060 放牧經濟，見 Greenfield 1999; Bökönyi 1979; and Milisauskas 2002:202.

061 Sius 的祈禱文，見 Puhvel 1991.

第十二章 改變草原邊界的種子

001 林迪那（1998:170-171）計算了後蘇沃羅沃時期大草原墳墓中的七十九只銅器，與蘇沃羅沃—諾沃丹尼洛沃卡墳墓群的三百六十二件銅器做比較。

002 見 Telegin 2002, 1988, 1987；亦可見 Nikolova and Rassamakin 1985; and Rassamakin 1999. 米哈伊洛夫卡的早期報告，見是 Lagodovskaya, Shaposhnikova, and Makarevich 1959；Shaposhnikova 1961（此文章注意到上下兩地層間的劃分）；以即 Shevchenko 1957. 下層米哈伊洛夫卡墳墓群的地層位置，見 Cherniakov and Toshchev 1985. 墳墓群中米哈伊洛夫卡 I 陶器的碳定年報告可見 Videiko and Petrenko 2003. 米哈伊洛夫卡 II 的早期始於西元前三五〇〇年，見 Kotova and Spitsyna 2003.

003 米哈伊洛夫卡 I 的邁科普陶器碎片，見 Nechitailo 1991:22. 其他的陶器交流，見 Rassamakin 1999:92; and Telegin 2002:36.

004 Pashkevich 2003.

005 東南歐洲在青銅時代早期的綿羊，要比銅石並用時代的綿羊要大得多，伯克尼（1987）將其歸因於西元前三五〇〇年後所出現的一種新羊毛綿羊。

006 切爾納沃德遺址出土的三個區產生了三個連續的考古文化，其中最古老的是切爾

納沃德 I，約當西元前四〇〇〇至三六〇〇年；接下來是切爾納沃德 III，約當西元前三六〇〇至三〇〇〇年，與巴登文化同期；最年輕的是切爾納沃德 III，約當西元前三〇〇〇至二八〇〇年。米哈伊洛夫卡 I 可能與切爾納沃德 I 的末期和切爾納沃德 III 的前半葉的同時代。見 Manzura, Savva, and Bogatoya 1995.

007 奧勒內什蒂的米哈伊洛夫卡 I 墳墓群，見 Kovapenko and Fomenko 1986; 索科洛夫卡，見 Sharafutdinova 1980.

008 Potekhina 1999:150-151.

009 一九七〇年代，Kovaleva 首次提出「後馬立波文化」這個標籤。見 Nikolova and Rassamakin 1985; Telegin 1987; and Kovaleva 2001.

010 見 Ryndina 1998:170-179, for Post-Mariupol metal types.

011 這兩座墳墓是 Verkhnaya Maevka XII 的 2 號塚 10 號墓；以及奧勒耳—薩馬拉區域的 Samarska 1 號塚 6 號墓。見 Ryndina 1998:172-173.

012 Razdorske，見 Kiyashko 1987, 1994.

013 一般認為列賓的馬骨比例為八成。席洛夫（1985b）審核了其數量，得出馬骨應占五成五——這比例仍然很高。

014 切卡斯卡亞的列賓／顏那亞，見 Vasiliev and Siniuk 1984:124-125.

015 卡拉—庫都克和克孜勒—哈克，見 Barynkin and Vasiliev 1988；動物，見 I. Kuzmina 1988. 亦可見 Ivanov and Vasiliev 1995; and Barynkin, Vasiliev, and Vybornov 1998. 克孜勒—哈克的碳定年，見 Lavrushin, Spiridonova, and Sulerzhitskii 1998:58-59. 窩瓦河下游的赫瓦倫斯克晚期墳墓群，見 Dremov and Yudin 1992; and Klepikov 1994.

016 Kruts 將洽皮夫卡陶器定在特里波里 C1 晚期，維戴柯則將洽皮夫卡視為特里波里 B2 晚期的聚落。見 Kruts 1977; and Videiko 2003. 維戴柯認為，在不同的聚落群體中，陶器手工藝傳統的變化速度各不相同。其指出，在聶伯河群體（洽皮夫卡）中，特里波里 B2 的風格習俗停留得比南布格河群體所在的超級聚落更久，南布格河群更早開始轉移至特里波里 C1 的風格。西元前三四〇〇至三三〇〇年，特里波里 C2 風格就開始出現在聶斯特河畔，但直到西元前三一〇〇年左右，才出現在聶伯河畔。

017 Kruts 1977:48.

018 超級遺址，見 Videiko 1990, 以及同一卷的其他文章；亦可見 Shmagli and Videiko 1987 and Kohl 2007.

019 在麥德涅斯科聚落，最常見的穀物是二粒小麥和斯卑爾脫小麥，同一間房屋中也找到大麥和豌豆。牛（占家畜的百分之三十五，最小個體數）是最重要的肉源，豬（百分之二十七）和綿羊（百分之二十六）是次要來源，其餘的一成一則平均分配給狗和馬。大約一成五的動物是紅鹿、野豬、野牛，野兔和鳥類。牛、豬和豐富的野生動物顯示此聚落附近有大片森林。小於二十平方公里左右的森林便足以為該城鎮供給木材，每個五口之家可分配到約莫二點二公頃的闊葉林。有鑑於看不出來有生態退化（ecological degradation）的跡象，因此該城鎮的棄置可能是由於戰爭。見 Shmagli and Videiko 1987:69；以上論及經濟的幾篇文章，引用自 Videiko 1990.

020 聶斯特河畔波里瓦諾夫村的特里波里 B1 聚落俯瞰著高品質燧石的露頭。有一間屋舍在工具製造過程的所有階段中，持續大量從事燧石加工。在之後的特里波里 C1 聚落中，所有六個出土的結構都在從事燧石加工，最初的成形發生於他處，並製造了新產品（燧石重斧和長約十公分的鑿子）。特里波里 C1 的聚落已然成為由工匠組成的專業村莊。麥德涅斯科聚落可能是從波里瓦諾夫村進口來自聶斯特河的燧石工具成品。在南布格谷以東的特里波里 B2 城鎮 Veseli Kut（150 公頃），有兩種建築物被辨識出是陶器工坊。在瓦爾瓦羅夫卡 VIII 發現了八棟專門用於陶器生產的建築物（四十公頃和兩百間屋舍，此為該區規模最大的城鎮），而在聶斯特河畔的彼得雷尼（Petreni）也出現了類似的陶器工坊，此地也是該區最大的城鎮。在麥德涅斯科，連續八間屋舍內都裝設有紡織機（有多達七十座的陶土紡輪），有的屋舍則設有兩座紡織機，可能是專業的織工區。波里瓦諾夫村，見 Popova 1979；陶器工坊，見 Ellis 1984.

021 烏魯克擴張，見 Algaze 1989; Stein 1999; and Rothman 2001. 哈希奈比的銅器製造，見 Özbal, Adriaens, and Earl 2000；伊朗的銅器，見 Matthews and Fazeli 2004. 羊毛綿羊，見 Bökönyi 1983; and Pollack 1999.

022 Sos 和貝里克迪比，見 Kiguradze and Sagona 2003; and Rothman 2003.

023 在貝里克迪比的庫拉—阿拉克斯地層中找到類似邁科普的陶器。邁科普文化早期比外高加索前期文化早開始。見 Glonti and Dzhavakhishvili 1987.

024 前邁科普的斯沃博德諾埃，見 Nekhaev 1992; and Trifonov 1991. 大草原與斯沃博德諾埃的交流，見 Nekhaev 1992; and Rassamakin 2002.

025 邁科普酋長墓葬中的下葬姿勢尚不清楚。邁科普文化的英語論述，見 Chernykh 1992:67-83. 較舊的文獻，見 Childe 1936; and Gimbutas 1956:56-62. 俄文的精細長篇論述，收錄於 Munchaev 1994. 新斯沃博德納亞的墳墓群，見 Rezepkin 2000. 北高加索考古文化史，見 Trifonov 1991.

026 金銀鑄造的公牛，見 Chernopitskii 1987. 以鉚釘固定、長四十七公分的銅刀，在 Munchaev 1994:199 中有詳細說明。

027 羅斯托夫采夫（1922:18-32）認為邁科普是青銅時代的文化，或者以安納托利亞語詞彙的說法，是銅石並用時代晚期。但邁科普被確立為北高加索青銅時代的文化，因此其開始的時間應早於其最初有聯繫的安納托利亞青銅時代。現在，一些俄羅斯考古學家認為應將邁科普早期階段劃為銅石並用時代晚期，而其後的邁科普階段則維持在青銅時代早期。邁科普文化的編年，見 Trifonov 1991, 2001. 我自己的錯誤編年，見 Glumac and Anthony 1992. 我應該相信羅斯托夫采夫的說法。

028 東安納托利亞的印章，見 Nekhaev 1986; and Munchaev 1994:169, table 49:1-4.

029 噶盧加，見 Korenevskii 1993, 1995；動物群的論述，可參見 1995:82. 科倫涅夫斯基認為噶盧加是源自獅子山 VIA 的先鋒移民的聚落。邁科普的馬匹，見 Chernykh 1992:59.

030 雷澤普金（Rezepkin，1991，2000）指出，邁科普和新斯沃博德納亞是同時期、獨立的兩個文化。測自噶盧加（邁科普）和克拉迪（新斯沃博德納亞）的碳定年也顯示出這一點。但是噶盧加的碳定年是以木炭測定，而克拉迪的則是以人骨，

要是克拉迪的人群吃下很多魚，就可能會受到魚類中古老碳的影響。將氮十五含量調整至百分之十一（此為大草原已知水準的對小值），那麼克拉迪「最古老」的年代可能會從西元前三七〇〇至三五〇〇年延後至西元前三五〇〇至三三五〇年左右。我遵循傳統的觀點，將新斯沃博德納亞視為邁科普文化的產物。雷澤普金比較了新斯沃博德納亞的陶器與漏斗杯陶、或波蘭方能畢克文化的陶器，亦比較了克拉迪的巨石墳墓群與漏斗杯陶文化的石板墳墓群。他指出，新斯沃博德納亞是從波蘭移民開始的。科倫涅夫斯基（1993）試圖將這兩個階段重新整合為單一的文化。拋光黑陶出現在銅石並用時代晚期的安納托利亞中部，以及 Kösk 土丘（Kösk Höyük）和 Pinarbişi 等更靠近替代來源的青銅時代早期遺址。

031 Shishlina, Orfinskaya, and Golikov 2003.

032 阿里克梅克─特佩西的珠串，可參見 Kiguradze and Sagona 2003:89.

033 「Sé Girdan」墳塚群所顯示的邁科普─新斯沃博德納亞的聯繫，可參見 A. D. Rezepkin and B. A. Trifonov；兩者都在二〇〇〇年以俄文發表對此聯繫的論述。二〇〇二年紐約大都會博物館 Elena Izbitser 的研究引起穆斯卡瑞拉的注意。穆斯卡瑞拉（2003）回顧了此段歷史。

034 長距離貿易的權力象徵，見 Helms 1992. 原始社會貴重物品，見 Dalton 1977; and Appadurai 1986.

035 新斯沃博德納亞的四輪車墓葬，見 Rezepkin and Kondrashov 1988:52.

036 Shilov and Bagautdinov 1998.

037 邁科普文化與大草原的交流，可參見 Nechitailo 1991. 拉薩馬欽（2002）指出，Kasperovka 類型的特里波里晚期移民影響了新斯沃博德納亞文化的成型。

038 大麻可能已從大草原貿易至美索不達米亞。希臘與的 *kánnabis* 和原始日耳曼語的 *hanipiz* 似乎都與蘇美語的 *kunibu* 有關。作為口頭語言的蘇美語大約於西元前一七〇〇年滅絕，因此這種聯繫肯定相當古老，而烏魯克晚期的國際貿易則提供了合適的背景；見 Sherratt 2003, 1997c. 葡萄酒可能是將其聯繫的商品；希臘語、拉丁語、亞美尼亞語和西臺語「葡萄酒」（wine）字根都是同源詞，有些語言學家認為這個字根應該源於閃語或亞非語系。見 Hock and Joseph 1996:513.

039 高加索的馬匹，見 Munchaev 1982; Mezhlumian 1990; and Chernykh 1992:59. 諾松丘與安納托利亞，見 Bökönyi 1991.

第十三章　大草原上的四輪車住民

001 顏那亞時期初始的氣候變遷，見 Kremenetski 1997b, 2002.

002 * *ghos-tiroot* 這個字根僅留存在義大利、日耳曼語和斯拉夫語族裡，但此結構傳播得更廣。*Phílos*，見 Benveniste 1973:273-288；*guest* 和 *friend* 收錄於 Mallory and Adams 1997 的條目。伊凡諾夫指出盧維語的 *kaši-*（visit）可能與原始印歐語中的 *ghos-ti-* 是同源詞，但兩者的關係尚不明朗。對「盛情款待」（*hospitality*）的討論，見 Gamkrelidze and Ivanov 1995:657-658. 在之後的印歐社會中，此系統對於商人與來訪的菁英或貴族的保護至關重要；見 Kristiansen and Larsson 2005:236-240. 亦可

見 Rowlands 1980.

003 正如馬洛利所指出的，印歐語系的語族中確實有一些農業詞彙。東方印歐語會談論耕地、穀物和穀殼。東西方之間的考古學比較，比語言學上的比較更為極端，這或許反映出人們所知與可談論的（語言）與其在大多數時候的實際行為之間的差距（考古學）。見 *agriculture*,、*field* 和 *plow* 收錄於 Mallory and Adams 1997 的條目。

004 「陰性」是將古典原始印歐語與保存在安納托利亞語族的古體形式區分開來的十項創新之一，見 Lehrman 2001. 西方印歐語系中的亞非語系借詞，見 Hock and Joseph 1996:513. 樓陀羅（Rudra）的陰性伴侶，見 Kershaw 2000:212

005 Gimbutas 1956:70ff. 若沒有這種極富開創性的英文綜合研究為我開一扇窗，我從未想過自己有辦法深入了解東歐的考古學。然而，我很快就開始與她意見分歧；見 Anthony 1986. 一九九一年，在波勒美（Edgar Polomé, 1920-2000）於德州奧斯汀舉辦的美國國家人文基金會（National Endowment for the Humanities, NEH）會議上，我很榮幸有機會與她共事幾天。

006 一九〇三年，戈羅佐夫於北頓涅茨河的考古探險，為紀念其一百週年，舉辦了三場針對青銅時代的會議（或至少計劃了三場）。首次會議於二〇〇一年在薩馬拉舉行，會議紀錄成功推展了青銅時代的大草原文化研究。See Kolev et al.2001.

007 顏那亞是「文化—歷史共同體」，見 Merpert 1974:123-146.

008 此「草原—松木—森林」的植物群落（vegetation community）被劃為編號 19，收錄於 the Atlas SSSR, 1962, edited by S. N. Teplova, 88-89. 其同時發生於低地和山區的草原環境中。

009 表 13.2 列舉了阿凡納羨沃的碳定年。大部分阿凡納羨沃的碳定年是以墳墓中的木材測得，但有些是以人骨測得。雖然我未曾見過阿凡納羨沃個體的氮十五測量值，但之後在阿爾泰山脈的墳墓中所發現的骨骸的氮十五水準為百分之十點二至十四點三。採用本書所使用的校正比例，以骨骸測得的阿凡納羨沃的碳定年，可能比原本老上一百三十至三七五年。我並未對其進行校正，因為，正如我所說，大多數似乎都是從墳墓中的木材樣本測得，而非從人骨測得的。

010 V. N. Logvin (1995) 指出，北哈薩克一些未定年的土坑墓可能反映出早期顏那亞或列賓與波泰—特塞克人群的短暫混合。加拉吉斯墳塚，見 Evdokimov and Loman 1989.

011 窩瓦河—烏拉爾地區最古老顏那亞墳墓群中的陶器（波克羅夫卡墓地群 I、15 號塚 2 號墓；Lopatino1 號塚 31 號墓；Gerasimovka II4 號塚 2 號墓）受到列賓風格影響；戈爾諾—阿爾泰地區最早的阿凡納羨沃文化墳塚的陶器（Bertek 33, Karakol）看起來也受到列賓風格影響。

012 阿凡納羨沃文化，見 Molodin 1997; and Kubarev 1988. 顱骨測量法，見 Hemp-hill and Mallory 2003; and Hemphill, Christensen, and Mustafakulov 1997. 巴雷克圖尤爾的動物遺跡，見 Alekhin and Gal'chenko 1995.

013 本土文化，見 Weber, Link, and Katzenberg 2002; also Bobrov 1988.

014 Chernykh 1992:88; Chernykh, Kuz'minykh, and Orlovskaya 2004.

015 吐火羅語族與阿凡納羨沃文化的連結，見 Mallory and Mair 2000.

016 所有大草原四輪車墳墓的數量，以及諾沃第得洛斯卡雅文化的四輪車，見 Gei 2000:176. 巴爾基墳塚內的顏那亞四輪車墓葬，見 Lyashko and Otroshchenko 1988. 盧可安諾瓦的顏那亞車輛，見 Mel'nik and Serdyukova 1988. 多瑙河三角洲北部的顏那亞四輪車墳墓，見 Gudkova and Chernyakov 1981.Shumaevo 墓地群 II 的 2 號及 6 號塚中的顏那亞四輪車墳墓，是數十年來在窩瓦河地區所發現的第一個四輪車墳墓，由 M. A. Turetskii 和 N. L. Morgunova 於二〇〇一至二〇〇二年出土。6 號塚中的一只車輪與 2 號塚的中的三只車輪；可參見 Morgunova and Turetskii 2003. 早期有輪車的一般性敘述，見 Bakker, et al.1999.

017 Mel'nik and Serdiukova (1988:123) 認為顏那亞的四輪車並無實際用途，純粹是模仿近東諸王崇拜中所用的儀式。對我來說，若將此歸因於顏那亞的人群對遠方近東象徵的敬畏，更欠缺實際意義。這也無法解釋顏那亞轉向基於流動性的經濟模式。即使置於墳墓中的某些四輪車「是」較簡單的喪葬用品，也代表不存在更堅固的原型。

018 Lzbitser (1993) 判斷，所有這些大草原車輛，包括那些在墳墓群中僅發現的兩個車輪，都是四輪車。她的觀點被引用於論證馬戰車的起源，顯示大草原文化可能沒有製造兩輪車的經驗；可參見 Littauer and Crouwel 1996：936。但有很多墳墓都只有兩個車輪，像是巴爾基墳塚內的 57 號墓。埃夫迪克墳塚中新斯沃博德納亞青銅大釜上的凸紋圖像看起來像手推車。Izbitser 將與地下墓穴文化（西元前二八〇〇至二二〇〇年），以及外高加索前期文化、或說是庫拉—阿拉克斯（西元前三五〇〇至二五〇〇年）的位於北高加索的 Badaani 遺址相關的陶土手推車模型，詮釋為車輛以外的物件。另一方面，蓋伊和我一樣找到手推車和四輪車的證據，可參見 Gei 2000:186.

019 Merpret 1974 的聶伯河地區由 Syvolap 2001 劃為超過六個的微型地區（microregion）。

020 Telegin, Pustalov, and Kovalyukh 2003.

021 見 Sinitsyn 1959; Merpert 1974; and Mallory 1977. 赫瓦倫斯克文化的發現而重新考量梅佩特的設想，見 Dremov and Yudin 1992; and Klepikov 1994. 窩瓦河—頓河—高加索地區的所有早期顏那亞變體及其年代的回顧，見 Vasiliev, Kuznetsov, and Turetskii 2000.

022 米哈伊洛夫卡 I 製造了一一六六塊獸骨，米哈伊洛夫卡 II 和 III 則一同製造了五二五四零塊。

023 顏那亞的種子痕跡，見 Pashkevich 2003.Pashkevich 認為米哈伊洛夫卡 II 是列賓文化的聚落，反映出本文所提之關於其陶器聯繫的論辯；另請參見 Kotova 和 Spitsyna 2003。

024 顏那亞和地下墓穴的年代，見 Trifonov 2001; Gei 2000; and Telegin, Pustalov, and Kovalyukh 2003. 西顏那亞和地下墓穴的年代，見 Kośko and Klochko 2003.

025 這些觀點在 Khazanov (1994) and Barfield (1989) 也有很好的闡述。

026 草原遊牧民的穀物栽種，見 Vainshtein 1980; and DiCosmo 1994. 現代遊牧民很少吃

穀物，見 Shakhanova 1989. 從護衛隊到軍隊的擴張，見 DiCosmo 1999, 2002.

027　見 Shilov 1985b.

028　卡爾梅克草原上的墳塚群的季節性數據研究，見 Shishlina 2000. 晶伯河草原上顏那亞畜牧模式的評論，見 Bunyatyan 2003.

029　珊諾沃克，見 Gei 1979. 列文索沃克，見 Bratchenko 1969. 牛在這些地方的優勢，可參見 Shilov 1985b:30.

030　在卡爾梅克的馬尼赤湖盆地所找到的顏那亞石器和陶器的表面碎片，可參見 Shishlina and Bulatov 2000；在窩瓦河下游和北裏海大草原所找到的，見 Sinitsyn 1959:184. 這些地方的沙漠或半沙漠環境，使地表的遺址比位處北方大草原隱藏在草皮之下的遺址更為明顯。我們在薩馬拉州找到青銅時代晚期的定居聚落，位於現代的地表以下二十至三十公分處；見 Anthony et al.2006. 黑腳印地安人的冬季營地可見 Ewers 1955:124-126：「綠草牛（Green Grass Bull）說，他們隊伍中擁有大型馬群的成員，每年冬天都要搬幾次營地；這種不到一天的短程遷徙很可能會帶領他們前往一個擁有足夠資源的新址，以作為另一個冬季營地，因為他們對燃料和草料的需求實在太大，所以以部落的所有成員無法同在一個大型村莊裡過冬。」這種行為可能會讓我們難以發現顏那亞的營地。

031　Tsa-Tsa 的墓葬，可參見 Shilov 1985a.

032　由貝爾法斯特女皇大學（Queen's University Belfast）的莫菲所研究的薩馬拉流域計畫，當中有一部分是針對窩瓦河中游區域的顏那亞的牙齒病狀，並結合來自匈奴和其他墓地群的比較數據。未公開發表的內部報告，收錄於 Murphy and Khokhlov 2004；亦可參見 Anthony et al.2006. 不同人群的齲齒，見 Lukacs 1989.

033　顏那亞墳墓群的植物化石，見 Shishlina 2000. 野生藜屬和單粒小麥的產量比較，可參見 Smith 1989. 莧屬所含有的蛋白質比普通小麥多出百分之二十二，藜屬中的蛋白質則多百分之三十四；而小麥的碳水化合物含量高於莧屬和藜屬。營養的比較，見 Gremillion 2004.

034　顏那亞骨骸中「眶頂篩孔樣病變」的高發生率，見 Murphy and Khokhlov 2004; and Anthony et al.2006.

035　乳糖耐受性，見 Enattah 2005.

036　見 See Vainshtein 1980:59, 72 中對母牛、乳製品和貧困的評論。

037　Mallory 1990.

038　顏那亞墳墓群中的性別，見 Murphy and Khokhlov 2004; Gei 1990; Häusler 1974; and Mallory 1990.

039　「亞馬遜」墳墓群，見 Davis-Kimball 1997; and Guliaev 2003.

040　亞歷山大・蓋伊（1990）估計，青銅時代早期的諾沃第得洛斯卡雅地區的人口密度為每一百平方公里八至十二人，而庫班大草原在青銅時代中期的地下墓穴時期的人口密度則為每一百平方公里十二至十四人。但只有一小部分的死者會有墳塚，因此，蓋伊的數據比實際的人口密度低了一個級距。以其用墳墓數估計的數量的十倍來算，即每一百平方公里約一百二十人，此人口密度與現代蒙古的人口密度相似，其中牧民在經濟中占主導地位。

041 Golyeva 2000.

042 地位和投入喪葬的工日之間的平衡，見 Binford 1971. 亦可參見 Dovchenko and Rychkov 1988；馬洛利對其研究的分析，收錄於 Mallory 1990; and Morgunova 1995.

043 Utyevka I 的 4 號塚 4 號墓中的兩只金指環上的小顆粒狀裝飾，令人十分驚訝，因為要想製作和應用金製顆粒，需要十分特殊的技術，最早出現於西元前二五〇〇年（特洛伊 II，早期王朝 III）。在此時期，窩瓦河中游顯然是經由某種網絡與 Troad 有所聯繫。Utyevka 墓葬中的斧頭屬於早期的風格，與新斯沃博德納亞和顏那亞的斧頭類似，顯示其處於非常古老的波爾塔夫卡時代。基於此墓葬的形式和工藝品的組合，瓦西列夫將其定在顏那亞晚期—波爾塔夫卡早期間的過渡期，約莫是西元前二八〇〇年。這座墳墓尚未有碳定年。Utyevka I 及其比較，見 Vasiliev 1980. 葬有權杖的骨都盧墓葬，見 Kuznetsov 1991, 2005. 概要，見 Chernykh 1992:83-92.

044 Chernykh 1992:83-92.

045 波辛的顏那亞墓葬，見 Chernykh; and Isto 2002. 窩瓦河地區的「純」銅，見 Korenevskii 1980.

046 後馬立波文化墳墓群，見 Ryndina 1998:170-179；雷貝地，見 Chernykh 1992:79-83；Voroshilovgrad，見 Berezanskaya 1979.

047 鐵製刀片，見 Shramko and Mashkarov 1993.

048 直到基克拉迪 II 早期，即西元前二九〇〇至二八〇〇年之後，有樂帆船才不僅僅是出現在畫作中；但早在始於西元前三三〇〇年的基克拉迪 I 早期，定居的基克拉迪島的數量，首次從百分之十躍升至百分之九十。這唯有憑藉可靠的海路運輸才有可能。足以容納二十至四十個划手的有樂帆船，出現的時間可能早於基克拉迪早期 II。見 Broodbank 1989.

049 敖德薩州的凱米—奧巴墳墓群，見 Subbotin 1995. 北東歐大草原的石碑，見 Telegin and Mallory 1994.

第十四章　西方的印歐語系

001 針對語言轉移這個主題的優秀文章，見 Kulick 1992 的導論. 蘇格蘭人的蓋爾語，見 Dorian 1981; see also Gal 1978.

002 卡姆文化的邦加根堡遺址，見 Ottaway 1999. 伯克尼看到德雷耶夫卡的馬群在中歐出現的較大馬群統計來源；班內可則為認為，比較起來，多瑙河三角洲北方大草原上中石器時代晚期的米爾諾馬要更為符合。但伯克尼和班內可都同意，較大新育種的源頭是大草原。見 Benecke 1994:73-74; and Bökönyi 1974.

003 布哈拉的馬匹貿易，見 Levi 2002. 我要感謝 Peter Golden 和 Ranabir Chakravarti 引發我對此的注意。

004 Polomé 1991.《梨俱吠陀》段落的翻譯，見 O'Flaherty 1981:92.

005 見 Kristiansen and Larsson 2005:238.

006 筵席，見 Benveniste 1973:61-63；亦可參見 Mallory and Adams 1997:224-225 中的條

目「GIVE」；以及 Markey 1990. 讚美詩，見 Watkins 1995:73-84. 筵席在部落社會中的普遍重要性，見 Dietler and Hayden 2001. 民族學中的相似之處，其中酋長和讚美詩相互依存，見 Lehman 1989.

007 馬洛利（1998）提及此過程時所用的是「文化彈丸」（*Kulturkugel*）隱喻，此為一種語言及文化的象徵：在滲透某目標文化後，獲取新的文化表皮，但保留其語言核心。

008 大草原遍布大量的墳塚墳墓群，當中發現進口的特里波里 C2 陶器（以及其他進口的陶器類型），還有一些（如 Serezlievka）也發現類似特里波里的示意性桿狀頭。南布格河流域 Serezlievka 風格的墳墓群可能與聶伯河—亞速海大草原上 Zhivotilovka-Volchansk 群集的顏那亞墳墓群同期，當中也找到進口的特里波里 C2 陶器，其碳定年落在西元前二九○○至二八○○年左右。拉薩馬欽（1999, 2002）認為 Zhivotilovka-Volchansk 墳墓群代表了特里波里 C2 人群的遷徙，其從森林茂密的聶斯特河上游深入聶伯河以東著大草原。然而，他只簡單將顏那亞墓葬中的特里波里陶器最解釋為紀念品、禮物或添購的商品，而非特里波里的移民。顏那亞墳墓群中很少會有陶器。科索菲尼陶器填補了多瑙河流域顏那亞墳墓群中的真空，如同特里波里 C2、邁科普晚期和雙耳細頸橢圓尖底陶器文化等風格的陶器在烏克蘭大草原的地位。

009 烏薩托韋文化，見 Zbenovich 1974; Dergachev 1980; Chernysh 1982; and Patovka et al.1989. 烏薩托韋的挖掘歷史，見 Patovka 1976. 前烏薩托韋沿海草原上的墳塚與切爾納沃德 I 聯繫的討論，收錄於 Manzura, Savva and Boga- toya 1995 烏薩托韋的切爾納沃德 I 特色，可參見 Boltenko 1957:42. 最近的碳定年討論，可參見 Videiko 1999.

010 烏薩托韋的動物群可參見 Zbenovich 1974: 111-115.

011 紡錘輪，見 Dergachev 1980:106.

012 烏薩托韋的植物學可參見 Kuz'minova 1990.

013 烏薩托韋陶器，見 Zbenovich 1968, 塗有橙色泥漿的灰色陶器的簡介可見頁 54.

014 烏薩托韋、切爾納沃德 III 晚期與邁科普晚期間的貿易，見 Zbenovich 1974:103, 141. 烏薩托韋的一顆玻璃珠因含有磷而被染成白色。其位於一個墓穴坑中，上頭覆以一片石蓋、一座石堆，接著才是一座墓葬。梨狀珠子的直徑為九公分，當中有一直徑五公分的孔，表面有顏色較深的螺旋紋。在靠近基輔聶伯河畔的索菲耶夫卡的特里波里 C2 的 125 號墓中，發現兩顆銅色（綠藍色）的圓柱形玻璃珠，定年落於一、兩個世紀之後，約莫是西元前三○○○至二八○○年（4320±70 BP, 4270±90 BP, 4300±45 BP，由索菲耶夫卡的其他三座墳墓測得）。在靠近此墓葬的地表還找到另外兩顆玻璃珠，但肯定不是當地產的。索菲耶夫卡及烏薩托韋的玻璃皆以骨灰作為鹼來製作，而非碳酸鈉。近東採用骨灰的配方。分析，見 Ostroverkhov 1985. 從索菲耶夫卡及扎瓦利夫卡琥珀珠測得的碳定年，見 Videiko 1999.

015 短劍，見 Anthony 1996. 有槳帆船，見本卷的最後一章末，以及 Broodbank 1989.

016 塗有赭土的頭骨，見 Zin'kovskii and Petrenko 1987.

017 Zimne，見 Bronicki, Kadrow, and Zakościelna 2003；亦 可 參 見 Movsha 1985; and Kośko 1999.

018 防禦工事，見 Chernysh 1982:222.

019 遷徙的年代可參見 Boyadziev 1995.

020 匈牙利的墳塚群，見 Ecsedy 1979, 1994. 奧堤尼亞的墳塚群，見 Dumitrescu 1980. 北塞爾維亞的墳塚群 For the cluster in northern Serbia，見 Jovanovich 1975. 保加利亞，見 Panayotov 1989. 概要，Nikolova 2000, 1994. 東南歐遷徙事件的相對年代，見 Parzinger 1993. 普拉奇多的四輪車墓葬，見 Sherratt 1986. 石碑，見 Telegin and Mallory 1994. 艾克西迪提及在匈牙利的顏那亞墳塚附近發現未經裝飾的石碑。

021 造就此匈牙利墳墓群的，可能是一個單一遷徙潮，其途經特里波里晚期的地區後，直接穿越喀爾巴阡山脈，而非繼續前往多瑙河流域的下游。

022 位處聶斯特河大草原心臟地帶的敖德薩州顏那亞墳墓群，大部分的碳定年都偏晚，約莫開始於西元前二八〇〇至二六〇〇年，此時烏薩托韋文化已經消失了。當然也有一些較為古老的碳定年（史文諾夫斯基 11、14 號塚；Liman2 號塚；諾沃塞茨 19 號塚），但在兩座史文諾夫斯基墳塚中，皆以烏薩托韋墓葬為主，顏那亞風格的所有墓葬都是次要的。地層成層的情況讓我對早期的碳定年有所質疑。烏薩托韋文化之後，顏那亞似乎接管了敖德薩州的大草原。見 Gudkova and Chernyakov 1981; and Subbotin 1985.

023 Kershaw 2000；亦可參見收錄於 Mallory and Adams 1997 當中的 korios 和 warfare 條目。牲口劫掠與相關的組織在 Walcot 1979 中有所討論。

024 印古爾河畔的顏那亞犬齒裝飾，見 Bondar and Nechitailo 1980.

025 大草原的石碑，見 Telegin and Mallory 1994. 腰帶的重要象徵作用，見 Kershaw 2000:202-203; and Falk 1986:22-23.

026 Kalchev 1996.

027 Nikolova 1996.

028 Alexandrov 1995.

029 Panayotov 1989:84-93.

030 Barth 1965:69.

031 在西元前二六〇〇年左右的摩拉維亞和南德，採用鐘型杯文化的杯子和家用陶器風格，以及多瑙河中游的墓葬與短劍風格。此種物質網路可作為前凱爾特語族的諸方言傳播至德國的橋梁。見 Heyd, Husty, and Kreiner 2004，特別是 Volker Heyd 所寫的最後一段。

032 義大利與凱爾特語族的關聯，見參見 Hamp 1998；以及 Schmidt 1991.

033 有輪車的影響，見 Maran 2001.

034 見 Szmyt 1999, esp.178-188.

035 斯拉夫語的原鄉，見 Darden 2004.

036 Coleman (2000) 認為希臘語使用者進入希臘的時期，是在最後的新石器時代／青銅時代的過渡期，約當是西元前三二〇〇年。若有一支印歐語系這麼早就傳到希臘，我認為應該就是安納托利亞類型的語言。希臘語的北方大草原起源，但之後

的年代更能佐證的我的觀點，見 Lichardus and Vladar 1996；以及 Penner 1998. 相同的證據在 Makkay 2000 中引用至另一個目的，而詳細的論述，可參見 Kristiansen and Larsson 2005. 另一種說法認為與豎穴墓中的諸王與北方有所聯繫，收錄於 Davis 1983 針對東南歐與希臘間聯繫的概論，收錄於 Hänsel 1982. 羅伯‧德魯斯（1988）亦指出，豎穴墓中的諸王是來自北方的移民王朝，雖然他將其源頭放在安納托利亞。

037 Mallory 1998:180.

第十五章　北方大草原的馬戰車戰士

001 辛塔什塔文化的原始報告可參見 Gening, Zdanovich, and Gening 1992.

002 直到一九九二年，辛塔什塔文化都未受到認可。切爾尼赫（11992:210-234）認為辛塔什塔風格的金屬器屬於「安德羅諾沃文化—歷史共同體」的一部分，並將劃在西元前一六〇〇至一五〇〇年前後。一九九二年，朵卡絲‧布朗和我拜訪了 Nikolai Vinogradov，他允許我們從克里韋—奧澤羅的馬戰車墓葬中採集骨骸樣本來測碳定年。這衍生出兩篇文章：Anthony 1995a; and Anthony and Vinogradov 1995. 克里韋—奧澤羅墓地的完整報告可參見 Vinogradov 2003；阿爾卡伊姆的聚落與墓地群，見 Zdanovich 1995; and Kovaleva and Zdanovich 2002；Kammeny Ambar 的辛塔什塔墓地，見 Epimakhov 2002；更廣泛的觀點，見 Grigoriev 2002，其假設辛塔什塔文化和許多其他大草原文化皆源於安納托利亞和敘利亞的一系列南北向民族遷徙，他認為印歐原鄉即位於此。與中亞的聯繫可參見 Lamberg-Karlovsky 2002. 研討會紀錄，見 Jones-Bley and Zdanovich 2002; Boyle, Renfrew, and Levine 2002; and Levine, Renfrew, and Boyle 2003.

003 我在此使用「雅利安人」，如同我在第一章中所定義的，這些人自稱是編纂《梨俱吠陀》和《阿維斯陀》中讚美詩和詩歌的人群及其直系印度—伊朗語族祖先的後代。

004 西元前二八〇〇至二六〇〇年前後，繩紋陶、雙耳細頸橢圓尖底陶器文化，以及顏那亞之間的接觸帶，見 Szmyt 1999, esp. pp. 178-188. 亦可見 Machnik 1999; and Klochko, Kośko, and Szmyt 2003. 聶伯河中游源頭混合了顏那亞、特里波里（洽皮夫卡）和繩紋陶元素的考古證據的經典回顧，見 Bondar 1974。最近的評論強調了二〇〇五年顏那亞對聶伯河中游文化的影響，收錄於 Telegin 2005.

005 聶伯河中游的年代，見 Kryvaltsevich and Kovalyukh 1999; and Yaz-epenka and Kośko 2003.

006 Machnik 1999.

007 在聶伯河中游文化出現之前，約當西元前三〇〇〇至二八〇〇年，基輔附近的東岸由混合源頭的特里波里 C2 索菲耶夫卡群集所占據，其習慣將死者火化，使用類似烏薩托韋的以鉚釘固定的短劍，且其陶器混合了繩紋壓印的大草原元素和特里波里晚期的元素。索菲耶夫卡聚落，見 Kruts 1977:109-138；碳定年，見 Videiko 1999.

008 見 Carpelan and Parpola 2001. 這篇幾乎有專著那麼長的文章，涵蓋了本章所討論的許多主題。繩紋陶遷徙的遺傳學觀點，見 Kasperavičiūt, Kučinskas, and Stoneking 2004.

009 巴拉諾沃、阿巴舍沃，以及沃洛索沃文化，見 Bol'shov 1995. 阿巴舍沃文化的陶器，見 Kuzmina 1999. 研究阿巴舍沃文化的經典著作為 Pryakhin 1976，更新於 Pryakhin 1980. 英文論述，除了 Carpelan and Parpola 2001，見 Chernykh 1992:200-204 還有 Koryakova and Epimakhov 2007.

010 沃洛索沃文化，見 Korolev 1999; Vybornov and Tretyakov 1991; and Bakharev and Obchinnikova 1991.

011 阿巴舍沃文化與印度—伊朗的連結，見 Carpelan and Parpola 2001; and Pryakhin 1980.

012 頭飾帶，見 Bol'shov 1995.

013 見 Keeley 1996 對部落戰爭的看法。

014 見 Koivulehto 2001; and Carpelan and Parpola 2001.

015 亞歷山得洛夫卡 IV 墳塚墓地，可參見 See Ivanova 1995:175-176.

016 庫茲亞克的聚落，見 Maliutina and Zdanovich 1995.

017 在表 1 中，樣本 AA 47803，定年約莫在西元前二九〇〇至二六〇〇年，出自波爾塔夫卡時期的一具人類骸骨，之後在位於更深處的波塔波維卡墓坑中切開並斬首。置於波塔波維卡墓葬上方的一匹馬牲祭的年代，由樣本 AA 47802 測定，落在西元前一九〇〇至一八〇〇年左右。儘管它們相距將近一千年，但它們在出土時，看起來像被貯藏在一起，而波塔波維卡的馬骨擺在遭斬首的波爾塔夫卡人的肩膀上方。在測出馬匹和骸骨的年代之前，此沉積物被解釋成「半人馬」（centaur）——遭斬首的人，其頭部替代以馬頭，此為印度—伊朗神話中的重要組合。但娜麗莎‧羅素和艾琳‧墨菲發現，這匹馬和人都是雌性，且年代顯示出兩者下葬的時間相隔了一千年。同樣的，樣本 AA-12569 出自同一墓地在 5 號塚下方的波塔波維卡 6 號墓邊沿處，於古代地表上所發現的較古老的波爾塔夫卡時期的狗牲祭。在波塔波維卡墓地 I 的 3 號和 5 號塚中，都發現較古老的波爾塔夫卡牲祭和墳墓群。波爾塔夫卡的喪葬沉積物受到波塔波維卡盜墓者的干擾，導致直到碳定年促使我們重新審視之前，他們都未曾被發現。在這兩者定年的五、六年之前，Anthony and Vinogradov 1995 曾提及「半人馬」的可能性。當然，此論點如今必須放棄。

018 薩拉子模，見 Isakov 1994.

019 克爾特米納爾，見 Dolukhanov 1986; and Kohl, Francfort, and Gardin 1984. 研究克爾特米納爾的經典著作為 Vinogradov 1981.

020 從謝爾蓋夫卡測得的碳定年，見 Levine and Kislenko 2002，但需留意，他們的討論誤指安德羅諾沃時期（西元前一九〇〇至一七〇〇年）。亦可見 Kislenko and Tatarintseva 1990. 波爾塔夫卡所影響的另一批過渡性採集者—牧民，是維希涅夫卡（Vishnevka）的 1 號陶器群集，其位於易信河北部的森林—草原帶；可參見 Tatarintseva 1984. 亞歷山得洛夫卡的波爾塔夫卡墓地中的謝爾蓋夫卡陶器碎片，見

Maliutina and Zdanovich 1995:105.

021 氣候惡化，見 Blyakharchuk et al.2004; and Kremenetski 2002, 1997a, 1997b.

022 Rosenberg 1998.

023 地中海的金屬貿易，見 Muhly 1995; Potts 1999:168-171, 186.

024 金屬與採礦，見 Grigoriev 2002:84; and Zaikov, Zdanovich, and Yuminov 1995. 亦可見 Kovaleva and Zdanovich 2002.Grigoriev 指出，每間屋舍中所發現的熔渣都不多，故可代表家戶生產。然而，即便在工業遺址，熔渣多半也不多，而且所有屋舍中都設有熔渣和生產設施（附有氣井的陶爐，有助向上排氣），顯示大草原空前的金屬製造強度。

025 見 DiCosmo 1999, 2002; and Vehik 2002.

026 如同 Chernorech'e III，烏斯季耶也是由 Nikolai Vinogradov 所出土。Vinogradov 很熱心地向我展示了他在烏斯季耶的計畫和照片，在當地，辛塔什塔的屋舍顯然位於彼得羅夫卡之下的地層。

027 文物編目可參見 Epimakhov 2002:124-132.

028 燧石箭頭的彈道學，見 Knecht 1997; and Van Buren 1974. 希臘馬戰車戰的投槍，見 Littauer 1972; and Littauer and Crouwel 1983.

029 馬戰車的岩石畫，見 Littauer 1977; Samashev 1993; and Jacobsen-Tepfer 1993. 大草原馬鑣從邁錫尼馬鑣衍生而來，見 E. Kuzmina 1980. 歐洲馬鑣的回顧，見 Hüttel 1992.Littauer and Crouwel (1979) 鏗鏘有力地指出馬戰車源於近東，一舉推翻二戰前的說法，即馬戰車是草原雅利安人的超級武器。Piggott (1983, 1992) 幾乎是立即開始挑戰近東起源的假設。Moorey (1986) 也支持馬戰車中的各種元素，應該是結合了各個區域的發明。

030 墓葬庫藏，當中總共有十六座馬戰車墓葬群，見 Epimakhov 2002:124-132；二十的估計數，見 Kuzmina 2001:12.Kuzmina 所列的遺址包括辛塔什塔（七座馬戰車墳墓）、Kamenny Ambar（兩座）、Solntse II（三座）、克里韋—奧澤羅（三座），以及位於北哈薩克的彼得羅夫卡墳墓群，包括 Ulybai（一座），Kenes（一座），Berlyk II（兩座）和 Satan（一座）。

031 大草原馬戰車功效的反面論述，見 Littauer and Crouwel 1996; Jones-Bley 2000; and Vinogradov 2003:264, 274. 支持大草原馬戰車是戰爭有利器械的論述，見 Anthony and Vinogradov 1995; and Nefedkin 2001.

032 窄軌距馬戰車的英文論述，見 Gening 1979; Anthony and Vinogradov 1995; and Anthony 1995a. 兩段關鍵的回應，見 Littauer and Crouwel 1996; and Jones-Bley 2000. 馬戰車在征戰時的侷限，見 Littauer 1972; and Littauer and Crouwel 1983.

033 青銅時代大草原的弓，見 Grigoriev 2002:59-60; Shishlina 1990; Malov 2002; and Bratchenko 2003:199. 近東與伊朗的古代弓，見 Zutterman 2003.

034 見 Littauer 1968.

035 扁圓形馬鑣，見 Priakhin and Besedin 1999; Usachuk 2002; and Kuzmina 2003, 1980. 左右側的差異，見 Priakhin and Besedin 1999:43-44. 《梨俱吠陀》中的馬戰車，見 Sparreboom 1985. 黎凡特的金屬器案例，見 Littauer and Crouwel 1986, 2001. 這種

類型的馬鑣很可能是從東南歐傳至邁錫尼希臘，可參見 Otomani, Monteoru, and Vatin 的著作。此些文化的碳定年，見 Forenbaher 1993，此些脈絡中的扁圓形馬鑣，見 Boroffka 1998, and Hüttel 1994. 邁錫尼馬戰車的歐洲源頭或許可以解釋為什麼邁錫尼馬戰車的戰士，會如此類似北方大草原上的早期戰車兵，他們有時會佩帶長矛或投槍。希臘的馬戰車，見 Crouwel 1981.

036 近東馬戰車證據的回顧，見 Oates 2003; for older studies，見 Moorey 1986, and Littauer and Crouwel 1979. 布拉克丘的車輛，見 Oates 2001:141-154. 若我們接受出現頻率越來越「晚」的年代，那麼烏爾第三王朝的終結之日與最早的馬戰車原型都會從西元前二〇〇〇延後至一九〇〇年。見 Reade 2001.

037 米坦尼馬戰車的連，可參見 Stillman and Tallis 1984:25；華夏馬戰車的連，見 Sawyer 1993:5.

038 「價值競賽」可參見 Appuradai 1986:21.

039 人類的病狀，見 Lindstrom 2002，其注意到完全沒有齲齒，即使是年紀最長的個體 (161).Lindstrom 是首位參與辛塔什塔遺址挖掘的西方考古學家。

040 二〇〇〇年，阿爾卡伊姆的地形學家伊凡諾夫告訴我，阿爾卡伊姆的灌溉渠道報告有誤，被誤認為是自然的特徵。

041 1 號牲祭集群，可參見 Gening, Zdanovich, and Gening 1992:234-235 ，SB 墳塚的工日可參見頁 370.

042 部落社會的筵席，見 Hayden 2001.

043 動物，見 Kosintsev 2001; and Gaiduchenko 1995. 人骨與獸骨中的氮十五同位素，見 Privat 2002.

044 辛塔什塔社會中的社會階層質疑，見 Epimakhov 2000:57-60.

045 Witzel 1995:109，引用自 Kuiper 1991.

046 關於辛塔什塔與印度—伊朗語族如何交流的許多論點，見 Parpola 1988, 2004-2005; E. Kuzmina 1994, 2001; and Witzel 2003.

047 所有引用皆出自 O'Flaherty 1981.

048 新年入會儀式的印歐犬獻祭，見 Kershaw 2000; and Kuiper 1991, 1960.

049 Epimakhov 2002; and Anthony et al.2005.

第十六章　歐亞大草原的序幕

001 外來的知識和勢力，見 Helms 1992.

002 米坦尼語中的印度語詞彙，見 chapter 3; Thieme 1960; and Burrow 1973.

003 埃蘭語是一種不確定的聯繫的非印歐語系語言。正如 Dan Potts 所強調的，伊朗西部高地的人群從未將這個或任何其他通用詞彙來概括自己的族名。他們甚至連埃蘭語都不講。見 Potts 1999:2-4. 馬的出現，見 Oates 2003.

004 見 Weiss 2000；亦可見 Perry and Hsu 2000.

005 在戈丹要塞，馬骨中有九成四是野驢。從戈丹 IV 找到的頰齒（cheektooth）和掌骨判斷，這可能是馬，可追溯至西元前三〇〇〇至二八〇〇年。戈丹所找到的第

一個清楚、無爭議的馬骨出現在西元前二一〇〇至一九〇〇年左右的第三時期；可參見 Gilbert 1991. 馬利亞的馬和騾，見 Zeder 1986. 馬利亞的馬銜造就的磨損是近東最早的馬銜造就的明確磨損。西元前二三〇〇至二〇〇〇年，布拉克丘的報告指出，在驢的 P2 上發現了銅器染色的汙漬，可能是出於另一個原因（可能是唇環生鏽了）。見 Clutton-Brock 2003.

006 Owen 1991.

007 *Fahren und Reiten* 這個意指「駕車和騎馬」（To drive and to ride）的片語，是一九三九至六八年間，約瑟夫·威斯納（Joseph Wiesner）三本極富影響力的書名，此片語的詞彙順序——駕車「先於」騎馬成為一種簡略的表達方式，指涉馬戰車在近東的青銅時代文明中，戰勝了騎馬，取得歷史上的領先地位。顯然，有輪車比騎馬更早在近東出現，且在很長一段時期中的征戰，用馬來拉戰車都主導著近東的戰事，但這並不是因為騎馬在馬戰車之後才被發明的（見第十章）。如果騎馬的形象可追溯至西元前一八〇〇年之前，那在近東藝術裡，騎馬就比馬與馬戰車的形象早出現。見 Wiesner 1939, 1968; Drews 2004:33-41, 52; and Oates 2003.

008 齊姆里—里姆顧問的建議，見 Owen 1991; n. 12.

009 錫的來源，見 Muhly 1995:1501-1519; Yener 1995; and Potts 1999:168-171, 186. 銅石並用時代塞爾維亞的錫銅合金，見 Glumac and Todd 1991. 古地亞銘文的誤譯可能，我要感謝 Chris Thornton 的研究，並且透過其認識 Greg Possehl 和 Steven Tinney 的觀點. 走海路的阿拉伯海灣錫貿易，見 Weeks 1999; and for the Bac- trian comb at Umm-al-Nar，見 Potts 2000:126. 哈拉帕的金屬器，見 Agrawal 1984.

010 齊拉夫尚河流域蘊藏多種金屬礦石，可能是在西元前第四千年期間，於阿瑙附近生產出 Ilgynly-Depe 的金屬器。在 Ilgynly-Depe 發現的六十二件銅器中，最主要是短劍，其中有一件有含錫的痕跡；可參見 Solovyova et al.1994. 第三千年期初期納馬茲加 IV 的錫青銅，見 Salvatori et al.2002. 薩拉子模，見 Isa- kov 1994; for its radiocarbon dates and metals，見 Isakov, et al.1987.

011 齊拉夫尚河的錫礦，見 Boroff ka et al.2002; and Parzinger and Boroff ka 2003.

012 扎曼巴巴墳墓群被視為是克爾特米納爾與納馬茲加 V / VI 類型文化的混合體，見 Vinogradov 1960:80-81；假設地下墓穴文化的人群遷徙至中亞，而與地下墓穴文化相混合，請參見 Klejn 1984。我支持前者。近來針對扎曼巴巴的爭論，見 E. Kuzmina 2003:215-216.

013 Lyonnet (1996) 認為薩拉子模 IV 終結於納馬茲加 IV、即西元前第三千年期中期；而我認為薩拉子模終結於納馬茲加 V 晚期或 VI 早期，因為圖加的彼得羅夫卡和薩拉子模晚期陶器同時出現，我才做出此推論。且碳定年顯示薩拉子模 III 在西元前二四〇〇至二〇〇〇年遭到占領，所以薩拉子模 IV 一定要更晚。

014 頭骨類型的聯繫，見 Christensen, Hemphill, and Mustafakulov 1996.

015 BMAC，見 Hiebert 1994, 2002.Salvatori (2000) 不同意希伯特的看法，認為 BMAC 的起源應早於西元前二一〇〇年，且發源於當地，而非源自南方的入侵，這讓 BMAC 的發展更為平緩。梅爾賈爾 VIII 的 BMAC 墳墓群，見 Jarrige 1994. 阿拉伯海灣的 BMAC 器具，見 Potts 2000, During Caspers 1998; and Winckelmann 2000.

016 巴克特里亞的錫青銅及馬爾吉阿納的鉛銅合金，見 Chernykh 1992:176- 182; and Salvatori et al.2002. 薩拉子模的鉛鑄錠，見 Isakov 1994:8. 伊朗的背景，見 Thornton and Lamberg-Karlovsky 2004.

017 BMAC 的馬骨，見 Salvatori 2003; and Sarianidi 2002. 刻有騎士的 BMAC 印章，見 Sarianidi 1986. 由於德黑蘭以西的 Qabrestan 遺址中發現一些可能的馬齒，可見在西元前三〇〇〇年前，有些馬可能已經穿過高加索進入伊朗西部，見 Mashkour 2003. 然而，西元前二〇〇〇年之前，無論在伊朗東部或印度次大陸，都未發現明確的馬匹遺骸。見 Meadow and Patel 1997.

018 BMAC 遺址的大草原陶器碎片，見 Hiebert 2002. 卡納布「貌似阿巴舍沃」的陶器碎片，見 Parzinger and Boroff ka 2003:72, and Figure 49.

019 圖加，見 Hiebert 2002; E. Kuzmina 2003；原始的報告, Avanessova 1996. 參雜滑石燒製的兩只陶器，顯示其是在南烏拉爾大草原上製成，可參見 Avanessova 1996:122.

020 扎查─哈利法，見 Bobomulloev 1997; and E. Kuzmina 2001, 2003:224-225.

021 庫茲亞克的鉛線，見 Maliutina and Zdanovich 1995:103. 青金石珠和紅村的墓葬，見 E. Kuzmina 2001:20.

022 斯魯布納亞的自給性經濟，見 Bunyatyan 2003; and Ostroshchenko 2003.

023 野生藜屬的產量，見 Smith 1989:1569.

024 薩馬拉流域計畫，見 Anthony et al.2006. 此處得出的結果在薩馬拉州 Kibit 的另一個斯魯布納亞聚落得到重現，此處由勞拉·波普娃和 D. Peterson 挖掘，當地沒有找到栽種的穀物，但發現很多藜屬的種子。

025 位於卡加利龐大的斯魯布納亞採礦中心，見 Chernykh 1997, 2004. 哈薩克鄰近阿塔蘇的採礦中心，見 Kadyrbaev and Kurmankulov 1992.

026 辛塔什塔與彼得羅夫卡文化的地層關係，見 Vinogradov 2003; and Kuzmina 2001:9. 彼得羅夫卡文化是造就青銅時代晚期的過渡文化。彼得羅夫卡文化以及其與阿拉庫爾和費德洛沃的地層關係，見 Maliu- tina 1991. 我必須承認，很難釐清所有這些 P 開頭、K 結尾的文化：在窩瓦河中游，青銅時代中期的波爾塔夫卡（Poltavka）演變成青銅時代中期末期的波塔波維卡（Potapovka），接著發展成青銅時代晚期初期的波克羅夫卡（Pokrovka），而這與哈薩克的青銅時代晚期初期的彼得羅夫卡（Petrovka）同期。

027 哈薩克遊牧民的南北向遷徙，見 Gorbunova 1993/94.

028 彼得羅夫卡的金屬器可參見 Grigoriev 2002:78-84.

029 羅斯托夫卡墓地，見 Matiushchenko and Sinitsyna 1988. 英文的一般性討論，見 Chernykh 1992:215-234; and Grigoriev 2002:192-205.

030 塞伊瑪─圖爾賓諾的中空青銅鑄造技術與其經由甘肅齊家文化對華夏的影響，見 Mei 2003a, 2003b; and Li 2002. 亦可見 Fitzgerald- Huber 1995 and Linduff, Han, and Sun 2000.

031 見 Epimakhov, Hanks, and Renfrew 2005 對年代的看法。塞伊瑪─圖爾賓諾可能已於西烏拉爾朝東擴展。接下來辛塔什塔的防禦工事，可看作是在回應在森林帶出

沒的塞伊瑪─圖爾賓諾戰士，但這是少數人的論點；可參見 Kuznetsov 2001.

032 阿拉庫爾和費德洛沃元素出現在同一只陶器上，見 Maliutina 1984；兩者之間的地層關係，見 Maliutina 1991. 碳定年，見 Parzinger and Boroff ka 2003:228.

033 E. Kuzmina 1994:207-208.

034 加拉干達附近的安德羅諾沃礦坑，見 Kadyrbaev and Kurmankulov 1992；Dzhezkazgan 附近的礦坑，見 Zhauymbaev 1984. 銅產量的統計，見 Chernykh 1992:212

035 帕弗洛夫卡的納馬茲加 VI 陶器，見 Maliutina 1991:151-159.

036 齊拉夫尚河流域的安德羅諾沃遺址，見 Boroff ka et al.2002. 早期阿姆河三角洲的塔扎巴吉卜遺址，見 Tolstov and Kes' 1960:89-132.

037 Hiebert 2002.

038 後 BMAC 時期製作刻印粗陶器的牧民族群，見 Salvatori 2003:13; also Salvatori 2002. 瓦克什與比什肯特族群，見 Litvinsky and P'yankova 1992.

039 見 Witzel 1995.

040 《梨俱吠陀》卷二和卷四都提及一些位於伊朗東部和阿富汗的地點。卷六敘述了兩個氏族，自稱來自遙遠的地方，跨越許多河流，經過狹窄的通道，與稱為「達斯尤」的原住民對抗。這些細節顯示出，雅利安人是從伊朗東部和阿富汗進入印度次大陸。雖然此時可以找到一些新元素，譬如說馬，從中亞移動至印度次大陸，且可以在某些地方辨識出入侵的陶器風格，但沒有任何一種物質文化與古印度諸語一同傳播。討論，見 Parpola 2002; Mallory 1998; and Witzel 1995:315-319.

041 因陀羅（Indra）與蘇摩（Soma）作為借詞，見 Lubotsky 2001. 因陀羅結合了原本是分屬不同神祇的象徵：權杖原本是密多羅的；以及其名稱、尚武神力的一部分，或許原本改變形態的能力也歸烏魯斯拉格納所有；屠殺巨蛇原本則是英雄 Thrataona（第三人）的英勇事蹟。古印度詩人將這些印度─伊朗語族的特徵都給了因陀羅。印度─伊朗語族的力量／勝利之神烏魯斯拉格納最突出的是他的變形能力，尤其是變成野豬形體的時候。見 Malandra 1983:80-81.

042 V. Sarianidi 認為 BMAC 的人群應該說伊朗語。Sarianidi 指出托格洛克 21、托格洛克 1 及戈努爾圍牆建築內的「白色房間」，是類似瑣羅亞斯德教徒的火神廟，裡頭的容器裝著麻黃、大麻和罌栗籽，他將其稱作蘇摩（《梨俱吠陀》）或 Haoma（《阿維斯陀》）。不過，赫爾辛基大學和萊頓大學的古植物學家檢視了位於戈努爾和托格洛克 21 的「白色房間」中的種子和莖的痕跡，證明這些容器中既沒有大麻、也沒有麻黃。這些痕跡反而可能是小米（Panicum miliaceum）的種子和莖所引發的；可參見 Bakels 2003.BMAC 文化與印度─伊朗語族幾乎完全不相符。BMAC 的人群生活在建有防禦工事、由磚砌圍牆環繞的城鎮中；倚賴灌溉農業為生；崇拜在其肖像畫中十分顯眼的女性神祇（身穿飄逸裙裝）；擁有幾匹馬、沒有馬戰車；沒有建造墳塚式的墓葬，也沒有在墓中放置悉心切割的馬肢。

043 Li 2002; and Mei 2003a.

第十七章 言與行

001 見 Diamond 1997.

002 Hobsbawm 1997:5-6：「由於歷史供給了國族主義者、種族主義者或基要主義者意識形態的原料，亦如罌粟是海洛因成癮的原料。此事態從兩個層面左右我們。大抵說來，我們應承擔起歷史事實的責任，尤其是針對政治意識型態對歷史的濫用。」

003 O'Flaherty 1981:69.

參考書目

Agapov, S. A., I. B. Vasiliev, and V. I. Pestrikova. 1990. *Khvalynskii Eneoliticheskii Mogil 'nik*. Saratov: Saratovskogo universiteta.

Agrawal, D. P. 1984. Metal technology of the Harappans. In *Frontiers of the Indus Civilization*, ed. B. B. Lal and S. P. Gupta, pp. 163–167. New Delhi: Books and Books, Indian Archaeological Society.

Akhinzhalov, S. M., L. A. Makarova, and T. N. Nurumov. 1992. *K Istorii Skotovodstva i Okhoty v Kazakhstane*. Alma-Ata: Akademiya nauk Kazakhskoi SSR.

Alekhin, U. P., and A. V. Gal'chenko. 1995. K voprosu o drevneishem skotovodstve Altaya. In *Rossiya i Vostok: Problemy Vzaimodeistviya, pt. 5, bk. 1: Kul 'tury Eneolita-Bronzy Stepnoi Evrazii*, pp. 22–26. Chelyabinsk: 3-ya Mezhdunarodnaya nauchnaya konferentsiya.

Alekseeva, I. L. 1976. O drevneishhikh Eneoliticheskikh pogrebeniyakh severo-zapadnogo prichernomor'ya. In *Materialy po arkheologii severnogo prichernomor 'ya* (Kiev) 8:176–186.

Alexandrov, Stefan. 1995. The early Bronze Age in western Bulgaria: Periodization andcultural definition. In *Prehistoric Bulgaria,* ed. Douglass W. Bailey and Ivan Panayotov, pp. 253–270. Monographs in World Archaeology 22. Madison, Wis.: Prehistory Press.

Algaze, G. 1989. The Uruk Expansion: Cross-cultural exchange in Early Mesopotamian civilization. *Current Anthropology* 30:571–608.

Alvarez, Robert R., Jr. 1987. *Familia: Migration and Adaptation in Baja and Alta California, 1800–1975*. Berkeley: University of California Press.

Amiet, Pierre. 1986. *L' Âge des Échanges Inter-Iraniens 3500–1700 Avant J-C*. Paris: Editions de la Réuníon des Musées Nationaux.

Andersen, Henning. 2003. Slavic and the Indo-Europe an migrations. In *Language Contacts in*

Prehistory: Studies in Stratigraphy, ed. Henning Andersen, pp. 45–76. Amsterdam and Philadelphia: Benjamins.

Antilla, R. 1972. *An Introduction to Historical and Comparative Linguistics*. New York: Macmillan.

Anthony, David W. 2001. Persistent identity and Indo-European archaeology in the westernsteppes. In *Early Contacts between Uralic and Indo-European: Linguistic and Archaeological Considerations*, ed. Christian Carpelan, Asko Parpola, and Petteri Koskikallio, pp. 11–35. Memoires de la Société Finno-Ugrienne 242. Helsinki: Suomalais-Ugrilainen Seura.

——. 1997. "Prehistoric migration as social pro cess." In *Migrations and Invasions in Archaeological Explanation*, ed. John Chapman and Helena Hamerow, pp. 21–32. British Archaeological Reports International Series 664. Oxford: Archeopress.

——. 1996. V. G. Childe's world system and the daggers of the Early Bronze Age. In *Craft Specialization and Social Evolution: In Memory of V. Gordon Childe*, ed. Bernard Wailes, pp. 47–66. Philadelphia: University of Pennsylvania Museum Press.

——. 1995a. Horse, wagon, and chariot: Indo-European languages and archaeology. *Antiquity* 69 (264): 554–565.

——. 1995b. Nazi and Ecofeminist prehistories: ideology and empiricism in Indo-European archaeology. In *Nationalism, Politics, and the Practice of Archaeology*, ed. Philip Kohl and Clare Fawcett, pp. 82–96. Cambridge: Cambridge University Press.

——. 1994. On subsistence change at the Mesolithic-Neolithic transition in Ukraine. *Current Anthropology* 35 (1): 49–52.

——. 1991a. The archaeology of Indo-European origins. *Journal of Indo-European Studies* 19 (3–4): 193–222.

——. 1991b. The domestication of the horse. In *Equids in the Ancient World*, vol. 2, ed. Richard H. Meadow and Hans-Peter Uerpmann, pp. 250–277. Weisbaden: Verlag.

——. 1990. Migration in archaeology: The baby and the bathwater. *American Anthropologist* 92 (4): 23–42.

——. 1986. The "Kurgan Culture," Indo-Europe an origins, and the domestication of the horse: A reconsideration. *Current Anthropology* 27:291–313.

Anthony, David W., and Dorcas Brown. 2003. Eneolithic horse rituals and riding in the steppes: New evidence. In *Prehistoric Steppe Adaptation and the Horse*, ed. Marsha Levine, Colin Renfrew, and Katie Boyle, pp. 55–68. Cambridge: McDonald Institute for Archaeological Research.

——. 2000. Eneolithic horse exploitation in the Eurasian steppes: Diet, ritual, and riding. *Antiquity* 74:75–86.

——. 1991. The origins of horse back riding. *Antiquity* 65:22–38.

Anthony, David W., D. Brown, E. Brown, A. Goodman, A. Kokhlov, P. Kosintsev, P. Kuznetsov, O. Mochalov, E. Murphy, D. Peterson, A. Pike-Tay, L. Popova, A. Rosen, N. Russel, and A. Weisskopf. 2005. The Samara Valley Project: Late Bronze Age economy and ritual in the Russian steppes. *Eurasia Antiqua* 11:395–417.

Anthony, David W., Dorcas R. Brown, and Christian George. 2006. Early horse back riding and warfare: The importance of the magpie around the neck. In *Horses and Humans: The Evolution of the Equine-Human Relationship*, ed. Sandra Olsen, Susan Grant, Alice Choyke, and László Bartosiewicz. pp. 137–156. British Archaeological Reports International Series 1560. Oxford: Archeopress.

Anthony, David W., Dimitri Telegin, and Dorcas Brown. 1991. The origin of horse back riding. *Scientific American* 265:94–100.

Anthony, David W., and Nikolai Vinogradov. 1995. The birth of the chariot. *Archaeology* 48 (2): 36–41.

Anthony, David W., and B. Wailes. 1988. CA review of *Archaeology and Language* by Colin Renfrew. *Current Anthropology* 29 (3): 441–445.

Appadurai, Arjun. 1986. Introduction: Commodities and the politics of value. In *The Social Life of Things: Commodities in Cultural Perspective*, ed. Arjun Appadurai, pp. 3–63. Cambridge: Cambridge University Press.

Armstrong, J. A. 1982. *Nations before Nationalism*. Chapel Hill: University of North Carolina Press.

Arnold, Bettina. 1990. The past as propaganda: Totalitarian archaeology in Nazi Germany. *Antiquity* 64:464–478.

Aruz, Joan. 1998. Images of the supernatural world: Bactria-Margiana seals and relations with the Near East and the Indus. *Ancient Civilizations from Scythia to Siberia* 5 (1): 12–30.

Atkinson, R. R. 1994. *The Roots of Ethnicity: The Origins of the Acholi of Uganda before 1800*. Philadelphia: University of Pennsylvania Press.

——. 1989. The evolution of ethnicity among the Acholi of Uganda: The precolonial phase. *Ethnohistory* 36 (1): 19–43.

Avanessova, N. A. 1996. Pasteurs et agriculteurs de la vallée du Zeravshan (Ouzbekistan) au début de l'age du Bronze: relations et Influences mutuelles. In B. Lyonnet, *Sarazm (Tadjikistan) Céramiques (Chalcolithique et Bronze Ancien)*, pp. 117–131. Paris: Mémoires de la Mission

Archéologique Française en Asie Centrale Tome 7. Azzaroli, Augusto. 1980. Venetic horses from Iron Age burials at Padova. *Rivista di Scienze Preistoriche* 35 (1–2): 282–308.

Bahn, Paul G. 1980. "Crib-biting: Tethered horses in the Palaeolithic?" *World Archaeology* 12:212–217.

Bailey, Douglass W. 2000. *Balkan Prehistory: Exclusion, Incorporation, and Identity*. London: Routledge.

Bailey, Douglass W., R. Andreescu, A. J. Howard, M. G. Macklin, and S. Mills. 2002. Alluvial landscapes in the temperate Balkan Neolithic: Transitions to tells. *Antiquity* 76:349–355.

Bailey, Douglass W., and Ivan Panayotov, eds. 1995. Monographs in World Archaeology 22. *Prehistoric Bulgaria*. Madison, Wis.: Prehistory Press.

Bailey, Douglass W., Ruth Tringham, Jason Bass, Mirjana Stefanovi , Mike Hamilton, Heike

Neumann, Ilke Angelova, and Ana Raduncheva. 1998. Expanding the dimensions of early agricultural tells: The Podgoritsa archaeological project, Bulgaria. *Journal of Field Archaeology* 25:373–396.

Bakels, C. C. 2003. The contents of ceramic vessels in the Bactria-Margiana Archaeological Complex, Turkmenistan. *Electronic Journal of Vedic Studies* 9 (1).

Bakharev, S. S., and N. V. Obchinnikova. 1991. Chesnokovskaya stoiankana na reke Sok. In *Drevnosti Vostochno-Evropeiskoi Lesotepi*, ed. V. V. Nikitin, pp. 72–93. Samara: Samarskii gosudartsvennyi pedagogicheskii institut.

Bakker, Jan Albert, Janusz Kruk, A. L. Lanting, and Sarunas Milisauskas. 1999. The earliest evidence of wheeled vehicles in Europe and the Near East. *Antiquity* 73:778–790.

Baldi, Philip. 1983. *An Introduction to the Indo-European Languages.* Carbondale: Southern Illinois University Press.

Balter, Michael. 2003. Early date for the birth of Indo-European languages. *Science* 302 (5650): 1490–1491.

Bánff y, Ester. 1995. South-west Transdanubia as a mediating area: on the cultural history of the early and middle Chalcolithic. In *Archaeology and Settlement History in the Hahót Basin, South-West Hungary*, ed. Béla Miklós Sz ke. Antaeus 22. Budapest: Archaeological Institute of the Hungarian Academy of Sciences.

Bar-Yosef, Ofer. 2002. The Natufi an Culture and the Early Neolithic: Social and Economic Trends in Southwestern Asia. In *Examining the Farming/Language Dispersal Hypothesis, ed.* Peter Bellwood and Colin Renfrew, pp. 113–126. Cambridge: McDonald Institute for Archaeological Research.

Barber, Elizabeth J. W. 2001. The clues in the clothes: Some in de pen dent evidence for the movement of families. In *Greater Anatolia and the Indo-Hittite Language Family,* ed. Robert Drews, pp. 1–14. Journal of Indo-European Studies Monograph 38. Washington, D.C.: Institute for the Study of Man.

——. 1991. *Prehistoric Textiles.* Princeton, N. J.: Princeton University Press.

Barfi eld, Thomas. 1989. *The Perilous Frontier.* Cambridge: Blackwell.

Barth, Frederik. 1972 [1964]. "Ethnic pro cesses on the Pathan-Baluch boundary." In *Directions in Sociolinguistics: The Ethnography of Communication*, ed. John J. Gumperz and Dell Hymes, pp. 454–464. New York: Holt Rinehart.

——. 1965 [1959]. *Political Leadership among Swat Pathans.* Rev. ed. London: Athalone.

Barth, Fredrik. 1969. *Ethnic Groups and Boundaries: The Social Organization of Culture Difference.* Repr. ed. Prospect Heights: Waveland.

Bartlett, Robert. 1993. *The Making of Europe: Conquest, Colonization, and Cultural Change, 950–1350.* Princeton, N. J.: Princeton University Press.

Barynkin, P. P., and E. V. Kozin. 1998. Prirodno-kilmaticheskie i kul'turno-demografi cheskie protsessy v severnom priKaspii v rannem i srednem Golotsene. In *Arkheologicheskie Kul 'tury Severnogo Prikaspiya*, ed. R. S. Bagautdinov, pp. 66–83. Kuibyshev: Kuibyshevskii gosudartsvennyi pedagogicheskii institut.

Barynkin, P. P., and I. B. Vasiliev. 1988. Stoianka Khvalynskoi eneoliticheskoi kulturi Kara-Khuduk v severnom Prikaspii. In *Arkheologicheskie Kul 'tury Severnogo Prikaspiya*, ed. R. S.

Bagautdinov, pp. 123–142, Kuibyshev: Kuibyshevskii gosudartsvennyi pedagogicheskii institut. Barynkin, P. P., I. B. Vasiliev, and A. A. Vybornov. 1998. Stoianka Kyzyl-Khak II: pamyatnik epokhi rannei Bronzy severnogo prikaspiya. In *Problemy Drevnei Istorii Severnogo Prikaspiya*, ed. V. S. Gorbunov, pp. 179–192, Samara: Samarskogo gosudarstvennogo pedagogicheskogo universiteta.

Bashkow, Ira. 2004. A neo-Boasian conception of cultural boundaries. *American Anthropologist* 106 (3): 443–458.

Beekes, Robert S. P. 1995. *Comparative Indo-European Linguistics: An Introduction*. Amsterdam: John Benjamins.

Beilekchi, V. S. 1985. Raskopki kurgana 3 u s. Kopchak. *Arkheologicheskie Issledovaniya v Moldaviiv 1985 g.*, pp. 34–49. Kishinev: Shtiintsa.

Belanovskaya, T. D. 1995. *Iz drevneishego proshlogo nizhnego po Don'ya*. St. Petersburg: IIMK.

Bellwood, Peter. 2001. Early agriculturalist population diasporas? Farming, language, and genes. *Annual Review of Anthropology* 30:181–207.

Bellwood, Peter, and Colin Renfrew, eds. 2002. *Examining the Farming/Language Dispersal Hypothesis*. Cambridge: McDonald Institute for Archaeological Research.

Bendrey, Robin. 2007. New methods for the identifi cation of evidence for bitting on horse remains from archaeological sites. *Journal of Archaeological Science* 34:1036–1050.

Benecke, Norbert. 1997. Archaeozoological studies on the transition from the Mesolithic to the Neolithic in the North Pontic region. *Anthropozoologica* 25–26:631–641.

——. 1994. *Archäologische Studien zur Entwicklung der Haustierhaltung in Mitteleuropa und Sódskandinavien von Anfängen bis zum Ausgehenden Mittelalter*. Berlin: Akademie Verlag.

Benecke, Norbert, and Angela von den Dreisch. 2003. Horse exploitation in the Kazakhsteppes during the Eneolithic and Bronze Age. In *Prehistoric Steppe Adaptation and the Horse*, ed. Marsha Levine, Colin Renfrew, and Katie Boyle, pp. 69–82. Cambridge: McDonald Institute for Archaeological Research.

Benveniste, Emile. 1973 [1969]. *Indo-European Language and Society*. Translated by Elizabeth Palmer. Coral Gables, Fla.: University of Miami Press.

Berger, Joel. 1986. *Wild Horses of the Great Basin: Social Competition and Population Size*. Chicago: University of Chicago Press.

Berezanskaya, S. S. 1979. Pervye mastera-metallurgi na territorii Ukrainy. In *Pervobytnaya arkheologiya: poiski i nakhodki*, ed. N. N. Bondar and D. Y. Telegin, pp. 243–256. Kiev: NaukovaDumka.

Bibby, Geoffrey. 1956. *The Testimony of the Spade*. New York: Knopf.

Bibikov, S. N. 1953. *Rannetripol 'skoe Poselenie Luka-Vrublevetskaya na Dnestre*. Materialy i issledovaniya po arkheologii SSR 38. Moscow: Akademii Nauk SSSR.

Bibikova, V. I. 1970. K izucheniyu drevneishikh domashnikh loshadei vostochnoi Evropy, soobshchenie 2. *Biulleten moskovskogo obshchestva ispytatlei prirodi otdel biologicheskii* 75 (5): 118–126.

———. 1967. K izucheniyu drevneishikh domashnikh loshadei vostochnoi Evropy. *Biulleten moskovskogo obshchestva ispytatelei prirodi Otdel Biologicheskii* 72 (3): 106–117.

Bickerton, D. 1988. Creole languages and the bioprogram. In *Linguistics: The Cambridge Survey*, vol. 2 ed. F. J. Newmeyer, pp. 267–284. Cambridge: Cambridge University Press.

Binford, Lewis. 1971. Mortuary practices: Their study and their potential. In *Approaches to the Social Dimensions of Mortuary Practices*, ed. James A. Brown, pp. 92–112. Memoirs No. 25. Washington, D.C.: Society for American Archaeology.

Blyakharchuk, T. A., H. E. Wright, P. S. Borodavko, W. O. van der Knaap, and B. Ammann. 2004. Late Glacial and Holocene vegetational changes on the Ulagan high-mountain plateau, Altai Mts., southern Siberia. *Palaeogeography, Paleoclimatology, and Paleoecology* 209:259–279.

Bloch, Maurice E. F. 1998. Time, narratives, and the multiplicity of repre sen ta tions of the past. In *How We Think They Think*, ed. Maurice E. F. Bloch, 100–113. Boulder, CO: Westview Press.

Boaz, Franz. 1911. Introduction. In *Handbook of American Indian Languages*, pt. 1, pp. 1–82. Bulletin 40. Washington, D.C.: Bureau of American Ethnology.

Bobomulloev, Saidmurad. 1997. Ein bronzezeitliches Grab aus Zardča Chalifa bei Pendžikent (Zeravšan-Tal). *Archäologische Mitteilungen aus Iran und Turan* 29:122–134.

Bobrinskii, A. A., and I. N. Vasilieva. 1998. O nekotorykh osobennostiakh plasticheskogo syr'ya v istorii goncharstva. In *Problemy drevnei istorii severnogo prikaspiya*, pp. 193–217. Samara: Institut istorii i arkheologii povolzh'ya.

Bobrov, V. V. 1988. On the problem of interethnic relations in South Siberia in the third and second millennia BC. *Arctic Anthropology* 25 (2): 30–46.

Bodyans'kii, O. V. 1968. Eneolitichnii mogil'nik bilya s. Petyro-Svistunovo. *Arkheologiya* (Kiev) 21:117–125.

Bogucki, Peter. 1988. *Forest Farmers and Stockherders*. Cambridge: Cambridge University Press.

Bökönyi, Sandor. 1991. Late Chalcolithic horses in Anatolia. In *Equids in the Ancient World*, ed., Richard Meadow and Hans-Peter Uerpmann, vol. 2, pp. 123–131. Wiesbaden: Ludwig Reichert.

———. 1987. Horses and sheep in East Europe. In *Proto-Indo-European: The Archaeology of a Linguistic Problem*, ed. Susan Skomal, pp. 136–144. Washington, D.C.: Institute for the Study of Man.

———. 1983. Late Chalcolithic and Early Bronze I animal remains from Arslantepe (Malatya), Turkey: A preliminary report. *Origini* 12 (2): 581–598.

———. 1979. Copper age vertebrate fauna from Kétegyháza. In *The People of the Pit-Grave*

Kurgans in Eastern Hungary, ed. Istvan Ecsedy, pp. 101–116. Budapest: Akademiai Kiado.

———. 1978. The earliest waves of domestic horses in East Europe. *Journal of Indo-European Studies* 6 (1/2): 17–76.

———. 1974. *History of Domestic Animals in Central and Eastern Europe*. Budapest: Akademiai Kiado.

Bol'shov, S. V. 1995. Problemy kulturogeneza v lesnoi polose srednego povolzh'ya v Abashevskoe vremya. In *Drevnie IndoIranskie Kul 'tury Volgo-Ural 'ya*, ed. I. B. Vasilev and O. V. Kuz'mina, pp. 141–156. Samara: Samara Gosudarstvennogo Pedagogicheskogo Universiteta.

Boltenko, M. F. 1957. Stratigrafi ya i khronologiya Bol'shogo Kulial'nika. *Materiali i issledovaniya po arkheologii severnogo prichernomoriya* (Kiev) 1:21–46.

Bond, G., Kromer, B., Beer, J., Muscheler, R., Evans, M. N., Showers, W., Hoff mann, S., Lotti-Bond, R., Hajdas, I. and Bonani, G., 2001. Per sis tent solar infl uence on North Atlantic climate during the Holocene. *Science* 294:2130–2136.

Bondar, N. N. and Nechitailo, A. L., eds. 1980. *Arkheologicheskie pamyatniki po ingul 'ya*. Kiev: Naukova Dumka.

Bondar, N. N. 1974. K voprosu o proiskhozhdenii serdnedneprovskoi kul'tury. *Zbornik Filozofi ckej Fakulty Univerzity Komenského Musaica (Bratislava)* 14:37–53.

Bonsall, C., G. T. Cook, R. E. M. Hedges, T. F. G. Higham, C. Pickard, and I. Radovanovic. 2004. Radiocarbon and stable isotope evidence of dietary change from the Mesolithic to the Middle Ages in the Iron Gates: New results from Lepenski Vir. *Radiocarbon* 46 (1): 293–300.

Boriskovskii, Pavel I. 1993. Determining Upper Paleolithic historico-cultural regions. In *From Kostienki to Clovis, Upper Paleolithic: Paleo-Indian Adaptations*, ed. Olga Soff er and N. D. Praslov, pp. 143–147. New York: Plenum.

Boroff ka, Nikolaus. 1998. Bronze-und früheizenzeitliche Geweihtrensenknebel aus Rumänien und ihre Beziehungen. *Eurasia Antiqua* (Berlin) 4:81–135.

Boroff ka, Nikolaus, Jan Cierny, Joachim Lutz, Hermann Parzinger, Ernst Pernicka, and Gerd Weisberger, 2002. Bronze Age tin from central Asia: Preliminary notes. In *Ancient Interactions: East and West in Eurasia*, ed. Katie Boyle, Colin Renfrew, and Marsha Levine, pp. 135–159, Cambridge: McDonald Institute for Archaeological Research.

Boyadziev, Yavor D. 1995. Chronology of the prehistoric cultures in Bulgaria. In *Prehistoric Bulgaria*, ed. Douglass W. Bailey and Ivan Panayotov, pp. 149–191. Monographs in World Archaeology 22. Madison, Wis.: Prehistory Press.

Boyce, Mary. 1975. *A History of Zoroastrianism*. Vol. 1. Leiden: Brill.

Britain, David. 2002. Space and spatial diffusion. In *The Handbook of Language Variation and Change*, ed. J. Chambers, P. Trudgill, and N. Schilling-Estes, pp. 603–637. Oxford: Blackwell.

Boyle, Katie, Colin Renfrew, and Marsha Levine, eds. 2002. *Ancient Interactions: East and*

West in Eurasia. Cambridge: McDonald Institute for Archaeological Research.

Bradley D. G., D. E. MacHugh, P. Cunningham, and R. T. Loftus. 1996. Mitochondrial diversity and the origins of African and European cattle. *Proceedings of the National Academy of Sciences* 93 (10): 5131–5135.

Bratchenko, S. N. 2003. Radiocarbon chronology of the Early Bronze Age of the Middle Don, Svatove, Luhansk region. *Baltic-Pontic Studies* 12:185–208.

——. 1976. *Nizhnee Podone v Epokhu Srednei Bronzy*. Kiev: Naukovo Dumka.

——. 1969. Bagatosha rove poselennya Liventsivka I na Donu. *Arkheologiia* (Kiev) 22:210–231.

Breen, T. H. 1984. Creative adaptations: Peoples and cultures. In *Colonial British America*, ed. Jack P. Green and J. R. Pole, pp. 195–232. Baltimore, Md.: Johns Hopkins University Press.

Britain, David. 2004. Geolinguistics—Diffusion of Language. In *Sociolinguistics: International Handbook of the Science of Language and Society* vol. 1, ed. Ulrich Ammon, Norbert Dittmar, Klaus J. Mattheier, and Peter Trudgill, pp. 34–48, Berlin: Mouton de Gruyter.

Bronicki, Andrzej, Sl/awomir Kadrow, and Anna Zakościelna. 2003. Radiocarbon dating of the Neolithic settlement in Zimne, Volhynia. *Baltic-Pontic Studies* 12:22–66.

Bronitsky, G., and R. Hamer. 1986. Experiments in ceramic technology: The eff ects of various tempering material on impact and thermal-shock re sis tance. *American Antiquity* 51 (1): 89–101.

Broodbank, Cyprian. 1989. The longboat and society in the Cyclades in the Keros-Syros culture. *American Journal of Archaeology* 85:318–337.

Broodbank, Cyprian, and T. F. Strasser. 1991. Migrant farmers and the colonization of Crete. *Antiquity* 65:233–245.

Brown, D. R., and David W. Anthony. 1998. Bit wear, horse back riding, and the Botai site in Kazakstan. *Journal of Archaeological Science* 25:331–347.

Bryce, T. 1998. *The Kingdom of the Hittites*. Oxford: Clarendon.

Buchanan, Briggs. 1966. *Catalogue of Ancient Near Eastern Seals in the Ashmolean Museum*. Vol. 1, Cylinder Seals. Oxford: Clarendon.

Buck, Carl Darling. 1949. *A Dictionary of Selected Synonyms in the Principal Indo-European Languages*. Chicago: University of Chicago Press.

Bunyatyan, Katerina P. 2003. Correlations between agriculture and pastoralism in the northern Pontic steppe area during the Bronze Age. In *Prehistoric Steppe Adaptation and the Horse*, ed. Marsha Levine, Colin Renfrew, and Katie Boyle, pp. 269–286. Cambridge: McDonald Institute for Archaeological Research.

Burdo, Natalia B. 2003. Cultural contacts of early Tripolye tribes. Paper delivered at the Ninth Annual Conference of the European Association of Archaeologists. St Petersburg, Russia.

Burdo, Natalia B., and V. N. Stanko. 1981. Eneoliticheskie nakhodki na stoianke Mirnoe. In *Drevnosti severo-zapadnogo prichernomor'ya*, pp. 17–22. Kiev: Naukovo Dumka.

Burmeister, Stefan. 2000. Archaeology and migration: Approaches to an archaeological proof of migration. *Current Anthropology* 41 (4): 554–555.

Burov, G. M. 1997. Zimnii transport severnoi Evropy i Zaural'ya v epokhu Neolita i rannego metalla. *Rossiskaya arkheologiya* 4:42–53.

Burrow, T. 1973. The Proto-Indoaryans. *Journal of the Royal Asiatic Society* (n. 5.) 2:123–40.

Bynon, Theodora. 1977. *Historical Linguistics*. Cambridge: Cambridge University Press.

Cameron, Catherine, and Steve A. Tomka, eds. 1993. *Abandonment of Settlements and Regions: Ethnoarchaeological and Archaeological Approaches*. Cambridge: Cambridge University Press.

Campbell, Lyle. 2002. What drives linguistic diversifi cation and language spread? In *Examining the Farming/Language Dispersal Hypothesis*, ed. Peter Bellwood and Colin Renfrew, pp. 49–63. Cambridge: McDonald Institute for Archaeological Research.

Cannon, Garland. 1995. "Oriental Jones: Scholarship, Literature, Multiculturalism, and Humankind." In *Objects of Enquiry: The Life, Contributions, and Influences of Sir William Jones*, pp. 25–50. New York: New York University Press.

Carpelan, Christian, and Asko Parpola. 2001. Emergence, contacts and dispersal of Proto-Indo-European, proto-Uralic and proto-Aryan in archaeological perspective. In *Early Contacts between Uralic and Indo-European: Linguistic and Archaeological Considerations*, ed. ChristianCarpelan, Asko Parpola, and Petteri Koskikallio, pp. 55–150. Memoires de la Société Finno-Ugrienne 242. Helsinki: Suomalais-Ugrilainen Seura.

Castile, George Pierre, and Gilbert Kushner, eds. 1981. *Persistent Peoples: Cultural Enclaves in Perspective*. Tucson: University of Arizona Press.

Chambers, Jack, and Peter Trudgill. 1998. *Dialectology*. Cambridge: Cambridge University Press.

Chapman, John C. 1999. The origins of warfare in the prehistory of Eastern and central Europe. In *Ancient Warfare: Archaeological Perspectives*, ed. John Carman and Anthony Harding, pp. 101–142. Phoenix Mill: Sutton.

———. 1989. The early Balkan village. In *The Neolithic of Southeastern Europe and Its Near Eastern Connections*, ed. Sándor Bökönyi, pp. 33–53. Budapest: Varia Archaeologica Hungarica II.

———. 1983. The Secondary Products Revolution and the limitations of the Neolithic. *Bulletin of the Institute of Archaeology* (London) 19:107–122.

Cherniakov, I. T., and G. N. Toshchev. 1985. Kul'turno-khronologicheskie osobennosti kurgannykh pogrebenii epokhi Bronzy nizhnego Dunaya. In Novye Materialy po *ArkheologiiSevernogo-Zapadnogo Prichernomor'ya*, ed. V. N. Stanko, pp. 5–45, Kiev: Naukovo Dumka.

Chernopitskii, M. P. 1987. Maikopskii "baldachin." *Kratkie soobshcheniya institut arkheologii* 192:33–40.

Chernykh, E. N., ed. 2004. *Kargaly*. Vol. 3, *Arkheologicheskie materialy, tekhnologiya gornometallurgicheskogo proizvodstva, arkheobiologicheskie issledovaniya*. Moscow: Yaziki slavyanskoi kul'tury.

——. 1997. *Kargaly: Zabytyi Mir.* Moscow: NOX.

——. 1995. Postscript: Russian archaeology after the collapse of the USSR: Infrastructuralcrisis and the resurgence of old and new nationalisms. In *Nationalism, Politics, and the Practice of Archaeology*, ed. Philip L. Kohl and Clare Fawcett, pp. 139–148, Cambridge: Cambridge University Press.

——. 1992. *Ancient Metallurgy in the USSR.* Cambridge: Cambridge University Press.

Chernykh, E. N., and K. D. Isto. 2002. Nachalo ekspluatsii Kargalov: Radiouglerodnyi daty. *Rossiiskaya arkheologiya* 2: 44–55.

Chernykh, E.N., E. V. Kuz'minykh, and L. B. Orlovskaya. 2004. Ancient metallurgy of northeast Asia: From the Urals to the Saiano-Altai. In *Metallurgy in Ancient Eastern Eurasia from the Urals to the Yellow River*, ed. Katheryn M. Linduff , pp. 15–36. Lewiston, Me.: Edwin Mellen.

Chernysh, E. K. 1982. Eneolit pravoberezhnoi Ukrainy i Moldavii. In *Eneolit SSSR*, ed. V. M. Masson and N. Y. Merpert, pp. 165–320. Moscow: Nauka.

Childe, V. Gordon. 1957. *The Dawn of European Civilization.* 6thed. London: Routledge Kegan Paul.

——. 1936. The axes from Maikop and Caucasian metallurgy. *Annals of Archaeology and Anthropology* (Liverpool) 23:113–119.

Chilton, Elizabeth S. 1998. The cultural origins of technical choice: Unraveling Algonquian and Iroquoian ceramic traditions in the Northeast. In *The Archaeology of Social Boundaries*, ed. Miriam Stark, pp 132–160. Washington, D.C.: Smithsonian Institution Press.

Chretien, C. D. 1962. The mathematical models of glottochronology. *Language* 38:11–37.

Christensen, A. F., Brian E. Hemphill, and Samar I. Mustafakulov. 1996. Bactrian relationships to Russian and Central Asian populations: A craniometric assessment. *American Journal of Physical Anthropology* 22:84–85.

Clackson, James. 1994. *The Linguistic Relationship between Greek and Armenian.* Oxford: Blackwell.

Clark, Geoffry. 1994. Migration as an explanatory concept in Paleolithic archaeology. *Journal of Archaeological Method and Theory* 1 (4): 305–343.

Clark, Grahame. 1941. Horses and battle-axes. *Antiquity* 15 (57): 50–69.

Clayton, Hilary. 1985. A fluoroscopic study of the position and action of different bits in the horse's mouth. *Equine Veterinary Science* 5 (2): 68–77.

Clayton, Hilary M., and R. Lee. 1984. A fluoroscopic study of the position and action of the jointed snaffle bit in the horse's mouth. *Equine Veterinary Science* 4 (5): 193–196.

Clutton-Brock, Juliet. 2003. Were the donkeys of Tell Brak harnessed with a bit? In *Prehistoric Steppe Adaptation and the Horse*, ed. Marsha Levine, Colin Renfrew, and Katie Boyle, pp. 126–127. Cambridge: McDonald Institute for Archaeological Research.

——. 1974. The Buhen horse. Journal of Archaeological Science 1:89–100.

Cole, John W., and Eric Wolf. 1974. *The Hidden Frontier: Ecology and Ethnicity in an Alpine Valley.* New York: Academic Press.

Coleman, John. 2000. An archaeological scenario for the "Coming of the Greeks" ca. 3200 BC." *Journal of Indo-European Studies* 28 (1–2): 101–153.

Comsa, Eugen. 1976. Quelques considerations sur la culture Gumelnitsa. *Dacia* 20:105–127.

Cook, G. T., C. Bonsall, R. E. M. Hedges, K. McSweeney, V. Boroneanţ, L. Bartosiewicz, and P. B. Pettitt, 2002. Problems of dating human bones from the Iron Gates. *Antiquity* 76:77–85.

Cronk, Lee. 1993. CA comment on transitions between cultivation and pastoralism in Sub-Saharan Africa. *Current Anthropology* 34 (4): 374.

———. 1989. From hunters to herders: Subsistence change as a reproductive strategy. *Current Anthropology* 30:224–34.

Crouwel, Joost H. 1981. *Chariots and Other Means of Land Transport in Bronze Age Greece*. Allard Pierson Series 3. Amsterdam: Allard Pierson Museum.

Dalton, G. 1977. Aboriginal economies in stateless societies. In *Exchange Systems in Prehistory*, ed. Timothy Earle and J. Ericson, pp. 191–212, New York: Academic Press.

Danilenko, V. M. 1971. *Bugo-Dnistrovs'ka Kul 'tura*. Kiev: Dumka.

Darden, Bill J. 2001. On the question of the Anatolian origin of Indo-Hittite. In *Greater Anatolia and the Indo-Hittite Language Family*, ed. Robert Drews, pp. 184–228. Journal of Indo-European Studies Monograph 38. Washington, D.C.: Institute for the Study of Man.

———. 2004. Who were the Sclaveni and where did they come from? *Byzantinische Forschungen* 28:133–157.

Davis, E. M. 1983. The gold of the shaft graves: The Transylvanian connection. *Temple University Aegean Symposium* 8:32–38.

Davis, Simon J. M. 1987. *The Archaeology of Animals*. New Haven: Yale University Press.

Davis-Kimball, Jeannine. 1997. Warrior women of the Eurasian steppes. *Archaeology* 50 (1): 44–49.

DeBoer, Warren. 1990. Interaction, imitation, and communication as expressed in style: The Ucayali experience. In *The Uses of Style in Archaeology*, ed. M. Conkey and Christine Hastorf, pp. 82–104. Cambridge: Cambridge University Press.

———. 1986. Pillage and production in the Amazon: A view through the Conibo of the Ucayali Basin, eastern Peru. *World Archaeology* 18 (2): 231–246.

Dennell, R. W., and D. Webley. 1975. Prehistoric settlement and land use in southern Bulgaria. In *Palaeoeconomy*, ed. E. S. Higgs, pp. 97–110. Cambridge: Cambridge University Press.

Dergachev, Valentin A. 2003. Two studies in defense of the migration concept. In *Ancient Interactions: East and West in Eurasia*, ed. Katie Boyle, Colin Renfrew, and Marsha Levine, pp. 93–112. McDonald Institute Monographs. Cambridge: University of Cambridge Press.

———. 1999. Cultural-historical dialogue between the Balkans and Eastern Europe (Neolithic-Bronze Age). *Thraco-Dacica* 20 (1–2): 33–78.

———. 1998a. *Karbunskii Klad*. Kishinev: Academiei tiinţe.

———. 1998b. Kulturell und historische Entwicklungen im Raum zwischen Karpaten und Dnepr.

In *Das Karpatenbecken und Die Osteuropäische Steppe*, ed. Bernhard Hänsel and Jan Machnik, pp. 27–64. München: Südosteuropa-Schriften Band 20, Verlag Marie Leidorf Gmbh.

———. 1980. *Pamyatniki Pozdnego Tripol 'ya*. Kishinev: Shtiintsa.

Dergachev, V., A. Sherratt, and O. Larina. 1991. Recent results of Neolithic research in Moldavia (USSR). *Oxford Journal of Prehistory* 10 (1): 1–16.

Derin, Z., and Oscar W. Muscarella. 2001. Iron and bronze arrows. In *Ayanis I. Ten Years' Excavations at Rusahinili Eiduru-kai 1989–1998*, ed. A. Çilingiroğlu and M. Salvini, pp. 189–217. Roma: Documenta Asiana VI ISMEA.

Diakonov, I. M. 1988. Review of *Archaeology and Language*. *Annual of Armenian Linguistics* 9:79–87.

———. 1985. On the original home of the speakers of Indo-European. *Journal of Indo-European Studies* 13 (1–2): 93–173.

Diamond, Jared. 1997. *Guns, Germs, and Steel: The Fates of Human Societies*. New York: Norton.

DiCosmo, Nicola. 2002. *Ancient China and Its Enemies: The Rise of Nomadic Power in East Asian History*. Cambridge: Cambridge University Press.

———. 1999. State Formation and periodization in Inner Asian prehistory. *Journal of World History* 10 (1): 1–40.

———. 1994. Ancient Inner Asian Nomads: Their Economic basis and its signifi cance in Chinese history. *Journal of Asian Studies* 53 (4): 1092–1126.

Diebold, Richard. 1985. *The Evolution of the Nomenclature for the Salmonid Fish: The Case of "huchen" (Hucho spp.)*. Journal of Indo-European Studies Monograph 5. Washington, D.C.: Institute for the Study of Man.

Dietler, Michael, and Brian Hayden, eds. 2001. *Feasts*. Washington, D.C.: Smithsonian Institution Press.

Dietz, Ute Luise. 1992. Zur frage vorbronzezeitlicher Trensenbelege in Europa. *Germania* 70 (1): 17–36.

Dixon, R. M. W. 1997. *The Rise and Fall of Languages*. Cambridge: Cambridge University Press.

Dobrovol'skii, A. V. 1958. Mogil'nik vs. Chapli. *Arkheologiya* (Kiev) 9:106–118.

Dodd-Oprițescu, 1978, Les elements steppiques dans l'Énéolithique de Transylvanie. *Dacia* 22:87–97.

Dolukhanov, P. M. 1986. Foragers and farmers in west-Central Asia. In *Hunters in Transition*, ed. Marek Zvelebil, pp. 121–132. Cambridge: Cambridge University Press.

Donnan, Hastings, and Thomas M. Wilson. 1999. *Borders: Frontiers of Identity, Nation, and State*. Oxford: Berg.

Dorian, N. 1981. *Language Death: The Life Cycle of a Scottish Gaelic Dialect*. Philadelphia: University of Pennsylvania Press.

Dovchenko, N. D., and N. A. Rychkov. 1988. K probleme sotsial'noi stratigrafi katsii plemen

Yamnoi kul'turno-istoricheskoi obshchnosti. In *Novye Pamyatniki Yamnoi Kul 'tury Stepnoi Zony Ukrainy*, pp. 27–40. Kiev: Naukova Dumka.

Dremov, I. I., and A. I. Yudin. 1992. Drevneishie podkurgannye zakhoroneniya stepnogo zaVolzh'ya. *Rossiskaya arkheologiya* 4:18–31.

Drews, Robert. 2004. *Early Riders*. London: Routledge.

———, ed. 2001. *Greater Anatolia and the Indo-Hittite Language Family*. Journal of Indo-European Studies Monograph 38. Washington, D.C.: Institute for the Study of Man.

———. 1988. *The Coming of the Greeks: Indo-European Conquests in the Aegean and the Ancient Near East*. Princeton, N. J.: Princeton University Press.

Drinka, Bridget. 1995. Areal linguistics in prehistory: Evidence from Indo-European aspect. In *Historical Linguistics 1993*, ed. Henning Andersen, pp. 143–158. Amsterdam: John Benjamins.

Dumezil, Georges. 1958. *L'Idéologie Tripartie des Indo-Européens*. Brussels: Latomus.

Dumitrescu, Vladimir. 1980. Tumuli from the period of transition from the Eneolithic to the Bronze Age excavated near Rast. In *The Neolithic Settlement at Rast*, appendix 3, pp. 126–133. British Archaeological Reports International Series 72. Oxford: Archaeopress.

During Caspers, E. C. L. 1998. The MBAC and the Harappan script. *Ancient Civilizations from Scythia to Siberia* 5 (1): 40–58.

Dyen, I., J. B. Kruskal, and P. Black. 1992. An Indo-European classifi cation: A lexicostatistical experiment. *Transactions of the American Philosophical Society* 82 (5): 1–132.

Ecsedy, István. 1994. "Camps for eternal rest: Some aspects of the burials by the earliest nomads of the steppes." In *The Archaeology of the Steppes: Methods and Strategies*, ed. Bruno Genito, pp. 167–176. Napo: Instituto universitario oreintale series minor 44.

———, ed. 1979. *The People of the Pit-Grave Kurgans in Eastern Hungary*. Budapest: Akadémia Kiadó.

Ehrich, Robert W. 1961. On the per sis tence and recurrences of culture areas and culture boundaries during the course of European prehistory, protohistory, and history. In *Berichte über den V Internationalen Kongress für Vor-und Frühgeschichte*, pp. 253–257. Berlin: Gebrüder Mann.

Eisler, Riane. 1990. The Gaia tradition and the partnership future: An ecofeminist manifesto. In *Reweaving the World*, ed. Irene Diamond and G. F. Orenstein, pp. 23–34. San Francisco: Sierra Club Books.

———. 1987. *The Chalice and the Blade*. San Francisco: Harper and Row.

Eleure, C., ed. 1989. *Le Premier Or de l'Humanité en Bulgaria 5e millénaire*. Paris: Musées Nationaux.

Ellis, Linda. 1984. *The Cucuteni-Tripolye Culture: A Study in Technology and the Origins of Complex Society*. British Archaeological Reports International Series 217. Oxford: Archaeopress.

Emberling, Geoff. 1997. Ethnicity in complex societies: Archaeological perspectives. *Journal of Archaeological Research* 5 (4): 295–344.

Embleton, Sheila. 1991. Mathematical methods of ge ne tic classifi cation. In *Sprung from Some Common Source: Investigations into the Prehistory of Languages*, ed. Sidney Lamb and E. Douglass Mitchell, pp. 365–388. Stanford: Stanford University Press.

———. 1986. *Statistics in Historical Linguistics*. Bochum: Brockmeyer.

Enattah, Nabil Sabri. 2005. *Molecular Genetics of Lactase Persistence*. Ph.D. dissertation, Department of Medical Ge ne tics, Faculty of Medicine, University of Helsinki, Finland.

Epimakhov, A. V. 2002. *Iuzhnoe zaural 'e v epokhu srednei bronzy*. Chelyabinsk: YUrGU.

Epimakhov, A., B. Hanks, and A. C. Renfrew. 2005. Radiocarbon dating chronology for the Bronze Age monuments in the Transurals, Russia. *Rossiiskaia Arkheologiia* 4:92–102.

Erdosy, George, ed. 1995. *The Indo-Aryans of Ancient South Asia: Language, Material Culture and Ethnicity*. Indian Philology and South Asian Studies 1. Berlin: Walter de Gruyter.

Euler, Wolfram. 1979. *Indoiranisch-griechische Gemeinsamkeiten der Nominalbildung und deren Indogermanische Grundlagen*. Innsbruck: Institut für Sprachwissenschaft der Universität Innsbruck, vol. 30.

Evdokimov, V. V., and V. G. Loman. 1989. Raskopi Yamnogo kurgana v Karagandinskoi Oblasti. In *Voprosy arkheologii tsestral 'nogo i severnogo Kazakhstana*, ed. K.M. Baipakov, pp. 34–46. Karaganda: Karagandinskii gosudarstvennyi universitet.

Ewers, John C. 1955. *The Horse in Blackfoot Indian Culture*. Washington, D.C.: Smithsonian Institution Press.

Falk, Harry. 1986. *Bruderschaft und Wülferspiel*. Freiburg: Hedwig Falk.

Fiedel, Stuart, and David W. Anthony. 2003. Deerslayers, pathfinders, and icemen: Origins of the European Neolithic as seen from the frontier. In *The Colonization of Unfamiliar Landscapes*, ed. Marcy Rockman and James Steele, pp. 144–168. London: Routledge.

Fischer, David Hackett. 1989. *Albion's Seed: Four British Folkways in America*. New York: Oxford University Press.

Fitzgerald-Huber, Louise G. 1995. Qijia and Erlitou: The question of contacts with distant cultures. *Early China* 20:17–67.

Florin, Curta. 2001. *The Making of the Slavs*. Oxford: Oxford University Press.

Forenbaher, S. 1993. Radiocarbon dates and absolute chronology of the central European Early Bronze Age. *Antiquity* 67:218–256.

Forsén, J. 1992. *The Twilight of the Early Helladics: A Study of the Disturbances in East-Central and Southern Greece toward the End of the Early Bronze Age*. Jonsered, Sweden: P. Åströms Förlag.

Fortson, Benjamin W., IV. 2004. *Indo-European Language and Culture: An Introduction*. Oxford: Blackwell.

Fox, John W. 1987. *Maya Postclassic State Formation*. Cambridge: Cambridge University Press.

Francis, E. D. 1992. The impact of non-Indo-European languages on Greek and Mycenaean. In *Reconstructing Languages and Cultures*, ed. E. Polome and W. Winter, pp. 469–506.

Trends in Linguistics: Studies and Monographs 58. Berlin: Mouton de Gruyter.

French, Charly, and Maria Kousoulakou. 2003. Geomorphological and micro-morphological investigations of paleosols, valley sediments and a sunken-fl oored dwelling at Botai, Kazakstan. In *Prehistoric Steppe Adaptation and the Horse*, ed. Marsha Levine, Colin Renfrew, and Katie Boyle, pp. 105–114. Cambridge: McDonald Institute for Archaeological Research.

Fried, Morton H. 1975. *The Notion of Tribe*. Menlo Park, Calif.: Cummings.

Friedrich, Paul. 1970. *Proto-Indo-European Trees*. Chicago: University of Chicago Press.

Gaiduchenko, L. L. 1995. Mesto i znachenie Iuzhnogo Urala v eksportno-importnikh operatsiyakh po napravleniu vostok-zapad v eopkhu bronzy. In *Rossiya i vostok: Problemy vzaimodeistviya, pt. 5, bk. 1: Kul 'tury eneolita-bronzy stepnoi evrazii*, pp. 110–115. Chelyabinsk: 3-ya Mezhdunarodnaya nauchnaya konferentsiya.

Gal, S. 1978. *Language Shift: Social Determinants of Linguistic Change in Bilingual Austria.* New York: Academic Press.

Gallusser, W. A. 1991. Geo graph i cal investigations in boundary areas of the Basle region ("Regio"). In *The Geography of Border Landscapes*, ed. D. Rumley and J. V. Minghi, pp. 32–42. London: Routledge.

Gamkrelidze, Thomas V., and Vyacheslav Ivanov. 1995. *Indo-European and the Indo-Europeans: A Reconstruction and Historical Analysis of a Proto-Language and a Proto-Culture*. Vol. 1. Translated by Johanna Nichols. Edited by Werner Winter. Trends in Linguistics: Studies and Monographs 80. Berlin: Mouton de Gruyter.

———. 1984. *Indoevropeiskii iazyk i indoevropeitsy*. Tifl is: Tbilisskogo Universiteta.

———. 1973. Sprachtypologie und die Rekonstruktion der gemeinindogermanischen Verschlüsse. *Phonetica* 27:150–156.

Gei, A. N. 2000. *Novotitorovskaya kul 'tura*. Moscow: Institut Arkheologii.

———. 1990. Poyt paleodemografi cheskogo analiza obshchestva stepnykh skotovodov epokhi bronzy: po pogrebal'nym pamyatkikam prikuban'ya. *Kratkie Soobshcheniya Institut Arkheologii* 201:78–87.

———. 1986. Pogrebenie liteishchika Novotitorovskoi kul'tury iz nizhnego pri kuban'ya. In *Arkheologicheskie Otkrytiya na Novostroikakh: Drevnosti severnogo kavkaza* (Moscow) 1:13–32.

———. 1979. Samsonovskoe mnogosloinoe poselenie na Donu. *Sovietskaya arkheologiya* (2): 119–131.

Gellner, Ernest. 1973. *Nations and Nationalism*. Ithaca, N.Y.: Cornell University Press.

Gening, V. F. 1979. The cemetery at Sintashta and the early Indo-Iranian peoples. *Journal of Indo-European Studies* 7:1–29.

Gening, V. F., G. B. Zdanovich, and V. V. Gening. 1992. *Sintashta*. Chelyabinsk: Iuzhnoural'skoeknizhnoe izdatel'stvo.

George, Christian. 2002. *Quantifi cation of Wear in Equus Teeth from Florida*. MA thesis, Department of Geological Sciences, University of Florida, Gainesville.

Georgieva, P. 1990. Ethnocultural and socio-economic changes during the transitional period from Eneolithic to Bronze Age in the region of the lower Danube. *Glasnik Centara za Balkanoloških Ispitavanja* 26:123–154.

Gheorgiu, Drago. 1994. Horse-head scepters: First images of yoked horses. *Journal of Indo-European Studies* 22 (3–4): 221–250.

Ghetie, B., and C. N. Mateesco. 1973. Ľutilisation des bovines a la tracation dans le Neolithique Moyen. *International Conference of Prehistoric and Protohistoric Sciences* (Belgrade) 10:454–461.

Giddens, Anthony. 1985. *The Nation-state and Violence*, Cambridge: Polity.

Gilbert, Allan S. 1991. Equid remains from Godin Tepe, western Iran: An interim summary and interpretation, with notes on the introduction of the horse into Southwest Asia. In *Equids in the Ancient World*, vol. 2, ed. Richard H. Meadow and Hans-Peter Uerpmann, pp. 75–122. Wiesbaden: Reichert.

Gilman, Antonio. 1981. The development of social stratification in Bronze Age Europe. *Current Anthropology* 22 (1): 1–23.

Gimbutas, Marija. 1991. *The Civilization of the Goddess*. San Francisco: Harper.

——. 1989a. *The Language of the Goddess*. London: Thames and Hudson.

——. 1989b. Women and culture in Goddess-oriented Old Europe. In *Weaving the Visions*, ed. Judith Plaskow, and C. C. Christ, pp. 63–71. San Francisco: Harper and Row.

——. 1977. The first wave of Eurasian steppe pastoralists into Copper Age Europe. *Journal of Indo-European Studies* 5 (4): 277–338.

——. 1974. *The Goddesses and Gods of Old Europe: Myths and Cult Images (6500–3500 B.C.)*, London: Thames and Hudson.

——. 1970. Proto-Indo-European culture: The Kurgan Culture during the fifth, fourth, and third millennia B.C. In *Indo-European and the Indo-Europeans*, ed. George Cardona, Henry Hoenigswald, and Alfred Senn, pp. 155–198. Philadelphia: University of Pennsylvania Press.

——. 1956. *The Prehistory of Eastern Europe, Part 1*. Cambridge: American School of Prehistoric Research Bulletin 20.

Glassie, Henry. 1965. *Pattern in the Material Folk Culture of the Eastern United States*. Philadelphia: University of Pennsylvania Press.

Glonti, L. I. and A. I. Dzhavakhishvili. 1987. Novye dannye o mnogosloinom pamyatniki epokhi Eneolita-Pozdnei Bronzy v shida Kartli-Berkldeebi. *Kratkie Soobshcheniya Institut Arkheologii* 192:80–87.

Glumac, P. D., and J. A. Todd. 1991. Eneolithic copper smelting slags from the Middle Danube basin. In *Archaeometry '90*, ed. Ernst Pernicka and Günther A. Wagner, pp. 155–164. Basel: Birkhäuser Verlag.

Glumac, Petar, and David W. Anthony. 1992. Culture and environment in the prehistoric Caucasus, Neolithic to Early Bronze Age. In *Chronologies in Old World Archaeology, 3rd ed.*, ed. Robert Ehrich, pp. 196–206. Chicago: Aldine.

Golyeva, A. A. 2000. Vzaimodeistvie cheloveka i prirody v severo-zapadnom Prikaspii v epokhu Bronzy. In *Sezonnyi ekonomicheskii tsikl naseleniya severo-zapadnogo Prikaspiya v Bronzovom Veke*, vol. 120, ed. N. I. Shishlina, pp. 10–29. Moscow: Trudy gosudarstvennogo istoricheskogo muzeya.

Good, Irene. 2001. Archaeological textiles: A review of current research. *Annual Review of Anthropology* 30:209–226.

———. 1998. Bronze Age cloth and clothing of the Tarim Basin: The Chärchän evidence. In *The Bronze Age and Early Iron Age Peoples of Eastern Central Asia*, ed. Victor Mair, vol. 2, pp. 656–668. Journal of Indo European Studies Monograph 26. Washington, D.C.: Institute for the Study of Man.

Gorbunova, Natalya G. 1993/94. Traditional movements of nomadic pastoralists and the role of seasonal migrations in the formation of ancient trade routes in Central Asia. *Silk Road Art and Archaeology* 3:1–10.

Gotherstrom, A., C. Anderung, L. Hellborg, R. Elburg, C. Smith, D. G. Bradley, H. Ellegren 2005. Cattle domestication in the Near East was followed by hybridization with aurochs bulls in Europe. *Proceedings of Biological Sciences* 272 (1579): 2337–44.

Govedarica, B., and E. Kaiser. 1996. Die äneolithischen abstrakten und zoomorphen Steinzepter Südostund Europas. *Eurasia Antiqua* 2:59–103.

Grant, Madison. 1916. *The Passing of the Great Race; or, The Racial Basis of European History*. New York: Scribner's.

Gray, Russell D., and Quentin D. Atkinson. 2003. Language-tree divergence times support the Anatolian theory of Indo-European origin. *Nature* 426 (6965): 435–439.

Greenfield, Haskell. 1994. Preliminary report on the 1992 excavations at Foeni-S laş: An early Neolithic Starčevo-Criş settlement in the Romanian Banat. *Analele Banatului* 3:45–93.

———. 1999. The advent of transhumant pastoralism in temperate southeast Europe: A zooarchaeological perspective from the central Balkans. In *Transhumant Pastoralism in Southern Europe*, ed. L. Bartosiewicz and Haskell Greenfi eld, pp. 15–36. Budapest: Archaeolingua.

Gremillion, Kristen J. 2004. Seed pro cessing and the origins of food production in eastern North America. *American Antiquity* 69 (2): 215–233.

Grigoriev, Stanislav A. 2002. *Ancient Indo-Europeans*. Chelyabinsk: RIFEI.

Gudkova, A. V., and I. T. Chernyakov. 1981. Yamnye pogebeniya s kolesami u s. Kholmskoe. In *Drevnosti severo-zapanogo prichernomor'ya*, pp. 38–50. Kiev: Naukovo Dumka.

Guliaev, V. I. 2003. Amazons in the Scythia: New finds at the Middle Don, Southern Russia. *World Archaeology* 35 (1): 112–125.

Haheu, Vasile, and Serghei Kurciatov. 1993. Cimitirul plan Eneolitic de ling satul Giurgiuleşti. *Revista Arkheologică* (Kishinev) 1:101–114.

Hainsworth, J. B. 1972. Some observations on the Indo-European placenames of Greece. In *Acta of the 2nd International Colloquium on Aegean Prehistory*, pp. 39–42. Athens: Ministry of Culture and Sciences.

Haley, Brian D., and Larry R. Wilcoxon. 2005. How Spaniards became Chumash and other tales of ethnogenesis. *American Anthropologist* 107 (3): 432–445.

Hall, Jonathan M. 1997. *Ethnic Identity in Greek Antiquity.* Cambridge: Cambridge University Press.

Hall, Robert A., Jr. 1976. *Proto-Romance Phonology.* New York: Elsevier.

——. 1960. On realism in reconstruction. *Language* 36:203–206.

——. 1950. The reconstruction of Proto-Romance. *Language* 26:6–27.

Hamp, Eric. 1998. Whose were the Tocharians? In *The Bronze Age and Early Iron Age Peoples of Eastern Central Asia*, ed. Victor H. Mair, vol. 1, pp. 307–346. Journal of Indo-European Studies Monograph 26. Washington, D.C.: Institute for the Study of Man.

Hänsel, B. 1982. Südosteuropa zwischen 1600 und 1000 V. Chr. In *Südosteuropa zwischen 1600 und 1000 V. Chr.*, ed. B. Hänsel, pp. 1–38. Berlin: Moreland Editions.

Harding, R. M., and R. R. Sokal. 1988. Classifi cation of the European language families by ge ne tic distance. *Proceedings of the National Academy of Sciences* 85:9370–9372.

Harris, Alice C. 1991. Overview on the history of the Kartvelian languages. In *The Indigenous Languages of the Caucasus, vol. 1, The Kartvelian Languages*, ed. Alice C. Harris, pp. 7–83. Delmar, N.Y.: Caravan Books.

Harris, D. R., ed. 1996. *The Origins and Spread of Agriculture and Pastoralism in Eurasia.* London: University College.

Häusler, A. 1994. Archäologische Zeugnisse für Pferd und Wagen in Ost-und Mitteleuropa. In *Die Indogermanen und das Pferd: Festschrift für Bernfried Schlerath*, ed. B. Hänsel and S. Zimmer, pp. 217–257. Budapest: Archaeolingua.

——. 1992. "Der ursprung der Wagens in der Diskussion der gegenwart." *Archäologische Mitteilungen aus Nordwestdeutschland* 15:179–190.

——. 1974. *Die Gräber der älteren Ockergrabkultur zwischen Dnepr und Karpaten.* Berlin: Akadmie-Verlag.

Hayden, Brian. 2001. Fabulous feasts: A prolegomenon to the importance of feasting. In *Feasts*, ed. M. Dietler, and Brian Hayden, pp.23–64. Washington, D.C.: Smithsonian Institution Press.

Hayen, Hajo. 1989. Früheste Nachweise des Wagens und die Entwicklung der Transport-Hilfsmittel. *Mitteilungen der Berliner Gesellchaft für Anthropologie, Ethnologie und Urgeschichte* 10:31–49.

Heidegger, Martin. 1959. *An Introduction to Metaphysics.* 1953 [1935]. Translated by Ralph Manheim. New Haven: Yale University Press.

Helms, Mary. 1992. Long-distance contacts, elite aspirations, and the age of discovery. In *Resources, Power, and Inter-regional Interaction*, ed. Edward M. Schortman and Patricia A. Urban, pp. 157–174. New York: Plenum.

Hemphill, Brian E., A. F. Christensen, and Samar I. Mustafakulov. 1997. Trade or travel: An assessment of interpopulational dynamics among Bronze-Age Indo-Iranian populations. *South Asian Archaeology, 1995: Proceedings of the 13th Meeting of the South Asian*

Archaeologists of Europe, Cambridge, UK, ed. Bridget Allchin, pp. 863–879, Oxford: IBH.

Hemphill, Brian E., and J. P. Mallory. 2003. Horse-mounted invaders from the Russo-Kazakh steppe or agricultural colonists from western Central Asia? A craniometric investigation of the Bronze Age settlements of Xinjiang. *American Journal of Physical Anthropology* 124 (3): 199–222.

Hester, D. A. 1957. Pre-Greek placenames in Greece and Asia Minor. *Revue Hittite et Asianique* 15:107–119.

Heyd, V., L. Husty, and L. Kreiner. 2004. *Siedlungen der Glockenbecherkultur in Süddeutschland und Mitteleuropa*. Büchenbach: Arbeiten zur Archäologie Süddeutschlands 17 (Dr. Faustus Verlag).

Hiebert, Frederik T. 2002. Bronze age interaction between the Eurasian steppe and Central Asia. In *Ancient Interactions: East and West in Eurasia*, ed. Katie Boyle, Colin Renfrew, and Marsha Levine, pp. 237–248, Cambridge: McDonald Institute for Archaeological Research.

——. 1994. *Origins of the Bronze Age Oasis Civilizations of Central Asia*. Bulletin of the American School of Prehistoric Research 42. Cambridge, Mass.: Peabody Museum of Archaeology and Ethnology, Harvard University.

Hiendleder, Stefan, Bernhard Kaupe, Rudolf Wassmuth, and Axel Janke. 2002. Molecular analysis of wild and domestic sheep. *Proceedings of the Royal Society of London* 269:893–904.

Hill, Jane. 1996. Languages on the land: Toward an anthropological dialectology. In *David Skomp Distinguished Lectures in Dialectology*. Bloomington: Indiana University Press.

Hill, Jonathon D. 1992. Contested pasts and the practice of archaeology: Overview. *American Anthropologist* 94 (4): 809–815.

Hobsbawm, Eric. 1997. *On History*. New York: New Press.

——. 1990. *Nations and Nationalism since 1780*. Cambridge: Cambridge University Press.

Hock, Hans Henrich, and Brian D. Joseph. 1996. Language History, *Language Change, and Language Relationship: An Introduction to Historical and Comparative Linguistics*. Berlin: Mouton de Gruyter.

Hodder, Ian. 1990. *The Domestication of Europe: Structure and Contingency in Neolithic Societies*. Cambridge: Cambridge University Press.

Holden, Clare, and Ruth Mace. 2003. Spread of cattle led to the loss of matriliny in Africa: A co-evolutionary analysis. *Proceedings of the Royal Society B* 270:2425–2433.

Hopper, Paul. 1973. Glottalized and murmured occlusives in Indo-European. *Glossa* 7:141–166.

Houwink Ten Cate, P. H. J. 1995. Ethnic diversity and population movement in *Anatolia. In Civilizations of the Ancient Near East*, ed. Jack M. Sasson, John Baines, Gary Beckman, and Karen R. Rubinson, vol. 1, pp. 259–270, New York: Scribner's.

Hulbert, R. C., G. S. Morgan, and S. D. Webb, eds. 1995. Paleontology and Geology of the Leisey Shell Pits, Early Pleistocene of Florida. *Bulletin of the Florida Museum of Natural History* 37 (1–10).

Huld, Martin E. 2002. "Linguistic science, truth, and the Indocentric hypothesis." *Journal of Indo-European Studies* 30 (3–4): 353–364.

———. 1990. "The linguistic typology of Old European substrata in north central Europe." *Journal of Indo-European Studies* 18:389–417.

Hüttel, Hans-Georg. 1992. "Zur archäologischen Evidenz der Pfredenutzung in der Kupferund Bronzezeit." In *Die Indogermanen und das Pferd: Festschrift für Bernfried Schlerath*, ed. B. Hänsel and S. Zimmer, pp. 197–215. Archaeolingua 4. Budapest: Archaeolingua Foundation.

Ilčeva, V. 1993. Localités de periode de transition de l'énéolithique a l'âdu bronze dans la region de Veliko Tîrnovo. In *The Fourth Millennium B.C.*, ed. Petya Georgieva, pp. 82–98. Sofia: New Bulgarian University.

Isakov, A. I. 1994. Sarazm: An agricultural center of ancient Sogdiana. *Bulletin of the Asia Institute* (n. s.) 8:1–12.

Isakov, A. I., Philip L. Kohl, C. C. Lamberg-Karlovsky, and R. Maddin. 1987. Metallurgical analysis from Sarazm, Tadjikistan SSR. *Archaeometry* 29 (1): 90–102.

Itina, M. A., and L. T. Yablonskii. 1997. *Saki Nizhnei Syrdar' i*. Moscow: Rosspen.

Ivanov, I. V., and I. B. Vasiliev. 1995. *Chelovek, Priroda i Pochvy Ryn-Peskov Volgo-Ural 'skogo Mezhdurech'ya v Golotsene*. Moscow: Intelleckt.

Ivanova, N. O. 1995. Arkheologicheskaya karta zapovednika Arkaim: Istotiya izucheniya arkheologicheskikh pamyatnikov. In *Arkaim*, ed. G. B. Zdanovich, pp. 159–195. Chelyabinsk: "Kammennyi Poyas."

Izbitser, Elena. 1993. Wheeled vehicle burials of the steppe zone of Eastern Europe and the Northern Caucasus, 3rd to 2nd millennium B.C. Doctoral Thesis, Institute of the History of Material Culture, St. Petersburg, Russia.

Jackson, Kenneth H. 1994. *Language and History in Early Britain*. Dublin: Four Courts.

Jacobs, Kenneth. 1993. Human postcranial variation in the Ukrainian Mesolithic-Neolithic. *Current Anthropology* 34 (3): 311–324.

Jacobsen-Tepfer, Esther. 1993. *The Deer-Goddess of Ancient Siberia: A Study in the Ecology of Belief*. Leiden: Brill.

James, Simon. 1999. *The Atlantic Celts: Ancient People or Modern Invention?* London: British Musem Press.

Janhunen, Juha. 2001. "Indo-Uralic and Ural-Altaic: On the diachronic implications of areal typology." In *Early Contacts between Uralic and Indo-European: Linguistic and Archaeological Considerations*, ed. Christian Carpelan, Asko Parpola, and Petteri Koskikallio, pp. 207–220.Memoires de la Société Finno-Ugrienne 242. Helsinki: Suomalais-Ugrilainen Seura.

———. 2000. Reconstructing Pre-Proto-Uralic typology: Spanning the millennia of linguistic evolution. In *Congressus Nonus Internationalis Fenno-Ugristarum, pt. 1: Orationes Plenariae & Orationes Publicae*, ed. Anu Nurk, Triinu Palo, and Tõnu Seilenthal, pp. 59–76. Tartu: CIFU.

Jansen, Thomas, Peter Forster, Marsha A. Levine, Hardy Oelke, Matthew Hurles, Colin Renfrew, Jürgen Weber, and Klaus Olek. 2002. Mitochondrial DNA and the origins of the domestic horse. *Proceedings of the National Academy of Sciences* 99:10905–10910.

Jarrige, Jean-Francois. 1994. The final phase of the Indus occupation at Nausharo and its connection with the following cultural complex of Mehrgarh VIII. *South Asian Archaeology* 1993 (1): 295–313.

John, B. S. 1972. The linguistic signifi cance of the Pembrokeshire Landsker. *The Pembrokeshire Historian* 4:7–29.

Jones, Doug. 2003. Kinship and deep history: Exploring connections between culture areas, genes, and languages. *American Anthropologist* 105 (3): 501–514.

Jones, Siân. 1997. *The Archaeology of Ethnicity: Constructing Identities in the Past and Present*. London: Routledge.

Jones-Bley, Karlene. 2000. The Sintashta "chariots." In *Kurgans, Ritual Sites, and Settlements: Eurasian Bronze and Iron Age*, ed. Jeannine Davis-Kimball, Eileen Murphy, Ludmila Koryakova, and Leonid Yablonsky, pp. 135–140. BAR International Series 89. Oxford: Archeopress.

Jones-Bley, Karlene, and D. G. Zdanovich, eds. 2002. *Complex Societies of Central Eurasia from the 3rd to the 1st Millennium BC*. Vols. 1 and 2. Journal of Indo-European Studies Monograph 45. Washington, D.C.: Institute for the Study of Man.

Jordan, Peter, and Stephen Shennan. 2003. Cultural transmission, language, and basketry traditions amongst the California Indians. *Journal of Anthropological Archaeology* 22:42–74.

Jovanovich, B. 1975. Tumuli stepske culture grobova jama u Padunavlu," *Starinar* 26:9–24.

Kadyrbaev, M. K., and Z. Kurmankulov. 1992. *Kul 'tura Drevnikh Skotobodov i Metallurgov Sary-Arki*. Alma-Ata: Gylym.

Kalchev, Petar. 1996. Funeral rites of the Early Bronze Age flat necropolis near the Bereket tell, Stara Zagora." In *Early Bronze Age Settlement Patterns in the Balkans*, pt. 2. Reports of Prehistoric Research Projects 1 (2–4): 215–225. Sofia: Agatho Publishers, Prehistory Foundation.

Kallio, Petri. 2001. Phonetic Uralisms in Indo-European? In *Early Contacts between Uralic and Indo-European: Linguistic and Archaeological Considerations*, ed. Christian Carpelan, Asko Parpola, and Petteri Koskikallio, pp. 221–234. Memoires de la Société Finno-Ugrienne 242. Helsinki: Suomalais-Ugrilainen Seura.

Kasperavičiūt, D., V. Kučinskas, and M. Stoneking. 2004. Y chromosome and mitochondrial DNA variation in Lithuanians. *Annals of Human Genetics* 68:438–452.

Keeley, Lawrence, H. 1996. *War before Civilization*. New York: Oxford University Press.

Keith, Kathryn. 1998. Spindle whorls, gender, and ethnicity at Late Chalcolithic Hacinebi Tepe. *Journal of Field Archaeology* 25:497–515.

Kelley, Raymond C. 1985. *The Nuer Conquest*. Ann Arbor: University of Michigan Press.

Kershaw, Kris. 2000. *The One-Eyed God: Odin and the Indo-Germanic Männerbünde*. Journal of Indo-European Studies Monograph 36. Washington, D.C.: Institute for the Study of Man.

Khazanov, Anatoly. 1994 [1983]. *Nomads and the Outside World. Rev.* ed. Madison: University of Wisconsin Press.

Kiguradze, Tamaz, and Antonio Sagona. 2003. On the origins of the Kura-Araxes cultural complex. In *Archaeology in the Borderlands*, ed. Adam T. Smith and Karen Rubinson, pp. 38–94. Los Angeles: Cotsen Institute.

Kislenko, Aleksandr, and N. Tatarintseva. 1999. The eastern Ural steppe at the end of the Stone Age. In *Late Prehistoric Exploitation of the Eurasian Steppe*, ed. Marsha Levine, Yuri Rassamakin, A. Kislenko, and N. Tatarintseva, pp. 183–216. Cambridge: McDonald Institute for Archaeological Research.

Kitson, Peter R. 1997. Reconstruction, typology, and the "original homeland" of the Indo-Europeans. In *Linguistic Reconstruction and Typology*, ed. Jacek Fisiak, pp. 183–239, esp. pp. 198–202. Berlin: Mouton de Gruyter.

Kiyashko, V. Y. 1994. *Mezhdu Kamnem i Bronzoi*. Vol. 3. Azov: Donskie drevnosti.

———. 1987. Mnogosloinoe poselenie Razdorskoe i na Nizhnem Donu. *Kratkie soobschcheniya institut arkheologii* 192:73–79.

Klejn, L. 1984. The coming of the Aryans: Who and whence? *Bulletin of the Deccan College Research Institute* 43:57–69.

Klepikov, V. M. 1994. Pogrebeniya pozdneeneoliticheskkogo vremeni u Khutora Shlyakhovskii v nizhnem Povolzh'e. *Rossiskaya arkheologiya* (3): 97–102.

Klochko, Viktor I., Aleksandr Kośko, and Marzena Szmyt. 2003. A comparative chronology of the prehistory of the area between the Vistula and the Dnieper: 4000–1000 BC. *Baltic-Pontic Studies* 12:396–414.

Knecht, Heidi, ed. 1997. *Projectile Technology*. New York: Plenum.

Kniffen, F. B. 1986. Folk housing: Key to diffusion. In *Common Places: Readings in American Vernacular Architecture*, ed. Dell V. Upton and John M. Vlach, pp. 3–23. Athens: University of Georgia Press.

Kohl, Philip, 2007. *The Making of Bronze Age Eurasia*. Cambridge: Cambridge University Press.

Kohl, Philip L., and Gocha R. Tsetskhladze. 1995. Nationalism, politics, and the practice of archaeology in the Caucasus. In *Nationalism, Politics, and the Practice of Archaeology*, ed. Philip L. Kohl and Clare Fawcett, pp. 149–174. Cambridge: Cambridge University Press.

Kohl, Philip L., Henri-Paul Francfort, and Jean-Claude Gardin. 1984. *Central Asia Palaeolithic Beginnings to the Iron Age*. Paris: Editions recherche sur les civilisations.

Koivulehto, Jorma. 2001. The earliest contacts between Indo-European and Uralic speakers in the light of lexical loans. In *Early Contacts between Uralic and Indo-European: Linguistic and Archaeological Considerations*, ed. Christian Carpelan, Asko Parpola, and Petteri Koskikallio, pp. 235–263. Memoires de la Société Finno-Ugrienne 242. Helsinki:

Suomalais-Ugrilainen Seura.

Kolev, U. I., Kuznetsov, P. F., Kuzmina, O. V., Semenova, A. P., Turetskii, M. A., and Aguzarov, B. A., eds. 2001. *Bronzovyi Vek Vostochnoi Evropy: Kharaketristika Kul 'tur, Khronologiia i Periodizatsiya*. Samara: Samarskii gosudarstvennyi pedagogicheskii universitet.

Kol'tsov, L. V., ed. 1989. *Mezolit SSSR*. Moscow: Nauka.

Kopytoff , Igor. 1987. The internal African frontier: The making of African po liti cal culture. In *The African Frontier: The Reproduction of Traditional African Societies*, ed. Igor Kopytoff , pp. 3–84, Bloomington: Indiana University Press.

Korenevskii, S. N. 1995. *Galiugai I, poselenie Maikopskoi kul'tury*. Moscow: Biblioteka rossiskogo etnografa.

——. 1993. *Drevneishee osedloe naselenie na srednem Tereke*. Moscow: Stemi.

——. 1980. O metallicheskikh veshchakh i Utyevskogo mogilhika. In *Arkheologiya Vostochno-Evropeiskoi Lesostepi*, ed. A. D. Pryakhin, pp. 59–66. Voronezh: Vorenezhskogo universiteta.

Korpusova, V. N., and S. N. Lyashko. 1990. Katakombnoe porgebenie s pshenitsei v Krimu. *Sovietskaya Arkheologiia* 3:166–175.

Korolev, A. I. 1999. Materialy po khronologii Eneolita pri Mokshan'ya. In *Voprosy Arkheologii Povolzh'ya, Sbornik Statei*, Vol. 1, ed. A. A. Vybornov and V. N. Myshkin, pp. 106–115. Samara: Samarskii gosudarstvennyi pedagogicheskii universitet.

Koryakova, L., and A. D. Epimakhov, 2007. *The Urals and Western Siberia in the Bronze and Iron Ages*. Cambridge: Cambridge University Press.

Kosintsev, Pavel. 2001. Kompleks kostnykh ostatkov domashnikh zhivotnykh iz poselenii I mogilnikov epokhi Bronzy Volgo-Ural'ya i ZaUral'ya. In *Bronzovyi Vek Vostochnoi Evropy: Kharakteristika Kul 'tur, Khronologiya i Periodizatsiya*, ed. Y. I. Kolev, pp. 363–367. Samara: Samarskii gosudarstvennyi pedagogicheskii universitet.

Kośko, Aleksander, ed. 1999. *The Western Border Area of the Tripolye Culture*. Baltic-Pontic Studies 9. Pozna : Adam Mickiewicz University.

Kośko, Aleksandr, and Viktor I. Klochko, eds. 2003. *The Foundations of Radiocarbon Chronology of Cultures between the Vistula and Dnieper, 4000–1000 BC*. Baltic-Pontic Studies 12. Poznán: Adam Mickiewicz University.

Kotova, Nadezhda, and L. A. Spitsyna. 2003. Radiocarbon chronology of the middle layer of the Mikhailivka settlement. *Baltic-Pontic Studies* 12:121–131.

Kovaleva, I. F. 2001. "Vityanutye" pogrebeniya iz raskopok V. A. Gorodtsovym kurganov Donetchiny v kontekste Postmariupol'skoi kul'tury. In *Bronzovy Vek v Vostochnoi Evropy: Kharakteristika Kul 'tur', Khronologiya i Periodizatsiya*, ed. Y. U. Kolev, pp. 20–24. Samara: Samara gosudarstvennyi pedagogicheskii universitet.

Kovaleva, V. T., and Zdanovich, G. B., eds. 2002. *Arkaim: Nekropol (po materialam kurgana 25 Bol 'she Karaganskoe Mogil 'nika)*. Chelyabinsk: Yuzhno-Ural'skoe knizhnoe izdatel'stvo.

Kovapenko, G. T., and V. M. Fomenko. 1986. Pokhovannya dobi Eneolitu-ranni Bronzi na pravoberezhzhi Pivdennogo Bugu. *Arkheologiya* (Kiev) 55:10–25.

Krahe, Hans. 1954. *Sprach und Vorzeit*. Heidelberg: Quelle und Meyer.

Kremenetski, C. V. 2002. Steppe and forest-steppe belt of Eurasia: Holocene environmental history. In *Prehistoric Steppe Adaptation and the Horse*, ed. M. Levine, C. Renfrew, and K. Boyle, pp. 11–27. Cambridge: Cambridge University Press.

——. 1997a. Human impact on the Holocene vegetation of the South Russian plain. In *Landscapes in Flux*: Central and Eastern Europe in Antiquity, ed. John Chapman and Pavel Dolukhanov, pp. 275–287. London: Oxbow Books.

——. 1997b. The Late Holocene environment and climate shift in Russia and surrounding lands. In *Climate Change in the Th ird Millennium BC*, ed. H. Dalfes, G. Kukla, and H. Weiss, pp. 351–370. New York: Springer.

Kremenetski, C. V., T. Böttger, F. W. Junge, A. G. Tarasov. 1999. Late-and postglacial environment of the Buzuluk area, middle Volga region, Russia. *Quaternary Science Reviews* 18:1185–1203.

Kremenetski, C. V., O. A. Chichagova, and N. I. Shishlina. 1999. Palaeoecological evidence for Holocene vegetation, climate and land-use change in the low Don basin and Kalmuk area, southern Russia. *Vegetation History and Archaeology* 8 (4): 233–246.

Kristiansen, Kristian, and Thomas Larsson. 2005. *The Rise of Bronze Age Society: Travels, Transmissions, and Transformations*. Cambridge: Cambrideg University Press.

Kriukova, E. A. 2003. Obraz loshadi v iskusstve stepnogo naseleniya epokhi Eneolita-Rannei Bronzy. In *Voprosy Arkheologii Povolzh'ya*, pp. 134–143. Samara: Samarskii nauchnyi tsentr RAN.

Krizhevskaya, L. Y. 1991. *Nachalo Neolita v stepyakh severnogo Priochernomor'ya*. St. Petersburg: Institut istorii material'noi kul'tury Akademii Nauk SSSR.

Kruts, V. O. 1977. *Pozdnetripol'skie pamyatniki srednego Podneprov'ya*. Kiev: Naukovo Dumka.

Kruts, V. O., and S. M. Rizhkov, 1985, Fazi rozvitku pam'yatok Tomashivs'ko-Syshkivs'koi grupi. *Arkheologiya* (Kiev) 51:45–56.

Kryvaltsevich, Mikola M., and Nikolai Kovalyukh. 1999. Radiocarbon dating of the Middle Dnieper culture from Belarus. *Baltic Pontic Studies* 7:151–162.

Kubarev, V. D. 1988. *Drevnie rospisi Karakola*. Novosibirsk: Nauka.

Kühl, Stefan. 1994. *The Nazi Connection: Eugenics, American Racism, and German National Socialism*. New York: Oxford University Press.

Kuiper, F. B. J. 1991. *Aryans in the Rig-Veda*. Amsterdam: Rodopi.

——. 1960. The ancient Aryan verbal contest. *Indo-Iranian Journal* 4:217–281.

——. 1955. Rig Vedic Loanwords. *Studia Indologica* (Festschrift für Willibaldkirfel), pp. 137–185. Bonn: Selbst Verlag des Orientalishen Seminars des Universität.

——. 1948. *Proto-Munda Words in Sanskrit*. Amsterdam: Noord-Hollandische Uitgevers Maatschappij.

Kulick, Don. 1992. *Language Shift and Cultural Reproduction: Socialization, Self, and*

Syncretism in a Papuan New Guineau Village. Cambridge: Cambridge University Press.

Kuna, Martin. 1991. The structuring of the prehistoric landscape. *Antiquity* 65:332–347.

Kuzmina, I. E. 1988. Mlekopitayushchie severnogo pri Kaspiya v Golotsene. *Arkheologocheskie Kul 'tury Severnogo Prikaspiya,* ed. R. S. Bagautdinov, pp. 173–188. Kuibyshev: Samarskii gosudarstvennyi pedagogicheskii universitet.

Kuzmina, Elena E. 2003. Origins of pastoralism in the Eurasian steppes. In *Prehistoric Steppe Adaptation and the Horse,* ed. Marsha Levine, Colin Renfrew, and Katie Boyle, pp. 203–232. Cambridge: McDonald Institute for Archaeological Research.

——. 2001. The fi rst migration wave of Indo-Iranians to the south. *Journal of Indo-European Studies* 29 (1–2): 1–40.

——. 1994. *Otkuda prishli indoarii?* Moscow: MGP "Kalina" VINITI RAN.

——. 1980. Eshche raz o diskovidniykh psaliakh Evraziiskikh stepei. *Kratkie Soobshcheniya Institut Arkheologii* 161:8–21.

Kuzmina, O. V. 1999. Keramika Abashevskoi kul'tury. In *Voprosy Arkheologii Povolzh'ya, Sbornik Statei,* vol. 1, ed. A. A. Vybornov and V. N. Myshkin, pp. 154–205. Samara: Samarskii gosudarstvennyi pedagogicheskii universitet.

Kuzminova, N. N. 1990. Paleoetnobotanicheskii i palinologicheskii analizy materialov iz kurganov nizhnego podnestrov'ya. In *Kurgany Eneolita-Eopkhi Bronzy Nizhnego Podnestrov'ya,* ed. E. V. Yarovoi, pp. 259–267. Kishinev: Shtiintsa.

Kuzminova, N. N., V. A. Dergachev, and O. V. Larina. 1998. Paleoetnobotanicheskie issledovaniya na poselenii Sakarovka I. *Revista Arheologică* (Kishinev) (2): 166–182.

Kuznetsov, Pavel. 2005. An Indo-European symbol of power in the earliest steppe kurgans. *Journal of Indo-European Studies* 33 (3–4): 325–338.

——. 2001. Territorial'nye osobennosti i vremennye ramki perekhodnogo perioda k epokhe Pozdnei Bronzy Vostochnoi Evropy. In *Bronzovyi Vek Vostochnoi Evropy: Kharakteristika Kul 'tur, Khronologiya i Periodizatsiya,* ed. Y. I. Kolev et al., pp. 71–82. Samara: Samarskii gosudarstvennyi pedagogicheskii universitet.

——. 1991. Unikalnoe pogrebenie epokhi rannei Bronzy na r. Kutuluk. In *Drevnosti Vostochno-Evropeiskoi Lesostepi,* ed. V. V. Nikitin, pp. 137–139. Samara: Samarskii gosudarstvennyi pedagogicheskii institut. Labov, William. 1994. Principles of Linguistic Change: Internal Factors. Oxford: Blackwell.

Lafontaine, Oskar, and Georgi Jordanov, eds. 1988. *Macht, Herrschaft und Gold: Das Gräberfeld von Varna (Bulgarien) und die Anfänge Einer Neuen Europäischen Zivilisation.* Saarbrücken: Moderne Galerie des Saarland-Museums.

Lagodovskaya, E. F., O. G. Shaposhnikova, and M. L. Makarevich. 1959. Osnovnye itogiissledovaniya Mikhailovskogo poseleniya. *Kratkie soobshcheniya institut arkheologii* 9:21–28.

Lakoff , George. 1987. *Women, Fire and Dangerous Things: What Categories Reveal about the Mind.* Chicago: University of Chicago Press.

Lam, Andrew. 2006. *Learning a Language, Inventing a Future.* Commentary on National

Public Radio, May 1, 2006.

——. 2005. *Perfume Dreams: Refl ections on the Viet nam ese Diaspora.* Foreword by Richard Rodriguez. Berkeley: Heyday Books.

Lamberg-Karlovsky, C. C. 2002. Archaeology and language: The Indo-Iranians. *Current Anthropology* 43 (1): 63–88.

Latacz, Joachim. 2004. *Troy and Homer: Toward a Solution of an Old Mystery.* Oxford: Oxford University Press.

Lattimore, Owen. 1940. *Inner Asian Frontiers of China.* Boston: Beacon.

Lavrushin, Y. A., E. A. Spiridonova, and L. L. Sulerzhitskii. 1998. Geologo-paleoekologocheskie sobytiya severa aridnoi zony v poslednie 10-tys. let. In *Problemy Drevnei Istorii Severnogo Prikaspiya*, ed. V. S. Gorbunov, pp. 40–65. Samara: Samarskogo gosudarstvennogo pedagogicheskogo universiteta.

Leach, Edmund R. 1968. *Political Systems of Highland Burma.* Boston: Beacon.

——. 1960. The frontiers of Burma. *Comparative Studies in Society and History* 3 (1): 49–68.

Lees, Robert. 1953. The basis of glottochronology. *Language* 29 (2): 113–127.

Lefferts, H. L., Jr. 1977. Frontier demography: An introduction. In *The Frontier, Comparative Studies*, ed. D. H. Miller and J. O. Steff en, pp. 33–56. Norman: University of Oklahoma Press.

Legge, Tony. 1996. The beginning of caprine domestication in southwest Asia. In *The Origins and Spread of Agriculture and Pastoralism in Eurasia*, ed. David R. Harris, pp. 238–262. London: University College London Press.

Lehman, F. K. 1989. Internal inflationary pressures in the prestige economy of the Feast of Merit complex: The Chin and Kachin cases from upper Burma. In *Ritual, Power and Economy: Upland-Lowland Contrasts in Mainland Southeast Asia*, ed. Susan D. Russell, pp. 89–101. Occasional Paper 14. DeKalb, Ill.: Center for Southeast Asian Studies.

Lehmann, Winfred. 1989. Earlier stages of Proto-Indo-European. In *Indogermanica Europaea*, ed. K. Heller, O. Panagi, and J. Tischler, pp. 109–131. Grazer Linguistische Monographien 4. Graz: Institut für Sprachwissenschaft der Universität Graz.

Lehrman, Alexander. 2001. Reconstructing Proto-Hittite. In *Greater Anatolia and the Indo-Hittite Language Family*, ed. Robert Drews, pp. 106–130. Journal of Indo-European Studies Monograph 38. Washington, D.C.: Institute for the Study of Man.

Leuschner, Hans Hubert, Ute Sass-Klaassen, Esther Jansma, Michael Baillie, and Marco Spurk. 2002. Subfossil European bog oaks: Population dynamics and long-term growth depressions as indicators of changes in the Holocene hydro-regime and climate. *The Holocene* 12 (6): 695–706.

Levi, Scott C. 2002. *The Indian Diaspora in Central Asia and Its Trade, 1550–1900.* Leiden: Brill.

Levine, Marsha. 2004. Exploring the criteria for early horse domestication. In *Traces of Ancestry: Studies in Honor of Colin Renfrew*, ed. Martin Jones, pp. 115–126. Cambridge: McDonald Institute for Archaeological Research.

———. 2003. Focusing on Central Eurasian archaeology: East meets west. In *Prehistoric Steppe Adaptation and the Horse*, ed. Marsha Levine, Colin Renfrew, and Katie Boyle, pp. 1–7. Cambridge: McDonald Institute for Archaeological Research.

———. 1999a. Botai and the origins of horse domestication. *Journal of Anthropological Archaeology* 18:29–78.

———. 1999b. The origins of horse husbandry on the Eurasian steppe. In *Late Prehistoric Exploitation of the Eurasian Steppe*, ed. Marsha Levine, Yuri Rassamakin, Aleksandr Kislenko, and Nataliya Tatarintseva, pp. 5–58. Cambridge: McDonald Institute for Archaeological Research.

———. 1990. Dereivka and the problem of horse domestication. *Antiquity* 64:727–740.

———. 1982. The use of crown height mea sure ments and eruption-wear sequences to age horse teeth. In *Ageing and Sexing Animal Bones from Archaeological Sites*, ed. B. Wilson, C. Grigson, and S. Payne, pp. 223–250. British Archaeological Reports, British Series 109. Oxford: Archaeopress.

Levine, Marsha, and A. M. Kislenko. 2002. New Eneolithic and Early Bronze Age radiocarbon dates for northern Kazakhstan and south Siberia. In *Ancient Interactions: East and West in Eurasia*, ed. Katie Boyle, Colin Renfrew, and Marsha Levine, pp. 131–134, Cambridge: McDonald Institute for Archaeological Research.

Levine, Marsha, Colin Renfrew, and Katie Boyle, eds. 2003. *Prehistoric Steppe Adaptation and the Horse*. Cambridge: McDonald Institute for Archaeological Research.

Li, Shuicheng. 2002. The interaction between northwest China and Central Asia during the second millennium BC: An archaeological perspective. In *Ancient Interactions*: East and West in Eurasia, ed. Katie Boyle, Colin Renfrew, and Marsha

Levine, pp. 171–182. Cambridge: McDonald Institute for Archaeological Research.

Lichardus, Jan, ed. 1991. *Die Kupferzeit als historische Epoche*. Bonn: Dr. Rudolf Hebelt GMBH.

Lichardus, Jan, and Josef Vladar. 1996. Karpatenbecken-Sintashta-Mykene: ein Beitrag zur Definition der Bronzezeit als Historischer Epoche. *Slovenska Archeologia* 44 (1): 25–93.

Lillie, Malcolm C. 1996. Mesolithic and Neolithic populations in Ukraine: Indications of diet from dental pathology. *Current Anthropology* 37 (1): 135–142.

Lillie, Malcolm C., and M. P. Richards. 2000. Stable isotope analysis and dental evidence of diet at the Mesolithic-Neolithic transition in Ukraine. *Journal of Archaeological Science* 27:965–972.

Lincoln, Bruce. 1981. *Priests, Warriors, and Cattle: A Study in the Ecology of Religions*. Berkeley: University of California Press.

———. 1991. *Death, War and Sacrifice: Studies in Ideology and Practice*. Chicago: University of Chicago Press.

Lindgren, G., N. Backström, J. Swinburne, L. Hellborg, A. Einarsson, K. Sandberg, G. Cothran, Carles Vilà, M. Binns, and H. Ellegren. 2004. Limited number of patrilines in horse domestication. *Nature Genetics* 36 (3): 335–336.

Lindstrom, Richard W. 2002. Anthropological characteristics of the population of the Bolshekaragansky cemetery, kurgan 25. In *Arkaim: Nekropol (po materialam kurgana 25 Bol 'she Karaganskoe Mogil 'nika)*, ed. V. T. Kovaleva and G.B. Zdanovich, pp. 159–166, Chelyabinsk: Yuzhno-Ural'skoe knizhnoe izdatel'stvo.

Linduff, Katheryn M., Han Rubin, and Sun Shuyun, eds. 2000. *The Beginnings of Metallurgy in China*. New York: Edwin Mellen Press.

Lisitsyn, N. F. 1996. Srednii etap pozdnego Paleolita Sibiri. *Rossiskaya arkheologiya* (4): 5–17.

Littauer, Mary A. 1977. Rock carvings of chariots in Transcaucasia, Central Asia, and Outer Mongolia. *Proceedings of the Prehistoric Society* 43:243–262.

——. 1972. The military use of the chariot in the Aegean in the Late Bronze Age. *American Journal of Archaeology* 76:145–157.

——. 1968. A 19th and 20th dynasty heroic motif on Attic black-fi gured vases? *American Journal of Archaeology* 72:150–152.

Littauer, Mary A., and Joost H. Crouwel. 1996. The origin of the true chariot. *Antiquity* 70:934–939.

——. 1986. A Near Eastern bridle bit of the second millennium BC in New York. *Levant* 18:163–167.

——. 1983. Chariots in Late Bronze Age Greece. *Antiquity* 57:187–192.

——. 1979. *Wheeled Vehicles and Ridden Animals in the Ancient Near East*. Leiden: Brill.

Littleton, C. S. 1982. *The New Comparative Mythology*. Berkeley: University of California Press.

Litvinsky, B. A., and L. T. P'yankova. 1992. Pastoral tribes of the Bronze Age in the Oxus valley (Bactria). In *History of the Civilizations of Central Asia*, ed. A. H. Dani and V. M. Masson, vol. 1, pp. 379–394. Paris: UNESCO.

Logvin, V. N. 1995. K probleme stanovleniya Sintashtinsko-Petrovskikh drevnostei. In *Rossiya i Vostok: Problemy Vzaimodeistviya, pt. 5, bk. 1: Kul'tury Eneolita-Bronzy Stepnoi Evrazii*, pp. 88–95. Chelyabinsk: 3-ya Mezhdunarodnaya nauchnaya konferentsiya.

——. 1992. Poseleniya Terseskogo tipa Solenoe Ozero I. *Rossiskaya arkheologiya* (1): 110–120.

Logvin, V. N., S. S. Kalieva, and L. L. Gaiduchenko. 1989. O nomadizme v stepyakh Kazakhstana v III tys. do n. e. In *Margulanovskie chteniya*, pp. 78–81. Alma-Ata: Akademie Nauk Kazakhskoi SSR.

Lubotsky, Alexsander. 2001. The Indo-Iranian substratum. In *Early Contacts between Uralic and Indo-European: Linguistic and Archaeological Considerations*, ed. Christian Carpelan, Asko Parpola, and Petteri Koskikallio, pp. 301–317. Helsinki: Suomalais-Ugrilainen Seura.

Lukacs, J. R. 1989. Dental paleopathology: Methods for reconstructing dietary patterns. In *Reconstruction of Life From the Skeleton*, ed. M. Y. Iscan, and K. A. R. Kennedy, pp. 261–286. New York: Alan Liss.

Lyashko, S. N., and V. V. Otroshchenko. 1988. Balkovskii kurgan. In *Novye pamyatniki yamnoi kul 'tury stepnoi zony Ukrainy*, ed. A. A. Zolotareva, pp. 40–63. Kiev: Naukovo Dumka.

Lyonnet, B., ed. 1996. *Sarazm (Tajikistan). Céramiques (Chalcolithiques et Bronze Ancien)*. Mémoire de la Mission Archéologique Française en Asie Centrale 7. Paris: De Boccard.

Mace, Ruth. 1993. Transitions between cultivation and pastoralism in sub-Saharan Africa. *Current Anthropology* 34 (4): 363–382.

MacEachern, Scott. 2000. Genes, tribes, and African history. *Current Anthropology* 41 (3): 357–384.

Machnik, Jan. 1999. Radiocarbon chronology of the Corded Ware culture on Grzeda Sokalska: A Middle Dnieper traits perspective. *Baltic-Pontic Studies* 7:221–250.

Madgearu, Alexandru. 2001. The end of town life in Scythia Minor. *Oxford Journal of Archaeology* 20 (2): 207–217.

Makkay, Janos. 2000. *The Early Mycenaean Rulers and the Contemporary Early Iranians of the Northeast.* Tractata Miniscula 22. Budapest: szerzo kiadása.

———. 1976. Problems concerning Copper Age chronology in the Carpathian Basin: Copper Age gold pendants and gold discs in central and south-east Europe. *Acta Archaeologica Hungarica* 28:251–300.

Malandra, William. 1983. *An Introduction to Ancient Iranian Religion.* Minneapolis: University of Minnesota Press.

Maliutina, T. S. 1991. Stratigrafi cheskaya pozitsiya materilaov Fedeorovskoi kul'tury na mnogosloinikh poseleniyakh Kazakhstanskikh stepei. In *Drevnosti Vostochno-Evropeiskoi Lesostepi*, ed. V. V. Nikitin, pp. 141–162. Samara: Samarskii gosudarstvennyi pedagogicheskii institut.

———. 1984. Mogil'nik Priplodnyi Log 1. In *Bronzovyi Vek Uralo-Irtyshskogo Mezhdurech'ya*, pp. 58–79. Chelyabinsk: Chelyabinskii gosudarstvennyi universitet.

Maliutina, T. S., and G. B. Zdanovich. 1995. Kuisak—ukreplennoe poselenie protogorodskoi tsivilizatsii iuzhnogo zaUral'ya. In *Rossiya i Vostok: Problemy Vzaimodeistviya*, pt. 5, bk. 1: Kul 'tury Eneolita-Bronzy Stepnoi Evrazii, pp. 100–106. Chelyabinsk: 3-ya Mezhdunarodnaya nauchnaya konferentsiya.

Mallory, J. P. 1998. A European perspective on Indo-Europeans in Asia. In *The Bronze Age and Early Iron Age Peoples of Eastern Central Asia*, ed. Victor H. Mair, vol. 1, pp. 175–201. Philadelphia: University of Pennsylvania Press.

———. 1992. Migration and language change. *Peregrinatio Gothica III, Universitetets Oldsaksamlings Skrifter Ny Rekke* (Oslo) 14:145–153.

———. 1990. Social structure in the Pontic-Caspian Eneolithic: A preliminary review. *Journal of Indo-European Studies* 18 (1–2): 15–57.

———. 1989. *In Search of the Indo-Europeans.* London: Thames and Hudson.

———. 1977. The chronology of the early Kurgan tradition. *Journal of Indo-European Studies* 5:339–368.

Mallory, J. P., and Douglas Q. Adams. 1997. *Encyclopedia of Indo-European Culture.* London: Fitzroy Dearborn.

Mallory, J. P., and Victor H. Mair. 2000. *The Tarim Mummies: Ancient China and the Mystery of the Earliest Peoples from the West*. London: Th ames and Hudson.

Malov, N. M. 2002. Spears: Signs of archaic leaders of the Pokrovsk archaeological cultures. In *Complex Societies of Central Eurasia from the 3rd to the 1st Millennium BC*, vols. 1 and 2, ed. Karlene Jones-Bley and D. G. Zdanovich, pp. 314–336. Journal of Indo-European Studies Monograph 45. Washington, D.C.: Institute for the Study of Man.

Mamonov, A. E. 1995. Elshanskii kompleks stoianki Chekalino IV. In *Drevnie kul 'tury lesostepnogo povolzh'ya*, pp. 3–25. Samara: Samarskogo gosudarstvennogo pedagogicheskogo universiteta.

Mamontov, V. I. 1974. Pozdneneoliticheskaya stoianka Orlovka. *Sovietskaya arkheologiya* (4): 254–258.

Manfredi, J., Hilary M. Clayton, and D. Rosenstein. 2005. Radiographic study of bit position within the horse's oral cavity. *Equine and Comparative Exercise Physiology* 2 (3): 195–201.

Manhart, H. 1998. Die vorgeschichtliche Tierwelt von Koprivec und Durankulak und anderen prähistorischen Fundplätzen in Bulgarien aufgrund von Knochenfunden aus archäologischen Ausgrabungen. *Documenta Naturae* (München) 116:1–353.

Manzura, I. 1999. The Cernavoda I culture. In *The Balkans in Later Prehistory*, ed. Lolita Nikolova, pp. 95–174. British Archaeological Reports, International Series 791. Oxford: Archaeopress.

Manzura, I., E. Savva, and L. Bogotaya. 1995. East-west interactions in the Eneolithic and Bronze Age cultures of the north-west Pontic region. *Journal of Indo-European Studies* 23 (1–2): 1–51.

Maran, Joseph. 2001. Zur Westausbreitung von Boleráz-Elementen in Mitteleuropa. In *Cernavoda III-Boleráz, Ein vorgeschichtliches Phänomen zwischen dem Oberrhein und der unteren Donau*, ed. P. Roman, and S. Diamandi, pp. 733–752. Bucharest: Studia Danubiana.

——. 1998. *Kulturwandel auf dem Griechischen Festland und den Kykladen im späten 3. Jahrtausend v. Chr*. Bonn: Habelt.

Marcsik, Antónia. 1971. Data of the Copper Age anthropological find of Bárdos-Farmstead at Csongrád-Kettöshalom. *A Móra Ferenc Múzeum Évkönyve* (2): 19–27.

Marinescu-Bîlcu, S. 1981. Tîrpeşti: From prehistory to history in Eastern Romania. British Archaeological Reports, International Series 107. Oxford: Archeopress.

Marinescu-Bîlcu, S., Alexandra Bolomey, Marin Cârciumâru, and Adrian Muraru. 1984. Ecological, economic and behavioral aspects of the Cucuteni A4 community at Draguşeni. *Dacia* 28 (1–2): 41–46.

Marinesu-Bîlcu, Silvia, M. Cârciumaru, and A. Muraru. 1981. Contributions to the Ecology of pre-and proto-historic habitations at Tîrpeşti. *Dacia* 25:7–31.

Marinova, Elena. 2003. The new pollen core Lake Durankulak-3: The vegetation history and human impact in Northeastern Bulgaria. In *Aspects of Palynology and Paleontology*, ed. S.

Tonkov, pp. 279–288. Sofia: Pensoft.

Markevich, V. I. 1974. *Bugo-Dneststrovskaya kul 'tura na territorii Moldavii*. Kishinev: Shtintsa.

———. 1965. Issledovaniia Neolita na srednem Dnestre. *Kratkie soobshcheniya institut arkheologii* 105:85–90.

Markey, T. L. 1990. Gift, payment, and reward revisited. In *When Worlds Collide: The Indo-Europeans and the Pre-Indo-Europeans*, ed. T. L. Markey and John Grippin, pp. 345–362. Ann Arbor, Mich.: Karoma.

Markovin, V. I. 1980. O nekotorykh voprosakh interpretatsii dol'mennykh i drugikh arkheologicheskikh pamyatnikov Kavkaza. *Kratkie soobshchenniya institut arkheologii* 161:36–45.

Mashkour, Marjan. 2003. Equids in the northern part of the Iranian central plateau from the Neolithic to the Iron Age: New zoogeographic evidence. In *Prehistoric Steppe Adaptation and the Horse*, ed. Marsha Levine, Colin Renfrew, and Katie Boyle, pp. 129–138. Cambridge: McDonald Institute for Archaeological Research.

Masson, V. M. 1988. *Altyn-Depe*. Translated by Henry N. Michael. University Museum Monograph 55. Philadelphia: University of Pennsylvania Press.

———. 1979. Dinamika razvitiya Tripol'skogo obshchestva v svete paleo-demografi cheskikh otsenok. In Pervobytnaya Arkheologiya, *Poiski i Nakhodki*, ed. N. N. Bondar and D. Y. Telegin, pp. 204–212. Kiev: Naukovo Dumka.

Matiushchenko, V. I., and G. V. Sinitsyna. 1988. *Mogil 'nik u d. Rostovka Vblizi Omska*. *Tomsk*: Tomskogo universiteta.

Matiushin, G. N. 1986. The Mesolithic and Neolithic in the southern Urals and Central Asia. In *Hunters in Transition: Mesolithic Societies of Temperate Eurasia and Their Transition to Farming*, ed. M. Zvelebil, pp. 133–150. Cambridge: Cambridge University Press.

Matthews, Roger, and Hassan Fazeli. 2004. Copper and complexity: Iran and Mesopotamia in the fourth millennium BC. *Iran* 42:61–75.

McMahon, April, and Robert McMahon. 2003. Finding families: Quantitative methods in language classifi cation. *Transactions of the Philological Society* 10:7–55.

Meadow, Richard H., and Ajita Patel. 1997. A comment on "Horse Remains from Surkotada" by Sándor Bökönyi. *South Asian Studies* 13:308–315.

Mei, Jianjun. 2003a. Cultural interaction between China and Central Asia during the Bronze Age. *Proceedings of the British Academy* 121:1–39.

———. 2003b. Qijia and Seima-Turbino: The question of early contacts between northwest China and the Eurasian steppe. *Bulletin of the Museum of Far Eastern Antiquities* 75: 31–54.

Meid, Wolfgang. 1994. Die Terminologie von Pferd und Wagen im Indogermanischen. In *Die Indogermanen und das Pferd*, ed. B. Hänsel and S. Zimmer, pp. 53–65. Budapest: Archaeolingua.

———. 1975. Probleme der räumlichen und zeitlichen Gliederung des Indogermanischen. In *Flexion und Wortbildung*, ed. Helmut Rix, pp. 204–219. Weisbaden: Reichert.

Melchert, Craig. 2001. Critical responses. In *Greater Anatolia and the Indo-Hittite Language Family*, ed. Robert Drews, pp. 229–235. Journal of Indo-European Studies Monograph 38. Washington, D.C.: Institute for the Study of Man.

———. 1994. *Anatolian Historical Phonology*. Amsterdam: Rodopi.

Melent'ev, A. N. 1975. Pamyatniki seroglazivskoi kul'tury (neolit Severnogo Prikaspiya). *Kratkie soobshcheniya institut arkheologii* (Moscow) 141:112–118.

Mel'nik, A. A., and I. L. Serdiukova. 1988. Rekonstruktsiya pogrebal'noi povozki Yamnoi kul'tury. In *Novye pamyatniki yamnoi kul'tury stepnoi zony Ukrainy*, ed. N. N. Bondar and D. Y. Telegin, pp. 118–124. Kiev: Dumka.

Merpert, N. Y. 1995. Bulgaro-Russian archaeological investigations in the Balkans. *Ancient Civilizations from Scythia to Siberia* 2 (3): 364–383.

———. 1980. Rannie skotovody vostochnoi Evropy i sudby drevneishikh tsivilizatsii. *Studia Praehistorica* 3:65–90.

———. 1974. *Drevneishie Skotovody Volzhsko-Uralskogo Mezhdurechya*. Moscow: Nauka.

Mezhlumian, S. K. 1990. Domestic horse in Armenia. Paper delivered at the International Conference on Archaeozoology, Washington, D.C.

Milisauskas, Sarunas. 2002. *European Prehistory*: A Survey. New York: Kluwer.

Militarev, Alexander. 2002. The prehistory of a dispersal: The Proto-Afrasian (Afroasiatic) farming lexicon. In *Examining the Farming/Language Dispersal Hypothesis*, ed. Peter Bellwood and Colin Renfrew, pp. 135–150. Cambridge: McDonald Institute for Archaeological Research.

Milroy, James. 1992. *Linguistic Variation and Change*. Oxford: Blackwell.

Molleson, Theya, and Joel Blondiaux. 1994. Riders' bones from Kish, Iraq. *Cambridge Archaeological Journal* 4 (2): 312–316.

Molodin, V. I. 1997. Nekotoriye itogi arkheologicheskikh isseldovanii na Iuge Gornogo Altaya. *Rossiiskaya arkheologiya* (1): 37–49.

Moore, John. 2001. Ethnoge ne tic patterns in Native North America. In *Archaeology, Language, and History*, ed. John E. Terrell, pp. 31–56. Westport, Conn.: Bergin and Garvey.

Moorey, P. R. S. 1986. The emergence of the light, horse-drawn chariot in the Near East, c. 2000–1500 BC. *World Archaeology* 18 (2): 196–215.

Morgunova, N. L. 1995. Elitnye kurgany eopkhi rannei I srednei bronzy v stepnom Orenburzh'e. In *Rossiya i Vostok: Problemy Vzaimodeistviya*, pt. 5, bk. 1, Kul'tury Eneolita-Bronzy Stepnoi Evrazii, pp. 120–123. Chelyabinsk: 3-ya Mezhdunarodnaya nauchnaya konferentsiya.

———. 1988. Ivanovskaya stoianka v Orenburgskoi oblasti. In *Arkheologocheskie kul'tury severnogo prikaspiya*, ed. R. S. Bagautdinov, pp. 106–122. Kuibyshev: Samarskii gosudarstvennyi pedagogicheskii universitet.

Morgunova, N. L., and M. A. Turetskii. 2003. Yamnye pamyatniki u s. Shumaevo: novye dannye o kolesnom transporte u naseleniya zapadnogo Orenburzh'ya v epokha rannego metalla. In

Voprosy arkheologii povozh'ya, vol. 3, pp. 144–159. Samara: Samarskii nauchnyi tsentr RAN.

Morintz, Sebastian, and Petre Roman. 1968. Aspekte des Ausgangs des Äneolithikums und der Übergangsstufe zur Bronzezeit im Raum der Niederdonau. *Dacia* 12:45–128.

Movsha, T. G. 1985. Bzaemovidnosini Tripillya-Kukuteni z sinkhronimi kul'turami Tsentral'noi Evropi. *Arkheologiia* (Kiev) 51:22–31.

Mufwene, Salikoko. 2001. *The Ecology of Language Evolution*. Cambridge: Cambridge University Press.

Muhly, J. D. 1995. Mining and Metalwork in Ancient Western Asia. In *Civilizations of the Ancient Near East*, ed. Jack M. Sasson, John Baines, Gary Beckman, and Karen R. Rubinson, vol. 3, pp. 1501–1519. New York: Scribner's.

Munchaev, R. M. 1994. Maikopskaya kul'tura. In *Epokha Bronzy Kavkaza i Srednei Azii: Rannyaya i Srednyaya Bronza Kavkaza*, ed. K. X. Kushnareva and V. I. Markovin, pp. 158–225. Moscow: Nauka.

———. 1982. Voprosy khozyaistva i obshchestvennogo stroya Eneoliticheskikh plemen Kavkaza. In *Eneolit SSSR*, ed. V. M. Masson and N. Y. Merpert, pp. 132–137. Moscow: Akademiya nauk.

Murphy, Eileen. 2003. *Iron Age Archaeology and Trauma from Aymyrlyg, South Siberia*. British Archaeological Reports International Series 1152. Oxford: Archeopress.

Murphy, Eileen, and Aleksandr Kokhlov. 2004. Osteological and paleopathological analysis of Volga populations from the Eneolithic to the Srubnaya periods. Samara Valley Project Interim Reports, private manuscript.

Muscarella, Oscar W. 2003. The chronology and culture of Se Girdan: Phase III. *Ancient Civilizations* 9 (1–2): 117–131.

Mytum, Harold. 1994. Language as symbol in churchyard monuments: the use of Welsh in nineteenth and twentieth-century Pembrokeshire. *World Archaeology* 26 (2): 252–267.

Napol'skikh, V. V. 1997. *Vvedenie v Istoricheskuiu Uralistiku*. Izhevsk: Udmurtskii institut istorii, yazika i literatury.

Nash, Gary. 1984. Social development. In *Colonial British America*, ed. Jack P. Green and J. R. Pole, pp. 233–261. Baltimore, Md.: Johns Hopkins University Press.

Nechitailo, A. P. 1996. Evropeiskaya stepnaya obshchnost' v epokhu Eneolita. *Rossiiskaya arkheologiya* (4): 18–30.

———. 1991. *Svyazi naseleniya stepnoi Ukrainy i severnogo Kavkaza v epokhy Bronzy*. Kiev: Nauknovo Dumka.

Necrasov, Olga. 1985. Doneés anthropologiques concernant la population du complexe culturel Cucuteni-Ariuşd-Tripolié: Phases Cucuteni et Ariuşd. *Annuaire Roumain D'Anthropologie* (Bucarest) 22:17–23.

Necrasov, Olga, and M. Cristescu. 1973. Structure anthropologique des tribus Neo-Eneolithiques et de l'age du Bronze de la Roumanie. In *Die Anfänge des Neolithikums vom Orient bis Nordeuropa VIIIa, Fundamenta*, vol. 3, pp. 137–152. Cologne: Institut für Ur-und Frügeschichte der Universität zu Köln.

Nefedkin, A. K. and E. D. Frolov. 2001. *Boevye kolesnitsy i kolesnichie drevnikh Grekov (XVI–I vv. do n.e.)*. St. Petersburg: Peterburgskoe Vostokovedenie.

Nekhaev, A. A. 1992. Domakiopskaya kul'tura severnogo Kavkaza. *Arkheologicheskie vesti* 1:76–96.

———. 1986. Pogrebenie Maikopskoi kul'tury iz kurgana u s. Krasnogvardeiskoe. *Sovietskaya arkheologiya* (1): 244–248.

Neprina, V. I. 1970. Neolitichne poselenniya v Girli r. Gnilop'yati. *Arkheologiya* (Kiev) 24:100–111.

Nettles, Daniel. 1996. Language diversity in West Africa: An ecological approach. *Journal of Anthropological Archaeology* 15:403–438.

Neustupny, E. 1991. Community areas of prehistoric farmers in Bohemia. *Antiquity* 65:326–331.

Nica, Marin. 1977. Cîrcea, cea mai veche aşezare neolit de la sud de carpaţi. *Studii si Cercetări de Istore Veche şi Arheologie* 27 (4): 4, 435–463.

Nichols, Johanna. 1997a. The epicentre of the Indo-European linguistic spread. In *Archaeology and Language, I vol. 1, Theoretical and Methodological Orientations*, ed. Roger Blench, and Matthew Spriggs, pp. 122–148. London: Routledge.

———. 1997b. Modeling ancient population structures and movement in linguistics. *Annual Review of Anthropology* 26:359–384.

———. 1994. The spread of languages around the Pacific rim. *Evolutionary Anthropology* 3:206–215.

———. 1992. *Linguistic Diversity in Space and Time*. Chicago: University of Chicago Press.

Nikolova, A. V., and Y. Y. Rassamakin. 1985. O pozdneeneoliticheskie pamyatnikakh pravoberezh'ya Dnepra. *Sovietskaya arkheologiya* (3):37–56.

Nikolova, Lolita. 2005. Social changes and cultural interactions in later Balkan prehistory (later fi fth and fourth millennia calBC). *Reports of Prehistoric Research Projects* 6–7:87-96. Salt Lake City, Utah: International Institute of Anthropology.

———. 2002. Diversity of prehistoric burial customs. In *Material Evidence and Cultural Pattern in Prehistory*, ed. L. Nikolova, pp. 53–87. Salt Lake City: International Institute of Anthropology.

———. 2000. Social transformations and evolution in the Balkans in the fourth and third millennia BC. In *Analyzing the Bronze Age*, ed. L. Nikolova, pp. 1–8. Sofia: Prehistory Foundation.

———. 1996. Settlements and ceramics: The experience of Early Bronze Age in Bulgaria. In *Early Bronze Age Settlement Patterns in the Balkans*, pt. 2, ed. Lolita Nikolova, pp. 145–186. Sofia: Reports of Prehistoric Research Projects 1 (2–4).

———. 1994. On the Pit-Grave culture in northeastern Bulgaria. *Helis* (Sofia) 3:27–42.

Nobis, G. 1971. *Vom Wildpferd zum Hauspferd*. Fundamenta Reihe B, vol. 6. Cologne: Bohlau-Verlag.

Noble, Allen G. 1992. Migration to North America: Before, during, and after the nineteenth century. In *To Build in a New Land: Ethnic Landscapes in North America*, ed. Allen G. Noble, pp. 3–24. Baltimore, Md.: Johns Hopkins University Press.

Noelle, Christine. 1997. *State and Tribe in Nineteenth-Century Afghanistan: The reign of Amir Dost Muhammad Khan* (1826–1863). Richmond, Surrey: Curzon.

Oates, Joan. 2003. A note on the early evidence for horse and the riding of equids in Western Asia. In *Prehistoric Steppe Adaptation and the Horse*, ed. Marsha Levine, Colin Renfrew, and Katie Boyle, pp. 115–125. Cambridge: McDonald Institute for Archaeological Research.

——. 2001. Equid fi gurines and "chariot" models. In *Excavations at Tell Brak*, ed. David Oates, Joan Oates, and Helen McDonald, vol. 2, pp. 279–293. Cambridge: McDonald Institute for Archaeological Research.

O'Brien, S. R., P. A. Mayewski, L. D. Meeker, D. A. Meese, M. S. Twickler, and S. I. Whitlow. 1995. Complexity of Holocene climate as reconstructed from a Greenland ice core. *Science* 270:1962–1964.

O'Flaherty, Wendy Doniger. 1981. *The Rig Veda: An Anthology*. London: Penguin.

Olsen, Sandra. 2003. The exploitation of horses at Botai, Kazakhstan. In *Prehistoric Steppe Adaptation and the Horse*, ed. Marsha Levine, Colin Renfrew, and Katie Boyle, pp. 83–104. Cambridge: McDonald Institute for Archaeological Research.

Okhrimenko, G. V., and D. Y. Telegin. 1982. Novi pam'yatki mezolitu ta neolitu Volini. *Arkheologiya* (Kiev) 39:64–77.

Ostroshchenko, V. V. 2003. The economic preculiarities of the Srubnaya cultural-historical entity. In *Prehistoric Steppe Adaptation and the Horse*, ed. Marsha Levine, Colin Renfrew, and Katie Boyle, pp. 319–328. Cambridge: McDonald Institute for Archaeological Research.

Ostroverkhov, A. S. 1985. Steklyannye busy v pamyatnikakh pozdnego Tripolya. In *Novye materialy po arkheologii severo-zapadnogo prichernomorya*, ed. V. N. Stanko, pp. 174–180. Kiev: Naukovo Dumka.

Ottaway, Barbara S., ed. 1999. *A Changing Place: The Galgenberg in Lower Bavaria from the Fifth to the First Millennium BC*. British Archaeological Reports, n.s. 752. Oxford: Archeopress.

Owen, David I. 1991. The fi rst equestrian: An UrIII glyptic scene. *Acta Sumerologica* 13:259–273.

Özbal, H., A. Adriaens, and B. Earl. 2000. Hacinebi metal production and exchange. *Paleorient* 25 (1): 57–65.

Panayotov, Ivan. 1989. *Yamnata Kultuyra v B' lgarskite Zemi*. Vol. 21. Sofia: Razkopki i Prouchvaniya.

Parker, Bradley. 2006. Toward an understanding of borderland pro cesses. *American Antiquity* 71 (1): 77–100.

Parpola, Asko. 2004–2005. The Nāsatyas, the chariot, and Proto-Aryan religion. *Journal of*

Indological Studies 16, 17:1–63.

——. 2002. From the dialects of Old Indo-Aryan to Proto-Indo-Aryan and Proto-Iranian. In *Indo-Iranian Languages and Peoples*, ed. N. Sims-Williams, pp. 43–102. London: Oxford University Press.

——. 1988. The coming of the Aryans to Iran and India and the cultural and ethnic identity of the Dāsas. *Studia Orientalia* (Helsinki) 64:195–302.

Parzinger, H. 2002. Germanskii Arkheologogicheskii Institut: zadachi i perspektivy arkheologicheskogo izucheniya Evrazii. *Rossiiskaya arkheologiya* (3): 59–78.

——. 1993. *Studien zur Chronologie und Kulturgeschichte der Jungstein, Kupfer-und Frühbronzezeit Zwischen Karpaten und Mittelerem Taurus.* Mainz am Rhein: Römish-Germanische Forschungen B 52.

——. 1992. Hornstaad-Hlinskoe-Stollhof: Zur absoluten datierung eines vor-Badenzeitlichen Horizontes. *Germania* 70:241–250.

Parzinger, Hermann, and Nikolaus Boroff ka. 2003. *Das Zinn der Bronzezeit in Mittelasien.* Vol. 1, *Die siedlungsarchäologischen Forschgungen im Umfeld der Zinnlagerstätten.* Archäologie in Iran und Turan, Band 5. Mainz am Rhein: Philipp von Zabern.

Pashkevich. G. O. 2003. Paleoethnobotanical evidence of agriculture in the steppe and the forest-steppe of east Europe in the late Neolithic and the Bronze Age. In *Prehistoric Steppe Adaptation and the Horse*, ed. Marsha Levine, Colin Renfrew, and Katie Boyle, pp. 287–297. Cambridge: McDonald Institute for Archaeological Research.

——. 1992. Do rekonstruktsii asortmentu kul'turnikh roslin epokhi Neolitu-Bronzi na territorii Ukraini. In *Starodavne Vibornitstvo na Teritorii Ukraini*, ed. S. V. Pan'kov and G. O. Voznesens'ka, pp. 179–194. Kiev: Naukovo Dumka.

Patovka, E. F. 1976. Usatovo: iz istorii issledovaniya. *Materiali i issledovaniya po arkheologii severnogo prichernomoriya* (Kiev) 8:49–60.

Patovka, E. F., et al. 1989. *Pamyatniki tripol 'skoi kul 'tury v severo-zapadnom prichernomor'ye.* Kiev: Naukovo Dumka.

Payne, Sebastian. 1995. Appendix B. In *The Gordion Excavations (1950–1973) Final Reports*, vol. 2, pt. 1, The Lesser Phrygian Tumuli: The Inhumations, ed. Ellen L. Kohler. Philadelphia: University Museum Press.

Paunescu, Alexandru. 1987. Tardenoasianul din Dobrogea. *Studii şi Cercetări de Istorie Veche şi Arheologie* 38 (1): 3–22.

Penner, Sylvia. *Schliemanns Schachtgräberund und der Europäische Nordosten: Studien zur Herkunft der frühmykenischen Streitwagenausstattung.* Vol. 60. Bonn: Saarbrücker Beiträge zur Alterumskunde.

Penny, Ralph. 2000. *Variation and Change in Spanish.* Cambridge: Cambridge University Press.

Perles, Catherine. 2001. *Early Neolithic Greece.* Cambridge: Cambridge University Press.

Pernicka, Ernst, et al. 1997. Prehistoric copper in Bulgaria. *Eurasia Antiqua* 3:41–179.

Perry, C. A., and K. J. Hsu. 2000. Geophysical, archaeological, and historical evidence support a solar-output model for climate change. *Proceedings of the National Academy of Sciences* 7 (23): 12,433–12,438.

Peške, Lubomir. 1986. Domesticated horses in the Lengyel culture? In *Internationales Symposium Über die Lengyel-Kultur*, pp. 221–226. Nitra-Wien: Archäologisches Institut der Slowakischen Akademie der Wissenschaften in Nitra.

Peterson, Nicholas. 1993. Demand sharing: Reciprocity and the pressure for generosity among foragers. *American Anthropologist* 95 (4): 860–874.

Petrenko, A. G. 1984. *Drevnee i srednevekovoe zhivotnovodstvo srednego povolzh'ya i predural 'ya*. Moscow: Nauka.

Piggott, Stuart. 1992. *Wagon, Chariot and Carriage: Symbol and Status in the History of Transport*. London: Th ames and Hudson.

———. 1983. *The Earliest Wheeled Transport: From the Atlantic Coast to the Caspian Sea*. New York: Cornell University Press.

———. 1974. Chariots in the Caucasus and China. *Antiquity* 48:16–24.

———. 1962. Heads and hoofs. *Antiquity* 36 (142): 110–118.

Pinker, Steven. 1994. *The Language Instinct*. New York: William Morrow.

Pogozheva, A. P. 1983. *Antropomorfnaya Plastika Tripol 'ya*. Novosibirsk: Akademiia nauk, Sibirskoe otdelenie.

Poliakov, Leon. 1974. *The Aryan Myth: A History of Racist and Nationalist Ideas in Europe*. Translated by Edmund Howard. New York: Basic Books.

Pollack, Susan. 1999. *Ancient Mesopotamia*. Cambridge: Cambridge University Press.

Polomé, Edgar C. 1991. Indo-European religion and the Indo-European religious vocabulary. In *Sprung from Some Common Source: Investigations into the Prehistory of Languages*, ed. S. M. Lamb and E. D. Mitchell, pp. 67–88. Stanford: Stanford University Press.

———. 1990. Types of linguistic evidence for early contact: Indo-Europeans and non-Indo-Europeans. In *When Worlds Collide: Indo-Europeans and the Pre-Indo-Europeans*, ed. T. L. Markey, and John A. C. Greppin, pp. 267–289. Ann Arbor, Mich.: Karoma.

Popova, T. A. 1979. Kremneobrabatyvaiushchee proizvodstvo Tripol'skikh plemen. In *Pervobytnaya Arkheologiya, Poiski i Nakhodki*, ed. N. N. Bondar and D. Y. Telegin, pp. 145–163. Kiev: Nauknovo Dumka.

Porter, John. 1965. *The Vertical Mosaic: An Analysis of Social Class and Power in Canada*. Toronto: University of Toronto Press.

Potekhina, I. D. 1999. *Naselenie Ukrainy v Epokhi Neolita i Rannego Eneolita*. Kiev: Insitut arkheologii.

Potts, Dan T. 2000. *Ancient Magan: The Secrets of Tell Abraq*. London: Trident.

———. 1999. *The Archaeology of Elam*. Cambridge: Cambridge University Press.

Prescott, J. R. V. 1987. *Political Frontiers and Boundaries*. London: Unwin Hyman.

Privat, Karen. 2002. Preliminary report of paleodietary analysis of human and faunal remains from Bolshekaragansky kurgan 25. In *Arkaim: Nekropol (po materialam kurgana 25 Bol 'she Karaganskoe Mogil 'nika)*, ed. V. T. Kovaleva, and G. B. Zdanovich, pp. 166–171.

Chelyabinsk:
Yuzhno-Ural'skoe knizhnoe izdatel'stvo.

Pryakhin, A. D., 1980. Abashevskaya kul'turno-istoricheskaya obshchnost' epokhi bronzy I lesostepe. In *Arkheologiya Vostochno-Evropeiskoi Lesostepi*, ed. A. D. Pryakhin, pp. 7–32. Voronezh: Voronezhskogo universiteta.

——. 1976. *Poseleniya Abashevskoi Obshchnosti*. Voronezh: Voronezhskogo universiteta.

Pryakhin, A. D., and V. I. Besedin. 1999. The horse bridle of the Middle Bronze Age in the East European forest-steppe and the steppe. *Anthropology and Archaeology of Eurasia* 38 (1): 39–59.

Puhvel, Jaan. 1994. Anatolian: Autochthonous or interloper? *Journal of Indo-European Studies* 22:251–263.

——. 1991. Whence the Hittite, whither the Jonesian vision? In *Sprung from Some Common Source*, ed. Sydney M. Lamb and E. D. Mitchell, pp. 52–66. Stanford: Stanford University Press.

——. 1975. Remus et Frater. *History of Religions* 15:146–157.

Pulgram, E. 1959. Proto-Indo-European reality and reconstruction. *Language* 35:421–426

Rassamakin, Yuri. 2002. Aspects of Pontic steppe development (4550–3000 BC) in the light of the new cultural-chronological model. In *Ancient Interactions: East and West in Eurasia*, ed. Katie Boyle, Colin Renfrew, and Marsha Levine, pp. 49–74. Cambridge: McDonald Institute for Archaeological Research.

——. 1999. The Eneolithic of the Black Sea steppe: dynamics of cultural and economic development, 4500–2300 BC. In *Late Prehistoric Exploitation of the Eurasian Steppe*, ed. Marsha Levine, Yuri Rassamakin, Aleksandr Kislenko, and Nataliya Tatarintseva, pp. 59–182. Cambridge: McDonald Institute for Archaeological Research.

Raulwing, Peter. 2000. *Horses, Chariots and Indo-Europeans*. Archaeolingua Series Minor 13. Budapest: Archaeolingua Foundation.

Reade, Julian. 2001. Assyrian king-lists, the royal tombs of Ur, and Indus Origins. *Journal of Near Eastern Studies* 60 (1): 1–29.

Renfrew, Colin. 2002a. Pastoralism and interaction: Some introductory questions. In *Ancient Interactions: East and West in Eurasia*, ed. Katie Boyle, Colin Renfrew, and Marsha Levine, pp. 1–12. Cambridge: McDonald Institute for Archaeological Research.

——. 2002b. The emerging synthesis: The archaeoge ne tics of farming/language dispersals and other spread zones. In *Examining the Farming/Language Dispersal Hypothesis*, ed. Peter Bellwood and Colin Renfrew, pp. 3–16. Cambridge: McDonald Institute for Archaeological Research.

——. 2001. The Anatolian origins of Proto-Indo-European and the autochthony of the Hittites. In *Greater Anatolia and the Indo-Hittite Language Family*, ed. Robert Drews, pp. 36–63. Journal of Indo-European Studies Monograph 38. Washington, D.C.: Institute for the Study of Man.

——. 2000. At the edge of knowability: Towards a prehistory of languages. *Cambridge*

Archaeological Journal 10 (1): 7–34.

———. 1998. Word of Minos: The Minoan contribution to Mycenaean Greek and the linguistic geography of the Bronze Age Aegean. *Cambridge Archaeological Journal* 8 (2): 239–264.

———. 1996. Language families and the spread of farming. In *The Origins and Spread of Agriculture and Pastoralism in Eurasia*, ed. David Harris, pp. 70–92. Washington, D.C.: Smithsonian Institution Press.

———. 1987. *Archaeology and Language: The Puzzle of Indo-European Origins.* London: Jonathon Cape.

———. 1973. *Before Civilization: The Radiocarbon Revolution and Prehistoric Europe.* London: Jonathon Cape.

Renfrew, Colin, April McMahon, and Larry Trask, eds. 2000. *Time Depth in Historical Linguistics.* Cambridge: McDonald Institute for Archaeological Research.

Rexová, Katerina, Daniel Frynta, and Jan Zrzavý. 2003. Cladistic analysis of languages: Indo-European classifi cation based on lexicostatistical data. *Cladistics* 19 (2): 120–127.

Rezepkin, A. D. 2000. *Das Frühbronzezeitliche Gräberfeld von Klady und die Majkop-Kultur in Nordwestkaukasien.* Archäologie in Eurasien 10. Rahden: Verlag Marie Leidorf.

———. 1991. Kurgan 31 mogil'nika Klady problemy genezisa i khronologii Maikopskoi kul'tury. In *Drevnie kul'tury prikuban'ya*, ed. V. M. Masson, pp. 167–197. Leningrad: Nauka.

Rezepkin, A. D. and A. V. Kondrashov. 1988. Novosvobodnenskoe pogrebenie s povozkoy. *Kratkie soobshcheniya instituta arkheologii AN SSSR* 193:91–97.

Richter, Daniel K. 1992. *The Ordeal of the Long house: The Peoples of the Iroquois League in the Era of European Colonization.* Chapel Hill: University of North Carolina Press.

Rijksbaron, A. 1988. The discourse function of the imperfect. In *In the Footsteps of Raphael Kühner*, ed. A. Rijksbaron, H. A. Mulder, and G. C. Wakker, pp. 237–254. Amsterdam: J. C. Geiben,

Ringe, Don. 1997. A probabilistic evaluation of Indo-Uralic. In *Nostratic: Sifting the Evidence*, ed. B. Joseph and J. Salmons, pp. 153–197. Philadelphia: Benjamins.

Ringe, Don, Tandy Warnow, and Ann Taylor. 2002. Indo-European and computational cladistics. *Transactions of the Philological Society* 100:59–129.

Ringe, Don, Tandy Warnow, Ann Taylor, A. Michailov, and Libby Levison. 1998. Computational cladistics and the position of Tocharian. In *The Bronze Age and Early Iron Age Peoples of Eastern Central Asia*, ed. Victor Mair, pp. 391–414. Washington, D.C.: Institute for the Study of Man.

Robb, J. 1993. A social prehistory of European languages. *Antiquity* 67:747–760.

———. 1991. Random causes with directed eff ects: The Indo-European language spread and the stochastic loss of lineages. *Antiquity* 65:287–291.

Roman, Petre. 1978. Modifi c ri in tabelul sincronismelor privind eneoliticul Tîrziu. *Studii si Cercetări de Istorie Veche şi Arheologie* (Bucharest) 29 (2): 215–221.

Rosenberg, Michael. 1998. Cheating at musical chairs: Territoriality and sedentism in an evolutionary context. *Current Anthropology* 39 (5): 653–681.

——. 1994. Agricultural origins in the American Midwest: A reply to Charles. *American Anthropologist* 96 (1): 161–164.

Rostovtseff, M. 1922. *Iranians and Greeks in South Russia.* Oxford: Clarendon.

Rothman, Mitchell S. 2003. Ripples in the stream: Transcaucasia-Anatolian interaction in the Murat/Euphrates basin at the beginning of the third millennium BC. In *Archaeology in the Borderlands*, ed. Adam T. Smith and Karen Rubinson, pp. 95–110. Los Angeles: Cotsen Institute.

——. 2001. *Uruk Mesopotamia and Its Neighbors: Cross-cultural Interactions in the Era of State Formation.* Santa Fe: SAR.

Russell, Josiah Cox. 1972. *Medieval Regions and Their Cities.* Bloomington: Indiana University Press.

Rutter, Jeremy. 1993. Review of Aegean prehistory II: The prepalatial Bronze Age of the southern and central Greek mainland. *American Journal of Archaeology* 97:745–797.

Ryden, Hope. 1978. *America's Last Wild Horses.* New York: Dutton.

Ryder, Tom. 1987. Questions and Answers. *The Carriage Journal* 24 (4): 200–201.

Ryndina, N. V. 1998. *Dreneishee Metallo-obrabatyvaiushchee Proizvodstvo Iugo-Vostochnoi Evropy.* Moscow: Editorial.

Ryndina, N. V. and A. V. Engovatova. 1990. Opyt planigrafi cheskogo analiza kremnevykh orudii Tripol'skogo poseleniya Drutsy 1. In *Rannezemledel'cheskie Poseleniya-Giganty Tripol'skoi Kul'tury na Ukraine*, ed. I. T. Chernyakov, pp. 108–114. Tal'yanki: Institut arkheologii akademii nauk USSR.

Salminen, Tapani. 2001. The rise of the Finno-Ugric language family. In *Early Contacts between Uralic and Indo-European: Linguistic and Archaeological Considerations*, ed. Christian Carpelan, Asko Parpola, and Petteri Koskikallio, pp. 385–395. Memoires de la Société Finno-Ugrienne 242. Helsinki: Suomalais-Ugrilainen Seura.

Salmons, Joe. 1993. *The Glottalic Theory: Survey and Synthesis.* Journal of Indo-European Studies Monograph 10. Washington, D.C.: Institute for the Study of Man.

Salvatori, Sandro. 2003. Pots and peoples: The "Pandora's Jar" of Central Asian archaeological research: On two recent books on Gonur graveyard excavations. *Rivista di Archeologia* 27:5–20.

——. 2002. Project "Archaeological map of the Murghab Delta" (Turkmenistan): Test trenches at the sites of Adzhi Kui 1 and 9. *Ancient Civilizations from Scythia to Siberia* 8 (1–2): 107–178.

——. 2000. Bactria and Margiana seals: A new assessment of their chronological position and a typological survey. *East and West* 50 (1–4): 97–145.

Salvatori, Sandro, Massimo Vidale, Giuseppe Guida, and Giovanni Gigante. 2002. A glimpse on copper and lead metalworking at Altyn-Depe (Turkmenistan) in the 3rd millennium BC. *Ancient Civilizations from Scythia to Siberia* 8:69–101.

Samashev, Z. 1993. *Petroglyphs of the East Kazakhstan as a Historical Source.* Almaty: Rakurs.

Sapir, Edward, 1912. Language and environment. *American Anthropologist* 14(2): 226–42.

Sarianidi, V. I. 2002. Margush: *Drevnevostochnoe tsarstvo v staroi del 'te reki Murgab*. Ashgabat: Turkmendöwlethebarlary.

———. 1995. New discoveries at ancient Gonur. *Ancient Civilizations from Scythia to Siberia* 2 (3): 289–310.

———. 1987. Southwest Asia: Migrations, the Aryans, and Zoroastrians. *Information Bulletin, International Association for the Study of the Cultures of Central Asia* (Moscow) 13:44–56.

———. 1986. Mesopotamiia i Baktriia vo ii tys. do n.e. *Sovietskaia Arkheologiia* (2): 34–46.

———. 1977. *Drevnie Zemledel 'tsy Afganistana: Materialy Sovetsko-Afganskoi Ekspeditsii 1969–1974 gg.* Moscow: Akademiia Nauka.

Sawyer, Ralph D. 1993. *The Seven Military Classics of Ancient China*. Boulder, Colo.: Westview.

Schlegel, Alice. 1992. African po liti cal models in the American Southwest: Hopi as an internal frontier society. *American Anthropologist* 94 (2): 376–97.

Schmidt, Karl Horst. 1991. Latin and Celtic: Ge ne tic relationship and areal contacts. *Bulletin of the Board of Celtic Studies* 38:1–19.

Schrijver, Peter. 2001. Lost languages in northern Europe. In *Early Contacts between Uralic and Indo-European: Linguistic and Archaeological Considerations*, ed. Christian Carpelan, Asko Parpola, and Petteri Koskikallio, pp. 417–425. Memories de la Société Finno-Ugrienne 242. Helsinki: Suomalais-Ugrilainen Seura.

Schuchhardt, C. 1919. *Alteuropa in seiner Kultur-und Stilentwicklung*. Berlin: Walter de Gruyter.

Segalen, Martine. 1991. *Fifteen Generations of Bretons: Kinship and Society in Lower Brittany, 1720–1980*. Cambridge: Cambridge University Press.

Shakhanova, N. 1989. The system of nourishment among the Eurasian nomads: The Kazakh example. In *Ecology and Empire: Nomads in the Cultural Evolution of the Old World*, pp. 111–117. Los Angeles: University of Southern California Ethnographics Press.

Shaposhnikova, O. G. 1961. Novye dannye o Mikhailovskom poselenii. *Kratkie soobshcheniya institut arkheologii* 11:38–42.

Sharafutdinova, I. N. 1980. Severnaya kurgannaya grupa u s. Sokolovka. In *Arkheologicheskie pamyatniki poingul 'ya*, pp. 71–123. Kiev: Naukovo Dumka.

Shaughnessy, Edward L. 1988. Historical perspectives on the introduction of the chariot into China. *Harvard Journal of Asian Studies* 48:189–237.

Shennan, Stephen J., ed. 1989. *Archaeological Approaches to Cultural Identity*. London: Routledge.

Sherratt, Andrew. 2003. The horse and the wheel: The dialectics of change in the circum-Pontic and adjacent areas, 4500–1500 BC. In *Prehistoric Steppe Adaptation and the Horse*, ed. Marsha Levine, C. Renfrew, and K. Boyle, pp. 233–252. McDonald Institute Monographs. Cambridge: University of Cambridge Press.

——. 1997a [1983]. The secondary exploitation of animals in the Old World. In *Economy and Society in Prehistoric Europe: Changing Perspectives, rev.* ed., ed. Andrew Sherratt, pp.199–228. Princeton, N.J.: Princeton University Press.

——. 1997b. The introduction of alcohol to prehistoric Europe. In *Economy and Society in Prehistoric Europe*, ed. Andrew Sherratt, pp. 376–402. Princeton, N.J.: Princeton University Press.

——. 1997c [1991]. Sacred and profane substances: The ritual use of narcotics in later Neolithic Europe. In *Economy and Society in Prehistoric Europe*, ed. Andrew Sherratt, rev. ed. pp. 403–430. Princeton, N.J.: Princeton University Press.

——. 1986. Two new finds of wooden wheels from Later Neolithic and Early Bronze Age Europe. *Oxford Journal of Archaeology* 5:243–248.

Sherratt, Andrew, and E. S. Sherratt. 1988. The archaeology of Indo-European: An alternative view. *Antiquity* 62 (236): 584–595.

Shevchenko, A. I., 1957. Fauna poseleniya epokhi bronzy v s. Mikhailovke na nizhnem Dnepre. *Kratkie soobshcheniya institut arkheologii* 7:36–37.

Shilov, V. P. 1985a. Kurgannyi mogil'nik y s. Tsatsa. In *Drevnosti Kalmykii*, pp. 94–157. Elista: Kalmytskii nauchno-issledovatel'skii institut istorii, fi logii i ekonomiki.

——. 1985b. Problemy proiskhozhdeniya kochevogo skotovodstva v vostochnoi Evrope. In *Drevnosti kalmykii*, pp. 23–33. Elista: Kalmytskii nauchno-issledovatel'skii institut istorii, fi logii i ekonomiki.

Shilov, V. P., and R. S. Bagautdinov. 1998. Pogebeniya Eneolita-rannei Bronzy mogil'nika Evdyk. In *Problemy drevnei istorii severnogo prikaspiya*, ed. I. B. Vasiliev, pp. 160–178. Samara: Samarskii gosudarstvenyi pedagogicheskii universitet.

Shishlina, N. I., ed. 2000. *Sezonnyi ekonomicheskii tsikl naseleniya severo-zapadnogo Prikaspiya v Bronzovom Veke*. Vol. 120. Moscow: Trudy gosudarstvennogo istoricheskogo muzeya.

——, ed. 1999. *Tekstil ' epokhi Bronzy Evraziiskikh stepei*. Vol. 109. Moscow: Trudy gosudarstvennogo istoricheskogo muzeya.

——. 1990. O slozhnom luke Srubnoi kul'tury. In *Problemy arkheologii evrazii*, ed. S. V. Studzitskaya, vol. 74, pp. 23–37. Moscow: Trudy gosudarstvennogo oedena Lenina istoricheskogo muzeya.

Shishlina, N. I., and V. E. Bulatov. 2000. K voprosu o sezonnoi sisteme ispol'zovaniya pastbishch nositelyami Yamnoi kul'tury Prikaspiiskikh stepei v III tys. do n.e. In *Sezonnyi Ekonomicheskii Tsikl Naseleniya Severo-Zapadnogo Prikaspiya v Bronzovom Veke*, ed. N. I. Shishlina, vol. 120, pp. 43–53. Moscow: Trudy gosudarstvennogo istoricheskogo muzeya.

Shishlina, N. I., O. V. Orfinskaya, and V. P. Golikov. 2003. Bronze Age textiles from the North Caucasus: New evidence of fourth millennium BC fibres and fabrics. *Oxford Journal of Archaeology* 22 (4): 331–344.

Shmagli, M. M., and M. Y. Videiko. 1987. Piznotripil'ske poseleniya poblizu s. Maidanets'kogo na Cherkashchini. *Arkheologiya* (Kiev) 60:58–71.

Shnirelman, Victor, A. 1999. Passions about Arkaim: Russian nationalism, the Aryans, and the politics of archaeology. *Inner Asia* 1:267–282.

——. 1998. Archaeology and ethnic politics: The discovery of Arkaim. *Museum International* 50 (2): 33–39.

——. 1995. Soviet archaeology in the 1940s. In *Nationalism, Politics, and the Practice of Archaeology*, ed. Philip L. Kohl and Clare Fawcett, pp. 120–138. Cambridge: Cambridge University Press.

——. 1992. The emergence of food-producing economy in the steppe and forest-steppe zones of Eastern Europe. *Journal of Indo-European Studies* 20:123–143.

Shorin, A. F. 1993. O za Uralskoi oblasti areala lesnikh Eneoliticheskikh kul'tur grebenchatoi keramiki. In *Voprosy arkheologii Urala*, pp. 84–93. Ekaterinburg: Uralskii gosudarstvenyi universitet.

Shramko, B. A., and Y. A. Mashkarov. 1993. Issledovanie bimetallicheskogo nozha iz pogrebeniya Katakombnoi kul'tury. *Rossiskaya arkheologiya* (2): 163–170.

Siegel, Jeff. 1985. Koines and koineisation. *Language in Society* 14:357–378.

Silver, Shirley, and Wick R. Miller. 1997. *American Indian Languages*: Cultural and Social Contexts. Tucson: University of Arizona Press.

Simkins, P. D., and F. L. Wernstedt. 1971. *Philippines Migration: Settlement of the Digos-Padada Valley, Padao Province*. Southeast Asia Studies 16. New Haven: Yale University Press.

Sinitsyn, I. V. 1959. Arkheologicheskie issledovaniya Zavolzhskogo otriada (1951–1953). *Materialy i issledovaniya Institut arkheologii* (Moscow) 60:39–205.

Siniuk, A. T., and I. A. Kozmirchuk. 1995. Nekotorye aspekti izucheniya Abashevskoi kul'tury v basseine Dona. In *Drevnie IndoIranskie Kul 'tury Volgo-Ural 'ya*, ed. V. S. Gorbunov, pp. 37–72. Samara: Samarskogo gosudarstvennogo pedagogicheskogo universiteta.

Sinor, Dennis, ed. 1988. *The Uralic Languages*. Leiden: Brill.

——. 1972. Horse and pasture in Inner Asian history. *Oriens Extremus* 19:171–183.

Skjærvø, P. Oktor. 1995. The Avesta as a source for the early history of the Iranians. In *The Indo-Aryans of Ancient South Asia: Language, Material Culture and Ethnicity*, ed. George Erdosy, pp. 155–176. Indian Philology and South Asian Studies 1. Berlin: Walter de Gruyter.

Smith, Anthony D. 1998. *Nationalism and Modernism*. London: Routledge.

Smith, Bruce. 1989. Origins of agriculture in eastern North America. *Science* 246 (4937): 1,566–1,571.

Smith, John Masson. 1984. Mongol campaign rations: Milk, marmots, and blood? In *Turks, Hungarians, and Kipchaks: A Festschrift in Honor of Tibor Halasi-Kun*, ed. inasi Tekin and Gönül Alpay Tekin. Journal of Turkish Studies 8:223–228. Cambridge, Mass.: Harvard University Print Office.

Snow, Dean. 1994. *The Iroquois*. Oxford: Blackwell.

Solovyova, N. F., A. N. Yegor'kov, V. A. Galibin, and Y. E. Berezkin. 1994. Metal artifacts from Ilgynly-Depe, Turkmenistan. In *New Archaeological Discoveries in Asiatic Russia and Central Asia*, ed. A. G. Kozintsev, V. M. Masson, N. F. Solovyova, and V. Y. Zuyev, pp. 31–35. Archaeological Studies 16. St. Petersburg: Institute of the History of Material Culture.

Sorokin, V. Y. 1989. Kulturno-istoricheski problemy plemen srednogo Triploya Dnestrovsko-Prutskogo mezhdurechya. *Izvestiya Akademii Nauk Moldavskoi SSR* 3:45–54.

Southworth, Franklin. 1995. Reconstructing social context from language: Indo-Aryan and Dravidian prehistory. In *The Indo-Aryans of Ancient South Asia: Language, Material Culture and Ethnicity*, ed. George Erdosy, pp. 258–277. Indian Philology and South Asian Studies 1. Berlin: Walter de Gruyter.

Sparreboom, M. 1985. *Chariots in the Vedas*. Edited by J. C. Heesterman and E. J. M. Witzel. Memoirs of the Kern Institute 3. Leiden: Brill.

Spear, Thomas, and Richard Waller, eds. 1993. *Being Maasai: Ethnicity and Identity in East Africa*. Oxford: James Currey.

Specht, F. 1944. *Der Ursprung der Indogermanischen Deklination*. Göttingen: Vandenhoeck and Ruprecht. Spicer, Edward. 1971. Per sis tent cultural systems: A comparative study of identity systems that can adapt to contrasting environments. Science 174:795–800.

Spielmann, Katherine A., ed. 1998. *Migration and Reor ga ni za tion: The Pueblo IV Period in the American Southwest*. Anthropological Research Papers 51. Tempe: Arizona State University Press.

Spinage, C. A. 1972. Age estimation of zebra. *East African Wildlife Journal* 10:273–277.

Stark, Miriam T., ed. 1998. *The Archaeology of Social Boundaries*. Washington, D.C.: Smithsonian Institution Press.

Stein, Gil. 1999. *Rethinking World Systems: Diasporas, Colonies, and Interaction in Uruk Mesopotamia*. Tucson: University of Arizona Press.

Stevanovic, Mirjana. 1997. The Age of Clay: The Social Dynamics of House Destruction. *Journal of Anthropological Archaeology* 16:334–395.

Stewart, Ann H. 1976. *Graphic Repre sen ta tion of Models in Linguistic Theory*. Bloomington: Indiana University Press.

Stillman, Nigel, and Nigel Tallis. 1984. *Armies of the Ancient Near East*. Worthing, Sussex: Flexiprint.

Sturtevant, William. 1962. The Indo-Hittite hypothesis. *Language* 38:105–110.

Subbotin, L.V. 1995. Grobniki Kemi-Obinskogo tipa severo-zapadnogo Prichernomor'ya. *Rossiskaya arkheologiya* (3): 193–197.

———. 1990. Uglubennye zhilishcha kul'tury Gumelnitsa v nizhnem podunav'e. In *Rannezemledel 'cheski poseleniya-giganty Tripol 'skoi kul 'tury na Ukraine*, ed. I. T. Chenyakov, pp. 177–182. Tal'yanki: Institut arkheologii AN USSR.

———. 1985. Semenovskii mogil'nik epokhi Eneolita-Bronzy. In *Novye material ' i po arkheologii severo-zapadnogo prichernomor'ya*, ed. V. N. Stanko, pp. 45–95. Kiev:

Naukovo Dumka.

———. 1978. O sinkhronizatsii pamyatnikov kul'tury Gumelnitsa v nizhnem Podunav'e. In *Arkheologicheskie issledovaniya severo-zapadnogo prichernomor'ya*, ed. V. N. Stanko, pp. 29–41. Kiev: Naukovo Dumka.

Summers, Geoffrey D. 2001. Questions raised by the identifi cation of the Neolithic, Chalcolithic, and Early Bronze Age horse bones in Anatolia. In *Greater Anatolia and the Indo-Hittite Language Family*, ed. Robert Drews, pp. 285–292. Journal of Indo-European Studies Monograph 38. Washington, D.C.: Institute for the Study of Man.

Sutton, Richard E. 1996. The Middle Iroquoian colonization of Huronia. Ph.D. dissertation. McMaster University, Hamilton, Ontario.

Swadesh, M. 1955. Towards greater accuracy in lexicostatistic dating. *International Journal of American Linguistics* 21:121–37.

———. 1952. Lexico-statistic dating of prehistoric ethnic contacts. *Proceedings of the American Philosophical Society* 96:452–463.

Syvolap, M. P. 2001. Kratkaya kharakteristika pamyatnikov Yamnoi kul'tury srednego podneprov'ya. In *Bronzovyi vek vostochnoi Evropy: Kharakteristika kul'tur, khronologiya i periodizatsiya*, ed. Y. I. Kolev, P. F. Kuznetsov, O. V. Kuzmina, A. P. Semenova, M. A. Turetskii, and B. A. Aguzarov, pp. 109–117. Samara: Samarskii Gosudarstvennyi Pedagogicheskii Universitet.

Szemerényi, Oswald. 1989. The new sound of Indo-European. *Diachronica* 6:237–269.

Szmyt, Marzena. 1999. *Between West and East: People of the Globular Amphorae Culture in Eastern Europe, 2950–2350 BC*. Baltic-Pontic Studies 8. Pozna : Adam Mickiewicz University. Tatarintseva, N. S. 1984. Keramika poseleniya Vishnevka 1 v lesostepnom pri Ishim'e. In Bronzovyi Vek Uralo-Irtyshskogo Mezhdurech'ya, pp. 104–113. Chelyabinsk: Chelyabinskii gosudarstvennyi universitet.

Telegin, D. Y. 2005. The Yamna culture and the Indo-European homeland problem. *Journal of Indo-European Studies* 33 (3–4): 339–358.

———. 2002. A discussion on some of the problems arising from the study of Neolithic and Eneolithic cultures in the Azov-Black Sea region. In *Ancient Interactions: East and West in Eurasia*, ed. Katie Boyle, Colin Renfrew, and Marsha Levine, pp. 25–47. Cambridge: McDonald Institute for Archaeological Research.

———. 1996. Yugo-zapad vostochnoi Evropy; and Yug vostochnoi Evropy. In *Neolit severnoi evrazii*, ed. S. V. Oshibkina, pp. 19–86. Moscow: Nauka.

———. 1991. *Neoliticheskie mogil'niki mariupol'skogo tipa*. Kiev: Naukovo Dumka.

———. 1988. Keramika rannogo Eneolitu tipu Zasukhi v lisostepovomu liboberezhzhi Ukriani. *Arkheologiya* (Kiev) 64:73–84.

———. 1987. Neolithic cultures of the Ukraine and adjacent areas and their chronology. *Journal of World Prehistory* 1 (3): 307–331.

———. 1986. Dereivka: *A Settlement and Cemetery of Copper Age Horse Keepers on the Middle Dnieper*. Edited by J. P. Mallory. Translated by V. K. Pyatkovskiy. British

Archaeological Reports International Series 287. Oxford: Archeopress.

———. 1982. *Mezolitichni pam'yatki Ukraini. Kiev*: Naukovo Dumka.

———. 1981. Pro neolitichni pam'yatki Podonnya i steponogo Povolzhya. *Arkheologiya* (Kiev) 36:3–19.

———. 1977. Review of Markevich, V. I., 1974. *Bugo-Dnestrovskaya kul 'tura na territorii Moldavii. Arkheologiia* (Kiev) 23:88–91.

———. 1973. *Seredno-Stogivs'ka kul 'tura Epokha Midi*. Kiev: Naukovo Dumka.

———. 1968. *Dnipro-Donets'ka kul 'tura*. Kiev: Naukovo Dumka.

Telegin, D. Y., and James P. Mallory. 1994. *The Anthropomorphic Stelae of the Ukraine: The Early Iconography of the Indo-Europeans*. Journal of Indo-European Studies Monograph 11. Washington D.C.: Institute for the Study of Man.

Telegin, D. Y., A. L. Nechitailo, I. D. Potekhina, and Y. V. Panchenko. 2001. *Srednestogovskaya i novodanilovskaya kul 'tury Eneolita Azovo-Chernomorskogo regiona*. Lugansk: Shlyakh.

Telegin, D. Y., and I. D. Potekhina. 1987. *Neolithic Cemeteries and Populations in the Dnieper Basin*, ed. J. P. Mallory. British Archaeological Reports International Series 383. Oxford: Archeopress.

Telegin, D. Y., I. D. Potekhina, M. Lillie, and M. M. Kovaliukh. 2003. Settlement and economy in Neolithic Ukraine: A new chronology. *Antiquity* 77 (296): 456–470.

———.2002. The chronology of the Mariupol-type cemeteries of Ukraine revisited. *Antiquity* 76:356–363.

Telegin, D. Y., Sergei Z. Pustalov, and N. N. Kovalyukh. 2003. Relative and absolute chronology of Yamnaya and Catacomb monuments: The issue of co-existence. *Baltic-Pontic Studies* 12:132–184.

Teplova, S. N. 1962. *Atlas SSSR*. Moscow: Ministerstva geologii i okhrany nedr SSSR.

Terrell, John Edward, ed. 2001. *Archaeology, Language and History: Essays on Culture and Ethnicity*. Westport, Conn.: Bergin and Garvey.

Terrell, John Edward, T. L. Hunt, and Chris Godsen. 1997. The dimensions of social life in the Pacific: Human diversity and the myth of the primitive isolate. *Current Anthropology* 38:155–195.

Thieme, Paul. 1960. The Aryan gods of the Mitanni treaties. *Journal of the American Oriental Society* 80:310–317.

———. 1958. The Indo-European language. *Scientific American* 199 (4): 63–74.

Thomason, Sarah Gray, and Terrence Kaufman. 1988. *Language Contact, Creolization, and Ge netic Linguistics*. Los Angeles: University of California Press.

Thornton, C. P., and C. C. Lamberg-Karlovsky. 2004. A new look at the prehistoric metallurgy of southeastern Iran. *Iran* 42:47–59.

Timofeev, V. I., and G. I. Zaitseva. 1997. K probleme radiouglerodnoi khronologii Neolita stepnoi i iuga lesnoi zony Evropeiskoi chasti Rossii i Sibiri. *Radiouglerod i arkheologiya* (St. Petersburg) 2:98–108.

Todorova, Henrietta. 1995. The Neolithic, Eneolithic, and Transitional in Bulgarian Prehistory. In *Prehistoric Bulgaria*, ed. Douglass W. Bailey and Ivan Panayotov, pp. 79–98. Monographs in World Archaeology 22. Madison, Wis.: Prehistory Press.

Tolstov, S. P., and A. S. Kes'. 1960. *Nizov'ya Amu-Dar' i, Sarykamysh, Uzboi: Istoriya formirovaniya i zaseleniya.* Vol. 3. Moscow: Materialy khorezmskoi ekspeditsii.

Tovkailo, M. T. 1990. Do pitannya pro vzaemini naseleniya Bugo-Dnitrovskoi ta ranne Triplil'skoi kul'tur u stepovomu po Buzhi. In *Rannezemledel'cheskie poseleniya-Giganty Tripol'skoi Kul'tury na Ukraine*, ed. V. G. Zbenovich, and I. T. Chernyakov, pp. 191–194. Tal'yanki: Institut arkheologii akademiya nauk.

Trifonov, V. A. 2001. Popravki absoliutnoi khronologii kultur epokha Eneolita-Srednei Bronzy Kavkaza, stepnoi i lesostepnoi zon vostochnoi Evropy (po dannym radiouglerodnogo datirovaniya). In *Bronzovyi vek Vostochnoi Evropy: Kharakteristika kul'tur, Khronologiya i Periodizatsiya*, ed. Y. I. Kolev, P. F. Kuznetsov, O. V. Kuzmina, A. P. Semenova, M. A. Turetskii, and B. A. Aguzarov, pp.71–82, Samara: Samarskii gosudarstvennyi pedagogicheskii universitet.

———. 1991. Stepnoe prikuban'e v epokhu Eneolita: Srednei Bronzy (periodizatsiya). In *Drevnie kul'tury Prikuban'ya*, ed. V. M. Masson, pp. 92–166. Leningrad: Nauka.

Tringham, Ruth. 1971. *Hunters, Fishers and Farmers of Eastern Europe, 6000–3000 BC.* London: Hutchinson.

Troy, C. S., D. E. MacHugh, J. F. Bailey, D. A. Magee, R. T. Loftus, P. Cunningham, A. T. Chamberlain, B. C. Sykes, and D. G. Bradley. 2001. Ge ne tic Evidence for Near-Eastern Origins of European Cattle. *Nature* 410:1088–1091.

Trudgill, Peter. 1986. *Dialects in Contact.* Oxford: Blackwell.

Tuck, J. A. 1978. Northern Iroquoian prehistory. In *Northeast Handbook of North American Indians*, ed. Bruce G. Trigger, vol. 15, pp. 322–333. Washington, D.C.: Smithsonian Institution Press.

Uerpmann, Hans-Peter. 1990. Die Domestikation des Pferdes im Chalcolithikum West-und Mitteleuropas. *Madrider Mitteilungen* 31:109–153.

Upton, Dell, and J. M. Vlach, eds. 1986. *Common Places: Readings in American Vernacular Architecture.* Athens: University of Georgia Press.

Ursulescu, Nicolae. 1984. *Evoluția Culturii Starčevo-Criş Pe Teritoriul Moldovei.* Suceava: Muzeul Județean Suceava.

Vainshtein, Sevyan. 1980. *Nomads of South Siberia: The Pastoral Economies of Tuva.* Edited by Caroline Humphrey. Translated by M. Colenso. Cambridge: Cambridge University Press.

Van Andel, T. H., and C. N. Runnels. 1995. The earliest farmers in Europe. *Antiquity* 69:481–500.

Van Buren, G. E. 1974. *Arrowheads and Projectile Points.* Garden Grove, Calif.: Arrowhead.

Vasiliev, I. B. 2003. Khvalynskaya Eneoliticheskaya kul'tura Volgo-Ural'skoi stepi i lesostepi (nekotorye itogi issledovaniya). *Voprosy Arkeologii Povolzh'ya* v.3: 61–99. Samara:

Samarskii Gosudarstvennyi Redagogieheskii Univerditet.

Vasiliev, I. B., ed. 1998. *Problemy drevnei istorii severnogo prikaspiya*. Samara: Samarskii gosudarstvennyi pedagogicheskii universitet.

———. 1981. *Eneolit Povolzh'ya*. Kuibyshev: Kuibyshevskii gosudarstvenyi pedagogicheskii institut.

———. 1980. Mogil'nik Yamno-Poltavkinskogo veremeni u s. Utyevka v srednem Povolzh'e. In *Arkheologiya Vostochno-Evropeiskoi Lesostepi*, pp. 32–58. Voronezh: Voronezhskogo universiteta.

Vasiliev, I. B., and G. I. Matveeva. 1979. Mogil'nik u s. S'yezhee na R. Samare. *Sovietskaya arkheologiia* (4): 147–166.

Vasiliev, I. B., P. F. Kuznetsov, and A. P. Semenova. 1994. *Potapovskii Kurgannyi Mogil'nik Indoiranskikh Plemen na Volge*. Samara: Samarskii universitet.

Vasiliev, I. B., P. F. Kuznetsov, and M. A. Turetskii. 2000. Yamnaya i Poltavkinskaya kul'tura. In *Istoriya samarskogo po volzh'ya s drevneishikh vremen do nashikh dnei: Bronzovyi Vek*, ed. Y. I. Kolev, A. E. Mamontov, and M. A. Turetskii, pp. 6–64. Samara: Samarskogo nauchnogo tsentra RAN.

Vasiliev, I. B., and N. V. Ovchinnikova. 2000. Eneolit. In *Istoriya samarskogo povolzh'ya s drevneishikh vremen do nashikh dnei*, ed. A. A. Vybornov, Y. I. Kolev, and A. E. Mamonov, pp. 216–277. Samara: Integratsiya.

Vasiliev, I. B., and Siniuk, A. T. 1984. Cherkasskaya stoiyanka na Srednem Donu. In *Epokha Medi Iuga Vostochnoi Evropy,* ed. S. G. Basina and G. I. Matveeva, pp. 102–129. Kuibyshev: Kuibyshevskii gosudarstvennyi pedagogicheskii institut.

Vasiliev, I. B., A. Vybornov, and A. Komarov. 1996. *The Mesolithic of the North Caspian Sea Area*. Samara: Samara State Pedagogical University.

Vasiliev, I. B., A. A. Vybornov, and N. L. Morgunova. 1985. Review of *Eneolit iuzhnogo Urala* by G. N. Matiushin. *Sovetskaia arkheologiia* (2): 280–289.

Veenhof, Klaas R. 1995. Kanesh: An Assyrian Colony in Anatolia. In *Civilizations of the Ancient Near East*, ed. Jack M. Sasson, John Baines, Gary Beckman, and Karen R. Rubinson, vol. 1, pp. 859–871. New York: Scribner's.

Vehik, Susan. 2002. Confl ict, trade, and po liti cal development on the southern Plains. *American Antiquity* 67 (1): 37–64.

Veit, Ulrich. 1989. Ethnic concepts in German prehistory: A case study on the relationship between cultural identity and archaeological objectivity." In *Archaeological Approaches to Ethnic Identity*, ed. S. J. Shennan, pp. 35–56. London: Unwin Hyman.

Venneman, Theo. 1994. Linguistic reconstruction in the context of European prehistory. *Transactions of the Philological Society* 92:215–284.

Videiko, Mihailo Y. 2003. Radiocarbon chronology of settlements of BII and CI stages of the Tripolye culture at the middle Dnieper. *Baltic-Pontic Studies* 12:7–21.

———. 1999. Radiocarbon dating chronology of the late Tripolye culture. *Baltic-Pontic Studies* 7:34–71.

———. 1990. Zhilishchno-khozyaistvennye kompleksy poseleniya Maidanetskoe i voprosy ikh interpretatsii. In *Rannezemledel 'cheskie Poseleniya-Giganty Tripol 'skoi kul 'tury na Ukraine*, ed. I. T. Cherniakhov, pp. 115–120. Tal'yanki: Vinnitskii pedagicheskii institut.

Videiko, Mihailo Y., and Vladislav H. Petrenko. 2003. Radiocarbon chronology of complexes of the Eneolithic–Early Bronze Age in the North Pontic region, a preliminary report. *Baltic-Pontic Studies* 12:113–120.

Vilà, Carles, J. A. Leonard, A. Götherdtröm, S. Marklund, K. Sandberg, K. Lidén, R. K. Wayne, and Hans Ellegren. 2001. Widespread origins of domestic horse lineages. *Science* 291 (5503): 474–477.

Vinogradov, A. V. 1981. *Drevnie okhotniki i rybolovy sredneaziatskogo mezhdorechya*. Vol. 10. Moscow: Materialy khorezmskoi ekspeditsii.

———. 1960. Novye Neoliticheskie nakhodki Korezmskoi ekspeditsii AN SSSR 1957 g. In *Polevye issledovaniya khorezmskoi ekspeditsii v 1957 g.*, ed. S. P. Tolstova, vol. 4, pp. 63–81. Moscow: Materialy khorezmskoi ekspeditsii.

Vinogradov, Nikolai. 2003. *Mogil 'nik Bronzovogo Beka: Krivoe ozero v yuzhnom Zaural 'e*. Chelyabinsk: Yuzhno-Ural'skoe knizhnoe izdatel'stvo.

Vörös, Istvan. 1980. Zoological and paleoeco nom ical investigations on the archaeozoological material of the Early Neolithic Körös culture. *Folia Archaeologica* 31:35–64.

Vybornov, A. A., and V. P. Tretyakov. 1991. Stoyanka Imerka VII v Primokshan. In *Drevnosti Vostochno-Evropeiskoi Lesotepi*, ed. V. V. Nikitin, pp. 42–55. Samara: Samarskii gosudartsvennyi pedagicheskii institut.

Währen, M. 1989. Brot und Gebäck von der Jungsteinzeit bis zur Römerzeit. *Helvetia Archaeologica* 20:82–116.

Walcot, Peter. 1979. Cattle raiding, heroic tradition, and ritual: The Greek evidence. *History of Religions* 18:326–351.

Watkins, Calvert. 1995. *How to Kill a Dragon: Aspects of Indo-European Poetics.* Oxford: Oxford University Press.

Weale, Michael E., Deborah A. Weiss, Rolf F. Jager, Neil Bradman, and Mark G. Thomas. 2002. Y Chromosome Evidence for Anglo-Saxon Mass Migration. *Molecular Biology and Evolution* 19:1008–1021.

Weber, Andrzej, David W. Link, and M. Anne Katzenberg. 2002. Hunter-gatherer culture change and continuity in the Middle Holocene of the Cis-Baikal, Siberia. *Journal of Anthropological Archaeology* 21:230–299.

Wechler, Klaus-Peter, V. Dergachev, and O. Larina. 1998. Neue Forschungen zum Neolithikum Osteuropas: Ergebnisse der Moldawisch-Deutschen Geländearbeiten 1996 und 1997. *Praehistorische Zeitschrift* 73 (2): 151–166.

Weeks, L. 1999. Lead isotope analyses from Tell Abraq, United Arab Emirates: New data regarding the "tin problem" in Western Asia. *Antiquity* 73:49–64.

Weisner, Joseph. 1968. *Fahren und Reiten*. Göttingen: Vandenhoeck and Ruprecht, Archaeologia Homerica.

———. 1939. Fahren und Reiten in Alteuropa und im alten Orient. *In Der Alte Orient* Bd. 38, fascicles 2–4. Leipzig: Heinrichs Verlag.

Weiss, Harvey. 2000. Beyond the Younger Dryas: Collapse as adaptation to abrupt climate change in ancient West Asia and the Eastern Mediterranean. In *Environmental Disaster and the Archaeology of Human Response*, ed. Garth Bawden and Richard M. Reycraft, pp. 75–98. Anthropological Papers no. 7. Albuquerque: Maxwell Museum of Anthropology.

Weissner, Polly. 1983. Style and social information in Kalahari San projectile points. *American Antiquity* 48 (2): 253–275.

Wells, Peter S. 2001. *Beyond Celts, Germans and Scythians: Archaeology and Identity in Iron Age Europe*. London: Duckworth.

———. 1999. *The Barbarians Speak*. Princeton, N. J.: Princeton University Press.

White, Randall. 1989. Husbandry and herd control in the Upper Paleolithic: A critical review of the evidence. Current Anthropology 30 (5): 609–632.

Wilhelm, Gernot. 1995. The Kingdom of Mitanni in Second-Millennium Upper Mesopotamia. In *Civilizations of the Ancient Near East*, vol. 2, ed. Jack M. Sasson, John Baines, G. Beckman, and Karen S. Rubinson, pp. 1243–1254. New York: Scribner's.

Wilhelm, Hubert G. H. 1992. Germans in Ohio. In *To Build in a New Land: Ethnic Landscapes in North America*, ed. Allen G. Noble, pp. 60–78. Baltimore, Md.: Johns Hopkins University Press.

Willis, K. J. 1994. The vegetational history of the Balkans. *Quaternary Science Reviews* 13: 769–788.

Winckelmann, Sylvia. 2000. Intercultural relations between Iran, the Murghabo-Bactrian Archaeological Complex (BMAC), northwest India, and Falaika in the field of seals. *East and West* 50 (1–4): 43–96.

Winn, S.M.M., 1981. *Pre-Writing in Southeastern Europe: The Sign System of the Vinča Culture ca. 4000 B.C.* Calgary: Western.

Witzel, Michael. 2003. *Linguistic Evidence for Cultural Exchange in Prehistoric Western Central Asia*. Sino-Platonic Papers 129:1–70. Philadelphia: Department of Asian and Middle Eastern Languages, University of Pennsylvania.

———. 1995. Rgvedic history: Poets, chieftans, and polities. In *The Indo-Aryans of Ancient South Asia: Language, Material Culture and Ethnicity*, ed. George Erdösy, pp. 307–352. Indian Philology and South Asian Studies 1. Berlin: Walter de Gruyter.

Wolf, Eric. 1984. Culture: Panacea or problem? *American Antiquity* 49 (2): 393–400.

———. 1982. *Europe and the People without History*. Berkeley: University of California Press.

Wylie, Alison. 1995. Unifi cation and convergence in archaeological explanation: The agricultural"wave of advance" and the origins of Indo-European languages. In *Explanation in the Human Sciences*, ed. David K. Henderson, pp. 1–30. Southern Journal of Philosophy Supplement 34. Memphis: Department of Philosophy, University of Memphis.

Yanko-Hombach, Valentina, Allan S. Gilbert, Nicolae Panin, and Pavel M. Dolukhanov. 2006. *The Black Sea Flood Question: Changes in Coastline, Climate, and Human Settlement.*

NATO Science Series. Dordrecht: Springer.

Yanushevich, Zoya V. 1989. Agricultural evolution north of the Black Sea from the Neolithic to the Iron Age. In *Foraging and Farming: The Evolution of Plant Expoitation*, ed. David R. Harris and Gordon C. Hillman, pp. 607–619. London: Unwin Hyman.

Yarovoy, E. V. 1990. *Kurgany Eneolita-epokhi Bronzy nizhnego poDnestrov'ya*. Kishinev: Shtiintsa.

Yazepenka, Igor, and Aleksandr Kośko. 2003. Radiocarbon chronology of the beakers with short-wave moulding component in the development of the Middle Dnieper culture. *Baltic-Pontic Studies* 12:247–252.

Yener, A. 1995. Early Bronze Age tin pro cessing at Göltepe and Kestel, Turkey. In *Civilizations of the Ancient Near East*, ed. Jack M. Sasson, John Baines, Gary Beckman, and Karen R. Rubinson, vol. 3, pp. 1519–1521. New York: Scribner's.

Yudin, A. I. 1998. Orlovskaya kul'tura i istoki formirovaniya stepnego Eneolita za Volzh'ya. In *Problemy Drevnei Istorii Severnogo Prikaspiya*, pp. 83–105. Samara: Samarskii gosudarstvennyi pedagogicheskii universitet.

——. 1988. Varfolomievka Neoliticheskaya stoianka. In *Arkheologicheskie kul'tury severnogo Prikaspiya*, pp. 142–172. Kuibyshev: Kuibyshevskii gosudarstvenii pedagogicheskii institut.

Zaibert, V. F. 1993. *Eneolit Uralo-Irtyshshkogo Mezhdurech'ya*. Petropavlovsk: Nauka.

Zaikov, V. V., G. B. Zdanovich, and A. M. Yuminov. 1995. Mednyi rudnik Bronzogo veka "Vorovskaya Yama." In *Rossiya i Vostok: Problemy Vzaimodeistviya*, pt. 5, bk. 1: *Kul'tury Eneolita-Bronzy Stepnoi Evrazii*, pp. 157–162. Chelyabinsk: 3-ya Mezhdunarodnaya nauchnaya konferentsiya.

Zaitseva, G. I., V. I. Timofeev, and A. A. Sementsov. 1999. Radiouglerodnoe datirovanie v IIMK RAN: istoriya, sostoyanie, rezul'taty, perspektivy. *Rossiiskaya arkheologiia* (3): 5–22.

Zbenovich, V. G. 1996. The Tripolye culture: Centenary of research. *Journal of World Prehistory* 10 (2): 199–241.

——. 1980. *Poselenie Bernashevka na Dnestre (K Proiskhozhdenniu Tripol'skoi Kul'tury)*. Kiev: Naukovo Dumka.

——. 1974. *Posdnetriplos'kie plemena severnogo Prichernomor'ya*. Kiev: Naukovo Dumka.

——. 1968. Keramika usativs'kogo tipu. *Arkheologiya* (Kiev) 21:50–78.

Zdanovich, G. B., ed. 1995. *Arkaim: Issledovaniya, Poiski, Otkrytiya*. Chelyabinsk: "Kammennyi Poyas."

——. 1988. *Bronzovyi Vek Uralo-Kazakhstanskikh Stepei*. Sverdlovsk: Ural'skogo universiteta, for Berlyk II.

Zeder, Melinda. 1986. The equid remains from Tal-e Malyan, southern Iran. In *Equids in the Ancient World*, vol. 1, ed. Richard Meadow and Hans-Peter Uerpmann, pp. 366–412. Weisbaden: Reichert.

Zelinsky, W. 1973. *The Cultural Geography of the United States*. Englewood Cliffs, N.J.: Prentice-Hall.

Zhauymbaev, S. U. 1984. Drevnie mednye rudniki tsentral'nogo Kazakhstana. In *Bronzovyi Vek Uralo-Irtyshskogo Mezhdurech'ya*, pp. 113–120. Chelyabinsk: Chelyabinskii gosudarstvennyi universitet.

Zimmer, Stefan. 1990. The investigation of Proto-Indo-European history: Methods, problems, limitations. In *When Worlds Collide: Indo-Europeans and the Pre-Indo-Europeans*, ed. T. L. Markey, and John A. C. Greppin, pp. 311–344. Ann Arbor, Mich.: Karoma.

Zin'kovskii, K. V., and V. G. Petrenko. 1987. Pogrebeniya s okhroi v Usatovskikh mogil'nikakh. *Sovietskaya arkheologiya* (4): 24–39.

Zöller, H. 1977. Alter und Ausmass postgläzialer Klimaschwankungen in der Schweizer Alpen. In *Dendrochronologie und Postgläziale Klimaschwangungen in Europa*, ed. B. Frenzel, pp. 271–281. Wiesbaden: Franz Steiner Verlag.

Zutterman, Christophe. 2003. The bow in the ancient Near East, a re-evaluation of archery from the late 2nd millennium to the end of the Achaemenid empire. *Iranica Antiqua* 38: 119–165.

Zvelebil, Marek. 2002. Demography and dispersal of early farming populations at the Mesolithic/Neolithic transition: Linguistic and demographic implications. In *Examining the Farming/Language Dispersal Hypothesis*, ed. Peter Bellwood and Colin Renfrew, pp. 379–394. Cambridge: McDonald Institute for Archaeological Research.

———. 1995. Indo-European origins and the agricultural transition in Europe. *Journal of Europe an Archaeology* 3:33–70.

Zvelebil, Marek, and Malcolm Lillie. 2000. Transition to agriculture in eastern Europe. In *Europe's First Farmers*, ed. T. Douglas Price, pp. 57–92. Cambridge: Cambridge University Press.

Zvelebil, Marek, and Peter Rowley-Conwy. 1984. Transition to farming in northern Europe: A hunter-gatherer perspective. *Norwegian Archaeological Review* 17:104–128.

Zvelebil, Marek, and K. Zvelebil. 1988. Agricultural transition and Indo-European dispersals. *Antiquity* 62:574–583.

馬、車輪和語言

歐亞草原的騎馬者如何形塑古代文明與現代世界

The Horse, the Wheel and Language:
How Bronze-Age Riders from the Eurasian Steppes Shaped the Modern World

作者｜大衛・安東尼（David W. Anthony）　譯者｜賴芊曄
主編｜洪源鴻　責任編輯｜涂育誠
企劃｜蔡慧華
封面設計｜許紘維　內頁排版｜宸遠彩藝

社長｜郭重興　發行人兼出版總監｜曾大福
出版發行｜八旗文化／遠足文化事業股份有限公司
地址｜新北市新店區民權路 108-2 號 9 樓
電話｜02-22181417　傳真｜02-86671065
客服專線｜0800-221029　E-mail｜gusa0601@gmail.com
Facebook｜facebook.com/gusapublishing　Blog｜gusapublishing.blogspot.com
法律顧問｜華洋法律事務所／蘇文生律師
印刷｜通南彩色印刷有限公司

出版｜2021 年 7 月　初版一刷
　　　2022 年 2 月　初版三刷
定價｜800 元

ISBN｜9789860763140（平裝）
　　　9789860763126（EPUB）
　　　9789860763133（PDF）

馬、車輪和語言：
歐亞草原的騎馬者如何形塑古代文明與現代世界
大衛‧安東尼（David W. Anthony）著／賴芊曄
譯／初版／新北市／八旗文化出版
遠足文化發行／二〇二一年七月
譯自：The Horse, the Wheel and Language: How
　　　Bronze-Age Riders from the Eurasian Steppes
　　　Shaped the Modern World

ISBN：978-986-0763-14-0（平裝）

一、語言學　　二、青銅器時代
三、遊牧民族　四、歐亞大陸

804　　　　　　　　　　　110010083